貴賓　　周夢蝶先生

余光中教授

專題演講　余光中教授

開幕式大合照

第一場　文學——語言形式、詩史：（左起）翁文嫻、奚密、洪淑苓、張雙英

第二場　文學——情感、時空：（左起）陳義芝、洪淑苓、柯慶明、游俊豪

第三場　文學——宗教義理、生死：（左起）蕭水順、楊惠南、潘麗珠、曾進豐

第四場　跨領域——藝術：（左起）杜忠誥、何寄澎、盛鎧、楊雅惠

第五場　跨領域——手稿：（左起）何金蘭、許綺玲、洪淑苓、馮鐵、易鵬

第六場　國際視野：（左起）顧彬、洪淑苓、馮鐵、漢樂逸、胡安嵐

第七場　圓桌論壇：（左起）陳耀成、易鵬、林文淇、陳傳興

閉幕式大合照

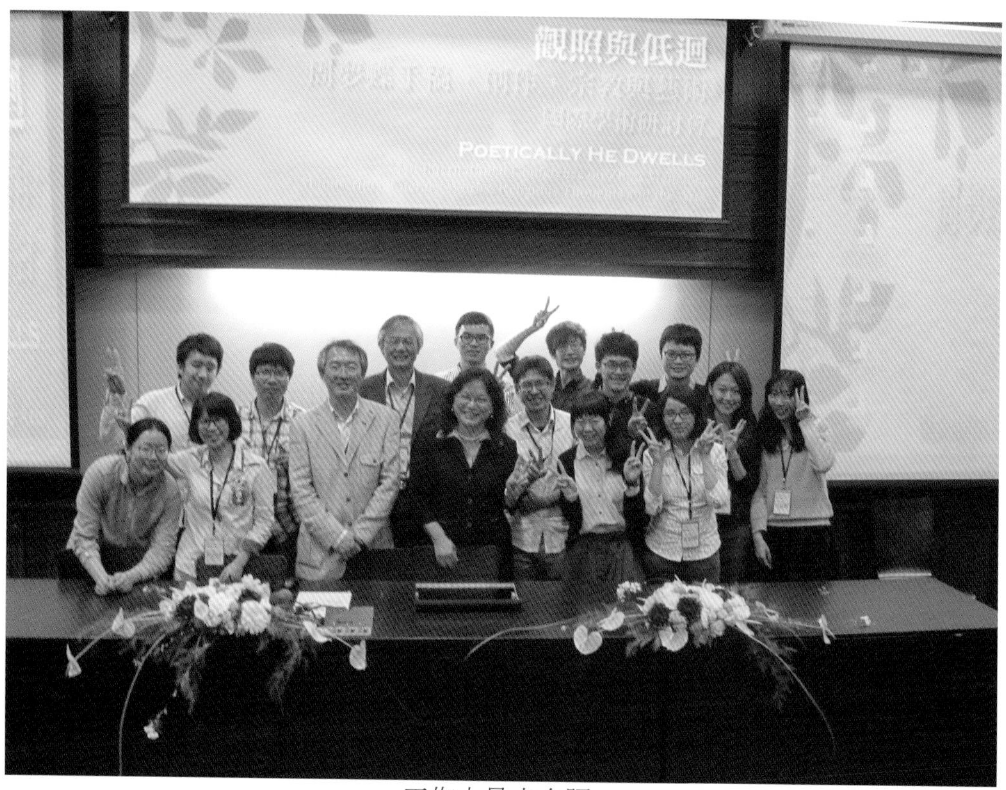

工作人員大合照

展場與活動花絮

周夢蝶
手稿暨創作文物展
誰是這兩條虛線最初的點畫者呢？——〈結〉
2013/3.23六-24日
周夢蝶文物展
臺灣大學文學院20教室 9:30-17:00
「觀照與低迴：周夢蝶手稿、創作、宗教與藝術國際學術研討會」
臺灣大學文學院演講廳
指導單位——國科會、外交部、教育部、文化部
主辦單位——臺灣大學臺文所、中央大學英文系、高雄師大國文系
協辦單位——臺灣大學文學院、臺灣大學圖書館
贊助單位——目宿媒體股份有限公司

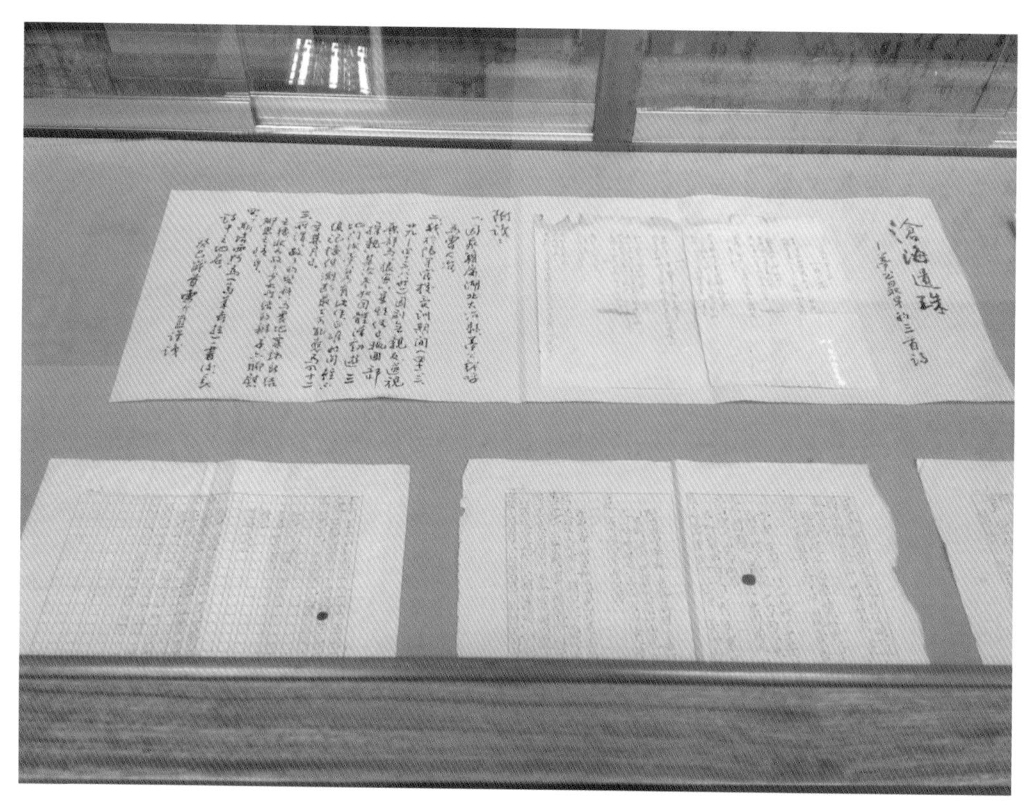
滄海遺珠

曾進豐

觀照與低迴
— 周夢蝶手稿、創作、宗教與藝術

周夢蝶手稿摘錄

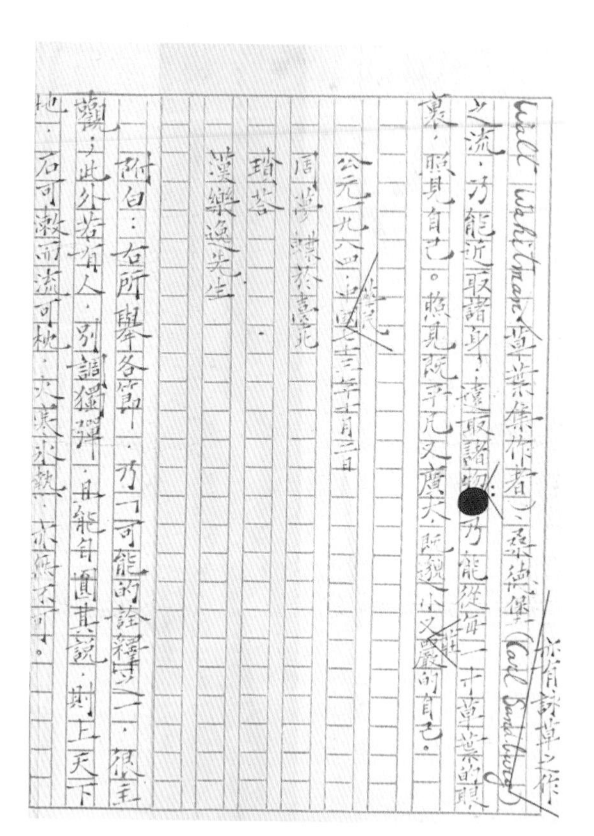

Walt Whitman（草葉集作者）、桑德堡（Carl Sandburg）
之流，乃能近取諸身，遠取諸物；乃能從每一寸草葉的眼
裏，照見自己。照見既平凡又廣大，既渺小又莊嚴的自己。

公元一九八四．中國七十三年十一月二日
周夢蝶於臺北
琦蓉
漢樂逸先生

附白：右所舉各節，乃一可能的詮釋之一，很主
觀；此外若有人，別謂獨解，且能自圓其說，則上天下
地，石可漱而流可枕，火寒水熱，亦無不可。

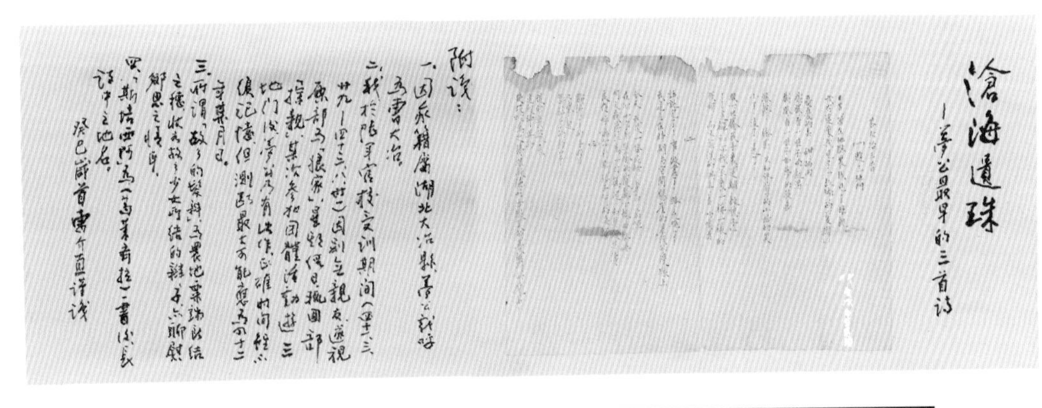
滄海遺珠
—夢公最早的三首詩
附記：

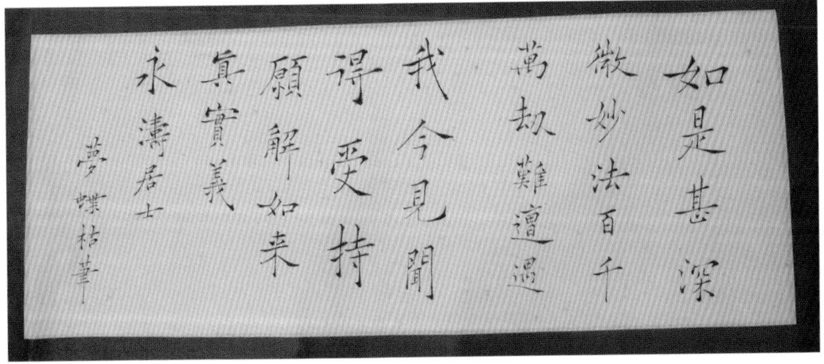
如是甚深
微妙法百千
萬劫難遭遇
我今見聞
得受持
願解如來
真實義
永濤居士
夢蝶拮筆

觀照與低迴：
周夢蝶手稿、創作、宗教與藝術
國際學術研討會論文集

洪淑苓 主編

臺灣 學生書局 印行

導言／洪淑苓

2013年3月23、24日舉行的「觀照與低迴：周夢蝶手稿、創作、宗教與藝術國際學術研討會」已經圓滿落幕，本書是該次研討會的學術論文集。書中各篇，經各發表人修訂後擲回，由本編輯委員會編校出版。

本次研討會以周夢蝶及其相關作品為研究範圍，邀請學者從手稿、作品、影像等不同的媒介與觀點，對周夢蝶其人其詩與相關藝術，作更完整的研究與觀照，從而凸顯詩人整體的生命境界與文學價值。本論文集依各場會議的討論議題編目，在此由我權充導論者，簡要敘述各篇論文旨趣。

一、從文學研究看周夢蝶

首先介紹有關文學研究的兩個議程，各有三篇論文。

（一）文學：語言形式、詩史

周夢蝶的語言兼具古典文言風格，又有現代白話的創發，而其在詩史上的位置以及與其他詩人的關係，都是值得探討的議題。

本議題下，各篇論文採取的路徑不同，奚密〈當代詩人眼中的周夢蝶：四場美學交匯〉係從余光中、陳育虹、陳黎及夏宇四人寫給周夢蝶的詩，去探討詩人與周夢蝶的互動，藉此點撥周夢蝶的詩風與特色，並且也投射出詩人自己本身的詩觀。奚密指出，贈詩自古皆有，但容易流於浮泛，而這四位詩人的贈詩，不但避開這個缺點，反而更有創意與深意，「它們彷彿四面鏡子，和周夢蝶相互輝映，既對其人其詩有所凸顯，又透過文字聲音及互文性呈現了作者自身的獨特風格。」文學史的建立，除了研究者的理論建構外，同時代詩人的評點與互動也是重要的脈絡線索，奚密肯定這四首詩、四位詩人與周夢蝶的交流是「四場心靈的互動，美學的交匯」，相信本篇論文的研究發現也可做為現代詩史的一個佐證。

翁文嫻很早就開始研究周夢蝶，這次以〈古典體質的現代性氣魄——再論周夢蝶詩〉提出新的見解，她聚焦於周夢蝶詩的「內向凝視力」的探討，認為周夢蝶詩具有線性的發展，勇往直前的意志力，把讀者帶到不可捉摸的境界，泯去個人的生命經驗，卻無限擴張，使得所有的個體都可以在他詩中找到印證。翁文嫻指出周夢蝶詩的魅力在於，他的詩讓我們「總覺得那些是『真的』。由於整篇文字，是慢慢地，一點點移動，力量一絲絲累積鋪排，我們幾乎認爲自己看見了，那個不可思議的世界」。本篇論文再次展現翁文嫻對於周夢蝶詩歌語言的深度掌握，也讓我們看見古典與現代如何在周夢蝶的詩，甚至是其人本身衝突、融合以及演繹。

對於周夢蝶的人與詩如何結合而形成獨特的風格，張雙英〈周夢蝶詩風析論——以其人生歷程爲基〉拈出「特殊經歷與性格」與「作品的特殊題材和寫作技巧」爲焦點，來闡釋周夢蝶的詩所以會形成「孤寂」或「淡遠」風格的主要原因。張雙英分析周夢蝶從《還魂草》到《約會》詩集的詩風變化，發現周夢蝶「隨著他日漸改變的心境，他的詩在內容上也由抒發內心的『悲苦』，轉成努力尋求心靈慰藉的『體悟』，再變爲與外界可以淡然相處的『淡遠』」。本篇論文擇選周夢蝶 1950 年代到 1990 年代的代表作，仔細剖析作品與詩人內在心靈，以及外在環境的關係，對周夢蝶創作的心路歷程有相當深入的看法。

（二）文學：情感、時空

周夢蝶的詩文情感綿密，流露對人世的深情眷戀，非常能夠打動人心。但他表現在言行上的，又是超然出世的冷靜態度。因此，「文學：情感、時空」這個部分，乃以周夢蝶和周遭人事的關聯爲主題，探討周夢蝶詩中蘊藏的情感觀，和他與外在世界的關係。

游俊豪〈隱士、空間、交界：周夢蝶的二元語法與世界形構〉一文經由梳理周夢蝶的詩文，提出「二元語法爲周夢蝶的主要思維範式和文學邏輯，爲其觀照社會與世界的特殊角度與模式」的論點，藉此檢閱周夢蝶如何以詩人和隱士的身份，介入和疏離各種不同的空間。游俊豪在結論指出，周夢蝶的詩文是一種「存在美學」，「他的二元語法和邏輯，讓他在全然化境和滾滾紅塵之間構建自己的孤獨國，成爲世俗價值外的『反話語』。然他又善於結緣，因爲通過二元的反復思考和參透，他領悟到自己也不過是浮生俗世當中一個客體。他和他喜歡的其他客體的相聚和相惜，實在是通過美好事物和志趣所發展過來的關係網絡，由此而形構世界。隱士的空間，於是跟人間有了交界。」

陳義芝〈周夢蝶詩風格生成論〉一方面追索周夢蝶創作風格的形成脈絡， 一方面則從《風耳樓墜簡》等作品集，深入挖掘周夢蝶詩中隱藏的情感與欲望。陳義芝認爲風格不只是作品的樣貌，甚至也是詩人整體的表現，才性、身世、時局等，都和作品息息相關。而在情感方面，周夢蝶「不求現世美滿，只在心中燃燒，每一段情都潛藏哀悼的可能，注定難以滿足，藉由書寫更加千迴百轉。寫詩、寫信於是成爲周夢蝶愛情流亡的祕道，以人間的愛情想像，沾溉『流浪生死』的宗教哲思」。這層禪境禪思的體悟，與對人間情愛的描摹與想像，構成了周夢蝶作品的獨特印記，也是「周夢蝶體」的最佳展示。

洪淑苓〈周夢蝶詩中的世態人情〉處理的是周夢蝶詩文中的各種情感面向，包括從周夢蝶對《紅樓夢》女性人物的看法來看他和女性友人的交誼，從周夢蝶給友人的贈詩看他對世間人情的珍惜與眷戀，以及周夢蝶如何從日常生活捕捉生活的機趣，特別是以一種「漫遊者」的姿態穿梭在都市鬧區與邊緣地帶。洪淑苓特別指出周夢蝶在詩文中經常為女性的命運困境打抱不平；而周夢蝶與其他文友的往來，少見宴飲、遊樂的紀錄，反而多是以賀卡相贈，或是題詩為贈，藉此抒情言志，也表達周夢蝶的自我觀或是創作觀念。周夢蝶與雕塑家陳庭詩的交情深厚，互動甚深，更值得仔細探究。本篇論文凸顯了周夢蝶其人其詩世俗的一面，使我們了解周夢蝶在禪思哲理之外，對於人情往來、芸芸眾生以及都市面貌，也有精彩的刻畫。

二、從宗教義理看周夢蝶

禪思、哲理以及對生死的體悟，是周夢蝶詩作的獨特招牌，不僅吸引讀者反覆閱讀、揣摩，也是學者研究的重點。「宗教義理、生死」的議程有三篇論文：楊惠南〈徘徊於此岸與彼的詩人——周夢蝶月份略探〉、蕭水順〈道家美學：周夢蝶《有一種鳥或人》透露的訊息〉以及曾進豐〈直視擁抱與從容超越——論周夢蝶詩的死亡觀照〉。

楊惠南（楊風）以周夢蝶《還魂草》中所收錄的十三首月份詩為研究題材，這一組詩在總標題貫上「紅與黑」，紅與黑象徵人生的兩個極端，如小說家哈岱所說「追尋」與「幻滅」的輾轉、徘徊，因此本篇論文即順著「紅」與「黑」的意象與象徵，亦即追尋與幻滅，來詮釋周夢蝶這十三首月份詩。楊惠南分析，周夢蝶所追尋的，「有人間情愛的追尋，也有宗教（佛教、基督教和莊子）聖境的追尋。人們就在戀愛與失戀之間輾轉、徘徊，也在神聖與世俗之間輾轉、徘徊。情與無情之間，乃至聖與凡之間的擺盪，成了周夢蝶詩作中的最重要特色。」而嚮往「彼岸」的禪境或解脫境，卻又忘不了「此岸」的「我」，也正是周夢蝶的人格特質。本篇論文讓我們了解周夢蝶月份詩的深沉含意，對於其中的宗教思想、矛盾與熱情，也有細膩的剖析。

蕭水順（蕭蕭）以周夢蝶《有一種鳥或人》的道家美學為研究主題，論文首先評述相關研究的點，其次則指出周夢蝶前期詩作深受佛理、禪趣之影響，素為詩壇所熟知，然而後期三冊詩集（《十三朵白菊花》、《約會》、《有一種鳥或人》），「則從孤峰頂上回歸人間，從矜持的哲思中解脫而出，放鬆心思，放鬆自己，因而也放鬆語言，自有一種率真之真、從容之美，另有一種塵俗之樂、會心之喜。」蕭蕭認為，周夢蝶後期的作品很多都可以呼應老子的天道玄思中，最後回歸為人間的「安居樂俗」、「聖人不積」的境界，同時也展現出莊子的「喪我」、「物化」等的「齊物」思想。本篇論文給予周夢蝶詩全面的觀照，在禪悟之外，對周夢蝶思想的脈絡、系統有清晰的論述，抉發了周夢蝶詩具有以水為意象之棲、以渾為意念之起、以遊為意境之極的道家美學風格。

曾進豐關注的是周夢蝶詩中的死亡觀精神，論文首先從近代西方存在主義哲學的死亡觀談起，指出其「要求人直面死亡，認為正視死亡乃個人必須單獨面對之習題，且強調其個體性與不可替代性」，其次則點出周夢蝶對存在與死亡並不悲觀，而是以極度清醒的眼光看待死亡，深度汲索死亡的意義，並且藉由文學藝術來詮解與想像。曾進豐進一步爬梳周夢蝶詩中的死亡意象，並分析周夢蝶對於死亡顯然深具幻美想像，有如墓穴裡的親切美好，也虛構出另類孤獨國境，甚且以復歸於嬰兒的無邪，來消解死亡的焦慮與恐懼。透過詩文與思想的互證，曾進豐高度肯定周夢蝶歷經顛沛流離仍能貞定固窮，豁達而平靜地看待死亡的到來。

三、從藝術表現看周夢蝶

周夢蝶在宗教、禪理體會上的當代性，更可以連結到其詩作與藝術表現的層次。例如他的〈《不負如來不負卿——石頭記》百二十回初探〉，內容上是個人評點《紅樓夢》的心得，但以手寫稿呈現，也就富有書法的意涵，別具評論與書法藝術交會的特色。而周夢蝶喜與人書信往來，即使是隻字片語、短箋手札，也都引發旁人觀想與研究的興味。周夢蝶不是書法家，但他的筆觸削瘦而蒼勁，塑造了獨特的書寫風格，若加上外圍的書寫緣起、交遊關係等，或許可能挖掘出周夢蝶書法藝以及創作之間的各種關係。

首先，從文學史的角度探勘。1950 年代的文壇與藝術界，盛行引介西方的現代主義，1953 年由紀弦主導的《現代詩》季刊創刊，1957 年劉國松等人成立五月畫會，這兩個藝文團體都是對「現代主義」提出不同程度的回應，其中有「西化」的模仿，也有回歸東方的想像。在這東、西交會時刻，周夢蝶的詩佔有甚麼地位？

盛鎧〈周夢蝶與 1950、60 年代臺灣現代主義文藝的東方想像〉提出一個前提，即 1950、60 年代臺灣現代主義文藝運動並不能單純地視為一場「西化」的潮流，其中亦有嘗試融合東方美學風的主張與表現。譬如五月畫會雖引入西方抽象繪畫風潮，但畫會發起人劉國松亦自我標榜其創作具有東方文化特色。以此來檢視周蝶，他不曾主動表示附從西方現代文學流派，且其詩作亦經常被視為富含東方禪義；可見周夢蝶的詩風和這個東、西交會的潮流有所呼應。盛鎧認為，周夢蝶更突出的成就在於，他不特別著重鎔鑄古典詩詞，但又超脫當時的東方想像，可說是臺灣文學史上的一朵奇葩。

楊雅惠〈詩僧美學的現代轉折：周夢蝶的詩書藝術〉係借用古典文人美學——詩／書／畫互文的角度，探討現代詩人周夢蝶的詩／書互文現象，及其中所表現的審美意境。論文特別聚焦在周夢蝶如何以現代詩的語言形式，並及貌似寫經小楷的書法，融解其徘徊古典、踽步現代，非古非今、亦僧亦凡的心境。楊雅惠更具體的從細讀周夢蝶詩的文體、修辭，以及觀察其書法的形質，指出周夢蝶詩具有深思凝神而又迷茫弔詭的兩面性，而這正是他所具有的現代性抒情風格。其次，由宗教文化詩學角度，楊雅惠認為自古已有詩僧、畫僧的釋、道美學，明清之際亦有改信天主教的儒者、畫家，但周夢蝶出入釋、道、耶的宗教美學傾向，則展現另一種詩學文化的類型，對傳統的詩僧美學，開創了現代性的轉折典型。

就書法藝術的探討，尚有杜忠誥〈冷、逸、枯、峭——周夢蝶書法風格初探〉。杜忠誥縱向觀察周夢蝶的書風形成與演變，為他定位出「冷」、「逸」、「枯、「峭」四字。「冷」，是指其字一筆一畫均各為起訖，毫不含糊，極度理性冷靜。而點畫之間似有百般按耐，缺乏映帶顧盼之情，畫面顯得冷凝清寂；「逸」，是指其書脫略繁冗，直取真淳，意韻沖遠，不落常格。此皆緣其能勇於割捨，一超獨往之真性使然；「枯」，是指其用筆提多按少，總似蜻蜓點水，故骨瘦如柴。且書時又常惜墨如金，捨不得多磨兩下，故筆畫總是既枯且淡，殊乏潤澤氣息；「峭」，是指其點畫精勁，雖枯瘦嶙峋而力透紙背，氣骨崢嶸，標格極為峭拔，使得旁人毋須觀看名款，一眼便能看出是周公書法。杜忠誥結語認為，周夢蝶晚年書風較少圓暢韻致，但仍然透露倔強氣息。

四、從手稿看周夢蝶

當今的文學創作已是電腦和網路的擅場，但周夢蝶仍然維持手寫方式來創作。周夢蝶的字體具有個人特色，因此他的手稿也顯現獨特的書寫風格，從材質、書寫格式到手稿內容，無一不透露他那藝術家式的性格。除了這特殊的美感，就手稿研究而言，周夢蝶的手稿也因這些特質而形成獨特的研究價值。這部分的研究對於周夢蝶研究而言，是一項嶄新的嘗試，也開拓了對現代詩研究的領域。

本議題共有三位學者的論文。馮鐵（Raoul David Findeisen）的"'To Consider the End of Speech Its Beginning' – A Preliminary Assessmentof Zhou Mengdie's Manuscripts"係以十多份周夢蝶的手稿（包括詩歌、書信和散文詩在內）為研究材料，從幾種不同的角度來分析周夢蝶手稿的特色。論文思考的重點為（一）辨認手稿中清晰可見的段落及其具有的手寫之特色；（二）思考這些手寫段落和使用文體有無關係；（三）研究這些段落的手寫方式並推敲和周夢蝶的宗教思想有無相關：馮鐵認為這些手稿透露周夢蝶寫作上的一個奧秘，亦即清晰可辨的文字代表會說出來的觀念，而那些塗抹的邊、線等痕跡，正代表無法說出來的思想，因此手稿上的各種塗寫記號，以及一再重複劃線、劃邊框的情況，都是值得重視的地方。本文所討論的手稿包括〈風耳樓墜簡——至陳媛〉、〈約會〉與〈賦格〉等詩文。

易鵬〈「花心動」：周夢蝶《賦格》手稿初探〉運用「文本生成學」角度，集中探討

〈賦格〉手稿的諸多問題，並以《不負如來不負卿》的手稿作爲參照。論文仔細觀察周氏手稿的樣式、塗改與增刪的模式，以及因此而涉及字句、作品的意義及詮釋，對於周夢蝶手稿的研究，展示了一種「細讀式」的研究進路。透過易鵬的整理與歸納，可知周夢蝶手稿具有刪劃、遮蓋以及編寫號碼的特點，而這些塗寫與後來的定稿對照，往往也有互文的意趣。易鵬並舉出里爾克、葉慈、克乃車維奇的詩作爲例，以此襯託周夢蝶手稿的刪改模式具有獨特的轉化和創發的效果。本文所討論的手稿除〈賦格〉外，尚有《不負如來不負卿》第三回；同時對〈賦格〉手稿進行謄寫，也整理出綱要、修訂稿、刊印文本的對照表。

何金蘭〈草稿・手稿・定稿——試探周夢蝶書寫文本〉亦從「文本生成學」（或稱「文本發生學」）角度入手，以草稿、手稿、定稿三種類型進行研究。論文以〈九行二首〉的四份草稿爲例，探討周夢蝶從構思到定稿的思考脈絡；其次以〈如雞孵卵、禪師〉、〈賦格〉等十五份手稿爲例，分析周夢蝶修改文字的習慣，包括以尺先或後畫出斜線，而後插入新增的文字，或是以黑點、方框塗黑的方式塗抹文字，其背後所代表的意義；第三，則以〈九行二首〉的手寫定稿和報紙副刊刊出稿比較，發現其中仍有些許差異。何金蘭認爲這些修改方式，正可以拿來探索周夢蝶創作時心靈世界的原始秘密，從意念的初萌、靈感的降臨、思考的繁複、旋律的選擇、音韻的轉變、節奏的決定、用詞的猶豫、詩句長短的修改等，見識周夢蝶對於創作的謹嚴態度與堅持的精神。

五、國際視野看周夢蝶

周夢蝶獨特的詩風與人格，不僅是國內學者與讀者熱切關注的對象，國際學者也有相當大的興趣來研究周夢蝶。若從異文化的觀點來看周夢蝶，或透過不同領域來研究周夢蝶，乃至於從各國詩歌角度來討論周夢蝶詩的現代性與國際性，都是本次國際會議所欲推動的目標。

本議題的論文分別來自法國、荷蘭與德國的學者。法國籍的胡安嵐（Alain Leroux）"Writing and experience."首先提出關於寫作與生命的思考：「生命的體驗或可以早於寫作，之後就變成故事、或記敘。寫作亦可早先於生命，且看似與生命脫節。所謂的純詩？更貼切地說，此時，寫作是逆著生命的長河而上，求的是在其中更能觸人心弦。」在此基礎下，胡安嵐認爲周夢蝶的詩顯現對禪學的深刻體驗與發揚，他和他所創作的作品，正是在最深處體驗著一種根本的對立，亦即「詩不囿於文字，然詩亦不出於文字」的悖論模式。本文所涉及的周夢蝶詩作包含〈絕響〉、〈你是我的一面鏡子〉、〈密林中的一盞燈〉與〈孤峰頂上〉。

荷蘭學者漢樂逸（Lloyd Haft）"'Branchings of My Hands': Translation as a Key to

Parallel Meanings in Zhou Mengdie's Poetry"一文首先指出，周夢蝶的詩是很難翻譯的，不只是因爲他作品中深厚的哲學或宗教思想，更因爲那獨特的語法和詞彙；和一般中文書寫比較，周夢蝶慣用的詞彙有時甚至是不合語法的。而一些中文中特有的語感，也很難翻譯出來，例如〈詠雀五帖〉中，描寫麻雀在電線杆之間的電線上棲息，這個拉開的電線的「一」的形象，就很難翻譯，因爲那也關係到作品中的哲思，就像莊子的思想一樣。但詩的閱讀和翻譯可以是開放的，因此，漢樂逸試著以逐字（word by word）細讀的方式，翻譯也解釋周夢蝶的詩。本文共討論〈九行二首・鳥〉、〈即事・水田鷺鷥〉、〈花，總得開一次〉、〈詠雀五帖〉等多首作品，從虛字代表多、雙關語、神秘經驗、主詞是誰等角度切入。透過翻譯的推敲和斟酌，使我們看到、聯想到周夢蝶詩中各種的可能。

顧彬（Wolfgang Kubin）"Poetry as Religion: Its Crisis and its Rescue. Towards Zhou Mengdie" 一文從德國詩歌具有宗教性談起，認爲近代以後，詩人逐漸捨棄了宗教本質，而以其他的思想來代替。因此若是一個詩人要找回他的讀者群，他的作品是否必須具有宗教性？顧彬即以這樣的觀點解讀周夢蝶的詩，希望從中找到答案。本文所討論的作品有〈擺渡船上〉、〈空白〉、〈你是我底一面鏡子〉以及〈誰在高處〉。顧彬認爲〈擺渡船上〉很有哲思，其中「人在船上，船在水上，水在無盡上/無盡在我刹那生滅的悲喜上」的「無盡」與「刹那」的對比，即相當富有哲理，也有道家的色彩。而「擺盪著——深深地/流動著——隱隱地」的「深深」、「隱隱」也具有哲學或形而上的思維。〈空白〉的「空」、「白」本身即是道家或佛家思想的呈現，因此題目被翻譯爲"Empty Whiteness"，而不是只有"blank space"這樣的意思而已。透過顧彬對周夢蝶詩的原文和譯文的詮釋，使我們更了解周夢蝶的詩具有深刻的哲思，也近乎宗教與信仰的神聖境界。

六、從文學電影看周夢蝶

2011 年 4 月，文學電影「他們在島嶼寫作」系列隆重上映。其中《化城再來人》即是以周夢蝶爲主角而拍攝的影片，透過影像的敘事，導演試圖捕捉周夢蝶的文學形象。這部介於紀錄片與劇情片之間的文學電影，爲我們刻畫了怎樣的周夢蝶形象，導演、演員、觀眾以及傳主周夢蝶怎樣看／演周夢蝶，都是令人好奇而想深入了解。本次會議附設圓桌論壇，邀請陳耀成、陳傳興與林文淇三位導演與教授進行對話。透過論壇的發言紀錄，我們可了解電影中的長鏡頭其實是用來展現周夢蝶日常生活中的時間性，因爲周夢蝶隨興、舒緩的時間步調都是對都會生活與現代性時間的對抗。與會學者都同意，周夢蝶本身已具有深沉的生命美感，但電影的拍攝技巧也很值得稱讚，因爲通過鏡頭的節奏變化，確實捕捉了周夢蝶的神韻與氣質，並且建構出一種出入於生活與禪道的詩學氛圍。

結 語

昔日周夢蝶在臺北武昌街明星咖啡屋樓下擺書報攤，被喻爲臺北最美麗的文學風景。後來不擺攤了，他那一身長袍以及靜定的神情，仍然是各種藝文場合中最耀眼的一個形象。2014 年 5 月 1 日，周夢蝶先生以 94 高齡與世長辭，留給我們無限的追思。相信周夢蝶的詩已經是我們共同的文化資產，而「周學」永遠是吸引學術界的研究主題。希望這本論文集，可以讓大家更瞭解周夢蝶詩歌藝術的成就，提供研究周夢蝶的多種角度，確立周夢蝶在現代詩史上的崇高地位與價值。

專題演講／余光中

時間：2013 年 3 月 23 日（六）
地點：臺灣大學文學院演講廳
主持人：洪淑苓所長
主講人：余光中教授
貴　賓：周夢蝶先生
記錄、整理：廖紹凱

洪所長淑苓：余光中老師、周夢蝶先生，以及各位與會的嘉賓，大家好。今天勞動兩位老師，兩位老師常常配合年輕晚輩演出，非常感謝。這次特別邀請到余光中老師，他與周夢蝶先生深厚的關係，來爲我們做這次的專題演講非常合適，更重要的原因是，余光中老師也是我們現代詩詩壇重要的創作者。今天余光中先生舟車勞頓、特地從阿里山趕來臺大，真是非常感動與感謝。

余教授光中：周夢蝶先生、洪淑苓所長、各位愛好文藝的朋友，今天這場合是個紀念。我近年來活動太多，就像一隻風箏飛得太遠，我一直在地上收線，但風不讓我收下來。昨天放得很高、放到阿里山，今天拼命收線，來到臺大我的母校。周夢蝶最早的詩集《孤獨國》，後來我寫了一首詩〈孤獨國〉，今天這麼多人來參加研討會，看來已是孤獨帝國，寂寞不下來。

我和周夢蝶都屬藍星詩社，詩社是偶然，詩是必然，因此我和他的關係不是藍星的關係。當然某個面向說來，在藍星的後期，周夢蝶的表現越來越動人，但是他不屬於藍星，他是屬於整個詩壇。甚至於他在武昌街當街頭導師，很多人免費請教他，一生受用無窮。

今日聽到三場精彩演講，這次總共有二十幾篇學術論文，非常了不起。古人不這樣研究詩學，古人寫詩話，例如王國維。至於我，無等可升，不必寫學術論文，因此今日講的，像散文又像詩話，請原諒我的草率。

夢蝶說他是屬於蝸牛派，寫得慢、苦吟派。我這幾年來曾寫過三首詩給周夢蝶，最長的一首〈孤獨國〉，收在《天狼星》裡。又寫了一篇短文，中央日報要頒給周夢蝶詩獎，我在這篇短文中指出，我們中國詩自晚近從納蘭成德、龔自珍、蘇曼殊、王國維這系列下來，大概就是爲情所苦、悲觀的，愛情也好、人生觀也好。

最早爲他寫序的是葉嘉瑩的〈序還魂草〉。在文化上，有人是因爲看得開而偉大，有人因爲看不開而偉大。前者如莊子，後者如屈原、李商隱。兩種人生觀都能有偉大之處，早期的周夢蝶看不開，「靈魂在不能接吻的時候才會唱歌」，表示自己看得開，其實是看不開。不過在六零年代，臺灣詩壇流行虛無主義、荒謬劇場還有超現實主義繪畫等等，周夢蝶在眾聲嘈雜之中，並未加入，而是運用他的悲劇去抵抗時代，而非參加時代主流。另一方面，當時許多作家，不論是超現實或鄉土，在手法上受到了現代主義技巧影響。

我在〈一塊彩石就能補天嗎？——周夢蝶詩境初窺〉寫到，周夢蝶的詩寫景絕少，造境非常多，以象徵造境，用典也很多。矛盾調和，矛盾可以統一。例如〈藍蝴蝶〉：「世界老時我最後老／世界小時我最先小」，架子搭得好，就能成名句。「雪中取火」、「鑄火爲雪」，矛盾求得統一，但用得越多，效果會遞減，因此矛盾語法要適可而止。因此我認爲他造境，不妨也寫景。

到後期，我發現他取法更寬廣，不但造境也常寫景，尤其後來的〈有一種鳥或人〉進入 21 世紀之後的作品，句子更輕鬆，沒有矛盾的緊張；矛盾用多了會有故意求工之感，但周夢蝶卻並重，不論現實生活或冥想玄想都能夠寫出好句子來。

比如〈九行二首〉：「不信先有李白而後有黃河之水。不信／菊花只爲淵明一人開？／風從思無邪那邊／步亦步趨亦趨的吹過來／上巳日。子在川上曰：／水哉水哉水哉／逝者如斯。不信顏回未出生／已雙鬢皓兮若雪？」比如〈詠雀五帖〉寫稻草人，稻草人在臺灣是鄉下田裡常看到的：「越看越嫵媚／與你，已守候多時的稻草人／在狹路處／一笑相逢／遂印成知己／（我們同是吃風雨長大的）／葵扇無可無不可的搖著／不速而自至，甚至／沉思在你的肩上／拉屎拉尿在你的頭上臉上／無怒容，亦無喜色」生動地寫景之有造境，有點滑稽、有點悲憫，和他早期的一往情深很不一樣。

還有一首〈蝸牛與武侯椰〉，他實際上是在寫諸葛亮，表面上在寫蝸牛，又照應到諸葛亮：「想必自隆中對以前就開始／一直爬到出師表之後／纔爬得那麼高吧／羽扇綸巾的風／吹拂著伊淡泊寧靜的廿七歲，以及／由是感激／而鞠躬盡瘁／而死而後已的輪跡／不可及的智兼更更不可及的愚／——這雙角／指揮若定的／信否？這錦江的春色／這無限好的／三分之一的天空／嚇，不全仗著伊／而巍巍復巍巍的撐起？」早年用典看得出痕跡，後來便左右逢源。

臺灣老詩人，現在只有一位紀弦，孤立在舊金山，現在也沒有在寫詩了。世界上這麼多國家、社會，幾乎沒有一個有臺灣這麼多七老八十的詩人還在寫詩、發表，是爲奇景。半世紀之前，很多人攻擊現代詩崇洋媚外、全盤西化，今天這麼多人來探討周夢蝶詩的貢獻，這說明我們當年開始的詩的運動已經完成了一個循環。我希望周夢蝶還寫下去，寫到 101 歲，像那高樓一樣。

最後念一首多年前寫給周公的詩，〈蠋夢蝶——贈周夢蝶〉：

最後必定有翅膀自你的口中飛出
那時你不再是你，胡蝶不再
是胡蝶，則究竟栩栩是誰，蘧蘧
是誰？又有甚麼區別？
莊周的午睡裏飛著胡蝶
睡者寤時，胡蝶就斂翅

不自由的靈魂要絕對的自由。 夢
一半的自由只是，另一半，是詩
夢是詩未實現，未實現
就死去，而詩，夢的標本
睜眼，在現實的催眠之下奇異地完成
可撫摸的，一種凝定的翩躚

沒有甚麼是絕對的自由，除非
那錦翅飛走，自洞黑的口中
於是逍遙遊是逍遙遊
你是你，你曾是你，是蠋，是蛹
但分裂不是自由，是減少
是蠋的被棄，蝶的遁逃

甚麼焦灼，甚麼焚心的焦灼更長
比這短短的，五呎三吋
自顱至踵？ 從武昌街到廈門街
從公元以前到一九六七
甚麼憂煩有更重的重量
比這一百零幾磅？

蠋夢蝶。 這便是自由的意義
無限自有限開始，不朽，由此去
而蠋啊，不可忍受的醜陋要忍受
一扇窄門，一人一次僅容身
一切美的，必須穿過
凡飛的，必先會爬行

——俄然，覺

洪所長淑苓：謝謝余光中老師精采的演講，剛剛余老師提到現代詩進入課本有種三民主義的味道，其實不會的，很多同學讀現代詩都當成哈利波特在讀，也從中發展出自己的魔法。新一代詩人從前輩詩人吸取養分、得到靈感，詩人們對現代文學的貢獻非常大，希望繼續傳承下去，創造出更多更新的藝術花朵。再次謝謝余光中老師爲我們做了這麼精采的演講。

觀照與低迴：周夢蝶手稿、創作、宗教與藝術國際學術研討會論文集

目　次

導言／洪淑苓／i

專題演講／余光中／ix

文學：語言形式、詩史／1

奚　密／當代詩人眼中的周夢蝶：四場美學交匯／3

翁文嫻／古典體質的現代性氣魄——再論周夢蝶詩／13

張雙英／周夢蝶詩風析論——以其人生歷程爲基／27

文學：情感、時空／49

游俊豪／隱士、空間、交界：周夢蝶的二元語法與世界形構／51

陳義芝／周夢蝶詩風格生成論／61

洪淑苓／周夢蝶詩中的世態人情／75

文學：宗教義理、生死／99

楊惠南／徘徊於此岸與彼岸的詩人——周夢蝶月份詩略探／101

蕭水順／道家美學：周夢蝶《有一種鳥或人》透露的訊息／119

曾進豐／直視擁抱與從容超越——論周夢蝶詩的死亡觀照／137

跨領域：藝術／159

盛　鎧／周夢蝶與 1950、60 年代臺灣現代主義文藝的東方美學論／161

楊雅惠／詩僧美學的現代轉折：周夢蝶的詩書藝術／179

杜忠誥／枯、峭、冷、逸——周夢蝶書法風格初探／207

跨領域：手稿／229

馮　鐵 Raoul David Findeisen／"To Consider the End of Speech Its Beginning"— A Preliminary Assessment of Zhou Mengdie's Manuscripts（「以話尾爲話頭」——周夢蝶手稿初考）／231

易　鵬／「花心動」：周夢蝶《賦格》手稿初探／271

何金蘭／草稿・手稿・定稿——試探周夢蝶書寫文本／291

國際視野／317

胡安嵐 Alain Leroux／Writing and experience.／319

漢樂逸 Lloyd Haft／"Branchings of My Hands": Translation as a Key to Parallel Meanings in Zhou Mengdie's Poetry／333

顧　彬 Wolfgang Kubin／Poetry as Religion: Its Crisis and its Rescue. Towards Zhou Mengdie／361

電影：「化城再來人」圓桌論壇／377

後記／洪淑苓／379

周夢蝶年表／381

附錄一、研討會議程表／383

附錄二、與會學者名單／385

附錄三、工作人員名單／387

文學：語言形式、詩史

奚　密／當代詩人眼中的周夢蝶：四場美學交匯

翁文嫻／古典體質的現代性氣魄——再論周夢蝶詩

張雙英／周夢蝶詩風析論——以其人生歷程為基

奚　密

國立臺灣大學外國語文學系學士，美國南加州大學比較文學碩士、博士，現任美國戴維斯加州大學東亞語言文化系教授，比較文學系研究組教授，及加州大學海外學習項目主任。

主要中英文著作包括：《現代漢詩：1917 年以來的理論與實踐》，《當代詩文論》，《從邊緣出發：現代漢詩的另類傳統》，《臺灣現代詩論集》，《芳香詩學》，《詩生活》，《誰與我詩奔》等。主要中英文編譯包括：《現代漢詩選》，《二十世紀臺灣詩選》，《航向福爾摩：詩想臺灣》，《海的聖像學：沃克特詩選》等。

翁文嫻

法國巴黎第七大學東方語文系博士，現任國立成功大學中國文學系副教授。著有詩集《光黃莽》、詩論《創作的契機》《李白詩文體貌之透視》、散文《巴黎地球人》、編輯《現在詩 4——行動詩學文件大展》、另一法文臺灣詩選：《關於不忠——臺灣當代詩選》（*De l'infidélité: anthologie de la poésie contemporaine de Taiwan*）等。

張雙英

美國亞利桑納大學東方研究所博士，曾任國立政治大學中文系專任教授，美國密西根州大山谷大學交換副教授、加拿大多倫多大學東亞學系客座教授等，亦任國立政治大學學務長，中國古典文學研究會常務理事，東吳大學中文系系友會會長以及淡江大學中文系系主任，現爲淡江大學中文系教授。

當代詩人眼中的周夢蝶：四場美學交匯

奚　密*

周夢蝶其人其詩早已成為詩壇上一則美麗的傳奇。多位當代詩人也寫過贈詩或以他為題的作品。本文以四首詩作為討論的重點，因為它們不僅是對周夢蝶的致敬，在更深意義上它們也流露了四位詩人各自的詩藝和詩觀。換言之，我們可視這四首詩為四場美學的交匯，充滿了潛在對話和互文性的趣味。

一、「蝶」的美學

余光中 1967 年寫〈蠋夢蝶——贈周夢蝶先生〉。題辭即說明三則中西典故，它們分別是：1）古希臘以蝴蝶為靈魂的象徵；2）基督教將肉身比喻為蠟燭，將靈魂比喻為蝴蝶；3）讀者熟悉的莊周夢蝶。詩人一向以學貫中西，博覽古今著稱。此詩融合三個中西典故，思考現實與夢，肉體與靈魂，有限與無限之間的辨證關係。詩題已透露此主題：「蠋」（主詞）－「夢」（動詞）－「蝶」（受詞）。余光中的詩多以意象為主，擅長隱喻象徵的鋪陳發揮。此詩也不例外。意象在詩人筆下好比身手矯健的特技演員，在空中交錯著翻觔斗，令人目不暇接。例如蠟燭的「焚心」和「焦灼」，刻意用兩個火字旁的字。又如從蝴蝶聯想到蛹，到有限的肉體；從蝴蝶的「翩躚」、飛翔、「錦翅」聯想到自由、夢、與詩：

> 不自由的靈魂要絕對的自由。夢
> 一半的自由只是，另一半，是詩
> 夢是詩未實現，未實現
> 就死去，而詩，夢的標本
> 睜眼，在現實的催眠下奇異地完成
> 可撫摸的，一種凝定的翩躚[1]

如果夢代表短暫的心靈自由，那麼詩就是「夢的標本」，將心靈的影像永遠存留下來。

---

* 美國戴維斯加州大學東亞語言文化系教授。

1 曾進豐編，《娑婆詩人周夢蝶》（臺北：九歌出版社，2005），頁 323。

在此意義上〈蠋夢蝶〉也是對詩本質的思考，它召喚現代漢詩的兩篇經典作品：胡適的〈夢與詩〉（1920年作）和戴望舒的〈我思想〉（1937年作）。

如果「人生如夢」是中西文學傳統中普遍的比喻，那麼〈夢與詩〉首次將詩和夢直接對等起來。而支撐此對等關係的是，兩者都源自詩人獨一無二，不可取代的個人經驗，而非前賢建立的典範的模仿，和文學傳統的傳承因襲。因此，此詩可視爲早期新詩的一篇宣言，以詩的簡潔形式重申胡適1917年提出的〈文學改革芻議〉，以現代白話、自由體、「經驗主義」來對抗古典詩詞的文言、格律、典故、意境。

都是平常經驗
都是平常影像
偶然湧到夢中來
變幻出多少新奇花樣

都是平常情感
都是平常語言
偶然碰著個詩人
變換出多少新奇詩句

醉過才知酒濃
愛過才知情重
你不能做我的詩
正如我不能做你的夢[2]

但是，此詩的意義不僅僅在於標榜「經驗主義」；它的另一層意義是對想像力的肯定。頭兩節裡胡適用「變幻」和「變換」兩個同音詞來凸顯將現實轉化爲夢與詩的想像力。沒有想像力，「平常」不可能變成「新奇」。

轉化性的想像力也是余光中〈蠋夢蝶〉裡的一個母題：正如蛹蛻變爲蝶，夢則「凝定」成詩。這個思維邏輯在詩尾得到圓滿的完成：

無限自有限開始
……
一扇窄門，一人一次僅容身
一切美的，必須穿過
凡飛的，必先會爬行

——俄然，覺[3]

對想像力，對美，對永恆的肯定，使這首詩的另一層互文性呼之欲出。那就是戴望舒的〈我思想〉：

2 胡適著，胡明編注，《胡適詩存》（北京：人民文學出版社，1989），頁230。
3 同注1，頁324。

我思想，故我是蝴蝶……
萬年後小花的輕呼，
透過無夢無醒的雲霧，
來振撼我斑爛的彩翼。[4]

這首詩我曾在他處討論過，這裡僅就它和〈蝎夢蝶〉之間的關聯做一闡述（注 5）。兩首詩不但都用蝴蝶和夢的意象，在詩觀上更有深刻的相通之處。〈我思想〉裡的「我」幻想自己化身爲蝴蝶。但是它不是一般的蝴蝶，而能超越無限時空（萬年，雲霧）去呼應一朵「小花的輕呼」。兩首詩都凸顯短暫和永恆的對比。戴望舒的「斑斕的彩翼」和余光中的「錦翅」隱隱呼應。蝴蝶象徵美的永恆，詩的超越。通過想像力，詩人回應一切美的事物——即使只是一朵小花——並將它轉化爲詩，永留人間：「無限自有限開始。」

二、「瘦」的美學

本文討論的第二首詩是陳育虹 2007 年的〈印象——夢蝶先生臥病初愈〉：

他已經瘦成
線香
煙
雨絲
柳條
蘆葦桿
瘦成冬日

一隻甲蟲堅持的
觸角[5]

周夢蝶的「瘦」，以成了詩人的「註冊商標」。在〈花心動——丁亥歲朝新詠二首〉之二裡，詩人便以「瘦與孤清」自況。向明曾讚美陳育虹「用廿八個字的短詩道出了絕妙無比的視覺「印象」[6]。這裡我們不妨進一步分析其「絕妙」之處。

此詩運用六個「瘦」的視覺意象。表面「輕」描「淡」寫，但是細細體會，它對周夢蝶實有相當深入的詮釋。結尾三行將病後的詩人比喻爲「冬日一隻甲蟲堅持的觸角。」比起前面五個意象，甲蟲的觸角更瘦更小。爲什麼選冬天？因爲寒冷對一隻小蟲是更嚴峻的考驗（而周夢蝶 1982 年有詩名〈不怕冷的冷〉）。即使在這樣惡劣的環境下，它的觸角依然挺著，似乎在堅持著什麼。如果頭五個比喻僅僅停留在外在的視覺層面上，結

4 戴望舒著、梁仁編，《戴望舒詩全編》（杭州：浙江文藝出版社，1989），頁 126。
5 陳育虹，〈印象——夢蝶先生臥病初愈〉，《聯合報》副刊（2007.3.17）。
6 向明，〈苦行詩人周夢蝶〉，《明道文藝》410 期（2010.5），頁 56-57。

尾的意象更值得回味。

小甲蟲的觸角讓人想起周夢蝶 1961 年的〈無題〉：「憶念是病蝸牛的觸角，忐忑地／探向不可知的距離外的距離。」[7]1978 年的〈漫成三十三行〉這樣比喻時間：「一隻比一隻瘦而疾蹩／病蝸牛的觸角似的／這分秒」[8]。陳育虹將重複出現的「病蝸牛」意象轉換成對周夢蝶本人的隱喻，並同時將它和「堅持」聯結起來。

字面上「堅持」指的是年高體衰的老詩人，屢次戰勝病痛，實屬難得。但是它應該還有更深的涵義。周夢蝶早期作品〈無題〉即有這樣的句子：

……任萬紅千紫將你的背景舉向三十三天
而你依然
霜殺後倒垂的橘柚似的
堅持著：不再開花[9]

2003 年的〈靜夜聞落葉聲有所思十則——詠時間〉之八則道：

除非你偏愛而且堅持，堅持自己
作一名孤兒，以漂泊為怡悅。[10]

詩人以「不開花」和「萬紅千紫」對比，毋寧做個「漂泊」的「孤兒」，也不追求一般人渴望的幸福和安定。兩首詩裡的「堅持」表達的是詩人對人生的一種態度。〈折了第三隻腳的人〉如是說：

他幾乎什麼都沒有穿
什麼都沒有穿
甚至皮膚、毛髮、血液、聲音……[11]

1962 年以來周夢蝶念佛習禪，從未中斷。他當然明白，悟道是一個不斷捨棄不斷消滅以趨於「無」的過程，縱或仍不免「花心動」。人生如此，寫詩又未嘗不是？雖說是不可信的文字障，然而莊周也好，禪宗也好，仍寄託於文字，以有暗示無，以具象指涉抽象來表現其核心哲學。弔詭的文字和意象也正是周夢蝶作品的重要特色。打開詩集，處處可見。

在〈印象〉的六個意象中，甲蟲也是字數最多的一個。加上結尾兩個音節「觸角」：

---

7 周夢蝶，〈無題〉，收於周夢蝶著，曾進豐編，《周夢蝶集》（臺南：國立臺灣文學館，2008），頁 26。

8 周夢蝶，〈漫成三十三行〉，收於周夢蝶《十三朵白菊花》（臺北：洪範書店，2002），頁 39。

9 同注 7，頁 48-49。

10 周夢蝶，〈靜夜聞落葉聲有所思十則——詠時間〉之八，收於周夢蝶著，曾進豐編，《周夢蝶詩文集：有一種鳥或人》（臺北：INK 印刻文學，2009），頁 102。

11 周夢蝶，〈折了第三隻腳的人〉，同注 8，頁 52。

一個四聲重音，一個拉長的三聲，給這首詩明確而肯定的結束。透過聲音，它也模擬了「堅持」的意義。

整體來說，陳育虹的〈印象〉用極簡主義的語言和結構模擬了周夢蝶的「瘦」和「堅持」。其實，這兩點似乎也是詩人自身的寫照。

三、「化」的美學

陳黎 1994 年的〈夢蝶〉將前輩詩人的名字巧妙地嵌在頭兩句裡：

周而復始的，我夢見那人
以一隻蝶的身姿迴向我[12]

第二節將人稱代名詞從「我」轉換爲「他」，然後再回到「我」——也是第二人稱的「你」：

浮生若寄。你不知道
該把自己寄向何處[13]

陳黎用諧音字和歧義詞，常有巧思，這裡也不例外。「浮生若寄」來自唐代詩人楊炯（650-692）的〈原州百泉縣令李君神道碑〉。陳黎卻將「寄居」的「寄」故意理解爲「寄信」的「寄」。他欲表達的不是人生的短暫無常，而是困惑彷徨。

整個世界仍然像一團困惑的包裹
綑綁再新裁的稿紙裡
等候時間量稱投遞[14]

透過「包裹」和「稿紙」的聯結，詩人引出「寫作」的主題：

在懸掛起來的文字花園裡
你感覺自己沉重得像一隻
鼻塞的蜥蜴
而你聽到一隻蝴蝶用牠的纖細
用牠的單純對你說
並且欲用牠弱小的身體
飛載起世界[15]

以蜥蜴和蝴蝶對比，詩人暗示自己的文學創作那麼笨拙吃力，而周夢蝶卻輕盈自如。蝴蝶雖小，卻足以載起整個想像世界。後者在下一節鋪展開來：

---

12 陳黎，〈夢蝶〉，收於《娑婆詩人周夢蝶》，同注 1，頁 337。
13 同上，頁 338。
14 同上，頁 338。
15 同上，頁 338。

你聽到那聲音，如一縷鋼絲
自高處垂下
自得其樂地和自己的影子遊戲
而後幻化做一片片薄如羽翼的冬的雪
秋的月，幻化做一串串耀目的
車水馬龍[16]

第三到第六行把句子拉得很長，彷彿是那條長鋼絲的圖示。「幻化」一詞的重複點出詩人的詩觀：詩以其自給自足的想像力，轉化現實人生，並賦予其豐富意義。

世界老時它最後老
世界小時它最先小
你聽到那人說世界是被夢、被孤獨
來回投遞著的郵件，而詩是護送它
的郵戳……

浮生若寄。我夢見
孤峰頂上
一臺蝴蝶般升起的彩色電視[17]

這節頭兩句脫胎自周夢蝶的〈藍蝴蝶〉：「世界老時／我最後老／世界小時／我最先小」。弔詭的意象（老／小）也呼應上面陳育虹「一隻甲蟲堅持的觸角」。

類似於此，「孤峰頂上」來自周夢蝶的同名詩。除了向前輩詩人致敬，讚美他「仰之彌高」外，陳黎將它和「彩色電視」並列。如果「蝴蝶」和「彩色」可謂同質的意象，那麼「孤峰」和「電視」則構成一組充滿戲劇性的對比。[18]前者的孤絕相對於後者的普羅；前者的古典相對於後者的現代；前者的精神性相對於後者的物質性。這種對比頗有後現代雅俗雜糅的戲謔的趣味，很能代表陳黎作品的一貫風格。

四、「悟」的美學

最後要討論的是夏宇的〈聽寫——詩贈周夢蝶・夢公贈字無以回報〉。

聽寫
我想坐好
乖乖聽寫
我把手伸出來

---

16 同上，頁 339。

17 同上，頁 339。

18 2013 年 3 月在臺大臺灣文學研究所主辦的周夢蝶國際研討會上，翁文嫻教授提到早年去詩人住處，屋子裡空無一物，最醒目的是一臺電視機，上面還放了個炒菜鍋。原來詩人愛看電視，連吃飯時也捧著鍋子邊吃邊看。後來求證於陳黎，他作此詩時並不知此軼事，堪稱有趣的巧合。

說我敢
今天是禮拜三
我覺得我敢
就去了印度[19]

「聽寫」是中小學生考試的普遍形式。「坐好」、「乖乖」、「我敢」等詞組， 加上「我把手伸出來／說我敢」這樣的句子，流露出典型夏宇的口語語言和童稚語調。「敢」的重複和「三／敢」的押韻，一方面強調說話者的勇敢叛逆，另一方面用聲音說服了讀者，讓我們接受字面後那帶點無釐頭趣味的思維：「我覺得我敢／就去了印度」。這又是典型的夏宇：率直，任性，介於邏輯和非邏輯之間。接下來詩人寫她即興的印度之旅：

在印度音樂沒有開始
也沒有結束在印度
你不可以問
另外一個人的去處
在印度問人去向此事
干擾雙方意志　　要走的人
遭此一問就開始猶豫在印度
發問的人則開始質疑
別人的
問題就變成了
自己的問題[20]

「開始／結束」，「要走／發問」，「別人／自己」——第二節繞口令式的循環語言，指向佛家的核心思想。人的心志是多麼容易爲外物打動呀！一旦心動，難免與外物糾結纏繞，無止無休。詩人巧妙地將這個概念投射在極具特色的印度音樂上：

……在印度
音樂無端無涯無止無盡
顏色如露如電如幻如影
印度人是不問
你又那裡會不懂
如同我們在兩座迷宮歧路岔口上的遇見
南方無窮而有窮
今日適越而昔來[21]

如果我執好比印度音樂，好比輪迴轉世，無止無盡，人所執著的是一個色空的世界。在此意義上，每個人就像一座迷宮，陷在七情六慾裡，找不到出路，無法自拔。而兩座迷宮的邂逅，只是加倍的困惑迷失而已。這節詩最後引用莊子的典故，點出道家透過弔詭

19 夏宇，〈聽寫——詩贈周夢蝶．夢公贈字無以回報〉，《娑婆詩人周夢蝶》，同注 1，頁 341。
20 同上，頁 342。
21 同上，頁 343。

的語言欲打破人類所有二元思維式的執著——時空、是非、得失、悲喜、生死——以達忘我之境。

然而，詩人坦承她做不到，自比〈楞嚴經〉卷四裡的演若達多，「迷頭認影」，狂亂不止。

> 卻是因何緣故
> 我又怖頭狂走
> 沿著
> 後來　再後來
> 沿著另一異國的異國
> 是悟到此生我悟不了
> 如你悟了
> 讓我聽寫是好[22]

結尾五行，不論在文字還是聲音上，都凸顯迭沓、循環：「後來／再後來」，「異國的異國」，「悟到／悟不了／悟了」，「如／悟」，「了／好」（押韻）。最後一行重複「聽寫」兩字，但是和開頭相對照，它的涵義已不一樣了。開頭的「聽寫」只是一個普通名詞，無須思考。但是經過文本的演繹，結尾的「聽寫」頗具深意。「聽」是「不問」，「寫」亦無聲。詩人覺得自己不可能達到周夢蝶的悟，但是她願意靜靜地聽，表示對前輩詩人的尊敬。至於「寫」，那也是好的。縱使寫作也是一種「妄執」，詩人彷彿在說，她不再追問如何悟道了，她只願隨心所欲地創作。回到開頭的「我敢」，詩人的肯定也是一種勇氣，而自知「悟不了」，不也是一種「悟了」嗎？

五、結語

本文分析四首當代詩人寫給周夢蝶的作品。贈詩容易成爲溢美之辭，然而這四首詩不但不流於浮誇，更表達了創意和深意。它們彷彿四面鏡子，和周夢蝶相互輝映，既對其人其詩有所凸顯，又透過文字聲音及互文性呈現了作者自身的獨特風格。因此，我稱它們爲四場心靈的互動，美學的交匯。

---

22 同上，頁 343-44。

引用書目

向明，〈苦行詩人周夢蝶〉，《明道文藝》410 期（2010.5），頁 56-57。
周夢蝶，《十三朵白菊花》（臺北：洪範書店，2002）。
———著、曾進豐編，《周夢蝶集》（臺南：國立臺灣文學館，2008）。
———著、曾進豐編，《周夢蝶詩文集：有一種鳥或人》（臺北：INK 印刻文學，2009）。
胡適著，胡明編注，《胡適詩存》（北京：人民文學出版社，1989）。
夏宇，〈聽寫——詩贈周夢蝶。夢公贈字無以回報〉，《娑婆詩人周夢蝶》（臺北：九歌出版社，2005），頁 341-345。
陳育虹，〈印象——夢蝶先生臥病初愈〉，《聯合報》副刊（2007.3.17）。
陳黎，〈夢蝶〉，收於《娑婆詩人周夢蝶》（臺北：九歌出版社，2005），頁 337-340。
曾進豐編，《婆娑詩人周夢蝶》（臺北：九歌出版社，2005）。
戴望舒著、梁仁編，《戴望舒詩全編》（杭州：浙江文藝出版社，1989）。

古典體質的現代性氣魄——再論周夢蝶詩

翁文嫻*

一、前言

自從在《中外文學》刊出〈看那手持五朵蓮花的童子——讀周夢蝶詩集《還魂草》〉，個人論周夢蝶詩的不同面相，已經前後有五篇文章。回顧這與周夢蝶相連的五篇詩論，簡言之，有關其詩文字的形式功力：結構、意象、節奏、學養（典故轉化）；有關詩的精神面：宗教飛躍的追尋與平凡之體悟、情感的雪與火之鎔鑄；[1]有關其語言的「變形」句法在臺灣現代詩的位置；[2]最後，也有論及周氏個人奇特的行徑，在「行動詩學」系譜上的意義。[3]

本文題目「古典體質的現代性氣魄」，是希望更承接已觸及的以上各面相，開闊地觀察，周夢蝶這樣一個人種（或詩種），在固有文化一脈相承的體質內，走出來的「現代性」究竟是如何內容。如果說，在中國文化體系中，偶然性與機遇，往往比意志的持續與執著，更常在意識裡出現，則這次以周夢蝶爲主題的研討會，恰好爲我的詩學追尋拉出另一面景觀，使我不得不盯視。

寫過五篇有關周夢蝶的文章，到第五篇才論及他的行止。讀古代文學家，我們都愛連上作者生平，人與文密不可分。但現代作家研究，特別受西方文論影響，作品的形式，一經過深入辯解，幾乎可以完全觸碰創作的狀態以致作者文化景深及其啟示。個人亦偏愛這種方法，覺得它非常邏輯。另外也因爲，活在當代的作家，我們不便窺探其生活，

---

* 國立成功大學中國文學系副教授。

1 參考翁文嫻論文三篇：〈看那手持五朵蓮花的童子－讀周夢蝶詩集《還魂草》〉，《中外文學》詩專號（1974.6），頁 210-224。〈詩與宗教〉，《臺灣詩學季刊》詩與宗教專輯（1994.6），頁 7-17。與周夢蝶對談：唐蕙韻記錄，翁文嫻、周夢蝶對談，〈誰能於雪中取火——翁文嫻 vs.周夢蝶〉，《臺灣詩學季刊》「挑戰詩人」系列專輯（1995.3）。以上三篇論文也可參見氏著《創作的契機》（臺北：唐山出版，1998）。

2 翁文嫻，〈在古典之旁辨解現代詩的變形問題〉，《創世紀》第 128 期（2001），頁 114-132。其中變形「模式三」：將周夢蝶與瘂弦的書寫手法比較。

3 阿翁，〈一項詩的策展行動〉，《現在詩》第四期（2006.2），頁 8-11。其中「詩質人物」一項，將德國藝術家波依斯（Joseph Beuys）、鹿橋與周夢蝶三人的行為合寫。

一些籠統的學歷職業或政治取捨婚姻愛情等，如何與作品相提並論呢？想聯繫出一些面相實不容易。因而，我們的評論角度，不知不覺地，將人與作品中「人」的趣味與聯想，不得已地、悄悄隱藏了。

但周夢蝶這個人的存在方式，終於又引起我們連篇想像，讀他作品想拔掉這個人的行止，實在更加困難。下面先由詩質的認知，試連著進入行爲，並將二者塑造的形象，放到時代更大的背景，品味詩人不自覺所轉動孕生的文化意義。

二、向內凝視的虛空力量

（一）白話主體裡的古典虛筆——

讀過周夢蝶詩，都會對作品內營造的景物，留下深刻印象。這些多不是眼前的、也不是現在進行中的景。余光中語：「夢蝶的詩幾乎沒有寫景，全是造境。」[4]一般傳統詩學，如葉嘉瑩所常說：詩源自「興發觸動」的力量。[5]興發與觸動，依中文語言的形象思維特性，常常傾向因眼前形象與情境，觸發內在一連串事物的波盪，而生出詩。鄭愁予多次演講且提到，他詩內想像飛動的線索，常留著一些實景實物，令讀者如踏著橋樑進入。[6]就算「超現實」如商禽，分行詩的第一段第一、二句，也常有當下即時的實景。[7]此外，只剩下〈石室之死亡〉的洛夫比較像；但洛夫很快便脫離這狀態，揀取眼前當下的景物入詩（例如〈金龍禪寺〉時期）。[8]

葉維廉〈論洛夫〉一文，將洛夫「石室」時期，或其他較內在化不易明朗的意象，反射到時代的「窒息感」、軍人制度、白色恐怖年代。將素被指謫的現代詩「晦澀」語言，翻身成爲那年代社會禁錮風氣的目擊存證，是非常有力的一篇論述。[9]但洛夫〈石室〉系列明白指斥戰火造就死亡，其他諸篇亦明確顯示「現代人境遇」、或指涉當年社會的諸多不快。這些「若存若亡」的隱形對象，一旦環境扭轉，內在的哀感也將慢慢淡薄了。試從洛夫回看周夢蝶，馬上發覺：周氏這些「內觀型」的詩句，完全連不上政治壓力、或社會禁制的理由（譬如後來 2009 年陳芳明論商禽，就將「超現實」的原意連上這兩項）。

---

4 余光中，〈一塊彩石就能補天嗎？——周夢蝶詩境初窺〉，曾進豐編選，《周夢蝶》（臺南：國立臺灣文學館，2012），臺灣現當代作家研究資料彙編 18，頁 215-218。

5 葉嘉瑩，〈談古典詩歌中興發感動之特質與吟誦之傳統〉，《中外文學》21 卷 11 期（1993.4）。

6 鄭愁予先生多次來成大演講，可惜講詞未整理發表。但這觀點幾乎可在每一首鄭詩內實踐。他詩內第一段首幾句常是現時當下的情境。

7 例如商禽早期詩〈天河的斜度〉、〈夢或者黎明〉（商禽，《夢或者黎明及其他》（臺北：書林出版，1988），頁 85-88、101-105）。這類偏虛象夢幻式的詩，首段幾句也是當下實景。

8 洛夫 1970 年〈金龍禪寺〉（洛夫，《因為風的緣故》（臺北：九歌出版，1988，初版），頁 76-77。）首二句：「晚鐘／是遊客下山的小路」。

9 葉維廉〈洛夫論〉寫於 1988 年聖地雅歌。附在洛夫《因為風的緣故》詩集之末（同註 8，頁 317-372）。

[10]華人傳統中習慣將詩人與社會關懷連成一氣的詩學，在周夢蝶詩內恐怕不易著墨。

他的詩既無日常生活、也不存在國計民生；說專門寫情吧，人們期待的愛情詩幾乎沒有；說是與宗教意境相連吧，各種宗教大抵勉人放下煩惱，他的詩其實與宗教情懷恰好相反，專門說悲苦。一種四無掛搭，找不到我們平日慣性相連的點，周夢蝶這些與虛空相連的詩，硬生生要從沒有的文化裡生出來，但它是非常有力量的。特別是《還魂草》時期，隨便翻，俯拾皆是：

人在船上，船在水上，水在無盡上
無盡在，無盡在我剎那生滅的悲喜上。
——〈擺渡船上〉

這故事是早已早已發生了的
在未有眼睛以前就已先有了淚
就已先有了感激
就已先有了展示淚與感激的二月
——〈二月〉

說命運是色盲，辨不清方向底紅綠
誰是醒者？能以袈裟封火山底岩漿。
——〈四月〉

枕着不是自己的自己聽
聽隱約在自己之外
而又分明在自己之內的
那六月的潮聲
——〈六月〉

就像死亡那樣肯定而真實
你躺在這裏。十字架上漆着
和相思一般蒼白的月色
——〈十月〉

早知相遇底另一必然是相離
在月已暈而風未起時
便應勒令江流迴首向西
……
總在夢裡夢見天墜
夢見千指與千目網罟般落下來
而泥濘在左，坎坷在右
我，正朝著一口嘶喊的黑井走去……
——〈囚〉

10 陳芳明，〈快樂貧乏症患者——《商禽詩全集》序〉，商禽，《商禽詩全集》（臺北：印刻文學出版，2009），頁 28-45。

這些句子首先沒特定時空，裏面的「你」、「自己」、「我」、「人」等指涉，在語法上，其實是虛筆。在句意內，並不像西文真的是「你」與「我」的分別。周夢蝶運用白話文，重新表現了古典文言裡非常優勢的語法——若干用作清晰指示的主詞受詞，與及彼此關係詞，都省去了；時間軸自然也不必要的（在古典詩中景象呈現常如此處理）。更因無特別詩人活動着的空間書寫，讀者很快便被那些意象帶入，以爲是自己經驗着那些事物。這狀況，將讀者與作者「無隔閡」地合而爲一，是成功的古典詩「抒情境界」的特徵。[11] 但奇異的是，周夢蝶寫的景象，違背傳統詩一般用的日常實景。在詩學言，古今詩人都是重新組織外物，日常景物的「實」固然充滿了詩人心念的「虛」，但如此「石破天驚逗秋雨」式的景物調動，古代亦只一名李賀（余光中還考察過二人故鄉只隔 200 公里）。[12] 環顧臺灣現代詩壇，如上文分析過，這類自虛筆造景的「變形」寫法，是不易出現，亦不容易被理解（如洛夫、葉維廉早期、黃荷生等）。但事實上，周夢蝶詩並不如他們三人惹起爭議，或拒絕接受；[13]除了詩中運用豐繁的中西典故，令人對詩人學養不能輕視外，就可能是周氏詩境無特定主角的語法，很容易拉讀者進入，以爲自己經驗著同一種事情。

進一步看，這名「不知是誰」的主角，一經出現，卻是從頭到尾不轉換角色。讀者於是被帶入句中每個意象每片景，一一經歷。是「一條鞭」似的，直線的軸，絕不回頭。例如「十月」的描寫：第一句「就像死亡那樣肯定而真實」是第二行「你躺在這裏」的形容；因爲是同一行，所以下文「十字架上漆着」，會很易看作（此處是挪用了古典的認同感）上文「你躺着」的形容，省略說明：「躺着成爲一個十字」。而且，詩題是「十月」，這個「十」月也就變成「你」的躺姿：「你」有如死亡那樣肯定真實，漆着和相思一般蒼白的月色。「你」已變成「十」的形象。

（二）與葉維廉所提「中國現代詩語言」特性相反

句法上，令讀者移情於詩內的造境與虛景，但周氏與別的現代詩人不同。特別當我們讀到葉維廉 1970 年《中國現代詩選》英譯本[14]序言〈中國現代詩的語言問題〉，葉氏

---

11 這方面論述可參考高友工，《中國美典與文學研究》（臺北：臺大出版，2004），全書對「抒情傳統」各層面闡釋透闢，例如論及「創作經驗」與「美感經驗」有云：「一個成功的美感經驗就自然重新經驗了理想的創造者的美感經驗；也即是一種『再經驗』。」（頁 48）

12 同註 4。

13 參考註 2。另有關葉維廉早期的論文，可參考翁文嫻，〈「定向疊景」時期的爆發能量——早期葉維廉詩的突破與困境〉，《臺灣文學研究集刊》第五期（2009.2），頁 59-84。

14 葉維廉此英譯本原名 *Modern Chinese Poetry: Twenty Poets from the Republic of China*, 1955-65（University of Iowa Press），作為「愛荷華譯叢」之一種，1970 年由美國愛荷華大學出版。「他所譯的 20 為中華民國即臺灣詩人及首數是：商禽 17 首、鄭愁予 14 首、洛夫 6 首、葉珊 12 首、瘂弦 16 首、白萩 8 首、葉維廉自己 9 首、黃用 8 首、季紅 10 首、周夢蝶 7 首、余光中 7 首……」以上資料參考北塔，〈通過翻譯：為中國現代主義詩歌鼓與呼——論葉維廉對中國現代主義新詩的英

認爲中國舊詩長處是抓住現象、瞬間呈現，有如「水銀燈投射的方式」，其結果往往是靜態的均衡，但不易將川流不息的現實震動納入。但由於「傳統宇宙觀破裂，現實的夢魘式肢解、與及可怖的存在的荒謬感重重的敲擊之下，中國詩人對於這種發高燒的內心爭辯正是非常的迷惑」。[15]葉氏提出，詩人若以「一種出神的意識狀態」來觀察世界，便能出現如舊詩般水銀燈效果的意象。如果要把經驗層面內的「焦慮、動盪、殘暴、非理性和混亂」納入，必須提住經驗的張力和遽變的節奏，此時，需借助「假敘述」程序。葉氏提出「假敘述」，與及「假語法」是很有意思的觀念，它有如戲劇片段，但包含範圍更廣。詩人每一片段經驗都可能重新以另一人稱呼，重整呈現。[16]但比較同一系統的虛筆造境，周夢蝶卻很少運用「假語法」塑造另外一個角色內心，如我們上文說過，周氏每一首詩，「你」、「我」、「他」、「它」，大多出於同一視點，許多時候還真就是那位詩人，真槍實彈、血淋淋的內心。例如〈六月之外〉這首較長的詩最後兩段：

這是什麼生活？
一年三百六十日，三百六十日風雪！
我囚凍着，我被囚凍着
髣髴地獄門下一把廢鎖——
空中嘯的是鳥，海上飛的是魚
我在那裏？既非鷹隼，甚至也不是鮫人
我是蟑螂！祭養自己以自己底肉血。

過來的人們說：在天國，在六月
月亮的白，不是太陽的那種白：
如果她一眼就把你曬黑
傾約旦河之水也難為澡雪。
當審判日來時，當沉默的泥土開花時
你將拌着眼淚一口一口嚥下你底自己
縱然你是蟑螂，空了心的。在天國之外，六月之外。

這樣的寫法，剛好不是葉氏倡導「水銀燈」般「明澈」的畫面，卻如葉氏提倡的反面教材：並沒有「視自己主觀的『我』爲宇宙現象底波動形成的一部份」，而是「把主觀的『我』硬壓在宇宙現象之上」。[17]這人的詩，無時不具有如葉氏指出西洋詩的特點「形而上的焦慮」；不過，周夢蝶表達的不是西洋詩的分析說明，而是與他創造的物象融成一體，變成一把「廢鎖」，變成「蟑螂」。這融合不會令人感到畫面是「出神」狀態，卻是每一時每一分的空間裡，有位清楚強烈的「我」在叫喊。

譯〉，《華文文學》第五期（2012.5）。

15 葉維廉，〈中國現代詩的語言問題——《中國現代詩選》英譯本序言〉，葉維廉，《秩序的生長》（臺北：時報出版，1986），頁 226。

16 葉氏在文中舉洛夫〈石室之死亡〉及瘂弦〈深淵〉為「假敘述」筆法；商禽〈逃亡的天空〉為「假語法」之例證。文章參見註 15，頁 232-240。

17 同註 15，頁 230。

這些片斷片斷畫面，由於主角屬性的模糊；時空的缺席；他也不用「假敘述」「假語法」模擬第二者、第三者心象（如小說或戲劇手法稍有距離感）。由於外狀種種的「不在」，周夢蝶詩的敘述從一開始就令讀者以爲是自己，而且一以貫之絕不替換，必要時還重覆出現「我」或「你」（如〈六月之外〉），加深主角的在場。讀者在層層如重力加速狀態下，完全不能迴避的是詩內主人翁欲抒發的內在世界。

（三）歧出傳統批評視點之一——生命「步徑」的探索

上文提到，葉維廉論洛夫，或陳芳明論商禽，二位詩人一度不被理解的詩旨終於回歸大傳統。再看周夢蝶，猜想詩學家如何努力，也難推出其「刺世弊而中時隱」[18]的價值。搜看一些論者切入點——余光中說他非莊周而是《石頭記》的石頭轉世；[19]奚密說他「修溫柔法」[20]；洛冰說「他是飲陽光的雙子葉植物，在酸酸澀澀的石板上植夢」；[21]葉嘉瑩說他「往復於『雪』與『火』的取鑄之間」[22]；翁文嫻說他是「靦腆的童子」[23]；陳耀成說他詩「如張愛玲小說，凌空越過『五四』以來的文學功利觀、社會進步觀……」[24]胡安嵐提出「徑」是周詩的軸心意象，「對於周夢蝶來說，生命首先是步行，同時也是路；也有屬於徑的悲苦」[25]。

這些評論的方向，已不如傳統中，說作品是幽隱地傳達世道盛衰的訊息；然而，每一個生命本身的道徑，就是複雜的。就算攫取了九天腦袋的智慧，腳底下的路，都會突然掉出個大穹窿。世界凡人的平凡性，它令人感泣，乃因爲周夢蝶張開詩意一點一滴領受著：不知爲何自己這樣糟糕、無效、又癡愚，總學不會。如果感受力弱些，也可以了，但偏偏稍一動念，那些內在的振幅總舖天蓋地而來。這片不斷向內凝視的風景，胡安嵐以連串的意象網絡呈現。例如以「步徑」爲中心連同的悲苦、漂泊、高度、飛翔、孤獨、寒冷、清涼；連同另一面向的熱能、「八風」、十字架、血、淚水、死亡、第六根手指、第十三個月、渡河……。[26]有如莊皮亞李察在《詩與深度》中精采分解著波特萊爾的意

---

18 這是清代姚燮為晚唐李賀作箋注寫的序言。《昌谷詩注序》：「孤忠沉郁，命詞命題，刺世弊而中時隱……」。

19 同註 4。

20 奚密，〈修溫柔法的蝴蝶——讀周夢蝶新詩集《約會》和《十三朵白菊花》〉，同註 4，頁 321-324。

21 洛冰，〈那老頭〉，這篇散文原附在《還魂草》第一版書末（臺北：文星出版，1965），後收入再版《還魂草》書末（臺北：領導出版，1977），也收入曾進豐編，《娑婆詩人周夢蝶》（臺北：九歌出版，2005），321 頁。

22 葉嘉瑩，〈序周夢蝶先生的《還魂草》〉，同註 4，頁 147-151。

23 翁文嫻，〈看那手持五朵蓮花的童子——讀周夢蝶詩集《還魂草》〉，收入氏著《創作的契機》（臺北：唐山出版，1998），頁 263-282。並收入《娑婆詩人周夢蝶》。

24 陳耀成，〈莊周誤我？我誤莊周？〉，同註 4，頁 219-228。

25 胡安嵐，〈一位歐洲人讀周夢蝶〉，同註 4，頁 270-285。

26 同註 25。

象，[27]胡安嵐也借意象出現的相關情態，勾勒出一幅具體的周夢蝶內心世界的起伏圖。

總言之，周夢蝶的存在本身，迫使詩學界以另外方式對待。論述角度中熟悉的政治投射、社會不公不義、愛情婚姻故事、國族鄉愁地理變遷……。所有涉及詩人傳記生平片段資訊，詩中盡情消失了（特別《還魂草》以前）。剩下一具有如空了的、四無掛搭的人的身軀。亦可以不分男女、老少，這些生而爲人的動物，可能都會經歷周夢蝶寫到的，生命的境界。一名法國人，能夠如此動容地全程投入他的各行意象，不是偶然。即如詩人名字「周夢蝶」，因爲「夢」的狀態，把作爲歷史時空的「自我」（周）消隱了，詩內文字只留下能與所有靈魂通行的步徑，只出現「文學性」的世界，那是夢中蝴蝶的世界。

（四）歧出傳統批評視點之二——「凝視」與意志力

「文學性」的世界，需將生活裡事件際遇、穿入眼簾的物象，進行一個內化的過程。當然所有好詩，那些實物與事件都沾滿「內化」訊息（極端例子如詩經中的實物全非實）。[28]但周夢蝶如果用「物」載情，那些「物」每次都像自「內」而出：自空空的遠古、自中西書本上曾經感動他的事故、自某些無日常實用意義的物件，賦予全身的情意。如上文出現的月份、風雪、鎖、蟑螂、江河、井、網罟……。說這些「物」的名詞著滿了「意」，是說他一次次用緩慢的時間流動狀態的關切，去親近去聆聽這些「物」。胡安嵐就將這些看成「意象」一大片，互相牽連，理出周公的整體情性。這些「物」在詩人投入與移情下，沒有時間先後輕重，完全失卻一般人的互動系統性能，變成只有如周夢蝶身上的系統。這樣的結合方式也很奇妙，在中國詩人中，只有李白與月亮有如此關係。但周夢蝶不只一個月亮，他是在任何情況下都可以將一些物，深深凝視，將身上的一切著染在「它」身上。

當我們讀到斯塔羅賓斯基（Jean Starobinski，1920- ）有關「凝視」的詩學，稍能了解詩人爲何已遠離日常性。

> 凝視是人物和世界、我和他人之間的活的聯繫：作家的每一眼都對現實（或文學的現實主義）的狀態提出疑問，也對交流（或人類交流）的狀態提出疑問。……凝視將其意圖對準更遠的目標（這種目標常常是模糊的），而意識開始改變的正是這種意圖本身，它自己的張力，它自己的進入變形階段的欲望。……他最高的幸福不是孤立地存在於看的行為中，甚至也不是孤立地存在於做的力量中，它存在於使人看的複雜行為中。那麼，什麼樣的豐功偉績、什麼樣的意志才有能力產生並傳播一種不可磨滅的眼花撩亂呢？唯一有效的努力，其「效果」可以保證的唯一的努力將是自我犧牲。

---

27 參考翁文嫻，〈評論可能去到的深度——介紹法國詩論家莊皮亞・李察（Jean-Pierre Richard）對波特萊爾處理的效果〉，翁文嫻，《創作的契機》（臺北：唐山出版，1998），頁 3-32。

28 此論點請參考翁文嫻，〈「興」之涵義在現代詩創作上的思考〉，同註 27，頁 71-99。

> 這是一種行動，人通過這種行動將其全部力量反轉來對著自己，完全地否定自己，以便在作為證人的人類世代的凝視之中獲得重生。[29]

臺灣詩人中，如周夢蝶整段或整篇同一型態意象作線性變化、一意到底的狀況較少見。例如〈六月之外〉，篇名本身已是夢幻般不存有的歲月。全文從「這是什麼生活？」開始，各段虛擬的畫面，分離的意象密切組向同一命題，由於不變換主角，上段呼喚的力匯向下一段，詩中情緒，有多少段便加深多少重，愈至末段時，變造雷霆萬鈞的氣勢。無論詩人意念「變形」成什麼，讀者順從地完全被俘虜感染。葉維廉所謂「主觀的『我』硬壓在宇宙現象之上」，似乎稍有絲絲貶意。應該或指涉漢語詩人學習西方意象時，白話文駕馭不力出現「生硬」現象。但在西方擅意象表述的大傳統下，這樣的詩，讓主觀意志去控制全局，令世界景物「有機地」、「自然地」調動成「我」眼下的景物，正是西方詩的勝境（如波特萊爾〈憂鬱〉四首，[30]便是最好的全篇意象營造）。自此角度看，周夢蝶擅用白話與文言的結合，如何寫也不致於「生硬」。剛好不必如葉維廉所說，傳續古典詩精神便要將「我」隱藏，「呈現」一個「澄澈」的水銀燈意象，他硬生生要用意志重新調撥他的世界。

早年曾論過，周夢蝶「有現代詩人遺棄已久的結構」[31]，後來詩讀多些，發現所有好詩都有結構，而且詩人變化多端，創出的結構「形狀」走向，就是風格的一部份。周詩特別有「結構的感覺」，其實是他詩內主角的意志力。上文略提過，詩中各類你、我、它、甚至物件，做主詞時，由於周氏運用如文言句法中，許多不證自明的詞性位置、省略情狀，因此他所描述整個畫面，無論多麼地非日常性，多麼有如自遠古的虛空來，讀著讀著，全沒有你、我、他的對象狀態（在白話文是如此），而是被畫面內的主角帶入，我們與主人翁一起，沒有分隔，我們讀者與周氏永遠共同經歷這些畫面。

更可怕的力量是，詩內各段之間，緊緊連結著某種指示，自標題的文字開始，所謂起承轉合如何，都不會變動這個自題目而來的指示。作者一意堅持，一意到底，每一段每一句，讀者領會著意旨一直向下深入，探掘至完盡。句與段的安排，幾乎是直線性質、樹枝伸向天空的直挺挺性質，全篇句意的力，彼此加疊；如果其中還有因凝視、停駐而鼓盪的力，則這全篇就更有結構的「感覺」了。更準確說，是周夢蝶愛對物沉思、向內凝視，而性格裡無與倫比的意志力量，將整個事情托起，讓全篇文字，有始有終地有機

29 讓・斯塔羅賓斯基，〈波佩的面紗〉，讓・斯塔羅賓斯基著，《（思潮文庫・文學與思想叢書）波佩的面紗》，朱景冬等譯（北京：社會科學文獻出版，1999），頁 188-203。

30 波特萊爾的詩每一首的意象都很成功，但其中憂鬱（spleen）系列，四首用四種不同系統的意象統籌，每一組首尾相銜，結構及聲韻完美結合，在《惡之華》全集中特別引人注目。中譯本可參考莫渝譯《惡之華》（臺北：志文出版，1985）。

31 此論點請參考註 23。

變化，符合了「生命的形式」，猶如〈孤峰頂上〉[32]，就是難得的臺灣的長篇完整作品。

詩篇裡貫徹始終的意志的力，換個角度，在現實生活裡正可能處處碰壁，讀者或可感應到，主人非得用盡力氣，去呼喚連結某些「物」，那些使人惻隱感念的物不在眼前也不在當下。「它們」或在書內出現過，是重重疊疊別的靈魂曾用生命鎔鑄過，它們的光芒從不消失，是如此被周夢蝶接收再轉化，成爲他的「物」。又或者，現實中如風輕晃過的一片影像，經過多年不斷被詩人呼喚，變出浩瀚而煥發的霞光（如〈老婦人與早梅〉[33]）。現實中生硬無感覺的橋墩，被詩人每日尋訪，經過日復一日的凝視，在他內化世界底意志下，變作如張良與圯上老人的約會，在〈留侯世家〉，那位老人終於比張良晚到一步——那麼，橋墩比詩人總有一次更晚一點出現！那真是極可怕的連結成果。（見〈約會〉[34]）

周夢蝶這類奇特的想法，在詩篇中可怪的是，讀者幾乎不以爲是「想像」，總覺得那些是「真的」。由於整篇文字，是慢慢地，一點點移動，力量一絲絲累積鋪排，我們幾乎認爲自己看見了，那個不可思議的世界。

這樣的「詩」的效果，如果能稍連著周夢蝶本人的行止，也許有更其清晰的了解。以下，就個人與周氏的一段交往歷程，試著爲這絕無僅有的人類「造型」，留下些些文獻的資料。

三、靜默在你四周潺潺流動[35]——周夢蝶行止側記

我在大學三年級時認識周夢蝶，因爲香港僑生，也沒有家可回，週末便到他書攤，搬個小凳坐著。常常一聊就一個下午，記得日影在右邊，慢慢移到我們的腳踝，然後一起到巷子，大坤水菓店旁的麵攤吃一碗陽春麵。

我沒有錢買他的書，常用借的，看完又放回攤子上賣給別人。「你們到底在聊些什麼呢？」有次梅新先生忍不住問。也說不上來，大多是周公在說話，許多時是他身旁人的故事。他記得很仔細，慢慢地一句一句你聽進去了，畫面清晰得如看電影鏡頭。現在回想，大多應是他編的，不然怎可能見到呢？論文內層層分析，說到作者的意志力透全篇，煞有一回事似的。其實在周夢蝶身旁最舒服了，他好比「不佔面積的存在」，你做任

32 〈孤峰頂上〉是《還魂草》最後一首詩。〈孤峰頂上〉，《還魂草》（臺北：領導出版，1977），頁 130-133。

33 詩見周夢蝶，《十三朵白菊花》（臺北：洪範出版，2002），頁 48-51。

34 詩見周夢蝶，《約會》（臺北：九歌出版，2002），頁 93-95。末段有句詩，「且飆願：至少至少也要先他一步／到達／約會的地點」。筆者認為這指涉漢代張良的少年故事：他與圯上老父相約，前兩次準時前往，老人都早到。第三次，晚上不睡覺，終於較老人早到約會的地點。見司馬遷《史記・留侯世家》。

35 這句子是《還魂草》中〈失題〉的詩句：「浩瀚而煥發的夜／靜默在你四周潺潺流動……」。同註 32，頁 82-83。

何事他都不會有一種成見，我們都放鬆，因爲他做的事更驚訝更超越你的成見。譬如喝咖啡，他會請人多給十幾顆糖，全放進小小杯子內，等三、四個鐘頭都不喝，說要散了才站起身一口氣倒進肚子裡。他握你手的時候要注意，會把你手的骨頭都握碎。過馬路時也當小心，他忽然撐起破傘抱緊道袍，一支箭似的穿過好幾排車子；我覺得如果莊周在世，夢到變成蝴蝶時，應該就是這樣。

武昌街時期他住達鴻茶莊的「牆壁」內，白天靠在街上的柱子擺攤。後來住淡水有30坪那麼大，我覺得他是沒什麼分別，以前書還多些。現在兩三個房間連客廳都空空地，只有驚人的一個大電視，電視上頭放一個炒菜鐵鍋，他說邊吃麵邊繼續看錄影帶「希臘左巴」。還說如今眼睛較不行了少看些，未生病前（即武昌街時期），每逢金馬影展有新的外國片，他一定大清早（也不擺攤了）去排隊，買到票一天看五部不同劇情不同國家的電影，「這才叫過癮！」住淡水時，傍晚會去堤岸散步，經過一道橋墩便蹲下來很久。我拍了一張照片，那天他穿件淡綠的短袖衫，側面沉思，單薄背影旁，夕陽慢慢偏斜。那是一片墳地，聳疊著大大小小的墓碑，他在一片碑前停下，讀著。然後告訴我，他喜歡哪一個字的聲音，或哪個名字很有意思，這便是「約會」的內容了。

中學時愛背〈中庸〉，覺得全篇似懂非懂的文句挺美。全文著力闡明「誠之明」、「不誠無物」，千言萬語的訓詁其實白費了，直至認識周夢蝶，才好像看見「誠」字如何在事物間穿透的效果，他翻轉經典在久遠傳釋中的塵漬。「天命之謂性」，這個承天傳遞的系統，在近代中國文化是不容易。艱難飢餓久了，一代代人材都要努力向外經營。戰亂期間，周夢蝶具有河南「開封師範肄業」的資歷，在臺灣應該容易轉一步便踏上教育之路，變成「長官」。我記得他說自己什麼都不會，怎敢教呢？與任何有上下級關係的工作崗位，也可能不適應。最後剩下路邊柱子的書攤，晚上睡進茶莊牆內，爲主人守夜。

窮與富，也是俗人的想法，我的確不能分辨他有沒有這意識。他有時不吃麵，拿出一片饅頭，教我如果放久了泡進水裡比較好吃。他花費除了金馬獎電影，還有愛聽王海玲的河南梆子，有次買三、四張票，請我、胡安嵐和太太陳青狄一齊看，還坐到很前面。我寫過他有關捐錢的事。[36]中央日報給他個什麼獎，十萬元大概一下子就捐出去。如果不是後來稅務局追收一萬稅金，他不明白勉強跟我提起，可能永遠沒人知道，身旁詩友努力張羅這個獎是白費了。

現在臺灣文壇流行美食，有位詩人嘖嘖稱奇說：「怎麼？唉，周公說最好吃是河南那些酸棗，酸死人哪！」有次大夥一齊要吃，周公說附近有家麵攤非常好吃，他還記得麵條夾起來的勁兒。於是跟他轉找來找去哪有店？追問之下，原來已是20年前的事了。

---

36 參見阿翁〈一項詩的策展行動〉，同註3。

四、打開一個文化的「間距」

時間分隔，大概也是一般人的想法。他彷彿有一個自己的規律：值得紀念的事物沒有時間，古與今經典中美麗的意境也沒有時間。周夢蝶全幅感情，如果我們有愛情友情親情的分類，擱他身上好像也不倫不類。周夢蝶屏除一切社會時空的干擾，要與所有一絲不那麼「誠」「實」的外象外念分出，只留下生命「活過」的時刻，變到詩裡給我們看見，這要有如築長城的氣魄。面對西方文明進入，在「現代性」的轉換過程中，知識界有五味雜陳的體驗。「五四」時代狂飆式推棄舊學，迎接科學與民主，周夢蝶好似輕輕繞過這一站，完全遵隨他酷愛的舊學。但猶如上文分析過的詩意：去除日常性、社會性；在虛空中組織意象，連結出一片意象關係的網；以凝視變化外物，用主觀我的意志凌駕一切外物之上。這樣的結構與筆法，無疑更接近葉維廉在「比較詩學」系列論文[37]中，所指出的西洋詩的特性。周夢蝶襲用中國的體質（那些聊齋、莊子、擺渡船、菩提樹、托缽者、肝膽、秋草、紫帕等等等），卻偷天換日地，在詩內，中國式的和諧安詳、樂天知命全不見了，代之以深入無解的、酷烈悲苦（此非指晚期詩，而是指早年成名作《還魂草》系列）。周氏絕不轉彎妥協，例如在〈囚〉詩內，他那一往無前、向「黑井」走下去的氣魄，對中國文化而言，無疑是陌生的。更甚者，它呈現了周氏自覺而決心的分裂：明知道九天鴻鵠的逍遙境，但他更要朝嘶喊的井下墜。在某種意義看，周夢蝶用身體痛苦的深度，來反照中國傳統裡，日久積下來麻木鄉愿的高度。

這就是他的「現代」之處。

當代法國，有一漢學哲學家朱利安（François Jullian，1951－）[38]長期嘗試自中國經典的消融過程裡，體味出歐洲文化哲學內可能一直存在的「未思領域」。他宣稱，離鄉背井的繞道遠處，是有益的。「通過一種外在的思想，在自身理念退後幾步而與『理所當然』保持距離。」接觸中國思想「使人對歐洲思想內部的張力更敏感，這點會使歐洲那些被深埋的選擇重新浮現：不再是從外在，而是從內在，突顯出在歐洲本身的發展當中使它富有孕育力的『異質性』。」從而推出「間距」的觀念：「只有自我檢驗，自我探險，用種種方式在自己裡面打開『間距』的人，才是『人』，人的文化多元性則是這樣的人之拓展。」[39]

---

37 葉維廉《比較詩學》（臺北：東大出版，1983 年）、《秩序的生長》（臺北：時報出版，1986）二書都是有關東西詩語言特色比較的論文。

38 朱利安（另一譯名于連），書目出版約三十種。以中國經典詮釋為基礎，面對歐洲文化困局提出連串「未思之境」，有十多國譯文，中譯本約 8 種。請參考其網站：http://francoisjullien.hypotheses.org/

39 以上朱利安三段引文均出自朱利安 2012 年在中央大學「當代儒學國際學術會議：儒學之國際展望」國際學術會議的演講稿：〈間距與之間：如何思考中歐之間的文化他者性〉（卓立翻譯），分引自頁 5－6、15、16。準備在六月由臺北五南圖書出版。

新詩運動至今已一百多年，討論有關「現代性」的問題，個人認爲可以再深入到固有文化背景中，尋覓出真正「異質」的成份。這些異質，可能正是文化裡最原始的起點，只是不同世代該換出不同的外衣。周夢蝶「情」的執著，性命繫之，難道不是抒情傳統的國度才有？他完全守弱、謙卑的地位，難道不是熟悉的《老子》語言？只是一般社會上，守弱是爲了更強的功效論，[40]性情交往變成率意爲之，動念過多而意志薄弱。他的詩篇內包覆著許多熟悉的佛經或古典文學的故事，但精神表現卻這樣陌生？當我們讀到葉維廉論「東西詩語言比較」時，不得不承認他更接近西方的領域。

相信任何接觸過周夢蝶行止的人，都有說不完的故事。一個內外如一的人，用「誠」至深而達透「明」，至誠無息。經典裡的文字，很少能變出一個真實軀體，我們其實不習慣，甚至不敢看也不敢想望。直覺感到，周夢蝶可能也很不容易，「如臨深淵如履薄冰」（《詩經・小雅・小旻》），「千指與千目網罟般落下來」（〈囚〉），他非得用千鈞之力用意志承擔。席進德爲他畫的肖像，[41]包裹在一件道袍裡。的確，無論寒暑他都抱著這件大衣，裡面，有一具薄弱的身體，體內，保著一點更其微弱的火光，是五千年斷斷續續的靈明。當他在臺北街頭站立，我深深慶幸，世界上還有這麼個臺灣能容納他。

他是我們的夢境。

40 朱利安有另外專論中國文化中的《功效論》，林志明譯（臺北：五南出版，2011）。

41 這幅肖像成為《還魂草》的封面。同註 32。

引用書目

北塔，〈通過翻譯：爲中國現代主義詩歌鼓與呼——論葉維廉對中國現代主義新詩的英譯〉，《華文文學》第五期（2012.5），頁 78-85。

朱利安，〈間距與之間：如何思考中歐之間的文化他者性〉（卓立翻譯），「當代儒學國際學術會議：儒學之國際展望」國際學術會議演講稿（桃園：中央大學，2012）。

余光中，〈一塊彩石就能補天嗎？——論周夢蝶詩境初窺〉，收於曾進豐編選，《周夢蝶》（臺南：國立臺灣文學館，2012），臺灣現當代作家研究資料彙編 18，頁 215-218。

周夢蝶，《十三朵白菊花》（臺北：洪範出版，2002）。

———，《約會》（臺北：九歌出版，2002）。

———，《還魂草》（臺北：文星出版，1965）。

———，《還魂草》（臺北：領導出版，1977）。

波特萊爾著，莫渝譯，《惡之華》（臺北：志文出版，1985）。

阿翁，〈一項詩的策展行動〉，《現在詩》第四期（2006.2），頁 8-11。

洛夫，《因爲風的緣故》（臺北：九歌出版，1988，初版）。

胡安嵐，〈一位歐洲人讀周夢蝶〉，曾進豐編選，《周夢蝶》（臺南：國立臺灣文學館，2012），臺灣現當代作家研究資料彙編 18，頁 270-285。

唐蕙韻記錄，翁文嫻、周夢蝶對談，〈誰能於雪中取火——翁文嫻 vs.周夢蝶〉，《臺灣詩學季刊》第十期（1995.3），頁 8-17。

奚密，〈修溫柔法的蝴蝶——論讀周夢蝶新詩集《約會》和《十三朵白菊花》〉，曾進豐編選，《周夢蝶》（臺南：國立臺灣文學館，2012），臺灣現當代作家研究資料彙編 18，頁 321-324。

翁文嫻，〈看那手持五朵蓮花的童子－讀周夢蝶詩集《還魂草》〉，《中外文學》詩專號（1974.6），頁 210-224。

———，〈詩與宗教〉，《臺灣詩學季刊》詩與宗教專輯（1994.6），頁 7-17。

———，《創作的契機》（臺北：唐山出版，1998）。

———，〈評論可能去到的深度——介紹法國詩論家莊皮亞・李察（Jean-Pierre Richard）對波特萊爾處理的效果〉，翁文嫻，《創作的契機》（臺北：唐山出版，1998），頁 3-32。

———，〈「興」之涵義在現代詩創作上的思考〉，翁文嫻，《創作的契機》（臺北：唐山出版，1998），頁 71-99。

———，〈看那手持五朵蓮花的童子——讀周夢蝶詩集《還魂草》〉，翁文嫻，《創作的契機》（臺北：唐山出版，1998），頁 263-282。

———，〈在古典之旁辨解現代詩的變形問題〉，《創世紀》第 128 期（2001），頁 114-132

———，〈「定向疊景」時期的爆發能量——早期葉維廉詩的突破與困境〉，《臺灣文學研究叢刊》第五期（2009），頁 59-84。

高友工，《中國美典與文學研究》（臺北：臺大出版，2004）。

商禽，《夢或者黎明及其他》（臺北：書林出版，1988）。
陳芳明，〈快樂貧乏症患者——《商禽詩全集》序〉，商禽，《商禽詩全集》（臺北：印刻文學出版，2009），頁28-45。
陳耀成，〈莊周誤我？我誤莊周？〉，曾進豐編選，《周夢蝶》（臺南：國立臺灣文學館，2012），臺灣現當代作家研究資料彙編18，頁219-228。
曾進豐編，《婆娑詩人周夢蝶》（臺北：九歌出版，2005）。
葉嘉瑩，〈談古典詩歌中興發感動之特質與吟誦之傳統〉，《中外文學》21卷11期（1993.4），頁6-41。
———，〈序周夢蝶先生的《還魂草》〉，曾進豐編選，《周夢蝶》（臺南：國立臺灣文學館，2012），臺灣現當代作家研究資料彙編18，頁147-151。
葉維廉，《比較詩學》（臺北：東大出版，1983年）。
———，《秩序的生長》（臺北：時報出版，1986）。
———，〈中國現代詩的語言問題——《中國現代詩選》英譯本序言〉，收於葉維廉，《秩序的生長》（臺北：時報出版，1986），頁215-240。
———，〈洛夫論〉，洛夫《因爲風的緣故》（臺北：九歌出版，1988，初版），頁317-372。
讓・斯塔羅賓斯基，〈波佩的面紗〉，讓・斯塔羅賓斯基著《(思潮文庫・文學與思想叢書)波佩的面紗》，朱景冬等譯（北京：社會科學文獻出版，1999），頁188-203。

周夢蝶詩風析論——以其人生歷程爲基

張雙英*

一、引言

周夢蝶（1921-2014）創作新詩的時間雖然長達四、五十年，但迄今爲止，其新詩作品包括收於《孤獨國》、《還魂草》、《十三朵白菊花》與《約會》等四本詩集中的230首，[1]以及刊載於各種刊物或未曾刊出者，總數也不過三百多首而已。[2]因此，從新詩創作的數量而言，周夢蝶在臺灣新詩壇裡的著名詩人中可說是屬於比較少的。然而，除了極爲少數的例外，[3]周氏在臺灣新詩的研究領域裡可說是一位深受肯定的詩人。以如此的數量而能擁有這麼高的聲譽，論者的主要理由多不約而同地指向：這和他的新詩作品裡所呈現的獨特「詩風」有密切的關聯。

周夢蝶的新詩被認爲獨特之處不少，包括：題材的種類、主題的含意，以及創作的技巧等。但如果從周夢蝶的整體詩作來論，則「孤寂」[4]與「淡遠」[5]或許可視爲他的前、後期詩最突出的「風格」[6]。只是，所謂「風格」，其具體內涵究竟是指甚麼呢？同時，它又是如何形成的？此外，它是否可視爲評定新詩作品的水準是高或低的重要條件？更重要的是，「風格」所涵蓋的範圍只限定在「作品」上？或是指將「作品」與它的「創作

---

* 淡江大學中國文學系教授。

1 據白靈在〈偶然與必然——周夢蝶詩中的驚與惑〉一文所述，此四本詩集總計收有 230 首詩；請見《臺灣詩學季刊》（2010.7），頁 122。

2 依據曾進豐在其書《聽取如雷之寂靜——想見詩人周夢蝶》（臺南：漢風出版社，2003）中所言，周夢蝶的詩應有三百多篇。請參考該書頁 50。

3 例如資深詩人郭楓在其〈禪裡禪外失魂還魂的周夢蝶－解析《還魂草》並談說周夢蝶詩技〉一文中，便有如此尖銳的批評：「他（指周夢蝶）的今之古詩，顯示的乃是：瀟灑的狹隘，流麗的晦澀，奇巧的拙劣，風雅的庸俗。這種詩（指《還魂草》中的詩），是技巧的精致的工藝品，不是生命鮮活的藝術品。」載於《鹽分地帶文學》4 期（2006.6），頁 181。

4 請見胡月花，〈市井大隱、簷下詩僧——周夢蝶的生命、思維以及創作歷程探討〉，《育達學報》16 期（2002.12），頁 83、85。

5 請見曾進豐，《聽取如雷之寂靜——想見詩人周夢蝶》（臺南：漢風出版社，2003），頁 131。

6 有關「風格」的意涵，筆者在拙著《文學概論》（臺北：文史哲出版社，2004）也曾提出比較具體的解釋。請參考該書頁 241-255。

者」兩者融合在一起的範疇？……類似這些問題，歷來的文學評論家與詩歌研究者都曾提出各自的說法，但卻多屬概要式的描述，也因此無法真正幫助讀者深入了解「詩歌風格」的內涵與其重要性。事實上，正因為「風格」的定義始終未能出現足夠讓人明白的解釋，故而使有關「詩歌風格」的探討若非只討論「詩」在「題材」上的特色，便是在「主題」、「創作技巧」、或詩中所呈現的「詩人的特殊人品與性格」……等的單一項目上。

由於「風格」與「特色」甚有關聯，所以研究「詩」在「題材」、「主題」、「表達技巧」與「其作者」等方面的「特色」，的確在某些層面上可以呈現出「詩」的「風格」。但筆者認為，如果能以「如何形成」為觀察點來理解詩的「風格」，則「詩」中所隱含的「表現技巧」，以及這種技巧的基礎——每位詩人的「獨特性格與經驗」，應該是兩項密不可分而必須說明清楚的關鍵點。筆者持這一看法的理由有二，其一，「詩」的「表現技巧」不僅是促成作品成就高低的根本因素，也是塑造其「風格」的主要手段；其二，「詩」乃是「詩人」以他獨特的語文技巧把他自己與眾不同的內心活動具體呈現出來的結果。換言之，當詩人在創作詩時，他已在自然而然中將自己的性格、經驗與知識、技巧都融入了詩中，也因此形成他的詩所獨有的「風格」了。

當然，將周夢蝶的詩與其生平和性格結合在一起，已經是專家們研究周夢蝶詩的普遍方式。但是，這些研究或許是因為過度重視詩的題材內容與周夢蝶獨有的佛、道兼容的思想之關係，以至於在詮釋周夢蝶的詩時，往往只能達到讓讀者「知其然」的層次，也就是只說明了周夢蝶的詩在內容上與其個人的經歷如何相關；但是，對於他的詩之所以出現「孤寂」與「淡然」的風格是否與他的創作方法有關上，因研究者往往將周夢蝶「所有的詩」視為「一個整體」，所以多採「綜合性」的方式來「歸納」周夢蝶詩的寫作特色，而甚少仔細地針對周夢蝶的某一首詩在創作手法上有何特色進行完整的「分析」，因此，這些研究並無法讓讀者了解周夢蝶的詩「為何會有如此風格」的原因。

筆者因認為周夢蝶的詩風係由他將自己的「特殊經歷與性格」融入其「作品的特殊題材和寫作技巧」之中所致，所以底下便以這兩個項目為焦點，來闡釋他的詩所以會形成「孤寂」或「淡遠」風格的主要原因。

二、「詩」文類與其作者的關係

在各種「文學類型」（literary genre，以下簡稱「文類」）中，如果以文學作品的內容和其創作者之間的關係來論，毫無疑問的，應屬「詩」文類作品的內容與其作者的關係最為密切。以現今最普遍的四種文類來看，「小說」類的作者與其小說作品的內容便缺少直接的關係，因為小說的內容是由它的「作者」所創造、虛構的「敘事者」（narrator），也就是將小說的故事內容說出來的人，代為敘述出來的，所以小說的內容當然與「作者」

不可能有直接的關係。若從更細緻的角度來看：當這位敘事者是作品故事的旁觀者時，[7]他與該故事的關係是非常疏遠的，更別說是作者了；而當這位敘事者正好也是故事裡的主要角色時，[8]雖然他與作品的內容甚有關聯，但因他並非小說的作者，所以這類作品的作者與作品的內容依然是維持著一定的距離。至於「戲劇」類的作品，因它的內容是由劇中的各個角色來表現自我，以及由角色之間的互動等兩種動作所組合而成，所以它的內容和它的作者也不可能有太緊密的關係。此外，另一種稱爲「散文」類的作品，若追溯到古代（當時稱爲「文」或「古文」），其主要觀念若非像曹丕（187-226）一般，以功能爲著眼點而強調「文章，經國之大業」，[9]便如同韓愈（768-824）一樣，從性質上將其描述爲「文以明道」，[10]因此「文」的內容與作者心裡的情志之間實有頗大的距離。雖然到了現代，在它的名稱被「散文」取代之後，這類作品中以作者的情意與感受爲主要內容的作品逐漸增多，但在語文的使用上，其情感色彩仍不如詩歌的鮮明、強烈。

「詩」文類的作品和其創作者之間的關係，顯然比前述三種文類密切得多。自古以來，它的內容即被視爲其「作者」的內心情志，譬如《詩經．大序》中說：「詩者，志之所之也，在心爲志，發言爲詩。」[11]又如陸機（261-303）在他的〈文賦〉裡也說：「詩緣情而綺靡。」[12]這類觀點，到了劉勰（496-532？）在《文心雕龍．明詩》篇[13]寫出了：

> 在心為志，發言為詩，……詩者，持也，持人性情。……人秉七情，應物斯感，感物吟志，莫非自然。

等一段文字後，「詩」與「其創作者的情志」具有密不可分的關係，便已成爲中國詩歌傳統中的主流觀點了。

因此，如果要清楚地說明周夢蝶的詩何以與其他詩人的詩不同，則在析論他的詩作時，有關他的出身、個性、生活、經歷、學識、朋友，以及他所處的時代和環境等因素，便不能只視爲用來解釋他的詩的「參考資料」而已，因爲它們本身其實也都是促使周夢蝶會寫出他獨特詩作的「重要原因」。

---

7 這類小說即由俗稱「第三人稱敘事觀點」或「全知敘事觀點」所敘述出來的。

8 這類小說則是由俗稱「第一人稱敘事觀點」所敘述出來的。

9 魏．曹丕的《典論．論文》，收於清．嚴可均輯，《全上古三代秦漢三國六朝文．全三國文》，第二冊，卷 8（北京：中華書局，1995），頁 1098。

10 唐朝的文豪韓愈在〈原道〉篇中提出從堯傳到舜、禹、湯、文、武、周公、孔子的儒家「道統」，並在〈爭臣論〉一文中強調君子寫的文章要能「明其道」。所以他的學生李漢在〈唐吏部侍郎昌黎先生韓愈文集序〉裡將他的主張歸納為「文者，貫道之器也。」

11 請見唐．孔穎達《毛詩正義》卷第一之一，收入清．阮元校刻，《十三經注疏》（三）（臺北：藝文印書館，1985），頁 13。

12 唐．陸機的〈文賦〉，同註 9，頁 2013。

13 請參梁．劉勰著、王更生注譯，《文心雕龍讀本》上篇（臺北：文史哲出版社，1988），頁 83。

三、周夢蝶的主要經歷及其詩風的形成

說周夢蝶是一個詩人，大概不會有人質疑。但他爲何會成爲一個終身創作新詩的詩人呢？這樣的問題雖然含有強烈的後設成分，也就是以結果來追溯其原因，但因它乃是分析周氏詩風的重要基礎，所以仍屬必須先行討論的問題。首先，讓我們來看看周夢蝶自己曾說過的以下一段話：[14]

> 詩人乃人類的烏鴉，敏感而善說，預知人世之災患，故發為詩歌，歡辭少而哀情多。

這段話在文意上，似乎已間接說明了周夢蝶爲何要創作新詩的原因。然而，以它的內涵所寓含的哲思、說話的口吻如此冷靜、以及話語中所具有的高度使命感等來判斷，它顯然是在周夢蝶擁有豐富的寫詩體驗，並對詩歌的性質與功能都有深刻的理解之後，才有可能說出來的話；而這，顯然與一般所了解的周夢蝶「早期」爲何寫詩的實際情況並不相同。

自理論上而言，詩人創作每一首詩必定都會有特定的原因，而此原因與詩人當時對詩的理解與態度－也就是詩觀，必然有關。只是，詩人對詩的理解與態度是會隨著他個人的人生歷練與寫詩經驗的累積而不停改變的。因此，只有等到詩人不再創作詩時，他一生中的主要詩觀才有可能被歸納出來，而且，他的觀點也不可能一層不變。換言之，身爲詩人的周夢蝶，他對詩的認識與態度也是隨著年歲的增加而不停改變的。

據此，本文將把「周夢蝶爲何要寫詩？」這個命題，擴大爲「寫作新詩在周夢蝶的生命中具有甚麼重要的意義？」使這兩個層次雖不同，卻密切相關的問題結合起來，再以周氏的詩觀也持續在變爲認知基礎，而將創作新詩在周夢蝶生命中的意義，依照時間先後分爲以下幾個階段來析論：[15]

（一）《孤獨國》時期（1959 年之前）

周夢蝶的本名爲周起述，是河南淅川縣人。因父親在他出生之前即已過世，所以他的童年生活非常困苦，也養成了沉默寡言的性情。小時候，他曾在私塾裡學習四書五經與古詩詞，所以奠定了古典文化與文學的基礎。他於十七歲時，與三歲時即訂親的對象結婚。十九歲才入小學，但因成績優異而在一年後即畢業。初中畢業後，他進入因戰亂

---

14 請參王保雲，〈雪中取火，鑄火為雪——訪詩人周夢蝶〉，《海工青年》4 期（1983.11）。筆者也想在此強調的是，周夢蝶似乎習慣以毛筆為書寫工具，並且以文言文的行文方式來書寫。

15 有關周夢蝶詩的分期，論述者不少，如姚敏儀、周伯乃、劉永毅、曾進豐、胡月花、蕭蕭等；因他們關注的焦點不同，所以結果也有異。請參胡月花，〈市井大隱、簷下詩僧－周夢蝶的生命、思維以及創作歷程探討〉，《育達學報》16 期（2002.12），頁 80-81。

而從河南鎮平縣遷到淅川縣的開封師範學校就讀。但在兩年後，開封師範因抗日戰爭勝利而遷回原址鎮平縣，周夢蝶卻因親老、家貧，無法隨著學校搬遷，所以在未完成師範學業下，便留在家鄉擔任小學與中學教員。不久，國、共之戰發生，周夢蝶在環境逼迫下，於 1948 年投身軍旅，並隨部隊輾轉到臺灣，而於鳳山駐紮下來。自此，他與妻子與三個留在家鄉的子女即分隔兩地，無法互通訊息。這一痛苦的經歷顯然對周夢蝶的心靈與眼界都造成不小的影響。直到 1997 年，他才有機會返回隔絕了五十年的家鄉探親；但他所得到的，卻是只見到已成家的女兒一家而已，他的妻子與兒子都已經辭世了。

周夢蝶於 1948 年 12 月到臺灣後不久，蔣介石總統於 1949 年 1 月 1 日在南京宣布辭去「中華民國」總統之職。1949 年 5 月，臺灣省主席陳誠宣布臺灣實施戒嚴，禁止言論與出版的自由。1949 年 10 月 1 日，毛澤東在北京宣布成立「中華人民共和國」，而美國也宣布放棄支持臺灣的國民政府。1950 年 3 月，蔣介石在臺北宣布恢復「中華民國」總統職權，以軍政方式治理臺灣。1950 年 4 月，國民政府在重視文宣政策的考量下，成立了「中華文藝獎金委員會」，以高額的獎金獎助反共文學作品，而使這一主題擁有最大的發聲空間。1954 年，成立於 1950 年的「中國文藝協會」更在「五四文藝節」發起「文化清潔運動」，要求文化界一起「撲滅赤色的毒，黃色的害，黑色的罪」，並取締違反文藝政策的作品。於是，反共與戰鬥主題的作品乃成爲五〇年代文壇的主流。

1953 年，周夢蝶在 5 月 20 日的《青年戰士報》表了他的第一首新詩〈皈依〉，正式踏入詩壇，並陸續在各種報刊與雜誌，尤其是《青年戰士報》與《藍星周刊》上發表新詩。五 0 年代的中期之後，臺灣的「新詩」壇興起了一股努力掙脫配合文宣政策的詩潮；其中，率先鼓吹者爲創立「現代詩社」的紀弦（1913- ）。紀氏主張「現代詩」的創作應該採取「橫的移植，而非縱的繼承」，亦即必須完全接受「西方現代主義」的「主知」觀念，同時斷絕「現代詩」與中國詩歌傳統的任何關係。由於這一主張雖有符合世界潮流的「現代」之名，卻因完全棄絕自己的文化傳統而引起極大的爭議，於是乃爆發了一場「現代詩」到底應該全盤接受西化或仍可保有若干詩歌傳統的激烈論辯。[16]周夢蝶在 1954 年 3 月參與了由覃子豪（1912-1963）、余光中（1928- ）等爲代表，主張新詩不可以完全西化，而是在接受現代化的過程中，兼採中國詩歌「傳統」與「抒情」風格的「藍星詩社」之創立。[17]這一詩社對周夢蝶的新詩創作顯然有頗爲深遠的影響，因他後來在回顧這一段經歷時曾說過以下一段話：[18]

我早期的現代詩習作受余光中先生的影響相當大。他每每能指出我詩中的缺點，

16 請參拙著《二十世紀臺灣新詩史》（臺北：五南出版圖書公司，2006），頁 142。
17 同上註。頁 180，以及頁 185-188。
18 請參應鳳凰，〈「書人」周夢蝶的秘笈〉，收於曾進豐編，《娑婆詩人周夢蝶》（臺北：九歌出版社，2005），頁 290。

因他對中英文學理論懂得最多，兼又吐屬優雅，有時一言數語，都能令人疑霧頓開，終身受用不盡。

1956年，周夢蝶因身體孱弱多病而退伍，結束了他在臺灣的八年軍旅生活。在長期找不到專職工作下，他自1959年起，白天在臺北市武昌街「明星咖啡屋」的騎樓擺設舊書攤，藉著販賣新文學與哲學的刊物與圖書來維持生活，晚上則借宿在「達鴻茶莊」中。同年四月，他將自己在1953年到1959年之間所創作的47首新詩集結起來，出版了他的第一本詩集《孤獨國》；這本詩集的名稱，幾乎如實的反映了周夢蝶那段時間裡的心境與生活。[19]

若以《孤獨國》詩集的出版時間爲周夢蝶詩風的第一階段，則出現在詩集扉頁上，周夢蝶所引用的奈都夫人的「以詩的悲哀，征服生命的悲哀」兩句話，應該可視爲他當時對詩的基本看法。這兩句話指出，詩歌中含有一種與人的悲哀相同的性質，故而詩人可以將他心中的悲哀感融入詩歌的這種性質之內，藉著寫詩來抒發心中的這種情感，克服這種壓力。我們可以舉這本詩集中題爲〈讓〉詩的第二節來稍加申論。此一節文字如下：[20]

讓風雪歸我，孤寂歸我，
如果我必須冥滅，或發光——
我寧願為聖壇一蕊燭火，
或遙夜盈盈一閃星淚，
燃燒自己，照亮別人。

學者吳達芸在分析周夢蝶的《孤獨國》時，曾經敏銳地指出：這本詩集的思想脈絡可區分爲兩個系脈，一個系脈是書寫詩人的孤獨與寂寞，可說是屬於「與世分隔」的部分；另一個系脈則是對責任與愛的強調，是屬於「與人世相貼近」而不能夠分離的部分。[21]若以吳氏此一論點爲據來理解上面所引的周夢蝶的詩，則第二行的「冥滅」顯然是屬於前一系脈，而「發光」則屬於後一系脈。

不過，如果以這本詩集名稱中的「孤獨」來相互參照的話，則出現於第一行的「孤寂」兩字，應該才是這首詩的重點所在。因爲，在寫作技巧上，首先是詩人在這一詩行中安排了兩個「我」字；其目的非常明顯，就是要以重複出現的方式來凸顯「詩人自己」的重要地位。其次是以「我」爲焦點，用一外一內的兩個方向來逼擠出「我」的特殊情況：一是「我」的外在環境，四周都被「風雪」所包圍；二是「我」的內心世界，滿含著「孤寂」兩字。在這種內「情」與外「境」的交相逼迫之下，「我」的心境如何，已在

19 周夢蝶，《孤獨國》(臺北：藍星詩社，1959）。
20 周夢蝶，《周夢蝶詩文集：孤獨國／還魂草／風耳樓逸稿》（臺北：印刻文學，2009），頁27。
21 請見吳氏的〈評析周夢蝶的「孤獨國」〉，《現代文學》39期（1969.12），頁30。

這一佈滿「張力」(tension)[22]的寫作技巧中清楚地呈現出來了。

所謂「張力」，就是指「詩的語文」同時具有「隱藏的內涵」(intension)與「外延的意思」(extension)。所謂「隱藏的內涵」，乃因「詩」在表達媒介上刻意捨棄了含意直接而明白的「語文」，而採取了具有暗示性、富有情感色彩的「語文」，因而創造出豐富的隱藏性意涵。至於「外延的意思」，則是指詩中詞語的意思即其字面上或辭典上所說明的意思。「詩」便是在其「語文」中的這兩種意涵互相作用下，乃造成巨大的震撼力。

事實上，如果以作品的內容與題材來論，《孤獨國》這本詩集裡的大多數作品，例如：〈索〉、〈禱〉、〈雲〉、〈霧〉、〈有贈〉、〈現在〉、〈寂寞〉、〈烏鴉〉、……等，都是以詩人爲中心而抒寫出來的，所以不但「我」這個字在詩集裡單獨出現的地方很多，自「我」字延伸出來的「我夢」、「我看」、「我想」、「我在」、「我的」、……等詞語更多。這一情況所透露的訊息，應是詩人「我」與外界的互動很少，而且生活孤單而困苦，感覺寂寞而悲傷。至於在作品的題材上，這本詩集裡的多數作品顯然是以詩人的內心世界爲基，然後以強烈的主觀將外在的人、事、景、物等都敷染上一層詩人的主觀色彩。因此之故，這本詩集乃具有想像力豐富、情感真摯而強烈等優點；但相反的，也出現了作品的題材篇偏枯、格局狹小的缺點。

總之，將《孤獨國》詩集扉頁上所引的奈都夫人的「以詩的悲哀，征服生命的悲哀」兩句話，視爲周夢蝶此一時期對詩的看法與態度，應該是合乎邏輯的推論。至於他在此一時期的詩風是如何形成的，我們可用〈孤獨國〉一詩[23]爲例來分析。這首詩的本文如下：

> 昨夜，我又夢見我
> 赤裸裸的趺坐在負雪的山峰上。
>
> 這裡的氣候黏在冬天與春天的接口處
> （這裡的雪是溫柔如天鵝絨的）
> 這裡沒有嬲騷的市聲
> 只有時間嚼著時間的反芻的微響
> 這裡沒有眼鏡蛇、貓頭鷹與人面獸
> 只有曼陀羅花、橄欖樹和玉蝴蝶
> 這裡沒有文字、經緯、千手千眼佛
> 觸處是一團渾渾莽莽沉默的吞吐的力
> 這裡白晝幽闇窈窕如夜
> 夜比白晝更綺麗、豐實、光燦
> 而這裡的寒冷如酒，封藏著詩和美
> 甚至虛空也懂手彈，邀來滿天忘言的繁星……

---

22 「張力」的英文字，便是由 intension 與 extension 這兩個字分別去掉表示「內在」的 in 與表示「外在」的 ex，而保留了共有的部分 tension 而成。

23 《藍星週刊》204 期（1958.7），頁 25。

過去佇足不去，未來不來
我是「現在」的臣僕，也是帝皇。

這首詩發表於1958年，也就是詩人38歲時。以它的詩題被詩人選作詩集的名稱來推測，它的分量應該足以被視爲此一詩集的代表作，或甚至可視爲周夢蝶在此一時期裡的主要心境。

首先來看這首詩的「題材與內容」，詩的第一行直接說明了「昨夜，我又夢見我」，可見本詩所寫的乃是「我」（詩人）的「夢境」。「我」在此「作夢」，同時「我也在夢境裡面」，而且正盤坐夢境中的高處，下望此境裡的各種景況：寧謐而不吵雜，時間已然停步。不僅沒有讓人恐懼或厭惡的動物，而且到處是讓人賞心悅目的景物。此外，白晝有黑夜的沉靜，黑夜比白晝還豐實和綺麗；而在滿佈燦爛星星的天空下，寒冷也讓人覺得如酒般溫暖、美好。望著此一景況，「我」頓時覺得：在這一「現在」的境界裡，自己雖然是個低微的奴僕，但也可以是總管一切的帝皇。像這樣的一個寧靜、燦爛，而且所有的景物都美好的境地，豈非就是「理想國」？然而，在這麼美好的夢境裡，屬於「人」的竟然只有「我」一個！如此，這個「理想國」又怎能不稱爲「我」的「孤獨國」呢？

其次是這首詩的「結構」。這首詩由三個段落所組成，第一段與第三段都只有兩行，中間的第二段則有十二行之多。若以「文章」的結構來比擬，第一段只以兩行文字來說明「我」和此一「夢境」的關係，其地位實相當於「文章主體」之前的「序」；而第三段也以兩行文字來說明「我」在看到眼前的一切之後所得的感悟，其地位也與文章主體之後的「跋」相似。中間的第二段因是屬於詩的「主體」，所以使用了比前、後兩段多達六倍的篇幅來詳細描寫此一夢境的景況，如此的設計，作品的主、從部分立刻顯現出來。因此，這首詩的結構實具有平穩妥貼的優點。

至於在「修辭」上，本詩有三項非常鮮明的特色：一是詞語的重複出現，例如「我又夢見我」的「我」，「赤裸裸」的「裸」，「只有時間嚼著時間的反芻的微響」的「時間」以及「觸處是一團渾渾莽莽沉默的吞吐的力」的「渾渾」與「莽莽」等，都藉著重複出現的手法而在其聲音與意涵上造成讓人印象深刻的效果。二是多數的詞語含意清楚，並不艱澀。其三是使用「曼陀羅花」與「千手千眼佛」等佛教用詞；造成前面所提的「張力」效果，也就是使一個簡單的詞語擁有豐富的「內在意涵」，例如「曼陀羅花」一詞，就含有：佛說法時，天降此花如雨，以供養眾人的意思；而「千手千眼佛」一詞，也含有能創造一切，明照四方，解救眾生脫離苦海的意思。在這種詞語的使用下，不但使本詩擁有比文字層面更爲豐富的意涵，也使詩人周夢蝶塗上一層佛家的色彩。

此外，本詩的「句法」也含有周夢蝶詩中經常出現的「對照」技巧，而表現在兩方面。其一是在同一詩行裡，如在「我又夢見我」中，使「現實世界中的我」與「夢中的我」對立起來。又如在「只有時間嚼著時間的反芻的微響」中，前、後兩個「時間」也是互相對立的。這種對照的設計，一方面可藉對方來凸顯自己的立場，二方面更營造出一種由彼此矛盾的兩者所形塑出的蓄滿「張力」的整體氣氛，因而加強了詩作的撼人力道。其二是設計出前、後兩行對立的態勢，如「這裡沒有嬲騷的市聲／只有時間嚼著時間的反芻的微響」、「這裡沒有眼鏡蛇、貓頭鷹與人面獸／只有曼陀羅花、橄欖樹和玉蝴蝶」等，都是以「只有……」的詩行與「沒有……」的詩行組成一正一反的聯句，用「唯一」和「空無」來形成一個由兩極的對峙而產生的衝突氛圍，使詩的震懾力道剎時之間大增。

總的來說，這是一首以「我」爲描寫中心，藉著主、從分明的結構、重複出現的修辭，以及佛家典故所造成的張力，將周夢蝶當時的孤獨感完整而有力的展現出來的詩作。

（二）《還魂草》時期（1960-1965）

《孤獨國》出版後，因詩集的內容與詩風不僅與周夢蝶的悲苦心情與寂寥生活相互映襯，更與他經常孤坐於書攤旁閉目冥想的神態相仿，因而使他的書攤常有愛詩者與好奇者駐足。由於周氏對於問者所提的與詩有關的問題都樂於回應，「明星咖啡屋」也就常出現沙龍般的論詩景況；周夢蝶孤寂的心似乎因此而逐漸活絡了起來。

此外，周夢蝶在 1963 年於臺北的善導寺聽完印順法師（1906- ）講完《金剛經》後，因深受感動而歸入法師門下，並取「普化」爲法名。他在這個時候曾說過以下一段話：[24]

> 我一直以為人死了才稱涅槃。原來，活著的時候，透過種種修學，對治習氣能先伏後斷，使後法不生，善法不滅，這不生不滅，就是涅槃。

這些話清楚地顯示出，這次的學佛經驗不僅使周夢蝶對自己長年的孤苦生活有了嶄新的認識，而且對於人的生與死，也獲得了突破性的了悟。

1965 年，周夢蝶將 75 首創作於 1960 年到 1965 年間的詩集結起來，出版第二本詩集。[25]由於內容與技巧的完美結合，使此一詩集贏得了甚高的評價。它由以下四個部分組合而成：

一是「山中拾掇」輯，計有八首詩。它們的題材與內容大致與《孤獨國》類似，多偏重在詩人內心的挖掘與抒發。不過，其詩風已逐漸有了改變，因有若干作品已從環繞著詩人的孤寂生活、沉溺在詩人的傷感心情中掙脫，逐漸走向現實世界，去感受人間冷暖的明朗風格。

---

24 引自潘煊，《看見佛陀在人間——印順法師傳》（臺北：法界，2004），頁 177。
25 初版由臺北：文星書店出版，1965。

二是「紅與黑」輯，含有十三首詩。它們分別以一年裡的十二個月爲詩題，藉著描寫每個月份的景致變化，將人的情慾流動融入其中，並引入道家哲思與佛教禪理，形成一套內容豐富的情景交融畫面。

三是「七指」輯，包括七首詩。它們以人的五根手指，加上駢指與「神識」來作爲詩的題目，然後藉著闡釋它們的名稱之涵義時，運用道家思想與佛家教義來申論人性的內涵與特質，並點出人在對面其一生中的正常發展與意外遭遇時宜有的恰當心態。

四是「焚麝」輯，共有十九首詩。此輯的內容比較複雜，但仍可理出一條軸線，就是詩人想要讓自己漂浮的心情歸於平靜的歷程。

據此，這本詩集除了仍含有不少表露詩人內心孤寂的作品之外，也包括了若干將詩人的情意融入外在的景物，以及探索道學與佛理的作品。特別是在詩的風格上，除了仍保有前一本詩集《孤獨國》的苦澀與枯淡之風外，也增加了明朗和輕快的詩風。這些情況，似乎正反映著周氏在這段時間裡的心境上已產生了一些變化。我們可自他在此期的作品中，分別選擇具有佛道哲理與富有人間情味者各一首來析論：

1. 「七指」輯中的〈菩提樹下〉[26]

誰是心裏藏著鏡子的人呢？
誰肯赤著腳踏過他底一生呢？
所有的眼都給眼蒙住了
誰能於雪中取火，且鑄火為雪？
在菩提樹下。一個只有半個面孔的人
抬眼向天，以嘆息回答
那欲自高處沉沉俯向他的蔚藍

是的，這兒已經有人坐過！
草色凝碧。縱使在冬季
縱使結跏者底跫音已遠逝
你依然有枕著萬籟
與風月底背面相對密談的欣喜

坐斷幾個春天？
又坐熟多少夏日？
當你來時，雪是雪，你是你
一宿之後，雪既非雪，你亦非你
直到零下十年的今夜
當第一顆流星驀然重明

你乃驚見：
雪還是雪，你還是你
雖然結跏者底跫音已遠逝

26 周夢蝶，《周夢蝶詩文集：孤獨國／還魂草／風耳樓逸稿》（臺北：印刻文學，2009），頁 147-148。

唯草色凝碧。

作者謹案：佛於菩提樹下，夜觀流星，成無上正覺。

《還魂草》詩集裡的「七指」一輯會散發出濃濃的禪味，即是因爲有不少詩作中融入了周夢蝶所理解的佛經教義。這一首寫於 1961 年的〈菩提樹下〉即是此類作品。從這首詩的題目「菩提樹下」與詩後的案語「佛於菩提樹下，夜觀流星，成無上正覺」來看，它們都是指釋迦摩尼佛爲王子時，爲了求道而逃離王宮，到處苦行，但卻一直無法如願；於是他乃到一棵菩提樹下盤坐苦思，誓言不達覺悟，絕不起身。後來，在某一破曉時分，他忽然看見一顆流星劃過天際，心靈頓時開悟而成就了至高無上的「正覺」之事。[27]另外，「心裏藏著鏡子的人」也是化用佛典《六祖壇經》中的「身是菩提樹，心如明鏡臺。」之句，而「結跏者」也是佛家修行者盤坐的用語。又如本詩第一段的「在菩提樹下。一個只有半個面孔的人／抬眼向天，以嘆息回答」兩行，以及詩後詩人自己的案語「佛於菩提樹下，夜觀流星」等，都可呈現出周夢蝶此時的詩觀：透過詩類的體裁來描寫人們手中的「大指」，並隱喻佛家的觀點。[28]

在「題材」上，這首詩所描述的是一個人如何證道成佛的過程，因此充滿佛教的色彩。至於其內容，本詩一開始即提出一連串的問題：有誰的心中仍有明鏡臺？有誰能夠赤腳托缽過其一生？……然後描寫出一個畫面：對於這些情況，盤坐在菩提樹下的人只能抬頭，以嘆息來回答上天。接著詩人強調，就在同樣的地方，過去的人雖已遠逝，但「你」仍欣喜地在此做同樣的事情，而且從春到夏，不知過了多少時日。一直到看見第一顆流星劃過天空，「你」才赫然發現：以前的人雖然已經遠逝，但最根本的答案是：萬物都只能歸向其自我。換言之，這首詩的主題應該是詩中的「當你來時，雪是雪，你是你」、「一宿之後，雪既非雪，你亦非你」與「你乃驚見：雪還是雪，你還是你」等三個體悟（或「修行」）的次序非常嚴密的階段與其結果。然後得出：人不應該再像詩中的「你」那般「堅持己見」，應該了解到萬物都須順服其自然本質與本性的道理。

這樣的道理，若置之古今中外的宗教與哲學論述中，其實並沒有特別深刻之處。但不同的是，它乃是一首在結構與修辭上都可以呈現周夢蝶詩風的「詩」！從「結構」上而言，其特色有二：其一是詩中的四段文字係以事件的先後爲序，所以具有讓人讀來易懂的優點。其二是以疑問句起頭，提出一連串與探索人生真諦有關的問題做爲背景；接著，安排一個全心探求真理的「你」爲主角，描述他在長時間裡堅持不變的探索動作；

27 請參明朝瞿汝稷編的佛教典籍《指月錄》卷一（臺北：老古，1985），頁 5。
28 胡月花的解釋為，「大指」又稱「巨擘」，與佛祖釋迦降世時，一手指天，一手指地，並作獅子吼：「上天下地，唯我獨尊」的形象相合。請見她的〈市井大隱、簷下詩僧—周夢蝶的生命、思維以及創作歷程探討〉，《育達學報》16 期(2002.12)，頁 86。

最後在流星閃沒的啟發下，終於悟得真理。這裡的「你」，當然可以從傳道者的角度來解釋成受教大眾。然而，它是否也可加以引申，被解釋爲就是詩人自己呢？而這樣的解釋，似乎更能符合詩人周夢蝶當時「探索真理」的心境與動作。

至於在「語法與修辭」上，本詩也有兩項特色。一是句子和句型的不斷「重複」，如第一段的三個由「誰」字起頭的問句句型，以及第二與第四段的「結跏者底跫音已遠逝」，和「雪是雪，你是你」、「雪既非雪，你亦非你」與「雪還是雪，你還是你」等都是。二是詞語的重複，如「草色凝碧」、「縱使」等。這些詞語與句型的「重複出現」，不僅可使這首詩的結構濃稠緊密，也可讓讀者感到印象深刻，更值得注意的是，它們已成爲周夢蝶的詩在語法與修辭上恆常使用的模型。

2. 「焚麝十九首」輯中的〈還魂草〉[29]

「凡踏著我腳印來的
我便以我，和我的腳印，與他！」
你說。

這是一首古老的，雪寫的故事
寫在你底腳下
而又亮在你眼裏心裏的；
你說。雖然那時你還很小
（還不到春天一半裙幅大）
你已倦於以夢幻釀蜜
倦於在鬢髮襟邊簪帶憂愁了

穿過我與非我
穿過十二月與十二月
在八千八百八十之上
你向絕處斟酌自己
斟酌和你一般浩瀚的翠色。

南極與北極底距離短了，
有笑聲嘩嘩然
從積雪深深的覆蓋下竄起，
面對第一線金陽
面對枯葉般匍匐在你腳下的死亡與死亡
在八千八百八十之上
你以青眼向塵凡宣示：
「凡踏著我腳印來的
我便以我，和我的腳印，與他！」

註：傳世界最高山聖母峰頂有還魂草一株，經冬不凋，取其葉浸酒飲之，可卻百病，駐顏色。案聖母峰高海拔八千八百八十二公尺。

29 周夢蝶，《周夢蝶詩文集：孤獨國／還魂草／風耳樓逸稿》（臺北：印刻文學，2009），頁 171-173。

這首〈還魂草〉發表於 1961 年。從其詩題既然被選爲詩集的名稱來判斷，它若非對詩人具有特殊的意義，便含有足以代表整部詩集的深意。然而，它的內容和主題卻常被稱爲「晦澀難懂」[30]，以至於在有人將它解釋成「喻指追尋生命本真的心願」[31]的同時，也有人將其理解爲「是一首情詩，(但) 不是一首成功的情詩。……不過是男性主義自我中心的私慾發洩，偏又作道貌岸然狀。」[32]筆者不願在此斷定那一種解釋才是這首詩的確切內容，是因爲了解到「詩無達詁」的道理，因詩的價值本來就不應該在它說了甚麼？而是在它是否引發人們的感動或啟示，所以這些不同的解釋應該都可以有存在的理由。

筆者認爲，本詩的「內容」應可理解爲：即使年齡幼小，「你」卻說已經倦於和夢幻、憂愁爲伍，所以正在實踐心中已知的一首由雪寫的故事。由於這個故事的結論是：「凡踏著我腳印來的／我便以我，和我的腳印，與他！」爲了達成這個目標，「你」已努力跨越「我」所設立的考驗：了解「自己」與「非自己」並無不同，突破「時間」與「空間」的限制而登上了世界的最高處，然後去理解「自己」與「大自然」的關係。終於，空間的距離縮短了，積雪之下竄起了一陣笑聲，「你」在這裡面對第一道曙光時，死亡已經匍匐於「你」腳下，而「你」自己也擁有了資格，去向凡塵解說這個由雪所寫的故事之結論了。

這樣的解釋，因不執著於具體的內容一定非是甚麼不可，而把焦點放在「考驗的過程」上，所以能擁有較爲開闊的解釋空間；而不論追求的是人生的真理，或者是愛情，其實都可以被容納進來。事實上，周夢蝶的詩之所以會常被評爲「晦澀難懂」，他這種抽象而缺少定指的表達方式，正是重要的原因之一。

除此之外，這首詩在「結構與修辭」上也具有周夢蝶詩作的普遍特色，即：大量的「重複」出現。譬如在「結構」上，詩的「起頭兩行」與最後的「結尾兩行」即重複出現，也因此使整首詩含有首尾一致的緊密結構。在「詞語」上，則以「你說」、「你（的）腳下」、「倦於」、「十二月」、「斟酌」、「穿過」、「八千八百八十之上」等詞語的重複出現，來強化讀者的印象。

上引的兩首詩都是周夢蝶寫於 1961 年的作品。雖然它們都寓含佛家的修行與開悟的意涵，但後者所觀照的對象應該與前者的純然圈定在「自己」身上不同，因它的涵蓋範圍已經延伸到「他人」，也因此而含有人間的情味了。

---

30 請見楊風，〈晦澀詩的實質美與形式美——以周夢蝶、旅人和林亨泰為中心〉，《臺灣現代詩》14 期（2008.6），頁 50。

31 請參黃梁，〈詩中的「還魂」之思——周夢蝶作品二闋試析〉，《臺灣現代詩學季刊》15 期（1999.6），頁 17。

32 請參郭楓，〈禪裡禪外失魂還魂的周夢蝶——解析《還魂草》並談說周夢蝶詩技〉，《鹽分地帶文學》4 期（2006.6），頁 177。

（三）1966之後

《還魂草》出版之後，周夢蝶探究佛學奧義的行爲越來越積極，譬如在1966年，他曾向禪學家南懷瑾（1918-2012）學習佛法與打坐；又自1968年起，他多次去聆聽道源法師（1900-1988）講解《金剛經》。這一情況，一方面使他的新詩創作量大減，但同時也使佛學與禪理融入他的許多詩中。[33]不過，周夢蝶的實際生活方式並沒甚麼改變，經濟情況也未曾改善。1980年，他因身體孱弱生病而住院開刀，並結束了舊書攤的工作。然而，他在這二十年中靜坐於書攤旁閉目沉思，或安靜看書，以及使該地出現論詩沙龍的景象，卻已名聞詩壇了。

1997年，周夢蝶獲得「國家文藝獎」；2000年，爾雅出版社出版《周夢蝶世紀詩選》，選錄其《還魂草》詩集之後所寫的詩47首，並附有周夢蝶小傳、詩話，以及評論索引。但大致說來，一直到周夢蝶的第三本詩集出現之前，他在這段時間裡寫的比較多的是以書信爲主的雜文，[34]而新詩創作的數量其實甚少。

到了2002年，周夢蝶終於一口氣出版了兩本由不同的出版社所刊行的詩集。其一是以他創作於六〇、七〇年代的新詩爲收集主體的《十三朵白菊花》，[35]計有54首；其二則是《約會》，[36]以他在八0年代之後所創作的新詩爲收集主體，共有54首詩。拿這兩本詩集與前兩本詩集相較，不論是內容、題材與或主題都可看出明顯的差異，但它們卻含有一些共同特色，例如：在題材上，對人物的描寫與景色的刻畫增多，而使人間情味大量增加；在涵義上，含有較爲曠達的人生觀；在文辭上，詞句較前凝練且典故增加甚多。由於這兩本詩集並非依照寫作的年代先後來收集作品，所以底下便以個別作品的創作時間爲主，自其中挑選出七〇、八〇、九〇年代的詩作各一首，來析論周夢蝶在各時期的主要詩風是甚麼。

1. 1970年代——以〈十三朵白菊花〉[37]爲例

小序：六十六年九月十三日。余自善導寺購菩提子念珠歸，見書攤右側藤椅上，有白菊花一大把，清氣逼撲人，香光射眼，不識爲誰氏所遺，遽攜往小閣樓上，以瓶水貯之；越三日乃謝。六十七年一月廿三日追記。

從未如此忽忽若有所失又若有所得過

33 周夢蝶自己曾說：「於現實世界中，內心異常孤寂，所以寫抒情詩來滋潤生活。再者，每天受感情的折磨，如果不讀佛經，怎麼辦？」請參《臺灣詩學季刊》10期（1995.3），頁17。

34 譬如他在2009年出版的《周夢蝶詩文集：風耳樓墜簡》，即收錄他從1970年到1996年間所寫的尺牘一百五十多篇。臺北：印刻文學。

35 由臺北的洪範書店出版。

36 由臺北的九歌出版社出版。

37 周夢蝶，《十三朵白菊花》（臺北：洪範，2002），頁48-51。

在猝不及防的朝陽下
在車聲與人影中
一念成白！我震慄於十三
這數字。無言哀於有言的輓辭

頓覺一陣陣蕭蕭的訣別意味
白楊似的襲上心來；
頓覺這石柱子是塚，
這書架子，殘破而斑駁的
便是倚在這塚前的荒碑了！

是否我的遺骸已消散為
塚中的沙石？而游魂
自數萬里外，如風之馳電之閃
飄然而來——低回且尋思：
花為誰設？這心香
欲晞未晞的宿淚
是掬自何方，默默不欲人知的遠客？

想不可不可說劫以前以前
或佛，或江湖或文字或骨肉
雲深霧深：這人！定必與我有某種
近過遠過翱翔過而終歸於參差的因緣——
因緣是割不斷的！
只一次，便生生世世了。

感愛大化有情
感愛水土之母與風日之父
感愛你！當草凍霜枯之際
不為多人也不為一人開
菊花啊！複瓣，多種，而永不睡眠的
秋之眼：在逝者的心上照著，一叢叢
寒冷的小火焰。……

淵明詩中無蝶字；
而我乃獨與菊花有緣？
淒迷搖曳中。驀然，我驚見自己：
飲亦醉不飲亦醉的自己
沒有重量不佔面積的自己
猛笑著。在欲晞未晞，垂垂的淚香裏。

這一首創作於 1978 年的詩，在「內容」上，第一段是寫詩人無意間發現自己的書攤旁有一束被人遺忘的白色菊花，總計有十三朵；因其顏色的「白」與數字的「十三」而引起詩人的震撼，並使詩人聯想成它們好像是一篇內含哀痛的無言輓辭。

第二段則延續前段的意思，以「十三」和不吉祥的關係，以及「白」和離別與死亡的關係為基，寫詩人把該十三朵白菊花帶回家，放在水瓶後，他的眼前突然幻化出如此的景象：石柱子變成白色的墳塚，而其前那殘破而斑駁的書架，則成了矗立於墳塚之前的墓碑。

第三段的意思也承襲前段，寫詩人進一步產生一連串的聯想：自己的遺骸是否已化成這墳塚裡的沙石？只是游魂卻像風與電般從萬里之外飛來，讓我尋思這菊花、其香氣，以及其上的宿淚，到底是哪個遠客送來的呢？

第四段抒寫詩人的領會：不管這位送花者（他、祂、它或她）是多久以前的佛、江湖、文字或骨肉，他（或祂、它、她）必定曾與我有過因緣吧！

第五段則描寫因詩人有這種體會，所以乃心生感謝，並出現要愛一切的心：要愛大化、愛水土之母、愛風日之父，尤其是愛「你」－菊花，因你是永遠照亮著已逝者心中的小火焰。

最後的第六段則寫出詩人自己的聯想：以「採菊東籬下，悠然見南山」等詩句聞名詩史的隱逸之宗陶淵明（約 365-427），其詩中雖然沒有「蝶」字（即指本詩作者周夢蝶），但自己卻因這「菊花」而與他發生了因緣，並使自己和他一樣，不論有沒有喝酒，都常與「醉」相伴，與「笑」爲伍。

這樣的內容，一方面呈現出本詩具有層層遞進，井然有序的緊密「結構」，同時也顯示了本詩係以「外物」爲起點，來引發一連串的聯想：從死亡聯想到游魂，再到菊花，進而再聯想到他人，接著聯想到博愛，再到愛菊花，進而聯想到古時候熱愛菊花與酒的詩人陶淵明，最後聯想到已經醉了的自己。據此，本詩當然是一首聯想奔放而有序的作品。

如果將本詩被放到周夢蝶的詩作歷程上時，會有一項讓人矚目的特色立刻凸顯出來，那就是其「題材」的特殊，即以「白菊花」這個原來與周夢蝶並無關係的「外物」爲吟詠重心。而且，若再以詩前的「小序」爲參考資料來理解，則這首詩應可確定爲周夢蝶「因睹物而抒懷」的作品，所以它實可視爲周夢蝶已突破其向來以「自己」爲描寫中心的象徵了。

本詩的另一特色爲「語調」與「用典」。在語調上，它已呈現一種從哀傷轉成開朗的趨勢，而與周夢蝶過去常陷溺於孤寂與悲情的詩歌氛圍有頗大的差別。更特別的是詩人透過「用典」爲手法，在詩中將自己聯想成與晉朝大詩人陶淵明屬於同一類人。如此的做法，當然含有詩人已認同陶淵明安貧樂道的生活與曠達灑脫的人生觀，或甚至隱含周夢蝶此一時期已具備陶潛「以詩酒自娛」的詩觀了。

至於在語文的「修辭」上，這首詩仍沿襲其重疊複沓的詞語與句型的手法，如：「忽忽」、「陣陣」、「蕭蕭」，「叢叢」、「生生世世」、「不可」、「以前」、「感愛」、「欲晞未晞」、「若有所失又若有所得」、「飲亦醉不飲亦醉」、「無言哀於有言」、「沒有重量不佔面積」、「近過遠過翺翔過」、「或……」、「水土之母與風日之父」等等，所以在修辭手法上，周夢蝶在此期並沒有太大的改變。

2. 1980年代——以〈失乳記－觀音山即事二短句〉[38]爲例

之一

住外雙溪時
望裡的觀音山永遠隱在雲裡霧裡
然而，瓔珞嚴身
梵音清遠可聞

如履之忘足，魚之忘水
而今，去我不及一寸的大士
欸！卻絕少絕少絕少照見
——眼不見眼

之二

從來沒有呼喚過觀音山
觀音山卻慈母似的
一聲比一聲殷切而深長的
在呼喚我了

然而，我看不見她的臉
我只隱隱約約覺得
她是弓著腰，掩著淚
背對著走向我的

自1983起，周夢蝶居住於士林的外雙溪三年。到了1987年，他先移居永和，旋遷新店，再搬到淡水定居；直到1998年，他才遷居新店的五峰山下。換言之，周夢蝶在淡水共待了十一年之久。本詩寫於1989年，也就是詩人居住在淡水之時。這首詩雖包括「之一」與「之二」兩部分，但在「內容」上，它們所描寫的對象卻相同，都是躺臥於淡水出海口岸邊的觀音山。其中的「之二」寫的是詩人當下對觀音山的感覺，而「之一」則是詩人發現自己當下對觀音山的感覺已經與過去的感受不同，而將過去那種感覺也寫下來。

在「之一」的兩段裡，詩人先以第一段回想自己過去住在外雙溪時，雖然看不清楚遠方那座籠罩於雲霧之中的觀音山，但仍能聽到觀音大士遠從觀音山傳送過來的讓人心境平和的梵音。到了第二段，詩人把時間移轉到當下，寫自己目前已經住在淡水，距離觀音山只有一水之隔，所以和觀音山的關係應該像是鞋子和腳，或魚和水一般密切，但在實際上，卻是自己幾乎沒有和它（祂）兩眼相看過！

38 周夢蝶，《約會》（臺北：九歌，2002），頁155-157。

「之二」也有兩段，第一段寫詩人和觀音山的動作：儘管自己從來都沒有呼喚過觀音山，但觀音山對待自己的方式，卻是像慈母對待孩子一般，呼喚我的聲音一聲比一聲更親切，更關心。第二段則寫自己面對距離如此近的觀音山時，雖想努力看清楚如慈母般的它，卻一直無法看清楚它那慈母般的臉。不過，詩人仍可在隱約間感覺到她像慈母般彎著腰，掩著淚，朝自己走過來的樣子。

綜觀而言，本詩仍擁有周夢蝶的詩中所慣有的許多特色，包括匠心獨具、組織非常縝密的「結構」，平淺易懂而率然真切的文詞，以及在「修辭和句型」上的重複出現，如：「雲裡」與「霧裡」、「履之忘足」與「魚之忘水」、「弓著腰」與「掩著淚」，以及「絕少絕少絕少照見」、「一聲比一聲」、「隱隱約約」等等，來達到加強語氣和引起注意的效果。

不過，本詩最值得人注意的乃是其「題材」和「語調」，因若將本詩放入周夢蝶的詩歌創作史中，它的題材和前舉例子〈十三朵白菊花〉相同，是屬於藉著描寫「外物」－觀音山，來抒發「自己」內心感受，所以應屬於「詠物詩」，而和周夢蝶早期以「抒發自己內心鬱情」爲主的詩風頗有差別。至於其語調，也已擺脫周夢蝶早期的悲苦詩調，而變成充滿人間思念與盼望的深情。

3. 1990年代——以〈斷魂記——五月十八日桃園大溪竹篙厝訪友不遇〉[39]爲例

魂，斷就斷吧！

一路行來
七十九歲的我頂著
七十九歲的風雨
在歧路。歧路的盡處
又出現了歧路

請問老丈：桃花幾時開？
風雨有眼無眼？
今夜大溪弄波有幾隻鴨子？

小師父，算是你吉人遇上吉人了！
風是你自己颺起來的。
魂為誰斷？不信歧路盡處
就在石橋與竹籬笆
與三棵木瓜樹的那邊，早有
淒迷搖曳，拳拳如舊相識
擎著小宮燈的螢火蟲
在等你。災星即福星
隔世的另一個你

39 同上註，頁157-159。

久矣不識荒驛的月色與拂曉的雞啼
想及災星即福星，想及
那多情的風雨，歧路與老丈——
魂為誰斷？當我推枕而起
厝外的新竹已一夜而鬱鬱為笙為箏為筑
為篙，而在兩岸桃花與綠波間
一出手，已撐得像三月那樣遠

八十八年八月四日敲定，距於竹篙厝枕上初得句，已地輪自轉六十六度矣。慘笑。

這首寫於 1999 年的詩應可視爲周夢蝶晚期的代表作之一。它的特色不少，首先是其主題雖然仍與周夢蝶過去以自身的感受爲描寫中心的情形相同，但在題材上則已明顯有異，因它不僅掙脫了詩人「自己」的束縛，而與外在之「物」連結起來，而且更走入「人群」，去拜訪居住於外地的朋友。

其次是本詩在運用「文字之義」呈現作品內容的同時，也在這些文字之內蓄滿「言外之意」，也就是利用「張力」的技巧使詩的語文充滿豐富的意蘊。底下，便以這樣的角度來詮釋本詩的風格：

本詩的第一段雖然只有一行，但卻可說是本首詩的結論：魂斷了！然而，斷就斷吧，有甚麼大不了的呢？而這樣的寫法，其實已暗示了本詩的「主題」。

至於第二段的意思，若以詩的題目爲依據來推測，應該是對詩人頂著風雨去桃園縣的大溪拜訪朋友這一情況的描述。但因「七十九歲」與「歧路」兩詞的重複出現，而營造出深刻且豐富的意涵。首先是既使用「七十九歲」來描述現實情況中的「風雨」，又用同樣的詞來涵蓋「我」一生的歲月，因而乃造成了當下的「我」所面臨的「真實風雨」，頓時化入「我」在七十九年的歲月中「一路行來」的所有路程裡面！其次是在這一段裡，因用了兩次「歧路」來形容這「七十九年歲月」的路途，所以也技巧地寓含了走在此一漫漫長路上的人，其內心所佈滿的其實是無可數盡的徬徨和痛苦！

第三段的意思須從第三行來理解起。它的主要內容是「我」在詢問一位老丈（老先生）這樣的問題：大溪這個地方的風雨如何？現在的溪上有幾隻戲水的鴨子？然而，令人好奇的是，爲何第一行會向那位老先生詢問與當時毫無關係的桃花何時開的問題呢？爲了解答這個問題，我們或許可從「言外之意」的層次來理解。由於第三行的「今夜大溪弄波有幾隻鴨子？」一句，很難不讓人聯想到宋朝大詩人蘇軾（1037-1101）的〈春江晚景〉詩中的名句：「竹外桃花三兩枝，春江水暖鴨先知。」因此，周夢蝶絕對有可能是想借用此一「典故」來表示：從桃園大溪的水上有沒有鴨子在戲水，應可推測春天是否已經來臨；而這，正呼應了前兩行所問的問題：代表美好春天已來臨的桃花，到底何時才會開呢？同時，讓人生旅途上充滿艱困的風雨，是否沒有眼睛來分辨善惡，並協助真正需要幫助的人呢？

至於第四段，若從「結構和語氣」的角度來看，應該是老丈在回答問者於第二段中所提的問題。奇怪的是，這位老丈竟把已七十九歲的問者稱爲「小師父」，說：「你」可真幸運，所以有機會遇到「我」這個能回答你的問題的「吉人」！進而也具體地回答了兩個重點，一是「風」其實是「你自己颳起來的」；二是凡是「歧路」，必都會有「盡頭」，而且也必有會發光的螢火蟲在盡頭等著你。然而，我們更可再次從「言外之意」的層次來推測：「風雨」與「歧路」應不只限於兩人詢答時的情景，而可引申到所有的人在其一生中的遭遇吧！換言之，這應是在闡明任何「人」在其生命旅途中，都不可能完全避免掉風雨的侵襲與面臨歧途時的徬徨；然而，千萬不可因此便失去信心，因爲若能堅持下去，最後必可達成目標。

若以詩的題目與詩末所標示的日期來判斷，本詩乃是詩人在訪友之後三個月才寫成的。故而最後一段裡的「當我推枕而起」，其時間應是詩人在完成此詩的構思之後，發生於家裡的動作。因此，如果以此爲基來解讀，則本詩的「主旨」顯然是在表現詩人自我反省的情形：「我」不是早已勘破「月夜與拂曉」的差異、「災星與福星」的不同？並了解「風雨和歧路」是人生旅途中必然的遭遇了嗎？爲何三個月前的那次訪友，竟然會使自己在遭遇風雨和面臨歧路時產生魂斷的感覺？於是，乃趕緊下床，出去屋外，幸好發現自己對屋外的竹子到底可製成那種物件與產生那些功能等，仍能擁有「不執著」的功夫。因我仍有能力了解竹子雖可製成各種樂器，但自己更可以將它做成自己想要的一支竹篙，用它來划動自己的船，自在的游蕩於美麗的兩岸桃花與綠波之間。換言之，詩人此時的心湖雖偶而會在遭受外在環境的影響而產生漣漪，但他已經擁有足夠的修養功夫，可以讓這一突然出現於心湖中的漣漪快速地平靜下來。

據上所述，本詩除了在「語文修辭」上仍沿襲周夢蝶過去詩作的寫法，亦即藉著相同的「詞語和句型的重複」多次，來達成使讀者印象深刻的效果之外，也呈現了周夢蝶晚期的典型「詩風」，藉著層次井然的「結構」、恰當而涵義深刻的「用典」、以及平實文字下所寓含的「言外之意」等，來呈現一種「淡遠」的詩風。

四、結語

據上所論，周夢蝶可說是一位終身尋求如何使自己被孤苦感所圍困的內心能夠獲得突破的人，而他所找到的主要方法之一，就是創作詩。因此，他的詩與他的生命乃緊緊相連；詩，成了他的內心世界所顯現出來的外貌。由於他創作詩的歷程長達四十多年，所以隨著他的經歷不停的累積，他的「詩風」也於隱約之間出現了若干變化。但即使如此，若從「組成要素」來論，周夢蝶的「詩風」仍可整合出如下的描述：

在詩的「題材與內容」上，周夢蝶的的詩可說從專注於抒發「內心」的孤寂苦悶開始，然後隨著經驗的遞增，逐漸延伸到對「身旁景物」的體悟，最後再擴大到「與自己親友」的溫馨互動與思念。換言之，隨著他日漸改變的心境，他的詩在內容上也由抒發內心的「悲苦」，轉成努力尋求心靈慰藉的「體悟」，再變爲與外界可以淡然相處的「淡遠」。

其次，周夢蝶的詩篇幅都不長，但在整體詩篇的文字之下，卻都隱藏著經過細心設計的縝密「結構」。因此，他的詩在整體的表達方式上，或者是完全按照時間順序來鋪陳，或者是先明示結論再細說原委，都能讓人感到其內容與詩的題目性質或詩人的目的密切結合，而形成一個完整的結構體。

至於在「修辭」上，首先是個別詞組和句式的使用，而這方面以學者奚密的評語最爲簡要。她說：「周夢蝶詩歌語言的一大特色是重疊複沓的大量使用。此技巧用在詞組和句式上，造成多樣的效果。……透過字的重複，詩人喧染出一種迴腸盪氣，悠悠不絕的氛圍。與此相輔相成的複沓……，它的背後不是正反合的辯證思維，反而隱射的是一份捨而不棄，九死無悔的執著。」[40]其次，則是在安排與規劃整首詩的用語和句型上，這方面顯然是以「二元對立」的設計，如「醜與美」、「老與少」、「悲與喜」、「冷與暖」等[41]爲他最重要的修辭技巧。除此之外，爲了能表達出更爲深刻的意涵，各種典故與專門用語的使用，包括佛教與基督教、儒家與道家，以及中外文學掌故等，也是周夢蝶寫詩的主要修辭手法之一。

總之，周夢蝶的詩在其日漸豐富的人生經歷與感悟影響下，若兼容其「題材與內容」的逐漸變化與日趨老練與純熟的「寫作技巧」來看，似有一條由「悲苦」到「體悟」，再到「淡遠」的詩風貫串其間，雖如涓涓細流，沉靜而深刻，但卻真摯而感人。

---

40 奚密，〈修溫柔法的蝴蝶——讀周夢蝶新詩集《約會》和《十三朵白菊花》〉，《藍星詩學》16期（2002.12），頁137-138。

41 羅任玲，〈周夢蝶詩中的二元對立與和諧——以《十三朵白菊花》、《約會》為例〉，《國文天地》19卷2期（2003.7），頁17-29。

引用書目

一、古籍文獻

梁·劉勰著、王更生注譯，《文心雕龍讀本》（臺北：文史哲出版社，1988），上篇。
明·瞿汝稷編，《指月錄》（臺北：老古，1985），卷一。
清·阮元校刻，《十三經注疏》（三）（臺北：藝文印書館，1985）。
清·嚴可均輯，《全上古三代秦漢三國六朝文·全晉文》（北京：中華書局，1995），第二冊，卷 96。

二、一般論著

王保雲，〈雪中取火，鑄火為雪——訪詩人周夢蝶〉，《海工青年》4 期（1983.11）。
白靈，〈偶然與必然——論周夢蝶詩中的驚與惑〉，《臺灣詩學季刊》（2010.7），頁 119-153。
吳達芸，〈評析周夢蝶的「孤獨國」〉，《現代文學》39 期（1969.12），頁 19-35。
周夢蝶，〈孤獨國〉，《藍星週刊》204 期（1958.7），頁 25。
———，《孤獨國》（臺北：藍星詩社，1959）。
———，《約會》（臺北：九歌，2002）。
———，《十三朵白菊花》（臺北：洪範，2002）。
———著、曾進豐編，《周夢蝶詩文集：孤獨國／還魂草／風耳樓逸稿》（臺北：印刻文學，2009）。
———著、曾進豐編，《周夢蝶詩文集：風耳樓墜簡》（臺北：印刻文學，2009）。
胡月花，〈市井大隱、簷下詩僧——周夢蝶的生命、思維以及創作歷程探討〉，《育達學報》16 期（2002.12），頁 64-91。
奚密，〈修溫柔法的蝴蝶——讀周夢蝶新詩集《約會》和《十三朵白菊花》〉，《藍星詩學》16 期（2002.12），頁 136-140。
張雙英，《文學概論》（臺北：文史哲出版社，2004）。
———，《二十世紀臺灣新詩史》（臺北：五南出版圖書公司，2006）。
郭楓，〈禪裡禪外失魂還魂的周夢蝶——解析《還魂草》並談說周夢蝶詩技〉，《鹽分地帶文學》4 期（2006.6），頁 166-181。
曾進豐，《聽取如雷之寂靜——想見詩人周夢蝶》（臺南：漢風出版社，2003）。
黃梁，〈詩中的「還魂」之思——周夢蝶作品二闋試析〉，《臺灣現代詩學季刊》15 期（1999.6），頁 16-18。
楊風，〈晦澀詩的實質美與形式美——以周夢蝶、旅人和林亨泰為中心〉，《臺灣現代詩》14 期（2008.6），頁 43-67。
潘煊，《看見佛陀在人間——印順法師傳》（臺北：法界，2004）。
應鳳凰，〈「書人」周夢蝶的秘笈〉，曾進豐編，《婆娑詩人周夢蝶》（臺北：九歌出版社，2005）。
羅任玲，〈周夢蝶詩中的二元對立與和諧——以《十三朵白菊花》、《約會》為例〉，《國文天地》19 卷 2 期（2003.7），頁 17-29。

文學：情感、時空

游俊豪／隱士、空間、交界：周夢蝶的二元語法與世界形構

陳義芝／周夢蝶詩風格生成論

洪淑苓／周夢蝶詩中的世態人情

游俊豪

新加坡南洋理工大學中文系助理教授，中華語言文化中心副主任，《華人研究國際學報》執行編輯。新加坡國立大學東亞研究所博士（2002），馬來西亞理科大學榮譽學士（主修歷史、副修文學）（1996）、碩士（歷史）（1999）。學術研究領域包括移民和離散族裔、僑鄉關係、離散華文文學、新移民。論著有 *Guangdong and Chinese Diaspora: The Changing Landscape of Qiaoxiang* (London & New York: Routledge, 2013), *Antara China dengan Tanah Tempatan Ini: Satu Kajian Pemikiran Dwipusat Penulis Cina 1919-1957 (Between China and This Local Land: A Study of Dual-Centred Mentality of Chinese Writers in Malaya, 1919-1957)* (Penang: Universiti Sains Malaysia Press, 2011)。文章發表在重要期刊，包括 *Modern Asian Studies*、*Cross-Cultural Studies*、《長江學術》、《外國文學研究》、《中國女性文化》等。

陳義芝

1953 年 11 月 4 日生於臺灣花蓮，祖籍四川忠縣。畢業於臺中師專、國立臺灣師範大學，獲香港新亞研究所文學碩士、國立高雄師範大學國文研究所博士。曾任《詩人季刊》主編、《聯合文學》資深編輯、《讀書人》專刊主編、聯合報副刊主任、高級資深績優記者。歷任輔仁大學、國立清華大學、國立臺灣大學等校兼任講師、助理教授。現任國立臺灣師範大學國文系副教授，兼任中華民國筆會秘書長、國語日報董事、中國文藝協會常務理事。出版有詩集、散文集、論評二十餘種。學術研究曾獲臺灣師大研究績優獎，國家科學委員會研究計畫獎助多次。

文學創作曾獲時報文學推薦獎、聯合報最佳書獎、金鼎獎、中興文藝獎、詩歌藝術創作獎、文藝協會新詩獎、中山文藝獎、臺灣詩人獎等。詩集有英譯本 *The Mysterious Hualien (Green Integer)*、日譯本《服のなかに住んでいる女》（思潮社）在國外發行。

洪淑苓

國立臺灣大學中國文學研究所博士，現任國立臺灣大學中國文學系暨臺灣文學研究所合聘教授，兼任臺灣文學研究所所長。曾任國語日報古今文選特約主編、臺大藝文中心主任、美國聖塔芭芭拉加州大學訪問教授；研究專長爲民俗學、臺灣民間文學、臺灣文學、現代詩。曾獲全國學生文學獎、臺大現代詩獎、教育部青年研究著作獎、教育部文藝創作獎、臺北文學獎、優秀青年詩人獎、詩歌藝術創作獎等。著有學術專書《民間文學的女性研究》、《關公民間造型之研究—以關公傳說爲重心的考察》、《牛郎織女研究》、《20 世紀文學名家大賞：徐志摩》、《現代詩新版圖》等；並有詩集《合婚》、《預約的幸福》、《洪淑苓短詩選》；散文集《深情記事》、《傳鐘下的歌唱》、《扛一棵樹回家》、《誰寵我，像十七歲的女生》。

隱士、空間、交界：周夢蝶的二元語法與世界形構

游俊豪*

論者曾以「市井大隱」形容周夢蝶這位「簷下詩僧」。然則，周夢蝶的事蹟與創作，都跟其形體和想像的空間進行著長久而深刻的對話、互動，未曾存在全然的退隱與逸遁，而其實是保持某種距離的問世、入世關係。萍蹤浪跡的周夢蝶，其身影穿越大陸和臺灣各地，涉入過的事務和表述過的題材可資研究之處非常富饒。其寫作的詩篇、尺牘、短章，對自然、生命、人世的文字處理和文學再現，既是孕育自個人獨特的思索和想像，也是對於廣大空間的關閉與開放、拒絕與接納的回應方式。

周夢蝶創作生涯跨越半個世紀，寫成詩作近 400 篇。本文梳理周夢蝶的詩文，意欲提出二元語法爲周夢蝶的主要思維範式和文學邏輯，爲其觀照社會與世界的特殊角度與模式，借此檢閱其如何以詩人和隱士的身份，介入和疏離各種不同的空間，並理解其對個體與群體、宗教與俗世等概念的形構、它們之間界線的勾勒與疊合，借此觀照詩人的孤寂與群樂、禪理與人文如何互相鏡映，意圖探討物我兩忘或互涉的境域、個人與世界的隔閡與融合。

一、二元語法：矛盾與融合

周夢蝶許多詩句廣爲傳誦，其中一大特色是其對兩種相異元素的調動，將它們並置、對比後而產生奇想與詭思，煥發妙趣的畫面與意涵。最爲津津樂道的，來自於他早期的詩作〈菩提樹下〉：

> 誰是心裡藏著鏡子的人呢？
> 誰肯赤著腳踏過他底一生呢？
> 所有的眼都給眼蒙住了
> 誰能於雪中取火，且鑄火為雪？在菩提樹下。[1]

* 新加坡南洋理工大學中文系助理教授。

1 周夢蝶，〈菩提樹下〉，曾進豐編《周夢蝶詩文集：孤獨國、還魂草、風耳樓逸稿》（臺北：印刻，

雪火不相容，本來就是兩個極端相反的物態。周夢蝶在詩裡整合它們，出來的效果反而是美好的、美感的。物質現實裡的諸多不可能性，詩人以文字的特異功能轉化爲人文裡最美麗的想望。當世俗遮蔽了所有人的眼睛，詩人卻洞悉事物之間可以產生某種關係，心理邏輯取代了物質邏輯。

這種心理邏輯，就是周夢蝶的二元語法。應該說，二元語法是周夢蝶的詩學主色、文學主調、思考的重大羅盤。[2]二元的並置，在詩人的經營與鋪陳下，既展現事物矛盾之間的緊張關係，也顯示融合結果的理想狀態。

在其給學者翁文嫻寫的一份書信當中，就明顯地揭露了詩人的二元美學：融合可以出自於矛盾，而這種文化邏輯讓人間仍然可期可爲：

> 人，這是奇跡。在某種嚮往、某種精神力量鼓舞推動之下，天裡天外，殆無不可造之境，無不可為之事。佛說願力不可思議。既然你有心，他有心，你有力，他更有力，我敢斷言，且深信：既是從猛火中，堅冰裡，也同樣的能叫得出一對鳳凰來。[3]

從家庭結構來說，周夢蝶是孤單的離散人。1948 年，28 歲的他即離開中國大陸的母親、髮妻、兒女，跟隨軍隊來到臺灣後大半生再也沒有重組家庭，並且鮮少與大陸親人聯繫。1996 年，76 歲那年首次回大陸探親，妻子早已改嫁並逝去多年，母親和二兒子也已相繼過世，對他更爲直接的打擊是大兒子在他回來的時候驟然過世。[4] 因此，周夢蝶的離散既是身體的，也是心靈的。縱觀其詩文，可以發現他是以二元邏輯面對離散人世，經常在兩種對立的元素中徘徊擺蕩，進而思索人生哲學，並在兩極之間安置一種相對隨性、悠然的身份和心境。這樣的二元語法，常常超越了痛苦，進入了清明。

其詩作〈擺渡船上〉，寫照漂泊人生和流動身世，就透徹地反映了周夢蝶認爲生命過程充滿了即「相向」、又「相背」的命題，二元由此激發了許多優美的懸念：

> 負載著那麼多那麼多的鞋子
> 船啊，負載著那麼多那麼多
> 相向和相背的
> 三角形的夢。
> ……

2009），《還魂草》書，頁 147。

2 羅任玲也曾採用「二元」角度剖析周夢蝶的詩作，但僅僅注重作品裡有關自然景物的再現，本文則企圖從一個更為廣大的面向建構周夢蝶的二元邏輯。參閱羅任玲，〈自然中的二元對立和和諧：周夢蝶《十三朵白菊花》、《約會》析論〉，曾進豐編選，《周夢蝶》（臺南：國立臺灣文學館，2012），頁 299-320。

3 周夢蝶，〈致翁文嫻〉，曾進豐編，《周夢蝶詩文集：風耳樓墜簡》（臺北：印刻，2009），《風耳樓小牘》書，頁 199。

4 有關周夢蝶生平年表，見曾進豐編，《周夢蝶先生年表暨作品、研究資料索引》（臺北：印刻，2009），頁 8-27，傳記見劉永毅，《周夢蝶：詩壇苦行僧》（臺北：時報文化，1998）。

是水負載著船和我行走？
抑是我行走，負載著船和水？[5]

其詩作〈垂釣者：一株岸柳底旁白〉，在回應人際緣分、聚合離散的題旨時，周夢蝶也任由思考範式在「相見」與「不相見」之間晃悠，取得了隨意自在的況味：

誰知道：在相見與不相見之間距離多少？
當荼靡花開時；當我底青眼再度舒展時。[6]

這種二元辯證性的詩學語言，已然進入易經陰陽的演釋法則，也扣合佛學道家的修行哲理。[7]周夢蝶圓融地整合了宗教觀和哲學在其人生觀裡，進而創造了其標誌性的文學特色。然需要進而指出的是，周夢蝶並不完全超然物外，否則會全然廢言棄詩。周夢蝶仍然是人間的詩人，保持某種距離觀望塵世，關懷社會。在這個他所經營的距離當中，二元語法有助於他接納世界於胸懷，珍惜生命于心靈。從另一方面來看，對於人間與生面的透徹了悟、融會貫通，也使得他詩文當中的二元語法更爲嫻熟、精彩。

就如〈題未定〉，周夢蝶關注「過去」與「現在」二元之間的「現在」，而且認爲當下時光最大意涵在於它兼併了「飛馳」、「靜止」兩種相異的狀態：

你的左手縮著「過去」
你的右手抓緊「未來」
你的目光如電刺醒寂寞
照亮永恆——飛馳的靜止的「現在」[8]

甚至，這種二元論述能夠推動生生不息的迴圈，激發無比強韌的生命力。例如〈十三月〉所論示那樣，在「歸來」後即已想到「出發」：

每一節抖擻著的神經松解了
夜以柔而涼的靜寂孵我
我吸吮著黑色：這濃甜如乳的祭酒
我已歸來。我仍須出發！[9]

---

5 周夢蝶，〈擺渡船上〉，曾進豐編《周夢蝶詩文集：孤獨國、還魂草、風耳樓逸稿》（臺北：印刻，2009），《還魂草》書，頁 110。

6 周夢蝶，〈垂釣者：一株岸柳底旁白〉，曾進豐編，《周夢蝶詩文集：孤獨國、還魂草、風耳樓逸稿》（臺北：印刻，2009），《風耳樓逸稿》書，頁 271。

7 有關周夢蝶詩作所展現、包含的佛學禪理，見蕭蕭，〈臺灣新詩的「處世情懷」從佛家美學看周夢蝶詩作的體悟〉，曾進豐編選，《周夢蝶》（臺南：國立臺灣文學館，2012），頁 229-285；陳仲義，〈禪思：「模糊邏輯」的運作〉，曾進豐編選，《周夢蝶》（臺南：國立臺灣文學館，2012），頁 287-294。有關周詩的佛教用語和典故，見屈大成，〈周夢蝶詩與佛教〉，黎活仁、蕭蕭、羅任玲，《雪中取火，且鑄火為雪：周夢蝶新詩論評集》（臺北：萬卷樓，2010），頁 251-312。

8 周夢蝶，〈題未定〉，曾進豐編，《周夢蝶詩文集：孤獨國、還魂草、風耳樓逸稿》（臺北：印刻，2009），《風耳樓逸稿》書，頁 244。

9 周夢蝶，〈十三月〉，曾進豐編，《周夢蝶詩文集：孤獨國、還魂草、風耳樓逸稿》（臺北：印刻，中國古典文學學者葉嘉瑩早年爲周夢蝶詩集《還魂草》寫序，曾經將其視爲「想求安排解脫而未得」的詩人，跟謝靈運同一類型，但與陶淵明、李白、杜甫、歐陽修、蘇東坡等「有著對悲苦足以奈何的手段」詩人相異，又和屈靈均、李商隱等「對悲苦作著一味沉陷和耽溺」類型不同。[10] 這裡需要指出的是，儘管未能完全解脫，但其獨特的二元論述已經讓他能夠以一種相對泰然豁達的態度入世、處世。下面兩個章節會討論，在建構其「孤獨國」的同時，周夢蝶仍然憑藉像「白菊」等美好事物，跟外界進行「約會」，孤獨與群樂並存。[11]

二、孤獨有國：隱士與空間

周夢蝶的隱士形象，經過悠長歲月的洗練，在臺北鬧市中清晰地確立起來。1955 年，35 歲的周夢蝶開始在街邊擺攤賣書，但不賣通俗流行的書籍，在很長的時間裡流露清雅脫俗的風骨。1980 年，大病痊癒後，60 歲的周夢蝶結束書攤行當。不媚俗的風景線令人難忘，2002 年洪範書店爲其出版《十三朵白菊花》，仍然回顧重提他歷經 25 年不妥協於俗世濁流的形象與精神：「五十年代至七十年代末在臺北武昌街擺書攤，蕭然一城市之大隱。」[12]

一位隱士的養成，先決條件是對寂寞孤單的認可，並且對其私密空間孜孜進行的營造。周夢蝶的第一部詩集即題爲《孤獨國》，向世界宣示他的隱士身份，以及建立他個人所屬的特別空間。整本詩集綜合來看，周夢蝶視域裡的外界皆紅塵，裡面翻滾著愛恨情仇的男男女女。裡面的一首詩〈索〉就反映了他這樣的世界觀：

是誰在古老的虛無裡
撒下第一把情種？
從此，這本來是
只有「冥漠的絕對」的的地殼
便給鵑鳥的紅淚爬滿了。

想起無數無數的羅密歐與茱麗葉
想起十字架上血淋淋的耶穌
想起給無常扭斷了的一切微笑……[13]

2009），《還魂草》書，頁 131。

10 葉嘉瑩，〈序周夢蝶先生的《還魂草》〉，曾進豐編選，《周夢蝶》（臺南：國立臺灣文學館，2012），頁 149。

11 「孤獨國」、「白菊」、「約會」分別出自周夢蝶三本詩集的題目。

12 周夢蝶，《十三朵白菊花》（臺北：洪範，2002），扉頁。

13 周夢蝶，〈索〉，曾進豐編，《周夢蝶詩文集：孤獨國、還魂草、風耳樓逸稿》（臺北：印刻，2009），《孤獨國》書，頁 28。

反觀自身，他認爲自己是孤獨的。《孤獨國》裡還有一首〈讓〉，已然顯示早年的他對於隱逸的嚮往。儘管瞭解到隱逸投往的終點是孤獨與寂寞，周夢蝶仍然願意捨棄物質，追求性靈：

讓風雪歸我，孤寂歸我
如果我必須泯滅，或發光——
我寧願為聖壇一蕊燭花
或遙夜盈盈一閃星淚。[14]

在給郭秀娟寫的書信中，他認爲人生孤寂有其道理，緣故在於沒有兩個個體是完全相屬的：

人生而孤寂，長而孤寂，壯而孤寂，老而孤寂，死而孤寂。孤寂乃人與人，物與物，人與物，彼此不相屬，不相知的一種絕緣狀態——與儔侶之有無，形跡之合離，近遠久暫或親疎無關。[15]

在跟史安妮通訊的時候，他以佛理觀照和參透人世，覺得大千世界裡盡是漂泊的形體、離散的心態：「眾生自度。佛不能度。佛若能度眾生時，無量劫來，無量諸佛，眾生應已度盡。吾輩不合流浪生死。」[16]

所以，在周夢蝶的世界觀裡，孤獨國是合理合法的，因爲他對個體與外界的關係、人生的過程與終極已然了悟。再回顧其家族的飄零、個人的流離失所、其與物質俗世的疏離，其寂寥的形象、孤獨的意識的來由脈絡就更爲清晰了。下列其所寫的文字可以佐證：

尤其，我沒有家，沒有母親
我不知道我昨日的根托生在那裡
而明天——最後的今天——我又將向何處沉埋……[17]

悠悠是誰我是誰？
當山眉海目驚綻于一天暝黑
啞然俯視：此身仍在塵外。[18]

---

14 周夢蝶，〈讓〉，曾進豐編，《周夢蝶詩文集：孤獨國、還魂草、風耳樓逸稿》（臺北：印刻，2009），《孤獨國》書，頁 27。

15 周夢蝶，〈致郭秀娟〉，曾進豐編，《周夢蝶詩文集：風耳樓墜簡》（臺北：印刻，2009），《風耳樓小牘》書，頁 223。

16 周夢蝶，〈致史安妮：四首〉，曾進豐編，《周夢蝶詩文集：風耳樓墜簡》（臺北：印刻，2009），《悶葫蘆居尺牘》書，頁 26。

17 周夢蝶，〈雲〉，曾進豐編，《周夢蝶詩文集：孤獨國、還魂草、風耳樓逸稿》（臺北：印刻，2009），《孤獨國》書，頁 31。

18 周夢蝶，〈聞鐘〉，曾進豐編，《周夢蝶詩文集：孤獨國、還魂草、風耳樓逸稿》（臺北：印刻，2009），《還魂草》書，頁 115。

> 畸零的人物對於畸零的事物，往往分外關情，別有用心。這張蝴蝶卡，橫看豎看，看來看去，越看越像我「這一輩子」。是的，翅膀是給切斷了！然而癡頑猶存，「翩翩」不改。[19]

在採訪周夢蝶的時候，香港詩刊編審王偉明認為其隱士這樣的一個表像，背後原因在於對其世態的逃離、情緣的逃逸：「我有一個想法：您一生彷彿老師跟一個'逃'字扯上關係——年輕時逃難避亂，擺脫妻兒的羈絆；來臺退役後，您在武昌街一隅鬻書為活，在滾滾紅塵裡淡泊自持，逃離世俗；您更鑽研宗教典籍，似乎是藉以逃脫物欲與感情的糾葛。」[20]

然而，這裡要指出的是，周夢蝶特有的二元語法促使他不斷叩問人間、反思人生，讓他意識到孤獨的普世意義，讓他了悟到寂寞既是獨有的，也是普遍的。這樣的二元邏輯，模糊了個人與群體之間的界線。其早年詩作〈還魂草〉，就以從「我」與「非我」二元面向，對孤寂這一大命題進行提問：

> 穿過我與非我
> 穿過十二月與十二月
> 在八千八百八十之上
> 你向絕處斟酌自己
> 斟酌和你一般浩瀚的翠色。[21]

其後期詩作〈靜夜聞落葉聲有所思十則：詠時間〉，揭示作為「孤兒」的他對待孤獨此一命題的豁達泰然，認為「漂泊」是「怡悅」的，儘管面對的是「無愛亦無嗔」的「時間」：

> 與人無愛亦無嗔：
> 想來五柳先生筆下所謂的素心人
> 就是你：時間了！
>
> 風雨不來，連尺高的籬笆也無；
> 全方位的自在，自由與自主：飛或沉。醉或醒。
> 除非你偏愛而且堅持，堅持自己
> 作一名孤兒，以漂泊為怡悅。[22]

---

19 周夢蝶，〈致林曦〉，曾進豐編，《周夢蝶詩文集：風耳樓墜簡》（臺北：印刻，2009），《風耳樓小牘》書，頁 166-167。

20 王偉明，〈事求妥帖心常苦：周夢蝶答客問〉，曾進豐編選，《周夢蝶》（臺南：國立臺灣文學館，2012），頁 113。

21 周夢蝶，〈還魂草〉，曾進豐編，《周夢蝶詩文集：孤獨國、還魂草、風耳樓逸稿》（臺北：印刻，2009），《還魂草》書，頁 172。

22 周夢蝶，〈靜夜聞落葉聲有所思十則：詠時間〉，曾進豐編，《周夢蝶詩文集：有一種鳥或人》（臺北：印刻，2009），頁 44。

由此看來，周夢蝶的隱士空間，既是由其外在經歷所促使的，也是經他內在心神所營造的。在其孤獨國和外界的關係當中，有時物我兩忘，有時物我互涉。下面章節會論及，周夢蝶其實是有社會關係的，其作品也跟熱鬧人間有交界的地帶。在這個連接的境域裡，其二元語法整合了個人與群體。

三、白菊約會：外界與連接

周夢蝶的二元語法，讓人聯想到卡雷爾・泰格的二元主義。這位捷克籍的超現實派詩人和理論家，在面對其整個時代和社會的論述側重于追求建設和發展的時候，提出了詩歌主義和抒情主義作爲另一論述，以便取得和諧與穩定的二元主義。彼得・Z・祖思（Peter Z. Zusi）如此評介泰格：

> 泰格將二元主義（dualism）想像為一系列相反物當中辯證的完整性、一致性的展示：理性和非理性……科學功能主義和純抒情主義、日常生活和美學愉悅。所以，二元主義的意圖在於調節前衛主義話語當中各種基本的但又衝突的位置：極端生產主義（radical productionalism）（相對於將美學視為獨立物質生產的觀念）和推崇純詩學形式的解放性美學。[23]

周夢蝶的詩學，以及其文學想望和人生哲學，與泰格的二元主義有相似之處。周夢蝶深刻地看到世間各種矛盾和衝突，但又能巧妙地把它們視爲可以調和的陰陽。他有他的孤獨國，也有他的人間。他蟄伏在靜寂裡，但又參與熱鬧。他的作品顯示，他跟外界的連接網路當中，存在著許多其關心垂注的事物，以及跟他志同道合的朋友。當社會大部分群體忙碌於最求物質，他的詩學和美學構成另一種論述，將他和其餘跟他類似的人解放出來，並且安置好自身。

換句話說，雖然周夢蝶孤獨國形構得當，讓他得以拒絕滾滾紅塵的誘惑和紛擾，但此一空間並非絕緣體。其隱士的空間，跟外界存在著千絲萬縷的連接，仿佛藕斷絲連。前面述及，周夢蝶尚未完全超然，仍未臻入化境。應該說，其孤獨國的位置是在化境與人間的交界處，而他與人間的親密接觸讓他在化境外徘徊，反復思索。

其詩作〈孤獨國〉反映，他的孤獨國是「當下」的，而作爲這國度的「臣僕」和「帝皇」的他，關心「冬天」與「春天」的「介面處」：

> 這裡的氣候黏在冬天與春天的介面處
> ……
> 過去佇足不去，未來不來
> 我是「現在」的臣僕，也是帝皇。[24]

---

23 Peter A. Zusi, “The Style of the Present: Karel Teige on Constructivism and Poetism,” *Representations*, 88(1)(Fall 2004), p. 103 .

24 周夢蝶，〈孤獨國〉，曾進豐編，《周夢蝶詩文集：孤獨國、還魂草、風耳樓逸稿》（臺北：印刻，二元邏輯使然，周夢蝶意識到人間與化境、懵懂與頓悟之間的穿越並未易事，即便知道哪裡找到開啟門扉的鑰匙，但總有種力量讓門扉在「開放」與「關閉」之間不斷輪替，就如其詩作〈穿牆人〉說寫：「獵人星說只有他有你底鑰匙。／獵人星說：如果你把窗戶打開／他便輕輕再爲你關上……」。[25]但也由於參禪修行的緣故，周夢蝶擁有淑世情懷，想扮演引渡眾生者的角色。其詩作〈四行：八首〉就說：「我想找一個職業／一個地獄的司閽者／慈藹地導引門內人走出去／慈靄地謝卻門外人闖進來」。[26]

因此，蟄伏在孤獨國裡的周夢蝶塵緣未了，依然出訪俗世和觀察人間，跟外界保持緊密的聯繫，進行密切的互動。在詩作〈繩索〉裡，線繩的意象譬喻人際的連接，在覺悟與未覺之間進行構建：「一根黏香的看不見的繩索，／把你我的心輕輕而又緊緊的拴住；／你我將永永遠遠不得解脫——／也許從來不曾想到解脫。／……／我欲抓住過往未來大聲喝問：／「上天入地，誰是覺者！」[27]

詩作〈十三朵白菊花〉的創作過程，也反映周夢蝶是珍惜緣分的。某天在其書攤看到不知道被誰遺留的白菊花，他就聯想的跟這個未曾謀面的人士有著「割不斷」的「因緣」：

> 想不可不可說劫以前以前
> 或佛、或江湖或文字或骨肉
> 雲深霧深：這人！定必與我有某種
> 近過遠過翱翔過而終歸於參差的因緣——
> 因緣是割不斷的！只一次，便生生世世了。[28]

所以，周夢蝶是注重緣分、而能結緣的人。其孤獨國縱使有著城池圍繞，但也經常放下橋樑跟外界來往。臺灣作家和評論家魏子雲認爲他人緣極廣：

> 他是臺灣文壇上最有人緣的詩人，正由於他有高尚的品性，豐富的學識，沉凝的氣質，超然於物外的德操，因而迎來文壇上文友們一致推崇與愛戴。他武昌街上的「孤獨國」，是文友們最樂於去的一個文藝沙龍——因而是一個不設門戶的文藝沙龍。您可以在他的「孤獨國」中，遇見教授、國會議員、民意代表，文武官員；年青詩人與小說家等人，更是他「孤獨國」中的經常訪客。[29]

2009），《孤獨國》書，頁 53-54。

25 周夢蝶，〈穿牆人〉，曾進豐編，《周夢蝶詩文集：孤獨國、還魂草、風耳樓逸稿》（臺北：印刻，2009），《還魂草》書，頁 188。

26 周夢蝶，〈四行：八首〉，曾進豐編，《周夢蝶詩文集：孤獨國、還魂草、風耳樓逸稿》（臺北：印刻，2009），《孤獨國》書，頁 90-91。

27 周夢蝶，〈繩索〉，曾進豐編，《周夢蝶詩文集：孤獨國、還魂草、風耳樓逸稿》（臺北：印刻，2009），《風耳樓逸稿》書，頁 237。

28 周夢蝶，〈十三朵白菊花〉，周夢蝶，《十三朵白菊花》（臺北：洪範，2002），頁 49-50。

29 魏子雲，〈周夢蝶及其《孤獨國》〉，曾進豐編選，《周夢蝶》（臺南：國立臺灣文學館，2012），然而，周夢蝶並未在人間沉淪。功名的誘惑，物質的享受，都不是他所追求的，都是毫無分量的浮雲。他只連接外界真善美的人與事，而不攀比世俗眼光中的上流階級及其所代表的價值。詩作〈鳳凰〉，表示其寧做「凡鳥」的心態：「寧悠悠與鷗鷺同波燕雀一枝／一任雲月溪山笑我凡鳥」。[30]另有一首〈詠雀五帖〉，借稱羨「麻雀」的「小自在天下」，說明不爲俗世價值捆綁的空間才是瀟灑的世界：

拒飲？多飲或少飲都由你不得
看！草石蟲魚已分去靜寂的十之一
稻草人自斟自酌了十之一
至於那一塊荒棄的十之八
靜寂指著我垂垂的睫影說：那是你的
那是你的，小自在的天下[31]

四、結論

法國哲學家和文論家米歇爾・傅柯（Michel Foucault），在檢閱文學生產和場域的時候，認爲文學是主流體制以外第二元的「反話語」（counter-discourse），也指出文學因爲處在權利關係中而衍生一種特別的「存在美學」（aesthetics of existence）。[32]他下面對個體的看法，可以作爲觀照作家本身的角度。

個體受到催促而將自己建構為道德行為的主體（subject），這方面的歷史關涉其各種模式如何被提出來跟自我建立並發展關係，為了要自我反思、自我認識、自我檢閱，為了要照顧一個人對自我進行解密的需要，為了要達到一個人想要將自己轉變為客體（object）的目的。[33]

周夢蝶的詩文也是一種「存在美學」。如前面所探討，周夢蝶體現一種喧嘩當中中的靜寂、浮華面前的樸素、庸俗上面的清越。他的二元語法和邏輯，讓他在全然化境和滾滾紅塵之間構建自己的孤獨國，成爲世俗價值外的「反話語」。然他又善於結緣，因爲通過二元的反復思考和參透，他領悟到自己也不過是浮生俗世當中一個客體。他和他喜歡的其他客體的相聚和相惜，實在是通過美好事物和志趣所發展過來的關係網絡，由此而形構世界。隱士的空間，於是跟人間有了交界。

頁 164。

30 周夢蝶，〈鳳凰〉，周夢蝶，《約會》（臺北：洪範，2002），頁 12。

31 周夢蝶，〈詠雀五帖〉，周夢蝶，《約會》（臺北：洪範，2002），頁 82。。

32 Dieter Freundlieb, "Foucault and the Study of Literature," *Poetics Today* 16(2)(Summer 1995):301-344.

33 Michel Foucault, *The History of Sexuality. Vol. 2: The Use of Pleasure*, translated by Robert Hurley (New York: Vintage Books, 1986), p. 29.

引用書目

王偉明，〈事求妥帖心常苦：周夢蝶答客問〉，曾進豐編選，《周夢蝶》（臺南：國立臺灣文學館，2012），臺灣現當代作家研究資料彙編 18，頁 109-114。

周夢蝶，《十三朵白菊花》（臺北：洪範，2002）。

———，《約會》（臺北：洪範，2002）。

屈大成，〈周夢蝶詩與佛教〉，黎活仁、蕭蕭、羅任玲，《雪中取火，且鑄火為雪：周夢蝶新詩論評集》（臺北：萬卷樓，2010），頁 251-312。

曾進豐編，《周夢蝶先生年表暨作品、研究資料索引》（臺北：印刻，2009）。

———編，《周夢蝶詩文集：有一種鳥或人》（臺北：印刻，2009）。

———編，《周夢蝶詩文集：孤獨國、還魂草、風耳樓逸稿》（臺北：印刻，2009）。

———編，《周夢蝶詩文集：風耳樓墜簡》（臺北：印刻，2009）。

———編選，《周夢蝶》（臺南：國立臺灣文學館，2012）。

陳仲義，〈禪思：「模糊邏輯」的運作〉，曾進豐編選，《周夢蝶》（臺南：國立臺灣文學館，2012），臺灣現當代作家研究資料彙編 18，頁 287-294。

葉嘉瑩，〈序周夢蝶先生的《還魂草》〉，曾進豐編選，《周夢蝶》（臺南：國立臺灣文學館，2012），臺灣現當代作家研究資料彙編 18，頁 147-151。

劉永毅，《周夢蝶：詩壇苦行僧》（臺北：時報文化，1998）。

蕭蕭，〈臺灣新詩的「處世情懷」從佛家美學看周夢蝶詩作的體悟〉，曾進豐編選，《周夢蝶》(臺南:國立臺灣文學館,2012),臺灣現當代作家研究資料彙編 18,頁 229-270。

魏子雲，〈周夢蝶及其《孤獨國》〉，曾進豐編選，《周夢蝶》（臺南：國立臺灣文學館，2012），頁 153-165。

羅任玲，〈自然中的二元對立和和諧：周夢蝶《十三朵白菊花》、《約會》析論〉，曾進豐編選，《周夢蝶》（臺南：國立臺灣文學館，2012），臺灣現當代作家研究資料彙編 18，頁 299-320。

Freundlieb, Dieter. “Foucault and the Study of Literature,” *Poetics Today* 16(2)(Summer 1995):301-344.

Foucault, Michel. *The History of Sexuality. Vol. 2: The Use of Pleasure*, translated by Robert Hurley (New York: Vintage Books, 1986), p. 29.

Zusi, Peter A. “The Style of the Present: Karel Teige on Constructivism and Poetism,” *Representations*, 88(1)(Fall 2004), p. 103.

周夢蝶詩風格生成論

陳義芝*

一、前言：風格及成因

一個曾獲終身成就獎譽的詩人，[1]擁有無數讀者景從，必有獨特的風格可言。何謂風格？指構成詩人精神個體性的內涵與形式，是詩人以文字表達自己的獨特樣貌。這一樣貌顯現在詩中，由諸多特質塑成，例如：具一貫性的用詞、句法、語調、節奏、意象、主題、觀點。

風格的不同源於詩人才氣、情性的不同；除此內在成因，後天的鍛鍊、環境的薰陶、時代精神，也使作品的內容和形式產生變化。作家風格既表現特殊精神、情態，如果只以抽象或具象的、嚴肅或嬉笑怒罵的加以區別，並無太大意義。在思理、辭趣不易標明的情形下，西方既有所謂形上（Metaphysical）、喬治時代（Georgian Literature）等風格，也有以人名如約翰生（Johnsonian）、狄更生（Dickensian）、彌爾頓（Miltonian）、海明威（Hemingwayan）為風格的說法。中國古代也有所謂陶淵明體、李白體、建安風骨、晚唐體……或以詩人主體表明，或因時代氣象顯示。葉嘉瑩說淵明真淳，能將悲苦消融化解於智慧體悟中；李白恣縱，終身做著自悲苦騰躍而出的超越。[2]說的即是二人因才性感思不同而形塑的詩風。本文要論的周夢蝶（1921-2014），以其獨特的作品體式，亦可名為周夢蝶風格。

周夢蝶風格為何？我們從過去研究他的評論篇目中，[3]可以找到一些精神面的關鍵詞：詩壇苦行僧、孤獨國王、市井大隱、如雷之靜寂、雪中取火、鑄火為雪、詩與佛、禪境、傲然風骨、隱逸思想，藉此揣想周夢蝶的筆下情貌，約略可得一大概。然而他的

---

* 臺灣師範大學國文系副教授。

1 1997 年周夢蝶獲國家文化藝術基金會主辦的「第一屆國家文藝獎」。此前，還獲有中國詩人聯誼「特別獎」（1967）、笠詩社「第一屆詩創作獎」（1969）、中央日報文學成就獎（1991）、中國詩歌藝術學會詩歌藝術貢獻獎（1999）。

2 葉嘉瑩，〈序周夢蝶先生的《還魂草》〉，收錄於曾進豐編選《周夢蝶》（臺南：國立臺灣文學館，2012），臺灣現當代作家研究資料彙編 18，頁 148。

3 曾進豐編選，《周夢蝶》，頁 359-405。

思想意識、語言特徵、美學意義究竟該如何分析，可從什麼角度切入，以及這樣的風格是如何造成的？仍待進一步分析。

二、從逸稿說起：風格不是一朝生成

周夢蝶寫詩的年紀算晚，三十二歲（1953）首次發表詩作，三十八歲（1959）自費出版第一本詩集《孤獨國》，四十四歲（1965）出版第二本詩集《還魂草》；1971 年 5 月至 1974 年 11 月，長達三年半無任何一詩發表。[4]此後雖又賡續寫詩，但並不結集，遲至 2002 年八十一歲始同時出版《十三朵白菊花》及《約會》；更完整的作品集，是在 2009 年出版的周夢蝶詩文集三種（曾進豐編），包括《孤獨國／還魂草／風耳樓逸稿》（詩集）、《有一種鳥或人》（詩集）、《風耳樓墜簡》（書簡）。

截至 2010 年，包含「逸稿」及諸多小詩，總量僅三百四十四首。比起同爲《藍星》的詩人余光中，或《創世紀》詩社的洛夫，周夢蝶的詩作不豐，一方面見其專注苦吟的態度，一方面也不得不令人聯想到在寫與不寫之間曾經的掙扎。早年皇甫元龍說過：周夢蝶十分忌諱使用「現代詩」這三個字。皇甫的短文附錄於周夢蝶《還魂草》詩集後，[5]可見是詩人認可的。停筆三年半後，當他藕斷絲連又開始發表詩時，仍對異性朋友說：「詩久不爲；中外作譯文學名著，亦甚少寓目」，「不管別人怎麼想……，我是決定不再攪什麼詩不詩了」。[6]不寫詩的時候，他去參禪、參情，《風耳樓墜簡》可視爲參情記錄，從中窺知周夢蝶是天生情種，就跟大觀園裡的賈寶玉一樣，和許多女孩子都能說到一塊兒、玩到一塊兒，做姊妹、當兄弟。除去沉吟於佛經、偈頌間的時間，他總生姿勃發、纏綿宛轉地以信函與他樂相往來的女子「款款私語」。他那種曹雪芹般風神、賈寶玉式情話的書簡，絕對是詩以外的重要作品，爲「詩人周夢蝶」增添了許多光采。下引三段：

> 「世上沒有靜止的潮水和時間」，既然「聚必有散」，就儘早一些也罷。尤其，我特別「杞人憂天」的一點——人非堯舜，焉能每事盡善？——彼此接觸的頻率愈密，引起愉快或不愉快或很不愉快的可能性也愈大：那時，你就難免徙倚徬徨，悔不當初了！當然，「心」這種東西是不容易「死」的。有時觸境遇緣，或偶爾與翁聊起，仍不禁依依……[7]

> 天上有一顆星，地下就有一個坑。水做的和泥做的這兩種狼狽的魂靈，命中註定，是要生生世世你為我我為你，而憂而喜而樂而苦而死而生的。何其芳詩：「愛情是十分古老古老的了。但，永不疲倦！」看來我我你你，彼彼此此，距離《大圓寂經》所懸記：「一切眾生，情與無情，悉當成佛，智慧為身，人無終始」的那

---

4 曾進豐，《周夢蝶先生年表暨作品、研究資料索引》（臺北：印刻文學公司，2009），頁 41。

5 皇甫元龍，〈非蝶亦非夢〉，收錄於周夢蝶，《還魂草》（臺北：領導出版社，1978），頁 194。

6 周夢蝶，《風耳樓墜簡》（臺北：印刻文學出版公司，2009），頁 116、134。

7 周夢蝶，《風耳樓墜簡》，頁 104。

一天，還渺遠渺遠得很呢。[8]

即使在讀著你的明信片（右上角貼著藍紅白三色美國國旗的郵票）的此刻，我依然不以為你已離開了臺北，已離開了將近七個星期之久。真的，我覺得，就在我說「真的，我覺得」的此刻，我覺得，你就坐在我眼前，對面……明星三樓左後方靠牆，最後一個座位上——壁上檸檬黃的燈光照著；窗外濛濛的雨色靜默著；那邊城隍廟屋頂上的避雷針，倒豎蜻蜓似的。……這一切，都和以前一樣。甚至你聲聲如碎琉璃的 Yes 和 OK，也會無端自耳畔響起，歷歷可聞。[9]

這三封信的受信人不同，其爲女性則同。第一封寫一女子，約定要來卻未來，表露無緣相見的寬解與煎熬。第二封寫樂享情的牽掛、束縛，永不疲倦。第三封寫對伊人景慕之切、思念之深。所有信件雖然都不離情的主題，但在周夢蝶筆下卻又似乎與他這主體若即若離，介乎主觀心曲與對情的客觀認知之間。所謂「袒裼裸裎」、「〈春醒〉……而不必臉紅」、「你肯不肯把你的原則『我愛我的』調整爲『我愛愛我的』」、「碰巧有那麼兩顆紅豆……肩挨肩，面對面的擠壓在一起」，及爲與女子同看芭蕾舞，而不惜「犧牲了大方廣佛華嚴經一次不聽」[10]……此中所掩映，不無曖昧，不無遐思可言。

周夢蝶四十五歲（1966）讀南懷瑾《禪海蠡測》而知有佛法、有禪，嗣後聽印順長老、道源法師講《金剛經》，耗時兩年讀《大智度論》，爾後圈點《指月錄》、《高僧傳》、《大唐玄奘法師傳》，持續聽經、讀經逾二十年。[11]一個如此潛心修行、欲解無明之苦的人，何以他的詩在探討究竟智慧時又總離不開情的主題？這要到佛法空義中找答案，「假使有獨立性的空，此空是有，有一個空，此空便不空」[12]，生老病死之苦、愛恨嗔癡之情都是人間顛倒的活動，沒有這些體驗，也就沒有修行者求證的究竟智慧。周夢蝶放棄俗世夫妻的嚮往，而只在愛情想像中一次次流亡，此情不在現實生活中消磨，而在寂寞的心眼裡日夜燃燒，彷彿歷宿命之劫而企求解脫。他記錄了不怕碓磨刀鋸、九死無悔的「煩惱」，因而擁有「詩僧」的稱號，樹立「一家之言」的詩風。

但周夢蝶的詩風並非一朝生成。我們讀他早年未收入《孤獨國》、《還魂草》中的詩，可以得到一份對照。例如四首〈無題〉詩：「一朵憔悴的心花，／夜夜飄繞在你窗下；／不爲偷吻你的綺夢，／祇爲聽一兩聲木屐兒滴落……」[13]，雖有旖旎情境，卻屬平庸心思；「當我初離天國，泣別上帝／他贈我一小盒玫瑰花釀成的糖蜜」[14]，「玫瑰花」的意象不成問題，但第一行的語氣青澀；「讓我帶著你眼角的一抹虹／到地獄深處去跳舞吧／

8　周夢蝶，《風耳樓墜簡》，頁 110。

9　周夢蝶，《風耳樓墜簡》，頁 123。

10　周夢蝶，《風耳樓墜簡》，頁 88、89、107、121、125。

11　曾進豐，《周夢蝶先生年表暨作品、研究資料索引》，頁 8-27。

12　釋從信，《心經》（臺北：圓明出版社，1990），頁 14。

13　周夢蝶，《孤獨國／還魂草／風耳樓逸稿》（臺北：印刻文學出版公司，2009），頁 223。

14　周夢蝶，《孤獨國／還魂草／風耳樓逸稿》，頁 227。

縱然大地已給紅紫燒遍」[15]，最後一句，說明人間萬紫千紅比不上情人眼角的一抹彩虹，並不出奇；「幽幽地，你去了／一如你幽幽地來／……我們在一冊石頭裡相顧錯愕／一如但丁與琵特麗絲的初識」[16]，用典較淺露，手法也不免套式。

早年，他寫〈水牛晚浴〉，刻繪耕牛一日辛勞後得以休憩；寫〈蝸牛〉，自況無衝天鵬翼，只能一分一寸挪移；以老實的村姑、同夢的愛妻比擬「今天」，勸人不要迷戀情人般的「昨天」與夢幻薔薇般的「明天」（〈今天〉）；以開在烈士墳頭的黃花自期，向烈士致敬。許多詩旨都關乎現世安頓，與後期挖掘「心意識」、探求彼岸般若的詩境不同，應視爲摸索期習作。

當代詩人以月份爲題作詩最多的，當屬周夢蝶。《還魂草》中有十三首，《風耳樓逸稿》中有十一首。合二者而觀：一月二首，二月一首，三月一首，四月一首，五月二首，六月五首，[17]七月二首，八月一首，九月一首，十月二首，十一月二首，十二月一首，十三月一首，閏月一首。集中發表於 1959 年至 1963 年。按曾進豐所作周夢蝶詩作索引備註，1960 年 5 月刊登於《創世紀詩刊》十五期的〈一月〉，原是 1959 年一月十三日發表於《青年戰士報》的〈結〉所改題擴充者；1961 年一月發表於《藍星詩頁》二十六期的〈六月〉，收進《還魂草》時改題〈五月〉，取代了《藍星詩頁》第八期那首原題〈五月〉的詩。[18]可見周夢蝶自我檢視創作，有所刪除、汰換，不理想的剔除，能歸併成一系統的就歸併。《孤獨國》、《還魂草》中未收而成爲「逸稿」的，於今看來實有令人不滿意的構句，例如〈三月〉：「赤貧竄入我嘶喊著的酒瓶裡了」、「糟粕已堆得三月那樣高」[19]，「赤貧」與「糟粕」及中段所云「天旋地轉」，應係豪飲的結果，隨即卻說「而我纔祇有三分醉」，情境難以繫連；何況短短一詩用了石崇、紅拂、綠珠三個典故，不免空泛。《還魂草》中的〈一月〉、〈六月〉、〈七月〉、〈十月〉、〈十一月〉、〈十三月〉，都非《風耳樓逸稿》中的同題詩，改訂或重作的範圍不可謂不大。且以「逸稿」〈十三月〉對照《還魂草》的〈十三月〉，前者十八行，後者十四行；前者有「蒼白又漸漸地聚攏了／風波圓定時」、「沒有半滴鳥語從天下投落」[20]這等不明所以的句子，後者以「虛線最後的一個虛點」召喚「命運底銅鑼」[21]，表達明顯地較精鍊。

《還魂草》是周夢蝶詩風格的奠基作，沒有《還魂草》而只憑《孤獨國》，周夢蝶雖也能透露禪意，表現「苦澀與芳甘」[22]，包括趺坐、瞑默、解脫的意境，畢竟不夠精緻。

15 周夢蝶，《孤獨國／還魂草／風耳樓逸稿》，頁 252。
16 周夢蝶，《孤獨國／還魂草／風耳樓逸稿》，頁 300-301。
17 包含名為「六月之外」者。
18 曾進豐，《周夢蝶先生年表暨作品、研究資料索引》，頁 34-39。
19 周夢蝶，《孤獨國／還魂草／風耳樓逸稿》，頁 267-268。
20 周夢蝶，《孤獨國／還魂草／風耳樓逸稿》，頁 287-288。
21 周夢蝶，《孤獨國／還魂草／風耳樓逸稿》，頁 40。
22 洪淑苓，〈橄欖色的孤獨：論周夢蝶《孤獨國》〉，曾進豐編選《周夢蝶》（臺南：國立臺灣文學館，及至2002年，出版《十三朵白菊花》、《約會》，周夢蝶詩的殿堂遂更加幽邃。

三、才性、身世及時局等困境影響

《文心雕龍・體性篇》為詩文定出八體：典雅、遠奧、精約、顯附、繁縟、壯麗、新奇、輕靡，這八體即是八種風格。[23]又說，影響風格的要素有四（才、氣、學、習）：

> 才有庸儁，氣有剛柔，學有淺深，習有雅鄭，並情性所鑠，陶染所凝，是以筆區雲譎，文苑波詭者矣。故辭理庸儁，莫能翻其才；風趣剛柔，寧或改其氣；事義淺深，未聞乖其學，體式雅鄭，鮮有反其習。[24]

才、氣指先天的情性，是內在的；學、習指後天的陶染，是外在的。後天的學習會改變先天的情性，後天的學習又與身世、時局密切關連。

周夢蝶生在西方列強侵凌、國內軍閥交相爭戰的年代。時局未必直接影響到生活於偏鄉（河南淅川縣馬鐙鄉陳店村）的孩童，但父親在他未及降生即逝世，這一點當有深遠的影響。周夢蝶「由母親龔氏獨力撫養長大」，兩歲（1923）與一苗姓女子訂親，十六歲結婚，同年長子出生。[25]年幼訂親、年少娶妻，自與父親過世家中無男丁、須傳宗接代的思想有關。無法完成師範學業，則與家貧、鄉梓淪陷、學校遷移等情勢有關。別親辭鄉，雖說為的是逃離共產黨、繼續學業，未嘗不因夫妻溝通少、缺乏情愛，寡母對他又極度約束保護，反激出嚮往自由天地之心。1948年，周夢蝶二十歲：

> 當他準備隻身離家，闖過封鎖線，到漢口尋求復學的機會時，由於風險大，可能冒上生命的危險，他特地向母親解釋，取得母親的諒解；但對妻子，他卻沒有說明太多，只在天亮前，囑咐妻子要好好侍候婆婆，照料家中的三個小孩。天亮時刻，準備動身時，忍不住再叮囑了妻子一句，卻被母親聽見，不高興的丟下一句「現在兒子就是有了老婆忘了娘」。周夢蝶說，他眼見妻子緊閉著嘴，但大顆大顆的眼淚，卻一滴一滴地從眼角流下來。那一剎那間，他對妻子又憐憫、又疼惜，復以內疚，但他什麼都不能說，只好迅速的整裝，離家上路，滿以為念完書就可以返鄉了。不料這一去，就是四十九年。[26]

這一段記錄了當時的家中氣氛、家庭關係，特別是周夢蝶對妻子無可奈何的忍情。四十九年後，距政府開放赴大陸探親已相隔十年，他有一趟傷慟的返鄉行。抑制十年、拖遲了十年而不歸家探望的原因是：

2012)，臺灣現當代作家研究資料彙編18，頁135。

23 廖蔚卿《六朝文論》一書有三章闡釋《文心雕龍》，其中〈劉勰的風格論〉、〈劉勰論時代與文風〉，對風格申論甚詳，讀者可參閱。

24 劉勰，《文心雕龍》電子書（臺北：國立臺灣師範大學出版中心，2012)，網址：https//press.lib.ntnu.edu.tw，頁52。

25 相關資料，均依曾進豐編〈周夢蝶先生年表〉，後文不再加注。年齡以現代算法，不計虛歲。

26 劉永毅，《周夢蝶:詩壇苦行僧》，臺北：時報文化出版公司，1998)，頁35。

「如果，母親還在世，我用爬的也要爬回去！」周夢蝶說，但他早已得知母親已然去世，而對妻子、兒女，多年來早不動念，因為久未聯絡，甚至讓他們有「周夢蝶早已不在人世」之感。[27]

只存有對母親的親情思念，而不及於妻子、兒女，再次證明母親在他這位遺腹子的生命裡地位之高、鏤刻之深。至於對妻子、兒女透露的絕情，或只能歸諸佛家出世觀：殘忍的另一面是勘破，勘破的另一義是解脫。這樣的身世遭遇淬煉出的心靈，必然是矛盾、掙扎、懺悔、退縮的。薩依德（Edward W. Said，1935-2003）談流亡，指出一種隱喻的情境：有一種人雖在自己的國家，因不願居於主流之內，而成爲社會系統的圈外人（outsider），那是一種若即若離的困境。這種人在任何地方都不平靜，也不輕易爲人所了解。[28]周夢蝶很像是這樣的一個「圈外人」，儘管他曾多次獲文學成就獎，也領取政府文化部門的急難補助，但處境恆常閉鎖孤單，苦修頭陀般的形象，確有「化城再來人」[29]的象徵。三十四歲（1955），他自軍中除役，以擁有師範學歷，當時很可以去中小學教書，但因「能處獨，卻不慣於處群」而作罷。於是，周夢蝶不但在社會職場外流亡，也在家庭倫理體制外流亡。他出現在公眾場合時，很少發言；在臺北市武昌街擺書攤時，也是垂眉閉目的時候多。紀弦發起現代派運動，簽名加入現代派的詩人多達 115 人，卻不見周夢蝶的名字。[30]「圈外」的孤獨成爲他的人生傳奇、詩創作的主題，進而成爲詩風格的成因之一。

周夢蝶何以要在家庭體制外流亡？實因情愛世界不落實，對現實中的愛情生疑。他專注地寫信給女性，每一個受信的女性都可能是他戀愛狀態的寄託、情愛想像的化身。年輕時沒有嘗到的愛情滋味，中年以後在想像中流亡、迂迴演練。上一節所談 1970 年代書簡，即多此類訊息。《風耳樓墜簡》中其他可以爲證的例子如：頁 32，得裸體美人日曆，嘆曰：望梅不能止渴，愈望而渴愈甚（致史安妮）；頁 86，擬「蘋果因緣經」要目，自甲至癸，以暗喻加以玩味彷彿帶有性的遐想（致謝丘慧美）；頁 124，問對方何以寄一張暗紫圖案的明信片，而不挑一些「水是眼波橫，山是眉峰聚」的美人照（致王穗華）；頁 156 至 161，以卿卿我我的聲口、低回無盡的語氣，訴說寫信與等信的「聲聲慢」，腦海中盡是揮不去的人影（致海若）；頁 170，描寫隱隱約約的一種氣味、一種心理還引了一句寫性的詩句（致洛冰）……讀者無從知悉這些女子從何而來、因何結緣且結得如此細膩深刻，而此等情緣斷不是那位結縭的苗姓妻子能及於千分之一。

27 劉永毅，《周夢蝶：詩壇苦行僧》，頁 11。

28 薩依德（Edward W. Said），單德興譯，《知識分子論》（北京：三聯書店，2002），頁 44-52。

29 陳傳興導演拍攝周夢蝶紀錄片名。

30 1956 年周夢蝶尚未加入藍星詩社，不存在「現代詩」與「藍星」派系之爭的顧慮。即使是已加入藍星詩社的蓉子，也儘可出現在現代派運動名單中，可見簽不簽名不是詩社問題，是詩人個性問題。

莫非截斷了婚姻責任的枷鎖，周夢蝶才能走上他癡迷一生的愛情流亡之路！不求現世美滿，只在心中燃燒，每一段情都潛藏哀悼的可能，注定難以滿足，藉由書寫更加千迴百轉。寫詩、寫信於是成爲周夢蝶愛情流亡的祕道，以人間的愛情想像，沾溉「流浪生死」的宗教哲思，亦即下文所論的「煩惱即菩提」。

周夢蝶八十六歲（2007）發表的〈花心動——丁亥歲朝新詠二首〉，是同一式的主題況味：

之一

那薔薇。你說。你寧願它
從不不曾開過。

與惆悵同日生：
那薔薇。你說。如果
開必有落，如果
一開即落，且一落永落

之二

眼見得眼見得那青梗
一路細弱的彎下去彎下去
是不能承受歲月與香氣的重量吧

搖落安足論
瘦與孤清，乃至
輾轉反側。只恨無新句
如新葉，抱寒破空而出
趁他人未說我先說[31]

薔薇指愛情，有了愛就有了惆悵，與其開而後殞落，寧願薔薇不曾開過。「一開即落」形容短暫，「一落永落」形容無望。第二首凝視薔薇的凋萎，第三行以香氣的重量換喻愛情的負荷；「搖落安足論」，目的不在表達最終如何看待，而是要帶出過程的折磨——瘦與孤清，輾轉反側。詩人無懼此折磨，甚至還頗欣賞、享受，因而有「安足論」一語。若有新葉萌生則無恨，若無則有恨。新葉是新的情愛，恰恰因情愛短暫如花期，乃需不斷有新葉於折彎的青梗長出。這看起來像是了悟，實則是自苦，始終在輪迴中品嚐著生滅的悲喜。羅蘭・巴特（Roland Barthes，1915-1980）《戀人絮語》中有一段講這一型哀傷：

對象既未死去，也未遠離。是我自己決定情侶的形像應當死去（也許，我甚至會

31 周夢蝶，《有一種鳥或人》（臺北：印刻文學出版公司，2009），頁 89-90。

> 對他／她掩飾這種死亡）。在這種怪誕的哀悼延續的整個階段中，我得忍受兩種截然相反的不幸：我因對方的存在而痛苦（他／她繼續傷害我，儘管不一定是有意的），同時又為他／她的死亡感到悲傷（至少我曾經愛過這個人）。就這樣，我因為等不到對方的電話而焦慮，同時又對自己說，這沈默，不管怎麼說，是無所謂的，既然我已經決定丟棄這種牽掛，我關心的只是與情侶形像相關的電話，一旦這形像完蛋了，電話鈴響與否都毫無意義了。[32]

不能明說「我愛你」，不敢因癡迷而失落；明明清楚情愛的本質偏卻無從脫離情愛的磁吸。詩學名家葉嘉瑩即以周夢蝶的詩句「於雪中取火且鑄火爲雪」，說明他的詩風：

> 凡其言禪理哲思之處，不但不為超曠，而且因其汲取自一悲苦之心靈而彌見其用情之深，而其言情之處，則又因其有著一份哲理之光照，而使其有著一份遠離人間煙火的明淨與堅凝。[33]

這是周夢蝶詩風格的特徵。其成因，當與才性、身世遭遇、環境學習等相關已如前述。下一節另從周夢蝶詩的思理、辭趣加以分析。

四、獨樹一幟的思理、辭趣

1999年「臺灣文學經典」評選，選出周夢蝶《孤獨國》爲經典三十之一，固然代表評選委員對詩人的讚譽。但細究之，《孤獨國》並不能代表周夢蝶的成就，周夢蝶建立風格的時間應推遲至1960年代《還魂草》時期。洛夫1969年寫的〈試論周夢蝶的詩境〉，以「靜態的悲劇」、自我隔離後所感到的「存在的絕望」、「矛盾語法」爲主要論點，[34]是葉嘉瑩之後特具慧眼的分析。

《還魂草》詩集最著名的三首詩，約爲〈菩提樹下〉、〈還魂草〉、〈孤峰頂上〉。〈菩提樹下〉[35]的「風月寶鑑」意象突出，起筆即問「誰是心裡藏著鏡子的人呢？」第二節最後一行「與風月底背面相對密談的欣喜」，化用了《紅樓夢》第十二回跛足道人給賈瑞治病的那面鏡子——正面照鏡勾人淫邪，背面才有警示作用！能與寶鑑背面密談，可謂悟道者。整首詩表明對佛陀成無上正覺之路的信仰，雖然「結趺者」的跫音已遠逝，參禪修行的心不變，「當你來時，雪是雪，你是你／一宿之後，雪既非雪，你亦非你」，一宿是一夜，是彈指一生。「直到零下十年的今夜」，時間竟以溫度的「零下」標明，似暗示非現世追求而爲不存在於今生的未來。洛夫說的「自我隔離」的詩境，未嘗不可想成是因對現實絕望（「所有的眼都給眼蒙住了」）而「出世」的詩境。儘管詩中有「欣喜」、

---

32 羅蘭．巴特（Roland Barthes），汪耀進、武佩榮譯，《戀人絮語》（臺北：桂冠圖書公司，1995），頁105。

33 羅蘭．巴特，《戀人絮語》，頁149。

34 洛夫，〈試論周夢蝶的詩境〉，曾進豐編選，《周夢蝶》，頁172-173。

35 周夢蝶，《還魂草》（臺北：領導出版社，1978），頁58-59。

「黯然重明」等詞語，浩淼的時空、無邊的孤獨正是一齣永恆籠罩著的無聲的悲劇。此中有關之思理，即周夢蝶《不負如來不負卿》點評《紅樓夢》第十二回所說：「知幻即離，離幻即覺；一燈能破千年暗也。」[36]這一主題，包含情愛的煩惱、解脫，貫串了周夢蝶一生的探索。按梅特林克（Maurice Maeterlinck, 1862-1949）的見解，靜態悲劇（static tragedy）以啟示性的字眼代替動作性描述，是比冒險事業中的悲劇因素真實、深刻的悲劇性，「掠過我們眼前的，不再是生命的一個激動不安的時刻，而是生命本身」[37]。

連結佛學典故、術語，訴諸禪的直覺的表現，亦見於〈還魂草〉（84-85）一詩。傳說世界最高的聖母峰有却病駐顏的不凋草，稱之還魂草，周夢蝶取海拔八千八百八十二公尺的數字入詩：「在八千八百八十之上／你以青眼向塵凡宣示」，實際的數目產生了佛經數詞的喻義，一如「八萬四千」這一形容很多的數目。頭尾兩端在引號內的「凡踏著我腳印來的／我便以我，和我底腳印，與他！」也不是一般的溝通語言，而是那一株仙草的神諭。周夢蝶詩的受話者很少是別人，常常是自己與自己相應——外境的我與內境的我，塵俗的我與聖界的我，痛苦的我與喜悅的我，執迷的我與了悟的我；語意指向虛空，鮮明的意象與朦朧的意境編織出一幅超驗的圖景，帶著異香。西方詩學論者未必能欣賞此中奧祕，1979 年張漢良導讀〈孤峰頂上〉說：「承襲早期白話詩句構型態，沒有文法與邏輯的切斷……使用了一些傳統詩的句法與套語……伴隨陳套語出現的是一些語意不精確，感覺欠敏銳的句子。」即頗不看好。接著說，「讀者必須假設有詩人的心境與經驗，與其成爲『相互主體』才能見效」[38]，倒是指出了一條欣賞周詩的途徑。

詩境，是詩人心境的投射。周夢蝶的詩境爲何，可從佛教哲學探求。筆名「夢蝶」雖得自《莊子・齊物論》——否定物我、生滅、有無之別，進一步未嘗不趨近佛的空義：蝶戲於花叢，終究是一場夢幻。學者吳汝鈞詮釋佛教哲學名相「煩惱即菩提」，我以爲很能契合周夢蝶詩境真諦，特摘引於下：

> 煩惱即此即是菩提；不能離開煩惱而另外在別處找菩提，菩提即此即在煩惱中。這表現一種辯證的思路……從邏輯來說，即是，煩惱的外延與菩提智慧的外延，完全等同。此中的意思是，現實（即使是負面的現實）即此即是理想的所在，現實即此即是理想的實現場所。離開現實，理想即無所寄。現實與理想所指涉的，都是同一範圍的東西。就天臺宗來說，這命題之成立，不止有邏輯上的意義，且有存有論方面的意義。這意義來自性具觀念。即是，作為真理的中道佛性，本質上即具足一切染淨法。要實現真理，即同時要實現染淨法，不能捨棄之，因染淨法是真理的一部份。[39]

36 周夢蝶，《不負如來不負卿》（臺北：九歌出版社，2005），頁 37。
37 周夢蝶，《不負如來不負卿》，頁 106-107。
38 張漢良、蕭蕭編著，《現代詩導讀》（臺北：故鄉出版社，1979），頁 40。
39 吳汝鈞，《中國佛教哲學名相選釋》（高雄：佛光出版社，1993），頁 132。

天臺宗以《法華經》爲根本，以《大智度論》爲旨趣。[40]周夢蝶 1960 年代末費時兩年傾心讀《大智度論》兩遍，可以見得他所親近的法門，契合根性的佛理。情緣是煩惱，也是菩提，情的「煩惱」作他的道場，是他創作最大的動力，不僅青、中年期如此，晚年也從來沒有拋開。近幾年，女詩人紫鵑（1968- ）探望周夢蝶多次，撰有〈與蝴蝶有約〉一文[41]，描述周夢蝶的多情：想脫離紅塵，偏又脫離不了；至今仍忘不了明星咖啡屋時期一個「人很漂亮，長髮披肩」的女孩；「分明就是紅樓夢裡吃胭脂粉長大的賈寶玉，對於每一個『妹妹』都招架不住」。紫鵑一度還戲稱他「寶爺爺」，說他的心不清靜，總是欲言又止。周夢蝶回答：「眼耳鼻舌身意談何容易？做不到啊！」紫鵑問：「詩人多情應不應該？」周夢蝶答：「多情沒什麼應不應該。」紫鵑又問：「人家都說您是禪師，您的看法呢？」周夢蝶答：「我是饞師，嘴饞的饞。」

饞因癡，癡則包含「愛與被愛，了解與被了解」[42]；饞，是人之大患，「有身斯有欲，有欲斯有情，有情斯有夢。夢破，此身雖在，已同於枯木寒灰。」[43]周夢蝶的詩因而可視爲他日夜縈迴的夢。六世達賴倉央嘉措的情歌「曾慮多情損梵行，入山又恐別傾城，世間安得雙全法，不負如來不負卿」[44]，最能映照周夢蝶作爲詩人的心情，他的詩境從此出發。

「吐納英華，莫非情性」（《文心雕龍．體性篇》），伴隨周夢蝶情性、思理而生的文辭表現，在早年，明顯趨近文言的四字句，如收入《十三朵白菊花》的〈聞雷〉詩中的「奔騰澎湃」、「活色生香」、「神出鬼沒」、「花雨滿天」、「群山葵仰」、「眾流壁立」、「疾飛而下」。[45]這一種用詞習慣應與周夢蝶的私塾學習有關，此後一直到中年，他接讀的書、傾心的人，也都屬舊學古典。余光中即說周夢蝶寫《孤獨國》、《還魂草》的歲月，正當現代主義流行之際，他的詩成爲「制衡西化的一個反動」。[46]其實，四字句未必空疏，用得好，也有沉鬱深透的情感。民國初年胡適說的不用套語，道理完全正確，但什麼叫「套語」？某些日用詞語何嘗不予人俗套之感？而某些傳統的語詞除了精鍊，用在節骨眼上又常有神情懷抱可言。

〈聞雷〉寫於 1969 年，算是前期之作。周夢蝶五十歲以後的詩語言，愈來愈展開自在、淡中得意，其綿延轉折、如環往復的風姿愈益鮮明，而成爲他獨特的語式。此中範

40　參見謙田茂雄，《天臺思想入門》（高雄：佛光文化公司，1989）及釋性穎，《天臺「法華三昧」之探究》（桃園：圓光佛學研究所畢業論文，2009）論析。

41　紫鵑，〈與蝴蝶有約〉，《中國時報．人間副刊》（2011.8.19），E4 版。

42　周夢蝶，《不負如來不負卿》（臺北：九歌出版社，2005），頁 241。

43　周夢蝶，《不負如來不負卿》，頁 209。

44　西藏人民出版社編，《六世達賴倉央嘉措情歌及祕史》（拉薩：西藏人民出版社，2003），頁 56。

45　周夢蝶，《十三朵白菊花》（臺北：洪範書店，2002），頁 12-13。

46　余光中，〈一塊彩石就能補天嗎？〉，曾進豐編選《周夢蝶》，頁 216。

例可舉者如：

若相識若不相識的昨日
在轉頭時。真不知該怎麼好
捧吻，以且慚且喜的淚？
抑或悠悠，如涉過一面鏡子？

〈焚〉[47]

說水與月與我是從
荒遠的，沒有來處的來處來的；
那來處：沒有來處的來處的來處
又從那裡來的？

〈月河〉[48]

春色無所不在！
老於更老於七十七而幼於更幼於十七
窈窕中的窈窕
靜寂中的靜寂：
說法呀！是誰，又為誰而說法？

〈老婦人與早梅〉[49]

怎樣一場立地即可到家的說法
右脇而娓娓不倦的山
如是如是如是
說了又說，說了
又說又說——該說的都說了，卻又
說了等於沒說

〈山泉〉[50]

無邊的夜連著無邊的
比夜更夜的非夜
坐我坐行我的行立我的立乃至
夢寐我的夢寐——

〈風——野塘事件〉[51]

將一個字詞反覆運用，定焦砥磨，轉換切面刨光，真能使其折射、反射，盡其字義、語感、語韻之光華如鑽石，是周夢蝶苦吟的成果。以莊子「卮言日新，和以天倪，因以曼衍」（合乎自然的變化而不預先擬議，隨其變化而不斷引申生發）的語言特色，[52]加以玩味，也很能得個中趣意。上述諸例都不以語詞繁複而以簡淨爲擅場。周夢蝶筆下隨處可見：「好想以我綠中之綠的髮中之髮」、「若一切已然將然未然總歸之於／必然和當然」

47 周夢蝶，《十三朵白菊花》，頁 10。
48 周夢蝶，《十三朵白菊花》，頁 5。
49 周夢蝶，《十三朵白菊花》，頁 151。
50 周夢蝶，《十三朵白菊花》，頁 202。
51 周夢蝶，《約會》（臺北：九歌出版公司，2002），頁 70-71。
52 戰國・莊子著，孫海通譯注，《莊子》（北京：中華書局，2007），頁 335-337。

[53]，似這般如禪之詩已自成一種表意語系，迥異於反共國策文學年代不少詩人奮筆的戰鬥詩思維、語式，也超越1950年代張揚的西方現代詩學意識及規範。[54]

當現代主義高張時，他毫不現代；現實主義疾呼時，他不論現實。不隨時代風潮搖擺，不與他人馳競，謹守心靈本體，在掙扎、矛盾、懺悔中書寫個人對自身的把握，確爲臺灣現代詩獨樹一幟的收穫。

五、小結：臙脂苦成袈裟

《六祖壇經》：「自性迷即是眾生，自性覺即是佛。」「外若著相，內心即亂；外若離相，心即不亂。」[55]周夢蝶詩的思理，始於迷而終至覺；其辭趣則在著相而後離相。他接觸佛經約即寫詩的同時，以一生演練解脫、證覺之道，而將此過程筆記成詩。沒有舊學的根柢，不能成周夢蝶風格；沒有佛經的體悟，不能成周夢蝶風格；沒有孤苦的身世遭逢，不能成周夢蝶風格；沒有自外於繁華情愛的「流亡」意識，亦不能成周夢蝶風格。而這一切，導致周夢蝶不會寫歡樂的詩，雖然他也有一首〈偶而〉，偶而能聞到一縷幽香來自隔壁，其喜悅隨即因從不敢想「由侍婢柔若無骨的手扶著／到前庭看紅芍藥」，想也不敢想，而克制住。[56]

周夢蝶詩的迷魅就存在於如此的內心矛盾中，這是在現實世界「想求安排解脫而未得」[57]的掙扎。若欲以一首周夢蝶的詩管窺他詩風的生成，我想〈紅蜻蜓之二〉是極有象徵意義的：

> 吃臙脂長大的！
> 由上輩子吃到這一輩子
> 吃到下一輩子
> 越吃胃口越大
> 越吃越想吃
> 越是吃不飽。直到
> 臙脂的深紅落盡
> 臙脂的滋味由甜
> 而淡，而酸，而苦，而苦苦
> 而苦成一襲袈裟
> 苦成一闋寄生草，乃至
> 苦成一部淚盡而繼之以血的

---

53 周夢蝶，《十三朵白菊花》，頁206。

54 作家無法完全超脫政治環境的操控，1950年代如紀弦、瘂弦等傑出詩人，都曾參加過中華文藝獎金競賽，寫過配合時局國策的謳歌。

55 釋心印法師，《六祖壇經講義》（北縣新莊：慈雲山莊—三慧學處，1996），頁27、153。

56 周夢蝶，《約會》，頁128-129。

57 葉嘉瑩，〈序周夢蝶先生的《還魂草》〉，曾進豐編選，《周夢蝶》，頁149。

石頭記。[58]

早在 1990 年，余光中就說過，周夢蝶「用情深厚而生死賴之」，他「不是莊周再生，而是《石頭記》的石頭轉世」。(217-218)「吃臙脂長大的」，直指賈寶玉。由上輩子吃到下輩子，是宿世之緣之命。深紅落盡、苦成袈裟，甜淡酸苦備嘗，乃至苦成一部現代詩壇的石頭記，則可說明周夢蝶寫詩的苦心與成就！

引用書目

一、古籍文獻

戰國・莊子著，孫海通譯注，《莊子》（北京：中華書局，2007）。

二、一般論著

西藏人民出版社編，《六世達賴倉央嘉措情歌及祕史》（拉薩：西藏人民出版社，2003）。
余光中，〈一塊彩石就能補天嗎？〉，收錄於曾進豐編選，《周夢蝶》（臺南：國立臺灣文學館，2012），臺灣現當代作家研究資料彙編 18，頁 215-218。
吳汝鈞，《中國佛教哲學名相選釋》（高雄：佛光出版社，1993）。
周夢蝶，《十三朵白菊花》（臺北：洪範書店，2002）。
———，《不負如來不負卿》（臺北：九歌出版社，2005）。
———，《有一種鳥或人》（臺北：印刻文學出版公司，2009）。
———，《孤獨國／還魂草／風耳樓逸稿》（臺北：印刻文學出版公司，2009）。
———，《約會》（臺北：九歌出版公司，2002）。
———，《風耳樓墜簡》（臺北：印刻文學出版公司，2009）。
———，《還魂草》（臺北：領導出版社，1978）。
洛夫，〈試論周夢蝶的詩境〉，收錄於曾進豐編選，《周夢蝶》（臺南：國立臺灣文學館，2012），臺灣當代作家研究資料彙編 18，頁 167-179。
洪淑苓，〈橄欖色的孤獨：論周夢蝶《孤獨國》〉，收錄於曾進豐編選，《周夢蝶》（臺南：國立臺灣文學館，2012），臺灣現當代作家研究資料彙編 18，頁 135-146。
皇甫元龍，〈非蝶亦非夢〉，收錄於周夢蝶，《還魂草》（臺北：領導出版社，1978），頁 193-195。
張漢良、蕭蕭編著，《現代詩導讀》（臺北：故鄉出版社，1979）。
曾進豐，《周夢蝶先生年表暨作品、研究資料索引》（臺北：印刻文學公司，2009）。
———編選，《周夢蝶》（臺南：國立臺灣文學館，2012），臺灣現當代作家研究資料彙編 18。

58 周夢蝶，《十三朵白菊花》，頁 140-141。

紫鵑，〈與蝴蝶有約〉，《中國時報・人間副刊》（2011.8.19），E4 版。
葉嘉瑩，〈序周夢蝶先生的《還魂草》〉，收錄於曾進豐編選，《周夢蝶》（臺南：國立臺灣文學館，2012），臺灣現當代作家研究資料彙編 18，頁 147-151。
廖蔚卿，《六朝文論》（臺北：聯經出版公司，1981）。
劉勰，《文心雕龍》電子書（臺北：國立臺灣師範大學出版中心，2012），網址：https//press.lib.ntnu.edu.tw/。
劉永毅，《周夢蝶：詩壇苦行僧》（臺北：時報文化出版公司，1998）。
謙田茂雄，《天臺思想入門》（高雄：佛光文化公司，1989）。
薩依德（Edward W. Said），單德興譯，《知識分子論》（北京：三聯書店，2002）。
羅蘭・巴特（Roland Barthes），汪耀進、武佩榮譯，《戀人絮語》（臺北：桂冠圖書，1995）。
釋心印法師，《六祖壇經講義》（北縣新莊：慈雲山莊—三慧學處，1996）。
釋性穎，《天臺「法華三昧」之探究》（桃園：圓光佛學研究所畢業論文，2009）。
釋從信，《心經》（臺北：圓明出版社，1990）。
Maeterlinck, Maurice. (2012). *The Treasure of the Humble* (trans. by Alfred Sutro). New York:Dodd,Mead ＆Company, 1902, Forgotten Books.

周夢蝶詩中的世態人情

洪淑苓*

一、前言

周夢蝶（1921—2014）的詩作一向以禪境見稱，鑽研禪佛的他，確實也給人如老僧入定的印象。然而除了禪意，周夢蝶對於人世的俗緣瑣事其實猶未能忘懷，因此長年以來他大都每週固定外出，與文友、讀者隨緣晤敘。[1]周夢蝶是「孤獨國王」，而以往研究者也多將焦點放在其早期於 1960 年代出版的詩集，如《孤獨國》[2]、《還魂草》[3]，探討的重點也以其中的禪境哲思為主。[4]2002 年，周夢蝶同時出版《十三朵白菊花》[5]與《約會》[6]，這兩本詩集中，更為突出的是有關人情世態的敘寫，舉凡與友人的贈答，對陌生人的觀想，以及日常生活中的瑣事雜記，字裡行間，往往流露人間的溫情與興味。這似乎展現了「孤獨國王」入世的一面，在其出世超越的形象之外，增添對人世的體恤和眷戀之情。以下將從幾方面來探討。

---

* 臺灣大學臺灣文學研究所暨中國文學系合聘教授。

1 周夢蝶先生 1959-80 年在臺北市武昌街明星咖啡屋樓下擺書攤，1980 年因胃病住院開刀，結束書攤生活，爾後每週三到明星咖啡屋茶憩，常有文友尋訪；1991 年，則改到長沙街的「百福奶品」餐飲店與文友相聚。近年因年事已高，不再固定外出，但有詩歌活動，亦常見其人身影。參見劉永毅，〈周夢蝶生平大事年表〉，《周夢蝶：詩壇苦行僧》（臺北：時報出版公司，1998），頁 215-220。

2 周夢蝶，《孤獨國》（臺北：文星書店，1959）。

3 周夢蝶，《還魂草》（臺北：文星書店，1965）。

4 例如葉嘉瑩在為周夢蝶的《還魂草》寫序時指出，周夢蝶詩中一直閃爍著一種哲理和禪思，「雪中取火，鑄火為雪」為其詩中表現的境界。見葉嘉瑩，〈序周夢蝶先生的《還魂草》〉，《文星》16:3(1965.3)。又見於周夢蝶，《還魂草》（臺北：領導出版社，1984，新版），頁 3-7。筆者亦曾發表〈橄欖色的孤獨——論周夢蝶孤獨國〉，收入陳義芝主編，《臺灣文學經典研討會論文集》（臺北：聯經出版公司，1999），頁 184-196；又收入曾進豐編，《娑婆詩人周夢蝶》（臺北：九歌出版社，2005）；以及封德屏總策劃、曾進豐編選，《周夢蝶》（臺南：國立臺灣文學館，2012），臺灣當代作家研究資料彙編 18。後二書廣收周夢蝶研究之論文，除葉嘉瑩，吳達芸、翁文嫻、余光中、蕭蕭、奚密、曾進豐等學者，亦多見對於周公的禪思、禪境的探討。

5 周夢蝶，《十三朵白菊花》（臺北：洪範書店，2002）。

6 周夢蝶，《約會》（臺北：九歌出版社，2002）。

二、源於《紅樓夢》「女兒是水作的骨肉」的觀念看女性

周夢蝶詩中對於女性人物的著墨特多，無論是出於平淡如水的交情或是深厚的關愛，都不難看到周夢蝶以非常細緻的心情看待周遭的女性。這種表現，不只是像陳義芝所說的，「周夢蝶先生與女性心靈特別投契，這是大家都曉得的。」——因爲不管是向周夢蝶先生請益文學課題的，還是周夢蝶詩的題贈對象，以及評論、研究周夢蝶詩文的，都以女性居多；[7]但周夢蝶的這種心理，恐怕更是得自於《紅樓夢》的啟發；余光中甚至說：「他這麼專心一致地欣賞女性，不禁令我要說一句：周夢蝶也許不是周莊再生，而是《石頭記》的石頭轉世，因爲他如此癡情，還不到鼓盆之境。」[8]

（一）從評點《紅樓夢》看周夢蝶的女性觀

周夢蝶對《紅樓夢》情有獨鍾，曾以毛筆逐回批點，出版《不負如來不負卿——《石頭記》百二十回初探》[9]，而《紅樓夢》第二回寫道，寶玉七八歲時即言：「女兒是水作的骨肉，男人是泥作的骨肉。我見了女兒，我便清爽；見了男子，便覺濁臭逼人。」這種視女兒爲潔淨的象徵，使得賈寶玉對大觀園裡的女性人物，無論是姊妹、丫環，都投以關愛的眼神，憐香惜玉；周夢蝶在評點時，也屢屢表示對大觀園內的女子的憐惜。譬如第 4 回「薄命女偏逢薄命郎　葫蘆僧亂判胡蘆案」，說的是香菱美人薄命，周夢蝶評點曰：「女子美而多才，向爲造物所忌；古今中外皆然。」，「以香菱賦命之苦，遭際之慘之悲，而意譯其本名『英蓮』爲『應憐』。其誰曰不宜。」[10]「應憐」的意譯，正道出周夢蝶心中的憐憫之情。又如第 32 回「訴肺腑心迷活寶玉　含恥辱情烈死金釧」，說的是金釧投井自盡的事，周夢蝶評點曰：「金釧兒投井死了。……泰山與鴻毛：孰輕孰重？此疑此恨，惟有神鬼與落花知耳。」[11]

除了香菱、金釧，周夢蝶也頗欣賞晴雯、李紈、紫鵑、尤三姐、探春等，譬如第 52 回「俏平兒情掩蝦鬚鐲　勇晴雯病補雀金裘」，晴雯連夜爲賈寶玉綴補孔雀裘，周夢蝶評點：「爲悅己者容，爲悅己者死。」「勇哉晴雯！庶可與太白『素手抽針冷』及子美『美人細意熨貼平，裁縫滅盡斜線跡』等詩句，同其不朽。」[12]

7　陳義芝，〈講評意見〉，《臺灣文學經典研討會論文集》，同注 4，頁 196。

8　余光中，〈一塊彩石能補天嗎？〉，收入曾進豐編，《娑婆詩人周夢蝶》（臺北：九歌出版社，2005），頁 136-140。

9　周夢蝶，《不負如來不負卿——《石頭記》百二十回初探》（臺北：九歌出版社，2005）。

10　同上，頁 21。

11　同上，頁 77。

12　同注 8，頁 117。而第 94 回「宴海棠賈母賞妖花　失通靈寶玉知奇禍」，周夢蝶評點：「怡紅院海棠隆冬著花，一眾皆喜；唯探春賈三小姐默然。偉哉探春！其頂門必獨具一隻眼；而心竅俾多於比干，且赤於苦於慘於比干萬萬。」，同上注，頁 208。

至於對女主角林黛玉，在林黛玉香消玉殞的章節，周夢蝶以悟情的角度看待林黛玉焚稿斷癡情的舉動。[13]尚可注意的是，大觀園眾多女子中，周夢蝶並沒有集中評點薛寶釵、林黛玉，他甚至認爲以「相知」一點來看，林黛玉囿於個性，反而「不知」賈寶玉，譬如第 66 回「情小妹恥情歸地府　冷二郎心冷入空門」，周夢蝶除了爲尤三姐感嘆「愛人容易知人難。未能知人而自云能愛人，吾未敢信！」，也進一步說：「管窺蠡測：吾謂知寶玉者，第一爲其尊翁，其次李紈，探春；其次紫鵑、香菱、尤三姐。而顰卿不與焉！」[14]這不能說周夢蝶不喜愛林黛玉，其實他更爲林黛玉等大觀園女兒的命運感到悲哀，在第 57 回「慧紫鵑情詞試莽玉　慈姨媽愛語慰癡顰」的評點中，周夢蝶說：

> 或問金陵十二釵，正副及又副：誰最可愛，可信而可敬？
> 答：難言也！紈探有守有為，紫惜無為有守；潛德幽光，伊尹伯夷之亞流，夐乎其不可尚矣。至於所謂『可愛』，以余視之，直『可哀』之同義字耳！證之黛與晴，妙玉鴛鴦尤三姐等等，縱欲不忍淚吞聲，摧心肝而不能也。[15]

「縱欲不忍淚吞聲，摧心肝而不能也」正說出了周夢蝶對大觀園女兒深刻的關愛與同情。周夢蝶對大觀園女子的疼惜、欣賞，甚至也轉換爲對男性的唾棄和羞愧，譬如在評點第 59 回「荇葉渚邊嗔鶯叱燕　絳芸軒裡召飛符」的小丫頭春燕，認爲她「敢於言人所不敢言，連自己的生母至親都不避諱。偉哉春燕，真女中之董狐也。反觀多少世間男子如我輩：鬚眉濁物，幾乎百分之九十九點九九都有自大狂的，寧不羞死，愧死？」[16]可見周夢蝶的確是依從《紅樓夢》的女性觀來看女性的，不過他不以賈寶玉自居，反而說自己是惜春，這一點，似乎更說明了周夢蝶與《紅樓夢》的女性至爲契合的情形。[17]

（二）周夢蝶詩中對女性人物的憐惜與感嘆

周夢蝶詩中反映了對女性的憐惜與命運的感嘆，以〈迴音——焚寄沈慧〉一詩及其本事最爲鮮明。

〈迴音——焚寄沈慧〉爲十九歲早夭的少女沈慧而作，共十四段，詩末並附錄沈女遺作〈迴音〉一文，在此文中，沈慧自述其多病的人生與淒美的愛情故事，而文末又有

---

13 第 97 回「林黛玉焚稿斷癡情　薛寶釵出閨閣成大禮」，周夢蝶評點：「人之大患，在於有身。有身斯有欲，有欲斯有情，有情斯有夢。夢破，此身雖在，已同於枯木寒灰。死之日，並此枯木寒灰，亦自有而歸之於無矣，復自無歸之無無，無無復歸之於無無無矣。詩也者，無無無之餘續也！不焚何待？」，同注 8，頁 209。

14 同注 8，頁 147。

15 同注 8，頁 127。

16 同注 8，頁 131。

17 周夢蝶並不以賈寶玉自居，他說自己是惜春，見《不負如來不負卿——《石頭記》百二十回初探》，第四十六回，頁 105。

周夢蝶的後記。[18]沈慧因患癌症，到臺大醫院就醫，因而結識年輕醫生 D，兩人相戀，但因 D 的父母反對，兩人分離。沈慧出入醫院，每日只在期望與絕望中痛苦度過。沈慧罹病四月有餘，終不敵病魔的摧殘，抑鬱而終。沈慧生前曾與周夢蝶見過面，死後則將其遺作託人轉交周夢蝶，囑代為發表介紹。在周夢蝶眼中，病中的沈慧「雖瘦不盈掬。而雙眸盈澈。動轉有神。應對亦迅捷青峻有奇致」；而友人曾慧美轉述沈慧臨終前的情形，更使周夢蝶對沈慧既憐惜又尊敬。周夢蝶的後記云：

> 又據曾云。女於去時。其父母並諸友皆環泣。而女獨凜然。故謂眾曰。人貴自決。各適其適。吾作之。吾自能受之。何用其側側為。此稿。即當時於枕下出以付曾。曾復轉以授余。囑為紹介發刊者。夫生死慘怛危亂之際。最足以覘人之識力與定力。來去分明。安詳捨報。縱一生兢兢修持有素之古德。或亦未必盡能。而女乃以小年不學能之。故吾意女殆有夙根者。偶為情牽。暫墮人間耳。

在周夢蝶筆下，沈慧宛若「偶為情牽，暫墮人間」的天使，她的纖細、敏感、癡情、安然面對死亡，以及出示遺稿等事蹟，都讓人聯想《紅樓夢》裡的林黛玉，至少是黛玉的化身晴雯。周夢蝶為沈慧寫的詩，也彷彿賈寶玉焚寄給晴雯的〈芙蓉女兒誄〉。《紅樓夢》第 78 回「老學士閒徵姽嫿詞　癡公子杜撰芙蓉誄」，美麗靈巧又心高氣傲的晴雯病亡，賈寶玉以誄文祭之，哀嘆晴雯比金玉更高貴，比冰雪更高潔，容貌勝過花月；而個性高傲貞烈，因此得罪小人，離開大觀園，抑鬱而終。賈寶玉復感嘆怎樣可以求得回生之藥，使晴雯起死回生。而回憶起往日的種種，不禁有「豈道紅綃帳裏，公子情深；始信黃土隴中，女兒命薄！」的怨嗟。[19]周夢蝶的〈迴音——焚寄沈慧〉一開始也是感嘆水晶般的沈慧已經香消玉殞：

> 太陽還沒出來
> 就落了。
> 與水晶同其明慧的人啊，笑吧
> 笑笑總是好的：
> 不見今日之斷柯
> 曾是昨夜盛開的薔薇？

---

18 周夢蝶，《十三朵白菊花》，頁 60-75。

19 賈寶玉，〈芙蓉女兒誄〉：「維太平不易之元……怡紅院濁玉，謹以群花之蕊，冰鮫之縠，沁芳之泉，楓露之茗，四者雖微，聊以達誠申信，乃致祭於白帝宮中，撫司秋艷，芙蓉女兒之前曰：竊思女兒自臨人世，迄今凡十有六載。……憶女曩生之昔，其為質則金玉不足喻其貴；其為體則冰雪不足喻其潔；其為神則星日不足喻其精；其為貌則花月不足喻其色。姊娣悉慕媖嫻，嫗媼咸仰慧德。孰料鳩鴆惡其高，鷹鷙翻遭罦罬；薋葹妒其臭，茝蘭竟被芟鉏！花原自怯，豈奈狂飆？柳本多愁，何禁驟雨？偶遭蠱蠆之讒，遂抱膏肓之疚。……高標見嫉，閨閫恨比長沙；直烈遭危，巾幗慘于羽野。自蓄辛酸，誰憐夭折？仙雲既散，芳趾難尋。洲迷聚窟，何來卻死之香？海失靈槎，不獲回生之藥？眉黛煙青，昨猶我畫；指環玉冷，今倩誰溫？……豈道紅綃帳裏，公子情深；始信黃土隴中，女兒命薄！……何心意之怦怦，若寤寐之栩栩？余乃欷歔悵怏，泣涕徬徨。人語兮寂歷，天籟兮篔簹。鳥驚散而飛，魚唼喋以響。志哀兮是禱，成禮兮期祥。嗚呼哀哉！尚饗！」

而後更悲憐沈慧早夭的命運，詩的第三段云：

> 愁重歡小。
> 早夭的秋，埋在階前落葉的影子下。
> 啊，有目皆瞑；
> 除了死亡
> 這不死的黑貓！在在
> 向你定著兀鷹的眼睛。

到第九段，爲沈慧空手而來，空手而去而悲慟，十九年的青春究竟所爲何來，隱然爲她沒有獲得圓滿的愛情而不平：

> 最難堪！是空著手來仍不得不
> 空著手離去：
> 多屈辱的浪費！
> 十九年的風月竟為誰而設?
> 裊裊此魂，九十日後
> 將歸向誰家的陵寢?

相對於晴雯的孤傲，周夢蝶寫的是沈慧的癡心和專情，詩的第十一段即云：

> 天門。不敢仰問
> 九曲的迴腸是否抵得
> 一顧的甜蜜？
> 望斷已成獨往。縱使滄海之外
> 更有滄海；渺渺愁予
> 難為水

當然，周夢蝶對沈慧畢竟不同於賈寶玉對晴雯，所以詩中並沒有「眉黛煙青，昨猶我畫；指環玉冷，今倩誰溫？」這樣的共同回憶，但「詩人情深，女兒命薄」的感慨是類似的。周夢蝶對沈慧的死有感同身受的體認，認爲死亡就像沉沉「覆壓而下／無縫塔似的」天色，彷彿「比無內之內更小的囚獄」，也是一種無可逃避的冷，「十面埋伏的冷」；但詩人更領悟到「死至易，而生則甚難」，晝夜時間交替循環，人是被限制在這個框框裡的，如同詩的第七段云：

> 過去時即現在時，現在即未來。
> 死至易，而生則甚難：
> 晝夜是以葵仰之黑與鵙滴之紫織成的
> 重重針氈。若行若立，若轉若側
> 醒也醒不到彼邊
> 夢也夢不到彼邊

在周夢蝶的想法中，若要突破這個限制，即是如第一行詩句提示的「過去時即現在時，現在即未來。」把握當下，方是破除煩惱的要訣。本詩最後引沈慧的話，代表對沈慧情傷、早夭的疼惜，而後也引伸出「如果宇宙的心是水鑄的」等語，更顯現周夢蝶對沈慧的同情、同理之心：

> 如果從來就沒活過多好！
> 你說。如果宇宙的心
> 是水鑄的，如果人人都是蓮花化身
> 沒有昏夜；沒有怨憎會，愛別離，求不得

同樣是引述《紅樓夢》的，另有〈詠野薑花　九行二章——持謝薛幼春〉[20]。這首詩沒有本事、後記，從題目看，或許是以野薑花類比薛幼春小姐，也或許是薛小姐曾經贈花給周夢蝶，而有題贈之作。詩中歌詠野薑花生長於水邊巖下，清曠、閑逸的特質，但飄然素衣，則無疑是花與人雙寫，並從中發出憐惜與感喟。詩的第一章云：

> 受用水邊巖下不用一錢買的清曠與閑逸
> 誓與秋光俱老
> 永永不受身為女兒
>
> 看誰來了？
> 落落的神情，飄飄的素衣
> 翕然而合！一時
> 昨日之我與今日之我：
>
> 夢中之夢中夢，莫非
> 石頭記第六十六回之又一回？

石頭記即《紅樓夢》，第66回寫的是原本鍾情於尤三姐的柳湘蓮誤信流言，將行退婚，尤三姐羞憤自殺，柳湘蓮因此悟情出家；第67回除延續前一回的情節外，另寫薛寶釵將族人所贈禮物分送各房，卻引得林黛玉觸景傷情，以爲自己孓然一身，適賈寶玉來訪，好言安慰。此外，鳳姐與平兒得知尤三姐事，訊問家僕興兒，主婢二人議論此事。周夢蝶詩中提及此二回，應是因尤三姐的故事而感發，尤三姐潔身自好，和柳湘蓮本是情投意合，未料後來柳湘蓮以爲她和尤二姐等姐妹一樣，淫蕩無節，她不願受屈辱而自盡，充分表現剛烈的性情。周夢蝶詩的第二章說「只爲一念之激之執之熱，／恨遂千古鑄了。」指的應該就是尤三姐自盡之事，情真情癡的女兒，不能獲得真情回報，甚至遭人誤解，因此只能玉碎，不容一絲一毫的汙衊。也難怪周夢蝶的評點是「愛人容易知人難。未能知人而自云能愛人，吾未敢信！」當然，我們無法像知曉沈慧的故事那樣去追問題贈的緣由，因爲詩中未及一字，所以我們就權且把這組詩當作是周夢蝶對普天爲情受苦、如

20 周夢蝶，《約會》，頁152-154。

同野薑花般冰清玉潔、閒逸自然的女性之同情，「永永不受身爲女兒」正是周夢蝶爲此等女性發出的誓願。

周夢蝶對尤三姐的偏愛，也見於《約會》輯二中的〈癸酉冬續二帖．之二〉[21]，詩中也借用了尤三姐意象，當作是對於苦痛的體驗與超脫。輯二題作「爲曉女弟作」，共四題十首，「曉」，其人生平不詳，但周夢蝶在此詩中與她分享對尤三姐的同情與慰解，了解尤三姐的痛楚，也明白來者恆來，去者恆去的自然之道，而人是不能挽回甚麼的。如此看來，周夢蝶在與女性讀友往來時，所抱持的就是一種憐惜女性的心態，就像賈寶玉說「女兒是水作的骨肉」那般疼惜女性，總也要爲她們打抱不平，爲她們說出內心的遺憾和痛楚。

三、題贈詩中的交友網絡與抒情言志

（一）與陳庭詩的交誼及其題詩

除了上述以女性人物爲書寫焦點外，《十三朵白菊花》與《約會》兩詩集中，也出現許多的題贈之作，這些詩周夢蝶皆以副題顯示贈答的對象，呈現他的交遊網絡，也使得他的作品更具有人情味，使得他不再是在孤峰頂上、菩提樹下沉思冥想的孤獨國王與悟道的尊者。這些作品中，以和陳庭詩的交誼最爲突顯。陳庭詩（1916-2002）爲現代藝術家，精通版畫、壓克力畫及鐵雕藝術，[22]周夢蝶和他十分熟絡，曾有詩記下二人日常的往來，也爲陳庭詩的藝術作品題詩，前一類作品幽默、風雅，後一類作品則出以嚴謹的詩思。

先看〈耳公後園曇花一夜得五十三朵感賦〉，這首詩寫在陳庭詩家中欣賞曇花夜開的感想，詩中以善財童子於一彈指間完成他拜訪五十三位大善知識者，修得善果爲喻，[23]對於曇花一夜盛開五十三朵極爲讚嘆。[24]詩中用「月之暈／鵝之吻／柳之新」形容曇花的潔白細嫩，又用「不屬於任何季節的／色與香。讓人驚嘆也來不及／惆悵也來不及」來表達對曇花一現的嘆息，又用「聲聲如蠶吐絲，蜂釀蜜」來形容曇花徐徐展瓣的姿態；可說勾勒出一幅曇花夜放的美麗圖畫，極其風雅。

此外，《約會》的第一輯即是「陳庭詩卷」，其中的〈未濟八行〉與〈既濟七十七行〉係爲陳庭詩將行迎接張珮女士爲妻而作，前者新娘尚未到臺灣，後者新娘將於十月抵臺，

---

21 周夢蝶，《約會》，頁 50-52。

22 參見「陳庭詩現代藝術基金會」網站，網址 http://www.ctsf.org.tw/，2013 年 3 月 2 日查詢。

23 詩末附註：「爾時善財童子悟根本智已，受文殊教，復向南遊，歷百一十城，參訪五十三位大善知識，分別門庭，一一透過。見華嚴經。」又注云：耳公，版畫家陳庭詩別號之一。

24 周夢蝶，《十三朵白菊花》，頁 86-88。

這是一段兩岸姻緣，因此兩詩中都以牛郎織女渡河相會爲譬，當然更巧的是，陳張二人初相識是在七月初七，預定來臺完婚日也是三年後的七月初七。這兩首詩寫得輕巧、俏皮，充滿喜氣，也頻頻對新郎新娘打趣，〈既濟七十七行〉有句云：「秋不老，葉不紅；／韻不險，詩不峭。」既寫二人晚年得婚，也寫因兩岸時局所限，所以好事多磨。詩的末段還問：「明年七月七日會不會有小織女／或小牛郎，呱呱／自天破空而降」，顯現周夢蝶與陳庭詩交情匪淺，可以捉狹戲問；接著，也是在祝福聲中又帶著俏皮的話：

聽！銀河之水流著
為天下所有有心人而流著
向東。還記否？
東之時義曰春曰震曰喜
曰：切切不可為第三者說

這首詩讓我們看到周夢蝶在愁苦、沉重之外的輕鬆面貌，也藉以了解周陳兩人的交誼已經是熟悉而不拘小節了。

周夢蝶亦十分推崇陳庭詩的藝術創作及詩作。1998 年，郭木生文教基金會美術中心在臺北舉辦「陳庭詩鐵雕與現代詩對話」展覽，周夢蝶即爲之題寫二首詩，[25]分別是〈香讚〉，陳庭詩作品原題：「農立國的老故事」[26]；〈詩與創造〉，原題 ：「大律希音」[27]。 從鐵雕作品來看，前者有個半圓的鐵輪，形似殘破的車輪，原題「農立國的老故事」，頗爲費解；周夢蝶改題「香讚」，是因爲他把這首詩當作是對妙喜龍王的頌讚。詩的第一段抓住輪子的形象大作文章，又因是半輪，所以到了第二段及附註云：

將缺憾還諸天地；
山外有山，夕陽無限好無限；
不耳而聽，如妙喜龍
以蒼鬣一滴，以獨角
亦能興雲佈雨，噓哭吹生。

附註：妙喜，龍王名，梵語難陀，為天竺甘露國守護，風雨以時；以不良於聽，以角為耳。

從附註可知妙喜龍王的故事，這位「不耳而聽」的龍王，雖然不良於聽，但修法行道，可感可佩。然而看似寫妙喜龍王，其實是寫陳庭詩，因爲陳庭詩八歲時因意外失聰；[28]周夢蝶所嘉勉、佩服的，正是他可以「將缺憾還諸天地」的豁達，以八十二歲高齡依然創

25 參見「智邦藝術基金會」網站，收錄陳庭詩銅雕作品圖片及詩人周夢蝶、羅門等人的題詩，網址：http://old.arttime.com.tw/artist/chen_ts/commentary.htm#c4，2013 年 3 月 2 日查詢。
26 周夢蝶，《約會》，頁 15-16。
27 周夢蝶，《約會》，頁 17-18。
28 參見陳庭詩年表，陳庭詩現代藝術基金會，網址：http://www.ctsf.org.tw/，2013 年 3 月 8 日查詢。

作，而能享受「山外有山，夕陽無限好」的餘裕。後者原題「大律希音」，與老子《道德經．41 章》所謂「大音希聲」相通，而鐵雕看起來就像一只耳朵，朝向天空，彷彿在接收甚麼訊息。周夢蝶以「詩與創造」爲題，寫的卻是另一種情懷，他在詩中先問「上帝已經死了，尼采問：／取而代之的是誰？」接著引出「上帝與詩人本一母同胞生」，讚美詩人具有創造力，與上帝不相上下，並列左右。這樣的思想，主要也是爲陳庭詩而寫，因爲詩的附註說：

> 周棄子生前曾盛讚耳公之詩，以為可與韓偓龔定庵詩僧曼殊上人相頡頏；惜為畫名所掩，知之者少耳。

從這兩首詩不難想見周夢蝶對陳庭詩的欣賞與推崇。而兩人既可以共賞曇花夜開，也可戲題新婚賀詩，又能以詩題詠鐵雕作品，誠爲好友、知己。

周夢蝶與陳庭詩的交誼，其書信集《風耳樓墜簡》「悶葫蘆居尺牘」收有〈報耳公空空道人陳庭詩與兄　之一～之三〉三則，「風耳樓小牘」亦收有〈報陳庭詩　之四～之五〉三則。這些寫作於 1975-1976 年間的書信，彼時陳庭詩離臺赴美。周夢蝶在信中叨叨絮絮說著生活瑣事，大體回報陳庭詩所交付的事，然而因爲他素有獨特感受，在瑣細之中也充滿生活的興味。譬如「之三」這一則，寫陳庭詩囑咐代寄剪報給林懷民，周夢蝶回報已掛號郵寄。但爲了慎重起見，他曾於前一日中午親往林寓，但循址前往，卻撲空而回，心中頗爲懊惱。後來在歸途的公車上，看一妙齡女子靠窗閱讀《爲誰而愛》，其神情酷似日本影星吉永小百合，而周夢蝶因爲貪看美女，以致錯過下車站牌，到整車人都要下車的終站，才如夢初醒。但此時的心情卻是「二十分鐘以前因『訪懷民不遇』所生之惆悵與鬱悶，不颪而自散矣。」[29]如此真實的自我解嘲，令人不禁莞爾。又，張伶小姐舉辦古箏獨奏音樂會，陳庭詩給予贊助，並託周夢蝶代爲贈票，周夢蝶則一一敘說贈票對象，又仔細回報當日演奏會上，張伶表演的情形以及諸多友人的反應。周夢蝶直接指出張伶過於緊張，低頭自顧，「不能環顧全場」，非常可惜；只有〈瀟湘水雲〉這支曲子令他比較有印象。而原本承諾要支持的人，在陳庭詩離臺去美後，「都一個個溜之大吉」。信末，周夢蝶寫道：「海報和節目單，我將保管著，等你明年暑假回來時過目；底頁有『感謝旅美畫家陳庭詩……』云云。」[30]從這些書簡中，看到周夢蝶與陳庭詩的深厚交情，而身爲朋友，周夢蝶更是具有誠懇盡責的形象。

因爲陳庭詩不在臺灣，周夢蝶除幫忙寄書籍及物品外，也常需幫忙轉信，以致給徐進夫、應鳳凰、叢子、小鍾等友人的信，也都寄到周夢蝶這邊；有時眾人輪流讀著陳庭詩的信，知曉陳庭詩的近況，周夢蝶會把張伶、叢子等人的事回報給陳庭詩，有時候還

---

29 周夢蝶，《風耳樓墜簡》（臺北：印刻出版公司，2009），頁 144。

30 同上注，頁 179。

互開玩笑，例如張伶以枕套贈陳庭詩，叢子亦織圍巾相贈，陳庭詩回信時充滿戲謔，說張伶是宓妃留枕給曹子建，叢子何不以雙腕代圍巾；兩位女士則戲稱待陳庭詩回臺時，要聯合起來結結實實的修理他；這些嘻笑怒罵之語，周夢蝶都寫進書簡裡。[31]而周夢蝶戲稱那些代收、寄存在他這裡的信件，「一時龍蛇盤空，雲煙滿眼，更期以年月，拙處將成爲耳公手札真蹟陳列所，區區亦將成爲耳公手札真蹟典藏史了。一笑。」[32]這些書信，彷彿「世說新語」，見證了周夢蝶、陳庭詩和這些友人的交情，也記下當時文友的風趣言語。

可注意的是，在書簡中有時也以 C 來代稱陳庭詩。何以見得？因〈致洛冰　之二〉提到「記起前歲耶誕節，C 自丹佛飛函來」，從〈報陳庭詩〉諸則可知在丹佛的就是陳庭詩。而被稱爲 C 的陳庭詩，在周夢蝶筆下則扮演良師益友的角色，爲他修改字句，也提醒他、督促他要振奮精神，勿忘身爲詩人的職責。〈致洛冰　之二〉有云：

> 記起前歲耶誕節，C 自丹佛飛函來，斥責我的頹隳，說：終不成就這麼一點兒聲響也無，就「入滅」了？說他在國外，不管心情和體力怎樣糟，功課怎樣緊，衣食度用怎樣窘。饒是這樣，也從不敢片刻忽略過作為一個「詩人」他必須做的分內的事情云云。當時，我讀了之後直想哭。說真的，這一棒打得實在太響亮、太悲壯了！是可愛可畏可欽可感，令人沸沸然欲有所歸趨、奮發的一棒。慚愧的是：頻年以來，眾苦刺心，百無意興。……[33]

總此而言，周夢蝶與陳庭詩的交誼，是生活上的分享互助，也在創作上互相砥礪，展現文人交往的風情。

（二）藉題詠畫卡及贈詩抒情言志

從詩與書簡，又可發現周夢蝶喜歡與友人書信往來，而且必定用掛號郵寄，因他最怕郵件遺失。而當他 1970 年代在武昌街擺書攤時，更是千叮嚀萬叮嚀友人寄信給他時，一定要加上「七號明星咖啡廳；或由五號達鴻茶莊轉」，因爲當地的「五號」有五、六家之多，「三號」也有三家，[34]這些地址混亂的瑣事，記下了臺北城市發展中的插曲。此外，又多見友人寄賀年卡或是畫卡以表關心，而周夢蝶往往也藉由賀年卡片與畫卡的往來，就上面的圖畫寫出所思所感。更可注意的是，爲了表達對友人溫暖情意的回應，周夢蝶也有許多題贈詩，但這些題贈詩，並非全然應酬之作，往往藉此以抒發情志。以下選取幾首詩作爲例。

31 同上注，頁 185。
32 同上注，頁 184。
33 同上注，頁 97。
34 同上注，頁 149。

〈雪原上的小屋——師玄賀年卡速寫卻寄〉係因師玄寄來賀年卡，因此周夢蝶以詩回贈。[35]從詩題與內容看，這應是就卡片上的雪景而寫，在十二月歲暮之際，雖是亞熱帶的臺灣，耶誕卡、賀年卡常見應景之圖，要不是飄雪的銀色世界，要不就是大紅的中國喜慶風格；這張賀卡屬於前者。周夢蝶寫出了畫面上是咖啡色的天空、白雪覆蓋的大地、三棵有枝無葉的樹、兩戶冒著炊煙的人家，整個畫面是寧靜的，屋頂上的煙囪冒出的「奶油色」的煙增添了溫馨的感覺。詩的末段以三棵樹靜立的影子作結，筆調平和淡漠，呈現寧靜遼遠的意境。

〈鳥道——兼謝翁文嫻寄 Chagall 飛人卡〉係回信給翁文嫻，而且也是就畫卡上的題材而寫。[36]夏卡爾（Chagall，1887-1985）的畫風具有超現實風格，這張「飛人卡」所畫的「背上有翅膀的人」帶給周夢蝶有關飛翔的聯想。他想起他曾問過燕子快樂嗎，而紳士般的燕子微微一笑就飛走了，但牠給周夢蝶的感覺是把他當作「孺子不可教也」，輕蔑的樣子留給周夢蝶遺憾；周夢蝶又曾問蒼鷹快樂嗎，蒼鷹高飛盤旋、不可一世的英姿，以及那銳爪與深目使他感到戰慄。燕子、蒼鷹顯然都有所象徵，雖然都有翅膀可飛，但和周夢蝶嚮往的並不同道，所以周夢蝶最後找到的自適之道是：

> 而今歲月拄著拐杖
> ——不再夢想遼闊了——
> 拄著與拐杖等高
> 翩躚而能隨遇而安的影子
> 正一步一沉吟
> 向足下
> 最眼前的天邊
> 有白鷗悠悠
> 無限好之夕陽
> 之歸處
> 　歸去

這裡揭示的是，雖然不能飛翔，而且還拄著拐杖，但已經能夠隨遇而安，而所遇乃是悠悠白鷗——這被古代詩人稱爲忘機友的最佳同伴。這首詩寫於 1988 年 1 月 28 日，周夢蝶時年 68，已有六十而耳順的心境了。

另一首〈香頌——書雲女弟賀年卡「雪梅爭春」小繪後〉，也是就賀年卡上的圖畫抒發詩想。[37]雪與梅都是歲暮早春的應景之物，也是中式賀年卡常見的題材，但周夢蝶卻從另一個角度寫起，一開頭他就說：「蝴蝶沒有自己的生命：／所有的蝴蝶都是爲／所有的花而活」，乍看之下和「雪梅爭春」的圖畫很不相干，因爲冬天不會有蝴蝶，梅花在寒

35 周夢蝶，《十三朵白菊花》，頁 32-34。
36 周夢蝶，《十三朵白菊花》，頁 130-133。
37 周夢蝶，《約會》，頁 66-68。

冷中開放，似乎從未有畫家把梅花和蝴蝶畫在一起。因此周夢蝶此說，頗耐人尋味。第二段，承接前文，把蝴蝶不會和梅花同臺演出的現象，解釋為「美中之不足，／只無端閒了梅與雪」；接著第三段，翻轉「美中之不足」為「不足中之美」，原來是畫家的巧手，把「溫柔修法的蝴蝶」畫進畫裡，雪、梅和蝴蝶構成了「六瓣的白與五瓣的紅，翩翩／飄起一段側翅而光可鑑人的天空」，於是周夢蝶最後說：

> 不可能的可能
> 造物者乃為物所造
> 不可能的可能。
> 甚至
> 白與藍與紅久已心心相約：
> 我我永不凋謝，而你你
> 你你也永不飛去甚至永不飛來

「永不凋謝」說的是畫上的花，「永不飛去甚至永不飛來」指的是蝴蝶，而不去／不來之說其實是顯示「不著」、「不住」的道理。

題詠畫卡必須兼顧畫面，而題贈詩則有較大發揮的空間。因此周夢蝶題贈給友人的詩就比較可以看到他對自身處境的抒懷。譬如〈不怕冷的冷——答陳媛兼示李文〉和陳、李二人談的就是離鄉三十三年，身在異鄉為異客的孤寂。[38]又，〈吹劍錄十三則〉，據周夢蝶自序云「吹劍者，為無韻也」，係以十三則短詩寫給劉金純、黃小鸝和葉蕙芬。這些短詩闡述內心的孤寂，以及隨意賞風吟月的心情，最後終能自得其樂。[39]以下略選幾則來看其中對孤寂、時間的憂思，以及自我的安頓：

> 只為對抗
> 孤寂
> 這匝天匝地的侵害
>
> 沒有翅膀的山
> 甲冑似的
> 披滿了綠苔
> ——〈之二〉

綠苔是何其微小的植物，但為了對抗這龐大的孤寂，山奮力抵抗，把滿山的綠苔當作盔甲披掛在身上，可見孤寂之巨大，山的抵抗之巨大！又：

> 一夜之間
> 蘆花已老了十歲

38 周夢蝶，《十三朵白菊花》，頁 118-120。

39 周夢蝶，《十三朵白菊花》，頁 188-198。

天西北而地東南
欸！這般憂
這一葉落的興亡
不記從何時起
竟悄悄落在
野人的頭上
——〈之九〉

蘆花老了十歲，應指蘆花翻白，如同野人頭上驟生白髮，而這也代表時序入秋，黃葉凋零，所以才會有「天西北而地東南」、「葉落的興亡」的殷憂。這是對時間流逝、青春消逝乃至萬物凋零的悲嘆，頗有古詩十九首「生年不滿百，常懷千歲憂」的情懷。在這十三首短詩中，除經常浮現孤寂感與對時間的憂慮之外，對生命的欣喜，以及自我的安頓也有肯定與讚揚的態度，顯現周夢蝶並不是絕對的悲觀者，他仍有豐沛強韌的生命力。以最後一首爲例：

「有你的，總有你的！」
這是踏歌歸去，啄餘的
第九十九粒香米

像小麻雀一般的樂觀
而今我是：天不怕地不怕
甚至稻草人也不
——〈之十三〉

「像小麻雀一般的樂觀」正是周夢蝶在孤獨、憂思滿懷之下，掙扎出來的一條生路，但是卻是歡欣雀躍、坦蕩蕩的，相信「總有你的」，也無所畏懼。從旁人眼光看來，周夢蝶歷經時代巨變，孤苦一生，但他本人卻不以爲苦，反而樂在其中，在爲生活奮鬥之餘，更努力的閱讀與寫作。直到步入老年，他在一首題贈詩裡書寫老來的心境——〈花，總得開一次——七十自壽兼酬夏宇阿蘋及林翠華〉，由副題可知本詩旨趣，題目「花，總得開一次」，已有若干自滿、自得與自我調侃的意味，顯示進入「七十而從心所欲不踰矩」的年歲，心情與眼界的開朗。[40]

〈花，總得開一次——七十自壽兼酬夏宇阿蘋及林翠華〉共九段 69 行，一到三段先敘自己爲除夕夜出生，所以一出生就是兩歲，而後歲月悠悠，也就到了七十歲的年紀，當他回顧這番歷程，「甚麼是我」的詰問油然而生。第四段起，敘說小我與眾生「不同姓不同命而同夢」，眾生都是過著如夢一般的人生，而他自己幾度瀕於性命之危又活了過來，他體認到他的生命是「自圓而自缺」的。在第六段有更細緻的回顧與省思：

若路與走與未到同義，

40 周夢蝶，《約會》，頁 137-143。

若我不忍讀的過去
是由一行行仄韻和拗體吟成；
當知：我生之前
已有之後，更有之後
橫亙於之後之後——
蹉跌，毋寧是不可免的！
然則，我將如何端正
端正我的視線；如何
以眼為路路為眼
而將後後與前前照徹？
如果，如果蹉跌是不可免的

路、走、未到都是同義詞，代表人生之路的無止盡，但年屆七十的周夢蝶將仍然努力不懈的走下去。第七、八段更說他對生命始終兢兢業業，人生如夢，終有夢覺的一刻，因此周夢蝶覺得「覺」的功夫很重要，除了「覺」，沒有誰可以當你生命的依怙，請看第八段：

睡終有覺起時
且且，除了覺與覺與覺
更無有誰堪為你的依怙——
世界坐在如來的掌上
如來，勞碌命的如來
淚血滴滴往肚裡流的如來
卻坐在我的掌上

這裡的體悟不只是周夢蝶的自省，也可以視爲是對夏宇、阿蘋及林翠華三位的提醒：世界坐在如來的掌上，如來卻坐在我的掌上，佛性即自性，一切的修持都掌握在「我」的主體上。詩的最後，充滿自勉的意味：

冬已遠，春已回，蟄始驚：
一句「太初有道」在腹中
正等著推敲

因周夢蝶生日在除夕，所以說是冬去春回，過生日不感覺變老，反而正準備迎接春天，頗符合「人生七十才開始」的俗話，而「正等著推敲」的，何止一句、一首詩，應該是一幅又一幅嶄新的創作藍圖。

四、從城市及其邊緣空間體察人生百態

周夢蝶學佛學禪，曾研讀《金剛經》、《指月錄》等佛學經典。他的修行接近禪學，表現的是入世的修行，在行住坐臥之間體現禪意。《金剛經》的偈語：「一切有爲法，如露亦如電。如夢幻泡影，應作如是觀」，點明眾生不可拘泥於世俗色相，能夠了解的現象、

因緣都是短暫、虛幻的，像露、電、夢、幻、泡、影，才能夠徹悟；《指月錄》中，更有許多精彩動人的公案，都是從生活中去點破我執的盲點，也在生活中獲得啟發。因此，在周夢蝶的後期作品中，亦可發現有很多係取材於日常生活的題材，而且從中展現了對生活的隨遇而安，以及對俗世生活的欣賞，捕捉其趣味與興味。

更值得注意的是，因為周夢蝶長年在臺北市武昌街一帶擺書攤，或定期前往會晤文友；加上他曾居住於外雙溪、淡水或新店，從住家來往於西門鬧區，這些空間經驗，都進入他的詩中，尤其他往往在題目或序、跋中註記地點，更凸顯他穿越城市有如行吟詩人的形象。

（一）城市街景、世態人情與自我書寫

如上所述，周夢蝶曾經居住在臺北縣（今改制與改名為新北市）的外雙溪、淡水或新店，這些市鎮都屬於臺北市的衛星都市，和大都會保持某種聯結的關係。而周夢蝶來回於大都會與小市鎮之間，當他行走於臺北的街道，在他所看到的，常有獨特的人文風景。

譬如〈除夜衡陽路雨中候車久不至〉所捕捉到的人生百態，就相當具有機趣。[41]這首詩的時間背景是除夕夜，正是所有人忙著趕路回家去團圓的時刻，周夢蝶在臺北市衡陽路等候公車，也要回去他外雙溪的住所。奈何夜來風雨交加，車班遲遲未到，周夢蝶仔細描寫他從長沙街浴池店出來之後，一路所見的人物與街景，也懷想起一位紅臉漢子「老蕭」；然後是一班班的公車接走了其他等車的路人，周夢蝶的車最後才來。詩中對這些人物的速寫，筆調是熱鬧、充滿溫情的，彷彿所見都是周夢蝶的多年老友——包括昆明街賣糖燒地瓜的老婦人、桂林街賣茶葉蛋的老婦人、在 31 路公車站牌下的婦人和女孩、220 站牌下的兩位孿生兄弟似的老者；但襯托的背景卻是冷清又徐徐有節的雨聲，加上這天是除夕，周夢蝶個人的情思與芸芸眾生的百態，形成了冷筆與熱筆的交奏。試問這些在除夕夜還必須擺攤子，或是到浴池店消費，或是還在街頭等車的人們，不是城市的邊緣族群嗎？為了溫飽，為了一年最後的賺錢機會，為了打理門面（到大眾浴池而不是在自家浴室），為了某些原因盤桓街頭，這些人物與身世，周夢蝶都了然於胸的，所以他才會一一點數，記掛著，且希望他們在等的車子先來。透過周夢蝶的描寫，我們看到了大城市中的小眾生活，但周夢蝶並不因此興起身世之感，他流露的是：

> 說真的！我並不怎樣急著要回去
> 反正回去與不回去都一樣
> 反正人在那裡家就在那裏

41 周夢蝶，《十三朵白菊花》，頁 154-163。

心的主體決定了家的所在，所以縱然是在除夜等車，而且行人小販、其他等車者都已離去，街頭空蕩蕩的，周夢蝶依然從容，對於「等」這件事，他也是一派自得，還說：「我喜歡等。／我已幾幾乎乎忘記／我在等了」到最後，公車終於來了，周夢蝶又說：

凡事好歹總有個盡頭
不曉得等：
這愈飲愈酸的
有沒有盡頭？
夜有沒有？

時間走著駱駝的步子
雨，忽冷忽熱的
又落下來了

雨的意象一直在詩中出現，對於時間的形容還有「時間走著黑貓步子」、「時間走著蝸牛步子」，都是緩慢的、有序的，和雨聲、雨落下的節奏應和。而周夢蝶就是在這樣的氛圍中，回到他的住所去渡過除夕夜。這首詩表現的是即使在「每逢佳節倍思親」的除夕夜，周夢蝶不怨天尤人，也不自傷身世，他走過平日慣走的街道和小攤，對那些人物投以關愛的眼神，又希望其他人在等的車子先來無妨，這裡所展現的，是一種誠懇素直的心，無私、不矯情、不虛偽，也不彎曲轉折，直白明朗地表現對眾生的關愛。

至若〈於桂林街購得大衣一領重五公斤〉，寫人對衣服的情感，更是奇思妙想。[42]這首詩包含兩首，「之一」寫的是風雨中聯想蘇格拉底和他的悍妻的故事，因為風雨交雜，就像悍妻咆哮，由此引申要獨身或兼身的抉擇；這應是當日走在桂林街上的雜感。「之二」寫的就是在舊衣攤上買到一件舊大衣的事，大衣襯底有「吳又闇」三字，推想此即當初之主人，所以周夢蝶有「豈曰無衣，與子同袍」的聯想和莞爾一笑（見其詩末附註）。這件舊大衣帶給周夢蝶一身的溫暖和無上的滿足、喜悅。他在詩中所揭示的體會是因緣俱足，水到渠成，笑淚相忘的境界，試引詩的最末二段：

是何因緣而有此世界，此海島
此市此街此舊衣攤？
風雨來得正是時候
冷，來得正是時候
還有，這一千一百元
扁扁的，含垢已久而
渴欲破壁而去的……

誰說幸福這奇緣可遇不可求
就像此刻——一暖一切暖

42 周夢蝶，《十三朵白菊花》，頁 164-171。

路走在足下如漣漪行於水面——
想著東方走過十萬億佛土
被隔斷的紅塵中
似曾相識而
欲灰未灰的我
笑與淚，乃魚水一般相煦相忘起來

可再討論的是，這首詩題目直接放進桂林街這個街名，桂林街是西門鬧區周邊的一條街，賣舊衣的攤子以及會光顧的客人，都不免是生活收入較低者，也就是城市的邊緣族群，依附在城市的商圈，攤販因此賺得蠅頭小利，客人則以低價取得所需。周夢蝶的筆把這一條街上獨特的人文風景收進了現代詩的場域中。但我們看到周夢蝶不以購買舊衣爲恥，亦不嫌棄舊衣，反而心懷感恩，說這是幸福奇緣，若不是擁有一顆素直的心，怎能安然若是？而穿上這件溫暖的大衣，走在寒風冷雨中，滿心喜悅的他，如同走在東方佛國，與似曾相識、欲灰未灰的自我打個照面，在現實與冥想中，有著互相觀看、一而二，二而一的相融相契，復能相忘於江湖，所以才會在笑與淚中，「乃魚水一般相煦相忘起來」。這笑，是喜悅的笑，這淚，是感恩的淚；而兩者同樣體現了因緣圓滿的滿足。

若跟隨周夢蝶詩中的足跡，還可看到他在臺北市與周邊市鎮間搭車、散步、購物等活動的經驗。譬如〈老婦人與早梅　有序〉，係從外雙溪搭乘公車到臺北市的一段經驗，從車上手抱紅梅的老婦人而發想。[43]其序云：

> 七十一年農曆元旦，予自外雙溪搭早班車來臺北，擬轉赴雲林斗六訪友。 車至至善路，驀見左近隔鄰婦人一老婦人，年約七十六七歲，姿容恬靜，額端刺青作新月樣，手捧紅梅一段，花六七朵，料峭曉氣中，特具姿艷。一時神思飛動，頗多感發。六七年來，常勞夢憶。日前小病，雨窗下，偶得三十三行，造語質直枯淡，小抒當時孤山之喜於萬一而已。

因爲這婦人的恬靜，因爲這梅的初綻，所以周夢蝶接著在詩中把那枝早梅比喻成十七歲的少女容顏，和七十七歲的老婦人相映成趣，老婦與早梅共同傳遞「春色無所不在」的消息，這老與幼、暮年與青春的交融，引發詩人「神思飛動」，也頓悟「春色無所不在」，春色不因老少、強弱、貧富等外在因素而有偏袒，大地無私，只要順時運行，春色到處點染，無所不在。詩的最後指出，這花是開在「地天的心上」，也就是天地之心、自然之道的呈顯，於是現實世界中的早梅，和陶淵明〈桃花源記〉的「落英繽紛」、王維〈辛夷塢〉的「木末芙蓉花，山中發紅萼」相互交融，渾然一體，：

是的！花開在樹上。樹開在
伊的手上。伊的手
伊的手開在

43 周夢蝶，《十三朵白菊花》，頁 150-153。

地天的心上。心呢？
地天的心呢？
淵明夢中的落英與摩詰木末的紅萼
春色無所不在
車遂如天上坐了

可以想見，從至善路到臺北車站的這一路上，周夢蝶神思飛揚，顛簸的公車也因此而宛如人間天堂。

另，〈積雨的日子〉則是寫漫步在牯嶺街的所思所感。[44]早期牯嶺街是有名的舊書店街，周夢蝶或許是爲了蒐購書籍而行走在牯嶺街，或許更是像詩中說的，爲了等候那人的音息。詩的開端就以「涉過牯嶺街拐角」開場，落葉、雨滴交奏，震盪了周夢蝶內心深處的記憶和伊人身影。詩的第三段最觸動人心：

無所事事的日子。偶爾
（記憶中已是久遠劫以前的事了）
涉過積雨的牯嶺街拐角
猛抬頭！有三個整整的秋天那麼大的
一片落葉
打在我的肩上，說：
『我是你的。我帶我的生生世世來
為你遮雨！』

是何等的豪邁與深情，許下了「『我是你的。我帶我的生生世世來／爲你遮雨！』」的諾言！也難怪詩人念念不忘。但是接下來的末段立刻說「雨是遮不住的」，所以「他常常抱怨自己／抱怨自己千不該萬不該／在積雨的日子／涉過牯嶺街拐角」和前文的深情宏願互相對照，可知周夢蝶此刻心情的強烈震盪，眷戀、悔恨的情感交纏，卻又默默隱藏在他漫步於城市街道的孤獨身影下。

由上述諸詩亦可知，無論是衡陽路、昆明街、桂林路或牯嶺街，這些街道名稱的出現，凸顯了「街道書寫」的主題，也代表周夢蝶對於都市詩的獨特貢獻。廖堅均在研究周夢蝶的這類作品時亦指出：「周夢蝶從日復一日、重複經驗的街道的改變開啟想像，並邀請我們隨著詩人的腳步一同體驗他日常操演的所在」、「周夢蝶此時期詩歌中，對公車／街道的日常操演、生活物質及其氣味的書寫，是詩人利用臺北生活中的零碎記憶以形成地方感，進而以此表徵建構詩人的地方精神之所在。」[45]

44　周夢蝶，《十三朵白菊花》，頁 17-19。

45　廖堅均在其論文中首先提到陳大為十分讚賞周夢蝶「對街道投注的情感深度與規模」（可參見陳大為，《亞洲中文現代詩的都市書寫（1980-1999）》，臺北：萬卷樓圖書公司 2001 年出版，頁 66-69），而後則以街道書寫和地方感的形成，以及和此相關的物質性書寫，如街道上飄散的氣味、舊大衣等，展開論述。詳見廖堅均，〈周夢蝶詩歌中的「日常意象」與「地方」建構——以《十三朵白菊花》、《約會》為中心的討論〉，《臺灣詩學學刊》第 21 號，2012 年 11 月，頁 61-96；此處引文見頁 84、87。

進一步而言，周夢蝶蝸居於都市邊緣地帶，卻穿梭於都市街道，他曾在騎樓下擺攤，也曾在咖啡館裡沉思，更常出入舊書店、舊貨鋪子、大眾澡堂等地，他眼中所見的大多是都市裡的平凡小人物，他看到這些小人物的卑微處境，也把他們的生活寫得有滋有味，但他自己的內心卻恆常是孤寂的感覺。他既融入都市的生活空間，又抽離出來觀看其中活動的人們，特別是這一群邊緣、弱勢的人們。從這一點看，周夢蝶頗類似班雅明所謂的「漫遊者」[46]，周夢蝶雖然不是波特萊爾那樣詩人——具有貴族、頹廢、憂鬱氣息，但他總是以慢條斯理的口吻和舉動行事，他彷彿是一個都市中的獨行者，冷眼旁觀，但是心腸頗熱，下筆寫情，因此寫下了冷漠都市中的溫馨人情，以及自己對世間情的牽掛。周夢蝶和「漫遊者」相近但不完全相同，譬如在〈十三朵白菊花〉詩中，[47]他在拜訪的是清淨的寺廟，而不是熱鬧的百貨公司；[48]購買的是佛珠，而不是時尚物品；他凝視的是一束被棄置的白菊花，而不是五光十色的玻璃櫥窗；他看見的不是物質的慾望反射，而是內心對死亡的思考以及冷暖自知的孤寒心境。這種奇特的心境，構成周夢蝶身在鬧市而又具有飄逸出塵的形象。〈十三朵白菊花〉附有小序：

> 六十六年九月十三日。余自善導寺購菩提子唸珠歸。見書攤右側藤椅上，有白菊花一大把：清氣撲人，香光射眼，不識為誰所遺。遽攜往小閣樓上，以瓶水貯之；越三日乃謝。六十七年一月廿三日追記。

序中的善導寺，位在市區，而且是很靠近火車站的位置。菩提子唸珠是為了唸經修行之用，換言之，為了祈福、積功德之用，而白菊花顯然是和喪禮有關，善導寺這樣的佛寺亦應有供奉牌位、辦理法會的業務，菩提唸珠和白菊花已然是生之祝禱與死之悼念的對比。而周夢蝶靜也不忌諱，反而因為菊花的清香鮮麗而遽然帶回家中供著；這樣的購物、拾物經驗甚為奇特。然而周夢蝶在詩中體現的是針對這十三朵白菊花而寫，十三的數字使之震慄，菊花的白也使他霎時墜入荒煙蔓草、白楊荒墳的氣氛中，他想像眼前這書攤的書架宛如石碑荒塚，而不知誰為他繫上白菊花，花上猶有清淚幾滴，但他的墓碑斑駁

---

46 班雅明認為「漫遊者」(flaneur，或譯為「遊手好閒者」)一邊在城市漫步、觀看，一邊思考，具有悠閒的步調，甚至把城市當作是居家，在其中生活著，他們用別樣的眼光觀察城市，既沉醉在虛幻與想像，但「漫遊者」是孤獨的，他顯現一種抵抗世俗的態度；班雅明曾以波特萊爾為例說明「由於波特萊爾的緣故，巴黎第一次成為抒情詩的題材。他的詩不如地方民謠；與其說是這位寓言詩人凝視著巴黎，不如說他凝視著異化的人。這是遊手好閒者的凝視，他的生活方式依然為大城市的人們與日俱增的貧窮灑上一抹撫慰的光彩。遊手好閒者仍站在大城市的邊緣，猶如站在資產階級隊伍的邊緣一樣，但是兩者都還沒有壓倒他。他在兩者中間都感到不自在。他在人群中尋找自己的避難所。」參考班雅明著、張旭東、王斑譯，《發達資本主義時代的抒情詩人：論波特萊爾》(臺北：臉譜，2002)，頁 276。

47 周夢蝶，《十三朵白菊花》，頁 48-51。

48 在「漫遊者」的概念中，拱廊街、百貨公司提供庇護，也令人興起探險的慾望。這類迷宮似的空間，富有虛幻的性質，其中陳設的物品，引人駐足欣賞，瀏覽忘返，也引導、反射出人們的慾望。同上，頁 121-123。

殘破，他因此恍惚、迷離，懷疑：「是否我的遺骸已消散爲／塚中的沙石？而游魂／自數萬里外，如風之馳電之閃／飄然而來——低回且尋思：／花爲誰設？這心香／欲晞未晞的宿淚／是掬自何方，默默不欲人知的遠客？」而後，他感謝這位不知名者爲他留下這把菊花，彷彿爲他的荒墳獻上一束心香。在詩的最後兩段，周夢蝶把這份對死亡的感觸，轉爲感謝大化有情，感謝菊花爲逝者照亮眼前，而他思及此，也不禁含淚而笑：

感愛大化有情
感愛水土之母與風日之父
感愛你！當草凍霜枯之際
不為多人也不為一人開
菊花啊！複瓣，多重，而永不睡眠的
秋之眼：在逝者的心上照著，一叢叢
寒冷的小火焰。……

淵明詩中無蝶字；
而我乃獨自與菊花有緣？
淒迷搖曳中。驀然，我驚見自己：
飲亦醉不飲亦醉的自己
沒有重量不佔面積的自己
猛笑著。在欲晞未晞，垂垂的淚香裡

這首詩當然有自輓的意味，從末段可看出其意。可感的是，他仍然將目光放諸有情世界，感謝天地、留花者與那束菊花。對死亡議題的思考，也是周夢蝶詩中常見的主題，但似此經驗與詩思，已近乎城市中的一則傳奇，卻又是周夢蝶日常生活中的一則日記，可見周夢蝶在日常生活裡也是不斷的內省，而且直接觸動對生與死的思索。

（二）公寓、巷弄裡的日常生活圖像

周夢蝶曾經居住的外雙溪、淡水和目前居住的新店，都是臺北郊區，有城市的便利，但較少大都會的擁擠、嘈雜與緊張步調。而周夢蝶住在淡水外竿時，最喜歡到周圍的田野散步，除欣賞田園風光，他還爲每天必到的一處舊橋墩寫了〈約會〉一詩。[49]不過，幾首和公寓、巷弄有關的作品也相當有意思，譬如〈九宮鳥的早晨〉就是從尋常公寓人家的生活，捕捉了生活的律動，在晨光鳥鳴之中展現了盎然的生活意趣。[50]詩從「九宮鳥一叫／早晨，就一下子跳出來了」開始，[51]依序描寫一棟公寓的四樓陽臺上，鴿子來回飛飛停停，互相推擠著，剝啄陽臺上的植物萬年青、鐵線蓮，然後又有一隻小蝴蝶適

49 劉永毅，《周夢蝶：詩壇苦行僧》，頁 119。
50 周夢蝶，《十三朵白菊花》，頁 96-99。
51 周夢蝶所稱的九宮鳥，應是一般所俗稱的九官鳥，英文名 Hill Myna 學名 Gracula religiosa，可以學人說話。

丁香花款款而飛。隨後，又是一聲九宮鳥的叫聲，進入鏡頭的是一個十五六歲的小姑娘，因爲她輕巧若蝶，所以周夢蝶用前一段的小蝴蝶來鋪墊。小姑娘提壺澆花，然後梳頭；這清新俏麗的身影使得周夢蝶有一些聯想：「把一泓秋水似的／不識愁的秀髮／梳了又洗，洗了又梳／且毫無忌憚的／把雪頸皓腕與蔥指／裸給少年的早晨看」，完全從少女的清新形象去發想，秀髮、雪頸、皓腕與蔥指，無一不是清新可人，和早晨的氣息十分搭調；而少女在陽臺上澆花、梳頭，一派天真自然，毫不忸怩作態，就像晨光中的一幅動畫，所以說是「裸給少年的晨光看」。接著，上場的是：

在離女孩右肩不遠的
那邊。雞冠花與日日春的掩映下
空著的藤椅上
一隻小花貓正匆忙
而興會淋漓的
在洗臉

這隻小花貓的神情也是安然自得的，而「洗臉」的動作，也就像人們一早起來刷牙洗臉，換衣服上學上班，揭開了一天的序幕。所以，詩在這裡接續的是這樣的兩段而結束：

於是，世界就全在這裡了

世界就全在這裡了
如此婉轉，如此嘹喨與真切
當每天一大早
九宮鳥一叫

上引第一行即是單獨一行一段，突顯「世界就全在這裡了」的意義，因爲公寓雖然是平民百姓的家居，但是晨光乍現，九宮鳥一叫，一切按部就班，井然有序，生機盎然。九宮鳥婉轉、嘹喨與真切的叫聲提示了這部動畫的真實性，而鴿子、蝴蝶、小貓，萬年青、鐵線蓮、雞冠花、日日春，無一不是平常又日常的意象，任何的公寓大樓陽臺，大街小巷，都可輕易看到；加上少女的清純形象，周夢蝶看到了一個無邪、質樸、活絡的世界，充滿生之喜悅，宛若人間天堂。

另一首〈牽牛花〉也有異曲同工之妙，[52]詩中描寫牽牛花次第盛開：「一路熙熙攘攘牽挽著漫過去／由巷子的這一頭到那一頭」，接著又形容牽牛花在朝陽金光中綻放，像一首即興曲，有華格納風格，「一個男高音推舉著另一個／另一個又推舉著另一個／轟轟然，疊羅漢似的／一路高上去……」詩人爲此發出驚嘆：「好一團波濤洶湧大合唱的紫色！」這一行係單獨一段一行，突顯這樣的驚喜。最後，詩人以一種禪宗公案式的對話

52 周夢蝶，《十三朵白菊花》，頁 82-83。

收尾：

> 我問阿雄：曾聽取這如雷之靜寂否？
> 他答非所問的說：牽牛花自己不會笑
> 是大地——這自然之母在笑啊！

「如雷之靜寂」是矛盾語，但又切合牽牛花盛開怒放時的形態。後兩句的意思是，如果盛開的花朵是粧點大地的笑容，那麼牽牛花的盛開，便是自然之道的呈顯。佛家講破除色相、破除我執，若欲追究牽牛花爲何盛開、爲誰盛開、何時而開，便是一種執著，周夢蝶在這裡要說的是，唯有像阿雄這樣，破除一切，直指道心，才是體悟了自然之道。這首詩把社區巷弄裡的牽牛花寫得活潑生動，也從中點出禪機。

如果說周夢蝶描寫田園風光代表他歌頌自然，在自然中體悟哲思，那麼這類有關公寓、巷弄的書寫，則代表他對於空間意象的捕捉，而且把人、事、物和哲思聯結在一起，其中也許欠缺炊煙裊裊的鄉村景象，卻有花開、鳥鳴、少女、男孩等生動的人物印象，呈現活潑熱鬧、生氣蓬勃的人間圖畫。

五、結語

周夢蝶出版《十三朵白菊花》與《約會》詩集時，筆者曾撰寫書評一篇，文中即指出周夢蝶在這本詩集中，無不以有情的目光去關注世人，透過他的詩筆，使我們深深感受到市井生活中，一種安然自適卻又歷經風霜的生命情調。[53]這種書寫風格的確和他早期的禪境作風不同。而經由上文的爬梳，我們更可感到周夢蝶對這人世間的冷眼熱心，也就是以冷靜旁觀的眼光看世俗的一切，但內心卻經常湧起熱情；對女性友人，他尤其具備熱切的關懷，爲女性的命運困境打抱不平；對與他往來的文友、讀者，熟識者如陳庭詩，既是生活上的親近朋友，可以互相打趣開玩笑，也可以邀約賞花、分享喜事，陳庭詩出國，周夢蝶便成爲他託付瑣事的可信賴的朋友。而在創作上，周夢蝶欣賞陳庭詩的雕塑藝術，也讚賞他的寫詩才華，從這點看，周夢蝶與人相處是抱持著謙虛的態度；而陳庭詩在他心中也是一位諍友，不時提點他。陳庭詩可謂「友直、友諒、友多聞」。周夢蝶與其他文友的往來，因爲周夢蝶本身生活簡樸，所以少見記錄宴飲、遊樂場合，反而多是以賀卡相贈，或是題詩爲贈。而這些題詠、題贈詩，大多是抒情言志之作，表達周夢蝶的自我觀或是創作觀念。

《十三朵白菊花》與《約會》兩詩集中，對於空間意象的塑造十分突出。這緣於周夢蝶居住在臺北市邊緣的小城鎮，又因擺書攤或是與友人會晤而經常在城市的街道穿梭，

---

53 洪淑苓，〈禪意與深情——周夢蝶《十三朵白菊花》評介〉，收入洪淑苓，《現代詩新版圖》（臺北：秀威資訊科技，2004），頁 61-63。

有如一個城市的行吟者。如果從前周夢蝶擺書攤被喻爲一則文學風景，那麼那些有關衡陽路、桂林街、牯嶺街、善導寺以及其中的人與物的書寫，卻使得周夢蝶的身影也跟著在其中流動，彷彿是一位城市漫遊者。而這位漫遊者，寫下了城市裡的邊緣族群，庶民百姓的生活百態。再者，對於自己居住的小城鎮，周夢蝶除了流連於田園自然，事實上也在小巷弄間穿梭，爲我們捕捉了晨光中的公寓生活，以及陽臺、巷道、圍籬上的盛開的花景，而這一切都充滿了生機，有如運轉自如的宇宙，隨興而自然，人與萬物均安。在大城市與小城鎮間生活，周夢蝶有動有靜，有行有止，形成他自己的風格與步調。

引用書目

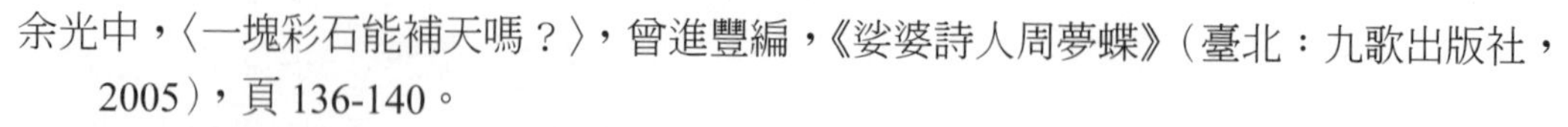

余光中，〈一塊彩石能補天嗎？〉，曾進豐編，《娑婆詩人周夢蝶》（臺北：九歌出版社，2005），頁136-140。

周夢蝶，《孤獨國》（臺北：文星書店，1959）。

———，《還魂草》（臺北：文星書店，1965）。

———，《十三朵白菊花》（臺北：洪範書店，2002）。

———，《約會》（臺北：九歌出版社，2002）。

———，《不負如來不負卿——《石頭記》百二十回初探》（臺北：九歌出版社，2005）。

———，《風耳樓墜簡》（臺北：印刻出版公司，2009年）。

洪淑苓，〈橄欖色的孤獨——論周夢蝶孤獨國〉，陳義芝主編，《臺灣文學經典研討會論文集》（臺北：聯經出版公司，1999），頁184-196。

———，〈禪意與深情——周夢蝶《十三朵白菊花》評介〉，洪淑苓，《現代詩新版圖》（臺北：秀威資訊科技，2004年），頁61-63。

陳庭詩現代藝術基金會網站，網址http://www.ctsf.org.tw/。

陳義芝主編，《臺灣文學經典研討會論文集》（臺北：聯經出版公司，1999）。

智邦藝術基金會網站，網址：http://old.arttime.com.tw/artist/chen_ts/commentary.htm#c4/。

曾進豐編，《娑婆詩人周夢蝶》（臺北：九歌出版社，2005）。

———編選，《周夢蝶》（臺南：國立臺灣文學館，2012），臺灣當代作家研究資料彙編18。

廖堅均，〈周夢蝶詩歌中的「日常意象」與「地方」建構——以《十三朵白菊花》、《約會》為中心的討論〉，《臺灣詩學學刊》第21號（2012年11月），頁61-96。

劉永毅，〈周夢蝶生平大事年表〉，《周夢蝶：詩壇苦行僧》（臺北：時報出版公司，1998）。

文學：宗教義理、生死

楊惠南／徘徊於此岸與彼岸的詩人——周夢蝶月份詩略探

蕭水順／道家美學：周夢蝶《有一種鳥或人》透露的訊息

曾進豐／直視擁抱與從容超越——論周夢蝶詩的死亡觀照

楊惠南

臺中清水人，1943 年生。國立臺灣大學哲學系退休教授。曾任現代佛教學會理事長，並於東海大學、文化大學、東吳大學、華梵大學、中華佛學研究所及法光佛教文化研究所兼任。曾開設佛教研究方法、禪宗哲理、天臺宗哲學、三論宗哲學、印度哲學和臺灣佛教等課程。出版過臺灣同志佛教徒教團以及佛教經典的研究論文，也出版過深層生態學（deep ecology）的相關研究論文和介紹性書籍。書名《愛與信仰——臺灣同志佛教徒之平權運動與深層生態學》（臺北：商周，2005）。退休後，以筆名楊風，出版過多本現代詩集以及同志小說集。

蕭水順

筆名蕭蕭，臺灣彰化人，1947 年生。輔仁大學中文系畢業，國立臺灣師範大學國文研究所碩士。曾任中學教職三十二年，現為明道管理學院中文系教授。曾獲《創世紀》創刊二十週年詩評論獎，第一屆青年文學獎，新聞局金鼎獎（著作獎）、五四獎（編輯獎）、新詩協會詩教獎等。

蕭蕭的詩，有關懷臺灣風土人情之作，也有以簡潔而凝鍊的意象化入空白之境的作品。蕭蕭的散文，以尊重生命作為主軸，常以「人」為中心點探討人與土地的關係，人與自然的和諧與對立。蕭蕭的評論，則以建構臺灣詩學、臺灣新詩美學，作為終身職志。著有《凝神》、《父王扁擔來時路》、《現代詩學》、《臺灣新詩美學》等五十餘種，另編有《臺灣現代文選・散文卷》等三十多種書籍。

曾進豐

國立臺灣師範大學文學博士，曾任教國立中正大學、國立屏東教育大學，現任國立高雄師範大學國文系副教授。專長現代詩、樂府詩、臺灣文學。撰著《聽取如雷之靜寂：想見詩人周夢蝶》、《經驗與超驗的詩性言說：岩上論》、《晚唐風騷：以社會詩及風人體為例》，編選《娑婆詩人周夢蝶》、《周夢蝶集》、《商禽集》、《臺灣文學讀本》、《臺灣古典詩詞讀本》、《周夢蝶詩文集》、《剎那》等，並發表詩學領域相關論文二十多篇。

徘徊於此岸與彼岸的詩人——周夢蝶月份詩略探

楊惠南（楊風）*

一、引言

周夢蝶詩集《還魂草》當中，收有十三首月份詩。[1]這十三首月份詩，被貫以總標題「紅與黑」，並引有英國文學家哈岱（Thomas Hardy，1840-1928）的一句話：「人生如鐘擺，在追尋與幻滅之間展轉、徘徊。」月份，和紅與黑的顏色有什麼關係？又和哈岱所說的追尋與幻滅有什麼關係？周夢蝶把這十三首月份詩貫上「紅與黑」，並引了哈岱的句子，難道只是偶然？答案都是否定的。也就是說，「紅與黑」的總標題，以及哈岱的句子，都是周夢蝶的刻意安排。

這十三首月份詩，〈十月〉有羅青的評論。[2]除了四首和六月有關的月份詩之外，其他各首也有余境熹的研究。[3]但兩位作者都沒有注意到「紅與黑」的總標題，也沒有注意到哈岱的句子。周夢蝶的詩作向來被歸類爲難以理解的晦澀詩，但是只要解析清楚「紅與黑」這個總標題的意思，以及哈岱的句子，相信就能解開這十三首月份詩的意涵。

《紅與黑》（*Le Rouge et le Noir*），法國寫實主義小說家斯湯達（Stendhal，1783-1842）的著名小說。作者用了紅與黑兩個顏色，來象徵人生兩個完全不同的境遇。[4]小說中的主角于連．索海爾（Julien Sorel）出身貧窮，卻一路追尋權勢。最後雖然成功了，但終究

---

* 臺灣大學哲學系退休教授。

1 即〈一月〉、〈二月〉、〈四月〉、〈五月〉、〈七月〉、〈十月〉、〈十二月〉、〈十三月〉、〈閏月〉、〈六月〉（三首）、〈六月之外〉。見：周夢蝶，《還魂草》（臺北：領導出版社，1981，再版），頁 26-53。

2 羅青，〈周夢蝶的〈十月〉〉，收錄於曾進豐編，《娑婆詩人周夢蝶》（臺北：九歌出版社，2005），頁 106-111。

3 余境熹，〈水火融合與魔法師之路——周夢蝶八首「月份詩」的「解／重構」閱讀〉，收錄於黎活仁、蕭蕭、羅文玲編，《雪中取火且鑄火為雪：周夢蝶新詩論評集》（臺北：萬卷樓，2010），頁 369-414。

4 在這部小說中，紅與黑所象徵的意義，有一說法是：它們分別代表「軍隊」與「教會」，是有野心的法國青年發展的兩個管道。（詳：http://zh.wikipedia.org/wiki/%E7%B4%85%E8%88%87%E9%BB%91）

還是因爲殺人而走向斷頭臺。像這樣，從貧窮開始追尋權勢，最後卻落得走上斷頭臺的幻滅地步，正是紅與黑的矛盾對立，也是哈岱所說追尋與幻滅的兩個極端。筆者無法確認，周夢蝶之所以將這十三首月份詩貫上「紅與黑」的總標題，是受了斯湯達小說《紅與黑》的影響，但紅與黑象徵人生的兩個極端，如哈岱所說「追尋」與「幻滅」的展轉、徘徊，看來是相當明顯的。底下，筆者將順著紅與黑，亦即追尋與幻滅，來詮釋周夢蝶這十三首月份詩。

二、月份詩的幾個例子

讓我們先來讀讀〈五月〉：

> 在什麼都瘦了的五月
> 收割後的田野，落日之外
> 一口木鐘，鏘然孤鳴
> 驚起一群寂寥，白羽白爪
> 繞尖塔而飛：一番禮讚，一番酬答……
>
> 這是蛇與蘋果最猖獗的季節
> 太陽夜夜自黑海泛起
> 伊壁鳩魯痛飲苦艾酒
> 在純理性批判的枕下
> 埋着一瓣茶花。
>
> 瞳仁們都決定只瞭望着自己
> 不敢再說誰底心有七竅了！
> 菖蒲綠時，有哭聲流徹日夜——
> 為什麼要向那執龜売的龜裂的手問卜？
> 煙水深處，今夜滄浪誰是醒者？
>
> 而絢縵如蛇杖的呼喚在高處
> 與鐘鳴應和着——那是一顆星
> 那是摩西挂在天上的眼睛
> 多少滴血的脚呻吟着睡去了
> 大地泫然，烏鴉一夜頭白！

五月，是個因爲收割，田野空蕩蕩，以致「什麼都瘦了」，讓人感到像木鐘一樣「孤鳴」、像白羽白爪一樣「寂寥」的月份。由於「什麼都瘦了」，一切孤鳴、寂寥，因此，這也是一個誘惑與享樂主義盛行的月份。五月，是一個誘使人去不斷「追尋」的月份。在這裡（第二段），周夢蝶用了《聖經》裡亞當、夏娃受到蛇（代表罪惡）的誘惑，而偷嚐禁果的典故：「這是蛇與蘋果最猖獗的季節」。也用到了古希臘哲學家，享樂主義

（hedonism）的倡導者——伊壁鳩魯（Epicurus，約 342-271B.C.），以及德國哲學家康德（Immanuel Kant，1724-1804）的巨著《純粹理性批判》（*Kritik der reinen Vernunft*），甚至用到了苦艾酒。[5]所幸這些典故的引用，並沒有深不可測的用意，僅依字面的了解，也可以理解詩作的意義。

在蛇和享樂主義的誘惑之下，人們的眼光——「瞳仁們」，變得淺短——「只瞭望着自己」，心靈也欠缺智慧——「不敢再說……心有七竅」。這種情形之下，求神問卜有什麼作用？「滄浪」的「煙水深處」，「誰是醒者」，能夠不受到誘惑？答案或恐是否定的！

然而，不必洩氣。像「蛇杖」一樣「絢縵」的「呼喚」，正在高處。那是引領我們走出誘惑（走出埃及）的先知「摩西」的「眼睛」。在這裡，周夢蝶用了《聖經・出埃及記》[6]裡的典故：摩西受耶和華之命，率領被奴役的希伯來人逃離古埃及，前往一塊富饒的應許之地——迦南（Canaan，巴勒斯坦的古地名，今約旦河與死海的西岸一帶）。其中，「蛇杖」指摩西的手杖，被耶和華變成蛇，又變回手杖，以幫助摩西獲得眾人的信任。[7]摩西終於帶領我們走出誘惑，四處受歧視、受迫害的生活終於過去了，一切都起了大變化了——「大地泫然，烏鴉一夜頭白」。

無疑的，這是詩寫哈岱所謂「追尋」的詩作。其中雖有所挫折，卻沒有哈岱所說的「幻滅」。因此，哈岱所謂「在追尋與幻滅之間展轉、徘徊」，不必一定在一首詩裡，既出現追尋又出現幻滅的詩寫。追尋與幻滅的同時具足，要從整體的十三首月份詩來觀察。

像〈五月〉這樣，只詩寫追尋，不詩寫幻滅的月份詩很多，例如〈一月〉、〈二月〉、〈五月〉、〈七月〉、〈十二月〉、〈十三月〉、〈閏月〉，都屬於只詩寫追尋，不詩寫幻滅的例子。讓我們再以〈十三月〉爲例：

天不轉路轉。該歇脚了是不？

---

5 苦艾酒（Absinthe），18 世紀後期興起於瑞士的一種烈酒。19 世紀末到 20 世紀初，它成爲法國大受歡迎的酒精飲料，尤其是在巴黎的藝術家和作家之間。由於它和波希米亞文化之間的因緣，苦艾酒受到社會保守主義者的反對。苦艾酒也經常被描繪成一個危險的、容易上癮的精神藥物。苦艾酒中含有的微量化合物側柏酮（thujone），被指出含有毒素。1915 年後，在美國和歐洲大部分國家，包括法國、荷蘭、比利時、瑞士等國，都取締苦艾酒。20 世紀 90 年代，歐盟食品和飲料相關法律取消了針對苦艾酒生產和銷售的長期限制，苦艾酒又開始盛行。海明威（Ernest Hemingway）、波特萊爾（Charles Pierre Baudelaire）、梵谷（Vincent van Gogh）、王爾德（Oscar Wilde）等人，都是知名的苦艾酒愛用者。（詳：http://zh.wikipedia.org/wiki/%E8%8B%A6%E8%89%BE%E9%85%92）而在這裡，「伊壁鳩魯痛飲苦艾酒」一句，只是要突顯享樂主義而已。

6 《聖經・出埃及記》4 章，香港聖經公會，《聖經》（九龍：香港聖經公會，1992），舊約，頁 72-74。

7 摩西回答說：「他們必不信我，也不聽我的話。必說：『耶和華並沒有向你顯現。』」耶和華對摩西說：「你手裡是甚麼？」他說：「是杖。」耶和華說：「丟在地上。」他一丟下去，就變作蛇，摩西便跑開。耶和華對摩西說：「伸出手來，拿住他的尾巴，他必在你手中仍變為杖。如此好叫他們信耶和華，他們祖宗的神……是向你顯現了。」《聖經・出埃及記》4:1-5，香港聖經公會，《聖經》（九龍：香港聖經公會，1992），舊約，頁 72。

偃臥於這條虛綿最後的一個虛點。鏘鏘
我以記憶敲響
推我到這兒來的那命運底銅鐶。

每一節抖擻着的神經鬆解了
夜以柔而涼的靜寂孵我
我吸吮着黑色：這濃甜如乳的祭酒
我已歸來。我仍須出發！

悲哀在前路，正向我招手含笑
任一步一個悲哀鑄成我底前路
我仍須出發！

灼熱在我已涸的脈管裏蠕動
雪層下，一個意念掙扎着
欲破土而出，矍然！

一年只有十二個月，因此，十三月所要傳達的是一年的極致終點。過了這個終點，新的一年和新的生活就從新開始。就像禪師以「臘月三十」，來表達修行的最終目的或臨終死亡的日子一樣。[8]〈十三月〉這首詩，作者所要傳達的也是新的一年、新的生活、新的追尋的開始。第一段有四行，但總歸一句：一年已到了極致，終點到了！第二段也是四行，寫的仍然是：一切都完成了，可以輕鬆一下了。雖然一年還沒完全過完，就像黑夜尚未過去一樣。在這暗夜當中，我雖然吸吮著黑色（夜的黑暗），但它的味道「濃甜如乳」。雖然一切歸於終點了，但新的一年、新的生活、新的追尋馬上就要開始，「我仍須出發！」

馬上要來的新的一年，儘管「悲哀在前路」，儘管「一步一個悲哀」，但「我仍須出發！」（第三段）終於，熬過了最後的第十三個月，春天到了！我不再感到冰冷，相反地，我感到「灼熱在我已涸的脈管裏蠕動」，所追尋的目的終於「破土而出了」！

既詩寫追尋又詩寫幻滅的例子，如〈四月〉：

沒有比脫軌底美麗更懾人的了！

說命運是色盲，辨不清方向底紅綠
誰是智者？能以袈裟封火山底岩漿

---

8 「年已六十，從官又做了，更待如何？若不早著忙，臘月三十日，如何打疊得辦？」（南宋．普覺禪師，《大慧普覺禪師書．卷 47》，大藏經刊行會，《大正新修大藏經》（臺北：新文豐，1995），卷 47，頁 930a。）

總有一些靦覥的音符群給踩扁
——總有一些怪劇發生；在這兒
在露珠們咄咄的眼裡。

而這兒的榆樹也真夠多
還有，樹底下狼藉的隔夜果皮
多少盟誓給盟誓蝕光了
四月說：他從不收聽臍帶們底嘶喊……

四月是個春夏交替的月份，周夢蝶因此用它來詩寫「懾人的」、「脫軌底美麗」的追尋，而這種追尋終歸要幻滅。相對於前述〈五月〉的詩寫（基督教的）聖情，〈四月〉則詩寫凡世的愛情「脫軌」的追尋。

脫軌的愛情太「美麗」，太「懾人」了；但「色盲」的「命運」卻「辨不清方向」，以致無法像穿著「袈裟」的「智者」那樣，用智慧「封」住像「火山的岩漿」那樣澎湃、激烈的脫軌愛情。（第二段）由於無法像智者那樣，封住脫軌的烈焰，以致於總有些「靦覥的音符群給踩扁」，總有些「怪劇發生」。這些脫軌後的亂象，使得「榆樹」下的「隔夜底果皮」到處都是。（象徵誓言太多太濫，也可以象徵脫軌的對象太多太濫。）以致於脫軌後，對新戀情的承諾——「誓言」，都被承諾（誓言）給「蝕光了」。於是，看膩了脫軌愛情的四月說：不要聽信誓言了！（在這裡，「臍帶們的嘶喊」，象徵把新戀情綁在一起的誓言。）

〈十月〉則是只寫幻滅，不寫追尋的月份詩；因爲十月是個一切都完成了（想來那是因爲十月是個秋收的月份），也都「死亡」了的月份。詩作的第一句，就說明了這點：「就像死亡那樣肯定而真實」。第一段詩寫對亡者的思念——「相思」。第二段詩寫一切的美夢都被「盜夢」的「神竊」偷走了。第三段進一步舖陳死亡，強調「所有美好的都已美好過了」，「甚至夜夜來弔唁的蝴蝶也冷了」。而最後一段則安慰讀者（也許應該說是安慰周夢蝶自己吧！）：當一切美好的事物都失去、死亡之後，「至少你還有虛空留存」，「至少你已懂得什麼是什麼了」。這世間，固然沒有一種笑是永恆的——「鐵打的」，同樣的，悲傷的「眼淚」也不是永恆的。

三、特論四首六月詩

在十三首月份詩當中，四首六月詩是最值得注意的。一者、因爲在所有月份詩當中，只有以「六月」爲名的這四首詩，爲數最多；可見在一年當中，周夢蝶特別重視六月。

二者、六月是一年當中的正中間，如果紅與黑，乃至追尋與幻滅是對立的兩組概念，那麼，要表達這兩組概念，處在一年中間的六月，正是最好的月份。換句話說，六月不但是一年的中間，也是紅與黑兩種顏色的中間，乃至也是追尋與幻滅的中間。想要表達來回展轉、徘徊在紅與黑乃至追尋與幻滅之間的無奈和悲哀，六月無疑是最好的月份。想必這是周夢蝶特別重視六月，因而寫了四首六月詩的原因。

六月的第一首月份詩又題「雙燈」，它是這樣的：

再回頭時已化為飛灰了
便如來底神咒也喚不醒的

那雙燈。自你初識寒冷之日起
多少個暗夜，當你荒野獨行
皎然而又寂然
天眼一般垂照在你肩上左右的

那雙燈。啊，你將永難再見
除非你能自你眼中
自愈陷愈深的昨日的你中
脫蛹而出。第二度的
一隻不為睡眠所困的蝴蝶……

在無月無星的懸崖下
一隻芒鞋負創而臥，且思惟
若一息便是百年，剎那即永劫……

這首〈六月〉有兩個附註；第一個附註是：

「……爾時阿難，因乞食次，經歷婬室。摩登伽女以大幻術，攝入婬席，將毀戒體。如來知彼幻術所加，頂放寶光，光中出生千葉寶蓮，有佛趺坐宣說神咒。幻術消滅。阿難及女，來歸佛所，頂禮悲泣。」見楞嚴經。

而第二個附註則是：

莎翁論情愛：「這裏沒有仇雠。只是天氣寒冷一點，風劇烈一點。」見「暴風雨」。

第二個附註引用莎士比亞戲劇《暴風雨》中的句子，把愛情說成「天氣寒次一點」。因此這首六月詩第二段第一行中的「寒冷」，我們必須把它了解成愛情。「初識寒冷之日」，即是剛剛知道什麼是愛情時。

周夢蝶善於經營矛盾的語句和意象，「誰能於雪中取火，且鑄火為雪？」[9]是這類矛盾詩中，傳唱最廣最遠的句子。而現在這首〈六月〉，在一年當中最酷熱的六月，來談「寒冷」，也是一種矛盾情境的用心經營。

這首六月詩，用了佛門《楞嚴經》的一個典故；那即是第一個附註所說：釋迦十大弟子之一的阿難尊者，一日黃昏，照例托鉢乞食（這是印度出家僧人的習俗）。經過妓女戶時，受妓女摩登伽女的誘惑，幾乎破了戒體。緊要關頭，釋迦用〈楞嚴咒〉，把這對「初識寒冷（愛情）」的戀人，搶救出來。兩人之間所產生的電光石火，是一段不受祝福的戀情。因此，這首六月詩所要傳達的是：不受祝福的戀情雖然甜美，但終究要歸於幻滅。不過，周夢蝶畢竟是位多情的詩人，他在最後這樣說：那雙「負創而臥」的「芒鞋」（比喻阿難），甜蜜地「思惟」著：雖然不能和摩登伽女長相廝守，但即使只是一「剎那」的相處，也是「永劫」！

至於這首詩的附標題：「又題：雙燈」，乃至出現在詩裡兩次的「雙燈」，那不過是這對戀人的象徵罷了。

其次，第二首〈六月〉是這樣的：

枕着不是自己的自己聽
聽隱約在自己之外
而又分明在自己之內的
那六月的潮聲

從不曾冷過的冷處冷起
千年的河床，瑟縮着
從臃腫的呵欠裏走出來
把一朶苦笑如雪淚
撒在又瘦又黑的一株玫瑰刺上

霜降第一夜。葡萄與葡萄藤
在相逢而不相識的星光下做夢
夢見麥子在石田裏開花了
夢見枯樹們團團歌舞着，圍着火
夢見天國像一口小蔴袋
而耶穌，並非最後一個肯為他人補鞋的人

在這裡，我們再次看到，周夢蝶善於經營矛盾詩句和矛盾情境。在最酷熱的六月天，

9 周夢蝶，〈菩提樹下〉，《還魂草》，頁58。

竟然可以矛盾地，「從不曾冷過的（六月不就是「不曾冷過的」嗎？）的冷處冷起」！這不只是詩句的矛盾，也是情境的矛盾。而「不是自己的自己」，乃至「隱約在自己之外／而又分明在自己之內的」，不也是矛盾的詩句嗎？

這首六月詩，描寫自己內心所追尋的渴望——「六月的潮聲」，在亙古的、六月的「千年河床」中，「冷」了、「瑟縮着」。這千年渴望，終於醒了過來，它「從臃腫的哈欠裏走出來」，並把像「雪淚」一般的「苦笑」，「撒在又瘦又黑的一株玫瑰刺上」。這意味著千年渴望的追尋，是多麼的辛苦，多麼的辛酸。然而，就在「霜降的第一夜」，有了轉機。葡萄和它的藤蔓，在互不相識的滿天星光下做了一個夢，夢見石田竟然開花了，夢見「天國像一口小蔴袋」（意義如下段），夢見有許多人肯爲他人做那低賤的事情，就像耶穌「肯爲他人補鞋」一樣。因此，千年渴望的追尋，是有希望實現的。

在這裡，周夢蝶用了「小蔴袋」這個典故。他在詩的最後加註說：『小蔴袋，巴黎聖母院女主角之母「女修士」之綽號。曾爲娼。』《巴黎聖母院》（*Notre-Dame de Paris*），法國作家雨果（Victor Hugo，1802-1885）的知名小說。[10]小說中的巴黎聖母院廣場旁邊，有一座羅蘭塔，是羅蘭夫人的產業。羅蘭夫人又在塔邊造了一間小屋，小屋裡住著一個曾當過妓女，因而正在懺悔罪過的女修士，外號小蔴袋。她生了一個漂亮的女兒，即小說中的女主角——愛絲梅拉達（Esmeralda）。周夢蝶用了這個典故，無非想要比喻千年渴望中的神聖天國，並沒有那麼難以追尋，因爲「天國（不過）像一口小蔴袋」罷了！——即使像那曾經當過妓女的小蔴袋，也一樣可以上升到天國。

這首六月詩，詩寫對聖境的渴望，詩寫那渴望看起來不可能實現，最後卻實現（石田裏開花、枯樹歌舞）的情境，因此，顯然與哈岱所說的「追尋」有關。但由於作者對這渴望的實現，用了「做夢」、「夢見」，因此是否意味著追尋的「幻滅」？實未可知。（這是爲什麼筆者在文末附表中，將「幻滅」打個問號？的原因。）

第三首〈六月〉如下：

> 遽然醒來
> 繽紛的花雨打得我底影子好濕！
> 是夢？是真？
> 面對珊瑚礁下覆舟的今夕。
>
> 一粒舍利等於多少堅忍？世尊
> 你底心很亮，而六月的心很暖——
> 我有幾個六月？我將如何安放我底固執？

---

10 這部小說曾拍成電影，臺灣把片名譯為「鐘樓怪人」。

在你與六月之間。

據說蛇底血脈是沒有年齡的！
縱使你鑄永夜為秋，永夜為冬
縱使黑暗挖去自己底眼睛……
蛇知道：牠仍能自水裏喊出火底消息。

死亡在我掌上旋舞
一個蹉跌，她流星般落下
我欲翻身拾起再拚圓
虹斷霞飛，她已紛紛化為蝴蝶。

這首六月詩也有一個附註：「釋迦既卒，焚其身，得骨子累萬，光瑩如五色珠，搗之不碎。名曰舍利子。」因此，這是一首詩寫釋迦聖境（涅槃）的追尋與不可求（幻滅）的作品。首段的「珊瑚礁下覆舟」，意味著追尋釋迦聖境的艱辛、困難。然而，雖然艱辛、困難，還是要「醒來」，繼續追尋。這「蘧然醒來」，可以指在不斷的追尋聖境時，方才頓悟其中的艱辛、困難；但也可以指受盡艱辛、困難，還是要醒著繼續努力追尋。

第二段的「舍利」，代表「世尊」（釋迦）的聖境，是由「堅忍」所累積而成。世尊的「心」，像這些舍利一樣，「很亮」——晶瑩剔透、五彩繽紛。而我追尋聖境的心——「六月的心」，「很暖」，不被挫折打敗。然而，這種不被挫折打敗的六月之心，到底「有幾個」？它們足夠我「安放我底固執」嗎？

這種疑問顯然不是空穴來風，因爲「蛇」（象徵罪惡）永遠存在——「沒有年齡」，永遠誘惑著我犯下過錯。——即使牠在「水裏」，也能「喊出火底消息」來！

在這追尋釋迦聖境的過程當中，彷彿可以把握住生死自在了，彷彿「死亡（就）在我掌上旋舞」，可以把握了；然而，一個不小心——「蹉跌」，生死自在就像「流星般落下」，想再把它「拾起再拚圓」，已不可能了！

最後一首六月詩是〈六月之外〉，開頭周夢蝶引了《聖經‧約翰福音》8:7 裡的句子：「你們中誰是無罪的，誰就可以拿石頭打她。」[11]引文中的「她」，指的是抹大拉（的）瑪利亞（Mary Magdalene）。她原本是個妓女，卻被耶穌感化而成爲祂的最忠實的門徒。[12]但因爲她曾是妓女，因此耶穌的信徒用石塊要打死她，耶穌於是說了這句話。而在周

11 《聖經‧約翰福音》8:7 的原文是：「你們中間誰是沒有罪的，誰就可以先拿石頭打她」。香港聖經公會，《聖經》（九龍：香港聖經公會，1992），新約，頁 138。

12 目前出土，卻不被基督宗教承認的諾斯底派（Gnosisism）文獻，顯示抹大拉瑪利亞是耶穌的妻子。（見：http://zh.wikipedia.org/wiki/%E6%8A%B9%E5%A4%A7%E6%8B%89%E7%9A%84%E9%A6%AC%E5%88%A9%E4%BA%9E）

夢蝶的詩作中，「無罪」是一個重要的關鍵詞。整首詩就在探討（或如哈岱所說的「追尋」），這世間是否真有「無罪」之人？答案則是否定的（也就是哈岱所說的「幻滅」）。

這首〈六月之外〉，總共出現三次相同的句子：「這是什麼生活？」因此也大分爲三個大段落，每一段落由一到三個小段落所組成。例如，由一個小段落所組成的第一個大段落，是這樣的：

> 這是什麼生活？
> 眼睛吊着，一顆蜘蛛之絲的心吊着
> 想着那「或者」！也許
> 他，是一個奇蹟，香客似的
> 不雷吼，不横眉豎目
> 沒有腋臭，沒有濃髭如參芒
> 甚至，沒被毒蛇咬過……

這一大段當中，周夢蝶以「或者」、「也許」，來表達「無罪」的人似乎存在於這世間。但實際上他持著極度懷疑的態度，這也是他爲什麼用不肯定的詞彙——「或者」、「也許」，來詩寫這一大段的原因。世間如果真有「無罪」的人，那「他」，真「是一個奇蹟」；就像到廟裡朝拜的「香客似的」，既「不雷吼」也「不横眉豎目」。甚至「沒有腋臭」，「沒有濃髭」，「沒被毒蛇咬過」（象微罪惡不上身）；這個「無罪」的人，是一個什麼缺點都沒有的完人！然而，這樣的人恐怕不存在，他「也許」只是個和真實世間很不一樣的「他者」。

第二大段也是由「這是什麼生活？」開端，它共有三小段，談的是罪惡與美善交雜的人。因此，當然不是「無罪」之人，而是罪惡與美善參半之人。周夢蝶用「以貞潔與妖冶／以天堂與地獄混合」來形容這些人。（第一小段）這些善惡參半的人，「不管他是（巨盜）巴拉巴[13]，還是耶穌」，「更不問他是從天狼星外來？／還是木馬餓空的腹中」[14]，乃至不管「他的名字是蟹行（比喻西洋人）？或是人立（比喻中國人）」，我們都要對他們「忍耐與溫柔」，要以「親近每一個仇敵般親近着」他。（第二小段）而第三小段寫的

13　原註：「巴拉巴，巨盜名。」《聖經・新約》記載的一名强盜。羅馬籍總督彼拉多，曾將他與耶穌一同帶到猶太群眾前，詢問二者中釋放哪一位？結果巴拉巴獲釋放，耶穌則被判處死刑。

14　中國古代星象學說中，天狼星是「主侵略之兆」的惡星。屈原在《九歌・東君》中寫到：「舉長矢兮射天狼」，他把天狼星比擬位於楚國西北的秦國。見：戰國・屈原著，傅錫壬註釋，《新譯楚辭讀本》（臺北：三民書局，2005），頁 69。蘇軾《江城子》中「會挽雕弓似滿月，西北望，射天狼」，也是以天狼星比擬威脅北宋西北邊境的西夏。見：宋・蘇軾著，鄧子勉註釋，《新釋蘇軾詞選》（臺北：三民書局，2011），頁 256。相對地，「木馬餓空的腹中」，取自「木馬屠城記」的故事。木馬的腹中既然「餓空」，就沒有屠城的可能。周夢蝶試圖用這對立的兩個概念——侵略的天狼星和無所威脅的空腹木馬，來詩寫善惡交雜的情形。

是「必須努力忘記我是誰！」克服自己心中本有的罪惡，傾聽聖者約翰，要我們悔改的聲聲呼喚。[15]

第三大段由兩個小段組成，寫的是完全罪惡之人，也是追尋無罪之人的幻滅。第一小段的開頭還是那句老問題：「這是什麼生活？」而答案則是：「被囚凍着」、「地獄門下一把廢鎖」，乃至是「祭養自己以自己底肉血」的「蟑螂」！換句話說，許多人都像蟑螂一樣，罪惡纏身。這世間，沒有一個無罪的人。每個帶著罪惡的人都問：「我在那裏？」罪惡之人，既不是自由自在在「空中嘯的鳥」，也不是自由自在在「海上飛的魚」；既不是傲視白雲的「鷹隼」，也不是美麗珍貴的「鮫人」[16]。每一個人都被罪惡「囚凍着」。

第三大段的第二小段，一開頭的詩句是：「過來的人們說：在天國，在六月」。無罪的人就在天國，就在六月。在這裡，「六月」是「天國」的同義詞。而所謂「過來的人們」，指的是那些有罪但已懺悔的人們；他們都在天國，都在六月。如果還有一丁點的罪惡存在心裡，那就像月光一樣，雖然「月亮的白（光），不是太陽的那種白（光）」，但它仍然可能「把你曬黑」。那時，「傾約旦河之水也難爲澡雪[17]」（跳到黃河洗不清）。等到「審判日來時」，這一丁點的罪惡還是會發揮作用，讓你無法逃過上帝的最後審判。那時，你將自食惡果——「你將拌着眼淚一口一口嚥下你底自己」。你仍是一隻帶罪的「蟑螂」——即使已經「空了心」。你依然「在天國之外，在六月之外」。

總之，在第三大段裡，詩人用「六月之外」，來比喻那些被自己內心的罪惡欲望所「囚凍」的人們，終究無法避過上帝的最後審判，無法進入天堂。六月，象徵著無罪的天國；而「六月之外」，則指無罪、天國。第三大段裡的「六月之外」，意思如此；整首詩作的標題——「六月之外」，也是如此。

---

15 在這裡，周夢蝶有個附註：『約翰躑躅荒野，呼喚罪人：「悔改吧，天國已經近了！」』（原文見：《聖經・馬太福音 3:2》。香港聖經公會，《聖經》（九龍：香港聖經公會，1992），新約，頁 3。）這個附註加在詩中「當獵人貓兒眼穿過荒野底呼喚」底下。其中，「獵人貓兒眼」應該指約翰。

16 鮫人，中國神話中魚尾人身的生物。鮫人神秘而美麗，他們生產的鮫綃，入水不濕，他們的眼淚會化爲珍珠。西晉・張華《博物志》：「南海水有鮫人，水居如魚，不廢織績，其眼能泣珠。」見：西晉・張華撰，《博物志》（臺北：中華書局，1978），卷 9，頁 2。南朝梁・任昉《述異記》：「鮫人，即泉先也，又名泉客。……南海出鮫綃紗，泉客潛織，一名龍紗，其價百金，以爲服，入水不濡。」見：南朝梁・任昉著，清・馬俊良輯刊，《述異記》，收於《景印文淵閣四庫全書》（臺北：商務印書館，1986），冊 1047，頁 614。

17 「澡雪」兩字，周夢蝶有附註：「澡雪精神。」這是典出《莊子・知北游》的一則典故：孔子問老子：「什麼是道？」老子回答：「汝齋戒，疏瀹而心，澡雪而精神。」意思是：你先得齋戒靜心，再疏通你的心靈，清掃你的精神，破除你的才智。就像用潔淨的白雪洗澡一樣，洗去全身的的晦氣和俗氣。那時，「道」就在眼前。周夢蝶用了這兩個字，使洗淨罪惡變得意義更為豐富，詩韻也更加增長。見：戰國・莊子著，張松輝註釋，《新譯莊子讀本》（臺北：三民書局，2005），頁 372。

四、結語

如果「紅與黑」的對立，意味著哈岱所說「人生如鐘擺，在追尋與幻滅之間展轉、徘徊」，那麼，周夢蝶的十三首月份詩（特別是最後的四首六月詩），就意含著人生在「追尋」與「幻滅」之間展轉、徘徊。其中，「追尋」有人間情愛的追尋，也有宗教（佛教、基督教和莊子）聖境的追尋。人們就在戀愛與失戀之間展轉、徘徊，也在神聖與世俗（regular vs. secular）之間展轉、徘徊。情與無情之間，乃至聖與凡之間的擺盪，成了周夢蝶詩作中的最重要特色。

兩個極端之間的展轉、徘徊，應該和周夢蝶的人格特質有關；那是一種無法克服的內在矛盾。其中，聖與凡之間的展轉、佛徊，奚密〈修溫柔法的蝴蝶——讀周夢蝶詩集《約會》和《十三朵白菊花》〉[18]，曾有這樣的描述：

> 雖然周夢蝶的作品向以禪意佛心知名。但是，我以為支撐其作品，也是它最動人之處，不是老莊佛家的超越與捨棄，而是他的「有我」，一個為情所苦，但始終無法忘情，且對情禮讚頌歌不已的「我」。那是「耽於自殘和冥想／動物學裡屬猛禽類」〈三個有翅的和一個無翅的〉的「我」，甘心承受「自割的累累傷痛」〈七十五歲生日一輯〉的「我」，「向劍上取暖，鼎中避熱」〈再來人〉的「我」……[19]

嚮往「彼岸」的禪境或解脫境，卻又忘不了「此岸」的「我」；這是周夢蝶的人格特質。他曾出版過一本書寫《紅樓夢》的筆記，名叫《不負如來不負卿》。書名也出現在周夢蝶對《紅樓夢》第 91 回的筆記當中。這一回，林黛玉問賈寶王：「寶姐姐和你好你怎麼樣？寶姐姐不和你好你（又）怎麼樣？」等試探賈寶玉感情的問題，而賈寶玉則笑答：「任憑弱水三千，我只取一瓢飲。」意味黛玉才是我寶玉的唯一真愛。後來黛玉香消玉殞，寶玉也看破紅塵，出家當和尚了。而周夢蝶則評論說：「弱水三千，我只取一瓢飲。只此十字，已抵得一部愛經。」又說：『試觀其一第之後，便飄然遠引，棄天下如棄敝屣，儻亦可謂「不負如來不負卿」矣。』[20]周夢蝶評論的是林黛玉和賈寶玉的情愛，但何嘗不是寫他自己對於「世間」情愛與「出世間」聖境的相互拉扯和糾纏的關係。

---

18 收錄於：曾進豐編，《娑婆詩人周夢蝶》，頁 250-254。

19 類似的評論有很多，例如：翁文嫻，〈看那手持五朵蓮花的童子——讀周夢蝶詩集《還魂草》〉（收錄於：曾進豐編，《娑婆詩人周夢蝶》，頁 88-105），曾說：「本是一份向前的熱情，受挫而後退皈依佛門清冷的世界，這一冷一熱的來往，對於詩心靈無疑是一大毀傷，但在詩藝術中，卻偏成了美。詩中句子，往往是兩股相反的力，硬被某種大力量壓成一塊，嶙峋而崢嶸怒目，如山脈之新褶曲。這種冷與熱的對比又熔鑄，成了一種獨特的格調。」

20 詳見：周夢蝶，《不負如來不負卿：《石頭記》百二十回初探》（臺北：九歌出版社，2005），頁 197。

「不負如來不負卿」一句，傳說是西藏六世達賴——倉央嘉措所作。[21]倉央嘉措是喇嘛教的高僧，一生企盼悟入清淨無染的涅槃，卻又愁困在世間的情愛當中。他無奈地質問自己：「世間安得雙全法，不負如來不負卿？」這既能照顧到出世間的涅槃，又能照顧到世間情愛的「雙全法」，倉央嘉措沒有找到，周夢蝶同樣沒有找到。他的內心矛盾就在於此。他的詩作之所以感人，也在於此。

周夢蝶的矛盾性格，可能和他的學習過程有關。他曾皈依印順法師，也親近過南懷謹先生。而這兩人，不管在治學態度、教學方式，甚或待人接物上，都有顯著的不同。筆者曾在陳傳興所拍攝的周夢蝶記錄片——『化城再來人』當中說到，周夢蝶近於自虐的拘謹、嚴肅和認真性格，除了天生性格使然之外，還可能來至律己甚嚴的印順法師；而情愛上近於狂放的瀟脫、自在，則來自南懷謹先生。[22]就近於自虐的拘謹、嚴肅性格來說，筆者願意再舉一例：1970 年初葉，筆者曾邀請周夢蝶到我宿舍聽音樂。黑膠唱片播放的是當時尚屬禁歌的中國大陸『梁（山伯與）祝（英台）（胡琴）協奏曲』。筆者提議：「泡一壺老人茶，吃一些小茶點如何？」周夢蝶卻回答說：「聽音樂就專心聽音樂吧！免得分心了。」他就是這樣一個事事認真、拘謹的人。他的認真、拘謹，還可以從下面這段訪問稿看出來：

> 問：……〈十三朵白菊花〉，寫了多久？
> 答：寫了近兩個月。最近一首三十三行，寫三個月。……我是屬於「蝸牛派」，是「爬格子」的同行中爬得最慢的。[23]

周夢蝶曾有一段時間不寫詩，筆者曾問他：「爲什麼不再寫詩。」他回答：「寫詩太痛苦了。」一首詩要寫兩、三個月，難怪他會說寫詩太痛苦！更何況要經營詩中的意境，必定要經過一番內心的掙扎和折衝，詩作才能完成。而他，就是這麼一個拘謹、認真的人。

對於「爲什麼不再寫詩？」的回答，讓我想起泰戈爾《漂鳥集》中的詩句：「世界以痛苦吻我靈魂，卻要求報以詩歌。」[24]就《還魂草》中的許多禪詩來說，周夢蝶的痛苦，並不在寫詩技巧或辭彙的技窮辭寡，而是在內心對於禪道和世間情愛的無法兼得所產生的內在矛盾。葉嘉瑩曾這樣評論周夢蝶這種內在矛盾：「周先生似乎也是一位想求安排解脫而未得的詩人……而周先生之不得解脫之感情，則似乎是源於其內心深處一份孤

---

21 全詩為：「曾慮多情損梵行，入山又恐別傾城。世間安得雙全法，不負如來不負卿？」
22 陳傳興導演：『化城再來人』（臺北：目宿媒體公司，2011）。
23 應鳳凰，〈「書人」周夢蝶的祕笈〉，收錄於：曾進豐編，《娑婆詩人周夢蝶》，頁 287-291。
24 糜文開譯，《泰戈爾詩集》（臺北：三民書局，2003，二版一刷），頁 49。

絕無望之悲苦。」[25]

周夢蝶是個徘徊於涅槃與娑婆世界之間的詩人，往往嚮往涅槃解脫，卻又不能忘情於世間凡情。難怪葉嘉瑩會認爲他是「一位想求安排解脫而未得的詩人」。周夢蝶的詩人性格，註定他只能留在世間，而無法證入涅槃。甚至，說他「只能」留在世間，似乎還不徹底，應該說他「寧願」留在世間；就像唐代禪僧石頭希遷所發下的豪語——「寧可永劫受沉淪，不從諸聖求解脫」[26]一樣，寧願「不負卿」地留在世間，爲情所苦。

但是，周夢蝶的心境和修爲，也許比倉央嘉措高一等。——或許，他已經找到了「雙全法」。葉嘉瑩曾把周夢蝶，拿來和謝靈運、陶淵明做比較[27]；筆者也要將周夢蝶拿來和《維摩詰經》裡的維摩詰居士做比較。在這部佛經裡，描寫維摩詰「入諸婬舍，示欲之過。入諸酒肆，能立其志。」[28]可見維摩詰是個不拘小節的在家菩薩。而他對弟子們則宣說這樣的道理：「說身有苦，不說樂於涅槃。……說身空寂，不說畢竟解脫。」[29]這顯然是個雖有能力進入涅槃，卻寧願留在苦空世間的菩薩。如果出家，周夢蝶必定是個嚴守清規，且甘於清苦僧人生活的高僧。即使今生今世不入涅槃、不畢竟解脫，但也幾近於解脫涅槃。然而爲了「不負卿」，他卻選擇留在世間。

在十三首月份詩當中，我們確實讀到周夢蝶展轉、徘徊於聖境與俗世，也就是展轉、徘徊於「彼岸」與「此岸」之間的矛盾情形。其中，〈五月〉、第二和第三首〈六月〉，以及〈六月之外〉，都和（佛教、基督教、道家的）聖境的追尋有關。而這一追尋，大都以幻滅做爲結尾。（詳前文及文末附表。）例如第二首〈六月〉，在追尋聖境實現之後，彷佛「麥子在石田裏開花了」，彷佛看見了「像一口小蔴袋」一樣的「天國」，但這些都只是「夢見」，不是真實。而在第三首〈六月〉的最後，周夢蝶寫著：「死亡在我掌上旋舞／一個蹉跌，她流星般落下／我欲翻身拾起再拚圓／虹斷霞飛，她已紛紛化爲蝴蝶。」彷佛追尋聖境實現之後，可以把握住死亡了，但最終還是「虹斷霞飛，她已紛紛化爲蝴蝶」。這樣看來，在聖境與俗世之間，也就是在「彼岸」與「此岸」之間，與其說周夢蝶重視喜悅、安逸的聖境或「彼岸」，不如說他看重的是充滿著情愛，卻也充滿著痛苦的俗世或「此岸」。他無法忘掉「有我」，達到聖境所必要的「無我」。難怪奚密會評論說：『他的「有我」，一個爲情所苦，但始終無法忘情，且對情禮讚頌歌不已的「我」。』（詳前）

---

25 葉嘉瑩，〈序周夢蝶先生的《還魂草》〉，收錄於：曾進豐編，《娑婆詩人周夢蝶》，頁 30-35。

26 《指月錄》卷 5，引見：明．瞿汝稷集，《指月錄》，中國佛教會影印卍續藏經委員會，《卍續藏經．卷 83》（臺北 ： 中國佛教會影印卍續藏經委員會，1968），頁 451b。

27 詳見前引葉嘉瑩，〈序周夢蝶先生的《還魂草》〉。

28 東晉．鳩摩羅什譯，《維摩詰所說經．方便品第二》，大藏經刊行會，《大正新修大藏經》（臺北：新文豐，1995），冊 14，頁 539a。

29 前書〈文殊師利問疾品第五〉，引見：《大正新修大藏經》，冊 14，頁 544c。

宗教聖境的追尋與幻滅，這一主題是周夢蝶最善於處理的。[30]然而，在十三首月份詩中，「紅與黑」的對立，乃至哈岱所說「追尋」與「幻滅」的展轉、徘徊，並不是只限於宗教聖境與世俗情愛之間。即便單單是世俗情愛，也充滿著紅與黑的對立，乃至追尋與幻滅的展轉、徘徊。在十三首月份詩當中，除了〈五月〉、第二首和第三首〈六月〉，以及〈六月之外〉這四首月份詩，和聖境的追尋（與幻滅）有關之外，其他九首月份詩，都是詩寫俗世情愛的追尋（與幻滅）。例如第一首〈六月〉，寫的是釋迦弟子阿難尊者與妓女摩登伽女的故事，因此看似和聖境有關，但其實它只是詩寫俗世愛情的追尋與幻滅。換句話說，本文所說的「彼岸」與「此岸」，不必限定在聖境與俗世的對立，也可以單單是俗世情愛的追尋與幻滅的矛盾。對於這種矛盾對立的處理，也是這幾首六月詩最感人的地方。當我們讀著「那雙燈。自你初識寒冷之日起／多少個暗夜，當你荒野獨行／皎然而又寂然／天眼一般垂照在你肩上左右的／／那雙燈。」的時候，那種對世俗情愛的描寫多麼細膩、感人。但最後，這對「初識寒冷」的露水鴛鴦，卻被硬生生地拆散，即使那是爲了更高遠的聖境，我們不禁爲他們感到難過。特別是，詩人選用了莎士比亞的「寒冷」，來寫這段不被祝福的戀情，而在最後又用了「負創而臥」的「芒鞋」，來詩寫心靈受創的阿難，更是令人不勝唏噓！

總之，周夢蝶的十三首月份詩，有單單只是詩寫追尋，也有既詩寫追尋又詩寫幻滅的詩作。而在詩寫追尋（和幻滅）的詩作中，有詩寫追尋（幻滅）聖道的，也有詩寫追尋（幻滅）俗世（愛情）的。筆者將它們歸納成文末的表格，以做爲本文的結束。

30 單就《還魂草》一書來說，屬於處理聖境的詩，除了本文討論到的幾首六月詩之外，還有：〈菩提樹下〉、〈尋〉、〈燃燈人〉、〈孤峯頂上〉等。

引用書目

一、古籍文獻

戰國．屈原，傅錫壬註釋，《新譯楚辭讀本》（臺北：三民書局，2005）。

戰國．莊子，張松輝註釋，《新譯莊子讀本》（臺北：三民書局，2005）。

西晉．張華撰，《博物志》（臺北：中華書局，1978）。

東晉．鳩摩羅什譯，《維摩詰所說經》，大藏經刊行會，《大正新修大藏經》（臺北：新文豐，1995），冊 14。

南朝梁．任昉著，清．馬俊良輯刊，《述異記》，收於《景印文淵閣四庫全書》（臺北：商務印書館，1986），冊 1047。

北宋．蘇軾著，鄧子勉註釋，《新釋蘇軾詞選》（臺北：三民書局，2011）。

南宋．普覺禪師，《大慧普覺禪師書》，大藏經刊行會，《大正新修大藏經》（臺北：新文豐，1995），冊 47。

明．瞿汝稷集，《指月錄》，中國佛教會影印卍續藏經委員會，《卍續藏經》（臺北：中國佛教會影印卍續藏經委員會，1968），卷 83。

香港聖經公會，《聖經》（九龍：香港聖經公會，1992）。

二、一般論著

余境熹，〈水火融合與魔法師之路——周夢蝶八首「月份詩」的「解／重構」閱讀〉，收錄於黎活仁、蕭蕭、羅文玲編，《雪中取火且鑄火爲雪：周夢蝶新詩論評集》（臺北：萬卷樓，2010），頁 369-414。

周夢蝶，《不負如來不負卿》（臺北：九歌出版社，2005）。

———，《還魂草》（臺北：領導出版社，1981，再版）。

泰戈爾著，糜文開譯《泰戈爾詩集》（臺北：三民書局，2003，二版一刷）。

翁文嫻，〈看那手持五朵蓮花的童子——讀周夢蝶詩集《還魂草》〉，收錄於曾進豐編，《娑婆詩人周夢蝶》（臺北：九歌，2005），頁 88-105。

陳傳興導演，《化城再來人》，臺北：目宿媒體公司，2011。

曾進豐編，《娑婆詩人周夢蝶》（臺北：九歌出版社，2005）。

葉嘉瑩，〈序周夢蝶先生的《還魂草》〉，收錄於曾進豐編《娑婆詩人周夢蝶》（臺北：九歌，2005），頁 30-35。

維基百科編輯者，〈抹大拉的瑪利亞〉，《維基百科》，網址：http://zh.wikipedia.org/wiki/%E6%8A%B9%E5%A4%A7%E6%8B%89%E7%9A%84%E9%A6%AC%E5%88%A9%E4%BA%9E

———————，〈紅與黑〉，《維基百科》，網址：http://zh.wikipedia.org/wiki/%E7%B4%85%E8%88%87%E9%BB%91

———————，〈苦艾酒〉，《維基百科》，網址：http://zh.wikipedia.org/wiki/%E8%8B%A6%E8%89%BE%E9%85%92

黎活仁、蕭蕭、羅文玲編，《雪中取火且鑄火爲雪：周夢蝶新詩論評集》（臺北：萬卷樓，2010）。
應鳳凰，〈「書人」周夢蝶的祕笈〉，收錄於：曾進豐編《娑婆詩人周夢蝶》（臺北：九歌，2005），頁 287-291。
羅青，〈周夢蝶的〈十月〉〉，收錄於曾進豐編《娑婆詩人周夢蝶》（臺北：九歌，2005），頁 106-111。

三、附表

月份	追尋／幻滅	全詩大意	追尋的關鍵詞	幻滅的關鍵詞
一月	追尋	盼望自己是黑夜的光，等待那人來	震醒 睡意 夜 駱駝 黎明 光	
二月	追尋	以二月的多雨比喻感恩的淚水	淚 感激 絳珠草的眼睫 記憶	
四月	追尋＋幻滅	脫軌愛情的追尋與幻滅	脫軌的美麗	榆樹 隔夜的果皮 盟誓
五月	追尋	五月有所欠缺有追尋聖道的願望	孤鳴 寂寥 蛇與蘋果 伊壁鳩魯 醒者 蛇杖 摩西	
七月	追尋	像酒神一樣追尋淡泊名利	鱈魚 荻奧琴尼斯 許由 莊周 梭羅 睡着	
十月	幻滅	以秋收的十月比喻一切都幻滅了		死亡 虛空 笑
十二月	追尋	在一年的最後一月盼望春天的來臨	蛇 驚蟄 雪崩 常春藤 含羞草 陽光 日出	
十三月	追尋	在一年的最終點盼望春天來臨	出發 含笑 破土而出	
閏月	追尋	以少有的閏月比喻可以自己獨立自主	昂頭 一見天日 唯我獨尊 人立 釋迦 雙頭蛇 明鏡 智者	
六月 又題雙燈	追尋＋幻滅	以冷酷的六月比喻不被祝福的愛情的寒冷	雙燈 寒冷 脫蛹 蝴蝶	飛灰 芒鞋負創

六月	追尋／幻滅（？）	聖境的追尋看來不能實現，最後卻夢見實現了	潮聲 葡萄與葡萄藤 夢 石田開花 小蔴袋 耶穌	夢 石田開花
六月	追尋＋幻滅	對神聖境界的追尋與幻滅	覆舟 舍利 世尊 蛇	死亡 蝴蝶
六月之外	追尋＋幻滅	無罪的追尋終歸幻滅	或者 毒蛇 貞潔與妖冶 天堂與地獄 忍耐與溫柔 巴拉巴 耶穌	蟑螂 審判日

道家美學：周夢蝶《有一種鳥或人》透露的訊息

蕭水順*

一、前言：市井大隱・簷下詩僧

周夢蝶（周起述，1921-2014），曾高居於現實與想像中孤冷的峰頂，因而拔起於臺灣現代詩壇之上，這時候的代表作品是《孤獨國》[1]與《還魂草》[2]，寫作與發表的時代大約是一九五三年至一九六五年，時先生正屬中壯之年，三十三至四十五歲的年紀，根據曾進豐（1962-）所編之《周夢蝶先生年表暨作品、研究資料索引》，[3]這段期間與佛學結緣，大約有兩處，一是一九五三年（三十三歲）五月二十日於《青年戰士報》所發表的第一首詩〈皈依〉，應用佛教專有名詞爲題；一是一九五九年（三十九歲）四月一日在臺北市武昌街一段七號「明星」咖啡屋騎樓下有照開設書攤，專售現代文學、現代詩及「佛學」等書籍。雖然輕描淡寫只兩句話，但已可看出周夢蝶浸淫佛學之早、之專，但仍謙稱真正知道有佛法、有禪，是一九六六年（四十六歲）初讀南懷瑾（1918-2012）《禪海蠡測》[4]才算開始，這一年已是《還魂草》出版後第二年，此後更持續聽講、閱讀、圈點佛教重要經典《金剛經》、《大智度論》、《指月錄》及《高僧傳》等書。[5]

所有評論這兩部詩集的論文焦點，大約集中在悲苦、孤獨與禪學上：葉嘉瑩〈序周夢蝶先生的《還魂草》〉、周伯乃〈周夢蝶的禪境〉、翁文嫻〈看那手持五朵蓮花的男子——讀周夢蝶詩集《還魂草》〉、王保雲〈圓融智慧的行者——試談周夢蝶其人其詩〉、馮瑞龍〈周夢蝶作品中的「禪意」〉、余光中〈一塊彩石就能補天嗎？——周夢蝶詩境初窺〉、張俊山〈命運遭際與哲理禪思〉、曾進豐〈論周夢蝶詩的隱逸思想與孤獨情懷〉、洪淑苓〈橄欖色的孤獨——論周夢蝶《孤獨國》〉、林淑媛〈空花水月——論周夢蝶詩中的禪意〉、蕭蕭〈佛家美學特質與周夢蝶詩中的體悟〉、吳當〈感情與禪悟的海——

* 明道大學中國文學系教授。

1 周夢蝶，《孤獨國》（臺北：藍星詩社（藍星詩叢），1959）。

2 周夢蝶，《還魂草》（臺北：文星書店，1965）；《還魂草》（臺北：領導出版社，1977）。

3 曾進豐編，《周夢蝶先生年表暨作品、研究資料索引》（臺北：印刻文學生活，2009）。

4 南懷瑾，《禪海蠡測》（臺北：老古文化事業公司，1955）。

5 曾進豐編，《周夢蝶先生年表暨作品、研究資料索引》，頁 8-27。

讀《周夢蝶·世紀詩選》〉、落蒂〈孤峰頂上——從《世紀詩選》看周夢蝶的悲苦美學〉，[6]周夢蝶被塑造為「市井大隱·簷下詩僧」，[7]長久以來已成為大家共同認可的標籤。

《還魂草》出版後之三十七年，周夢蝶才在 2002 年一口氣推出兩部詩集《十三朵白菊花》[8]與《約會》[9]，此二書幾乎是為人而作、因人而書，周夢蝶彷彿從孤峰頂上走回溫熱的人世間，與世間人、世間事、世間情、世間物，頻繁約會，交感互動。李奭學（1956- ）認為「物我或人我不分的現象，構成《約會》和《十三朵白菊花》最獨特的美學。」[10]奚密（1955- ）則以為這兩冊詩集是「修溫柔法的蝴蝶」，說詩人深刻體會「情」是「溫馨的不自由」，他勇敢地承受，並喜悅地擁抱。[11]年輕詩人羅任玲（1963- ）也強調：「『自然』不再是周夢蝶悲苦的代言人，而是『道』的化身，邁向溫暖、自由、美和愛的道路。」[12]顯然，二十世紀末所寫的這兩部詩集，跟二十世紀中期的《孤獨國》與《還魂草》有著重大的區隔。因此，如果依循著羅任玲所言：「自然」是「道」的化身，那麼，周夢蝶新世紀之後所寫的詩作《有一種鳥或人》，[13]或許在佛理、禪悟之外，世情、溫馨之後，另有道家訊息。本文寫作就從這樣的認知開始。

二、從天道玄思中回歸安居樂俗

長期研究宗教、哲學與文化的學者林安梧（1957- ）曾為儒、釋、道三家做出言簡意賅的分隔，他說：儒家強調的是「敬而無妄」，重在「主體的自覺」；道家主張「靜為躁君」，重在「場域的自然生發」；佛家則是「淨而無染」，重在「真空妙有的自在」。[14]如果將林安梧的話濃縮為相對應的三個句子，可以是：

儒家：「敬而無妄」，重在「自覺」；

道家：「靜而無為」，重在「自然」；

佛家：「淨而無染」，重在「自在」。

---

6 曾進豐編，《周夢蝶先生年表暨作品、研究資料索引》，頁 74-76。

7 楊尚強，〈市井大隱·簷下詩僧〉，《民族晚報》（1963.1.11），報導先生宛如苦修頭陀般的清苦生活，《周夢蝶先生年表暨作品、研究資料索引》，頁 13-14。胡月花，〈市井大隱·簷下詩僧——周夢蝶的生命、思維以及創作歷程探討〉，《育達學報》第 16 期（2002.12），頁 64-91。

8 周夢蝶，《十三朵白菊花》（臺北：洪範書店，2002）。

9 周夢蝶，《約會》（臺北：九歌出版社，2002）。

10 李奭學，〈花與滿天——評周夢蝶詩集兩種〉，曾進豐編：《娑婆詩人周夢蝶》（臺北：九歌出版社，2005），頁 249。

11 奚密，〈修溫柔法的蝴蝶——讀周夢蝶新詩集《約會》和《十三朵白菊花》〉，曾進豐編，《娑婆詩人周夢蝶》，頁 254。此文原載《藍星詩學》16 期，2002 耶誕號，頁 136-140，引文見頁 140。

12 羅任玲，〈自然中的二元對立與和諧——周夢蝶《十三朵白菊花》、《約會》析論〉，曾進豐編，《娑婆詩人周夢蝶》，頁 281。

13 周夢蝶，《周夢蝶詩文集：有一種鳥或人》（臺北：印刻文學生活，2009）。依曾進豐所編，《周夢蝶先生年表暨作品、研究資料索引》顯示書中作品全為民國九０年代，二十一世紀之新作。

14 林安梧，〈序言〉，《新道家與治療學——老子的智慧》（臺北：臺灣商務印書館，2010），頁 16。

三句話中有三個同音字（敬、靜、淨），可以將儒、釋、道三家的理念放在同等的位置上評比，當然在「敬」、「靜」、「淨」三個字的衡量中，我們發現道家的「靜」與佛家的「淨」可用互文的方式相親近，「自然」、「自在」合一的詩風格也更能描摹周夢蝶的內在蘊涵。

周夢蝶前期詩作深受佛理、禪趣之影響，素爲詩壇所熟知，新世紀出版的三冊詩集（《十三朵白菊花》、《約會》、《有一種鳥或人》）則從孤峰頂上回歸人間，從矜持的哲思中解脫而出，放鬆心思，放鬆自己，因而也放鬆語言，自有一種率真之真、從容之美，另有一種塵俗之樂、會心之喜。可以呼應老子（李耳，老聃，生卒年不詳）美學，從「道可道，非常道」（《老子》第一章）的天道玄思中，最後回歸爲人間的「安居樂俗」、「聖人不積」（《老子》第八十、八十一章）。同時也展現出莊子（莊周，BC369-BC286）「喪我」、「物化」，可以泯絕彼此；排遣是非，可以（魂交而爲蝴蝶、形接又爲莊周）彼我皆是的〈齊物論〉思想。所以在這三冊詩集中，一再出現藍蝴蝶、紅蜻蜓、九宮鳥、雀、螢、蝸牛這些小動物、小昆蟲，或飛或走或匍匐，顯示生命各自的尊嚴，卻無高下崇卑之分，就經營生命而言，周夢蝶從天道到人道的思維，從分際、區隔到相互融攝的生命歷程，從異質、對比之美到共構、合諧之善，值得換一個角度，從道家美學出發，凝視周夢蝶及其最新詩集《有一種鳥或人》。

周夢蝶與道家哲理的思考，早從十五歲即已開始，詩人十五歲時因爲閱讀《今古奇觀》裡「莊子鼓盆成大道」的故事，使得從小在拘謹、保守環境中成長，外在形體又受到相當限制的他，心中興起飛向自由天地、自在心境的一份嚮往，巧妙結合自己的姓、性向、理想，因以「周夢蝶」三字爲名。[15]

莊周夢爲蝴蝶的故事來自於《莊子．齊物論》，學者認爲這一篇不僅是《莊子》全書、而且是古代典籍中最難讀的一篇，[16]全文長篇大論，駁雜難懂，不甚可解，專家學者討論極夥，但一般讀者甚少審閱，惟文末的這一節卻又是老少咸宜，普羅大眾都喜歡討論的有趣寓言：

> 昔者莊周夢為胡蝶，栩栩然胡蝶也，自喻適志與，不知周也。俄然覺，則蘧蘧然周也。不知周之夢為胡蝶與，胡蝶之夢為周與？周與胡蝶，則必有分矣，此之謂物化。[17]

莊周當然就是莊子自己，但莊子不用第一人稱的吾或我，反而直指其名，把自己「客觀化」，把自己當作另一個「物」（人物也是物的一種）來看待，這也是另一種「物化」

15 劉永毅，《周夢蝶——詩壇苦行僧》（臺北：時報文化出版公司，1997），頁 28。
16 吳怡，《新譯莊子內篇解義》（臺北：三民書局，2001），頁 62。本節有關喪我、物化的見解，參考此書〈齊物論第二〉，頁 43-117。
17 吳怡，《新譯莊子內篇解義》，頁 51-52。

的形態。有趣的是莊周可以夢見自己變作蝴蝶，蝴蝶也可以夢見自己化身爲莊周，莊周與蝴蝶必然是有區隔的，形象與精神都不同，只是當自己是莊周時不知蝴蝶的本然（真我）爲何，當自己是蝴蝶時也不能理解作爲人的莊周的本然爲何，必須了解或超越這種「物化」以後，才能了然物與物各有各的本然。甚麼是「物化」？「物化」就是「與物無礙，相與而化」。[18]這「物化」的結論呼應著〈齊物論〉全文的旨意：萬物的形象、本然（真我），原來就不能齊同，不設定某一種標準去強分優劣、崇卑，尊重各自的微小差異，這就是莊子文章裡的「齊」物之論的可行之處。

在萬物不齊的情況下，如何「物化」？〈齊物論〉首節的「喪我」之說是最好的啟發，有著首尾呼應的功能。

> 南郭子綦隱几而坐，仰天而噓，荅焉似喪其耦。顏成子游立侍乎前，曰：「何居乎？形固可使如槁木，而心固可使如死灰乎？今之隱几者，非昔之隱几者也？」子綦曰：「偃，不亦善乎，而問之也！今者吾喪我，汝知之乎？汝聞人籟而未聞地籟，汝聞地籟而不聞天籟夫！」[19]

南郭子綦在几桌之後打坐，養天調息，全然放鬆，好像身體不存在一樣，他的學生顏成子游隨侍在旁，發現老師這一次的調息打坐跟以往不同，形體如槁木般不動，心念也能像死灰般靜止不動嗎？南郭子綦隨之以天籟之風爲喻，說明天地之間風自由穿梭，經過不同的孔竅，自然發出各種不同的聲音，表達「吾喪我」這樣的理念，不要去記掛身體（自我）的存在，純任氣息（靈魂、真我、本性、自性）自在出入，這時身體寂然不動，心念雖然像死灰，卻有自己的節奏。「喪我」之說有如佛教的「破我執」，《金剛經》所云：「無我相、無人相、無眾生相、無壽者相。」四相真空了，或者「過去心不可得，現在心不可得，未來心不可得。」三心真了了，即能破除我執。所以，依〈齊物論〉之論，喪我爲先，物化隨後，我與人、人與物，各自尊重，自性、人性、物性，本自相通。周夢蝶《有一種鳥或人》詩集中，極多這種詩作，主題詩作〈有一種鳥或人〉的題目即已隱含此意，或鳥或人，即心即理，周夢蝶一方面引述布穀鳥生蛋，不自孵育，而寄養於鄰巢；鄰巢之母鳥欣欣然夢夢然，亦不疑其非己出，代爲孵育，隱喻現實生活中自己賃屋，友人只收微乎其微的租金。另一方面暗用《詩・召南》：「維鵲有巢，維鳩居之。」的典故，慘笑自己鳩佔鵲巢，有如人形之鳩：

> 有一種鳥或人
> 老愛把蛋下在別家的巢裏：
> 甚至一不做二不休，乾脆
> 把別家的巢

---

18 吳怡，《新譯莊子內篇解義》，頁 62。
19 吳怡，《新譯莊子內篇解義》，頁 43。

當作自己的。

而當第二天各大報以頭條
以特大字體在第一版堂皇發布之後
我們的上帝連眉頭一皺都不皺一皺
只管眼觀鼻鼻觀心打他的瞌睡——
想必也認為這是應該的了！[20]

此詩第一段嘲諷自己，不知是人，還是鳥，這是人與鳥之間的「物化」；第二段將我們對禪修、打坐「眼觀鼻鼻觀心心觀肚臍」的詼笑語，連接在「上帝」之下，似乎也可視之爲基督與佛祖之間，或聖（基督、佛祖）與凡（詼笑語）之間，打破藩籬，相繫而相連且使之相通，另一種「與物無礙，相與而化」的道家美學。

再看《有一種鳥或人》第一首詩〈擬作〉，是讀金曉蕾、張香華（1939- ）所譯《我沒有時間了——南斯拉夫當代詩選（1950-1990）》[21]所仿擬之作，之一爲〈李白與狗——擬 Viasta Mldenvic〉，詩中將中國、唐朝、詩仙與現代、南斯拉夫、詩人，長安與塞爾維亞，人與狗，吠聲與詩歌，完全繫連，緊密如網，疏而不漏，舉其一節，以例其餘：

李白呀!東方不老的詩仙呀／請語我：／長安有沒有狗／長安的狗是否和塞爾維亞一樣／看人低。且善吠：／吠聲之高高於／高於你的廣額劍眉與星眸，高於／你的將進酒與行路難，甚至／高於你的不協律與坎坷[22]

最後細看《有一種鳥或人》最後一首詩〈善哉十行〉，詩中有「你心裏有綠色／出門便是草」之句，作者引以爲輯四之輯名，顯見周夢蝶對於此句甚爲得意，讀此詩雖不能確知「出門便是草」的主詞是你還是我，但依莊子喪我、物化之大旨，是人亦是草，是你何妨也是我，如此相通相應之「物化」效應，將如詩中所言，只須於悄無人處呼名，只須於心頭一跳一熱，即得相見，而且即是相見：

人遠天涯遠？若欲相見／即得相見。善哉善哉你說／你心裏有綠色／出門便是草。乃至你說／若欲相見，更不勞流螢提燈引路／不須於蕉窗下久立／不須於前庭以玉釵敲砌竹……／若欲相見，只須於悄無人處呼名，乃至／只須於心頭一跳一熱，微微／微微微微一熱一跳一熱[23]

莊子〈齊物論〉長篇大論之喪我、物化美學觀，或許有賴於「莊周夢蝶」這一小節的美麗寓言而得以揭露於外，宣揚於心，周夢蝶《有一種鳥或人》的「安居樂俗」，或許也可以借用其他方式透露更多道家美學訊息。

---

20 周夢蝶，〈有一種鳥或人〉，《周夢蝶詩文集：有一種鳥或人》，頁 125-126。

21 靚山‧弛引、張香華編，金曉蕾、張香華譯，《我沒有時間了——南斯拉夫當代詩選（1950-1990）》（臺北：九歌出版社，1997）。

22 周夢蝶，〈擬作〉之一，《有一種鳥或人》，頁 21-23。

23 周夢蝶，〈善哉十行〉，《有一種鳥或人》，頁 135-136。

三、以水爲意象之棲的道家美學

牟宗三先生（1909-1995）解說道家對「自然」兩字的認知，是「一切自生、自在、自己如此，並無『生之』者，並無『使之如此』者。」就如〈齊物論〉中的「風」:「夫大塊噫氣，其名爲風。是唯無作，作則萬竅怒呺。而獨不聞之翏翏乎？山陵之畏隹，大木百圍之竅穴，似鼻、似口、似耳、似枅、似圈、似臼、似洼者、似污者；激者、謞者、叱者、吸者、叫者、譹者、宎者、咬者，前者唱于而隨者唱喁。泠風則小和，飄風則大和，厲風濟則眾竅爲虛。而獨不見之調調，之刁刁乎？」這時的地籟是眾竅穴發出的聲音，人籟是人以氣吹比竹（排簫）的聲音，但天籟呢？「吹萬不同，而使其自己也，咸其自取，怒者其誰邪？」[24]莊子所指出的，所謂天籟，是風吹萬種竅穴所發出的各種不同聲音，而使它們發出白己聲音的，是各個竅穴的自然形態所造成，「怒者其誰邪？」發動它們聲音的還有誰呢？換句話說，在風的背後並沒有「生之」者，並沒有「使之如此」者，並沒有「使之怒」者。這才是「自然」。這「自然」不是我們一般人所說的「大自然」：天地、山川、風雨、雷電、草木、蟲魚、鳥獸，因爲「『自然』是一境界，由渾化一切依待對待而至者。此自然方是真正之自然，自己如此。絕對無待、圓滿具足、獨立而自化、逍遙而自在、是自然義。當體自足、如是如是，是自然義。」[25]這是莊子以風爲喻的宇宙觀，是「自然」真正的內涵：自生、自在、自己如此的原本面貌，所以能得大自在。

莊子以風爲喻，莊子之前的老子則選擇以水無喻。學者認爲老莊之間的差異是老子選擇水的元素，莊子選擇風的元素來立論。[26]老子「上善若水」的言論，影響哲學、美學，也影響到政治學的思考。

> 上善若水。水善利萬物而不爭，處眾人之所惡，故幾於道。
> 居善地，心善淵，與善仁，言善信，正善治，事善能，動善時。
> 夫唯不爭，故無尤。[27]

根據吳怡（1939-）對「上善若水」的理解，水可以上天而爲雨露，調解生態；水可以入地而爲水分，滋養植物；水可以進入動物體內，促進循環，這是水的第一個特性。水，最爲柔軟，最富彈性，可以淺飲，可以灌溉，入方變方，入圓變圓，這不爭之德，是水的第二個特性。水，不嫌卑濕垢濁，向下流注，這是第三個特性。[28]

因此，從感性的文學想像來看：水，可以是小小水滴，也可以是汪洋大海，這其間

---

24 吳怡，《新譯莊子內篇解義》，頁 43-44。

25 牟宗三，《才性與玄理》（臺北：臺灣學生書局，1989），頁 195。

26 趙衛民，《莊子的風神：由蝴蝶之變到氣化》（臺北：聯經出版事業公司，2010），頁 189-209。

27 老子，《老子》第八章，吳怡，《新譯老子解義》（臺北：三民書局，2002），頁 45-46。

28 吳怡，《新譯老子解義》，頁 46-54。

的比例何其懸殊！水，可以是靜靜水流、潺湲小溪，也可以是滔滔江河、洶湧海洋，這其間的動靜，好像一部長篇小說也說不完似的。水，可以是輭動的液態，可以是堅冰的固態，還可能是水汽的氣態，還有什麼物資擁有這麼多的型態變化？從知性的道德修養來比擬，水可以隨著不同的容器而變化其形，可圓可方，可以是一泓池水、一面大海，也可以是一條溪流、江河，甚至於無所依傍時，從山頂縱落而下，碎散成萬千水花的瀑布！——但是，不論怎樣變遷，水的本質永遠是兩個氫一個氧（H_2O）。水，可以輕易地滲入許多物體之中，又能從許多物體中全身而退，依然保持自我。水，可以將糖、鹽、香料溶解在它的身體之中，仍然可以將自己從糖水、鹽水、香水之中全身而退，不沾不染。[29]若是，水可以形成許多意象、意涵與意境，以水作爲意象之棲的詩作，即目可得，極目之後可以更爲通透。

以風與水爲喻，老子和莊子所提倡的自然無爲，所強調的創作自由，爲後世文藝創作提供了崇尚自然、反對雕飾的審美尺度，所謂返樸才能歸真、雕飾反而失真，所謂清水出芙蓉、天然去雕飾等，皆可溯源到這種介乎有形與無形的以風與水爲喻的意象。[30]

周夢蝶《有一種鳥或人》詩作中，直接以水爲喻的，如〈果爾十四行〉裡的「水之積也不厚其負舟也無力」，[31]明引〈逍遙遊〉文句入詩，與「風之積也不厚，則其負大翼也無力」相呼應，莊子在〈逍遙遊〉中以鯤鵬之大暗喻宇宙之大、知之無涯，周夢蝶則以風、水之積也厚，作爲襯托，告訴我們「哲人治國」可以期待（因爲有腐草的地方就會有螢火），但更需要的是大環境的配套措施與無盡的等待（腐草必須自吹自綠自成灰還照夜，才能成螢），以此呼應首二句，果能如是，此山此水此鷗鷺與羊牛就有福了！[32]

其次，〈四月——有人問起我的近況〉[33]也有兩句詩以水爲喻。早年周夢蝶就常以月份爲題寫詩，他說「孟夏的四月是我的季節」，在這首詩中，他提出四月一號四號八號十三號，正是愚人節兒童節浴佛節潑水節，注意最後兩個節日（浴佛節與潑水節）是與水相關的節慶，表達水兼具潔身與除穢的功能；愚人節兒童節，則是自己心性的剖白，近乎愚直，常保童心。此詩最後一句「誰說人生長恨：水，但見其逝？」更是主題所在，「逝者如斯乎，不捨晝夜」（《論語．子罕》）原爲孔子在川上對時間消逝的感嘆，此處「但見其逝？」的問法，曲折而委婉地表現出：水不僅跟時間一樣不斷地消逝，也跟憾恨一樣長遠存在。

在〈潑墨——步南斯拉夫女作者 Simon Simonoivic 韻〉中，題目的潑墨，詩篇後段

---

29 蕭蕭，《老子的樂活哲學》（臺北：圓神出版社，2006），頁 94-96。
30 孔智光，《中西古典美學研究》（濟南：山東大學出版社，2002），頁 310。
31 周夢蝶，〈果爾十四行〉，《有一種鳥或人》，頁 80。
32 周夢蝶，〈果爾十四行〉，《有一種鳥或人》，頁 79-80。
33 周夢蝶，〈四月——有人問起我的近況〉，《有一種鳥或人》，頁 66-67。

的江河、波高與後浪，實在都與水有所繫聯：

> 自來聖哲如江河不死不老不病不廢／伏羲，衛夫人，蘇髯，米顛／在如椽復如林的筆陣之外／一努五千卷書，一捺十萬里路／風騷啊!拭目再拭目：／一波比一波高!後浪與前朝前前朝[34]

伏羲，首畫八卦爲文字之初稿；衛夫人（衛鑠，272-349），影響王羲之（303-361）的重要書法家；蘇髯（蘇軾，1037-1101）、米顛（米芾，1051-1107）的瀟灑字體，這些代表性的潑墨者留下書法碑帖或奇聞逸事，周夢蝶以「如江河不死不老不病不廢」來形容，所謂「不廢江河萬古流」是也，他所應用的就是水質意象。

整篇以水爲喻的是〈情是何物？——莊子物語之一〉，這首詩探究的是普世的情愛，副標題標誌爲「莊子物語之一」，顯見周夢蝶其實有著續寫莊子物語之二、之三的念頭，老莊思想內化在他的心中不時勃勃而跳，因而這首詩實際上也是鼓舞我撰述〈道家美學〉的潛在緣由之一。[35]

> 相忘好?抑或
> 相煦以沫，相濡以濕好?
>
> 泉涸。魚相與處於熱沙
> 且奮力各扇其尾
> 大張其口
> 仰天而喘
>
> 遠海有濤聲吞吐斷續如雷吼
> 貝殼的耳朵直直的，悠然
> 神往於某一女鬼哀怨之清吟：
>
> 　　我的來處無人知曉
> 　　我的去處萬有的歸宿
> 　　風吹海嘯，無人知曉[36]

此詩一開頭即化用《莊子‧大宗師》的文句與涵義：「泉涸，魚相與處於陸，相呴以濕，相濡以沫，不如相忘於江湖。與其譽堯而非桀也，不如兩忘而化其道 。」[37]「相濡以沫，不如相忘於江湖」，這句話是《莊子‧大宗師》的要旨所在，「相濡以沫」明指困阨環境時的深情專注、無微不至的呵護，「相忘於江湖」則暗示適意情境下那種自得、

---

34 周夢蝶，〈潑墨——步南斯拉夫女作者 Simon Simonoivic 韻〉，《有一種鳥或人》，頁 31-32。

35 周夢蝶，〈情是何物？——莊子物語之一〉，《有一種鳥或人》，頁 116-117。除此詩外，周夢蝶直接標示與《莊子》相關的詩題，還包括《還魂草》裡的〈濠上〉（印刻版，頁 107-109）、〈逍遙遊〉（印刻版，頁 155-157）。

36 周夢蝶，〈情是何物？——莊子物語之一〉，《有一種鳥或人》，頁 116-117。

37 吳怡，《新譯老子解義》，頁 209。

忘情，有如在大江大海中的優游與自在。「不如」二字，其實已經在相濡與相忘，孰好孰差之間有所辨識。引伸到政事上，譽堯而非桀是儒家思想中的政治正確，但不如不譽也不非，可以兩忘而化合；引伸到情事上，相濡不如相忘更能達成快樂，「女鬼哀怨之清吟」就是因爲不能相忘，時時刻刻專注於相濡以沫的深情所造致。此詩以水爲重要背景，煦、沫、濡、濕、涸、海、濤、貝殼、海嘯，是一長串的水質意象。莊子此文、周公此詩，最後攝入的問題都是生死大思辨。周詩中我的來處暗指「生」，萬有的歸宿暗指「死」，既然來處去處都是無人知曉，又何必在這兩極之間苦苦追索？周夢蝶的詩呼應著《莊子．大宗師》的文，借用水意象，從情的領會上，帶入生死學的體悟。

心理學家卡爾．古斯塔夫．榮格（Carl Gustav jung，1875-1961）將水定爲無意識的象徵：山谷中的湖就是無意識，它潛伏在意識之下，因而常常被稱作「下意識」……水是「谷之精靈」，水是「道」的飛龍……從心理學的角度來說，水變成爲無意識的精神。[38]港澳學者鄭振偉（1963-）即借用榮格這種觀點：無意識既是一個水的世界，又是一個黑暗的世界，因而以古中國的水神、水官又名「玄冥」，而「玄」「冥」二字均意味著「幽暗」作爲佐證。同時他又發現，水屬陰性，無意識是一個女權世界，而《老子》第六章也說：「谷神不死，是謂玄牝。玄牝之門，是爲天地根。綿綿若存，用之不勤。」[39]水、谷神、陰性，自有其相應相合之處，因而確立《老子》一書選擇水作爲道的重要意象的確證。[40]

古與今、東方與西方、學者與詩人，在以水爲文化、文學之重要意涵或象徵上，竟可以如此不謀而合，相互印證。

四、以渾爲意念之起的道家美學

「水」是水的現在式形象，水的過去式形象會是甚麼樣的面貌？在道家美學中應該就是一個「渾」字。

老子的哲學自成體系，這個體系是由「道」字出發而形成老子的宇宙觀，進而發展出他的生命觀、生活觀，最後形成他的治世哲學、帝王哲學。因此，溯源探本，「道」字的追索是瞭解老子最直接、最基本的方法。「道」是甚麼？《老子》書上有兩章對「道」的解析，頗爲值得玩味。

> 道，沖而，用之或不盈。
> 淵兮，似萬物之宗。

38 榮格，卡爾（Jung, Carl Gustav）著，馮川、蘇克譯，〈集體無意識的原型〉，《心理學與文學》（北京：三聯書店，1987），頁 68。

39 吳怡，《新譯老子解義》，頁 36-37。

40 鄭振偉，《道家詩學》（南京：江蘇人民出版社，2009），頁 29-30。

湛兮，似或存。[41]

孔德之容，惟道是從。
道之為物，惟恍惟惚。
惚兮恍兮，其中有象；
恍兮惚兮，其中有物；
窈兮冥兮，其中有精；
其精甚真，其中有信。[42]

《老子》第四章用了三個水字邊的「沖」、「淵」、「湛」，「沖」然用來形容濃度極淡，淡到極點，所以才能久遠；「淵」然用來形容深度極深，深到極點，所以未可測知；「湛」然用來形容清澄明透的樣子，清澄明透到極點，好像存在又好像不存在，所以無所不在。第二十一章則有恍兮惚兮、窈兮冥兮這種似無又有、似實還虛、若隱若顯的詞彙，但又很肯定地說：其中有象、有物、有精、有信，這就是老子心中的道，既能生成一切，又可統合一切，但不是一個具體可感的客觀存在。可以用老子自己的話來注解惚恍，《老子》第十四章：「視之不見，名曰夷；聽之不聞，名曰希；摶之不得，名曰微。此三者不可致詰，故混而為一。其上不皦，其下不昧，繩繩兮不可名，復歸於無物。是謂無狀之狀，無物之象，是謂惚恍。迎之不見其首，隨之不見其後。」[43]也可以用莊子的話來說明：「視乎冥冥，聽乎無聲。冥冥之中，獨見曉焉；無聲之中，獨聞和焉。故深之又深而能物焉，神之又神而能精焉。故其與萬物接也，至無而供其求，時騁而要其宿。」[44]這是視覺上昏昏冥冥，卻有著光明，聽覺上一無所聞，卻彷彿聽到了和音，無比深遠窕冥的所在，似乎有物存在，無比神妙的地方，似乎有著精光。當它與萬物有所接觸，至虛至無卻能滿足萬物的需求。這就是老子對「道」的體認，最重要的觀點是水字邊的「沖」、「淵」、「湛」三個字，以及恍惚窕冥，似有若無，充滿水氣的朦朧美，真要以一個字來形容老子道的場域、萬物的源頭，結合這些說解，那就是「渾沌」的「渾」吧！

以姜一涵（1926- ）為代表所編著的《中國美學》，曾為中國美學確立一句基本肯定語：「美就是真實生命的自然流露」，並且認為儒家美學關懷的重心放在「真實生命」這一端，道家美學則放在「自然流露」那一頭。同時又將「自然流露」一語，釐析為「自然」與「流露」的另一級次的一體兩端，從「自然」這一端，探討的是道家對美的本質的看法，那就是「和諧」，客觀面顯現為生命的整體和諧狀態，即所謂「渾沌」；而「流露」那一端，探討道家對美的呈現的意見，主觀面顯現為虛靜靈活的心境，呈顯出「觀

41 老子，《老子》第四章，吳怡，《新譯老子解義》，頁 23-24。
42 老子，《老子》第二十一章，吳怡，《新譯老子解義》，頁 143-144。
43 老子，《老子》第十四章，吳怡，《新譯老子解義》，頁 90-91。
44 莊子，《莊子・天地》，黃錦鋐，《新譯莊子讀本》（臺北：三民書局，2003），頁 150。

照」的功能。[45]所以，以上善之水作爲道家美學的主要意象，「水」是水的現在式形象，上一節已經有所探索；「渾」是水的過去式形象，是道的源頭，所謂恍惚、窕冥，渾沌、和諧，其景其境，似乎也能逐漸清晰。

中生代研究道家美學的學者將「渾」區分爲三層意義，選擇「渾然一體」、「反虛入渾」、「渾然天成」這三個現成的成語來說解，認爲「渾」之三義都是對「道體」和「體道」狀況的描繪：「首先，它表現爲互攝互入的混同的整體，亦即渾然一體。其次，這個整體是一種自我虛無化的大全，亦即反虛入渾。最後，這個渾同在虛無化中達到究極的真實，亦即渾然天成。」[46]細加分辨，「渾然一體」可以是道的源頭，萬物生成的地方。「反虛入渾」是「體道」狀況的描繪，所謂歸零、回到原點，屬於方法論、實踐的功夫。「渾然天成」則是悟道後的空明境界，呼應著最初的「渾然一體」，但「渾然一體」的時刻顯然還有個體的獨立感、分別性，「渾然天成」則已看不見隙縫，圓融無礙了。

不過，本文是以「水」是水的現在式形象，「渾」是水的過去式形象，而下一節的「游」則是水的未來式形象，以此三字作爲道家美學的基本架構，所以，此處的「渾」應是「渾然一體」的「渾」，是「惚兮恍兮，其中有象」的最初的「道」的渾沌存在。周夢蝶最新詩集《有一種鳥或人》的書寫，有兩種制式的、周夢蝶常用的詞語，足可藉以探討「渾」的最初原貌。

（一）不信、信否、誰能、誰說

櫻桃紅在這裡，不信／櫻桃之心早忐忑在無量劫前的夢裡？[47]

信否?匍匐之所在／自有婆娑的淚眼與開張的手臂／在等待。在呼喚[48]

不信先有李白而後有／黃河之水。不信／菊花只為淵明一人開？
不信顏回未出生／已雙鬢皓兮若雪？

誰能使已成熟的稻穗不低垂？／誰能使海不揚波，鵲不踏枝？／誰能使鴨鵝八卦／而，啄木鳥求友的手／不打賈島月下的門？[49]

不信神聖竟與恐怖同軌；而／一切乍然，總肧胎於必然與當然？[50]

不信：無內與無外同大／而花落與花開同時；／而，後後浪與前前浪
／　　流來流去，總是逝者？[51]

45 姜一涵等，《中國美學》（臺北：國立空中大學出版，1992），頁 68。
46 賴賢宗，《意境美學與詮釋學》（北京：北京大學出版社，2009），頁 78。
47 周夢蝶，〈無題〉，《有一種鳥或人》，頁 54。
48 周夢蝶，〈賦格——乙酉二月二十八日黃昏偶過臺北公園〉，《有一種鳥或人》，頁 74。
49 周夢蝶，〈九行二首〉，《有一種鳥或人》，頁 91-93。
50 周夢蝶，〈無題十二行〉，《有一種鳥或人》，頁 94。
51 周夢蝶，〈靜夜聞落葉聲有所思十則——詠時間〉，《有一種鳥或人》，頁 100。

不信牆這真理，是顛撲不破／最後且唯一的？[52]

誰說雨不識字，／　　未解說法？[53]

不信，是作者下筆之前心中主觀的不信；「信否？」是疑問修辭裡的「激問」，答案應該也是「不信」；「誰能？」亦屬「激問」，答案當然是「誰也不能」。但在周夢蝶的詩中，卻讓人有將信將疑的不確定感，無法確認正解就在問號的反面。全詩都以這種手法完成的是〈九行二首〉，「不信先有李白而後有／黃河之水。不信／菊花只為淵明一人開？」這是值得辯證的問題，黃河之水當然先於李白而存在，但如果沒有李白的黃河之水天上來的詩句，誰又會去吟誦（或者說關心）黃河之水？菊花與陶淵明、月亮與李白的關係，不都值得如此三番兩次加以辯證思索？即使面對「誰能使已成熟的稻穗不低垂？／誰能使海不揚波，鵲不踏枝？」幾乎可以立即說「沒有」，但讀詩的人會遲疑、會猶豫，幾番這樣的辯證後，我們會思考「後後浪與前前浪流來流去總是逝者」嗎？這其中有沒有層次、時空、人物、宗派、種族種種的相異性必須加以顧慮。同是以「不信」為開頭的這兩句，李白句以句點結束，淵明句則以問號作結，顯示 「信」與「不信」之間，有著相當多、相當大的可能——這就是「渾」的存在。

「渾」，水的前身，道的原貌，顯然不能以一種具體可感的客觀存在加以定型，不能形塑的「渾」，周夢蝶以「不信」「信否」「誰能」「誰說」拓展出「道」的諸多可能。

（二）必然與偶然

沖而、淵兮、湛兮、恍兮、惚兮、窈兮、冥兮、水哉、果爾，《老子》書中常用的這些「而」、「兮」、「哉」、「爾」的文言助詞，相當於白話裡的「然」字。因而周夢蝶詩集中常會出現「必然、偶然」這樣的辭彙，以《有一種鳥或人》為例，就有這許多相連而相對的必然與偶然，值得大家思考。

誰說偶然與必然，突然與當然／多邊而不相等[54]

一眼望不到邊／偶然與必然有限與無限[55]

不信神聖竟與恐怖同軌；而／一切乍然，總胚胎於必然與當然？[56]

---

52 周夢蝶，〈以刺蝟為師〉，《有一種鳥或人》，頁 108。
53 周夢蝶，〈急雨即事〉，《有一種鳥或人》，頁 111-112。
54 周夢蝶，〈無題〉，《有一種鳥或人》，頁 54。
55 周夢蝶，〈人在海棠花下立——書董劍秋兄攝影後　十八行代賀卡〉，《有一種鳥或人》，頁 78。
56 周夢蝶，〈無題十二行〉，《有一種鳥或人》，頁 94。

顯然，《有一種鳥或人》詩集中，周夢蝶的「然」可以分成兩組：必然、當然／偶然、突然、乍然，只是這兩組詞語出現時，周夢蝶幾乎同時出現「誰說」或「不信」等詞語，世事、人情的發生，到底是偶然或必然，有限或無限？周夢蝶抱著極大的疑惑，不曾作出斷然的選擇。因此，周夢蝶九十歲時明道大學所舉辦的學術研討會中，白靈（莊祖煌，1951-）選擇周夢蝶所愛用、擅用、常用、也越用越頻繁的驚嘆號「！」與問號「？」爲焦點，探討他不斷標示的符號背後所欲呈現的生命的偶然與必然、驚駭與疑慮究竟爲何？終於得出這樣的結論：他的生命觀與宇宙觀早期是「驚多於惑」（能量需求快速走高／外在時代影響／偶發機緣），其後是「惑多於驚」（能量需求維持在極高檔／反思求道／生命困境），最後終知人生與宇宙的深義，由其中衍發出「驚惑同觀」（能量需求大爲降低／不假外求／一即一切）的生命美學。[57]不過，這驚的次數與惑的次數，或有增減，卻是周夢蝶詩中之所不能或無，周夢蝶面對現實、人性，一直保有這種與「道」相接近的「渾」之初貌，即使是最新的近作《有一種鳥或人》，驚、惑這種現象亦未降低，本質上它們顯現出「水」的原始狀態、水的過去式，近乎「道」或「渾」，人的智慧所不能盡知，終究要拋灑出「道」或「渾」所釀成的諸多可能。

「水」的形象因外在的容器而有所差異或改變，可以親見目睹這種或圓或方，或少或多，或熱或冷，「渾」則不能確知，不能限囿，就如老子所說的「道」：「惚兮恍兮，其中有象；恍兮惚兮，其中有物；窈兮冥兮，其中有精；其精甚真，其中有信。」在恍惚、窈冥之際，渾然一道體，未可細究。相類近的說詞也出現在《莊子．大宗師》：「夫道，有情有信，無爲無形；可傳而不可受，可得而不可見；自本自根，未有天地，自古以固存；神鬼神帝，生天生地；在太極之先而不爲高，在六極之下而不爲深，先天地生而不爲久，長於上古而不爲老。」[58]這種渾然狀態就是道，周夢蝶以不可信、不忍信的言詞去質疑，以必然與偶然、原則與例外、有限與無限之相互可逆，去驚嘆。

五、以游爲意境之極的道家美學

《莊子》中常出現「游」字，「游」「遊」二字可以通用，本文以「渾」「水」「游」三字代表水的過去式、現在式、未來式，因此選用「游」字爲標題。《莊子》以〈逍遙遊〉爲首篇，這是第一次出現「游」，其後「游」字不斷優游在莊子的論述裡。

> 「若夫乘天地之正，而御六氣之辯，以遊無窮者，彼且惡待哉。」（〈逍遙遊〉）
> 「乘雲氣，騎日月，而游乎四海之外」（〈齊物論〉）

57 白靈，〈偶然與必然——周夢蝶詩中的驚與惑〉，黎活仁、蕭蕭、羅文玲編，《雪中取火且鑄火為雪：周夢蝶新詩論評集》（臺北：萬卷樓圖書股份有限公司，2010），頁 117-161。

58 莊子，《莊子．大宗師》，吳怡，《新譯老子解義》，頁 209。

「且夫乘物以游心，托不得已以養中，至矣！」(〈人間世〉)
「不知耳目之所宜，而游心於德之和。」 (〈德充符〉)
「彼方且與造物者為人，而游乎天地之一氣。」 (〈大宗師〉)
「彼，游方之外者也；而丘，游方之內者也。內外不相及。」(〈大宗師〉)
「立乎不測，而游於無有者也。」(〈應帝王〉)
「乘夫莽眇之鳥，以出六極之外，而游無何有之鄉，以處壙埌之野。」(〈應帝王〉)
「汝游心於淡，合氣於漠，順物自然而無容私焉，而天下治矣。」 (〈應帝王〉)
「體盡無窮，而游無朕。」(〈應帝王〉)
「挈汝適復之撓撓，以游無端。」(〈在宥〉)
「入無窮之門，以游無極之野。」(〈在宥〉)
「游乎萬物之所終始。」(〈達生〉)
「吾游心於物之初。」(〈田子方〉)
「夫得是，至美至樂也，得至美而游乎至樂，謂之至人。」(〈田子方〉)
「吾所與吾子游者，游於天地。」(〈徐无鬼〉)

莊子所游的空間：無窮者、四海之外、遊乎天地之一氣、方之外者、無有者、無何有之鄉、淡、無朕、無端、無極之野、萬物之所終始、物之初、至樂。這種空間當然不是形體可至的空間，是心、神、靈魂才能飄飛的所在，所以，學者指出：《莊子》書中的「游」常與「心」連用，「游心」即心之游，「游」不是肉體的遠離或飛升，卻是心靈的逍遙、精神的容與。[59]更進一步，游是無限的至樂，《莊子》書中有「自適」、「自得」、「自娛」、「自樂」、「自快」之說，都是「游」的意思，「游」的範疇就更爲寬廣而無邊無際了。[60]至於詩人的遠游，當然可以回溯到屈原（約BC339-278）的「遠游」，不僅是〈遠游〉一篇而已，整部《楚辭》幾乎都在神游遠觀，「遠游」反映了一種獨特的人生境界，一種穿透世界的方法，不畏漫漫之長路，上下而求索，是一種精神的遠足，「通過遠游，給寂寞的靈府以從容舒展的空間，在縱肆爛漫中撫慰痛苦之心靈。」[61]

周夢蝶新世紀詩集《有一種鳥或人》，自問「顛顛簸簸走了近九十多年的路／畢竟，你是怎樣走過來的？」[62]甚至於以鞋子的角度發聲，爲鞋子叫屈，而鞋子的委曲當然是精神上的委屈：

是不是該換一雙了?／路走得如此羊腸而又澀酸：／我的鞋子從不抱怨！

從不抱怨。我的鞋子只偶爾／有夢。夢到從前。夢到／長安市上的香塵與落葉，嫋嫋／欲與渭水的秋風比高；／與雁陣一般不知書不識愁／剛剛只寫得個一字或人字的[63]

即使寫的是風中小立，周夢蝶遠望的仍然是長遠長遠的天外，一眼望不到邊：

59 劉紹瑾，《莊子與中國美學》（廣州：廣東高等教育出版社，1989），頁42。
60 同前注。
61 朱良志，《中國美學十五講》（北京：北京大學出版社，1989），頁93。
62 周夢蝶，〈山外山斷簡六帖——致關雲〉之二，《有一種鳥或人》，頁43。
63 周夢蝶，〈山外山斷簡六帖——致關雲〉之三，《有一種鳥或人》，頁44。

君莫問：惆悵二字該怎麼寫？
看！晚風前的我
手中的拄杖與項下的缽囊
一眼望不到邊
偶然與必然有限與無限[64]

《有一種鳥或人》詩集中奇絕的一首詩〈走總有到的時候——以顧昔處說等仄聲字爲韻詠蝸牛〉，以蝸牛的慢爲喻，「自霸王椰足下下下下處一路／匍匐而上而上而上直到／與頂梢齊高」，[65]此一行程，當然也是一種遠游。《有一種鳥或人》輯三的輯名，引自〈賦格——乙酉二月二十八日黃昏偶過臺北公園〉這首詩中的「再也沒有流浪可以天涯了」[66]，足見流浪可以理直氣壯，天涯卻是一種遙遠的無盡止處，一生貧困度日的周夢蝶在他的心靈上享受這種自在、至樂，在他的新詩裡不吝與讀者分享道家（特別是莊子）美學中逍遙、遠游的自在、至樂。

明朝憨山大師（1547-？）曾以佛教徒的身分註解老子《道德經》與《莊子》內篇，在註解〈逍遙遊〉時曾說：「逍遙者，廣大自在之意。即如佛經無礙解脫，佛以斷盡煩惱爲解脫，莊子以超脫形骸、泯絕知巧，不以生人一身功名爲累爲解脫。」[67]這樣的聯結，頗值得我們思考佛家與道家美學可能相互匯通的所在，且無損於周夢蝶詩僧之名，無愧於周夢蝶自 1962 年開始禮佛習禪的修行經驗。研究周夢蝶最爲專精深入的曾進豐教授，曾就「人淡如菊，恬靜率真」、「詩多素心語，生命皆平等」、「止酒與不豪飲之間」、「生死的尊嚴與奧義」、「烏托邦的想像與創造」等五個面向，說周夢蝶無往而不自得的生命情調，實與陶淵明（365-427）相彷彿，悠然、悠閒之情趣，可以和淵明共知共賞，雖然周夢蝶其人其詩「兼融儒、釋、道於一身，然道家委運任化、生死一如的態度，毋寧更愜其心魄。」[68]就這一「愜」字，足以道盡周夢蝶與道家美學的會心處。

六、結語：無境造境，臻致化境

本文重點在利用「水」這一意象，連結周夢蝶詩中的道家美學，無意否決周夢蝶學佛習禪所達及的美好境界。且道家美學有許多可以探索的奧妙美境，本文僅站在老子與屈原的楚國文化所常展現的「水文明」[69]來立論，企圖扣緊論題，借用水的三式，現在

---

64 周夢蝶，〈人在海棠花下立——書董劍秋兄攝影後　十八行代賀卡〉，《有一種鳥或人》，頁 77-78。
65 周夢蝶，〈走總有到的時候——以顧昔處說等仄聲字為韻詠蝸牛〉，《有一種鳥或人》，頁 106-107。
66 周夢蝶，〈賦格——乙酉二月二十八日黃昏偶過臺北公園〉，《有一種鳥或人》，頁 74。
67 明．憨山大師：《老子道德經憨山註．莊子內篇憨山註》（臺北：新文豐出板公司，1993），頁 154。
68 曾進豐，〈「今之淵明」周夢蝶——一個思想淵源的考察〉，曾進豐編，《周夢蝶》（臺南：國立臺灣文學館，2012），臺灣現當代作家研究資料彙編 18，頁 325-356。
69 鄭愁予，《和平的衣缽》（臺北：周大觀文教基金會，2011）。本詩集榮獲周大觀文教基金會 2011

式的水、過去式的渾、未來式的游，發展出一個小型的道家美學架構。

首先以老子的上善若水的話，探究水的實際功能，既可以爲雨露，調解生態；又可以保留水分原貌，滋養植物；還可以在動物體內周游，帶動氣血。看看水的外在形體之啟發，輭動的液態、堅冰的固態、水汽的氣態，既能滲入許多物體之中，又能從許多物體中全身而退，依然保持自我。但是，不論怎樣變遷，水的本質永遠是兩個氫一個氧（H_2O）。其後回頭看水的過去形貌，渾然而似「道」之形象，在恍惚、窈冥之際，顯示道之有情有信。最後論述「水」的未來追求，超越空間的狹窄，超越時間的短暫，穿透世界，窺見本性，無盡期的逍遙之游。

儒家思維從人到天，《論語》一書從〈學而〉到〈堯曰〉，是從實際生活中學習、思考，最後進入聖賢；道家美學則由天而人，如《老子》是由「道可道，非常道」首章，到末二章「安居樂俗」、「聖人不積」爲其歷程；如《莊子》是先懸〈逍遙遊〉爲理想目標，再指出〈齊物論〉、〈養生主〉、〈德充符〉是由此可以企及〈逍遙遊〉的三條路徑，由此三論的覺行，往上可以進入〈逍遙遊〉的境界，往下可以成爲現實裡的「大宗師」，因而影響實際生活裡的〈人間世〉、推展政治事業的〈應帝王〉。[70]這是由無境（渾）、造境（水）而致化境（游），形塑出道家美學。周夢蝶的詩作由常用佛典的《孤獨國》與《還魂草》的孤峰頂上，回到人世間《十三朵白菊花》與《約會》的溫暖互動，最近的《有一種鳥或人》是人與微賤萬物（狗、門、草鞋、沉水香、櫻桃、枯葉、高柳、沙發、麻雀、鵝、白骨）的互文與借代，相互解憂，相互沉澱，在心靈深處獲得靜定之安。

年全球生命文學創作獎章，詩中大談中華文化裡的「水文明」。

70 吳怡，《新譯老子解義》，頁10-11。

引用書目

孔智光，《中西古典美學研究》（濟南：山東大學出版社，2002）。
白靈，〈偶然與必然——周夢蝶詩中的驚與惑〉，黎活仁、蕭蕭、羅文玲編，《雪中取火且鑄火為雪：周夢蝶新詩論評集》（臺北：萬卷樓圖書股份有限公司，2010），頁117-161。
朱良志，《中國美學十五講》（北京：北京大學出版社，1989）。
牟宗三，《才性與玄理》（臺北：臺灣學生書局，1989）。
吳怡，《新譯莊子內篇解義》（臺北：三民書局，2001）。
李奭學，〈花與滿天評周夢蝶詩集兩種〉，曾進豐編：《婆娑詩人周夢蝶》（臺北：九歌出版社，2005），頁 246-249。
周夢蝶，《孤獨國》（臺北：藍星詩社（藍星詩叢），1959）。
———，《還魂草》（臺北：文星書店，1965）。
———，《還魂草》（臺北：領導出版社，1977）。
———，《十三朵白菊花》（臺北：洪範書店，2002）。
———，《約會》（臺北：九歌出版社，2002）。
———，《有一種鳥或人》（周夢蝶詩文集）（臺北：印刻文學生活，2009）。
林安梧，《新道家與治療學——老子的智慧》（臺北：臺灣商務印書館，2010）。
南懷瑾，《禪海蠡測》（臺北：老古文化事業公司，1955）。
姜一涵等，《中國美學》（臺北：國立空中大學出版，1992）。
胡月花，〈市井大隱．簷下詩僧——周夢蝶的生命、思維以及創作歷程探討〉，《育達學報》第 16 期（2002.12），頁 64-91。
奚密，〈修溫柔法的蝴蝶——讀周夢蝶新詩集《約會》和《十三朵白菊花》〉，曾進豐編：《婆娑詩人周夢蝶》（臺北：九歌出版社，2005），頁 250-254。
曾進豐編，《周夢蝶》（臺南：國立臺灣文學館，2012），臺灣現當代作家研究資料彙編18。
———編，《周夢蝶先生年表暨作品、研究資料索引》（臺北：印刻文學生活，2009）。
———編，《婆娑詩人周夢蝶》（臺北：九歌出版社，2005）。
黃錦鋐，《新譯莊子讀本》（臺北：三民書局，2003）。
楊尚強，〈市井大隱．簷下詩僧〉，《民族晚報》（1963.1.11）。
榮格，卡爾（Jung, Carl Gustav）著，馮川、蘇克譯，《心理學與文學》（北京：三聯書店，1987）。
趙衛民，《莊子的風神：由蝴蝶之變到氣化》（臺北：聯經出版事業公司，2010）。
劉永毅，《周夢蝶——詩壇苦行僧》（臺北：時報文化出版公司，1997）。
劉紹瑾，《莊子與中國美學》（廣州：廣東高等教育出版社，1989）。
覩山・靶引、張香華編，金曉蕾、張香華譯，《我沒有時間了：南斯拉夫當代詩選

（1950-1990)》（臺北：九歌出版社，1997）。
鄭振偉，《道家詩學》（南京：江蘇人民出版社，2009）。
鄭愁予，《和平的衣缽》（臺北：周大觀文教基金會，2011）。
黎活仁、蕭蕭、羅文玲編，《雪中取火且鑄火爲雪：周夢蝶新詩論評集》（臺北：萬卷樓圖書股份有限公司，2010）。
憨山大師，《老子道德經憨山註．莊子內篇憨山註》（臺北：新文豐出板公司，1993）。
蕭蕭，《老子的樂活哲學》（臺北：圓神出版社，2006）。
賴賢宗，《意境美學與詮釋學》，北京：北京大學出版社，2009）。
羅任玲，〈自然中的二元對立與和諧——周夢蝶《十三朵白菊花》、《約會》析論〉，曾進豐編：《婆娑詩人周夢蝶》（臺北：九歌出版社，2005），頁 255-283。

直視擁抱與從容超越——論周夢蝶詩的死亡觀照

曾進豐*

一、前言：巨大的死欲

死亡，是生命不可逃避的最後階段：「修短隨化，終期於盡。古人云：『死生亦大矣』，豈不痛哉！」[1]死生大事，人情同感共悲。古今詩人對於「那尚無旅人返回的未知之國」，[2]始終充滿著厭煩、不安與恐惶、抵拒情緒。余英時（1930- ）嘗總結儒、釋、道三家生命態度與思想，而推論出中國人的生死觀爲：「每一個人都可以勇敢地面對小我的死亡而仍然積極地做人，勤奮地做事。人活一日便盡一日的本分，一旦死去，則此氣散歸天地，並無遺憾。」[3]前半指出人生在世，善盡本分力求自我實現，完全是儒家境界；後半逕謂人死則氣散，灑脫一笑，了無遺憾歸返天地，符合釋、道觀點。整體而言，人同萬物共存於天地，死後又歸返天地，此即莊子「天地與我並生，而萬物與我爲一」[4]宇宙觀的義諦。周夢蝶（1921-2014）詩句：

> 擺盪著——深深地
> 流動著——隱隱地
> 人在船上，船在水上，水在無盡上
> 無盡在，無盡在我剎那生滅的悲喜上[5]

---

* 高雄師範大學國文系副教授。

1 晉・王羲之，〈蘭亭集序〉，《晉王右軍集》（臺北：臺灣學生書局，1971），頁335-337。

2 莎士比亞（William Shakespeare，1564-1616）在〈哈姆雷特〉中說，人死後的去處是「從來不曾有一個旅人回來過的神秘之國」。

3 余英時，〈中國人的生死觀仍是「人與天地萬物為一體」的延伸〉，《從價值系統看中國文化的現代意義》（臺北：時報文化出版企業公司，1984），頁124。人本是「物」秉受「氣」而生，死後氣散歸天地，重返「物」的狀態，此觀念源自老莊。

4 周・莊周著，晉・郭象註，《莊子・齊物論》（臺北：藝文印書館，1968），卷1，頁51。

5 周夢蝶，〈擺渡船上〉，《自由中國》第22卷12期（1960.6），頁26。收錄於《還魂草》，頁13-14。周夢蝶詩集單行本有《孤獨國》（臺北：藍星詩社，1959）、《還魂草》（臺北：文星書店，1965）、《十三朵白菊花》（臺北：洪範書店，2002）、《約會》（臺北：九歌出版社，2002）、《有一種鳥或人》（新北：印刻文學出版有限公司，2009）及《風耳樓逸稿》（新北：印刻文學出版有限公司，2009）。後文引用詩篇，為行文方便及節省篇幅，皆僅簡標發表刊物、日期或初次發行詩集名闡釋人與天地萬物相互依存，有限與無限，剎那與永恆，有形與無形，悲喜與哀樂，生與死全都融爲一體，頗貼近中國傳統思想，尤其契合佛禪、莊老精神。近代西方存在主義哲學（Existentialisme）要求人直面死亡，認爲正視死亡乃個人必須單獨面對之習題，且強調死亡之個體性與不可替代性。里爾克（Rainer Maria Rilke，1875-1926）就指出，把生與死結合在一起是詩人的使命，主張詩人必須正確地理解死亡，深入描寫、歌頌死亡，[6]藉以消除對死亡的畏懼、焦慮感。

周夢蝶的死亡觀，除了東方傳統精神之蘊含，且兼具西方「存在」意義的追尋與叩問。殘酷的命運，使得詩人更敏銳且深刻地體驗生死大事：家庭經歷方面，周夢蝶爲一遺腹子，少年喪母，中年喪妻，老來又喪子，親人相繼亡故，死亡如影隨形出現在生命的每一階段；時代環境方面，一九四〇年代末內戰方殷，周夢蝶被迫離開親人、家園，動盪流離、輾轉顛沛，死亡多次擦身而過。[7]上述個人遭遇與時空環境等因素，對於周夢蝶創作，不論在表現死亡經驗的感性直觀，或者對死亡展開時代歷史的理性思考方面，均產生一定程度的影響。[8]再者，文化上的斷裂失根，文化虛位的絕望憂懷，驅使詩人思索終極存在的意義與價值，以致於產生莫名強烈的「死欲」。[9]然而，誠如葉維廉（1937- ）所說：「這個死的誘惑不是頹廢、虛無，或病態，而是在文化虛位進入絕境的痛楚中的一種背面的欲求，亦即是帶著死而後生的準備而進入生之煉獄。」，[10]引文末句實即高度張揚自主意志，遂行藝術拯救的內在驅力之宣示。周夢蝶面對死亡「懸臨」狀態，不僅無畏不煩，甚且表現出對生命的深情愛戀，雖苦於世情，卻未陷入悲觀主義或虛無主義，而是努力地將「死選擇我」（命運），翻轉作「我選擇死」，以極度清醒的眼光看待死亡，廣角度多層面地詮解與探勘，展開以詩征服悲苦的漫漫征程，永不停止地「在路上」[11]行

（簡稱）、頁碼，藉以掌握詩人不同時期死亡觀照之變化脈絡。除非必要，否則將不再加註。

6 里爾克《杜伊諾哀歌》和《致奧爾弗斯的十四行詩》兩部詩集，都在冥思生與死、愛與靈的奧秘。

7 1948年3月共產黨闖入河南，戰況激烈，隨時都有死的可能。死裡逃生到漢口，輾轉至武昌，12月隨青年軍經南京、上海抵臺，又「因水土不服，頻頻『打擺子』（瘧疾），幾瀕於危。」曾進豐，《聽取如雷之靜寂——想見詩人周夢蝶》（臺南：漢風出版社，2003），頁14。

8 馬建高說：「前者有助於作家表現死亡意境的經驗的感性直觀，有助於幻覺與想像的拓展和情感的宣洩；後者有助于作家對死亡意境展開社會歷史觀念的理性思考，並賦予深刻的形而上的哲學意義。」馬建高，〈生與死的詩性沉思——作家死亡意識的本體論探討〉，《山花》第12期（2009.12），頁149。

9 佛洛伊德(Sigmund Freud，1856-1939)認為人有兩種本能，一是愛的本能（或為性本能），二是死亡本能(death instinct)。並主張生之欲與死之欲在整個生命過程中相互交織、相互攻擊，但只有在最極端的情況下，死亡的本能才會所向無敵。

10 葉維廉，〈洛夫論〉（上），《中外文學》第17卷第8期（1989.1），頁24。此外，葉氏〈被迫承受文化的錯位——中國現代文化、文學、詩生變的思索〉和〈雙重的錯位：臺灣五六十年代的詩思〉，一再強調大陸南渡臺灣的作家們，始終承受著五四以來「文化虛位之痛」。分見《創世紀》100期（1994.9），頁12、140-141期（2004.10），頁56-67。

11 周夢蝶，〈在路上〉：「我用淚鑄成我的笑／又將笑灑在路旁的荊棘上／……／這條路是一串永遠

走，要以淚鑄成笑，撫慰人間的不平與傷痕。

周夢蝶堅信凡燃燒的必歸冥滅，而生死圓轉如環、晝夜更迭，死後將可還魂再來；擬循「復歸」路徑，溯洄生命初始的理想狀態，還原爲未出生以前的「一湖溶溶的月色」；或漫遊於夢中世界，親密地與幽靈交頭接耳、相濡以沫；進而以詩的不老不死不廢不病，超越肉體的腐朽毀壞。以上種種努力，莫非是自我逃避、慰解，無奈之餘的故作灑脫？抑或是踐行藝術拯救，通過幽巷仄徑後得其開闊和自由的從容？箇中的真相實情，將是本文掘發論述之重點。

二、辯證：死之現象

人的必死性，於誕生的一刻已然註定，海德格（Martin Heidegger，1889-1976）強調，人「總已經在一種向死亡的存在中存在著。」[12]該來時就會來，周夢蝶謂之「畢竟相遇」（〈死亡的邂逅〉，見下）。它把人引導到生命的最高峰，使得生命具有充分意義；它是人類不可剝奪又無法規避的特殊功業。

（一）必然或偶然

死亡作爲最後的現實到來，所有的一切都消失在這裡，人無法阻擋它的降臨，對它普遍關注，卻又一無所悉。英國詩人丁尼生（Lord Alfred Tennyson，1809-1892）、美國女詩人狄金森（Emily Dickinson，1830-1886），皆在詩歌中設計死亡主題，中國詩人亦著迷於此，李金髮（1900-1976）、何其芳（1912-1977）、郭沫若（1892-1978）、聞一多（1899-1946）等，不約而同地抒發對生命短暫性和死亡絕對性的慨嘆感傷，或表現出對死的酷愛，耽溺於死境，或充滿生死辯證，既不否定死亡的斷滅性，又肯定人在死亡面前的主動性；魯迅（1881-1936）從死的陰影中窺視到生的意識，冰心（1900-1999）從最初的生命裡看到死亡的影子，後者恰是海德格所謂：「剛一降生，人就立刻老得足以去死」[13]的具象闡釋。

周夢蝶顯然接近於魯迅或冰心，常說自己「生下來就是個小老頭」，[14]一如他所喜愛

數不完的又甜又澀的念珠」。《公論報》第 6 版，《藍星週刊》210 期（1958.8.24）。按：《藍星週刊》係藍星詩社第一份刊物，借《公論報》發行，自 1954 年 6 月 17 日至 1958 年 8 月 29 日止，計 211 期。後文再度引用時，僅標註《藍星週刊》期別、日期。

12 （德）馬丁・海德格著，王慶節、陳嘉映譯，《存在與時間》（臺北：久大文化桂冠圖書聯合出版，1990），頁 342。

13 同前註，頁 332。

14 詩人自道。同註 7，頁 5。周夢蝶書信〈致高梅兼答陳盈珊〉亦曾提及：「……意味著他鼻前眼下不才我，這小老頭兒……。」周夢蝶，《風耳樓墜簡》（新北：印刻文學出版有限公司，2009），

的「印度夜鶯」奈都夫人（Sarojini Naidu，1879-1949），窮其一生追究生與死的奧秘，周夢蝶不僅不怕死，甚至歡迎死、眷戀著死；有如一個老靈魂，審顧人世間的悲喜榮枯，從不避諱談論死亡。當被問及生死之體悟時，援引徐志摩（1896-1931）日記，[15]並仿其句式口吻曰：「我唯一的嚮往和追尋是死。它比我堅強得多，我愛它！」[16]死比生堅強，神秘地誘惑著周夢蝶，雖不至於瘋狂地呼喚死亡、讚美死亡，詩中凝視死亡、思索死亡，仍有多面的書寫與淋漓的展現——《孤獨國》裡的〈烏鴉〉、〈消息〉、〈行者日記〉先肇其端；《還魂草》時期蔚爲大觀，〈六月〉、〈十月〉、〈十三月〉、〈天問〉、〈還魂草〉、〈囚〉、〈孤峰頂上〉等等，皆圍繞死之主題，衍生、歧出、變異、擴散、轉化……，進行反覆的數說與理解。

周夢蝶強烈意識死亡的無所不在，隨時都可能與之相遇，〈死亡的邂逅〉一詩寫道：

一步一漣漪。你翩躚著
踏浪花千疊的冷冷來
來赴一個密約
一個淒絕美絕的假期

昨日你是鱈魚
戲嬉於無日亦無風的千噚下
戲嬉於無日亦無風的千噚下
我也是的。在昨日
在偶然與必然的一瞥間
我們相遇，相煦而又相忘
面對著一切網

面對著一切網。雖然網開四面
且閃著比夜還柔的眼
——這似疏而密的經緯
以你我底影子織成的——
在茫茫之上，茫茫之外
我們相忘。相憶而又相尋

我們畢竟相遇。在明日
在文著綠藻與珊瑚樹的盤中
我們畢竟相遇。是的
當你廻過臉來
以恍如隔世的空茫凝睇我（《藍星詩頁》43，1962.6）

頁 288。又，洛冰贈詩〈那老頭〉，《還魂草・附錄》（臺北：文星書店，1965），頁 153。

15 徐志摩，「我唯一的引誘是佛。它比我大得多，我怕它！」《徐志摩未刊日記（外四種）・眉軒瑣語》（北京：北京圖書館出版社，2003），頁 225。

16 周夢蝶，〈我打今天走過——又題：六花賦〉，六之五〈答遠方友人問三帖・之三〉。周夢蝶等，《我是怎樣學起佛來》（臺北：老古文化事業公司，2002），頁 9。

昨日還如魚一般地嬉戲於千噚下的江水間，洋溢生之喜悅，明日將與死亡相遇、相煦相忘，在「盤中」（仿造的場景）默默凝睇。既是無所遁逃的必然（重複「我們畢竟相遇」），那就迎向前去。詩人浪漫化、淒美化死亡的逼臨感與不可逆性，想像它是奔赴一個隔世再來的密約，一個只屬於「我們」的淒美假期。

生死相依，人於出生之際，隨即展開邁向死亡的旅程，也可說是生命編織著死亡，死是生之終點。在周夢蝶眼裡，死亡與生命不存在絲毫的對立，兩者之間沒有明確的界限；死亡可觸可親可感，可以「摟著」，為我「斟酒」，在我「掌上旋舞」。[17]換言之，死亡就在生命本身之中，它是生命的一部份，也是生命的最高完成、最輝煌的終點。

死神召喚之際，佛家主張必須修持到來去分明，安詳捨報的境界，不能哀傷動情。周夢蝶一生沉潛內典，早已洞察生命隱微，然而，面對年輕生命萎凋，猶不免驚愕、痛心與惋惜。〈迴音——焚寄沈慧〉（《文學雙月刊》1，1971.1）詩之開端驚見：「太陽還沒出來／就落了。」尚未升起先殞墜，來不及明亮已暗黑，無論是戀情或青春的提早幕落，都是難以承受的悲劇。斷柯、早夭、慘白、離去、陵寢，以及天非、地非、人非等字詞，撲天蓋地映入眼簾，才十九年華，徒呼「此生已了，餘生未卜」，終至嘶吼「如果從來就沒活過多好！」命運弄人，不如死去一了百了，或者不曾活過，也就不必遭受折磨煎熬。詩人悲痛逾常而痴心妄想，實則，前此數年之作〈關著的夜〉[18]（《文星》12：1，1963.5），女子既已香消玉殞、魂飛魄散，詩人卻要去跪求老道，「跪到他肯把那瓣返魂香與我」，盼能起死回生、還魂復活，以延續再世情緣。

夭亡是生命的偶然，天葬則是殊異的喪葬儀式。西藏喇嘛習俗，人死之後，由其親屬以刀斧敲碎骸骨，然後置之高臺（天葬臺），等待老鷹啄食，「於是，本不知愁不知驚不知痛的我／遂一身而多身／且不翼而能飛了。」如同對於夭亡的慟，周夢蝶且驚痛於天葬儀式，不忍見其狀、聞其聲，虔誠祝願：「天若有情，念力若不可思議／願昨死今死後死／永不復聞天葬之名——」（〈白雲三願〉，《聯合副刊》1997.7.27），願上天憐憫，死後靈魂升天，進入輪迴，投胎轉世，而永不再有天葬之習。

（二）無常與日常

凡人皆將瞑目，獨獨死亡是不死的。周夢蝶解悟苦空無常，深刻理解人生唯一真實無疑的東西，只有死亡：「啊，有目皆瞑；／除了死亡／這不死的黑貓！在在／向你定著

---

17 引號中的語彙皆摘自周夢蝶詩句。分見〈烏鴉〉、〈行者日記〉及〈六月〉，前兩首見《孤獨國》（臺北：藍星詩社，1959），頁 17、28-29，後一首見《還魂草》（臺北：文星書店，1965），頁 43-44。

18 〈關著的夜〉係借題發揮，寫人鬼戀：「而我應及時打開那墓門，寒鴉色的／足足囚了你十九年的」；〈迴音〉：「多屈辱的浪費！／十九年的風月竟為誰而設」，巧合的「十九年」，唯前者困在墓中，設法重返人世；後者苦於人間，哀生之痛。

兀鷹的眼睛。」（〈迴音——焚寄沈慧〉，見前）猙獰的死，以兀鷹般的眼睛凌厲地盯視著生。穿行於周詩字裡行間，類似的沉思並不少見，如〈紅與黑〉詩行：

難道冥冥與冥冥中真有所謂因果？
你若願，你將遇著
你若不，你仍須遇著……（《葡萄園季刊》8，1964.4）

命運無從選擇，冥冥中早有安排，任誰也無法抗拒，只是人們一向不願意接受這種無奈的事實。「過來的人們說，命運是一疊牌／一葉葉地穿插著快樂與悲哀／你若願，你將遇著／你若不，你仍須遇著」（〈十月〉，《聯合副刊》1959.10.23）、「你若願，你自有你底；／你若不，你仍有你底。」（〈六月〉，《藍星詩頁》22，1960.9）有如老道娓娓說法，先知殷殷諭示；明知因果天定，即便到了古稀之年，猶「幾度瀕於絕續的邊緣／卻又無端爲命運／爲楊枝之水所滴醒——」（〈花，總得開一次——七十自壽〉，《藍星詩刊》23，1990.4），慨嘆無法從心所欲，徹底擺落情緣。

人生無常，老病死卻又極爲日常。那麼，該用什麼態度面對它的到來？林語堂（1895-1976）說：「自然韻律有一道法則，由童年、青年到衰老和死亡，一直支配我們的身體，優雅的老化含有一份美感。」[19]又表露其理想的生命道別姿勢：「說聲『這是一齣好戲』」而離開人世。[20]周夢蝶喜以蝸牛自比，奉行「慢」的哲學，[21]生活簡單，生命悠然寧靜，稱得上最具老化美感，面對生死大事，依然好整以暇、慢條斯理地說：「我喜歡慢。我要張著眼睛，看它一分一寸一點一滴地逼近我，將我淹沒……。」[22]沒有焦灼不安，不作無謂抵抗，反而要仔細地看清死神的臉孔，看它是如何將我吞噬、淹沒。

周夢蝶認爲死亡不是滅絕，而是再一次的完成、延續與出發。〈終站〉如是說：

夜以柔而涼的靜寂孵我
我吸吮著黑色：這濃甜如乳的祭酒
我已歸來。我仍須出發！

悲哀在前路，正向我招手含笑
任一步一個悲哀鑄成我底前路
我仍須出發！

灼熱在我已涸的脈管裡蠕動
雪層下，一個意念掙扎著

19 林語堂，《八十自敘》（臺北：遠景出版事業公司，1985，再版），頁 71。
20 林語堂，《生活的藝術》（上海：上海書店，1990），頁 28。
21 周夢蝶連九詠蝸牛。1954 年初詠，即浮雕「慢且拙」、「負殼緩行」的形象，顯有自我的投射與類比。其中，最為膾炙人口的當屬 1987 年〈蝸牛與武侯椰〉及 2002 年〈走總有到的時候——以顧昔處說等仄聲字為韻詠蝸牛〉二詩。
22 周夢蝶，〈致史安妮四首〉，《風耳樓墜簡》（新北：印刻文學出版有限公司，2009），第二首之九，頁 32。

欲破土而出，矍然！（《聯合副刊》1959.12.2）

開篇即以夜、黑、歸來指涉死亡，此作收錄於《還魂草》題〈十三月〉。四個月後，又發表一首〈十三月〉（《藍星詩頁》17，1960.4），描寫希臘神話美少年那西賽斯，喜臨流照影，顧盼自憐，後竟憔悴而死。同為死靈魂的獨白，前詩以「一個意念掙扎著／欲破土而出，矍然！」作結，後作以「蘆葦與十字星以長長的笑照亮／囚禁你的瞳孔底徧黑，指點你／怎樣無須翅膀也可以越獄」收束，破土意念和越獄可能，在在指向死並不是灰滅，而是再一次的蠢蠢欲動。要之，死存在於生活中，與生為一體之兩面，它就是「日常」。

三、顫慄：死之意象

死亡意象與氛圍，構成周夢蝶詩的宗教感與神秘性。歸納其詩之核心意象，略可分作「時間神竊」及「墳與鬼魂」兩大系列。

（一）時間神竊

時間是生命的存在形式與象徵，世俗、歷史的時間[23]總是如流水，不斷流逝，去不復返，而時間急雨的盡頭就是死亡。[24]周夢蝶對於現實時間一味迷戀，且充滿疑惑，於是展開永無止盡的探勘：「時間之神微笑著，正按著雙槳隨流盪漾開去／他全身墨黑，我辨認不清他的面目」（〈川端橋夜坐〉，《孤獨國》，頁 33），「黑花追蹤我，以微笑底憂鬱／未來誘引我，以空白底神秘」（〈行者日記〉，《文學雜誌》5：6，1959.2），時間隨流盪漾開去，無情洪流吞噬萬物，摧毀一切，甚且訕笑著人類的無知。〈烏鴉〉一詩，見證了時間的絕對冷酷：

哽咽而愴惻，時間的烏鴉嗚號著：
「人啊，聰明而蠢愚的啊！
我死去了，你悼戀我；
當我偎依在你身旁時，卻又不睬理我——
你的瞳彩晶燦如月鏡，
唉，卻是盲黑的！
盲黑得更甚於我的斷尾……」

時間的烏鴉嗚號著，哽咽而愴惻！

---

23 宗教學者（羅馬尼亞）依里亞德（Mircea Eliade，1907-1986）將時間區分為「神聖－神話的時間」與「世俗－歷史的時間」。轉引自劉清虔，〈談理解神話〉，《神學與教會》第 25 卷第 1 期（1999.12），頁 224。

24 （法）巴什拉（Gaston Bachelard，1884-1962）說：「靜觀水，就是流逝，就是消融，就是死亡。」加斯東・巴什拉著，顧家琛譯，《水與夢：論物質的想像》（長沙：岳麓書社，2005），頁 53。

我摟著死亡在世界末夜跳懺悔舞的盲黑的心
剎那間，給斑斑啄紅了。（《藍星週刊》175，1957.11.22）

此詩原題〈聖善的詛咒〉——以象徵黑色絕望的烏鴉爲喻。淒厲嗚號聲，催促報時，予人強烈不安感；何況，「曾經」永遠不能成爲「曾未」，死神的陰笑、冷笑，令人不寒而慄。然而，更更悲哀的是，人類又總自以爲是的盲目耗損，直到泣著血、懺悔地死亡。

全身墨黑、面目難辨的時間，詩人賦予它聲響和步伐，它成爲可聽可視，甚至具體可感。「這裡沒有嬲騷的市聲／只有時間嚼著時間的反芻的微響」（〈孤獨國〉，《藍星週刊》204，1958.7.6）、「萬籟俱寂／只有時間響著：卜卜卜卜」（〈失眠〉，《獅子吼》3，1962.10），孤獨寂寞、輾轉不眠，始能清晰聽聞時間的聲響；或者因著「等待」的由暫而久，時間走著「黑貓、蝸牛、駱駝」不同的步子（〈除夜衡陽路雨中候車久不至〉，《藍星詩刊》5，1985.10），強烈感受到時間的深沉重量。其次，將時間神格化，如前引〈川端橋夜坐〉，全身烏黑的時間之神，有時又化身蒙面神竊，專以盜夢爲生，偷走一切：「而蒙面人底馬蹄聲已遠了／這個專以盜夢爲活的神竊／他底臉是永遠沒有褶紋的」（〈十月〉，《中外畫報》47，1960.5），既緊密扣合印度時間神卡莉（Kali）女神[25]——漆黑一片（蒙面、夜裡盜夢），而且，時間如環無端、永不衰老，所以「他底臉永遠沒有褶紋」。聲遠無痕，形容時間消逝得無聲無息、無跡可尋。[26]

烏鴉、黑貓[27]等作爲時間神竊之變形，施其恐怖魔法，竟是使人眉髮斑白。「而在春雨與翡翠樓外／青山正以白髮數說死亡」（〈孤峰頂上〉，《作品》4：6，1963.6），「自無量劫前，一揮手／已驚痛到白髮」（〈八行〉，《臺灣詩學季刊》4，1963.9），時序遷轉，風霜雨露滄桑變化，轉眼間蒼翠青山翻作皤皤霜白；多少離別尤令人黯然銷魂，在一次又一次的聚散分合、揮手離去間，逐漸步入夕暮黃昏、人間晚景，「乃驚嘆

---

25 卡莉（Kali）女神係印度教三大可怕神像之一，由濕婆神之妻帕瓦蒂（Parvati）化身，是最具威力的女神，也同時是最嗜血的女神，既能造福生靈，也能塗炭生靈。她的膚色黝黑，意思是一切都被她所包括，如同眾色隱於黑色之中。被稱為黑色的地球母親，時間的征服者，形象可怖。梵文 Kala 意為「時間和死亡」，Kali 是其陰性詞。

26 在著名的《咒文吠陀》詩篇中，時間本身卡拉（Kala）像一匹繫著許多繮繩的馬奔跑著：「他的車輪是整個生物世界。……這個『時間』給我們帶來整個世界：他被尊為至神……他從我們這裡帶走了所有這些生物世界。他們稱他為身居九天之上的卡拉。他創造了生命的世界，他聚合了生物的世界。萬物之父的他變成萬物之子：沒有任何一種力量超過他的存在。」轉引自（德）恩斯特．卡西爾（Ernst Cassirer，1874-1945）著，黃龍保、周振選譯，《神話思維》（北京：中國社會科學出版社，1992），頁 130-131。

27 將時間具象化為虎視眈眈的「貓科」，尚有：「日，一日長於一日，／夜，一夜暖於一夜，乃至／黑貓的黑瞳也愈旋愈黑愈圓愈亮／而將十方無邊虛空照徹」，周夢蝶，〈用某種眼神看冬天〉，《約會》（臺北：九歌出版社，2002），頁 54。「我是食魚連頭尾連骨皮肉一口吞的！／時間說：我是貓科」，周夢蝶，〈靜夜聞落葉聲有所思十則——詠時間〉，《有一種鳥或人》（新北：印刻文學出版有限公司，2009），頁 96。

於眉鬓白得如此絕情」（〈人在海棠花下立〉，《人間副刊》2003.1.14），直到被黑色的塵土覆埋。「風月從這扇門闖進來，／打另一扇門逃出去／也從未跌過跤。因爲／時間沒有門檻！」（〈靜夜聞落葉聲有所思十則——詠時間〉，《中華副刊》2003.4.25）時間沒有門檻、不會跌跤，且一向不習慣於等待。人生百年短如一瞬，時間何處可尋、如何捉摸？〈試爲俳句六帖・之四〉：

> 幾人修到時間？
> 月可熱日可冷，無量百千萬劫
> 猶童！（《聯合文學》218，2002.12）

時間創生一個大千世界，起伏興衰，雲月星火；百千萬劫過去了，春去春又回，人們除了驚訝啞然，對它依然一無所悉。

（二）墳與鬼魂

周夢蝶於一九五〇年代初開始發表新詩，1955 年作〈詠蝶〉詩，短短兩節計八行：

> 你的生命只是一個「癡」，
> 你的宇宙只有一個「愛」；
> 你前生定是殉情的羅蜜歐，
> 錯認百花皆朱麗葉之靈魂。
>
> 最後的一瓣冷紅殞落了
> 你的宇宙也隨著給葬埋；
> 秋雨秋風做了你的香塚，
> 可有朵朵花魂為你弔睞？（《青年戰士報》1955.8.11）

除去前兩行聚焦蝶之癡愛本質，後六行接連出現殉情、靈魂、殞落、葬埋、香塚、花魂及弔睞等與死有關字詞，可見詩人自創作伊始即十分關注此一主題。

周夢蝶詩齡超過半世紀，詩作將近四百首，詩中布列大量的死亡字眼及相關語彙。首先，死、死亡、亡、死寂、死灰等字眼赫然在目，諸如：「讓蝴蝶死吻夏日最後一瓣玫瑰」（〈讓〉，《藍星週刊》166，1957.9.13）、「昨日與昨日與昨日之死」（〈水龍頭〉，《藍星詩頁》5，1959.4）、「面對枯葉般匍匐在你腳下的死亡與死亡」（〈還魂草〉，《中外畫報》60，1961.6）、「也許有隻紅鶴翩躚／來訪人琴俱亡的故里」（〈聞鐘〉，《文星》12：4，1963.8），以及「生之惻惻與死之寂寂」（〈無耳芳一〉，《文學季刊》6，1968.2）、「許是天譴。許是劫餘的死灰／冒著冷煙」（〈焚〉，《現代文學》42，1970.12）。其次，與死亡相關的語彙，舉凡十字架、地獄、地下、奈何橋、白骨、輪迴、蛻化、陰陽扇、幽明、劫、誄辭……，信手拈來，多不勝數。茲摘錄部分詩句，藉窺豹之一斑：「一個地獄的司閽者」（〈司閽者〉，《文藝月報》2：10，1955.10）、「也許它早已蛻化爲一叢蘭葉」（〈輓詩〉，《藍星週刊》

179，1957.12.20）、「想起十字架上血淋淋的耶穌」（〈索〉，《孤獨國》，頁 2）、「如陰陽扇的開闔，這無名底鐵鎖！」（〈守墓者〉，《藍星詩頁》18，1960.5）、「在宿草紛披的地下」（〈一瞥〉，《藍星詩頁》40，1962.3）、「縱使隔著薄薄的一層幽明諦聽」（〈一瞥〉，《文星》11：4，1963.2）、「在奈何橋畔。自轉眼已灰的三十三天」（〈天問〉，《還魂草》，頁 126），以及「飲十次刃，換百次骨／輪千次回」（〈疤——詠竹〉，《藍星詩刊》4，1985.7）、「誄辭似的／唯美而詩意的最後一筆」（〈詠雀五帖〉，《藍星詩刊》29，1991.10）、「多生多劫前，冷暖過的另一回自己」（〈竹枕〉，《藍星詩刊》32，1992.7）。上面臚列之詩行，皆或顯或隱指涉死亡，尤其大量出現在《孤獨國》、《還魂草》時期，亦即集中於一九五〇、六〇年代間所作。六〇年代中後期開始，詩人浸淫佛學義諦，廣讀佛書、聽經、參禪，皈依印順長老、道源長老，[28]漸知有佛法有禪，轉而以因緣生滅觀照生死，因此，《十三朵白菊花》中直接言死者已寥寥可數，甚至自《約會》起，與死亡相關的字詞也幾乎杳不可尋。[29]早期苦苦思索虛空、存在及生命實相，反覆探尋而困縛其中；後期則體悟成、住、壞、空，週而復始，生滅循環不已，輪迴永無止盡，終能放下、走出。由此得以窺知，六〇年代以前，深受存在主義影響，人生悲苦色澤濃郁，之後，濡染佛理禪意，擺脫孤絕，發現人間溫馨而寬廣，詩人的死亡觀起了顯著的變化。

《還魂草》中〈十月〉一詩，哀悼時間遷逝，掘發死亡本質意義，允為周夢蝶一九五〇、六〇年代死亡觀的完整展現：

> 就像死亡那樣肯定而真實
> 你躺在這裡。十字架上漆著
> 和相思一般蒼白的月色
> （中略）
> 風塵和憂鬱磨折我底眉髮
> 我猛叩著額角。想著
> 這是十月。所有美好的都已美好過了
> 甚至夜夜來弔唁的蝶夢也冷了
>
> 是的，至少你還有虛空留存
> 你說。至少你已懂得什麼是什麼了
> 是的，沒有一種笑是鐵打的
> 甚至眼淚也不是……（《中外畫報》47，1960.5）

---

28 周夢蝶於 1966 年初讀南懷瑾《禪海蠡測》，次年皈依印順，後又皈依道源。沉浸於佛學禪理，陸續聽印順、道源法師講《金剛經》，聽葉曼居士講《不思議解脫經》，精讀《金剛經》、《大智度論》、《彌勒日巴尊者傳》、《宗鏡錄》，並圈點《指月錄》、《高僧傳》、《大唐玄奘法師傳》、《維摩精舍叢書》、《八指頭陀》等。見曾進豐編，《周夢蝶先生年表暨作品、研究資料索引》（新北：印刻文學出版有限公司，2009），頁 14-18。

29 《十三朵白菊花》、《約會》同於 2002 年出版，前者收錄《還魂草》後至 1989 年止，唯有〈胡桃樹下的過客〉（1962.12）一詩例外；後者收錄 1990 年至 2000 年所有詩作，及 1990 年之前的作品六篇。

詩人獨立墳前，凝視墓碑十字架，月色、相思一般蒼白；美好皆已過去（過去的生命已經死亡），弔唁的蝶夢也冷了（死亡的生命已經朽腐），才明白人生唯一確定無疑的東西只有死亡，死神青春常在（我藉此知道它還非空虛），末六行彷彿魯迅《野草・題辭》開端數句之迴響。[30]

周夢蝶筆下之死亡，往往藉由墳塚（地下）、魂魄（天上）等意象群呈顯。詩中墳塚、墓誌、墓碑林立，各式各樣的鬼魂、魂魄、靈魂飄閃，因爲，在詩人眼中，落葉冰雪、暖風寒月或流水硬石，都有情有覺，有其魂靈，且各具意蘊特色。詩題有〈守墓者〉二首、〈在墓穴裡〉、〈還魂草〉、〈斷魂記〉、〈離魂記〉等。相關詩句俯拾即是，僅就「魂」系列以觀，諸如：「月魄與霜魂已將秘密洩漏給方塘了」（〈十一月〉，《筆匯》革新號 2：2，1960.9）、「影單魂孤的你」（〈囚〉，《藍星詩頁》56，1964.3）、「當斷魂如敗葉隨風」（〈天問〉，《還魂草》126）、「除非你不甘的雀魂」（〈詠雀五帖〉，《藍星詩刊》29，1991.10）、「細雪的精魂」（〈細雪〉，《臺灣詩學季刊》11，1995.6）、「水仙花的鬼魂」（〈詩與創造〉，《創世紀詩刊》115，1998.6）。另外，〈斷魂記〉一詩，除了以「魂，斷就斷吧！」起首，第三、四節又連兩次呼告「魂爲誰斷？」（《藍星詩學》3，1999.9）、〈門與詩〉有「門的鬼魂是關不住的！」（《人間副刊》2001.7.18）、〈夏至前一日於紫藤廬遲武宣妃久不至〉有「芭蕉的鬼魂無視於窗玻璃的阻隔」（《聯合副刊》2006.8.22）、〈病起・樓外乍見一葉墮〉有「魂兮魂兮秋之魂兮／嫋嫋」（《人間副刊》2006.8.29）等等。此一系列詩作，又以〈十三朵白菊花〉最具代表性。因震慄於「無言哀於有言的輓辭」（十三這數字），乃颺起肅肅陰風、飄來游魂：

> 頓覺一陣蕭蕭的訣別意味
> 白楊似的襲上心來；
> 頓覺這石柱子是塚，
> 這書架子，殘破而斑駁的
> 便是倚在塚前的荒碑了！
>
> 是否我的遺骸已消散為
> 塚中的沙石？而游魂
> 自數萬里外，如風之馳電之閃
> 飄然而來——（《聯合副刊》1978.8.19）

輓辭、訣別、白楊，重現告別式場；石塚、荒碑、遺骸，意謂葬埋多年。游魂飄然而至，低回且尋思「不可不可說劫以前」的重重因緣。

30　魯迅：「……過去的生命已經死亡。我對於這死亡有大歡喜，因為我藉此知道它曾經存活。死亡的生命已經朽腐。我對於這朽腐有大歡喜，因為我藉此知道它還非空虛。」魯迅，《魯迅全集》（北京：北京人民文學出版社，1991），第 2 卷，頁 159。

四、復歸：死之想像

周夢蝶顯然有一種美化死亡的傾向，對於死之想像，首先，表現爲嚮往非現象界的溫暖親切，積極構建墓穴中的至樂；其次，透過夢境消泯生死界線，在夢中踏上復歸途徑，逆溯嬰兒初始的純淨喜悅。以下分從「另類孤獨國」和「嬰兒之未孩」兩方面，論述周夢蝶對於死之美好想像。

（一）另類孤獨國

墳墓爲人死後魂魄聚斂處，而守墓者近距離接觸，直可與墓中鬼魂秘密對話，周夢蝶有過這樣的特殊經驗。生平最長一夜，以詩四首紀錄，想像死後世界。[31]〈守墓者〉劈頭是成群裸身山鬼嘩嘯著、擲跳著朝我圍攏過來：「千百隻眼睛伈伈俔俔地／繞視著我」，我不但不覺得可怕，還聆聽地底下「它們」的膚觸交談、暖熱私語，猶如「一篇霹靂般沉默的說法」：

> 剎那與剎那灼灼地笑了
> 「這不是靈山是那兒呢？」
> 它們以肌膚切切私語著
> 顫慄於彼此血脈底暖熱（《聯合副刊》1962.3.11）

群鬼肌膚相親、血脈交流，好似靈山拈花，每一個當下、此刻都灼灼地笑了，無比的澄澈真實。另一首〈守墓者〉，將我、綠草與地下枯骨三者合而爲一，一體同根，彼此守護，「它們」變成了「我們」：

> 記否？我也是由同一乳穗恩養大的！
> 在地下，在我纍纍的斷顎與恥骨間
> 伴著無眠——伴著我底另一些「我」們
> 花魂與鳥魂，土撥鼠與蚯蚓們
> 在一起瞑默——直到我從醒中醒來
> 我又是一番綠！而你是我底綠底守護（《藍星詩頁》18，1960.5）

兩首〈守墓者〉，皆從人之視域觀看墓墳，設想地底下的繽紛，以生視死，死爲客體；廿一世紀新作〈在墓穴裡〉（《中華副刊》2002.7.29），死轉作主體，直接由墳裡亡靈發聲，淋漓展示墓穴風景，詩化死後世界。在那裡絕對沒有遺憾與抱怨，不見爾虞我詐、勾心鬥角。詩分七節，茲摘錄部分如下：

> 在墓穴裡。我可以指著我的白骨之白
> 起誓。在墓穴裡

31　周夢蝶於 1959 年曾擔任守墓職務一夜。四詩包括〈守墓者〉二首、〈朝陽下〉及〈枕石〉。

再也沒有誰，比一具白骨如我
對另一具白骨
更禮貌而親切的了（第二節）

真的。在墓穴裡
絕絕沒有誰會對誰記恨
絕絕沒有——誰，居然
一邊舉酒，一邊親額，一邊

出其不意以袖箭，以三色堇
滴向對方的眼皮（第三節）

在墓穴裡。我將以睡為餌
垂釣十方三世的風雨以及靜寂
比風雨復風雨更嘈切的靜寂——（第五節中間三行）

聽！誰在會心不遠處
舉唱我的偈頌？
寒煙外，低回明滅：誰家的牡丹燈籠？（第七節）

一九五〇年代詩人嘗預言：「墓地裡有哲人吞吐的解答」（〈繩索〉，《創世紀詩刊》2，1955.2），相隔半世紀後，此詩成爲最佳印證。第二、三節，墓中魂靈喃喃獨白，誇言死之至好，恰是前引詩〈守墓者〉的擴充；墓穴裡，沒有虛假、記恨與爭競，只有真心相待、無邪談笑，則儼然〈海葬〉之再製。[32]生有人間之勞苦，死能徹底解脫，肉體與精神獲得雙重自由，頗近於《莊子》書中髑髏申說的「南面王樂」[33]之世界，又巧與〈孤獨國〉中的「三沒有」[34]及「我是『現在』的臣僕，也是帝皇」（《藍星週刊》204，1958.7.6）極其相仿！至此，我們始矍然發覺，墓穴裡、非現象界，竟是詩人的另類「孤獨國」。

（二）嬰兒之未孩

其生如天氣之運行，其死如萬物之變化，面對終極大限，中國傳統思想莫不視爲生

---

32 〈海葬〉一詩，寫人類和蜻蜓精魂的交接：「一個兩足兩手的／天真的靈魂，和九百九十九個／六足四翅的天真的靈魂／邂面了。而且傾談，而且酣舞、轟飲／以沉默與沉默，以凝視與凝視／以許多一個，和一個許多微笑……」，天真而無機心，則或動或靜，一片會心喜樂、純淨和諧光景。周夢蝶，〈海葬〉，《海洋詩刊》第 2 卷第 8 期（1959.6），頁 231。

33 《莊子・至樂》篇載：「莊子之楚，見空髑髏，髐然有形。……援髑髏，枕而臥。夜半，髑髏見夢曰：『子之談者似辯士，視子所言，皆生人之累也，死則無此矣。子欲聞死之說乎？』莊子曰：『然』，髑髏曰：『死，無君於上，無臣於下；亦無四時之事，從然以天地為春秋，雖南面王樂，不能過也。』莊子不信，曰：『吾使司命復生子形，為子骨肉肌膚，反子父母、妻子、閭里、知識，子欲之乎？』髑髏深矉蹙頞曰：『吾安能棄南面王樂而復為人間之勞乎！』」同註 4，卷 6，頁 347。

34 〈孤獨國〉中的「三沒有」即：「這裡沒有嬲騷的市聲」、「這裡沒有眼鏡蛇、貓頭鷹與人面獸」、「這裡沒有文字、經緯、千手千眼佛」。周夢蝶，《孤獨國》（臺北：藍星詩社，1959）頁 25。

命的返與歸。[35]莊子將死，弟子欲厚葬之，莊子曰：「吾以天地爲棺槨，以日月爲連璧，星辰爲珠璣，萬物爲齎送。吾葬具豈不備邪？何以加此！」[36]把生命置諸天地之間，死不過是回歸自然的作爲，終將與山河宇宙同歸無窮無盡。這些觀念深深影響歷代文人，陶淵明、李白允稱顯例。[37]現代詩人周夢蝶亦復如是，嘗作一偈頌，前四句曰：「空手而來，空手而去。存亦何欣，歿亦何懼？」[38]逆旅天地間，爲客爲歸，存歿來去，不喜亦不懼，既是陶公、青蓮居士超脫生死束縛的瀟灑，也是詩僧周夢蝶的從容姿態。

老子主張：「專氣致柔，能嬰兒乎」、「常德不離，復歸於嬰兒。」[39]形體將歷生老病死循環，而內在的心——即生命最純粹的本質，能與氣專一，達到返老還童、如嬰兒般至純至淨無所欲。嬰兒是生命初始和理想的狀態，也是生命永恆與超越的最佳出路，老子藉由專氣致柔、常德不離的方式抵達，周夢蝶則透過夢境消泯生死界線，在夢中踏上復歸途徑：「昨夜，我又夢見我赤裸裸的／沐浴在上帝金燦的光雨裡」，夜夢歷經聖子、聖嬰受洗儀式，醒來時，朝陽下春意盎然，人群皆如獲新生：

> 他們髫鬌都變成了嬰兒，
> 臉上飛滿迎春花天真的微笑；
> 他們的心曝露著，
> 像一群把胸扉打開酣飲天風暖日的貝殼。
> （〈發覺〉，《創世紀詩刊》5，1956.3）

就像是瞬間開啟了給永夜封埋著的天門，心隨之洞開，「新奇簇擁我／我有亞當第一次驚喜的瞠目／／如果每一朵山花都是天國底投影／多少怡悅，多少慈柔／正自我心中秘密地飛昇。」（〈朝陽下〉，《藍星詩頁》16，1960.3.10），不論是上帝金燦的光雨或天國底投影，盡是嬰兒天真微笑、亞當驚喜瞠目；當第一瓣雪花與第一聲春雷，點醒渾沌的同時，洋溢本然、初始的新奇美好，瀰漫著無以名狀的欣喜。

周夢蝶將嬰兒比擬爲太陽、落日，[40]象徵生命的永恆，其笑容如朝陽春花，啼聲似

---

35 《莊子・庚桑楚》：「以生為喪，以死為反」。，同註4，卷8，頁434。《淮南子・精神訓》：「生，寄也；死，歸也。」漢・劉安著，漢・高誘注，《淮南子》（臺北：臺灣中華書局，1966），卷7，頁8。

36 《莊子・列禦寇》，同註4，卷10，頁565。

37 陶淵明，〈歸園田居五首〉其四：「人生似幻化，終當歸空無。」晉・陶潛著，梁・蕭統等輯，《陶淵明詩文彙評》（臺北：世界書局，1964），頁48。李白：〈擬古十二首〉其九：「生者為過客，死者為歸人。」唐・李白著，宋・楊齊賢注，《李太白全集注》（臺北：世界書局，1962），卷24，頁7。

38 周夢蝶，〈我打今天走過——又題：六花賦〉六之四〈壬午述偈示苓女弟〉，同註16，頁7。

39 周・李耳著，晉・王弼注，《老子》（臺北：臺灣中華書局，1967），上篇，10 章，頁 5-6、28 章，頁16。

40 周夢蝶，〈吹劍錄・之七〉：「太陽這嬰兒」，《十三朵白菊花》（臺北：洪範書店，2002），頁

早春雷鳴，[41]詩人擬依聲溯源，回歸生命原始起點，要倒退著前進，循著來處回去，[42]走回嬰孩時期：

朝回走：
如水西流，後浪推著前浪
自七十而從心所欲不逾矩
一直流向吾十有五以前以前
墜地的呱呱聲從來不斷（〈花，總得開一次〉，《藍星詩刊》23，1990.4）

流向來處，流向破空而出的呱呱聲，再「由呱呱的第一聲哭到陣痛／易折而不及一寸的葉柄可曾識得／自己的葉脈，源流之所從出？」（〈賦格〉，《聯合副刊》2005.5.18）逆轉時間，返歸根本源頭，甚至回到還未出生以前：

如果時光真能倒流
就讓我回到未出生時——
回到不知善之為善，美之為美
回到陰陽猶未判割
七竅猶未洞開時。（〈一瞥〉，《文星》11：4，1963.2）

陰陽未分、七竅未鑿，宇宙一團渾沌、洪荒蒙昧，不知美善也沒有醜惡苦痛，一切都不曾發生的時候，「仁慈的乳母啊，還原我／還原我爲一湖溶溶的月色吧！」（〈集句六帖〉，《臺灣詩學季刊》1，1992.12），還原至本來面目——原始一片茫茫的乾淨大地，一個潔淨無暇、圓滿無缺的世界。此一極致狀態，等同老子所謂之「嬰兒之未孩」，[43]嬰兒是生命的初始狀態，未孩之嬰兒則是生命初始的初始。

五、征服：死之超越

意識到生命終究腐朽的強大威脅，促使人們反覆地思索，在它來到之前，生命該如何定義本身的價值，或者尋求超越的可能。「無論是莊子的歸於自然、儒家的不朽衝動還是楊朱的享樂主義，都是在意識到生命有限之後設計出的超越策略。」[44]周夢蝶超越之道，首先，在於透過藝術創作征服宿命的悲哀，追求精神不朽；其次，藉由佛理佛法

192。〈淡水河側的落日〉：「落日，嬰兒似的」，《約會》（臺北：九歌出版社，2002），頁 99。

41 周夢蝶，〈山外山斷簡六帖——致關雲〉之四：「如早春的雷鳴，誰家／初生的，嬰兒的啼聲」，《有一種鳥或人》（新北：印刻文學出版有限公司，2009），頁 45。

42 周夢蝶渴望溯洄最初，經常流露於詩句間：「久久溯洄不到／來時的路。欲就巍巍之孤光，照亮／遠行者的面目之最初」，周夢蝶，〈蛻——兼謝伊弟〉，《十三朵白菊花》，頁 14。「躡著來時的腳印往回走／愈走愈遠愈高愈窄愈冷愈窮愈歧愈出」，周夢蝶，〈漫成三十三行〉，《十三朵白菊花》，頁 39。「俱往矣俱往矣／好想順著來時路往回走／在世界的盡頭」，周夢蝶，〈八十八歲生日自壽〉，《有一種鳥或人》，同前註，頁 118。

43 同註 39，20 章，頁 11。

44 陶東風、徐莉萍，《死亡・情愛・隱逸・思鄉》（杭州：杭州大學出版社，1993），頁 15。

的浸淫修持，參透因緣究竟，解悟「冷冷之初」也是「冷冷之終」，不斷生滅、滅生，輪迴不已。

（一）照見永恆

周夢蝶傾力抵拒時間的腐蝕，反抗生命的偶然性與有限性，積極實現藝術拯救，通過詩歌征服「生命的悲哀」，[45]對於悲苦命運，施以「形而上的慰藉」。[46]從〈在路上〉到〈行者日記〉，詩人一再爲自我生命定調——追尋——化身沙漠與駱駝，背負人間悲苦，艱難跋涉，即便有無極遠無窮高的寂寞、無盡的空白與憂鬱，絕不改易初衷，直到：

> 天黑了！死亡斟給我一杯葡萄酒
> 我在峨默瘋狂而清醒的瞳孔裡
> 照見永恆，照見隱在永恒背後我底名姓
> （〈行者日記〉，《文學雜誌》5：6，1959.2）

穿越死亡，照見永恆以及自己的名姓，藉此方式實現對天堂的想像，見證生命的不朽。這種根植的內在動能，總是不經意且澎湃地發散於詩中，詩人堅信：「一切都將成爲灰燼，／而灰燼又孕育著一切」（〈徘徊〉，《孤獨國》，頁 9），寒灰絕境蘊藏生機消息，點點星火絕不是殞滅，而是埋伏——「是讓更多更多無數無數的兄弟姊妹們／再一度更窈窕更夭矯的出發！／從另一個新的出發點上／從燃燒著絢爛的冥默／與上帝的心一般浩瀚勇壯的／千萬億千萬億火花的灰燼裡。」（〈消息〉之一，《青年戰士報》1959.1.13）有如上帝創生般的不可思議，灰燼騰焰復燃，再度夭矯出發。〈消息〉之二，直接在死亡中看見永生：

> 昨夜，我又夢見我死了
> 而且幽幽地哭泣著，思量著
> 怕再也難得活了
>
> 然而，當我鉤下頭想一看我的屍身有沒有敗壞時
> 卻發現：我是一叢紅菊花
> 在死亡的灰燼裡燃燒著十字（《藍星週刊》158，1957.7.19）

「紅菊花」和「十字」結合，象徵犧牲與復活——即從死亡中獲得永恆。於此，不但解消了死亡的恐懼心理，也使得生命自由獲得無限擴張。題目「消息」二字，出自《易經》

---

45 「生命的悲哀」意謂生命本身存在的悲劇意識，是「一種以自我意識渴望永恆（非理性的生命衝動）與個體生命難以持久（理性的現實存在）之衝突引起的『生存之悲』。」楊經建，《存在與虛無——20 世紀中國存在主義文學論辯》（北京：人民出版社，2011），頁 266-267。

46 （德）尼采著，周國平編譯，《悲劇的誕生》（北京：三聯書店，1986），頁 28。

中〈泰卦〉和〈豐卦〉，取其「乾盈坤虛、生滅盛衰」之本義。[47]試再予以引伸闡釋，消，盡也、滅也，不生也；息，生也、長也，不滅也，消息者寓意「不生不滅」。成壞不二，生滅同時，處出生亦處入滅，沒有迷惑煩惱，是爲解脫之道。

生命有代謝而無終盡，唯人生追求的是圓滿，「死亡終止於衰竭，圓滿卻終止於無窮。」[48]身體大限無法避免，但並不可怕，因爲風騷可以薪火相傳，聖哲精神事功如潺潺江水，不死不竭不腐不朽：

（前略）
一頭栽進墨汁裡，之後
又一頭撞到宣紙上

醒來時已竹生子，子生孫
孫又生子子復生孫生子了！

自來聖哲如江河不死不老不病不廢
伏羲，衛夫人，蘇髯，米顛
在如椽復如林的筆陣之外
一努五千卷書，一捺十萬里路
風騷啊！拭目再拭目：
一波比一波高！後浪與前朝前前朝（〈潑墨〉，《中華副刊》2001.5.23）

周夢蝶用生命寫詩，以詩拯救生命的悲哀，更因此接通了永恆。

（二）還魂再來

死後復生、還魂再來是周夢蝶死亡想像的另一面。有詩集《還魂草》和同題詩，以及〈關著的夜〉中提及「返魂香」一物，詩之旨趣或「生者迷魂歸返」，或「死者離魂復位」，[49]總是重生、新生、再生的要求。其他與還魂相關的詩句如：「第幾次還魂？那曾燃亮過／惠特曼、桑德堡底眼睛的眼睛。」（〈朝陽下〉，《藍星詩頁》16，1960.3）、「看誰來了？／落落的神情，飄飄的素衣／翕然而合！一時／昨日之我與今日之我」和「在魂兮歸來自圓自缺的水之湄／在夜夜月上時」（〈詠野薑花〉，《聯合副刊》1999.3.18），此作又題：離魂記，本於唐傳奇《離魂記》[50]，倩娘魂靈歸與肉身合翕，會王宙以續前緣

---

47 蕭蕭，〈現代詩作中禪喜與禪悟的可能——以周夢蝶為主例〉，彰化師範大學第二十二屆詩學會議：「緣情言志・終極關懷——詩與宗教」研討會論文（2013.5.24），頁19-20。

48 （印）泰戈爾語。《飛鳥集》第111首：「終止於衰竭的是『死亡』，但『圓滿』卻終止於無窮。」（印）泰戈爾著，鄭振鐸譯，《泰戈爾全集》（臺北：江南出版社，1968），頁25。

49 黃梁說：「和〈關著的夜〉著眼於『死者離魂復位』不同，〈還魂草〉的主題焦點乃『生者迷魂歸返』。」黃梁，〈詩中的「還魂」之思——周夢蝶作品二闋試析〉，《臺灣詩學季刊》第15期（1996.6），頁18。

50 陳玄祐傳奇《離魂記》，經元代鄭光祖改編為雜劇《倩女離魂》，至明代湯顯祖再演變為戲曲《牡丹亭》（又名《還魂記》），描寫杜麗娘與柳夢梅的愛情故事。

之事。〈斷魂記〉始於徬徨歧路，終而覺得風雨多情，感念它的成全賜予，只因爲歧路盡處：「早有／破空而來，拳拳如舊相識／擎著小宮燈的螢火蟲／在等你。災星即福星：／隔世的另一個你」（《藍星詩學》3，1999.9），等你的是隔世的你。死亡不是生命的終了，而是抵達再生的過渡，由生到死再回到生的圓形回歸，週而復始循環不止。[51]

生死流轉無始無終，歷經幾番輪迴，成就悠悠此生。在永遠走不出自己的路上，懷著觀世音菩薩的大慈大悲，生生世世爲一切有緣爲人人，「向劍上取暖，鼎中避熱」，靜默地等待，如〈再來人〉一詩結尾：

> 常時像等待驚蟄似的等待著你
> 深靜的雷音。而且堅信
> 在轉頭，或無量劫後
> 在你影入三尺的石壁深處，將有
> 一株含笑的曼陀羅
> 探首向我：傳遞你的消息
> 再來的。（《純文學》1：4，1967.4）

等待百千萬億劫，只爲傳遞再來的消息。詩末附白：「伊弟贈詩。戲取淵明自輓筆意，爲損益而潤飾之。」兩年後，續寫〈蛻——兼謝伊弟〉（《現代文學》36，1969.1），同樣自輓開端：「誰知？我已來過多少千千萬萬次／踏著自己：纍纍的白骨。」爲了等待另一個自己，業已輪迴千萬次，期待：「明年髑髏的眼裡，可有／虞美人草再度笑出？」在死亡的陰影下，想望生之喜悅。

周夢蝶詩中的死亡又常與愛情連結，前文述及之〈十月〉、〈迴音〉、〈關著的夜〉、〈詠野薑花〉等，皆悼念情逝人杳，後兩首更有還魂再來的祈求。那「曾因羞憤而自殺的香魂／嬝嬝，自深井中逸出／再世又再世爲人」（〈重有感〉之一，《藍星詩刊》25，1990.10），一縷香魂自深井逸出，象徵千古奇女子善女子的永生不滅。愛情可以穿透時空，上窮碧落下入黃泉，悼亡詩〈囚〉首節寫道：

> 那時將有一片杜鵑燃起自你眸中
> 那時宿草已五十度無聊地青而復枯
> 枯而復青。那時我將尋訪你
> 斷翅而怯生的一羽蝴蝶
> 在紅白掩映的淚香裡
> 以熟悉的觸撫將隔世訴說……

蘇東坡（1037-1101）弔亡妻，發出「十年生死兩茫茫」的思念之苦，周夢蝶則哀感「五十度無聊地青而復枯／枯而復青」；東坡詞結束於「料得年年腸斷處，明月夜，短松岡。」

---

51 王孝廉，「佛教的圓形時間是一個無限的圓」，《中國的神話世界——各民族的創世神話及信仰》（臺北：時報文化出版公司，1987），頁 569。

[52]夢蝶詩則轉化爲結尾三行：「梅雪都回到冬天去了／千山外，一輪斜月孤明／誰是相識而猶未誕生的那再來的人呢？」(《藍星詩頁》56，1964.3)，同樣以綿綿不絕的情意，延伸出曠古以來生死懸隔的創痛，唯古人寄深情於邈不可知，今人盼能輪迴重生，隔世再來。

〈六月〉以化蝶翩躚，設想未來：「死亡在我掌上旋舞／一個蹉跌，她流星般落下／我欲翻身拾起再拼圓／虹斷霞飛，她已紛紛化爲蝴蝶。」(《藍星季刊》1，1961.6) 詩中意象明顯源自〈孔雀東南飛〉[53]，而將焦、劉墳頭樹上相向鳴的鴛鴦，幻化成翩翩飛舞的蝴蝶。另一首〈六月——又題：雙燈〉：「再回頭時已化爲飛灰了／便如來底神咒也喚不醒的」，似乎死透了，愁慘哀傷，第三節突然翻作樂觀想像：「脫蛹而出。第二度的／一隻不爲睡眠所困的蝴蝶……」(《葡萄園季刊》5，1963.7)，明知滅盡還甦不容易，蝴蝶仍不放棄征服睡眠（作爲死亡的象徵），力求破繭脫蛹的可能，這又與「蝴蝶／自新埋的棺蓋下冉冉飛起的」(〈孤峰頂上〉，見前)，同爲入死而出生的隱喻。經過死亡來完成生命的更新，蝴蝶成爲再生的契機。

周夢蝶深受佛教影響，苦生苦死，認爲一切有爲法，如夢幻泡影，如露亦如電，變化萬千且終會壞滅；處於萬般無常之中，體認由生至死的因緣果報，是最平等、最無可逃避的無奈。嘗自製輓聯，上半曰：「爲愛徬徨，因詩憔悴」，概括一生塵緣行色；下半曰：「隨緣好去，乘願再來。」[54]居於利生念切，報恩意重的慈悲心，發誓乘願再來。[55]唯當其再來時，已不落眾生界，也非自覺獨善之羅漢，而是渡化眾生的火中蓮：「具大慈悲大方便大堅毅大勇猛之再來人」。[56]

六、結語：我選擇不選擇

周夢蝶歷經顛沛流離仍能貞定固窮，豁達而平靜地等待死亡的到來，傾向以詩意眼光與思維看待死亡、表現死亡。首先，探究死之奧義，對於死之現象開展其理性辯證，強調死之必然性與不可逆性，且理解到死乃生命的完成。其次，死之意象緊扣全身墨黑的時間神竊，而擴散爲烏鴉、黑貓；復聚焦於墳墓和飄閃的魂靈，交織成令人顫慄的死

---

52 蘇軾（東坡），〈江城子—乙卯正月二十日夜記夢〉，宋・蘇軾著，龍榆生校箋，《東坡樂府箋》（臺北：華正書局，1990），頁 64-65。

53 〈孔雀東南飛〉，宋・郭茂倩，《樂府詩集》（臺北：里仁書局，1984 年），頁 1034-1038。

54 周夢蝶，《風耳樓墜簡・致施善繼》，同註 22，頁 67。

55 周夢蝶〈第九種風〉詩前引《大智度論》謂：「菩薩……能護四念而無失，歷八風而不動。惟以利生念切，報恩意重，恆心心為第九種風所搖撼耳。……第九種風者，慈悲是也。」《藍星季刊》新 4（1975 年 9 月），頁 20-22。

56 周夢蝶：「竊嘗思之，泥中蓮者，眾生境界也；雪中蓮者，自覺獨善之羅漢也；此外，尚有所謂火中蓮者，則非具大慈悲大方便大堅毅大勇猛之再來人，不足以當之。」《風耳樓墜簡・致曹惜惜》，同註 22，頁 197。

神微笑。再次，周夢蝶對於死亡深具幻美想像，既虛擬了墓穴裡的美好圖景，建構出另類孤獨國境，且以逆溯初始的方式，復歸嬰兒呱呱的無邪，甚至還原至天未開地未闢的渾沌洪荒。最後，透過藝術拯救的途徑，以詩之不朽，創造生命的圓滿；或者說是藉由佛理了脫生死，相信生生世世輪轉風發，敗壞的肉體必能還魂再來，以此超越死亡的毀滅性。

死亡是生命的句號，周夢蝶說：「我偏愛句號。」，在此同時，「更愛／淒迷搖曳，蝌蚪也似的逗點」（〈九行二首——讀鹿苹詩集扉頁有所思〉之二，《聯合副刊》2006.1.2）。縱然深信彼岸的存在，且有聖者接引點化，卻又因浪漫本質，難捨世間參差情緣，珍視生命中的每一程風雨。檢讀〈花，總得開一次——七十自壽〉、〈七十五歲生日一輯〉、〈八十八歲生日自壽〉到〈止酒二十行——八十九歲生日〉，在在可印證詩人溫柔、悠緩而淡然的生命情調。詩人選擇「割骨還父割肉還母，割一切憂思怨亂還諸天地」、「選擇最後一人成究竟覺」，以至於「我選擇不選擇」（〈我選擇〉，《中華副刊》2004.7.21），多年前已預立〈遺囑〉：「一火了之」，灰飛煙逝，塵歸塵，土歸土。周夢蝶能在平靜中超越生死，流露出一種生命成熟的深度，其優雅而從容的姿態，絕非故作瀟灑，亦非自我慰解，而顯然是通過幽巷仄徑後的自由和自在。

引用書目

一、古籍文獻

周・李耳著，晉・王弼注，《老子》（臺北：臺灣中華書局，1967）。
周・莊周著，晉・郭象註，《莊子》（臺北：藝文印書館，1968）。
漢・劉安著，漢・高誘注，《淮南子》（臺北：臺灣中華書局，1966）。
晉・王羲之，《晉王右軍集》（臺北：臺灣學生書局，1971）。
晉・陶潛著，梁・蕭統等輯，《陶淵明詩文彙評》（臺北：世界書局，1964）。
唐・李白著，宋・楊齊賢注，《李太白全集注》（臺北：世界書局，1962）。
宋・郭茂倩編撰，《樂府詩集》（臺北：里仁書局，1984），第一冊、第二冊。
宋・蘇軾著，龍榆生校箋，《東坡樂府箋》（臺北：華正書局，1990）。

二、近人論著

王孝廉，《中國的神話世界——各民族的創世神話及信仰》（臺北：時報文化出版企業有限公司，1987）。
加斯東・巴什拉著，顧家琛譯，《水與夢：論物質的想像》（長沙：岳麓書社，2005）。
尼采著，周國平編譯，《悲劇的誕生》（北京：三聯書店，1987）。
余英時，《從價值系統看中國文化的現代意義》（臺北：時報文化出版企業有限公司，1984）。
吳曉東、謝凌嵐，〈詩人之死〉，《文學評論》1989年第4期，頁132-134。
周夢蝶，《十三朵白菊花》（臺北：洪範書店有限公司，2002）。
———，《周夢蝶詩文集》（新北：印刻文學生活雜誌出版有限公司，2009）。（包括：詩集《孤獨國》、《還魂草》、《風耳樓逸稿》、《有一種鳥或人》，文集《風耳樓墜簡》）
———，《孤獨國》（臺北：藍星詩社，1959）。
———，《約會》（臺北：九歌出版社有限公司，2002）。
———，《還魂草》（臺北：文星書店，1965）。
———等著，《我是怎樣學起佛來》（臺北：老古文化事業有限公司，2002）。
林語堂，《八十自敘》（臺北：遠景出版事業有限公司，1985年再版）。
———，《生活的藝術》（上海：上海書店，1990）。
徐志摩，《徐志摩未刊日記（外四種）・眉軒瑣語》（北京：北京圖書館出版社，2003）。
恩斯特・卡西爾著，黃龍保、周振選譯，《神話思維》（北京：中國社會科學出版社，1992）。
泰戈爾著，鄭振鐸譯，《泰戈爾全集》（臺北：江南出版社，1968）。
馬丁・海德格著，王慶節、陳嘉映譯，《存在與時間》（臺北：久大文化桂冠圖書聯合出版，1990）。
馬建高，〈生與死的詩性沉思——作家死亡意識的本體論探討〉，《山花》第12期（2009），頁148-150。
陶東風、徐莉萍，《死亡・情愛・隱逸・思鄉》（杭州：杭州大學出版社，1993）。

曾進豐，《聽取如雷之靜寂——想見詩人周夢蝶》（臺南：漢風出版社，2003）。
黃梁，〈詩中的「還魂」之思——周夢蝶作品二關試析〉，《臺灣詩學李刊》第 15 期（1996.6），頁 16-18。
楊經建，《存在與虛無——20 世紀中國存在主義文學論辯》（北京：人民出版社，2011）。
葉維廉，〈洛夫論〉（上），《中外文學》第 17 卷第 8 期（1989 年 1 月），頁 4-29。
———，〈被迫承受文化的錯位——中國現代文化、文學、詩生變的思索〉，《創世紀》100 期（1994.9），頁 8-22。
———，〈雙重的錯位：臺灣五六十年代的詩思〉，《創世紀》140-141 期（2004.10），頁 56-67。
劉清虔，〈談理解神話〉，《神學與教會》第 25 卷第 1 期（1999.12），頁 203-230。
魯迅，《野草》，《魯迅全集》（北京：北京人民文學出版社，1991）。
蕭蕭，〈現代詩作中禪喜與禪悟的可能——以周夢蝶爲主例〉，彰化師範大學第二十二屆詩學會議：「緣情言志・終極關懷——詩與宗教」研討會論文（2013.5.24），頁 1-24。

跨領域：藝術

盛　鎧／周夢蝶與1950、60年代臺灣現代主義文藝的東方美學論

楊雅惠／詩僧美學的現代轉折：周夢蝶的詩書藝術

杜忠誥／枯、峭、冷、逸——周夢蝶書法風格初探

盛 鎧

輔仁大學比較文學博士，國立中央大學藝術學研究所碩士，輔仁大學大眾傳播學系新聞組學士；現任國立聯合大學臺灣語文與傳播學系助理教授。研究領域爲：臺灣文學、臺灣美術、跨藝術研究、文學理論、藝術社會學、馬克思主義美學理論。

楊雅惠

國立臺灣師範大學國文研究所博士。現任國立中山大學中國文學系教授兼人文研究中心研究員、臺灣文學館《全臺詩》編纂計畫研究員；曾任中山大學清代學術研究中心主任（2008-2009）。研究專長爲美學、文學理論、古典詩學、書畫藝術、臺灣文學、現代詩、修辭學等。

近期著作有《現代性詩意啟蒙：日治時期臺灣新詩的文化詮釋》、《臺灣海洋文學》等專書，及〈大抽離與再想像：臺灣古典詩與基督教視域融合歷程〉、〈十九世紀基督新教東傳的漢語聖詩：《養心神詩》初探〉、等論文。主編有《文與哲》、《中山人文學報》等期刊，及《文學想像與文化認同：古典與現代中的國家與族群》、《多重視野的人文海洋：海洋文化研討會論文集》、《時空視域的交融：文學與文化論叢》等專書論文集。

杜忠誥

日本國立筑波大學藝術學碩士，國立臺灣師範大學文學博士。作品曾獲中山文藝獎、吳三連文藝獎及國家文藝獎。曾個展於國立歷史博物館國家畫廊、日本東京銀座鳩居堂畫廊等處。歷任中華書道學會首任理事長、國立歷史博物館美術文物鑑定委員、國立故宮博物院藏品典藏委員等。

著作有《說文篆文訛形釋例》、《池邊影事》、《線條在說話》DVD、《漢字沿革之研究》等。現爲國立臺灣師範大學國文研究所暨美術研究所兼任副教授、明道大學開悟講座教授。

周夢蝶與1950、60年代
臺灣現代主義文藝的東方美學論

盛　鎧*

一、周夢蝶與東方性

若說「周夢蝶是位東方詩人」，似乎毫無疑義，假若這句話僅意謂他大半輩子都生活於東方的島嶼臺灣，且終生致力於詩歌創作。但是，如果這句話被賦予特定文化意涵，認為周夢蝶不僅出身於東方，其詩作亦帶有「東方哲思」且表現出所謂「東方美學」，那麼「東方詩人」這個斷言就非不證自明。因為其中的「東方」已非單純意指空間上的概念，而帶有某種形而上的意涵，且並非完全適合套用在周夢蝶其人其作。不過，這種定位卻常加諸在他的身上，例如當周夢蝶榮膺1997年臺灣第一屆國家文化藝術基金會文藝獎文學類獎得主時，主辦單位所提示之得獎說明即曰：

> 周夢蝶先生作品，無論思想內容及藝術形式，均能體現**東方文化**的精髓，與**中國美學**的風貌，將禪理與道家的精神，融入閎遠深沉的詩作之中；既有民族歷史宏觀的映照，也有生命現實微觀的參透，更表現出**中國文人**為文學奉獻、篤行善道的執著與風骨。人格風格高度統一，文學哲學渾然一體，建構出一個完整的心靈世界。在當今文壇，以苦行堅持個人情志、完成文學事業、淡泊自持、無怨無悔如周先生者，洵屬少見。[1]（著重標示爲引用時所加）

然而，「東方文化的精髓」從何體現？「中國美學的風貌」真的是其重要特色嗎？「爲文學奉獻、篤行善道」乃爲「中國文人」所獨有嗎？換言之，周夢蝶的詩作爲何會被認爲具有「東方文化的精髓」且表現出「中國美學的風貌」？這種將「東方文化」特色提昇爲重要的美學判準，進而可成爲主要得獎理由，究竟出於何處（假設授獎之標準純粹出

---

* 國立聯合大學臺灣語文與傳播學系副教授。

1 見「國家文化藝術基金會」網站之告示：
http://www.ncafroc.org.tw/award-prize.asp?ser_no=1&Prize_year=1997&Prize_no=prize_file=Prize_feeling（2013/2/18瀏覽）。

於藝術考量）？

固然，周夢蝶的出身背景，以及他自取的筆名（典故出自中國文化典籍《莊子》），都很容易讓人認爲他的詩風立足於中國文化，並呈顯出「中國美學的風貌」；再加上周夢蝶詩作的佛學用語和典故，所謂「體現東方文化的精髓」之說，似乎也是很自然的聯想，甚至因而有評論者將他的詩風概括爲「詩禪合一」。[2]但是，畢竟周夢蝶寫的是現代詩，不是舊體詩；而他也不是佛教佈道的說法者，他對佛學思想的吸收與運用，自有其主觀性的一面。何況，周夢蝶詩中同樣也有對西方文化（包括基督教）典故的引用，儘管相對較少，但就不見有人認爲他的詩作體現基督宗教之神學哲思。爲何偏偏對周夢蝶的「東方性」特別加以突出，甚且被當成是他的核心美學特色？

如我們所知，周夢蝶是藍星詩社的成員之一，而相對於現代詩社，「藍星」的走向較重視承繼傳統，不像紀弦主張的「橫的移植」那般決然。於是乎，周夢蝶其人與詩中的「古典」色彩，似乎也自然而然，且言之成理。但是，揆諸覃子豪針對紀弦的「六大信條」而發的「新詩六原則」，其中並無積極承接中國古典文化的主張。姑且不論詩社之間的傾軋，毋寧說，「藍星」詩人僅是認爲現代詩未見得必須全然主知，抒情自有其餘地，詩句的用典也屬合宜，而非著重強調現代詩「必須」延續東方古典傳統。況且，藍星詩社一向標榜成員的自主性，如周夢蝶一般獨來獨往者，亦未必奉詩社宗旨爲創作圭臬。

然而，這種有意識地強調「東方性」的美學論述，究竟從何而來？又爲何會被賦予在周夢蝶身上？而其詩作中的所謂「禪理」，我們又該如何看待與解讀？這些問題即爲本文嘗試探討之重點議題，是故以下將針對 1950、60 年代臺灣文化場域中東方美學與東方想像等相關論述進行考察，其後再回到周夢蝶之詩作，討論其中的東方性問題。

二、東方美學概念的提出

圍繞著所謂「橫的移植」與「縱的繼承」，現代詩運動內部固然曾有過爭論，但是在「縱／橫」之間，論述的差異並不盡然取決於對待東方性的態度。儘管覃子豪的〈新詩向何處去？〉針對紀弦「橫的移植」的主張，提出「完全標榜西洋的詩派，是否能和中國特殊的社會生活所鍥合，是一個問題」以及「若全部爲橫的移植，自己將植根於何處」的質疑，並認爲詩的創作「不能從十九世紀末的象徵主義中去求風格的完成，也不能從現代主義中去求風格的完成」。[3]不過覃子豪自己的「新詩六原則」當中，卻也未強調新詩須定著於東方文化，必得表現出東方美學不可。甚至，更有研究者認爲，「覃子豪生命後期的詩學信仰無疑還是象徵主義一脈。1962 年出版的《畫廊》是覃子豪最後一部詩集，

---

2 古繼堂，《臺灣新詩發展史》（臺北：文史哲，1997），頁 248。
3 覃子豪，〈新詩向何處去？〉，原發表於《藍星詩選》創刊號（1957.8）。

徹底而集中地展示了他對象徵主義美學的實踐」。[4]因此，我們可以合理地說，相對紀弦主張承接「自波特萊爾以降一切新興詩派之精神與要素」的看法，「藍星」的詩人們儘管較具「古典」色彩，但在理論建構上，並未提出一套系統化建立在東方性的詩學論述，而在創作實踐上，亦未呈顯出色彩鮮明的東方美學表現。

此外，創世紀詩社在創社之初，雖曾提出「確立新詩的民族路線」[5]，其後洛夫在〈建立新民族詩型之芻議〉當中，也主張現代詩的「新民族詩型」應具有「中國風，東方味的——運用中國語文之獨特性，以表現東方民族之特有情趣」，更強調「要透過鮮活形象表達中國的『天人合一』、『心物一體』的中心意識」。[6]但據研究者解昆樺的觀察，「創世紀詩社早期這樣極具政治氣氛的口號，與他們成員的軍方身分不無關係」，而且，「可以說，創社之初諸事尚未穩固就緒，又特別是深處軍營，扛著這樣的民族大旗，自然是最保險的上綱」。[7]也因爲如此，這種口號宣言式的「民族路線」或「民族詩型」，不久之後即讓位於超現實主義詩風。1959 年《創世紀》詩刊第 11 期改版後，即正式邁入超現實主義時期，而後創世紀詩社也以此風格路線爲人所熟知。

準此而言，1950 年代的現代詩「中國化」或「民族詩型」路線，並未真正落實於創作，而多半只依附於政治意識形態，成爲「戰鬥文藝」的時代註腳。[8]相較之下，當時自我定位爲「現代中國繪畫」的抽象繪畫運動，反而更具「民族性」。在政治因素的作用下，以及二次戰後國際藝壇的抽象畫風潮之影響，強調主觀「寫意」的藝術表現型態，在 1950 年代確實漸次取得較大之聲勢，儼然成爲當時藝壇的一股重要趨勢。而且，這股風潮除了主張以「師自然之造化」創作抽象畫，規避政治上的壓制，其所採取之更安全的作法，就是將繪畫的形式賦予一種符合於當時政治意識型態的象徵內涵，即強調所謂的中國特性或民族性等。與此同時，更認定西方現代藝術非具象的傾向乃是步隨中國繪畫寫意之後路，以此證明中國傳統美學之優越性，也爲現代美術邁向抽象之路尋得「古已有之」的正當性基礎。如屬五月畫會的秦松便曾如此提倡所謂中國式之寫意美學：

> 中國畫從寫生發展至寫意，在繪畫藝術上較西方畫進步得早，這是不可否認的事實。十九世紀末西洋現代繪畫興起，就是在放棄客觀的寫生，而步上中國畫的後塵向寫意的道路發展，表現作者的主觀精神。……
> [中國畫] 到唐已形成寫生與寫意兩種趨向，以後的各代畫家綜合「外師造化，內承心原」的表現而發展至現在的寫意……。寫意是中國畫最有創造性的發現，形

---

4 楊宗翰，《臺灣新詩評論：歷史與轉型》（臺北：新銳文創，2012），頁 64。

5 張默，〈創世紀的路向——代發刊詞〉，《創世紀》創刊號（1954.10）。

6 洛夫，〈建立新民族詩型之芻議〉，《創世紀》5 期（1956.3），頁 2。

7 解昆樺，《臺灣現代詩典律與知識地層的推移：以創世紀、笠詩社為觀察核心》（臺北：鷹漢，2004），頁 29。

8 如解昆樺所言：「創世紀的新民族詩型時期可以說充滿了矛盾，在理論與口號上有抗拒與區別紀弦現代派的意識，但卻無法另行建構更深厚完備的美學，而與戰鬥文藝有著曖昧模糊的關係。」見解昆樺，《臺灣現代詩典律與知識地層的推移：以創世紀、笠詩社為觀察核心》，頁 32。

> 成了中國畫的獨特風格，對現代世界畫壇也頗有影響。今天國畫之所以沒有進步，乃是現在的畫人缺乏自己的思想與自己的技巧，而失去自己的意識型態。寫意本身無錯，錯在今人不應當寫前人之意。模仿古人不是創造，模仿自然也絕不是創造。主張寫生的人不但對西洋畫發展的認識不夠，即對我們中國畫的發展也欠深刻的了解。未能把握住中國畫的特質及傳統的創造精神，而有這種錯誤的主張提出。[9]

藉由這種寫意美學觀的提出，當時的抽象畫運動不僅一方面可以與學院的寫生繪畫相抗衡，另一方面也意圖藉此證明自己才真正繼承了中國藝術的精神，將臨摹傳統的國畫貶抑爲「沒有進步」、「盡寫前人之意」，只有像他們這樣把原屬西洋的抽象畫風嫁接至所謂「外師造化，內承心原」的傳統寫意美學之上，才能夠創造「自己的意識型態」，開創出現代中國畫的新方向。而且，這等於也同時否定了當初徐悲鴻引入西方繪畫的透視法和明暗處裡的寫實技法以改革中國水墨畫的嘗試。對此，秦松更不假辭色地提出他的質疑與攻擊：

> 主張「寫生」的**偽傳統派國畫家**有無想到把中國畫帶到什麼方向去？發展成什麼樣的繪畫？「創造」成什麼樣的作品？寫生的結果有兩個可能性，不是把中國畫變成為現在的「日本畫」就是便成為過去的「西洋畫」，這毫無疑問的破壞了中國畫的優越傳統，更談不到能夠「創造」所謂什麼「新國畫」了。[10]

換言之，唯有他們這些抽象畫家才是「真傳統派國畫家」，才真正繼承了寫意美學的傳統，才能夠創造「新國畫」。就當時美術界的場域而言，秦松這類建構「現代中國繪畫」的論述，確實是高明的論戰策略。首先，他們自認爲是稟持寫意的傳統，所以他們畫抽象畫不是跟隨西方的流行潮流，而是有所本。這便免除了他們受到模仿西方潮流之責難。而且，以他們的看法，西洋的現代繪畫也只是在「步中國畫的後塵」，是以他們頂多不過是轉透過現代洋人之助而尋得老祖宗早已有之的寫意這項法寶而已。其次，他們更可用「真正中國傳統的寫意美學」同時攻擊學院及展覽體制（尤其是省展）當中的西畫、水墨畫與東洋畫。在他們這些自許是「真傳統派國畫家」的藝術家的眼中看來：當時的西畫不只是外來的，且學院中所傳授的寫生教育與前輩藝術家們的印象派畫風，更是落後於時代，跟不上西方現代繪畫放棄客觀寫生的抽象潮流；水墨畫，不僅「失去自己的意識形態」，且自徐悲鴻以來已成爲「主張寫生的偽傳統派國畫」，更可能變成「日本畫」（這種指控當然帶有民族主義意識形態）；至於臺灣的膠彩畫（當時稱東洋畫），則是日本畫之賡續，自完全不合且次於中國畫的「優越傳統」。此外，這種以寫意自我標榜的抽象繪畫，不僅在國內可以聲稱是同時結合傳統與現代的「新國畫」，在國外也可以用

---

9 秦松，〈認識中國畫的傳統〉，《文星》12 卷 6 期（1963.10）。引自郭繼生編，《當代臺灣繪畫文選：1945-1990》（臺北：雄獅，1991），頁 207-208。

10 同前註，頁 211。

「中國性」做宣傳，和一般國際上的抽象畫相區隔，從而「進軍世界藝壇」，再轉而由國外之參展記錄奠定國內畫壇之地位。這或許是當時抽象畫風之所以能在臺灣成為一股聲勢浩大的風潮的重要原因。總之，這種論述既可自辯，又可用以攻訐，甚至自我標榜，當可謂一舉數得。

之所以需要自我辯護，是因為自 1957 年五月與東方兩個畫會成立以來，抽象繪畫運動便至少受到過兩波重大的攻擊：一是 1960 年「秦松事件」，或謂「反蔣事件」；二是自 1961 年起，以徐復觀為首之言論批評。

所謂「秦松事件」，是指秦松這位曾嚴詞批判「偽傳統派國畫家」並希望創造新國畫的畫家，在「中國現代藝術中心」的會員作品聯展中，因為一件題名為《春燈》的作品在開幕會場上當場被一名政戰學校的學生質疑其中暗藏一個倒寫的「蔣」字，含有煽動「反蔣」（即反對當時的總統蔣介石）之意，因而被展場提供單位歷史博物館取下並查扣。[11]所幸由於秦松的父親曾任治安要員，「功在黨國」，算是出身家世清白的忠貞家族，此一「反蔣」事件才不了了之。由此事件看來，現代藝術在臺灣的確始終擺脫不了政治勢力的糾纏與不當的審查壓制，從未真正獲得創作自由。[12]

至於徐復觀的批評，是自 1961 年開始，他在報章雜誌上發表文章公開批判現代藝術，並提出極為嚴厲的政治指控，如：「假定現代超現實主義的藝術家們的破壞成功，到底會帶著人們走向什麼地方呢？結果，他們是無路可走，而只有為共黨世界開路。」[13]因而引發了所謂「現代畫論戰」。由於劉國松的出面答覆與回擊，以及其他論者（如虞君質等）對現代藝術的聲援，使這場危機並未擴大，甚至在論爭當中佔得「上風」，「使抽象畫家主導的美術現代畫運動從此步上了雲消日出的大道」[14]，但此一論爭仍鮮明反映了官方政治意識型態對現代藝術的不信任。因此，為因應政治上可能的與實際上的壓迫，

---

11 按，「中國現代藝術中心」原是由許多畫會共同參與發起籌備，擬定於 1960 年美術節（3 月 25 日）成立、但最終並未正式成立的藝術家團體。據蕭瓊瑞的說法，由於此會反主流、反權威的特質，以及企圖結合全臺現代畫家進行大規模集會活動的做法，引起當時與官方關係密切之「中國美術協會」的注意與不滿，視之為公然破壞團結、破壞穩定，甚至政治意圖不明的挑戰行動，因而遭受壓制。見蕭瓊瑞，《五月與東方：中國美術現代化運動在戰後臺灣之發展（1945-1970）》（臺北：東大，1991），頁 311-312。其間除秦松之「反蔣事件」外，「中國現代藝術中心」籌辦時亦屢受波折，甚至籌備會主席楊英風還傳聞將被「有關單位」調查，終而使此會無疾而終。此會之遭封殺，亦是國民政府壓制藝術創作自由之一例。相關事件之經過，參見林惺嶽，《臺灣美術風雲 40 年》（臺北：自立晚報出版社，1993）頁 104-109；和蕭瓊瑞，前引書，頁 305-313。

12 蕭瓊瑞，前引書，頁 312。雖然此事的起因多少摻雜著美術界內部的派系之爭，如「中國美術協會」對「中國現代藝術中心」的提防、政戰系統畫家對抽象畫派的敵視等，但若無政治力可為外援，以及白色恐怖時期盛行之以思想或文字獄入人於罪，此種特務可隨意將人羅織罪狀的外在環境，打壓「中國現代藝術中心」和「反蔣事件」之類的事情是斷然無從發生。

13 蕭瓊瑞，前引書，頁 317。

14 以上是林惺嶽的看法及用語。見林惺嶽，前引書，頁 112。關於此次論戰交辯的情形亦參見蕭瓊瑞，前引書，頁 313 及以下各頁。

抽象繪畫運動的提倡者自然需要一套自我辯護的論述。

不過，這種所謂寫意式的東方美學，並非全然權宜之說。抽象繪畫之所以如此強調民族性的重要，並不是完全受到徐復觀等人對現代藝術的批判，為自我防衛而有意採取的論述立場。在 1961 年徐復觀開始發表批評文章之前，劉國松於 1950 年代發生的所謂「正統國畫」之爭期間所發表的論述，就已經開始攻擊寫生的水墨畫，尤其把矛頭指向省展國畫部的膠彩畫，他甚至主張說，應該「將日本畫由國畫中踢出去，保持國畫的**純粹性**」。[15]由此可見劉國松的中國民族主義意識之鮮明與強烈。而這些觀點的發表，確實要早於所謂「現代畫論爭」，足見抽象繪畫運動對所謂中國傳統寫意美學的發揮，早已有所開展。蕭瓊瑞亦指出：「劉國松對傳統中國文化維護、崇仰的保守一面，也在『正統國畫』之爭的過程中，明白顯露。這一特性，對 1960 年代以後的劉氏，如何在現代繪畫浪潮中，始終堅持傳統中國筆墨與抽象山水趣味的理念，正可做一溯源性的瞭解。」[16]

此外，縱然這些抽象畫家抨擊寫生的西洋畫和走向日本畫的「偽國畫」可能或多或少是出於爭奪畫壇地位的策略考量，以收貶抑美術界（包括國畫界和西畫界）先輩並突出自身表現之效，但此種論述策略必得要依憑民族主義作為意識型態上的根本訴求方能奏效。因此，不論是出於衷心信仰與否，或是否為避免遭人批評而有意突出既有之民族立場，這種以中國文化為本位的民族主義信念，確實在客觀上已成為抽象繪畫運動的訴求重點與思想基礎，甚至成為其美學觀的重要構成部份。五月畫會成員之一的莊喆，在一封致楚戈的書信中，我們更可以清楚地看到這類「中國人當畫中國畫」的民族主義意念之表白：

> ……我時常靜思著，什麼是真正中國不可辱的東西？它實在是無形的嗎？它實在是一種神秘的哲學意念嗎？當一個人自覺是一個中國人時，他接受的是什麼東西？這一切都投在一個焦點——藝術家的身上。因此我們讀過一遍美術史，我們猛然知覺到一切文字的教訓都不足以啟發，而是直接去生活，直接走入他廣大的河山，再忘掉這片土地上發生的一切，戰亂，災源，實實在在的土地，都化為無形，它們重生在作品裡，揉進去，直到不可分離。我之嘲笑寫實的寫生態度，像張穀年之畫橫貫公路，他們是太次的，他們達不到忘，達不到悟，也就達不到「得」，這得是貫穿歷史的本質，因為它是藝術的本質。…….
> ……在勃拉克、維雍的精神中我們可以採索到法蘭西的浪漫與細膩，那些正是路易十四以來法國的光輝，吐貝、克萊因把我們的書法搬過去，可是很美國。獨有我們過去的西畫，把法國巴黎搬到中國來，仍很法國，這是「畫西畫」的恥辱。因為他們多麼荒唐竟把中國人這三個字忘得一乾二淨。[17]

可見得這種認為中國人應當要創造自己獨有的藝術的觀點，乃是當時多數抽象畫家（尤

15　蕭瓊瑞，前引書，頁 174。著重標示為引用時所加。

16　蕭瓊瑞，前引書，頁 177。

17　原信所署的日期是 1964 年 4 月 3 日。引自郭繼生，前引書，頁 212-213。

其是五月畫會當中較活躍的畫家）所共有的信念，甚至把「中國性」當成是藝術的本質。

三、歷史主義式的東方美學

相對於同時期的現代文學較不論及傳統美學，甚至提出「橫的移植」之全盤西化論，抽象繪畫運動的做法就顯得像是在托古改制，援引古代的寫意美學爲其正當性作辯護。倪再沁即認爲：

> 1950 年代中期以後的臺灣畫壇，抽象繪畫的風潮以進步、現代、年輕的姿態崛起。不同於現代文學的是，抽象繪畫在承繼現代的同時，也從傳統的中國山水中去尋找抽象的因子；他們認為，經過改良的傳統能與世界最新的思潮相結合，創造出屬於中國的現代繪畫。比較起來，現代文學就很少涉及這樣的討論。
>
> 現代文學與現代美術對待傳統態度之所以不同，是因為現代文學中之文字、單句本身的種性仍非常鮮明，他們以中文創作，再怎麼變也不致有「忘本」之慮；而抽象繪畫之筆觸、線條、色彩等造形語言並非「中國」所獨有，在那個強調泱泱大國風範卻又處處仰賴美援的時代，混雜著自尊與自卑的矛盾情結，近乎全然西化的抽象為了要理直氣壯地取得合法身份，不得不攀援中國古代美學文獻而虛擬了「延續祖法」的神話。[18]

倪再沁這裡的對比分析，確實有其道理。但除了語言與圖像的差異，以及由之而來的對待傳統的態度之差別，1950、60 年代的現代文學與現代美術的不同點，還在於兩者對於「東方性」的意涵與美感經驗的普世性看法亦有所不同。對現代文學（尤其現代詩）而言，固然東西方所使用的語言不同，文化傳統亦各異，但美感經驗本身並無太大差異，因此「東方性」所意謂的大致僅是表現手法的差別；而對現代美術（抽象繪畫運動）來說，寫生與寫意之別不僅在於表現方式，更意謂著東方文化乃是著重於精神性，而西方藝術雖有可能習得寫意之抽象風，但東西方藝術的美感經驗仍判然有別，唯有東方藝術才真正具有「外師造化，內承心原」的神韻。換句話說，在他們看來，藝術美感不只沒有普世普遍性，甚且唯有能傳達東方精神性的東方藝術才是正途。只是，這種論述的發展尚不完備，在當時仍受到一些批評。

由徐復觀所引發的所謂「現代畫論戰」當中，除了政治上的問題，其實亦顯示許多人對於抽象畫的疑惑，無從掌握這類作品中的圖像和形式所欲傳達的精神意涵，縱使畫家一再申論其創作乃是本源於中國的寫意美學。只是徐復觀將這種疑惑導引至政治層面，懷疑現代藝術對寫實藝術的挑戰，「將爲共黨世界開路」，因而顯得格外強烈且突出。從另一方面來說，這也表示即使抽象繪畫運動真的「步上了雲消日出的大道」，在一般文化界獲得高度的肯定，但其創造「新國畫」以及調和傳統與現代的理論嘗試並未獲得成

---

18 倪再沁，《臺灣美術的人文觀察》（臺北：雄獅，1995），頁 155-156。

功，相關的疑問——如非具象創作如何表達特定的概念、形式與內容間有何必然關係、審美的客觀性何在——仍未得到根本的解決，依舊如影隨形伴隨著抽象繪畫運動。這從一場「中國文藝協會」舉辦的座談會（1961 年 11 月底）的發言狀況，即可看出當時人們的懷疑：

> 座談會由王藍擔任主席，會中，現代畫家主要是從現代藝術原理，來闡釋抽象藝術放棄形象表現的意義所在；反對的一方則是以「思想」、「內容」為重心，要求現代畫家解釋：抽象畫如何達到這些內容的表現？當時劉國松正嘗試以石膏滴洒，形成純淨、而富空間感的繪畫作品，反對者便以：現代繪畫既講究思想，思想離不開內容，質問劉國松的石膏作品，既無內容，何來的思想？劉氏雖以「繪畫思想，並不是文字或哲學思想」為理由，一再解釋，但仍無法說服反對的一方。之後，劉氏在被迫之餘，只得放棄理論，以自己身為孤兒又遭逢戰亂、流亡來臺的坎坷身世，解釋說：石膏的白色，正象徵自己慘白的童年經歷，上面的紅點，則是戰亂、傷亡的回憶……云云，加以搪塞，不料這種說法，反而暫時止息了反對者的質疑。[19]

很明顯地，在此座談會上，抽象畫不僅備受質疑，而且畫家又無法從美學上進行合理的自我辯護。這不是畫家個人辯才的問題，而是導源於當時抽象畫美學思維過於薄弱，欠缺客觀性論證的根本因素。事實上，先前的「反蔣事件」正以最戲劇化、最極端的方式凸顯了抽象美學過於主觀性的問題：如果說畫家可以用幾點筆墨表示個人胸中丘豁，以此展現主觀造境之寫意情懷，則觀者又為何不能從自己的角度進行解讀，看出各種可能潛在的訊息？——這幾撇、幾點雖然你說是暗示了煙雨朦朧的山水之美，但我看來卻更像是個「蔣」字，而且是倒著寫的，你憑什麼說我有錯？儘管你說要藉抽象表現民族意識，但我認為你真正要傳達的乃是反對當局的叛亂思想，你要怎麼反駁我？你要怎麼證明你沒有？（最後這個問題正是當時情治人員慣用之提問法，也是秦松所面對最強力、最可怕的一擊）一旦有人展開此類進攻，抽象繪畫確實很難有足夠的武裝可以進行防衛，尤其這種攻勢又結合了現實的政治權力，更加無法正面予以回擊。這場「反蔣事件」，雖以現在的眼光來看或可說是一場烏龍事件，卻也徹底暴露了「新國畫」的寫意美學的空洞性，以及創作當中形式與內容間的象徵連結關係之薄弱、牽強與主觀性。這正是他們在美學層面最根本的問題和潛藏的最大的危機，政治上的詰難只是凸顯了這方面的問題。

因此，儘管抽象繪畫運動在安然度過「反蔣事件」，而於現代畫論戰後開始「步上大道」，但其美學根基仍有核心的問題疑而未決，外界也鮮少有人真正把他們的作品當作「新國畫」。他們結合東西方藝術、表現中國特性的嘗試，甚且還被比擬為一種加工業：

> 1960 年代末期的「水墨畫」[按：此處特指非傳統之抽象水墨]，從某觀點看可以比作臺灣是一個工廠，向故宮淘取古文人畫的思想為原料，向美國借助「現代」

---

19 以上座談會所記，乃由蕭瓊瑞訪問當時在場的畫家李錫奇而得。見蕭瓊瑞，前引書，頁 341-342。

> 造形為技術，加工製造後出品的外銷產業——「水墨畫」，算來也無異是本島的無煙囪工業之一。那是古代的非現代的思想及非本國的造形的結合……。[20]

提出這種批評性看法的謝里法，本身也曾是五月畫會的成員，因此他的觀察尤其值得重視。由此，我們亦可看出抽象繪畫運動意圖突顯東方文化之精神性，從而爲己合理性基礎的努力並不成功，因爲事實上其中起主導作用的仍是如何獲取名利的工具性思維。因此唐文標即曾攻訐過「新國畫」的創作，甚且語帶貶抑地將之稱作「幼文人畫」。[21]不過，由前述秦松、劉國松與莊喆等人的論述之修辭，我們已隱約可以看出 1960 年代的抽象畫運動和後來唐文標之所以攻擊現代詩，兩者所共有的一些相似立場與思想傾向，即認爲時下一般的文藝創作只知一味地模仿西方的技術，卻拋棄了中國固有的文化特色：像秦松不僅認定具象寫實的「西洋畫」欠缺精神性，不如「中國畫」，更反對試圖引入寫生概念與技法的水墨創作，指責這只是把國畫變成「日本畫」，破壞了既有的優越傳統；而唐文標更把那些模仿西方現代詩的作品稱作畸形的奇種，認爲「早該判處死刑」。當然，兩者也是有些不同的地方：如在秦松看來，因爲西方現代藝術也開始學習中國的寫意精神，因而也多少有可取之處，可汲取來創造「新國畫」；唐文標則近乎全盤否定現代主義文藝，認爲那根本只是某種頹廢病症的結果，而且他冀圖回復的「真傳統」乃是所謂能「唱出民眾願望」之類的民間文學，而非屬「逃避現實」的士大夫文藝。此外，唐文標的生機論思想則表現得格外明顯，甚至還呼籲要創造現實中「血肉相關」的詩境；這在單純只想表達寫意之意境的抽象畫家的論述中則較少見到，至少不是主調。但無論如何，針對中國人應該創造符合中國精神的藝術，以及應當把「中國性」當成藝術創作的本質，他們的看法卻是一致的。[22]

換言之，從 1960 年代的秦松到 70 年代鄉土運動的唐文標，在他們的論述中，我們已看到某種歷史主義式的美學觀，即意圖建立一種基於不同歷史性基礎的「東方美學」（甚或「中國美學」），以之與西方的技術文明相抗衡。基本上，按照邁乃克（Meinecke）與特勒爾奇（Troeltsch）的經典研究的說法，所謂歷史主義（Historismus）乃是一種特定的史學觀，主要源自於德國，依據這一史學觀，人類的演變取決於各社會、各時代的基本差異，所以也取決於每個時代、每個社會所特有的價值。[23]用這種多元化價值觀進

---

20 謝里法，〈六〇年代臺灣畫壇的墨水趣味〉，《雄獅美術》78 期（1977.8）。引自郭繼生，前引書，頁 249-250。

21 「幼文人畫」這個說法，是唐文標在一篇討論洪通作品的文章中，批評傳統水墨畫和現代抽象水墨時所提出的。他認為，「幼文人畫」基本上依然是「閒暇文人的消時產品」且逃避現實，本質上和只會模仿古人畫作的「老文人畫」並無太大差別。見唐文標，〈誰來烹魚——因洪通而想到的〉，《中國時報》（1973.6.1-2）。

22 唐文標的相關論述可見唐文標，《天國不是我們的》（臺北：聯經，1979），其中所輯錄的文章。

23 按，在德文中歷史主義一詞作 Historismus 或 Historizismus 皆可（英文通常都以 historicism 來翻譯，但有時亦會對應譯為 historism／historicism）。像邁乃克與特勒爾奇用的是 Historismus，

行闡釋的結果之一，就是導致價值觀上的相對主義。它與啟蒙運動的價值觀相反，啟蒙運動的價值觀認爲人類具有普遍的理性與共通的價值。因此，以相對主義與啟蒙運動相抗衡的歷史主義，也成爲了民族主義、保守主義乃至德國浪漫派的重要思想基礎。19 世紀歷史主義的思維更跨越史學的領域影響其他學科，而有法學、政治學和經濟學中的「歷史學派」。[24]故思想家曼海姆（Karl Mannheim）所考察之德國早期保守主義的著名論者，其實也正是法學中歷史學派的代表性學者，如薩維尼（F. K. von Savigny）等。[25]

1970 年代臺灣的鄉土運動雖不見得受到德國歷史主義的直接影響，但就面臨現代化到來的類似歷史處境而言，以及當時臺灣特殊的政治條件作用下，鄉土運動的確也同樣以歷史主義式的價值相對主義，有意識地爲傳統文化進行辯護，且形成了在方法論上具有相當一致性的保守主義。在類似的意義上，漢學家艾愷（Guy S. Alitto）甚至更具野心地提出「文化守成主義」（Cultural Conservative）一詞來涵蓋 19 世紀歐洲民族主義和 20 世紀第三世界國家所興起的傳統文化復興運動。雖然艾愷的問題出發點主要針對的是 20 世紀初中國的文化守成論者，如辜鴻銘與梁漱溟等，面對五四運動的革命浪潮所提出之回歸中國傳統文化的反現代化主張，但是他的研究亦包含並比較了印度的泰戈爾與日本的岡倉天心、北一輝等，甚至溯及德國的歷史主義者如赫爾德（Johann Gottfried Herder），以及政治上保守主義的代表性人物如麥斯特（Joseph de Maistre）與柏克（Edmund Burke）等。他的研究不只列舉了世界性的反現化思潮的共有主張，以及這些思想家相似的生平（通常先接受西化的教育，或於青年時鼓吹西化運動，然後經歷一番轉折後，又積極主張回歸傳統文化；鄉土運動的許多論者也有類似之經歷），而且指出他們一致反對

加達默爾也仍沿用這個詞，而胡賽爾則以 Historizismus 稱之；兩者並無重大差別。見加達默爾著，洪漢鼎譯，《真理與方法》（上海：上海譯文，1999）與胡塞爾著，倪梁康譯，《哲學作為嚴格的科學》（北京：商務，1999）。英語學界則大致統一使用 historicism 一詞，或許是因為嚴格地說來，歷史主義著重的是所謂的「歷史性」（historicity）概念，而非泛指一般的歷史。阿隆（Raymond Aron）特別強調指出：波普（Karl Popper）的區分方式，即用 historism 指稱傳統思想史中的歷史主義，把 historicism 另外賦予類似通常所謂歷史決定論的特定意涵，反而混淆了歷史主義本有的概念與思想系譜，故不為一般學界所接受。然而在臺灣，歷史主義一詞的用法和概念似乎由於受波普的影響，僅將其視作歷史決定論的等義詞，而忽略了原有思想史上的意涵。見阿隆著，梅祖爾編注，馮學俊、吳泓緲譯，《論治史》（北京：三聯，2003），頁 3-4。關於歷史主義的觀念流變，亦參見 Friedrich Meinecke, *Historism: The Rise of a New Historical Outlook*. New York: Herder & Herder, 1972；特勒爾奇（特爾慈），戴盛虞等譯，《基督教社會思想史》（香港：基督教輔僑出版社，1960）。

24 「十九世紀初期，幾乎德國所有的社會和人文研究都奠立在歷史主義的基礎上。歷史研究取代了系統性的分析。」見伊各斯著，周樑楷譯〈歷史主義〉，收於《觀念史大辭典》（臺北：幼獅，1988）。由此，歷史主義也漸次於各學科中發展出所謂的歷史學派，成為 19 世紀德國思想界的主流。關於歷史主義理論與歷史學派發展的概述，可參見古奇著，耿淡如譯，《十九世紀歷史學與歷史學家》（北京：商務，1997），第 2-8 章；或 Georg Iggers, *German Conception of History: The National Tradition of Historical Thought from Herder to the Present*. Middletown: Wesleyan University Press, 1968。

25 曼海姆著，李明暉、牟建君譯，《保守主義》（南京：譯林，2002）。

啟蒙思想與現代化的社會力量，因而主張以一種體用二分的方式來結合東西方文化：

> 大部分反現代化文化民族主義者的文化哲學都是一種「體、用」二分的公式：「精神」文化與「物質」文化相對立。有些人聲稱其本身文化之「體」的普遍價值——因之，也面對著共相與殊相間的矛盾；有的，只聲言其本身文化之「體」與較現代文化之「體」是平等及相當的；更有的人認為較現代化的文化沒有「體」只有「用」，不然，就是暗示較現代文化的「體」不過是「用」，現代文化的精髓是功利的。這些文化哲學的絕大多數並不真的是反對現代化；卻是在實質上倡行一種本土精神文化與外來物質文化的混和、連接或融合。**許多都隱然地意味著本土精神文化的高超性，卻同時提倡從現代文化作選擇性的引借**。這個公式隱含的結果是：本土文化因之具備了現代化控制自然的裝備，同時也保有著其原有的高超精神性。[26]

類似於這種文化守成主義，60年代的抽象繪畫運動一方面主張吸收現代西方藝術，但又認爲中國傳統的寫意美學才真正具有精神性，故以此爲「體」，再將抽象藝術爲「用」，而選擇性的引借，從而形構其「現代中國繪畫」。因此，對他們而言，東方美學意謂的乃是以東方爲本質、爲「體」的美學（或者，以一種當前時髦的說法來說，即「以東方爲方法之美學」），而非「東方式的」美學（即，不是普世性的美學中的一種類型範疇）。換言之，這亦屬一種歷史主義式的思維，亦即把「東方性」或「中國性」絕對化，將基於不同歷史的東西方文化，視爲不可通約，本質上亦不可溝通。這種觀念更在70年代鄉土運動論者（如唐文標與尉天驄等人）的論述中，推演至極致，因而將東方文化視爲具有真正高超的精神性，從而貶抑西方文化，並期許東方文藝能根植於充盈精神性之鄉土詩境。

事實上，自鄉土運動對現代詩發動批判以來，不只以文化守成論中「體用二分」的方式，批評西方現代文藝缺乏精神性，是「僵斃」和「墮落」的，更且逐步在較爲理論的層面上，懷疑文化價值標準的普遍適用性，以此反對現代主義的美學觀。換言之，鄉土論者之所以認爲現代文學「不食人間煙火」，不僅是意味著要反對模仿外來的文藝潮流，主張應以寫實的方式創作「健康的」文學作品，更表示他們開始在思想上徹底質疑審美價值的普遍性，和不同文化之間的可比較性。針對這種論點，作爲現代主義辯護者的王文興則提出反擊，堅持認爲審美的價值判斷是無關主體的位置，它必須超脫個人的社會利害關係和主觀的視野，才能達到客觀的普遍性，並主張美感經驗是一種「絕對單純的經驗」的說法，認爲藝術對於道德是「完全中立的」，以駁斥鄉土運動的論述。[27]

從思想史的角度來看，儘管歷史主義的理念應是追求不同文化的共生發展，就像赫爾德（Johann Gottfried Herder）所言，「不同的文化，就像是人類大花園裡眾多和睦相處

---

26 艾愷著，唐長庚等譯，《世界範圍內的反現代化思潮》（貴陽：貴州人民，1999），頁225。

27 王文興，〈鄉土文學的功與過〉，《夏潮》23期（1978.2）。引自尉天驄編，《鄉土文學討論集》（編者自出，1978），頁528。

的鮮花，能夠也應當共存共榮，而最野蠻的行爲，莫過於無視或踐踏一種文化的遺產」，故應當維護各民族文化的自主發展。[28]然而，當赫爾德眼見本國民族語言——即傳遞德意志「民族精神」（Volksgeist）的具體載體——被遺棄之時，便於詩中感嘆道：

而你德國人，自海外歸來，
怎能用法語跟你的母親問安？
喔，吐掉它吧，在你的門前
吐掉塞納河骯髒的穢物，
說德語，喔，你這個德國人。

其中所云雖可解釋爲只是單純的文學上誇張的修辭，旨在維繫民族語言之特殊性的存在與延續，然而又可看做是「傾向於代表民族國家主義黑暗面的盲目愛國主義和反法情緒」的直接起源。[29]並且，當時德國的反法情緒，除了感情上的因素外，亦有一個重要的原因，即因爲法國被視作「外來的」民主革命之策源地。德國詩人海涅（Heinrich Heine）在其論德國浪漫派的著作中，便將德國浪漫主義（特別是其中對中世紀或宗教神秘性的崇拜）視爲針對啟蒙思想及其政治影響（法國大革命）的一種思想上和藝術上的反動潮流。[30]當然，我們這裡不是要暗示說歷史主義必須爲極端民族主義的作爲負責，而是要藉此指明歷史主義的出發點雖是爲捍衛民族文化的延續，但是它的文化相對論主張並未真正達到維護多元文化的目的，反而帶來價值相對化的虛無主義的後果。哈貝馬斯（Jürgen Habermas）即認爲：「在 19 世紀，以歷史主義與民族主義的密切聯繫爲標誌，出現了後傳統認同的最初內容。但是，滋養這種後傳統認同的，仍是一種正處於解體的民族史**獨斷主義**。」由此形成的公共意識仍是「脆弱的、不穩定的和支離破碎的」，因而仍需要透過更深入的「倫理－政治的對話商談」，以培育「個人生活籌劃中的個人主義和集體生活形式中的多元主義」。[31]因此，爲避免獨斷主義或虛無主義之後果，我們仍需要一種超越片面的東方本質論的新詩學。

四、周夢蝶對東方性的超越

固然在 1970 年代的鄉土運動中，有著各式立論與立場的論述，唐文標並非唯一的代

---

28 引自伯林著，馮克利譯，《反潮流：觀念史論文集》（南京：譯林，2002），頁 13。類似的想法，亦可見於施萊爾馬赫（Friedrich Schleiermacher）：「每一個民族命裡注定通過其特別的組織和其在世界中的地位去體現神的形象的某一個側面……因為正是上帝直接為每一個民族安排了其在世間的明確責任和用一種明確的精神激勵它，目的在於通過每一個民族以一種獨特的方式來為他自身增添光環。」見凱杜里著，張明明譯，《民族主義》（北京：中央編譯，2002），頁 52。

29 參見愛德華滋著，蘇宜青譯，《語言、社會和同一性》（臺北：桂冠，1994），頁 37。

30 海涅著，張玉書譯，《論浪漫派》，收於張玉書選編，《海涅文集．批評卷》（北京：人民文學，2002）。

31 哈貝馬斯著，童世駿譯，《在事實與規範之間》（北京：三聯，2003），頁 120。

表。[32]但是他以歷史主義式的論述與「體用二分」的文化守成主義，建構本質論的東方文明觀，從而與現代主義相擷抗，其立場最是鮮明。而且，儘管唐文標曾嚴厲批評先前抽象繪畫的西化傾向，但在某些論點上，他可說承繼並補足了「現代東方寫意美學」未竟之處，進而絕對化東方與西方之差異，以之形構反對普世性的鄉土美學／東方美學。即使唐文標斯人已遠，影響力不復往日，鄉土運動亦成爲過往雲煙，但這種以「東方性」爲「體」的東方美學，卻仍左右其後的文化論述。那種肯定周夢蝶詩中的「東方性」的觀點，在相當程度上正是受到此種論述影響。

只是，「東方性」確實是自足的嗎？東方美學一定與西方美學或現代美學在本質上是相對的嗎？其實，當我們講「東方」之時，正預設了「西方」作爲參照的前提，且或明或顯地訴求某種類型化，甚或可說是刻版印象式的東西文化對比觀，比如：東方重體（精神）；西方重用（物質）、東方重自然和諧；西方重技術發展，如此等等。這種對比，不僅可能遠離事實，甚且自相矛盾地將西方中心化，而後再以對反的方式定義自身，並予以絕對化，視之爲永恆固定的本質。這種本質化的東方主體性，有可能加以消解嗎？當代的文化理論，或可作爲我們進行反思的依據。

經歷過所謂語言學轉向的當代哲學，基本上認爲主體性的存在並非無前提的，亦無絕對的內在本質。不用訴諸後結構主義的觀點，語言學理論就已經告訴我們，言說的主體性（如人稱代詞「我」）並無外延的實體先於語言而存在，亦不像一般的名詞那樣具有明確的外在指涉可加以定義。語言學家本維尼斯特（Émile Benveniste）解釋說：

> 名詞的每一次使用都指涉一個恆定而且「客觀」的概念，它既可以保持潛在狀態又可以落實到某一特定對象上，而且它所表現的內容在人的意識中是一致的。但是「我」的使用不構成一個參照類別，因為不存在一個可被定義為「我」的「對象」，使不同的使用情況指涉同一個對象。每個「我」都有它自己的參照，並且每一次都對應一個獨一無二如此這般的存在。[33]

由此，本維尼斯特更指出，人稱代詞的「我」和「你」所參照的「現實」，「僅僅是一種非常特殊的『話語現實』」。[34]因而，「『我』只能由一些『言說』加以定義，而不能像名詞符號那樣用物來定義」。類似於此，東方與西方儘管具有地理上的實體性，然而，一旦我們選定以東方爲主體的言說位置（例如，當有人說：「我們東方人……」或「我們東方文化……」），此種主體性涉及的已是「話語現實」。或者，進一步而言，唯有依賴話語現實才能建構起某種主體性，正如當代哲學家阿岡本（Giorgio Agamben）所言：

---

32 關於鄉土運動的各種論述之討論，參見盛鎧，《歷史與現代性：一九七〇年代臺灣文學與美術中的鄉土運動》（臺北：輔仁大學比較文學研究所博士論文，2005），第一章與第二章。

33 Émile Benveniste, *Problems in general linguistics*, Florida: University of Miami, 1971, p. 218.

34 同前註。

> 如果主體具有我們所理解的「話語現實」，如果這只不過是話語指示體系投射在人身上的影子（這個系統不僅包含人稱代詞，還包含組織主體空間和時間關係的所有代詞：**這**、**那**、**這裡**、**現在**、**昨天**、**明天**等），那麼，我們就能清楚看到先驗領域在何種程度上成為了主體性，「我思」，它事實上是建立在先驗和語言的一種交換之上的。**先驗主體不過是「言說者」，而現代思想就建立在語言作為經驗和知識之基礎的這一未宣佈的假定之上**。[35]

因此，東方或西方雖然並不是一種代詞，但仍可視爲組織主體的相對空間關係，乃至人我分際的一種「話語指示體系」，而其一旦成爲投射在我們思想中的影子，則那種類似於「我們東方人」的「先驗主體」實際上不過是「言說者」，而非客觀的對象，且是基於一種「未宣佈的假定」。當然，我們仍可嘗試用客觀的方式研究東方文化，若此亦或可建構出一種類似實證科學式的論述，而在其中自然或許沒有主觀性的表現，就像一般學術論文中沒有「我」或「你」這種人稱代詞的出現。但是，撇開研究者自身可能持有的主觀立場不論，這種表述仍預設某種先驗主體的存在，如基於某種學科的知識背景而產生的主觀視角，就像薩依德（Edward Said）所批判的東方學那樣。[36]

而對詩或一般文藝創作而言，往往更具有主觀的表現，因此更難跳脫話語指示體系所投射的「影子」，不論抒情詩或敘事詩。固然詩中的「我」未必如同日常話語的「我」，如本維尼斯特所謂「正在陳述含有『我』這一語言載體的當下話語時位的個體」，而可能是詩人有意形塑之主體形象，或是作爲集體代言者之大我，然而不論哪一種「我」，都不見得能除卻一定的組織主體的相對空間關係與時間關係，而得依附於特定的文化載體或歷史意識。不過，周夢蝶卻爲我們展現了另一種可能性。在其代表性詩作〈孤獨國〉的結尾部份，他說：

> 過去佇足不去，未來不來
> 我是「現在」的臣僕，也是帝皇。[37]

在此我們更可以看到線性時間觀被打破，因此「只有時間嚼著時間」，而時序更被打破，而有「夜比白晝更綺麗、豐實、光燦」的現象產生。這裡的「我」，自未必是寫詩者周夢蝶，更非作爲東方人的「我」，而是泛指能跳脫文化常態中線性時間區隔之人。而且，「孤獨國」更非特定的地理空間，既不在西方，也不在東方，亦破除以主體爲中心的「這裡」或「那裡」之別。

基本上，周夢蝶很少寫自悲或自喜的抒情詩，亦乏敘事性之史詩。這乃意味著他有

---

35 阿岡本著，尹星譯，《幼年與歷史：經驗的毀滅》（開封：河南大學出版社，2011），頁 41。著重標示為原文所有。

36 薩伊德著，王志弘等譯，《東方主義》（臺北：立緒，1999）。

37 周夢蝶，〈孤獨國〉，《孤獨國／還魂草／風耳樓逸稿》（新北中和：印刻文學，2009），頁 54。

意遠離著一種既定的主體位置，不論它是「孤獨的先知」(如紀弦的詩中所有意塑造的那樣)，抑或是「東方人」或「中國命運的承載者」等等。他的疏離，不是純粹基於個人孤僻的心性，也非因服膺現代主義的形式美學，而刻意迴避傳統主題。他的「在想像中」(in-fancy)的詩學表現，或許亦可解釋爲一種以語言的實驗突進介於語言與經驗之間的幼年(infancy)狀態。[38]在此幼年狀態裡，一切都有可能，從而無分東西：

> 永恆——
> 剎那間凝駐於「現在」的一點；
> 地球小如鵝卵，我輕輕地將它拾起
> 納入胸懷。[39]

---

38 關於 in-fancy 與 infancy 的雙關意涵，參見阿岡本，前引書，頁 II。
39 周夢蝶，〈剎那〉，前引書，頁 68。

引用書目

王文興，〈鄉土文學的功與過〉，《夏潮》23 期（1978.2），頁 64-68。
加達默爾著，洪漢鼎譯，《真理與方法》（上海：上海譯文，1999）。
古奇著，耿淡如譯，《十九世紀歷史學與歷史學家》（北京：商務，1997）。
古繼堂，《臺灣新詩發展史》（臺北：文史哲，1997）。
伊各斯著，周樑楷譯，〈歷史主義〉，《觀念史大辭典》（臺北：幼獅，1988）。
艾愷，《世界範圍內的反現代化思潮》（貴陽：貴州人民，1999）。
伯林著，馮克利譯，《反潮流：觀念史論文集》（南京：譯林，2002）。
周夢蝶，《孤獨國／還魂草／風耳樓逸稿》（新北中和：印刻文學，2009）。
林惺嶽，《臺灣美術風雲 40 年》（臺北：自立晚報出版社，1993）。
阿岡本著，尹星譯，《幼年與歷史：經驗的毀滅》（開封：河南大學出版社，2011）。
阿隆，梅祖爾編注，馮學俊、吳泓緲譯，《論治史》（北京：三聯，2003）。
哈貝馬斯著，童世駿譯，《在事實與規範之間》（北京：三聯，2003）。
洛夫，〈建立新民族詩型之芻議〉，《創世紀》5 期，1956.3），頁 2-3。
胡塞爾著，倪梁康譯，《哲學作爲嚴格的科學》（北京：商務，1999）。
倪再沁，《臺灣美術的人文觀察》（臺北：雄獅，1995）。
唐文標，〈誰來烹魚——因洪通而想到的〉，《中國時報》（1973.6.1-2）。
———，《天國不是我們的》（臺北：聯經，1979）。
海涅著，張玉書譯，《論浪漫派》，張玉書選編，《海涅文集・批評卷》（北京：人民文學，2002）。
特勒爾奇（特爾慈），戴盛虞等譯，《基督教社會思想史》（香港：基督教輔僑出版社，1960）。
秦松，〈認識中國畫的傳統〉，《文星》12 卷 6 期（1963.10），頁 69-70。
國家文化藝術基金會網站：
http://www.ncafroc.org.tw/award-prize.asp?ser_no=1&Prize_year=1997&Prize_no=一&prize_file=Prize_feeling
尉天驄編，《鄉土文學討論集》（編者自出，1978）。
張默，〈創世紀的路向——代發刊詞〉，《創世紀》創刊號（1954.10），頁 2-3。
曼海姆著，《保守主義》，李明暉、牟建君譯（南京：譯林，2002）。
盛鎧，〈歷史與現代性：一九七〇年代臺灣文學與美術中的鄉土運動〉（臺北：輔仁大學比較文學研究所博士論文，2005）。
郭繼生編，《當代臺灣繪畫文選：1945-1990》（臺北：雄獅，1991）。
凱杜里著，張明明譯，《民族主義》（北京：中央編譯，2002）。
覃子豪，〈新詩向何處去？〉，《藍星詩選》創刊號（1957.8），184-197。
愛德華滋著，蘇宜青譯，《語言、社會和同一性》（臺北：桂冠，1994）。
楊宗翰，《臺灣新詩評論：歷史與轉型》（臺北：新銳文創，2012）。
解昆樺，《臺灣現代詩典律與知識地層的推移：以創世紀、笠詩社爲觀察核心》（臺北：

鷹漢，2004）。
蕭瓊瑞，《五月與東方：中國美術現代化運動在戰後臺灣之發展（1945-1970）》（臺北：東大，1991）。
謝里法，〈六〇年代臺灣畫壇的墨水趣味〉，《雄獅美術》78期（1977年8月）。收於郭繼生編，《當代臺灣繪畫文選：1945-1990》，頁249-250。
薩伊德著，王志弘等譯，《東方主義》（臺北：立緒，1999）。
Benveniste, Émile. *Problems in general linguistics*, Florida: University of Miami Press, 1971.
Iggers, Georg. *German Conception of History: The National Tradition of Historical Thought from Herder to the Present*. Middletown: Wesleyan University Press, 1968.
Meinecke, Friedrich. *Historism: The Rise of a New Historical Outlook*. New York: Herder & Herder, 1972.

詩僧美學的現代轉折：周夢蝶的詩書藝術

楊雅惠*

一、離散情境下的生命溯源

1949 年，國民政府播遷來臺，許多大陸軍民隨之而來。在此離散年代的移民潮流中，不少人寄情筆端，抒發鄉愁，藉以安頓劫後餘生流離失所的魂魄。他們的背景或許各不相同，然而對於語言、文學與文化的原鄉，同樣有著難以磨滅的精神印記。或有感傷懷鄉的小說散文，如白先勇、琦君；或有新古典的詩歌吟詠，如余光中、鄭愁予；記憶與懷鄉、迷戀與招魂，無不表現了花果飄零後在異地新鄉的播撒與移植。而此間，現代詩人周夢蝶的溯源書寫，走得更是杳然而遠，他所欲溯回的不只是地理空間的故土，也不只是文學場域的文化原鄉，而更是一生命存在的形上本源。他嘗試藉著宗教靈修式的詩歌思維，讓靈魂返回那無有罣礙、無有恐怖、遠離顛倒夢想的彼岸世界……。

在〈托缽者〉一詩中，周夢蝶就描繪出一幅「詩僧」的自畫像：

> 滴涓涓的流霞／於你缽中。無根的腳印啊！／十字開花在你匆匆的路上／在明日與昨日與今日之外／你把憂愁埋藏。
> 紫丁香與紫苜蓿念珠似的／到處牽挂著你；／日月是雙燈，照亮你鞋底／以及肩背：袈裟般／夜的面容。
> 十四月。雪花飛／三千弱水的浪濤都入睡了。／向最下的下游——／最上的上游／問路。問路從幾時有？
> 幾時路與天齊？／問優曇華幾時開？／隔著因緣，隔著重重的／流轉與流轉——你可能窺見／那一粒泡沫是你的名字？
> 長年輾轉在恆河上／恆河的每一片風雨／每一滴鷗鷺都眷顧你——／回去是不可能了。枕著雪濤／你說：「我已走得太遠！」
> 所有的渡口都有霧鎖著／在十四月。在桃葉與桃葉之外／撫著空缽。想今夜天上／有否一顆隕星為你默默墮淚？／像花雨，像伸自彼岸的聖者的手指……（〈托缽者〉）[1]

---

* 國立中山大學中國文學系教授兼人文研究中心研究員。

1 周夢蝶，《還魂草》，收於周夢蝶著，曾進豐編，《周夢蝶詩文集》（臺北：印刻文學出版，2009），頁 162-164。

詩中寫出：失根的行腳，在時間之外與空間交界之處，天地爲家，日月爲燈，苦苦地尋覓人生的道路。或者順流而往，或者逆流回溯，但生命都不過是恆河一浮漚。想要回存在的本源卻已不可能了，因爲已走得太遠，何況所有渡口都已霧鎖。這讓人聯想到詩僧的典型作家唐代的皎然之作：「箬溪朝雨散，雲色似天臺。應是東風便，吹從海上來。靈山遊汗漫，仙石過莓苔。誤到人間世，經年不早回。」（〈五言憶天臺〉）[2]詩中借雲托喻，雲自天臺靈山飄來，一如自身之誤入世間。我們可以發現：詩僧的生命情調中，都有一種歷經人間世劫之後欲向「存在」探本溯源的歸返意識。詩僧的深層記憶中，總有那應該歸回卻又回不去的彼岸……。

因此我們將周夢蝶接上中國詩僧的系譜。若考察中國歷史上詩僧之濫觴，或可溯源至東晉康僧淵、支遁、慧遠等，[3]但作爲作者群體之湧現則始於唐代。日本學者市原亨吉指出：大歷年間皎然的〈五言酬別襄陽詩僧少微〉一詩，可能是最早提出「詩僧」一名，[4]而其創作與詩學論著（《詩式》）並稱，因而成爲詩僧譜系中最典型的先河。中唐大歷時期，詩僧輩出，蔚然天下，如靈一、靈澈、道標、貫休、齊己。晚唐至有宋，詩僧愈眾，禪語機鋒更常爲清藻麗句；北宋如「九僧」中之秘演、道潛（參寥子）、惠洪、可久、文簡……。晚明時代劇變，出世文人益增，如戒顯、澹歸、擔當、大錯……，至有清則有蒼雪、天然、借庵、笠云、寄禪、成鷲、超遠等皆著稱於世。洎至晚近，蘇曼殊、弘一法師，更爲人所津津樂道。這詩僧系譜流衍至民初，都一直與整個中華文化之氛圍相終始。

戰後孑然來到臺灣的周夢蝶，以其生命的清簡，及其對佛理之參悟，無疑地，在臺灣現代詩壇的讀者心中，也刻劃出一擬似中國歷史傳統中的詩僧形象。然而，這形象在古典詩學中或已習以爲常而不陌生，但置諸於現代詩壇中，與追求尖新前衛的現代美學之期待視域，實有一段不甚相容的距離。因而，周夢蝶如何將傳統詩僧美學在其現代詩中婉轉地屈伸？而讀者又如何在周夢蝶詩中調整其接受視域，再凝塑成一現代詩僧的美感典型？此間實有許多相關於詩學、美學與文化範式的有趣課題。

二、內在語言之深掘：依違於古典與現代之間

而這裏的寒冷如酒，封藏著詩和美／甚至虛空也懂手談，
邀來滿天忘言的繁星……（〈孤獨國〉）

周夢蝶借趙惠謨師之語自謂：「新體詩易學而難攻。」（〈筆述趙惠謨師教言二則（代

2 唐．釋皎然撰，《吳興晝上人集》（臺北市：臺灣商務，1979），卷六。

3 康僧淵有〈代答張君祖師〉、〈又答張君祖詩〉，支遁有贊佛詠懷豬詩，慧遠有唸佛三昧之句。關於詩僧之研究可參王秀林，《晚唐五代詩僧群體研究》（上海：復旦大學，2003），頁 4-6。

4 市原亨吉，〈論中唐初期的江左詩僧〉，《東方學報》總第 28 期（1958.4），頁 220-224。

後記〉〉）[5]道出其創作現代詩之箇中甘苦。對於周夢蝶，現代詩之「易學而難工」，比古代詩僧更多考驗的是：佛教語言觀與現代詩語言觀之間的矛盾、受容與調合；此外，如一般現代詩人，他也必須鑽研於現代內在聲音的深刻挖掘。周夢蝶一直宛如苦行僧般地推敲詩語，惜墨如金。

（一）遮詮與表詮的現代創造

詩必借語言而呈現。詩歌語言與宗教語言之間，有其相合也有其相離。這或許是鑑賞周夢蝶詩歌的審美起點。佛教的語言觀認爲：語言具有空性，因世間諸法皆因緣而生，語言亦然，亦無有體性、自性。而人生活其中的世界，本無實體，不過是一名言的世界而已。我們藉著語言的詮顯作用可能執著以爲真，也可能藉其作用而了悟諸法實相。故名言爲「能詮者」，一方面無有實體，只是方便權假之施設，一方面又能詮顯真如本體之真義。當我們透過語言了悟真如本體、諸法實相，此語言即爲「真言」——當體即真的語言。而，不只是以文字、言語表示者可成爲真言，宇宙萬籟皆可爲真言。

牟宗三曾指出：佛理的表達方式，可用分別說表達，也可用非分別說表達。分別說與非分別說，或稱差別說與非差別說，以現代西方說法則是分解說與非分解說。凡是有所立教就是分別說。但中國思想中有一些觀念，可用分別說表達，也可用非分別說表達。如莊子的寓言、卮言、重言、謬悠之說、荒唐之言、無端崖之詞，俱是「非分別說」；佛家般若也是種「非分別說」。如問：什麼是般若？在般若經中並非以「是什麼」的立場來回答，而是用辯證的詭辭方式來表示：「佛說般若波羅蜜，即非般若波羅蜜，是名般若波羅蜜。」如此回答的方式不是分解的方式，而是否定的展示。此種詭辭指示我們：般若是真實生命中的智慧，必須從主體方面通過存在的實感而呈現或展示，是不能用語言概念加以分析的。[6]

除了分別說與非分別說之外，在佛學中也另有一對相映的概念：「表詮」與「遮詮」。「表詮」指用語言表達事理時，從事物正面作肯定的表述，顯示對象自身的屬性。佛經中常用「知見覺照、靈見光明、朗朗照照」等來描述「真如妙性」，即爲「表詮」。「遮詮」指用語言表達事理時，從事物反面作否定的解釋，排除不具有的屬性。佛經中常用「不生不滅、不增不減、不垢不淨、無因無果、無相無爲、非凡非聖、非性非相」來表達「真如妙性」，即爲「遮詮」。

文學語言本即屬於「非分別說」，但宗教詩歌（或像周夢蝶這富有宗教向度的泛宗教詩）多少都有「分別說」的因子。周夢蝶的詩，也表現出這樣游移於「分別說」與「非

5 周夢蝶，《約會》（臺北：九歌出版社，2002），頁191。
6 牟宗三，《中國哲學十九講》（臺北：學生書局，1997），第十六講 分別說與非分別說以及「表達圓教」之模式，頁356。

分別說」、「表詮」與「遮詮」的語言基調。使用表詮策略的詩，如：「一粒舍利等於多少堅忍？世尊／你底心很亮，而六月底心很暖」（〈六月〉）[7]就表述了修爲實踐功夫所成就的生命意義。或許表詮其實易流於說教，詩人所用不多；或者將之轉化爲比興迂迴的修飾詩語，而淡化其說教色彩。至於「遮詮」的運用，詩人之筆就幻化多姿，如：

> 而這裏的寒冷如酒，封藏著詩和美／甚至虛空也懂手談，邀來滿天忘言的繁星……（〈孤獨國〉）[8]

「手談」即表明這種非分別說的身體姿勢，「忘言」也顯示出這非分別說的無言境界，甚至已超越語言，進入「言語道斷」的禪宗之路。再如以下此詩：

> 乘沒遮攔的煙波遠去／頂蒼天而蹴白日；／如此令人心折，光輝且妍暖／那自何處飛來的接引的手？
> 雪塵如花生自我底腳下。／想此時荼蘼落盡的陽臺上，／可有誰遲眠驚夢，對影嘆息／說他年陌上花開／也許有隻紅鶴翩蹮／來訪人琴俱亡的故里……
> 空中鳥跡縱橫；／星星底指點冷冷的——／我想隨手拈些下來以深喜／串成一句偈語，一行墓誌：／「向萬里無寸草處行腳！」
> 悠悠是誰我是誰？／當山眉海目驚綻於一天暝黑／啞然俯視：此身仍在塵外。（〈聞鐘〉）[9]

首段原是形容「令人心折，光輝且妍暖」的景致，那或也是終生宏亮清揚的通感意象，是對真如之境的正面表詮；鐘聲如「飛來的接引的手」，隨之遨遊後，卻又驀然警悟到：悠悠宇宙中的伶然一身，那一句偈語，一行墓誌：「向萬里無寸草處行腳！」頗有以肉身行腳而使「言語道斷」的非分別說之效果，表明了「遲眠驚夢、對影嘆息」的塵世人生執著，終歸成空；而後「我是誰」之問、「一天暝黑」的視覺失落、「啞然俯視」的聽覺否定，都渲染了遮詮的語言效果，最終讓結尾的「此身仍在塵外」豁然一響，恍如聞鐘一悟。

「鐘、磬」在佛教中常有發人深省之「世外真聲」的象徵作用。我們可以比較一下唐詩僧皎然聞鐘磬之詩：

> 古寺寒山上，遠鐘揚好風。聲餘月樹動，響盡霜天空。永夜一禪子，泠然心境中。（〈五言聞鐘〉）[10]
> 一磬寒山至，凝心轉清越。細和虛籟盡，疏繞懸泉發。在夜吟更長，停空韻難絕。幽僧悟深定，歸客忘遠別。寂歷無性中，真聲何起滅。（〈五言妙喜寺達公院賦得夜磬送呂評事〉）[11]

---

7 周夢蝶，《還魂草》，《周夢蝶詩文集》，頁 139-140。
8 周夢蝶，《孤獨國》，《周夢蝶詩文集》，頁 54。
9 周夢蝶，《孤獨國》，《周夢蝶詩文集》，頁 114。
10 唐・釋皎然撰，《吳興晝上人集》，卷六。
11 唐・釋皎然撰，《吳興晝上人集》，卷六。

前一詩賦比興的手法，形容鐘聲之振動客觀之景，也感動主觀之心境。後一詩前半正面描寫磬聲之悠揚清越，後則帶入塵世人物（幽僧與歸客）的聞磬心境，在聲音與景、情交相融合之下，悟到：「寂歷無性中，真聲何起滅？」以一問句將正面表詮翻轉爲遮詮，讓人更超越鐘磬的聲音層次，思想那隱藏於聲音之外的空無。將周夢蝶的現代詩與皎然的古典詩對照，我們看到周夢蝶詩在表詮時，擅長延續古典詩僧賦比興的詩歌美學，但也有現代性更複雜的技巧，而在遮詮上則有更豐富多變的手法，如意識流的跳躍、超現實的斷裂等等。又如：

> 從每一滴金檀花底淚光中／從世尊沒遮攔的指間／窺探你。　像月在月中窺月／你在你與非你中無言、震慄！
> 何須尋索！你底自我／並未墜失。　倘若真即是夢／（倘若世界是夢至美的完成）／夢將悄悄，優曇華與仙人掌將悄悄
> 藏起你底側影。　倘若夢亦非真／當甜夢去後，噩夢醒時／你已哭過——這斑斑的酸熱／曾將三千婆娑的埃塵照亮、染濕！
> 當你淚已散盡：當每一粒飛沙／齊蟬化為白蓮。　你將微笑著／看千百個你湧起來，冉冉地／自千花千葉，自滔滔的火海。（〈尋〉）[12]

此詩後附註：「世尊在靈山會上，以金檀花一朵示眾，眾皆默默，惟迦葉尊者破顏微笑。」此詩之本事本即爲一「言語道斷」非分別說的故事。而周夢蝶更將此本事敷演情境，在詩語上也做了巧妙的回文：「從世尊沒遮攔的指間／窺探你。像月在月中窺月／你在你與非你中無言、震慄！」「你將微笑著／看千百個你湧起來」，（另如：「回向空無而不空無的空無」（〈枕石〉）[13]亦然。）而這巧妙的回文其實也與佛理的「一即一切、一切即一」相呼應。宛如存在的本體界和現象界都不過統攝於一種至高的迴路迷宮之中，層層融通、重重無盡。存在的最高神秘正在於這種無限豐富性與絕對統一性的同一之中，就是所謂「一月遍現一切水，一切水月一月攝」的絕對澄明之境。因而周夢蝶詩語中的回文正是體現這種佛理的非分別說方式之一。

周夢蝶詩語典之豐富，除了佛典之外，也善用其他中西語典。[14]莊子（如〈逍遙遊〉）、詩詞（如〈行到水窮處〉）等古典母題，都是他心之所盤桓的視域，這或是基於其欲歸返古中國文化的懷鄉意識。然而其詩中也引用了爲數不少的西方語典，此則更耐人尋味。

（二）「基督之言」的伸展與變相

周夢蝶飽含宗教向度的新詩語言，承襲了佛教語言與古典詩僧語言的表達技巧，然

12 周夢蝶，《還魂草》，《周夢蝶詩文集》，頁 167-168，。

13 周夢蝶，《風耳樓逸稿》，《周夢蝶詩文集》，頁 272-273。

14 關於周夢蝶詩之用典，可參考戴訓揚，〈新時代的採菊人——周夢蝶其人其詩〉，曾進豐編，《娑婆詩人周夢蝶》（臺北：九歌，2005），頁 112-135。

而，又需面對這些詩語如何表現現代性的問題。

語言的現代性往往與差異文化的交錯有關。因兩差異的文化相遇，會有歧出傳統的創造性電流產生，何況是多種差異的交會。如（清）黃遵憲之旅寓域外，在對外的語言接觸中，乃有「我手寫我口」的詩語意識，促成了古典漢語的詩界革命。而基督教東傳，帶來中西文化的交錯。明清之際改信天主教的文人畫家吳歷，創作「天學詩」[15]使他面對中西文化間的巨大差異。他曾說：「做天學詩最難，比不得他詩。」（《續口鐸日抄》）[16]在其詩中已可見如何將中國傳統文化的古典詩形式，與代表西方文化的天主教宗教內容交錯融合的嘗試。五四時期，基督教更作為文人對現代世界文化探知的重要中介。[17]而現代詩是實驗現代語言的精粹文本，從現代詩中我們更可看出基督教與語言的現代性之關係。魯迅的散文詩〈復仇〉是對耶穌受難事件的表現；冰心以謝婉瑩為名時寫了許多演繹聖經的新詩，愛的哲學一直貫串在她一生的創作中；郭沫若〈鳳凰涅槃〉、〈太陽禮贊〉都有因懺悔意識所帶出的內在動力；徐志摩對聖經有深厚的素養，以宗教精神淨化自己的情愫；陳夢家詩中表現對生命奧密的體悟、宇宙神秘的體驗……。追索這些早期新詩，幾乎可說現代詩發展進程中大都受過基督教的洗禮。

而今在周夢蝶的詩中，我們也讀到有不少的基督教書寫——包括有形的聖經典故及套語之引用，或無形的基督教精神之流露。如基督事件的受難書寫，常見於詩中：「本來該開在耶穌的頭上的／卻開在這裏」（〈荊棘花〉）[18]，「我是為領略尖而冷的釘錘底咆哮來的！／倘若我有三萬六千個毛孔，神啊／請賜與我以等量的鐵釘……」（〈絕響〉）[19]，所運用的都是耶穌受難的語典，可見其在發掘現代內在語言時，並未忽略來自西方基督教的內在靈魂之聲；因這異邦遠來的內在靈魂之聲，激發其詩語轉向偏重異質的現代性。如以下一詩：

> 「主說：要有火！／於是天上有霹靂與閃電。
> 又說：要有水！／於是地上有霜露與冰雪。
> 然而，從來沒聽見主說要有風要有風啊／亂雲深處，何來照眼一株紅杏？」（〈風從何處來〉）[20]

15 所謂的天學詩，即以天主教教義為內容的古典詩。

16 清．吳歷撰、章文欽箋注，《吳漁山集箋注》（北京：中華書局，2007），卷八《續口鐸日抄》，頁 616。

17 如魯迅從基督教中發現反叛精神及道德的自我審判，周作人從中發現自由獨立的人格意識，冰心發現了博愛，許地山發現了寬容，郭沫若發現了復活，郁達夫發現了懺悔……。參見許正林，《中國現代文學與基督教》（上海：上海大學出版社，2003），頁 26。

18 周夢蝶，《十三朵白菊》（臺北：洪範書店，2002），頁 80-81。

19 周夢蝶，《還魂草》，周夢蝶《周夢蝶詩文集》，頁 199。

20 周夢蝶，《約會》，頁 144-145。

此詩本於《創世紀》第一章。[21]基督教認為：世界的創造乃藉著神的語言而成。語言有無比的力量，是生成創化本源，因而西方語言均重視「存在」（Being），表示存在的動詞「是」（is）或「有」是句子的樞紐。但相形之下中國思想往往拒絕把現象與真諦區別開來，拒絕把理性與感性相分開。漢語不具任何語法範疇特點，缺乏任何詞形變化，也無表示存在的動詞。[22]世界觀的不同，當然也就影響語言的差異。此詩顯現中西兩方宗教思想與語言上的差異。詩中的動詞「有」語義源於西方，但描述風的情境卻又顯然是漢語語型。因此周夢蝶質疑：為什麼從來沒聽見主說要有風，此風指的是「無明風動」[23]之風。人性中的無明究否是神所創造？此間我們可看出兩種文化的差異。

引用聖經語典，似乎接受理想永恆的超越界與感性短暫的現實界對立，一如現代漢語之漸受印歐語言影響，開始有存在與變異、理性和感性之間根本性的二分法。同屬這樣的創造書寫，如：

> 一株草頂一顆露珠／一瓣花分一片陽光／聰明的，記否一年只有一次春天？／草凍、霜枯、花冥、月謝／每一胎圓好裏總有缺陷孿生寄藏！
> 上帝給兀鷹以鐵翼、銳爪、鉤脗、深目／給常春藤以嬝娜、纏綿與執拗／給大陽一盞無盡燈／給蠅蛆蚤虱以繩繩的接力者／給山磊落、雲奧奇、雷剛果、蝴蝶溫馨與哀愁……（〈乘除〉）[24]

> 給永夜封埋著的天門開了／新奇簇擁我／我有亞當第一次驚喜的瞠目。
> 如果每一朵山花都是天國底投影／多少怡悅，多少慈柔／正自我心中祕密地飛昇。
> 如果每一寸草葉／都有一尊基督醒著——／第幾次還魂？那曾燃亮過／惠特曼、桑德堡底眼睛的眼睛。
> 我想，在山底窈窕深處／或許藏隱著窈窕的傾聽者吧！／哦，如果我有一枝牧笛／如果我能吹直滿山滿谷白雲底耳朵……（〈朝陽下〉）[25]

第一首詩覆疊出現的授予動詞「給」，意指世間萬象均受之於上帝，那創造者是生命的贈與者，也是心靈的接受者，祂以語言創造了生命，也傾聽了人內心的秘密。這樣的世界觀已然改變了漢語詩人的內在語言模式。因為漢文化認為：自然萬象其實都是自然生成，而非有主的創造。如王維的「行到水窮處，坐看雲起時」，皎然詩：「漸看華頂出，幽賞

---

21 《聖經・創世紀》第一章：「起初，神創造天地。地是空虛混沌，淵面黑暗；神的靈運行在水面上。神說：要有光，就有了光。神看光是好的，就把光暗分開了。神稱光為晝，稱暗為夜。有晚上，有早晨，這是頭一日。神說：諸水之間要有空氣，將水分為上下。神就造出空氣，將空氣以下的水、空氣以上的水分開了。事就這樣成了。……」香港聖經公會，《聖經》（九龍：香港聖經公會，1992），舊約，頁 1。）

22 謝和耐著、耿昇譯，《中國與基督教：中西文化的首次撞擊》（*Chine et Christianisme*）（上海：上海古籍出版社，2003），頁 217-226。

23 《大乘起信論》：「如是眾生自性清淨心，因無明風動，心與無明，俱無形相，不相捨離，而心非動性；若無明滅，相續則滅，智性不壞故。」

24 周夢蝶著，《周夢蝶・世紀詩選》（臺北：爾雅出版社，2000），頁 17。

25 周夢蝶著，《周夢蝶・世紀詩選》，頁 21-22。

意隨生。十里行松色，千重過水聲。海容雲正盡，山色雨初晴。……。(〈送重鈞上人遊天臺〉)」[26]都表現萬物自然生成的境界型態宇宙觀。可以說古典詩僧的詩語是獨白式的；而在基督教世界觀影響下，詩人俯仰於天地之間，將意識到自我乃由神之言所創予，自我內心的聲音又爲神所傾聽，如〈朝陽下〉一詩，是超越與內在兩重回聲相叩的知音共鳴。

當然，或許周夢蝶未全然信仰，如上一詩就仍有許多疑惑假設之詞：「如果、或許、我想」，由此而產生了基督之言的變相。如萬物自神創造的觀念，在其詩中有正面伸展之言，如上所舉例，但也有將此創造宇宙觀變了相：

> 上帝／從虛空裏走出來／徬徨四顧，說：／我要創造一切，／我寂寞！（〈吹劍錄〉 之一）[27]

這之間的變相都可看出周夢蝶在融合中西宗教語典的差互錯置，也呈現一傳統詩僧美學面臨現代衝擊的徘徊。

因此雖然基督教與中國現代文學的起源之關係密切。但如劉小楓說：其實任何民族性文化與基督文化之間都有一種張力關係，不惟華夏文化獨然。從歷史的現象看，這種張力關係相當複雜。民族存在與基督文化之間存在著承納與拒斥的關係，而且民族存在既可以伸展基督之言，也可能變相基督之言。[28]可以說在古典詩僧的詩語中，無論遮詮或表詮皆是在同一信仰下的語言形式，但「伸展」與「變異」卻是在不同信仰間的改信與懷疑。周夢蝶詩中對基督之言似乎變相多於伸展。如：

> 每一顆頑石都是一座奇峰／讓凱撒歸於凱撒／上帝歸上帝，你歸你——／直到永恆展開全幅的幽暗／將你，和額上的摩西遮掩（〈山〉）[29]

這是用了福音書的語典。[30]該撒是世界的王，而神是超越世界的。但詩中又加上了「你歸你」，顯然詩人的孤獨國不屬於上帝，也不屬於凱薩。又如〈約翰走路〉[31]，所本乃是王爾德（Oscar Wilde, 1854-1900）1893 年寫成、1897 年上演的唯美劇作，他將《新約聖

26 唐・釋皎然，《吳興晝上人集》，卷四。
27 周夢蝶著，《十三朵白菊》，頁 188。
28 劉小楓，〈編者序〉，劉小楓主編，《道與言——華夏文化與基督文化相遇》（上海：三聯書店，1995），頁 2。
29 周夢蝶著，《還魂草》，《周夢蝶詩文集》，頁 154。
30 「（法利賽人問：）『請告訴我們，你的意見如何？納稅給該撒可以不可以？』耶穌看出他們的惡意，就說：『假冒為善的人哪，為什麼試探我？拿一個上稅的錢給我看！他們就拿一個銀錢來給他。耶穌說：這像和這號是誰的？』他們說：『是該撒的。』耶穌說：『這樣，該撒的物當歸給該撒；神的物當歸給神。』」（《聖經・馬太福音》22:17-21。香港聖經公會，《聖經》（九龍：香港聖經公會，1992），新約，頁 32。
31 周夢蝶著，《約會》，頁 119-120。

經》施洗約翰的故事[32]改寫爲《莎樂美》（Salomé），莎樂美因而代表一美艷、性感、危險、頹廢、挑戰信仰的人物。王爾德《莎樂美》是變相聖經之言，周夢蝶此詩自也是變相基督之言的詩。在與基督教對話的張力中，或者基於對神聖的質疑或抗拒，或者爲挖掘出現代人性的內在情欲，周夢蝶更深入了幽微深暗的意識險境。

周夢蝶的詩雖然以漢語爲主要的基調，但卻介於白話與古典漢文之間。或許爲了現代性的東西匯通，必須拉開與古典詩僧的距離，他嘗試依違於現代與古典之間。然則其在鎔鑄語言的功夫上，必然要考慮到西語（基督教的）、梵文（佛教的）以及漢語之間的種種矛盾與張力。這自也較古代詩僧多了分苦澀的磨鍊。如以下一詩：

> 不信神聖竟與恐怖同軌；而／一切乍然，總胚胎於必然與當然？
> 巍巍黃金之國，轟然一聲／雙子星大廈之九一一／美比香扇墜兒秋海棠一葉／無山不崩集集之九二一／海只管自己揚他的波／紫微星只管在中天之頂／明滅他的明滅；／獨鶴無言，竹梢墜露／不信「天若有情天亦老」／七字寥寥已嘔盡歌者最後一口紫血？（〈無題十二行〉）[33]

當現代世界的災難與日俱增，超越界的「一」卻永恆不動（紫微星所象徵的是傳統世界觀的中樞），兩者極端尖銳的對照之下，僧人的定力固然仍可「獨鶴無言」，但冷眼看世界遷化，卻是肉身驚嚇後的努力安魂。結語幾句，似可讀出：古一今詩語之間的張力意味；現代詩人如何言／歌？此一疑問，似已呼之欲出。

三、象外之境的弔詭：圓融境界／迷離現實

睡時一如醒時；／碎時一如圓時。（〈圓鏡〉）

自中唐以後，由佛學而來的「境」，成爲詩僧美學的核心。它甚至衍生爲儒、道、佛之實踐工夫所達到的主觀心境。「境」梵語爲「vishaya」，佛學中之意義爲「內在世界」或「意識狀態」。唯識宗以之表示一種完全特殊的意識領域，在此意識狀態下，思想可以把握源於其自身幻象的客體。[34]唯識宗將外部世界看成是人內心意識在外部的投射。牟宗三曾由哲學之角度剖析說：這心境是依某方式的實踐所達到的心靈狀態。這心靈狀態可以引發一種「觀看」和「知見」。我們依「觀看」和「知見」，對這世界有一看法或說

32 《馬太福音》第十四章：「起先，希律為他兄弟腓力的妻子希羅底的緣故，把約翰拿住，鎖在監裡。因為約翰曾對他說：你娶這婦人是不合理的。希律就想要殺他，只是怕百姓，因為他們以約翰為先知。到了希律的生日，希羅底的女兒在眾人面前跳舞，使希律歡喜。希律就起誓，應許隨他所求的給他。女兒被母親所使，就說：請把施洗約翰的頭放在盤子裡，拿來給我。王便憂愁，但因他所起的誓，又因同席的人，就吩咐給他；於是打發人去，在監裡斬了約翰，把頭放在盤子裡，拿來給了女子；女子拿去給他母親。」（3-11 節）

33 周夢蝶，《有一種鳥或人》，《周夢蝶詩文集》，頁 94-95。

34 陳榮捷編著，楊儒賓等譯，《中國哲學文獻選編》（臺北：巨流出版社，1993），頁 372。

明。它依實踐而有昇進，依路數而有異趣，屬於實踐方面之精神價值層。最後歸趣必定在「自由自在」，亦是絕對的客觀——絕對的主觀，主客觀合一。[35]

「境界」在中唐詩學中成為重要概念，也成為詩僧美學的核心。如《文鏡秘府論》收錄王昌齡的「三境」論述：「物境、情境、意境」，[36]以及皎然《詩議》：「固當繹慮於險中，採奇於象外，狀飛動之趣，寫冥奧之思。夫希世之珍必出驪龍之頷，況通幽名變之文哉！但貴成章以後，有其易貌，若不思而得也。」[37]至司空圖的「象外之象、景外之景」（〈與極浦談詩書〉）「象外」之「境」便已奠下佛教美學的核心在詩與藝術中的終極理想。

以今日的詮釋學理念來闡釋詩學中的「境」，我們可借助里柯（Paul Ricoeur，1913-2005）的觀點。他說：詩歌語言也談論實在，但它是在與科學語言不同的另一層面上來談論實在的。它不像描述的或說教的語言一樣，向我們顯示一個世界。事實上，當我們取消科學語言，以詩歌的語言談說世界時，此一層次的世界之力量才被釋放出來。雖然這釋放是在實在的另一個層面上。詩使可控制的客觀世界遮蔽，而照亮了另一層次的世界。這就是詩歌語言的基本本體論意義所在。[38]這實可來解釋中國詩學中所謂的「意境」——它所自成的世界，已非現實的世界。

「境」因兼攝實踐修為與藝術創作兩個領域的內心世界，遂為歷來詩僧追求之最終理想。皎然《詩式》，其中曰：「取境之時，須至難至險，始見其句。成篇之後，觀其氣貌，有似等閒，不思而得，此高手也。有時意靜神王，佳句縱橫，若不可遏，宛如神助。」（〈取境〉）[39]可窺見詩僧對「境」的追求，取境要高，自能意靜神王，宛如神助。當心靈狀態引發一種視境，詩的意境，也超越具體的有限的意象，進入無限的時空，視通萬里，思接千古，與「神」契合為一，從而體現宇宙本體生命之「道」。

周夢蝶的詩，有許多呈顯詩僧美學這種取境高遠、圓融無礙的人生修為境界。如：

---

35 牟宗三，《中國哲學十九講》（臺北：學生書局，1997），第七講道之「作用的表象」，頁 131。

36 「詩有三境：一曰物境。欲為山水詩，則張泉石雲峰之境，極麗絕秀者，神之於心，處身於境，視境於心，瑩然掌中，然後用思，了然境象，故得形似。二曰情境。娛樂愁怨，皆張於意而處於身，然後馳思，深得其精。三曰意境。亦張之於意而思之於心，則得其真矣。」王利器，《文鏡秘府論》（北京：中國社會科學出版社，1983），頁 285。郭紹虞，《中國歷代文論選》第二冊（上海：上海古籍，1979），頁 88-89。

37 《文鏡秘府論》「論文意」條引《詩評》（或作議）。

38 里柯（Paul Ricoeur）著，余碧平譯〈語言的隱喻使用〉，胡景鐘等主編，《西方宗教哲學文選》（上海：人民出版社，2002），頁 596-597。原文出自里柯（Paul Ricoeur）《聖經詮釋學》*Biblical Hermeneutic*。另一譯文參見里柯（Paul Ricoeur）著，嚴平譯〈隱喻過程〉，劉小楓主編，《20世紀西方宗教哲學文選》（上海：三聯書店，1991），頁 1064-1065。他又指出：此一層面就是胡塞爾（Edmund Gustav Albrecht Husserl, 1859-193）的現象學已經指示出的 Lebenswelt（生活世界），和海德格爾（Martin Heidegger, 1889-1976）稱之為的「在世界之中」（being-in-the-world）。

39 唐・釋皎然著，李壯鷹校註，《詩式校註》（北京：人民文學出版社，2003），頁 39。

以淚水洗過的眼的清明／鑄成一面圓鏡——／看風自夏日絢爛的背後走出來／向秋，透一些消息；／向冬，透一些消息。
何所為而去？何所為而來？／這世界，以千面環抱我／像低回於天外的千色雲影／影來，影在；／影去，影空。
頓覺所有的星是眼。所有的／大如蚊虻，細如月日／長宙與長宇都在我視下了／當雲湧風起時／誰在我底靜默的深處湛然獨笑。
而拂拭與磨洗是苦拙的！／自雷電中醒來／還向雷電眼底幽幽入睡。而且／睡時一如醒時；／碎時一如圓時。（〈圓鏡〉）[40]

首句即點出此「圓鏡」即是「心境之眼」的譬喻，既「以淚水洗過」，以此來看大千世界，已能去迷妄返真性。春去秋來，人生幾度峰迴路轉，尋覓之後終得大徹大悟。此時「影來，影在；影去，影空」，如莊子所謂：「至人之用心若鏡，不將不迎，應而不藏」（《莊子．應帝王》）；萬物也與我爲一而融通無礙，「長宙與長宇都在我視下」，正如禪宗所謂：「萬古長空，一朝風月」，是「在瞬息中得到永恆，剎那間已成終古」的時空觀。末段再次道出：這修爲工夫是苦澀的，通過許多驚恐磨難，乃能平常心看化一切。另有兩首詩：

包孕在黑暗裏，猶如／一粒珠包孕在蚌殼裏——／我的靈魂成熟著／成熟著圓，成熟著晶瑩。
衹要你舉手輕輕一彈／便有黑暗的碎片紛紛散落／便有滿天星光，滿壑雲夢，滿林葉語／從指點處，涓涓流出。
而我一向就駐在這裏／剎那一般真實！石中，水上／花間，草底……隨處都有我的蹤跡。
千年一醒。那自無邊敲來的／風吼，和惡浪般斷續起伏的／狼吼：是我的鬧鐘。（〈山中一夕〉）[41]

我仰臥在陽光鋪滿的草坪上，／張開眼，是一片碧紗籠罩的海。
我把我情感之窗打得開開的——／（如一無限圓的「不設防城市」）／讓鳥兒飛進來，／讓風兒飛進來，／讓雲兒飛進來，／讓無限溫馨旖旎的春之私語飛進來……（〈擁抱〉）[42]

兩詩都寫出了安眠於天地間的隱密處，與塵世全然隔開，無有恐怖顛倒的圓滿自足之境。周夢蝶以此書寫來抵抗外在現實，把自己包孕在一個無限安穩、無限圓滿的宇宙中。這種圓融意境，歷來詩僧都有許多境高意遠調清的神韻詩作，如（晚唐）齊己〈遠山〉：「天際雲根破，寒山列翠回。幽人當立久，白鳥背飛來。瀑濺何州地，僧尋幾嶠苔。終須拂巾履，獨去謝塵埃。」[43]寫出天宇中群山環抱，幽人獨立，閒看白鳥翻飛，離塵入淨，證得菩提後的境界。詩僧通過審美形式把澄明心境引向宇宙奧祕、永恆之謎，於是，形

40 周夢蝶，《還魂草》，《周夢蝶詩文集》，頁 202-203。
41 周夢蝶，《風耳樓逸稿》，《周夢蝶詩文集》，頁 283-284。
42 周夢蝶，《風耳樓逸稿》，《周夢蝶詩文集》，頁 256。
43 唐．釋齊己，《白蓮集》，收於《全唐詩》（臺北市：中華書局，1992），24 冊，840 卷，9475 頁。

神兩落、物我俱一、圓融無礙的象外之境，便成了他們將禪味與詩意融合的最高境界。

圓融無礙之境在周夢蝶詩中，不只得自於佛學的啟引，也乞靈於基督教：

> 昨夜，我又夢見我赤裸裸的／沐浴在上帝金燦的光雨裡／四體皎潔洞明如水晶／手撚一枝清露盈盈的紅梅。
> 醒來朝陽抹上一窗春意，／我像被吸引似的飄向十字街頭——／啊，我的眼睛突然閃亮了／我發覺這兒繽紛如織的人群全變了樣
> 他們髣髴都變成了嬰兒，／臉上飛迎春花天真的微笑；／他們的心曝露著，／像一群把胸扉打開酣飲天風暖日的貝殼。（〈發覺〉）[44]

對於基督教這種安謐境界的書寫，周夢蝶則更顯露些許「天真無邪」的本心。也許是基督教「上帝天父」的這位格，讓詩人自我宛如赤子一般，而不必經過「拂拭與磨洗」的苦拙修練。而這也是基督教與佛教的最根本差別所在。佛教強調「自力」的修爲工夫，基督教強調「他力」的救贖恩典。因此這詩所「發覺」的境界，與大部份源於佛學的圓融境界有所不同，在周夢蝶詩中較少數。

然而圓融的象外之境畢竟充滿了弔詭。當境界越靜謐，就越顯得外在的現實是紛擾不安。因爲我們所生存的實在世界是充滿了差異性，而「境界之圓融」必然就透顯著被壓抑的「迷離與分散」的反作用力。因此在周夢蝶的詩中，從圓融境界中又不時有迷離惝怳的意境流出。如：

> 涉過牯嶺街拐角／柔柔涼涼的／不知從那兒飄來／一片落葉——像誰的手掌，輕輕／打在我的肩上。
> 打在我的肩上／柔柔涼涼的／一片落葉／有三個誰的手掌那麼大的——／嗨!這不正是來自縹緲的仙山／你一直注想守望著的／那人的音息？
> 無所事事的日子。偶爾／（記憶中已是久遠劫以前的事了）／涉過積雨的牯嶺街拐角／猛抬頭！有三個整整的秋天那麼大的／一片落葉／打在我的肩上，說：／「我是你的。我帶我的生生世世來／爲你遮雨！」
> 雨是遮不住的；／秋天也像自己一般的渺遠——在積雨的日子。現在／他常常抱怨自己／抱怨自己千不該萬不該／在積雨的日子／涉過牯嶺街拐角（〈積雨的日子〉[45]）

> 縲絏的日子，自胞胎開始！（中略）在未識歧路之初，已先識哭泣。／諸佛束手。自從他在鏡中亡失了眼目；／而在一次蹉跌中／斷折了他的第三隻腳。
> 一向睡得最深，飛得最穩，立得最高的：他的／第三隻腳。他不懂／何以竟雄毅如彼？而危脆如此——／一折，永折！而且折時：不聞有聲／不見有血……
>
> 註：第三隻腳，喻情志或神識。吾人進退行止雖以足，而所以進之退之行之止之者非足。莊子天下篇述惠子之言曰：「雞三足。」義本此。（〈折了第三隻腳的人〉）[46]

---

44 周夢蝶，《還魂草》，《周夢蝶詩文集》，頁 242。

45 周夢蝶，《十三朵白菊花》，頁 17-19。

46 周夢蝶，《十三朵白菊花》，頁 52-54。

> 小師父，算是你吉人遇上吉人了！風是你自己颳起來的。／魂為誰斷？不信歧路盡處／就在石橋與竹籬笆／與三棵木瓜樹的那邊，早有／淒迷搖曳，拳拳如舊相識／擎著小宮燈的螢火蟲／在等你。災星即福星／隔世的另一個你（〈斷魂記——五月十八日桃園大溪竹篙厝訪友不遇〉）[47]

以上三詩都是具有超現實意味的敘述。〈積雨的日子〉若一則神話傳奇，超越時空的靈犀感通，讓人聯想到「三生石畔舊精魂」[48]的典故。〈折了第三隻腳的人〉也以現代超現實的手法，敘述情志神識迥異尋常的「異人」，其所本是莊子典故，但已用現代詩的超現實想像將此故事寫得觸目驚心，活靈活現。〈斷魂記〉敘事之中又有人物對話口吻，書寫了離散歧路中欲與本源他界相互溝通的想像。而這超越「此生」的超驗世界，超乎常人意識可解的時空，所以顯得如此迷離惝怳。以上三詩都以詭異離奇的超現實手法，訴說著此生境界破滅之必然，福禍相倚之可然，今生與隔世的牽動聯繫；「此在」所觀看的圓融之境有時而盡，世界將如書頁翻過，造化的齒輪勢將芸芸眾生一一輾過……。

迷離的境界源於對此世的眷念更多。周夢蝶也有多首真誠地坦白這些迷戀。如〈豹〉一詩引《維摩經．問疾品》：「會中有一天女，以天花散諸菩薩，悉皆墜落；至大弟子，便著不墜。天女曰：『結習未盡，故花著身。』」詩如下：

> 你把眼睛埋在宿草裏了／這兒是荒原——你底孤寂和我底孤寂在這兒／相擁而睡。如神明／在沒有祝禱與馨香的夜夜。
> 歐尼爾底靈魂坐在七色泡沫中／他不讚美但丁。不信／一朵微笑能使地獄容光煥發／而七塊麥餅，一尾鹹魚／可分啖三千饑者。（中略）
> 終於，終於你把眼睛／埋在宿草裏了／當跳月的鼓聲喧沸著夜。／「什麼風也不能動搖我了」／你說。雖然夜夜夜心有天花散落／枕著貝殼，你依然能聽見海嘯。（〈豹〉）[49]

其中提到的尤金．歐尼爾（Eugene O'Neill，1888-1953）[50]是美國戲劇作家；他將戲劇從情節衝突、動作衝突，引向人的內在衝突與靈魂衝突；作品洋溢著 20 世紀的悲劇意識，警醒人類正視現實、正視自我。周夢蝶以他與創作《神曲》（*Divina Commedia*）的但丁（Dante Alighieri，1265-1321）對照，說明在肉身的人性之中，有非宗教所可馴化的欲望存在。而這樣的迷惘，就讓本於堅定信仰的圓融的境界有了顛波震盪。另一首詩中：

> 枕著過去——聽巉巖／冷澁而黑的耳語／一齣風化了的女媧底傳奇。

---

47 周夢蝶，《約會》，頁 157-159。

48 此故事最早見於唐．袁郊《甘澤謠．圓觀》，宋朝文學家蘇東坡的《僧圓澤傳》書寫之，流傳最廣，也題刻於西湖三生石上。

49 周夢蝶，《還魂草》，《周夢蝶詩文集》，頁 149-151。

50 尤金．歐尼爾（Eugene O'Neill，1888-1953 年），美國著名劇作家，表現主義文學的代表作家。主要作品有《瓊斯皇》、《毛猿》、《天邊外》、《悲悼》等，於 1936 年獲諾貝爾文學獎。在其筆下美國是一個虛偽的王國，人與物都戴著面具演出；「面具理論」遂成為其作品主旨。歐尼爾在《關於面具的備忘錄》中寫道：「一個人的外部生活在別人的面具的纏繞下孤寂地度過了。」

> 我是三萬六千五百零一塊之外的／一塊頑石　——赤裸的浪子／今夜匍匐著回家了！回向／渾璞，回向空無而不空無的空無。
> 而時間底最小的女兒，名為剎那的／暗戀我，掖引我底跛腳的靈魂／跨越這高寒，與她合飲一卮靜默。
> 靜默：我堅持著的，該不是個漏卮吧！／我私忖著——拂落滿眼洋溢的憂愁／看白雲向東流／　星星向西流……（〈枕石〉）[51]

詩中石頭是堅硬固定的，象徵著一種永恆形上的真理；而且女媧可藉以補天表示這種永恆不變的真理是可據以經天緯地。「我」是那補天以外的一塊頑石，想要歸返那永恆不變的本體世界。但時間底最小的女兒「剎那」拉扯著我，將我引向了世界的另一端：瞬息萬變的現象，讓我屏息注視著那生動流轉之美。而詩人在這兩種美的拉鋸中，不禁迷茫地「看白雲向東流／　星星向西流……」。此詩實可以（法）象徵主義詩人波特萊爾（Charles Pierre Baudelaire，1821-1867）的理論來解釋。他曾說：「任何美都包含某種永恆的東西和某種過渡的東西，及絕對的東西和特殊的東西。絕對的、永恆的美不存在，或者說他是各種美的普遍的、外表上經過抽象的菁華。每一種美的特殊成份來自激情，而由於我們有我們特殊的激情，所以我們有我們的美。」[52]又說：「構成美的一種成分是永恆的、不變的，其多少極難加以確定；另一種成分是相對的、暫時的，可以說它是時代、風尚、道德、情欲，或是其中一種，或是兼容並蓄……沒有它，第一種成分將是不能消化和不能品評的，將不能爲人性所接受和吸收。」[53]波特萊爾的興趣其實在特殊美，即隨時代風尚變化的美；因而他已斷然將那固定不變的「永恆美」拋諸身後，而去追逐那瞬間變化充滿無窮無盡魅力的特殊美。波特萊爾是西方現代主義的啟蒙者。他的這種觀念，可說摧毀西方古典歷史上的形上真理巍峨大廈，而使時代思潮走向凝視特殊具體現象之美。文學藝術上的現代性即此而誕生。而周夢蝶此詩，就讓我們看到一個詩僧在永恆真理與現象之美中間的徘徊。圓融意境象徵那永恆之美，而他似乎更迷戀那「剎那」之女所獻的「特殊之美」。這種境界，對於人生修爲的實踐，顯然取境不高，但卻是現代詩人所奉爲圭臬的。就此點，乃使周夢蝶與傳統的詩僧有了根本性的分歧與轉折。

如波特萊爾所說：「有多少種追求幸福的習慣方式，即有多少種美。」[54]周夢蝶也穿梭於舉世各種追求幸福的方式，以體驗各種的美，如其詩：

> 自鱷魚底淚眼裏走出來的七月啊／淡淡的，藍藍的，高高的。
> 荻奧琴尼斯在木桶中睡熟了／夢牽引著他，到古中國穎川底上游／看鬢髮如草的許由正掬水洗耳／而鯤鵬底魂夢飆起如白夜／冷冷的風影瀉下來，自莊周底眉

---

51 周夢蝶，《風耳樓逸稿》，《周夢蝶詩文集》，頁 272-273。

52 波德萊爾著，郭宏安譯，《1846 年的沙龍：波德萊爾美學論文選》（桂林：廣西師範大學出版社，2002），頁 264。

53 波德萊爾著，郭宏安譯，〈現代生活的畫家〉，《1846 年的沙龍：波德萊爾美學論文選》，頁 416。

54 波德萊爾著，郭宏安譯，《1846 年的沙龍：波德萊爾美學論文選》，頁 192。

角……
悲世界寥寂如此惻惻又飛回／飛入華爾騰湖畔小木屋中·在那兒／梭羅正埋頭敲打論語或吠陀經／草香與花香在窗口擁擠著／獵人星默默，知更鳥與赤松鼠默默……
醒著，還是睡著聰明？七月想／湛然一笑，它以一片楓葉遮起了眼睛。(〈七月〉)[55]

詩中多位中西隱士[56]，聲息相通；然而這種差異時空交相錯疊，猶然使他「悲世界寥寂如此惻惻又飛回」，似乎人的靈魂其實一直是不安的。不安於無序的塵寰，也不安於有序的宗教禮制:「這是什麼生活？／在安息日我獨不得安息！／我必須儘早把疲倦包紮好／把茶花女不戴的花戴起／把上帝恩賜我的那張光煥的臉藏起／重新髹漆！以貞靜與妖冶／以天堂與地獄混合的油彩」(〈六月之外〉)[57]此詩引《約翰福音》:「你們中誰是無罪的，誰就可以拿石頭打她。」爲序，似乎看透了世人都犯了罪的本相。然而他卻並未接受超越者上帝之救贖，而自願放逐:「九千九百九十九隻之外之外／唯一的，唯一的那一隻／迷途的羔羊／有福了」(〈山外山斷簡六帖〉·之六)[58]詩中反用了聖經典故，視「迷途」爲一種幸福，一種特殊之美。在自題小照〈人在海棠花下立〉這一首詩中引了臺靜農之語：「人生實難，／大道多歧」爲序，詩中說：「君莫問：惆悵二字該怎麼寫？／看！晚風前的我／手中的拄杖與項下的缽囊／一眼望不到邊／偶然與必然有限與無限」(〈人在海棠花下立——書董建秋兄攝影後　十八行代賀卡〉)[59]，一眼望不到邊的歧路，使他迷惘惆悵，這或許就是詩人生命意境的一種注腳。

如果「圓融境界」延續的是古典詩僧一貫的時空觀——山中一夕，千年一醒；現代詩僧必須面對的則是「迷離現實」下的時空轉折——「人生實難，大道多歧」。「圓融境界」努力地逆流溯源，「迷離現實」則是陷入奔騰無序的時間之流中，只能以超現實重構世界。這兩種意境在周夢蝶詩中反覆跌宕。如其詩所說:「想要再回到出生以前／怕是不可能了。不如／不如將錯就錯，向／至深至黑的井底，或／或松尾芭蕉的句下／覓個悟處與小歇處吧！」(〈九行二首〉)[60]

---

55 周夢蝶，《還魂草》，《周夢蝶詩文集》，頁 125-126。
56 如荻奧琴尼斯為蘇格拉底弟子，其學以絕欲遺世、克己勵行為旨歸。見曾進豐，〈論周夢蝶詩的隱逸思想與孤獨情懷〉，曾進豐編，《娑婆詩人周夢蝶》，頁 158-189。
57 周夢蝶，《還魂草》，《周夢蝶詩文集》，頁 141-144。
58 周夢蝶，《有一種鳥或人》，《周夢蝶詩文集》，頁 47。
59 周夢蝶，《有一種鳥或人》，《周夢蝶詩文集》，頁 76。
60 周夢蝶，《有一種鳥或人》，《周夢蝶詩文集》，頁 58。

四、欲望圖式之觀照：複瓣中含？離散外拓？

你曾否聽見切線們底呼喚？呼喚你圓心最外最遠的一邊的一點（〈八月〉）

古來詩僧皆如文人，詩書畫俱佳；如宋之道潛、晚明之漸江、清初之吳歷、近代之蘇曼殊、弘一法師等。因此除了詩，周夢蝶也在書法中安身。其有〈潑墨〉一詩：

> 曾以怒氣寫竹喜氣寫蘭，亦曾／於酒酣耳熱之後／一頭栽進墨汁裡，之後／又一頭撞到宣紙上
> 醒來時已竹生子，子生孫／孫又生子子復生孫生子了！／自來聖哲如江河不死不老不病不廢／伏羲，衛夫人，蘇髯，米顛／在如椽復如林的筆陣之外／一努五千卷書，一捺十萬里路／風騷啊！拭目再拭目：／一波比一波高！後浪與前朝前前朝[61]

可見其對書法亦情有獨鍾，頗有觀想。我們持續思索的是：其詩與其他視覺藝術互文在現代美學中的意義爲何？又如何來解釋詩僧美學傳統的詩書畫兼擅現象？

在（法）利奧塔（Jean-François Lyotard, 1924-1998）對「話語」與「圖形」（Discourse／figure）的定義中，提供我們一個思考的線索。他說：在圖形世界中存在著封閉爲話語世界的時刻，在話語世界中存在著向圖形世界開放的時刻，一個線條能夠開放爲圖形，也能封閉爲字母。圖形因素與話語因素的相互鑲嵌，從封閉到開放，從開放到封閉。[62]此一說法其實令人想到中國的書法，封閉則爲文字，開放則爲藝術。則書法之所以爲文人所喜愛，正因其間有「話語／真理」與「圖形／欲望」的雙重功能。書法也成爲詩與畫的中介；當其向「話語／真理」一端發展，則可能成爲詩；當其向「圖形／欲望」一端發展，則可能成爲畫。

利奧塔的「圖形」觀念或者較偏向欲望，欲望與圖形互有默契；較適合討論詩／畫的關係。若詩／書這一組相對的藝術，我們則不妨援引「圖式」的觀念來闡釋更恰當。圖式（schema）這一概念最初是康德（Immanuel Kant，1724-1804）在《純粹理性批判》提出的，在其認識論中佔有重要的地位。他認爲：概念的圖式不是意象，而是產生意象的規則。圖式是加上時間條件的範疇本身，[63]一方面與範疇同質，即是普遍的和先天的；另一方面又與現象同質，因其包含想像力和時間以及時間中雜多的經驗表象。由於有此

---

61 周夢蝶，〈潑墨——步南斯拉夫女作者 Simor Simonovic 韻〉，《有一種鳥或人》，《周夢蝶詩文集》，頁 31-32。

62 利奧塔（Jean-François Lyotard）著、謝晶譯《話語，圖形》（*Discourse, figure*）（北京：世紀出版，2012），頁 15-16。

63 康德認為：範疇是我們必須藉以構造和整理經驗對象以使經驗自身成為可能的純粹非經驗的知性概念。範疇在經驗中的運用是可能的，因每一範疇都有一經驗的對等物——即圖式。Nicholas Bunnin、余紀元編著《西方哲學英漢對照辭典》（*Dicyionary of Western Philosophy*），頁 899，北京：人民出版社，2001。

特性，圖式成爲異質的「概念」與「直觀」的中介，從而使判斷產生。若無圖式，概念就無意義。因只有借助於圖式，概念才能被應用於現象。他說：我們知性的這種圖式論，在其應用於現象和其形式時，是潛藏於人心靈深處難以發現和窺測的一種藝術。[64]因此，在康德那裡，圖式是一種先驗的範疇。是「概念」與「直觀」的中介。

而現象學者（波蘭）羅曼．英加登（Roman Ingarden，1893-1970）在《文學的藝術作品》中以「圖式」指藝術作品包含的具有多重潛能的骨架，更提出「圖示化外觀層」（Schematized aspects），指存在於作品本身的某種先驗圖式在知覺的各種變化中保持不變的結構，即「意向性客體」所體現的世界。[65]既是「意向性客體」，必也包含主體內部先驗的認知結構與客體世界圖像的骨架。因此在英加登這兒，當我們把文學當作是一藝術作品鑑賞時，「圖式」是對作品整體輪廓骨架式的直覺觀照。

詩僧的詩／書藝術，既是對宇宙人生整體的悟性觀照，又是對美與藝術的感性直覺，「圖式」的討論就特別有意義。因爲從康德先驗的層面看，對宇宙人生整體的悟性觀照可有個圖式；從英加登文學作品的角度看，作品整體輪廓骨架式的直覺觀照也可有個圖式。然則我們要問的是：這兩種圖式是否可能契合？我們先從周夢蝶詩的圖式討論：

> 我想把世界縮成／一朵橘花或一枚橄欖／我好合眼默默觀照，反芻——／當我冷時，餓時。（〈匕首〉）[66]

> 永恆——／剎那間凝駐於「現在」的一點；／地球小如鴿卵，我輕輕地將它拾起／納入胸懷。（〈剎那〉）[67]

詩中觀照的對象是世界整體，直覺觀照之下或有一圖式產生，只不過在詩中借「一朵橘花或一枚橄欖、一顆鴿卵」爲其象徵。尋味這些圖式，都是一中含圓心的結構，即使複瓣如花，也是中含圓心的。再讀以下一首：

> 是誰在古老的虛無裏／撒下第一把情種？
> 從此，這本來是／只有「冥漠的絕對」的地殼／便給鵑鳥的紅淚爬滿了。
> 想起無數無數的羅蜜歐與朱麗葉／想起十字架上血淋淋的耶穌／想起給無常扭斷了的一切微笑……
> 我欲搏所有有情為一大渾沌／索曼陀羅花浩瀚的瞑默，向無始！（〈索〉）[68]

曼陀羅（梵文原義爲圓形，梵文字的意思是「本質」加「有」或「遏制」，也意爲「圓圈周長」或「完成」），意譯「壇」、「輪圓具足」、「聚集」等。原是印度教中爲修行所需要

64 Nicholas Bunnin、余紀元編著，《西方哲學英漢對照辭典》，頁 899。

65 羅曼．英加登（Roman Ingarden，1893-1970）著，張振輝譯，《論文學作品》（河南：河南大學出版社，2008），頁 252-277。

66 周夢蝶，《孤獨國》，《周夢蝶詩文集》，頁 82。

67 周夢蝶，《孤獨國》，《周夢蝶詩文集》，頁 68。

68 周夢蝶，《孤獨國》，《周夢蝶詩文集》，頁 28。

而建立的一個小土臺，後也成修持能量的中心，描述或代表其宇宙模型，或顯現其所見之宇宙真實，用以表達「萬象森列，融通內攝的禪圓」。周夢蝶此詩以曼陀羅爲「欲摶所有有情爲一大渾沌」的圖式，或許正顯示其這種複瓣中含的「所欲」圖式之觀照。然而值得注意的是：十字架上的耶穌被周夢蝶包裹在這混沌大圓中。

但在另一些詩中，我們又看到另有一種世界圖式之觀照：

> 上帝是從無始的黑漆漆裏跳出來的一把火，／我，和我的兄弟姊妹們——／星兒們，鳥兒魚兒草兒蟲兒們／都是從祂心裏迸散出來的火花。「火花終歸是要殞滅的!」／不！不是殞滅，是埋伏——／是讓更多更多無數無數的兄弟姊妹們／再一度更窈窕更夭矯的出發！／從另一個新的出發點上，／從燃燒著絢爛的瞑默／與上帝的心一般浩瀚勇壯的／千萬億千萬億火花的灰燼裏。(〈消息〉) 69

> 誰能不翼而飛？誰能翩翩／飛出地平線？飛出／之外之外的萬有引力？／詩說。詩這環結只有詩自己能開解：／霏霏雨雪，依依楊柳／牛頓的頭，愛因斯坦的煙斗。(〈門與詩〉) 70

這兩詩的圖式則爲一種離散外拓式的。雖然上帝是火源中心，然而所有的火花卻往外離心擴散。雖然地球有萬有引力，但詩能飛出地平線之外。與此相呼應的還有：「因爲，你比我更知道——誰不知道？／在地平線之外，更有地平線／更有地平線，更在地平線之外之外……」(〈第一班車〉) 71

「複瓣中含」與「離散外拓」兩種圖式其實相映著前面分析的兩種境界。「圓融境界」必有著「複瓣中含」的圖式，「迷離現實」則有著「離散外拓」的圖式。既然周夢蝶的詩兼有兩種境界，其觀照世界的圖式也就兼有這兩種圖式直覺了。他依戀著那一切本源的圓心，也眷顧那離圓心最遠的無盡。如他引的《華嚴經》：「一切從此法界流／一切流入此法界。」他詩中說：「冷到這兒就冷到絕頂了／冷到這兒。一切之終之始／一切之一的這兒」(〈好雪！片片不落別處〉) 72但另一詩又說：「你曾否聽見切線們底呼喚？／呼喚你圓心最外最遠的一邊的一點」(〈八月〉) 73，在其所有詩作中那個「圓心」與「一」，其實仍是所有「離心」與「一切」的支撐點。

因此我們再考察其詩中的「圖式化外觀」。周夢蝶詩雖然其或有超現實這樣遠距的奇想，但大抵仍未像超現實主義「自動書寫」，或像後現代主義詩般地「去中心」，也就是說其意念主旨仍是聚合式的。詩中所呈現的宇宙人生世相觀照，猶是以一種具有主題

---

69 周夢蝶，《孤獨國》，《周夢蝶詩文集》，頁 71-72。

70 周夢蝶，《有一種鳥或人》，《周夢蝶詩文集》，頁 25-27。

71 周夢蝶，《孤獨國》，《周夢蝶詩文集》，頁 60。

72 周夢蝶，《十三朵白菊花》，《周夢蝶詩文集》，頁 26。

73 周夢蝶，《風耳樓逸稿》，《周夢蝶詩文集》，頁 286。

中心的圖式書寫；因此其作爲「僧」之主體直觀世界的圖式，與其「詩」作爲文學藝術的「圖式化外觀」，這兩者之間其實大致契合。而詩的這種圖式，是否也符應於其書法呢？

書法之爲話語（文字）具體化爲視覺符號的特性，使它較之繪畫圖像更有「圖式」承擔知性真理的功能。黃庭堅《諸上座帖》引文益禪師語云：「古人道一切聲是佛聲，一切色是佛色，合不且恁麼會取？」[74]意指從佛學來看，聲色中也可參悟佛理。作爲視覺藝術的書法，究竟如何來體現佛理呢？自古以來各種佛事中最易見的是寫經與抄經，六朝寫經已蔚成書法一體。敦煌寫本（如附圖一）的佛經稱作「經生書」，書法大都精美，不與當時書家同流，自成一體，呈顯一種宗教信仰的虔誠。清錢泳《履園叢話．書學．唐人書》：「即如經生書中，有近虞、褚者，有近顏、徐者，觀其用筆用墨，迥非宋人所能企及。」[75]可見寫經書法已成一種特殊的書法風格。

周夢蝶的詩都是以其別具一格的小楷寫成。這小楷初看，貌似古代寫經小楷。然而再細加觀察，周夢蝶詩境中對於現代性的兼融，又使其書法也有別於寫經書法的樸茂風格，而有種「如蝶輕點」的清靈意趣。其書法風格大抵學唐歐陽詢。唐張彥遠《法書要錄》輯唐張懷瓘所著《書斷》稱：「詢八體盡能，筆力勁險。……真行之書，出於太令，別成一體，森森焉若武庫矛戟，風神嚴於智永，潤色寡於虞世南。」[76]歐體楷書的特色就在於端凝而又勁險，筆力勻稱，結構緊斂，到達無懈可擊的完美境界。歐陽詢也曾有《般若波羅蜜多心經》小楷（附圖二），與其中楷風格一致。

歐陽詢有小楷九歌（附圖三），周夢蝶奉爲圭臬謹恪臨摹（附圖四），一一比對（附圖五），可以發覺其對於歐體挺直的筆意亦步亦趨，對於方中帶圓的起筆收筆也謹慎臨摹。體勢上大致把握歐體瘦高、中宮緊斂的特色。但是，再仔細觀察，將發覺與其臨摹本最大的不同，在於筆畫中段運筆過程提筆稍高，力度輕虛，筆意略顯枯澀，與歐體的端凝潤實頗相異趣。這樣首尾重、中間輕的運筆方式，其實也就造成其不免離散的結構。觀其結體，其間若干筆畫拉長離開中宮，固然歐體有此特色，但周夢蝶更加強化，已較歐體拋擲更遠；對照其〈潑墨〉詩中的句子：「在如椽復如林的筆陣之外／一努五千卷書，一捺十萬里路」[77]，的確在橫平豎直的如椽如林筆畫中，「努畫」與「捺畫」總是他刻意強調而伸長加重的。可見這並非其無意的病筆，倒反而是其有意的風格。或許他正想要表現「一努五千卷書，一捺十萬里路」的氣概。

然而在這些長畫飛離拋擲之下，卻又維持其起筆收筆處的嚴謹按筆，因而讓挺直枯

---

74 《諸上座帖》乃宋．黃庭堅為友人李任道所錄寫的五代金陵僧人文益的《語錄》，全文系佛家禪語。原帖今藏北京博物館。

75 清．錢泳，《履園叢話》（新北市：文海出版社，1981），頁 290。

76 唐．張懷瓘所著《書斷》（中）卷八，唐．張彥遠輯，洪丕謨點校，《法書要錄》（上海：上海書畫出版社，1986），頁 224。

77 周夢蝶，《有一種鳥或人》，《周夢蝶詩文集》，頁 32，。

瘦筆畫兩端充滿了的裝飾性趣味；筆畫之內提按之間的兩極化，與歐體的力道勻稱實有不同，倒有點類似褚遂良（附圖六）或宋徽宗的瘦金體（附圖七）。然而褚遂良筆意較具彈性的「筋意」，而周夢蝶書則仿歐體的堅硬「骨意」；瘦金體起筆收筆較峻利且有韌性，但周夢蝶書則仿歐體的嚴謹而顯含蓄。再觀察其手書詩稿（附圖八・1-2），大抵皆如此。因此周夢蝶書法有隱者或僧人下筆輕靈的書寫筆觸，但又堅持筆筆始終挺直（如其前引詩之圖式——包裹在混沌大圓中的十字架），宛如恪守禮法的儒士；而在嚴緊的結構中卻又有不時逸出體勢的筆畫，如其詩所說的「睡得最深，飛得最穩，立得最高的，雄毅如彼而危脆如此」的「第三隻腳」。

我覺得這是周夢蝶書法的風格特點。以此來解釋其「圖式」，誠如上文所分析，其圖式觀照總在中心與離心的矛盾張力之間。書法中，他心摹手追的是中心緊實的歐體典範，然而其書寫出的卻是不免離散外拓的「周夢蝶體」。如果以此來解釋周夢蝶詩／書互文的現象，我們可以再援引利奧塔的概念來分析。「話語媒介的詩」需要「圖形的書法」，兩者之共同在場，才能實現真理與欲望的表達。詩偏向話語的、知性的、實證的活動，書法偏向圖形的、無序的、「去一把握」的活動，兩者間距離的晃動和伸縮恰受欲望的操縱：欲望在距離的兩極之間看到實現自身的可能性，並在其中不斷展開遊戲。正是欲望在衍生著這兩種根本但異質的主體活動。因此周夢蝶必須借著詩與書並參，才能悟出整個存在的真如實相。然而利奧塔也說：在圖形世界中存在著封閉爲話語世界的時刻，在話語世界中存在著向圖形世界開放的時刻。也就是說：在周夢蝶詩中我們也看到了欲望夢想漫衍成的變異圖形，在其書法中我們也看到他恪守不移的規範話語。周夢蝶詩／書，依違於古典與現代的語言、圓融境界與迷離現實的鏡像、複瓣中含與離散外拓的圖式觀照……，這是他所信仰的真理，也是他所追求的欲望。

五、有一種「詩人」或「僧人」

周夢蝶的詩／書，是一風格獨具的現代性抒情藝術。本文聚焦於其詩／書互文現象，及其中所表現的審美意境。先引出其在臺灣形成之由，乃戰後離散情境下的探本溯源書寫。而後思索其如何在現代情境中，以依違於古典與現代間的內在語言（佛學遮詮與表詮的現代創造、「基督之言」的伸展與變相），跌宕於圓融境界與迷離現實的象外之境，游移於複瓣中含與離散外拓的欲望圖式，而融解其徘徊古典、蹁步現代，非古非今、亦僧亦凡的心境。由微觀方面：在對其現代詩的文體、修辭的細讀中，與其書法的形質、精神的體味中，我們剖析得其深思凝神而又迷茫弔詭之兩面性。文中我們也間而展開宏觀視野——由宗教文化詩學角度，一方面沿波討源，探索其近於詩僧的審美主體身份，如何延續中國傳統詩僧美學；另一方面因枝振葉，檢視其在超越性與內在性的盤旋中，又如何提出現代東西匯流下的美學疑問。期望在其詩／書藝術的讀／觀中，論證周夢蝶出入釋、耶的宗教美學傾向，乃代表了傳統詩僧美學在現代臺灣中的轉折典型。如果，這種生命情境的詩僧美學的生發，源於存在之必然與歷史之偶然，或許本文只是一個起點，我們將思想更多的課題，那就是——我們究竟如何創造新的語言、意境、圖式，以詮解那無以言喻的存在？

引用書目

一、古籍文獻

唐・釋皎然撰，《吳興晝上人集・卷六》（臺北市：臺灣商務，1979）。

唐・釋皎然著，李壯鷹校註，《詩式校註》（北京：人民文學出版社，2003）。

唐・釋齊己，《白蓮集》，收於《全唐詩・24 冊・840 卷》（臺北市：中華書局，1992）。

唐・張懷瓘所著《書斷（中）・卷八》，收入唐・張彥遠輯，洪丕謨點校，《法書要錄》（上海：上海書畫出版社，1986）。

清・錢泳，《履園叢話》（新北市：文海出版社，1981）。

清・吳歷撰、章文欽箋注，《吳漁山集箋注・卷八》（北京：中華書局，2007）。

香港聖經公會，《聖經》（九龍：香港聖經公會，1992）

二、一般論著

Nicholas Bunnin、余紀元編著《西方哲學英漢對照辭典》（Dicyionary of Western Philosophy），北京：人民出版社，2001。

王利器，《文鏡秘府論》（北京：中國社會科學出版社，1983）。

王秀林，《晚唐五代詩僧群體研究》（上海：復旦大學，2003）。

市原亨吉，《論中唐初期的江左詩僧》，《東方學報》總第 28 期（1958.4）。

牟宗三，《中國哲學十九講》（臺北：學生書局，1997）。

利奧塔（Jean-François Lyotard）著、謝晶譯《話語，圖形》（Discourse, figure）（北京：世紀出版，2012）。

里柯（Paul Ricoeur）著，余碧平譯〈語言的隱喻使用〉，胡景鐘等主編，《西方宗教哲學文選》（上海：人民出版社，2002），頁 586-597。

里柯（Paul Ricoeur）著，嚴平譯〈隱喻過程〉，劉小楓主編，《20 世紀西方宗教哲學文選》（上海：三聯書店，1991），頁 1053-1065。

周夢蝶著，《周夢蝶・世紀詩選》（臺北：爾雅出版社，2000）

———，《十三朵白菊》（臺北：洪範書店，2002）。

———，《約會》（臺北：九歌出版社，2002）。

———，《孤獨國》，收於周夢蝶著，曾進豐編，《周夢蝶詩文集》（臺北：印刻文學出版，2009）。

———，《還魂草》，收於周夢蝶著，曾進豐編，《周夢蝶詩文集》（臺北：印刻文學出版，2009）。

———，《風耳樓逸稿》，收於周夢蝶著，曾進豐編，《周夢蝶詩文集》（臺北：印刻文學出版，2009）。

波德萊爾著，郭宏安譯，〈現代生活的畫家〉，《1846 年的沙龍：波德萊爾美學論文選》，頁 414-450。

———著，郭宏安譯，《1846 年的沙龍：波德萊爾美學論文選》（桂林：廣西師範大學出版社，2002）。

許正林，《中國現代文學與基督教》（上海：上海大學出版社，2003）。

郭紹虞，《中國歷代文論選．第二冊》（上海：上海古籍，1979）。

陳榮捷編著，楊儒賓等譯，《中國哲學文獻選編》（臺北：巨流出版社，1993）。

曾進豐，〈論周夢蝶詩的隱逸思想與孤獨情懷〉，曾進豐編，《娑婆詩人周夢蝶》，頁 158-189。

劉小楓，〈編者序〉，劉小楓主編，《道與言——華夏文化與基督文化相遇》（上海：三聯書店，1995），頁 1-9。

戴訓揚，〈新時代的採菊人——周夢蝶其人其詩〉，曾進豐編，《娑婆詩人周夢蝶》（臺北：九歌，2005），頁 112-135。

謝和耐著、耿昇譯，《中國與基督教：中西文化的首次撞擊》（Chine et Christianisme）（上海：上海古籍出版社，2003）。

羅曼．英加登（Roman Ingarden, 1893-1970）著，張振輝譯，《論文學作品》（河南：河南大學出版社，2008）。

三、附圖

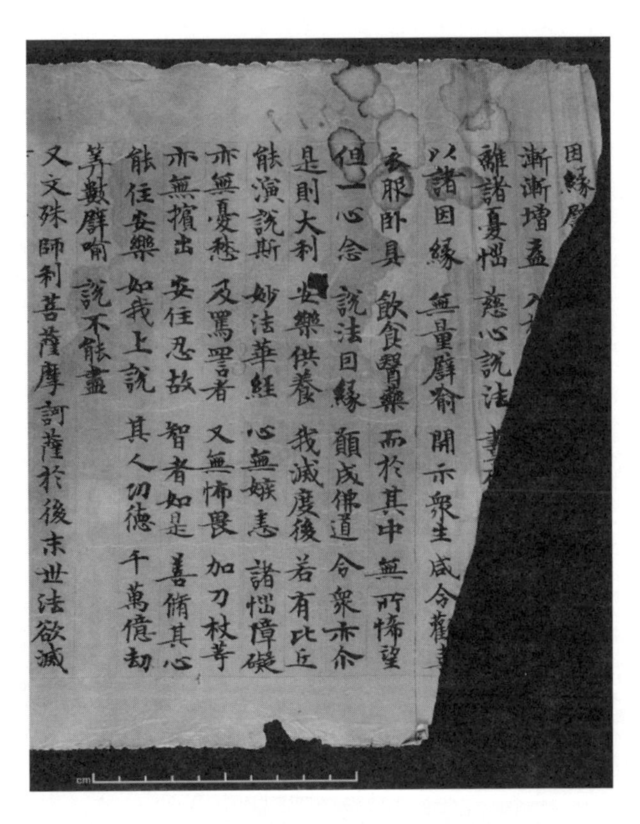
因緣譬
漸漸增益
離諸憂惱　慈心說法
以諸因緣　無量譬喻　開示衆生　咸令歡
衣服卧具　飲食醫藥　而於其中　無所悕望
但一心念　說法因緣　願成佛道　令衆亦尒
是則大利　安樂供養　我滅度後　若有比丘
能演說斯　妙法華經　心無嫉恚　諸惱障礙
亦無憂愁　及罵詈者　又無怖畏　加刀杖等
亦無擯出　安住忍故　智者如是　善脩其心
能住安樂　如我上說　其人功德　千萬億劫
筭數譬喻　說不能盡
又文殊師利菩薩摩訶薩於後末世法欲滅

敦煌書法．佚名《妙法蓮華經》，英國大英圖書館藏。（附圖一）

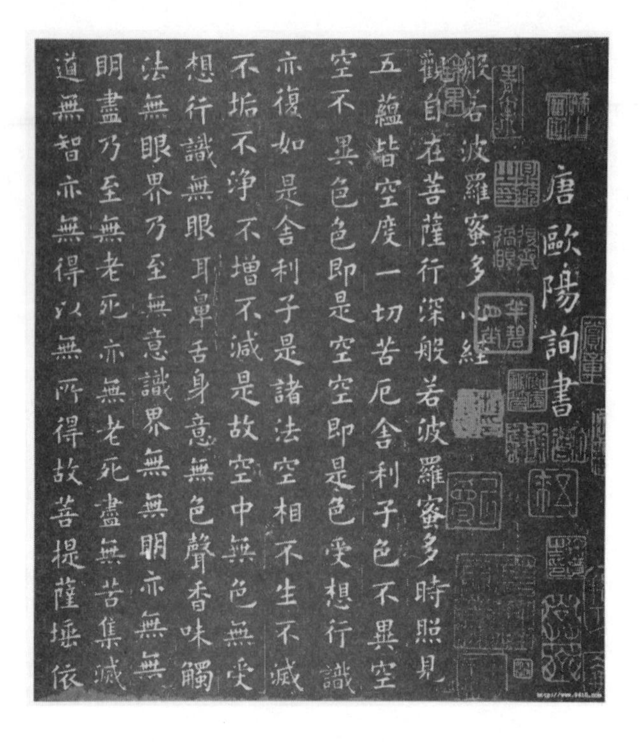

（唐）歐陽詢．般若波羅蜜多心經（附圖二）

（唐）歐陽詢小楷《九歌》（附圖三）

九歌　率更令歐陽詢書
吉日兮辰良穆將愉兮上皇撫長劍兮玉珥璆
鏘鳴兮琳琅瑤席兮玉瑱盍將把兮瓊芳蕙肴
蒸兮蘭藉奠桂酒兮椒漿揚枹兮拊鼓疏緩
節兮安歌陳竽瑟兮浩倡靈偃蹇兮姣服芳
菲菲兮滿堂五音紛兮繁會君欣欣兮樂康　東皇太一
浴蘭湯兮沐芳華采衣兮若英靈連蜷兮既留
爛昭昭兮未央蹇將憺兮壽宮與日月兮齊
光揚靈揚靈兮未極女嬋媛兮為余太息橫流
涕兮潺湲隱思兮君兮陫側桂櫂兮蘭枻斲冰
兮積雪采薜荔兮水中搴芙蓉兮木末心不同兮
媒勞恩不甚兮輕絕石瀨兮淺淺飛龍兮翩翩交
不忠兮怨長期不信兮告余以不閒鼂騁騖兮江皋
夕弭節兮北渚鳥次兮屋上水周兮堂下捐余玦
兮江中遺余佩兮澧浦采芳洲兮杜若將以遺兮
下女時不可兮再得聊逍遙兮容與龍駕兮
帝服聊翺遊兮周章靈皇皇兮既降猋遠舉
兮雲中覽冀州兮有餘橫四海兮焉窮思夫
君兮太息極勞心兮忡忡　雲中君
君不行兮夷猶蹇誰留兮中洲美要眇兮宜
脩沛吾乘兮桂舟令沅湘兮無波使江水兮安流
望夫君兮未來吹參差兮誰思駕飛龍兮北征
邅吾道兮洞庭薜荔柏兮蕙綢蓀橈兮蘭旌望
涔陽兮極浦橫大江兮揚靈　湘君
帝子降兮北渚目眇々兮愁予嫋々兮秋風洞庭波兮

周夢蝶臨摹《九歌》（附圖四・1）

木葉下登白薠兮騁望與佳期兮夕張鳥何萃兮
蘋中罾何為兮木上沅有芷兮澧有蘭思公
子兮未敢言荒忽兮遠望觀流水兮潺湲
麋何食兮庭中蛟何為兮水裔朝馳余馬兮江皋
夕濟兮西澨聞佳人兮召予將騰駕兮偕逝
築室兮水中葺之兮荷蓋蓀壁兮紫壇匊
芳椒兮成堂桂棟兮蘭橑舉長矢兮射天狼
操余弧兮反淪降援北斗兮酌桂漿撰余轡兮
高馳翔杳冥冥兮以東行　東君
與女遊兮九河衝風起兮水揚波乘水車兮荷蓋
駕兩龍兮驂螭登崑崙兮四望心飛揚兮浩蕩日
將暮兮悵忘歸惟極浦兮寤懷魚鱗屋兮龍堂紫
貝闕兮朱宮靈何為兮水中乘白黿兮逐文魚與
女遊兮河之渚流澌紛兮將來下子交手兮東行
送美人兮南浦波滔滔兮來迎魚隣々兮媵予　河伯
若有人兮山之阿被薜荔兮帶女蘿既含睇兮又宜
笑子慕予兮善窈窕乘赤豹兮從文貍辛夷
車兮結桂旗被石蘭兮帶杜衡折芳馨兮遺所思
余處幽篁兮終不見天路險難兮獨後來表獨立兮
山之上雲容容兮而在下杳冥冥兮羌晝晦東風飄兮神
靈雨留靈脩兮憺忘歸歲既晏兮孰華予采三秀兮
於山間石磊々兮葛蔓々怨公子兮悵忘歸君思我兮不
得閒山中人兮芳杜若飲石泉兮蔭松柏君思我兮然
疑作雷填々兮雨冥々猨啾々兮狖夜鳴風颯々兮木蕭
蕭思公子兮徒離憂　山鬼
文甫蔡先生仁者惠政
夢蝶再拜沐手恭錄

周夢蝶臨摹《九歌》（附圖四・2）

歐陽詢小楷《九歌》／周夢蝶臨摹《九歌》對照（附圖五）

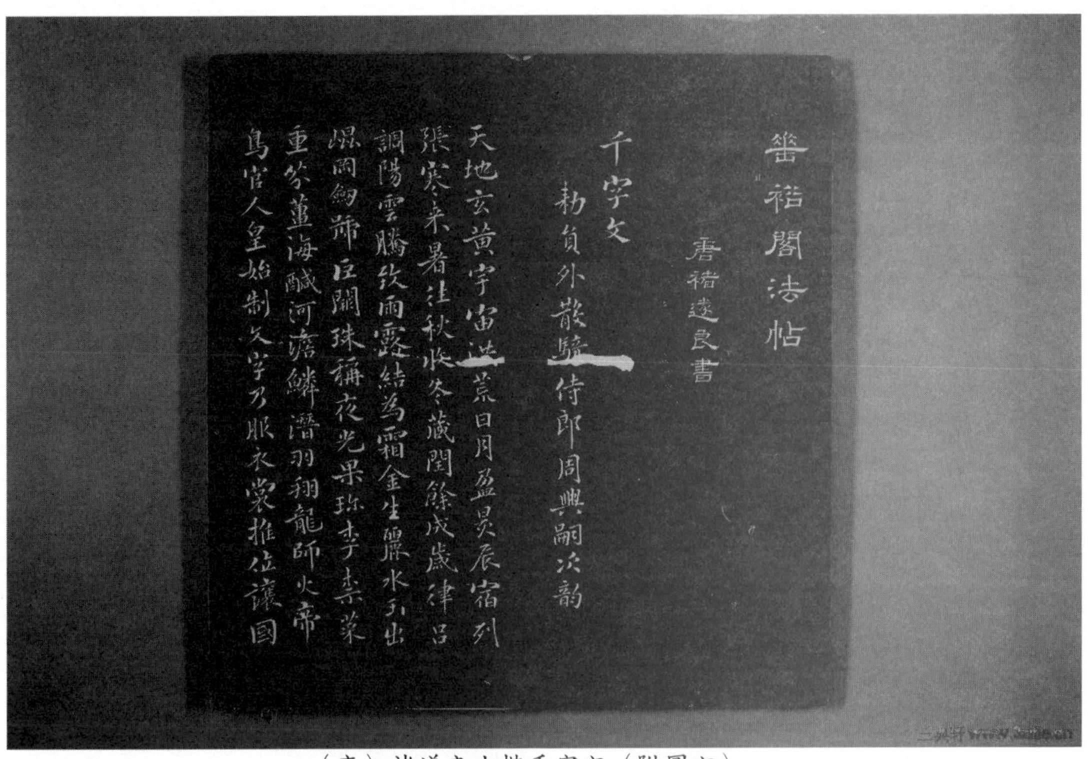

（唐）褚遂良小楷千字文（附圖六）

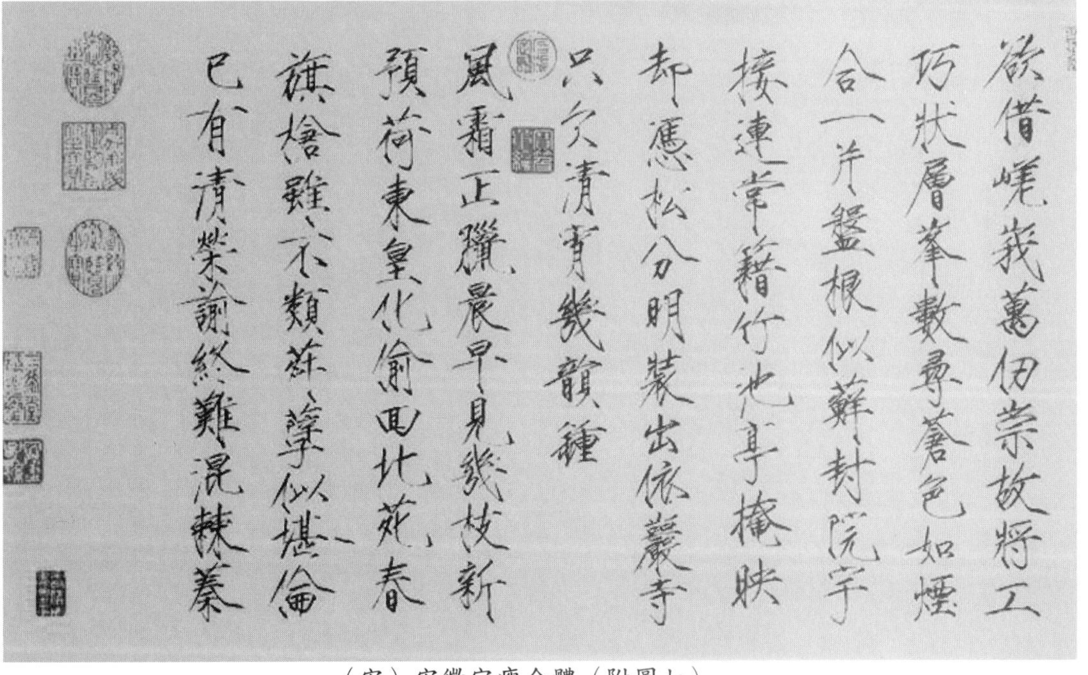

（宋）宋徽宗瘦金體（附圖七）

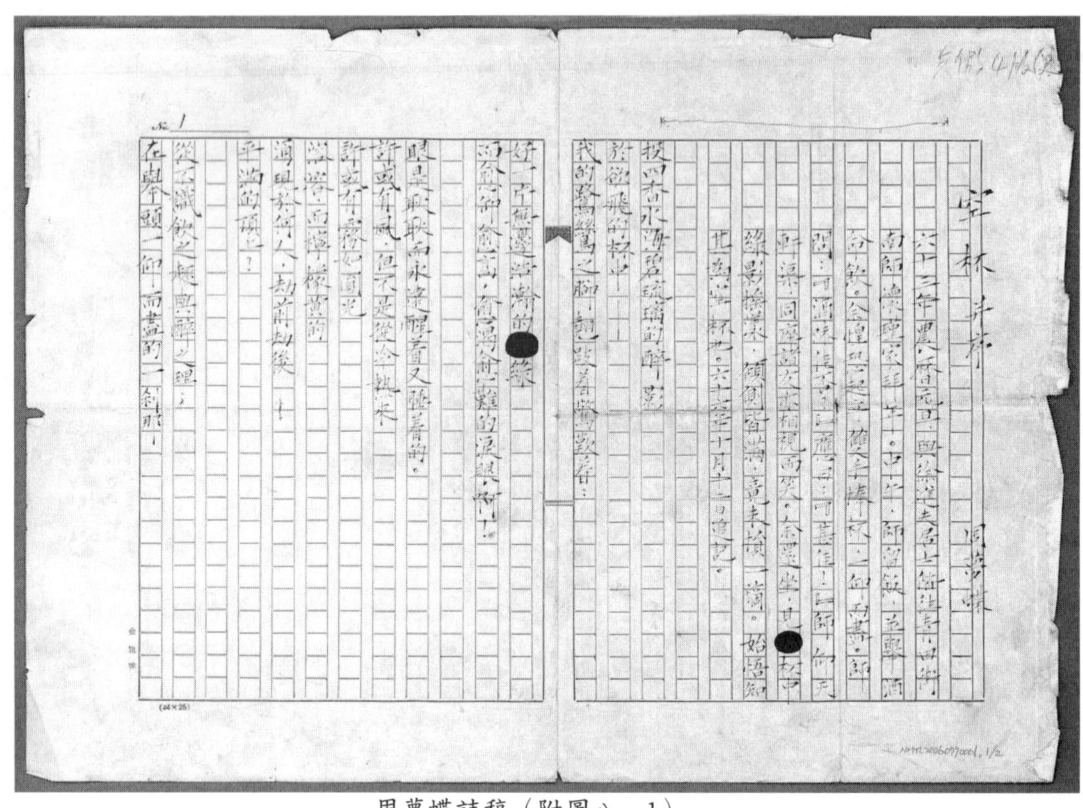

空杯并序　周夢蝶

六十三年農曆元旦，與徐進夫居士偕往景美仰南街南師懷瑾寓所拜年。中午，師留飯，並舉酒命飲。余惶恐起立，雙手捧杯，一飲而盡。師問：可酒味佳否？曰：醇！曰：可甚佳！曰師仰天軒渠，同座諸友亦相視而笑。余還坐，見杯中綠影搖漾，傾側皆滿，竟未損一滴。始悟知此為空杯也。六十三年十月十二日追記。

投四大海碧琉璃的醉影
於欲飛的杯中——
我的鷺鷥鷺之腳，翹跂著鷺款春：
好一片無邊游瀚的綠
酒愈飲愈盈，愈溢愈難的浪與潮啊！
眼是耶耶而永遠醒著又酣著的。
許或有風，但不是從冷熱來
許或有霧如圓光
幽寂而樸樸貧的
滴與於何人，劫前劫後——
平淡的頑也？
從不識飲之與醉之理；
在舉頭一仰而盡的一剎那——

周夢蝶詩稿（附圖八・1）

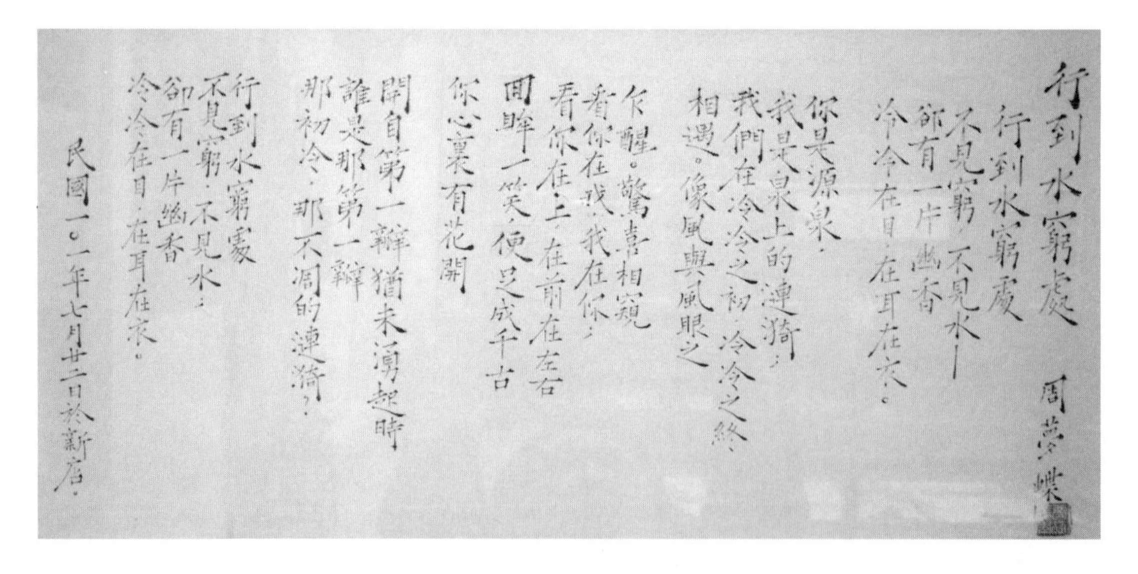

行到水窮處　周夢蝶

行到水窮處
不見窮，不見水——
卻有一片幽香
冷冷在目，在耳，在衣。

你是源泉，
我是泉上的漣漪；
我們在冷冷之初，冷冷之終
相遇。像風與風眼之
乍醒。驚喜相窺
看你在我，我在你；
看你在上，在前，在左，在右
回眸一笑便足成千古
你心裏有花開
開自第一瓣猶未湧起時
誰是那第一瓣
那初冷，那不凋的漣漪？

行到水窮處
不見窮，不見水——
卻有一片幽香
冷冷在目，在耳，在衣。

民國一〇二年七月廿二日於新店

周夢蝶詩稿（附圖八・2）

枯、峭、冷、逸——周夢蝶書法風格初探

杜忠誥*

一、前言

周夢蝶是遺腹子，未見父面。據說他的父親額頭甚高，並非短命相，卻在三十二歲便去世。乃父頗具文采，嘗有句云：「龍行一步，勝於鱉爬十年。」堪謂高才快語，可惜無命親教其子。早孤的身世，也讓周夢蝶吃盡人間苦頭。

夢老生當國事蜩螗之際，初中畢業，難得考上了省立開封師範，讀沒多久就投入青年軍為國效命，最後還被迫拋妻離子，隨軍渡臺。以不擅於處理感情問題，故始終孑然一身。令人鼻酸的是，留在大陸的兩個兒子竟相繼亡故。後因「病弱不堪任勞」而被迫退役，只拿了四百五十元象徵性微薄的「遣散費」。他舉目無親，頓失依託，成了名符其實的「孤獨國的國王」。處此幾已瀕臨「剝極」的絕境，很少人能再站立起來，更何況是莊嚴的站起來！可是周夢蝶到底還是走出來了，他用那堅毅無比的忍功，藝道並進，証明他那不容漠視的大存在。

周夢蝶壯年以後，參禪猛利，持律清苦，在禪道中的修學中，排遣消解了一切現實世間的苦難與悲愁。自當年從南師懷瑾先生習禪，得「莫妄想」之棒喝，從此歇去。只為鍾情於詩，他並沒有把整個情感完全龜縮而成為自了漢，因為有詩，他那始終熾熱如火的情感遂有了出氣的通孔！自認有限的才調與能量資源，就在這個完全自主的通孔中，勞謙匍匐而前，一旦厚積薄發，觸機遇緣，自然汩汩流出，終於滙集成瑩明的長河，積聚成嵯峨的妙高山。

人生，是一條由迷轉悟的漫長回歸路。凡有助於體認宇宙人生真諦，增長回歸智慧的一切文學藝術創作，都是絕好的作品。夢老的詩富於哲理，卻沒有說教意味，可謂「潤物細無聲」，令人時有臨流自照的惕勉功能。「我選擇無事一念不生，有事一心不亂」、「我

---

* 國立臺灣師範大學國文研究所暨美術研究所兼任副教授、明道大學開悟講座教授。

選擇軸心，而不漠視旋轉」、「我選擇電話亭：多少是非恩怨，雖經於耳，不入於心」，這些詩句，讀來令人矜躁俱平，鄙吝都消。又「自度之道無他，曰：一切皆不受。其次爲：受而不愛；愛而不取；取而不有；有而勿貪；貪而勿至其極；至其極而能悔——悔也者，困獸之一搏，懸崖之一勒也。自茲以降，雖千佛授手，奈何他不得矣！」〈十句話〉這是周夢老對於世人的慈悲點撥。至如「每一滴雨，都滴在／它想要滴的地方；而每一朵花都開在／它本來想要開的枝頭上」（無題），這詩句跟他常說的「一切已然，必屬本然、必然與當然」同一意用，非深通因果律及因緣法則者不能道。像這些遍布在其詩文集裡的珠玉，全是作者在現實的艱辛體踐中，「以淚水洗過的眼的清明／鑄成一面圓鏡」〈菩提樹下〉的人間諦觀，在在說明他地地道道是一位「以詩說法」（曾進豐語）的詩人哲學家。

詩文與書法，都以漢字作爲表現媒材，其藝術形象皆依漢字而呈現，惟前者偏取其字義，而後者則假借其字形。美妙的詩文，往往成爲書法的書寫內容所取材；相對的，優美的書法，也常會爲文學作品的呈現增加美感效果，故二者實具有相對而互補的加乘功能。周夢蝶雖不以能書名家，但他對於有機的毛筆字情有獨鍾，平日常以習字自娛；所作詩文，也總喜歡用他那清勁瘦瘠、翩然欲飛的小楷加以謄錄；這在普遍使用硬筆及E 化按鍵書寫的當代人中，儼然已成爲一個特殊的景觀。

其人既賢哲，其書亦有可觀。其詩藝成就，各方論述已多，本文擬針對其獨標一格的「夢蝶體」書法，做一初步探討。

二、周夢蝶學書述略

有關周夢蝶學書的經歷，形諸文字記載者不多，只能根據口頭採訪，並配合少量文獻資料，略事鉤稽。

周夢蝶早歲雖也臨摹過一些碑帖，卻從未經書法專家指授，完全是靠自己摸索得來。談起他的學書歷程，夢老總不免心存憾恨。由於自小孤煢，偏僻的鄉間又缺乏明師指導，讀書如此，寫字更是如此。他曾感慨地回憶說：「私塾的冬烘先生不懂，拿黃自元所臨的〈歐陽詢九成宮醴泉銘〉（以下簡稱九成宮），要我們照著帖上的字依樣臨寫，規定每個字寫一百次。還說『寫到一模一樣就成功了』，小時以爲這是金科玉律，畢恭畢敬地癡想臨至惟妙惟肖，結果是大錯特錯。」

就這樣從小練字便走入歧途，直到渡臺二十幾年後的某一天，在臺北街頭偶然看到歐陽詢的兩種〈九成宮〉碑刻，一種是木刻本，黃自元所臨，顯得拘謹，全無神韻，一點靈性也沒有。另一種是真正的歐陽詢所書，方知真正的歐書在統一中饒富變化（圖 1），絕不像小時候所臨的黃自元體歐書那樣板硬。在此之前，始終誤把黃自元所臨的〈九成宮〉當作是歐陽詢的真本看待，不疑有他，也從未經人點破，其感傷可想而知。

儘管如此，他對於毛筆書法也始終未能忘情。根據夢老憶述，他在安陽初中畢業後，考取故鄉河南省開封（南陽）師範學校。就讀期間，每週也有一節書法課，係由一前清秀才劉詞青講授，此人曾在北京大學任過教，雖非書法名家，但他看到夢老筆跡雋秀，常加讚美，還用批命盤似的語氣預許他：「將來單憑這一手毛筆字，即可馳譽當代，享一世名。」這話對於年事尚輕的周夢蝶，應有相當的激勵作用。此外，在習書的過程中，隨著個人投入心力的積累，可以由生而熟，由拙而巧，由鬆散而漸至緊勁，能讓人獲得一種不斷自我照見、自我超越的喜樂，乃至產生某種自我療癒的效用，它無疑是向自家習氣挑戰的利器，或許這也是他永不放棄書法的一個無形驅動力吧！

1981 年 9 月底，周夢蝶搬出徐家而租入內湖新居，當時武昌街的書攤早已結束營業，無事一身輕，曾在明窗下日日據案狂寫過一陣小楷，此事在「致陳媛函」中有所述及：「新居別無奇特，惟窗戶大而明亮，風雨晴晦，都可據案作小楷；此區區平昔所夢求，而今乃得之，亦一快也！」[1]，夢老當時臨寫的小楷究係何帖，已不可考。惟稍後在 1987 年，他曾臨寫過一件歐陽詢〈九歌〉橫幅（圖 2-1、圖 2-2），送給九歌負責人蔡文甫，當時所臨或即爲歐書〈九歌〉，亦未可必。

這部歐陽詢小楷〈九歌〉舊拓本（圖 3-1、圖 3-2），原係念聖樓主丁念先所藏，1969 年初，曾在丁氏負責發行的《新藝林》雙月刊上登載過。此帖不論刻工或捶拓，均極精妙。1985 年，華正書局還把它拿來和小楷〈心經〉及〈草書千字文〉集合成一冊出版，卻取名爲〈唐歐陽詢正草千字文〉，名實並不相副，印刷及製版都不及《新藝林》之講究，但已是坊間流傳歐書小楷之上品。夢老目前擁有的歐書小楷法帖，正是這個華正書局出品的綜合版。

夢老曾親口對我說，他一生曾有兩次動念想自殺。其中一回，因爲買到歐陽詢小楷〈九歌〉回來，就提筆練習，竟安然度過一劫。他早年對於北大校長蔡介元培「以美育代宗教」的論點，不敢苟同，認爲不可能；後來經過種種磨難，覺得真有可能，因爲藝術具有「轉苦」的功能。他認爲，宗教中不必有美，而美中必含有宗教；而有宗教情操，生命才會深刻。

1980 年代後期，夢老住外雙溪時，忽然有一天浪漫情懷濃烈，心裡嚮往天不怕、地不怕的自由感，對於往昔所習黃臨歐體字，方方正正，不敢越雷池一步的過度拘謹深自悔悟，因刻意要扭轉而走向極端，甚至跡近瘋狂的態勢。整個心境全變了，當然也期許

1 周夢蝶，《周夢蝶詩文集：風耳樓墜簡》（臺北：印刻出版，2009），頁 267。

書法能寫得更加恣肆狂縱。適巧在附近書攤上看到一本北魏〈張猛龍碑〉，喜其筆力雄強，氣勢開張，花了一百元買回來開始臨寫。起先用狼毫，寫得太硬，後來改用羊毫，又軟趴趴，嫌太軟就放棄不寫了。隔些時日，忍不住又用舊報練了一段時間，才漸漸寫得有力。忽然有一天抓到了勁道，於是信心大增，就這樣每日利用舊報臨寫三大張，一行七、八個字，寫三行。愈寫字愈大，不得意的就丟，寫得自己認定毫髮無遺憾的就留，一年共收得二十來張。保存了一段時間後，再看又不滿意了，就全部加以摧燒。燒掉後又後悔莫及，想重寫卻已無力氣。

今日所存夢老書跡，幾乎清一色都是小字楷書，稍大的也不過三幾公分見方，不曾看到更大的字。原本以爲他從未寫過大楷，其實不然。筆者曾以此事爲問，他說，勤練〈張猛龍碑〉時，便是寫大字。前已述及，他用過時的聯合報練字，直式寫三行，每行七、八個字，若依整張報紙 68 公分高，除以七或八去計算，每個字大概也有八、九公分見方。就專業角度看，這並不算大，不過，對於習慣枕腕寫字者來說，也算夠大了，可惜這些大字精品都未見留存。就筆者搜訪所及，作品字體最大的，要數夢老集〈張猛龍碑〉（圖 4）字，寫贈「九歌人陳素芳」以當喬遷賀禮的一件斗方。此作主文才二十字，畫面並無干支紀年，收藏者回憶其「遷鶯」時間，云係書於 1987 年。

〈張猛龍碑〉（圖 5）筆勢雄渾，造型奇變，夢老所集臨的這一件，但取其結體的奇縱之趣，不太關注筆畫本身的渾厚韻致。只寫出該字的中心線（提多按少），對於碑字點畫的輪廓線（提按並用）不甚在意。於此可以覘知，這是夢老臨古的一貫作風，也是其枯峭書風特色的根本由來。

歐書〈九歌〉的秀勁與〈張猛龍碑〉的雄強，原本是兩種截然異趣的書風，卻在夢老靈心妙手一以貫之的融攝下，整合爲一，這個發於不貪而成於冷逸，提之又提，以至提到無可再提的「中心線主義」，便是型塑「夢蝶體」書法的基本特徵。

述及學書過往：「與其說我心中只有歐陽詢，毋寧說只有黃自元。」足見夢老憾恨之一斑。事實上，歐書的特色是點畫挺拔，結體險峻而富於變化，臨習歐體者，若無其它柔和圓潤的配方救應，很難不掉落刻板之病。關於這一點，米芾在〈群玉堂帖〉中自述學書歷程時，也有類似看法。他說：「余初學顏，七八歲也，字至大一幅，寫簡不成，見柳而慕緊結，乃學柳（金剛經）。久之，知出於歐，乃學歐。久之，如印板排竿，乃慕褚而學最久。」[2]在上面引文中，他說久學歐書，竟然寫成「如印板排竿」，印板，就像印刷用的字模，每次寫就跟模版上的字一個樣；排竿的「竿」，同「筭」，今俗作「算」，是一種形同筷子，通身體積大小相近的算具。古人所謂「點不變，謂之布棋；畫不變，謂

2 北宋・米芾書，《群玉堂米帖》，二玄社編，《書跡名品叢刊》（東京：二玄社，1983 年），冊 43。

之布筭。」排筭、布筭，是形容筆畫粗細一律，缺少變化，趣味不足的意思，夢老的字也有類似的問題。

其實，黃自元所臨的歐書〈九成宮〉（圖 6），結構方正平穩，點畫遒勁，粗細也有變化，只是筆法粗疏，格調較為平庸而已。因為歐書原刻雖然真實，但因筆畫多有剝落蝕壞，甚至漫漶的情況，對於初學者來說，確有一定的困難，反而不如黃氏臨本來得清楚。更何況這種字帖，字下還加印「井」字形九宮格，每個字的點畫起收、位置結構容易把握，也確有其便利處，故能取歐書原帖而代之，風靡一時。

黃氏並以歐體為主，參酌的永字八法像「永字八法」傳「歐陽詢的三十六法」、陳繹曾「翰林要訣」、李淳「大字八四法」等古人成法，而編成《間架結構九十二法》（圖 7）一書，每一法式之下還列有四個樣範，針對不同類別的字之書寫要領有所指點，正是科舉時代士子習字的好範本，最適合寫板書，製作字模或寫招牌。但這類書跡方便固然是方便，若未經權巧的變通精思，前人所謂「方便出下流」，便不會是空穴來風。

三、周夢蝶的書法風格與性格

周夢蝶的書法，骨勁神清，標格獨特，一如其人。他畢生只寫一種楷書，早年獨鍾歐法，其後兼融〈張猛龍碑〉之體勢，書作風格單一。綜其書風，可用枯、峭、冷、逸四字加以概括，茲分述如下：

（一）枯——

周夢蝶的書法筆畫纖細，用筆提多按少，宛似蜻蜓點水，故骨瘦如柴。書寫時又常惜墨如金，捨不得多磨兩下，故墨氣多顯枯淡。有時原跡筆畫墨色過淡，以致影印時碳粉不夠的機器都無法如實顯像，造成圖版效果不佳的遺憾。至於經過輾轉傳印的資料，就更不用說了。其作品用筆「按」得比較酣的，應是他為《約會》（圖 8）詩集封面上的那兩個題字，想必是用較為吸墨的宣紙所書，相對顯得格外嫵媚。

「枯」的反面是「榮」，莊子說：「道隱於榮華」，在繁華滋榮的情境中，道心很容易被汩沒。為了証悟、朗現真實之道，只有採取「日損」的遯退法，損之又損，刊落一切繁華，方見真朴。這個退，這個損，在書寫的用筆上，便是不斷向上輕提，一提便細，如同踮著腳尖跳芭蕾舞的狀態，渾身精氣凝注筆尖，便顯得筆力剛強，欲透紙背，便成枯瘦之象，這又是性格決定風格的不得不然。

書法作品依潤燥意象之不同，可有四季之分，潤澤者為春，茂密者為夏，凋疏者為秋，枯瘠者為冬。周夢蝶的書法景觀是偏屬於冬天的，甃斂已甚，入於苦寒，放眼望去，萬物宛似都處於蟄伏冬眠；但氣骨沉勁，又似深冬的紫藤，花葉零落殆盡而生機仍存。夢老在〈我選擇〉詩中，有句云：「我選擇以草爲性命，如卷施，根拔而心不死。」這固然有借草寓志之意，何嘗不是他書作枯而不槁之寫照。

有人說夢老的書法很像宋徽宗的「瘦金體」，若從筆畫纖細的相狀上看，將二者聯想在一起也是很自然的。不過送宋徽宗身爲帝王，長於宮廷，享盡富貴福澤，故其書雖較細瘦，卻也溫潤飽滿，充滿歡喜相。而夢老則打從住胎期間已是孤兒，一生顛沛困頓，形同病鶴，甚至曾經連基本的溫飽都成問題，故其書在清瘦之外，又兼枯羸的悲苦相，常讓人有見書如見人之感。書如其人，人如其書，像這樣連外在形貌都有神似處的例子，倒是古今少有。

由於他用筆多枯嗇，筆既不酣，墨亦不飽，即便筆畫與筆畫兩相交疊處，筆墨的氤暈生發效果也極有限，哪怕用的是能吸墨的宣紙，情況也差不多。他常自署爲「枯墨」，可見這是夢老自覺性追求的風格與理境。枯嗇過頭，固然成病，而因病成妍，也別成一種病容美學。2008 年，他爲拙著《池邊影事》所書詩序墨跡，也屬於偏枯的一類（圖 9）。這是周夢蝶的本色書，既是見性情之作，則非他人輕易模擬得來。尤其用此枯淡之字謄寫其《孤獨國》、《還魂草》集中詩，格外相應，他人寫來，都不及他自書。

（二）峭——

周夢蝶的書法點畫精勁，雖瘦骨嶙峋而力透紙背，標格峭拔，面目突出，毋須觀看名款，一眼便能覷出其爲夢老所作。

蔡振念先生說周夢蝶是「在孤獨國吟詠一行行仄韵和拗律」（〈讀周夢蝶〉），這是對於夢老詩風峭拔的如實描述，也是對他整個人格特質的傳神寫照。人峭、詩峭、書也峭，抛筋露骨，孤高聳峭到底，痛快而鮮明。晚年雖稍彌縫，猶不免倔強氣息。

其實歐書原本是峭拔與溫良兼而有之，夢老學歐而偏得其氣骨之勁，遂有點近似於柳。後來又獲〈張猛龍碑〉騰踔開張筆勢之鼓舞，遂如魚得水，強化了險絕峭拔的書風，也展現了更形奇突的藝術效果，可說槎枒凌厲，胸中似有一股鬱鬱不平的崢嶸之氣。關於這一點，在他的詩文裡，因爲須經文字意象之轉換，粗心的讀者是不容易看得到的；但在毛筆墨跡中則纖毫遮掩不住，完全洩漏無遺。表面看來，〈張猛龍碑〉與歐陽詢的書法，一似奇變，一似平正；一雄強，一秀勁，風格迥殊。其實，二者都具備奇正相生的險絕妙趣，而這個「險絕」的共性卻被夢老逮個正著，用以型塑其峭拔的風姿；雖然還未臻達精義入神，但他善於取資，不踐古人，陶鑄自我的本事，於此可見一斑。

（三）冷——

周夢蝶書法有冷凝、冷靜、冷漠的意味。其字一筆一畫均各為起訖，毫不含糊，極度理性，宛似燒鑄出來的般堅固篤定，固然缺乏宛轉的抒情意味，卻有著獨往的雄毅。至於點畫之間，則似有百般按耐、百般節制，因此畫面顯得冷凝孤絕，故觀賞夢老書作，像是聽人誦咒而不是在聽歌。

冷，也有純淨簡潔的意味，它讓人有停下腳步沉澱心靈的作用，故愈冷凝，愈見精純。不經一番寒徹骨的冷，便難有真可以面對熱的本錢。夢老的名句「誰能於雪中取火，且鑄火為雪？」〈菩提樹下〉火，表顯的是情感的發用，是熱腸；雪，表顯的是情感的翕聚，是冷腦。能將這兩者調濟得宜，便是人間修行的寬坦正路。夢老又有偈云：「學戒未能先學淡，學定未能先學慢。無上菩提何處來？一念回頭金不換。」（七言四句答苓居士）這個「淡」與「慢」，正是對於貪戀名利的一種對治工夫，都跟他的冷退性格有關。

周書的冷，來自他性格上的冷，而性格上的冷，其實是出於他本人對於熱場境的窘於及至苦於應對使然。且看「異鄉人的孤寂——冷，早已成為我的盾。」（不怕冷的冷）冷，是周夢蝶面對熱時的盾。在詩中，他似已化解掉冷熱二元對立的矛盾；而在書法裡，他則尚固守在冷凝的情境中。

（四）逸——

夢老之書脫略繁冗，直取真淳，意韻沖遠，不落常格，此皆緣其能勇於割捨，一超獨往之真性使然。書法的逸品，有清逸與狂逸之殊，前者平淡簡靜，一片沖遠天機，良寬、李叔同屬之；後者縱橫恣肆，一股狂放氣息，張旭、徐渭屬之。周夢蝶的書法之逸，當歸屬於清逸一格。

周書風格之逸，源於他的人品之逸。大凡逸格的書家，多少都有喜歡急流勇退，離群索居，自奔競中抽身的傾向。不逸入那遺世獨立的「孤獨國」，哪得有足夠的閒暇工夫，聽「高柳說法」，深切體悟「樹樹樹葉，葉葉皆向虛空處探索」（試為俳句六帖）之生命信息，迷魂的歸返便遙遙無期。

故有可選擇時，周夢蝶總是選擇退而不選擇進。且看他在《不負如來不負卿》書中，評點《石頭記》第八十一回道：「臨淵羨魚，不如歸而結網。先儒言之審矣！退而思之，既有羨復有結，自難免於患得而患失。計總不如魚也不羨，網也不結，只無事終日柳下水邊石上坐，看他碧波細細生，白鳥悠悠下。」[3]他之所以一再隱身退藏，而甘心走一條

3 周夢蝶，《不負如來不負卿》（臺北：九歌出版社，2005），頁176。

荒寂的退逸路，實是質朴的天性使然，他總認爲自己是「無能的人」，非得閒退下來，「及白日之未暮」儲備足夠的能量，又如何銷融得了自身無盡的悲苦呢？

若針對周夢蝶書法作品所展現的藝術形象進行概括：枯，乃就用筆用墨上說；峭，是就其結體上說；冷，是就其風姿上說；逸，是就其格調上說。其實周書的這四個風格特色，冷與逸，既是工夫，也是境界。沒有冷逸的工夫，便不會有枯與峭的風格展現；而不具備冷與枯的本事，也絕不可能會有真逸的品格。至於峭，則是他那「根拔而心不死」的志節氣骨之自然映現。可以說，夢老的書法風格跟他的全幅人格，已然達到高度出奇的統一。

以上爲了論述的方便，雖權且將夢老書風分作四個層面加以剖析，然而不管有幾個特色，實難釐然劃分，說來說去也只是一個「夢蝶體」。葉嘉陵曾經指出周夢蝶的詩：「無多方面風格，純寫心靈之境。」（《還魂草》序）他的書法和他的詩，可以兩相印證。

四、周夢蝶書法的藝術學檢視

無論是哪一種字體，也不管是傳統的或現代的創作模式，一件書法作品的本體構成要素，大致可以分成點畫用筆、結體造形、氣勢脈絡與謀篇布局四個部份；相應於此，各有其核心本質，可用「澀」、「衡」、「貫」、「和」四字來表述，茲依此針對夢老的書法再加檢視。

（一）澀（點畫用筆）——

「澀」是指點畫用筆要有澀勁，須能表現出力透紙背的立體質感。澀勁指的是筆鋒下按紙面時，其作用力與反作用力之間，一種不多不少的、飽和的抵拒狀態下所產生的動能。這種澀勁的骨法用筆，筆者名之爲書法的「生死關」，此關若不打通，則點畫疲餒，無論書齡多長，仍不免是書法的門外漢。

周夢蝶每一個點畫，都以至誠的恭敬心在寫，用筆雖極輕細，但起筆、行筆與收筆都交代清楚，寫得很篤定，無一筆蹈虛，基本符合這個「澀」勁的法則。但夢老的字，凡停頓處墨多暈開，甚而暈結成一團；用宣紙書寫時，此一現象尤爲明顯。於此可以看出他對於筆鋒的運用，是長於提而拙於按的。當他筆鋒上提到近乎踮著筆尖書寫時都不成問題，但一按就扭結成一坨；他只解在「提」中「提」，而不解在「按」中「提」之妙，所以他的毛筆字枯瘦到幾乎像是用硬筆寫出來的。易言之，他只寫出毛筆字結構性的「中心線」，而不容易看出其抒情性的「輪廓線」。而筆畫又常是直來直往的意向多，氣機鼓盪的情韻少，屬於山谷老人所謂「勁而病韻」[4]的一類。

筆鋒的提與按，決定著書作的抒情表現形態；不同的書家，各有不同的提按手法。提，是一種抽離，是一種解脫，能產生空靈效果；按，是一種投入，一種面對，也是一種承擔，能產生充實美感。透過一個人的筆跡，可以八九不離十地覘知書寫者的人格特質。周書提多按少，甚至雖按也都極爲節制，其實是他對於「按」後的把持缺乏自信所致。他曾自承是「一個感情多而理智少的人」[5]，對於情感的釋放，是善於發射而不善於把持調適的，偏偏他又是個感情豐沛的人，也難怪他常要被後悔所折騰，甚至到了不堪的地步，只好凡事率採「蜻蜓之一掠」的極簡主義。於此亦可看出其書風與其性情是如此的吻合，這既是他知所進止的智慧抉擇，實際又何嘗不是出於其勢之不得不然呢？

（二）衡（結體造形）——

「衡」指的是造形與布白上的平衡感，實際包括形體空間的對稱均衡感，及筆墨視覺離合的張力穩定感。字的間架結構，是由不同形態的筆畫搭配構築而成，實際也是各個筆畫依次針對該字的「字座」（佔地）進行的空間切割，因而形成一種黑（有筆畫處）與白（無筆畫處）的推移與對話。書寫時，當筆鋒往下多按一些，該處的空白就相對減少一些，這種陰（黑）與陽（白）相互消長的變化過程，正是書法抒情表現的精蘊所在。其間可分「計黑當黑」、「計白當黑」和「知白守黑」三個進階工夫，筆者名之爲「結構三部曲」。

夢老的字因提鋒太甚，注意力多半也只能用在筆畫（黑）本身的運動上，未能或同時兼顧筆畫以外的空白之調停區處，可說尙處於「計黑當黑」的階段。然而不經「計白當黑」階段，便無由進入「知白守黑」之無爲勝境。因此其書不僅筆畫的交接顯得生硬，部件或部首之間的組合也常是散漫而無所歸心，屢見有「心臟衰弱」（中心虛懈）、重心不平衡的現象。只是他在這不甚平衡之中，整體感基本上仍是有的，這與其說是畫面的功效，還不如說是他書寫時內在那一份敬謹精誠的自然朗現。

此外，大概是有感於早年塾師教導臨帖時亦步亦趨，不敢越雷池一步的憾恨，夢老對於某些帶有右彎鉤（流、孔、元）、右長捺（人、友、天）、左長撇（原、在、石）、斜戈（或、義、我）的字，往往會因過度誇張拉長，以致失去整體的平衡感，尤其是學了〈張猛龍碑〉以後，此一情形更加明顯。其實〈張猛龍碑〉的高明處，就是不管筆勢如

4 北宋・黃庭堅，〈跋周子發帖〉，《山谷題跋》卷之五（臺北：廣文書局，1971），頁 18。
5 戴訓揚，〈新時代的採菊人——周夢蝶其人其詩〉，收入曾進豐編，《娑婆詩人周夢蝶》（臺北：九歌出版社，2005），頁 119。

何變化，整個字都能在攲側中取得平衡美感。因此某些特別的筆畫筆勢，固能使字跡變得生動而富變化，但卻不能為求變化而不顧字勢的平衡，否則，矯枉過正而違失平衡法則，字的美感就要打折扣。

（三）貫（氣勢脈絡）——

書法藉點畫線條作為藝術語言，線條本身實為一氣之連續與延伸。故書法之美，美在一氣呵成。唐張懷瓘曾稱讚王獻之的字有血氣貫暢之美，他說：「（大令）字之體勢，一筆而成，偶有不連而血脈不斷。及其連者，氣候通其隔行。惟王子敬（王獻之）明其深指，故行首之字，往往繼前行之末。」[6]

氣，有飽滿、流動和連續的特質，書法中的氣，首先講究的是個別點畫的充實飽滿與氣機鼓盪的活絡，其次才是接氣問題。關於書法中的接氣法，有字內氣與字外氣之別，字內氣是指前後筆畫或上下、左右、內外偏旁部件之間的搭配與承接關係，務必求其脈絡貫串；不管筆畫是接連或斷開的，筆意（即無形的氣脈）都非連貫不可。就像人體氣血到處，便起知覺作用。若能周身流暢無阻，便能陰陽和調，身健心開，充分發揮潛在的靈智。

每一件書法作品，從第一個字一落筆，緊接著積點畫以成字，積字成行，積行成篇。乃至連落款、鈐印都需前後氣脈相貫，構成一個有機的整體。故凡號稱傑作，基本上都有一氣呵成的流暢感，不僅行、草書為然，連篆、隸、楷書也不例外。夢老的字，在諸多病中，以氣滯最為嚴重。他的作品，字與字、行與行、首尾通篇之間，不會眉來眼去，秋波暗送。其實，作書須一氣呵成方能成就有機整體的道理，夢老何嘗不知！我曾問以「理想書法為何」？他用「擊尾則首應，擊首則尾應，擊中則首尾皆應」的「常山蛇勢」為答，這個「常山蛇勢」，正與筆者常言「一氣呵成」、「有機整體」的氣化概念相契合，只是孤獨國主如何學得「眉來眼去，秋波暗送」？

（四）和（謀篇布局）——

「和」是指在畫面上，不管是墨量的分配或是空間的布白，須能在變化中求其統一，方能產生整體統一的和諧美感。

周夢蝶在詩作中，圓滿表達了他的情志、他的願力，和他所認識到的「如實智」、所嚮往的生命理境；而在書法裏，則洩露了他書寫當下的心靈狀態之真實面目：拙於處理個體與個體之羣際關係，故其書作氣骨雖極勁健，卻往往予人以橫斜不能相安的奇突之

---

6 唐・張彥遠，〈書斷・草勢〉，《法書要錄》（臺北：世界書局，1975）卷七，頁 113。

感。易言之，夢老寫字時，筆鋒抵紙的澀勁是掌握到了，當下的時間性很強，但基本上幾乎都以點畫爲片段割裂，每一個筆畫似乎都是各自爲政，承前啟後的群體意識薄弱。前面在分析風格時所謂的「峭」，是從賞會的角度看，倘從品評的角度看，這種拋筋露骨，圭角凌厲的峭勁，正犯了刀刃橫加、不夠協調和諧之病。

以下再就夢老書跡，隨機談。其詩文手稿，就筆者所見，以其親筆謄錄的《不負如來不負卿》一書全文最爲鉅製。此書係夢老閱讀一百二十回的《石頭記》時，逐回評點的記錄，作者對於社會現實生活的關照和體察心得，在書中觸機而發，語簡而意富，字清而骨高，於中可以略窺夢老人生哲學的底蘊，頗能啟人深省。

〈臨歐陽詢小楷九歌〉橫幅是周夢老在七十八歲那年（1987）所書，並送給九歌負責人蔡文甫。此作筆力遒勁，結體緊密，神完氣足；全文九百餘字，一筆不苟，精氣瀰滿，首尾相貫，這是筆者所見夢老小楷最爲精爽之作。雖說是臨仿，實際是以自己的主觀意識，運用早已成型的自家體勢，去改寫所習的碑帖文字內容，屬於「以臨爲創」的一類，與何紹基〈臨漢碑十種〉及吳昌碩〈臨石鼓文〉等，如出一轍，全係借他人酒杯，澆自家塊壘的模式，名爲臨仿，其實跟自運書寫已無甚差別。

夢老所臨的小楷字帖，除了歐陽詢的〈九歌〉、〈心經〉外，尚有王羲之的〈曹娥碑〉、〈黃庭經〉（圖 10）等帖，對於王右軍小楷帖中那種「面面俱到」、「珠圓玉潤」的渾厚韻味，似乎不太相應，而歐法的險勁書風，較合他的脾性，這可能也與他少小學歐有關。

至於其他如書札或臨帖作品，多屬小楷書。字體稍大的，如集臨〈張猛龍碑〉贈送「九歌人遷鶯」（圖 4）之件，主文置於右上部，上款居左上，下款及鈐印在左下方，刻意讓畫面的右下方放空，頗饒空靈之美。惟因右下部的空白面積過大，且無其他閒章制衡，亦不免稍有鬆懈之感。

筆者披覽所及，迄未見過他用毛筆書寫的行草書，倒是他在謄錄詩稿時，偶逢外國人名而用草體英文書寫，算是唯一的例外。如爲拙著所寫的〈潑墨〉詩橫幅，小楷（圖 9）寫得很用心、很沉靜，詩前副題所記的南斯拉夫女作者 Simon Simonovic 的英文名字，則變成他用毛筆所寫的少見「行草」書。

此外，夢老手邊保留一批用類似簽字筆所記的詩文手記，幾乎全是行草，大概是臨文之際，爲了捕捉飄忽的靈感，筆勢迅疾、連綿不斷，簡化潦草到已成他個人方能解讀的密碼（圖 11）！連我這自信還算懂草書的人都無法釋讀得了，這倒讓我見識到原來他也有這麼狂縱的醉態面！只是他始終不曾用毛筆作如此的瘋狂表現，否則，恐將會讓大家都跌破眼鏡了。

五、周夢蝶的學書進路對於後學的若干啓示

書法與詩文雖同以漢字爲其表現元素，但其美學特質大不相同。周夢蝶的詩清且厚，書法則清而未能厚，沒能將他在禪道上所證悟的理趣轉化過來運用，故猶不免略帶生拙苦澀的意味。其實詩文創作與書藝創作不同，「書則一字已見心，文則數言乃成其意」，唐代書論家張懷瓘的這兩句話，清楚扣住了書法如實表達性情的美學特徵，也點出了書法與詩文之間的根本差異。書法的形象雖是文字，但這個撐持形象的文字形體，則全賴學書者自行塑造，無法假手他人，即便得到筆法真傳，也須經過一番修練。以下再略談夢老學書所吃的虧，希望能對後之有心學書者提供若干借鑑。

（一）慎選碑帖

字寫的不好，就是字有病，有病就須求醫診治，如人求學須有師法。學習書法的老師有兩種，一是碑帖，一是善書者。碑帖有刻拓本與墨跡本之分，夢老所臨寫的帖，不論是晉唐小楷，或北魏的〈張猛龍碑〉，在風格上雖雄秀異趣，卻同爲刻拓本而非墨跡本。所謂刻拓本，是根據墨跡原本依字形筆畫的外部輪廓加以鉤描而成「雙鉤本」，經勒石（或木）後，再以利刃加以鐫刻，復經墨拓剪裁而成。由墨跡到拓本之間，每經一道工序，便要失真幾分。看墨跡本，有關結體位置、行筆速度、乃至連墨色濃淡層次等，均歷歷可見。若只看刻本，便只剩點畫形體位置，其他細部微妙的筆墨變化，全皆淹晦不彰。更何況捶拓時的工法又有巧拙差異，故初學書法，除非萬不得已，否則仍以先臨寫墨跡本爲正途。

夢老愛書而習書之路走得坎坷，與少時學書走錯門路大有關係。宋代的大書家兼詩人黃山谷，也有類似的慘痛經驗，他曾感慨地說：「余學草書三十餘年，初以**周越**爲師，故二十年抖擻俗氣不掉。」[7]其實，周越的字也未必有多差，但學者須能自尋轉路才行。所謂「不怕念起，只怕覺遲」，才覺即轉，轉久即化；師法未必能誤人，只是人被師法所誤而已。

（二）道法師承

碑帖可以爲師，但不論刻拓本或墨跡本，都屬靜態筆跡的呈現，若要學其筆法，還須以善書者爲師，觀察其實際揮毫時，筆鋒的使轉運用態勢，究明如何經由動態之書寫

---

7 黃庭堅，〈書草老杜詩後與黃斌老〉，《黃庭堅全集・外集》，卷 23，劉琳、李勇先、王蓉貴點校，《黃庭堅全集》（成都：四川大學出版社，2001），頁 1406。

運動，而型塑靜態的點畫墨跡。

我們從夢老有記年可考的 1980 年代前後的筆跡，取與千禧年後的筆跡兩相比較，除了字形體勢稍見開張外，大部分有關用筆、結體及氣脈等根本性的毛病，都始終如一。書寫雖勤，但在書法上只是不斷重複自己，舊的習氣未有導正機會，故難以與時俱進。尤其書法是一門實踐性很強的技藝，有些筆法，如魏碑的方筆寫法及篆書的逆鋒起勢等用筆要領，若沒有機會觀摩行家揮毫，單憑靜態的帖字去揣想，不僅事倍功半，甚至會徒勞無功。

有師成學易，無師成學難，故學書而欲有所成就，除勤習之外，還要有真正懂得的行家指點。當然最好也要多找機會觀賞名品真跡以養眼識，多讀相關史論以長見識，蘇東坡曾說：「作字之法，識淺、見狹、學不足，三者終不能盡妙，我則心、目、手俱得之矣。」[8]這固然是他的自負處，提出心、目、手三位一體之說，也是過來人不刊之論，值得後學參考。

（三）宜練大字

夢老一生練的絕大部分時間，都拿來寫中小楷字，字一小，筆鋒的使轉運動跟其所形成的點畫筆跡之間的對應關係不夠明顯，筆法容易朦混過去，也較欠缺綵排結構布局的機會，不如練大字易得進步。更何況寫起大字，隨手揮灑、心怡神暢，自然培養大膽寫去的自信與氣概。此外寫大字最好能整個手肘懸空書寫，效驗更彰。

（四）兼習草書

楷書與草書既相對立，又互補氣脈。歷來前輩論書，總是楷、草對舉：楷書取其端莊嚴靜，注重分解動作，強調的是筆畫的獨立性；草書取其簡便流麗，注重連續動作，強調的是氣機的貫暢性。但即便是筆筆獨立的楷書，前後筆畫之間，也要血脈相連，神情顧盼。故筆者常言「楷書不是無情物」，清朱和羹《臨池心解》則說：「楷法與作行草，用筆一理。作楷不以行草之筆行之，則全無血脈；行草不以作楷之筆出之，則全無起訖。」[9]此說得之。倘能兼習兩種字體，自然容易體會動靜相生，陰陽對應而互濟的中道理境。

其實夢老手上，還有不少行、草書帖，可惜他雖臨淵，卻似乎「魚也不羨，網也不結」，只做壁上觀，貫徹他那「弱水三千，我只取一瓢飲」的蜻蜓點水式生活美學，終使

---

8 馬宗霍，《書林藻鑑》（臺北：臺灣商務書局，1965）卷九，頁 213。

9 清・朱和羹，《臨池心解》，楊家駱主編，《清人書學論著》（臺北：世界書局，1972）中國學術名著第五輯，藝術叢編第一集，第四冊，初集第七輯，頁 12-13。

他在書道上莫能體取「窮盡萬法而不滯一法」的無上妙境。當然不論爲學或爲道，見地、工夫、行願，三者缺一不可，行願尤爲工、夫見地先行；夢老志在詩而不在書，願在彼而不在此，以其餘力作書，故詩作已達理事圓融之境，書法雖停在理事尚多有礙之地，也自不足爲咎。

六、結語

佛說：「樂大乘者，爲讚小勝，是菩薩謬。」[10]綜而言之，周夢蝶在書藝上，對於歷代大書家也是多所嚮往，堪稱是「樂大乘者」；後來由於機緣不足，兼以心力所限，未能更臻妙境，不免落在「小僧縛律」境地中。今承主事者囑託，對夢老書法發表拙見；然而夢老之種種造詣，眾目共鑒，用他的詩句說：「或無須種種節外生枝之剖析，凡有舌與鼻的／都聽得十分真切，一現永現！」原本毋庸筆者多作饒舌，但念及夢老悲心特強、雅愛書法，當肯以己之書作示現後學，作爲有志學書者之資糧，因將讀其書作感想，和盤托出，夢老達者，早已證入無諍三昧，當會恕我小子佛前胡言亂語，呼牛呼馬，即便有所未當，也會一笑置之。

夢老平時沉默寡言，很懂得養氣。與他相處，有時相對無言，依然自在，方覺自己平時言多耗氣之甚。當他有所表述，往往言簡意賅，點到即止，很少見他高談闊論，常讓我有「吉人之辭寡，躁人之辭多」的警策作用。然而一旦搔著癢處，他也會滔滔不絕，行於所當行，而止於不可不止，真是「時然後言，人不厭其言」的說話藝術高手！儘管如此，他也曾不止一次當著我的面，語帶愧悔地說：「今天我的話又說多了！」

行文至此，我也要說：「夢老，今天我的話又說多了！」

10 佛語迦葉：「菩薩有四錯謬，何者為四？醫者，不可信人，與之同意，是菩薩謬；二者，非器眾生，說甚深法，是菩薩謬；三者，樂大業者，為讚小乘是菩薩謬；四者，若行施時，但與持戒，供養善者，不與惡人。是菩薩謬。迦葉，是為菩薩四謬。」見：唐．菩提流等譯，《大寶積經》，卷 112，大藏經刊行委員會編，《大正新修大藏經》（臺北：新文豐，1983），冊 11，頁 632。

引用書目

一、古籍文獻

唐・張彥遠，《法書要錄》（臺北：世界書局，1975）。

唐・菩提流等譯，《大寶積經》，卷 112，大藏經刊行委員會編，《大正新修大藏經》（臺北：新文豐，1983），冊 11。

北宋・米芾書，《群玉堂米帖》，二玄社編，《書跡名品叢刊》（東京：二玄社，1983 年），冊 43。

北宋・黃庭堅著，劉琳、李勇先、王蓉貴點校，《黃庭堅全集》（成都：四川大學，2001）。

清・朱和羹，《臨池心解》，楊家駱主編，《清人書學論著》（臺北：世界書局，1972）中國學術名著第五輯，藝術叢編第一集，第四冊，初集第七輯。

二、一般論著

周夢蝶，《不負如來不負卿》（臺北：九歌出版社，2005）。

———，《風耳樓墜簡》（臺北：印刻出版，2009）。

馬宗霍，《書林藻鑑》（臺北：臺灣商務書局，1965）。

曾進豐編，《娑婆詩人周夢蝶》（臺北：九歌出版社，2005）。

戴訓揚，〈新時代的採菊人——周夢蝶其人其詩〉，收入曾進豐編，《娑婆詩人周夢蝶》（臺北：九歌出版社，2005）。

三、附圖

圖 1 歐陽詢九成宮醴泉銘

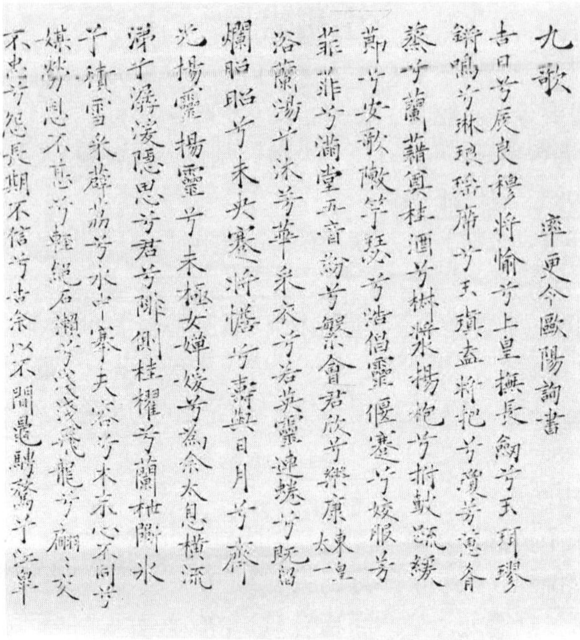

圖 2-1 周夢蝶臨歐書九歌

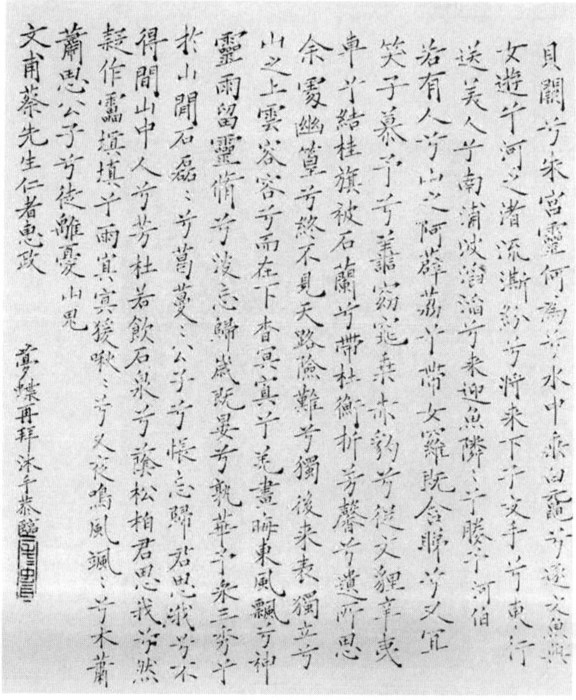

圖 2-2 周夢蝶臨歐書九歌

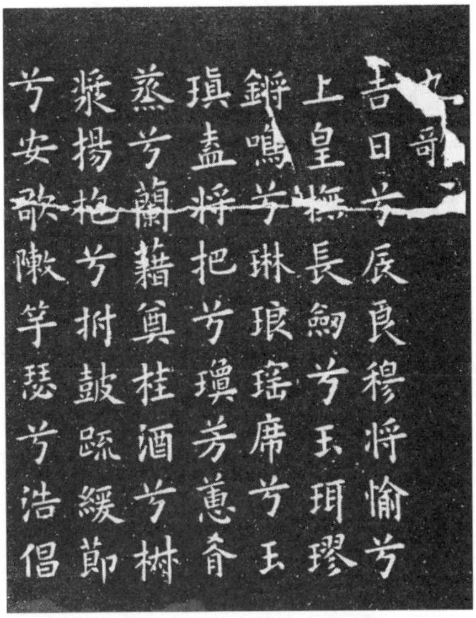

圖 3-1 歐陽詢書九歌

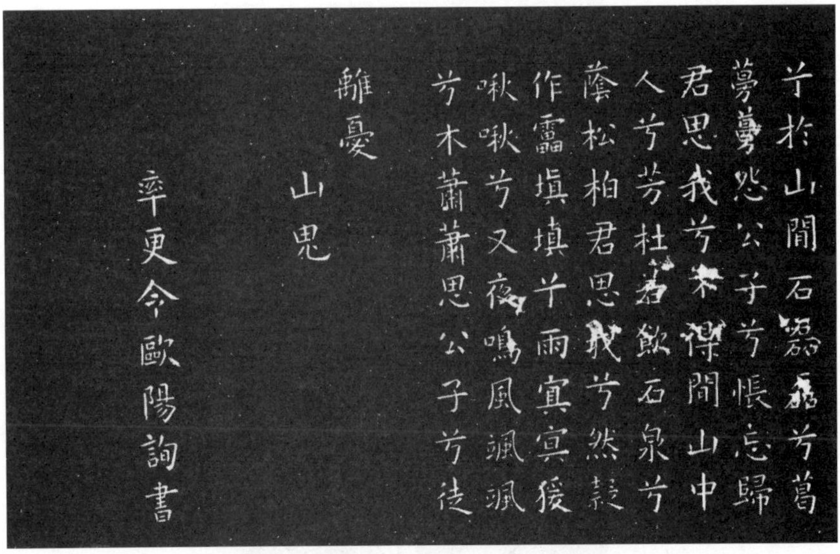

圖 3-2 歐陽詢書九歌

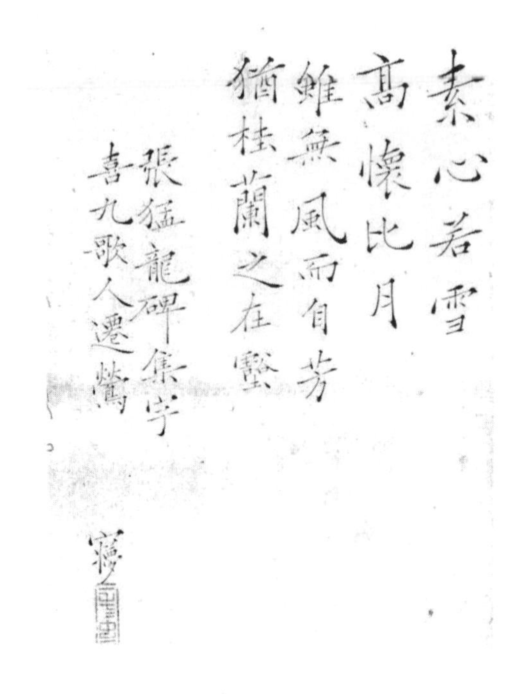

圖 4 周夢蝶集臨張猛龍碑字

圖 5　北魏張猛龍碑圖

圖 6　黃自元臨歐書九成宮

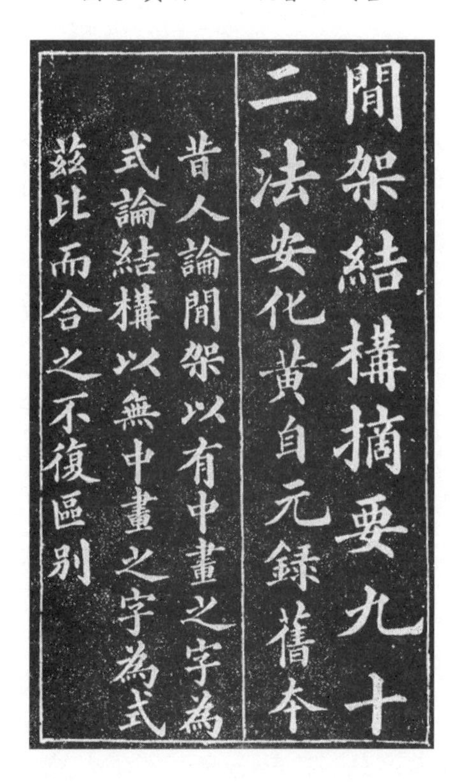

圖 7　黃自元　書間架結構九十二法

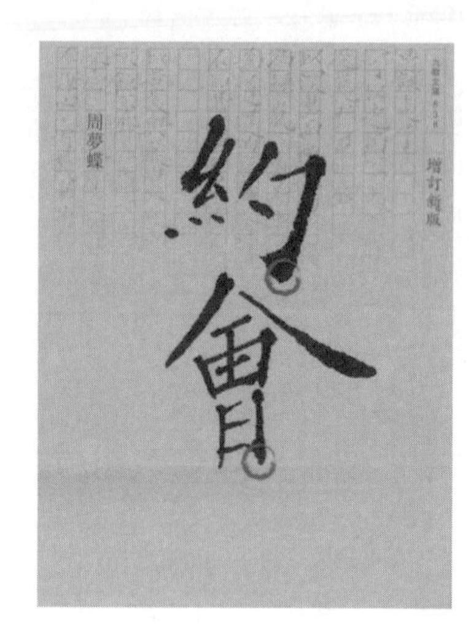

圖 8　約會題簽

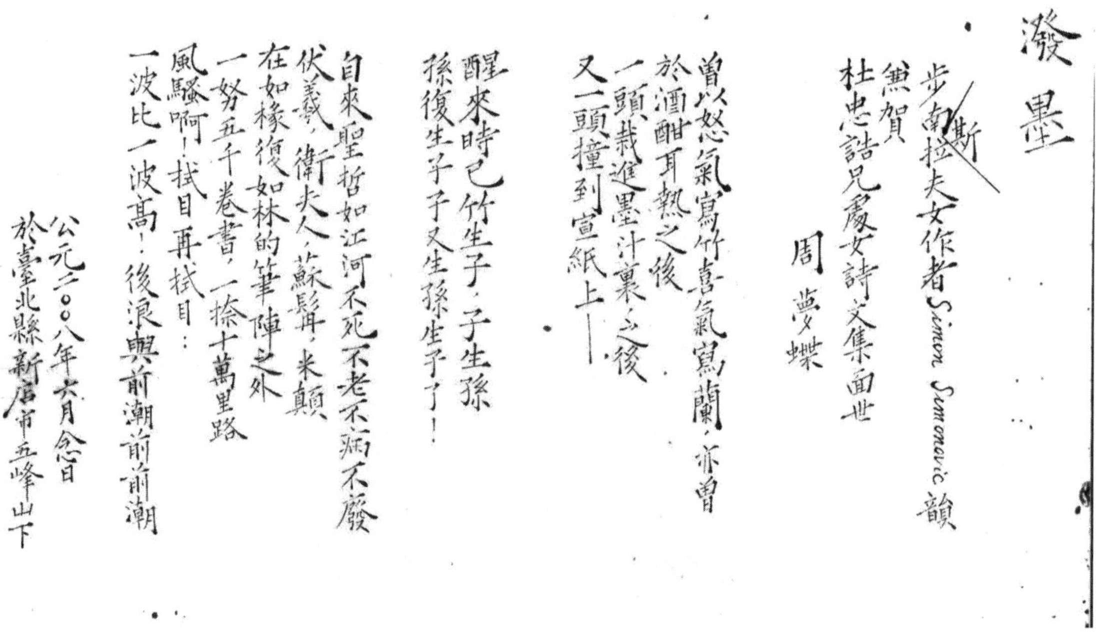

潑墨

步南斯拉夫女作者 Simon Simonovic 韻

兼賀

杜忠誥兄處女詩文集面世

周夢蝶

曾以怒氣寫竹喜氣寫蘭，亦曾
於酒酣耳熱之後
一頭栽進墨汁裏之後
又一頭撞到宣紙上——

醒來時已竹生子，子生孫
孫復生子子又生孫生子了！

自來聖哲如江河不死不老不病不廢
伏羲、衛夫人、蘇髯、米顛、
在如椽復如林的筆陣之外
一努五千卷書，一捺十萬里路
風騷啊！拭目再拭目：
一波比一波高！後浪與前潮前前潮

公元二〇〇八年六月念日
於臺北縣新店市五峰山下

圖 9　周夢蝶自書潑墨詩

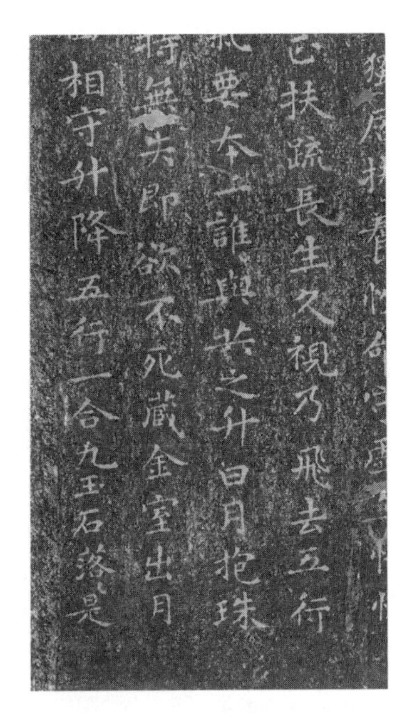

圖 10　東晉王羲之黃庭經

圖 11　周夢蝶　詩文手記

跨領域：手稿

馮　鐵　Raoul David Findeisen／"To Consider the End of Speech Its Beginning" – A Preliminary Assessment of Zhou Mengdie's Manuscripts（「以話尾為話頭」——周夢蝶手稿初考）

易　鵬／「花心動」：周夢蝶《賦格》手稿初探

何金蘭／草稿・手稿・定稿——試探周夢蝶書寫文本

馮　鐵　Raoul David Findeisen

Raoul David Findeisen is Full Professor of oriental Languages and Literatures at Comenius University in Bratislava (Slovakia), in charge of building a Ph.D. programme in East Asian Studies, and has studied Chinese Languages and Literature, Japanese, Romance Languages and Literatures, Philosophy and Comparative Literature in Berlin (M.A.), Taipei, Peking, Bonn (Ph.D.) and Zurich (venia legendi). He has taught in the universities of Berlin (Freie Universität), Zurich, Basle, Warsaw, Geneva and Lyons 3 (Jean Moulin), held the Chair of Chinese Languages and Literatures at Ruhr University of Bochum (1999-2009) and was visiting professor at Sichuan University (Chengdu), Beijing Normal University of Vienna, as well as Fellow in the Truman Research Institute and concurrently in the Mandel School for Advanced Studies in the Humanities, The Hebrew University of Jerusalem. His research interests focus on 19th and 20th century Chinese litcrature, with emphasis on textology and prospectives for comparative studies in translation and intellectual history. He is currently preparing a monograph on modern Chinese writers' manuscripts.

易　鵬

國立臺灣大學外文所博士，國立中央大學英美語文系教授。曾任國立交通大學外國語文學系副教授、實踐大學外國語文學系專任講師、國立清華大學外國語文學系兼職講師、淡江大學英文系兼職講師。專長研究領域：英國文藝復興、精神分析理論、手稿研究，近年專注於王文興的小說研究，並於 2010 年主編《王文興手稿集：家變與背海的人》，由臺大圖書館、臺大出版中心、行人文化實驗室聯合出版。

何金蘭

筆名尹玲，廣東大埔人，出生於越南美拖。國立臺灣大學國家文學博士、法國巴黎第七大學文學博士、越南西貢文科大學文學學士。研究文學社會學、文學理論與實踐、翻譯理論與實踐、世界漢學、中法越文學文化翻譯、中國現代文學、越南文化與語言。著有：專書領域包括《文學社會學》、《法國文學理論與實踐》；詩集包括《當夜綻放如花》、《一隻白鴿飛過》、《旋轉木馬》、《髮或背叛之河》以及中譯法國小說如《文明謀殺了她》、《薩伊在地鐵上》、《法蘭西遺囑》、《不情願的證人》中譯許多法國詩、越南短篇小說、越南詩英文中譯《人生的航向》。

"To Consider the End of Speech Its Beginning" – A Preliminary Assessment of Zhou Mengdie's Manuscripts

「以話尾爲話頭」——周夢蝶手稿初考

Raoul David Findeisen 馮　鐵*

Introduction

On the basis of some dozen of Zhou Mengdie (1921-2014)'s manuscripts, including "clear copies" of poems, letters and prose poems as well as the "draft" to his *Hongloumeng* study, this paper will first give an overview of the material used, then venture a preliminary analysis of scriptural devices employed by Zhou Mengdie, fully aware that most items are "clear copies" and with emphasis on possibly idiosyncratic devices. Then it will proceed to a detailed reconstruction of the writing process in his *Hongloumeng* reading that was originally executed in the reverse mode from ch. 120 to 1, and finally scrutinize the poem "in the mode of Szymbosrka", before reaching preliminary conclusions – to be taken cum grano salis, as there is just *Bu fu rulai bu fuqing* as the only item available in two manuscript versions.

1　*Terminology*

As I have elaborated on the terminology pertaining to MSS elsewhere, both Western and Chinese, I shall not dwelve into the topic here.[1] In this context, I shall only emphasize the

---

* 斯洛伐克布拉迪斯拉伐考門斯基大學東亞研究室／以色列耶路撒冷希伯萊文大學杜魯門學院教授。

1 R.D.F., "Modern Chinese Writers' Manuscripts", *Asian and African Studies* NS 18,2 (2009), pp. 265–292; " 'Jiabian' li de bianxie bu wei wenbian – guanyu weilai 'Jiabian' biandingben zhi sikao" 〈家變〉裡的變寫不為文變——關於未來〈家變〉編訂本之思考 [Changes in "Family Changes" are not a Catastrophe – Reflections on a Future Critical Edition of *Jiabian* {by Wang Wenxing 王文興}], tr. by Huang Guiying 黃桂瑩, in *Kaishi de kaishi* 開始的開始, ed. by Yi Peng 易鵬 (Taipei: Guoli Taiwan daxue chuban zhongxin; Xingren wenhua shiyanshi, 2010), pp. 121–151; and recently its revised version as "An Inquiry

following aspects: (1) My asesesement is not aesthetical, but genetical; this means that (2) I am not interested in the assessment of results, but in the reconstruction of the processes that ended up in the result. Therefore, my terminology is not so much "qualifying," as in *caogao* 草稿 ("draft manuscript," etc.), than "quantifying" insofar as it attempts to establish the position of a particular (manuscript) item in the process of literary elaboration. Therefore, the issue is not whether a particular witness is a caogao, but which particular position it is taking in the creative process.

The terminology proposed there should be specified insofar as the mechanical sequence of *yigao* 一稿 etc. is condemned to avoid *chugao* 初稿 as an equivalent to "first draft," given that it is widely employed to denote "preliminary draft," i.e. versions of a text in the process of being composed. On the other end, I propose to introduce the term of *mogao* 末稿, in order to denote the last (hand-) written version of a text intended for print – which appears to be the rule in the 20th century.[2] This suggestion is conflicting, to a certain extent, with another usage of gao, denoting any "preliminary" form of a work, such as in the infamous *Xin wenxue shigao* 新文學史稿 (1953) by Wang Yao 王瑤 (1914–1989) – which of course is by no means related to manuscripts, but just intended to display the preliminary nature of the text, "as if it were hand-written," or even more clearly in *Hu Shizhi xiansheng changbian nianpu chugao* 胡適之先生長編年譜初稿 (8 vols., 1984) by Hu Songping 胡頌平 where the *chugao* mentioned above appears and testifies to a double usage.

2 *Material*

Most of the material consulted for my considerations appear to be *qinggao* 清稿, i.e. "clear copies" that were, from the beginning, intended to leave the author's hands – and not even *tenggao* 謄稿, i.e. copies prepared from another existing finalized and authorized MS. Although both lack of knowledge about Zhou Mengdie's individual usage in hand-writing, and lack of additional material and the complete absence of two distinct witnesses of the same text actually preclude any final assessment, it seems as he is rarely reworking on the sheet

---

into Interventions on Two Manuscript Stages of *Jiabian* (1966–72) by Wang Wenxing", *Studia Orientalia Slovaca* 11,1 (2012), esp. pp. 101–114.

2 See the observation by Yi Peng 易鵬 in "Yi huawei wei huatou" 以話尾為話頭, Lunwenji 論文集, p. 271, which as a matter of fact make clear that the terms "rough draft" and "fair copy" have their limits as both should be used to denote one and the same items, the MS "Fuge" – which in my terminology would be *yigao* and *mogao* at the same time.

strictly speaking, but is putting down a premeditated wording. The rare interventions would not contradict such a working method, but on the contrary confirm it – which is a traditional ideal of the writing process, particularly in poetry, and it is probably not too farfetched to connect it Zhou Mengdie being familiar with meditation techniques.

The material at hand consists of some two dozen items covering a period between 1979 and 2010, thus excluding more than two decades of the poet's early creation. The texts range from single-page inscriptions (one of them written into the blank space of the probably last page of *Fojiao de da guangming yu da anle* 佛教的大光明與大安樂) and dedications and one cover title draft – for Ba Jin's 巴金 (1904–2005) translation of the novel *Printempo en Aŭtuno* (1931) by the Hungarian Esperanto writer Julio Baghy (1891–1967), as *Qiutian li de chuntian* 秋天裡的春天 (1932), to a short autobiographical text, giving excerpts of early attempts at poetry, to a great number of poems, often with extended commentaries, up to the bound 69 pages of a clear copy of reading notes on the 120 ch. version of the *Hongloumeng*, the *Shitouji*, written in the summer of 2001 and titled *Bu fu rulai bu fuqing*, along with the extremely complex draft version on numbered pages, written on paper of varying size and format. Synoptic assessments of various versions are therefore possible only exceptionally.

Another classification of the MS sources beyond genres and immediate motivations may be ventured on the basis of the paper employed: Many MSS are written on squared paper provided by the publishing houses, or rather the editorial offices of journals and newspaper supplement for which Zhou Mengdie is writing. Present within the limited corpus are, with vertical columns throughout,

(1) the *Lianhe bao* 聯合報, with the specifications *Lianhe fukan* 聯合副刊 on top and "draft paper for writers' use" ("Zuojia zhuanyong gaozhi" 作家專用稿紙) at the bottom between "fish tails" (*yuwei* 魚尾) in the left margin (it is unclear whether the copies are reproducing just the right half of a sheet, as the "fish tails" would be traditionally placed in the middle of a sheet – or is it just a nostalgic traditionalism then?), 12 x 30 characters;

(2) the same pattern with the inscription, Conference on Chinese Literature of the Past 40 Years' ("Sishi nianlai Zhongguo wenxue huiyi" 四十年來中國文學會議) which makes it an easy guess to assume the conference was organized by the *Lianhe bao*;

(3) squared columns 10 x 25, with on the left the inscription "*Zhonghua ribao* jingzeng" 中華日報敬贈 ("Courtesy of the China Times"), and a pagination field on the top, as well as further indication about the printing dates and number of copies "80.1.1040本" (1,040 blocks printed in January 1991);

(4) and (5) squared paper (most likely of larger size) with middle column, i.e. two separate blocks of 12 x 25 squares each, of the brands Golden Dragon and Peacock (金龍牌、孔雀牌); and finally blank unruled paper, such as naturally given with inscriptions usually applied on the inside cover page (*feiye* 扉頁), used by necessity in the cover page draft for Ba Jin's translation, and employed for the fair copy to *Hongloumeng* study.

(6) the inside of used regular envelopes using brown paper and cut up afterwards to costumize them to writing purposes; and/or

(7) brown wrapping paper, also put together in order to form a long sheet in the style of horizontal scrolls, with proportions between short and long side reaching at times 1 : 4, both used in the draft for *Bu fu rulai bu fuqing*;[3] and finally

(8) extensive corrections and amendments applied on a print output of the Chronology of Zhou Mengdie's life, compiled by Zeng Jinfeng and prepared on an inkjet printer and on an "endless" paper divided just by perforation – not proofs (*yanggao* 樣稿) strictly speaking, but something like its equivalent in a period when publishers usually accept just digitized raw data, rather than MSS.

This allows, at least roughly, to introduce a socioeconomic category and to distinguish between "commissioned" (*zhenggao* 徵稿 or *qinggao* 求稿) and "non-commissioned" (*feizhenggao* 非徵稿) writing – although, evidently, any writer might use paper he received as a publisher's present for "non-commissioned" writing, if none other is at hand. However, in Zhou Mengdie's case, non-commissioned writings, applied on specially designed manuscript paper with the character-count vital for editorial purposes, clearly carry fewer interventions

---

3 Should be inserted here the poems' drafts executed on pocket calendar pages as well as on "Notes" paper sheets. As some examples are competently discussed in full detail by He Jinlan 何金蘭 in his contribution "Caogao, shougao, dinggao – shitan Zhou Mengdie shuxie wenben" 草稿·手稿·定稿——試探周夢蝶書寫文本, and I have only his reproductions in reach (esp. pp. 293-296) without any further indication about its physical context, I am not going into deeper scrutiny.

than the non-commissioned “free” writings. An interesting detail to note is that although first publications of poetry frequently appeared in *Lanxing* 藍星, their subsequent prints usually landed in the publication that had provided the writing paper. It is, however, also conceivable that all the poems’ MSS at my hand are nothing else then clear copies, or *mogao* 末稿.

The draft manuscript to *Bu fu rulai bu fuqing*, beyond its unusual paper format and quality and beyond the author’s extraordinarily frugal handling of material resources, has number of peculiarities that should like to assess systematically, also in view of its scanned version, and apart from the few remarks made above. First of all, a tabular overview of the material shall be given:

Sheet	Page numbering by Zhou	File name of scans	Approx. proportions (short:long)	Chapters
f1r	1	[p3]	1 : 2	7–1
f1v	2	[p4]	do.	15–8
f2r	3右	[p17]	1 : 4	28–22
	3左	[p18]	do.	22–16
f2v	4右	[p16]	1 : 4	42–36
	4左	[p15]	do.	36–29
f3r	5右	[p10]	1 : 4	59–52
	5左	[p9]	do.	53–43
f3v	6右	[p8]	1 : 4	72–63
	6左	[p7]	do.	64–60
f4r	7右	[p14]	2 : 3	84–77
	7左	[p13]	do.	77–73
f4v	8右	[p12]	2 : 3	94–89
	8左	[p11]	do.	90–85
f5r	9	[p5]	1 : 2	上107–100 下102, 99–95
f5v	10	[p6]	do.	上120–117, 115–114, 110 下116, 112, 111, 108

Though the paper had been employed in the originally intended reverse sequence of chapters, i.e. starting with f5, I have opted here to consider the author’s counterdirectional page-numbering as his final intervention on the MS, and thus followed it in my own technical numbering of sheets.

Maybe the most striking detail becoming clear from the table is that Zhou Mengdie drafted the whole work *Bu fu rulai bu fuqing* on not more than five sheets – indeed not a waste of paper! For the sake of identification, a separate line is used for each of the existing scans, namely two in very long formats; with, as a consequence, overlapping parts of the textual body, applied inorder to keep the possibility of putting the two parts together without further loss. Both sheets (f1 and f5) of a relatively common proportion of sides (which, as a consequence, could be reproduced as a whole) show particular qualities. F1 is visibly produced from an envelope, as can be seen from the glued stripe running through the middle of the right half of p1, as well as from the light indentation to one side – intended to let the flap slide into the envelope if it is not sealed, and which has been removed in order to produce a roughly rectangular sheet. As for f5, unlike all other sheets, the script is running partly in two columns (marked "top" and "bottom" here). This is due to the fact that before being used for writing purposes, the likewise brown sheet of paper, originally an envelope (as can be seen from the poststamp in the low right quadrant) and with a rectangular piece some 4cm wide cut out running on 3/5 of the top from left,[4] had been twice, so that a clear division appeared along the folding line, initially not taking into account (ch.s 120 and 119), then occasionally respected as such by the author. However, in the course of an originally intended writing running through from top to bottom, both basis layer (*yiceng* 一層) and insertions happened to transgress the central horizontal line and are literally entwined. For the remaining three ff2–4, they are ostensibly the result of *bricolage* in its most literal sense, i.e. they appear to have been put together from various elements by Zhou Mengdie.

What is also striking is the fact that the numbering employed for the scans does by no means correspond to Zhou Mengdie's own numbering nor to the sequence of chapters. There is a particular reason to it: My hypothesis is that Zhou Mengdie's introductory remark has to be taken at face value.

> 效顧虎頭之食蔗：由末回起讀，溯洄而前；纏綿宛轉，仆而復起者屢屢，積百有五十餘日，而粗有小有近日之眉目。[5]

As a result, Zhou Mengdie really put down his reflections starting with chapter 120 and

---

4 The regular diagonally inclined paper-border on the right of the emerging part on top suggests that the original envelope's slap might have been cut, rather on the full length of 3/5.

5 Zhou Mengdie, *Bu fu rulai bu fuqing*, pp. 12–13. – Should be noted that the draft MS does not include the preface, for obvious reasons.

ending with the first, i.e. f5 would in fact be the first sheet of his draft. If this sheet was numbered differently here, it is in reverence to a page numbering inserted by Zhou Mengdie, seemingly after the draft was completed – as may be seen from the arabic numerals executed in an outline script in red, and inserted wherever space was left by the many corrections and insertions on the draft, and possibly on an editor's or publisher's proposal who declared inverted numbering an impossibility. For Zhou Mengdie, it probably served as a rough orientation in preparing the fair copy. Yet no wonder that the author's numbering, combined with an actually cancelled backward running chapter numbering created some confusion.

Should also be noted that the partly poor quality of reproduction at my hand inevitably renders a number of statements preliminary.

3　General Observations

Most characters I have seen in manuscript form are written with a paint-brush, and executed with great care in a script in the *Ou ti* 歐體 style, derived from the Tang calligrapher Ouyan Xun 歐陽詢 (557–641). Also when using other writing tools, such as ball and fountain pens, the writer occasionally executes character in his brush style.

3.1 Script and Its Handling

The care in writing out each character, not allowing any *xingshu* 行書 element, is also manifest in the regularity of their size. However, there is also some minor deviation. The relative size may of course easily be identified on ruled paper: Here we find rare cases in complex characters, i.e. such with either two and more components or with stroke numbers exceding 16, where the character is reaching beyong the lines of their assigned square – but dominantly in the vertical direction. Among these instances, there are again two possible manifestations: either the requirement of space is anticipated (or even supported by a preceding character of low complexity),

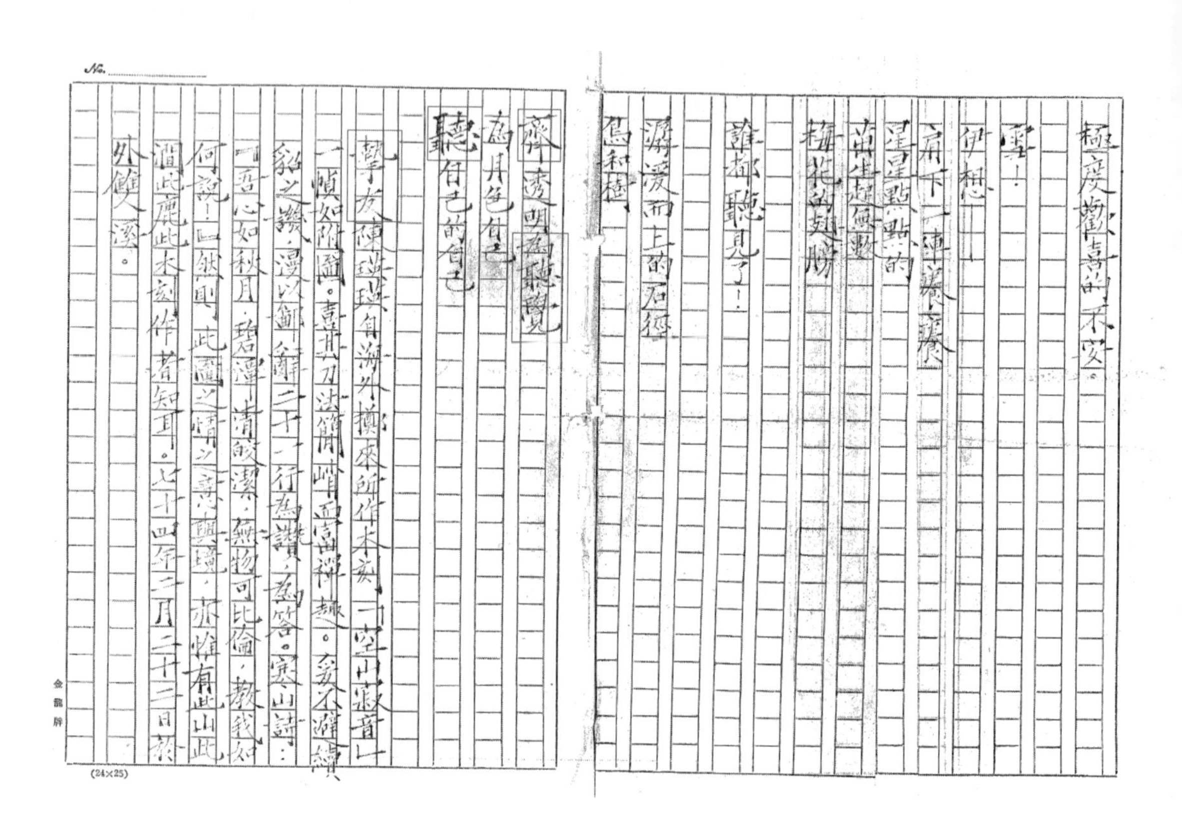
極度歡喜的不安。
雪！
伊想——
肩下一陣森寒
星星點點的
黃金翅無數
梅花的翅膀
誰都聽見了！
瀰漫而上的石徑
爲和樹

齊透明為聽覺
爲月色自己
聽自己的自己
摯友陳瑛珠自海外攜來所作木刻「空山寂音」
一幀如附圖。喜其刀法簡峭而富禪趣。爰不避續
貂之譏，漫以俳句二十一行為讚，為答。寒山詩：
「吾心如秋月，碧潭清皎潔。無物可比倫，教我如
何說！」鮮則此圖之情之意與境，亦惟有此山此
澗此鹿此木刻作者知耳。七十四年二月二十二日於
外雙溪。

Plate 1: Characters beyond square lines on top and/or bottom (“Ting yue fuba,” p. 2).

and the total number of characters in one column remains unaffected; or the loss of space is balanced in the subsequent characters (or preferably punctuation which in any case occupies less space than one character).

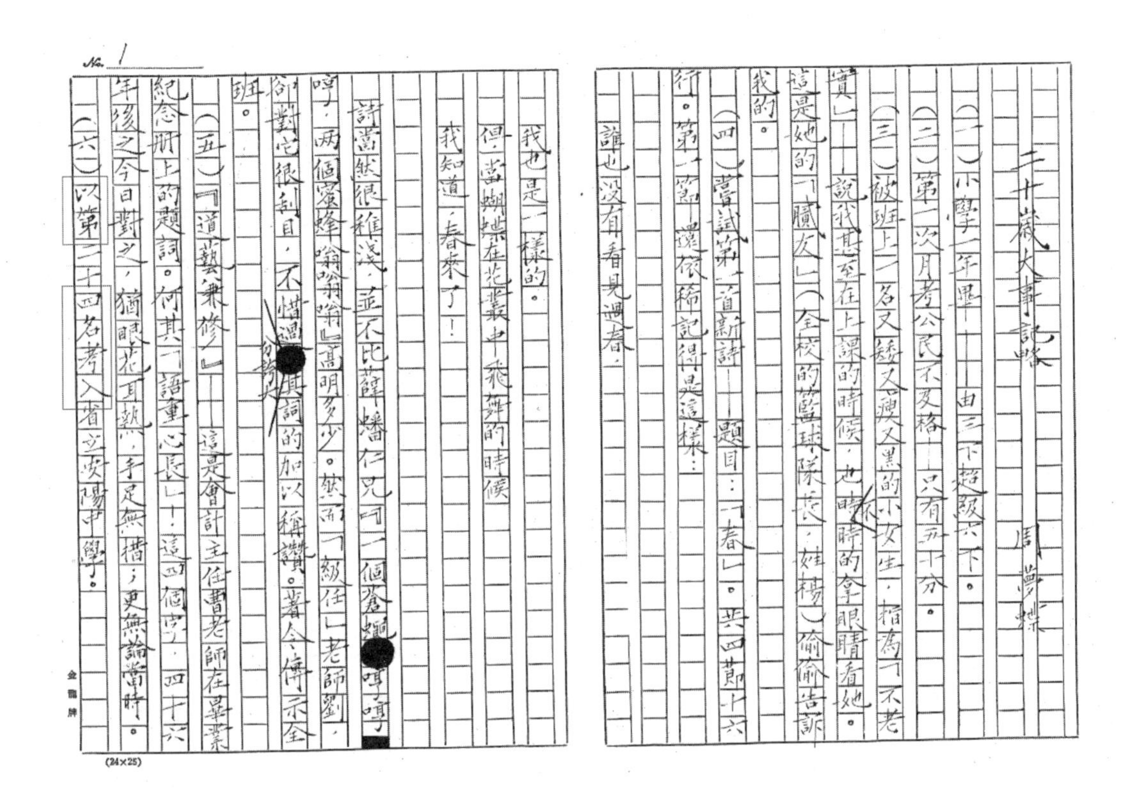

No. 1

二十歲大事記略

周夢蝶

（一）小學一年畢——由三下超級六下。

（二）第一次月考公民不及格——只有五十分。

（三）被班上一名又矮又瘦又黑的小女生，指為「不老實」——說我甚至在上課的時候，也時時的拿眼睛看她。這是她的「贓友」（全校的籃球隊長，姓楊）偷偷告訴我的。

（四）嘗試第一首新詩——題目：「春」。共四節十六行。第一節，還依稀記得是這樣：

誰也沒有看見過春，
我也是一樣的。
但，當蝴蝶在花叢中飛舞的時候
我知道，春來了！

詩當然很稚淺，並不比薛蟠仁兄「一個蚊[illegible]哼哼哼，兩個蜜蜂嗡嗡嗡」高明多少。然而「級任」老師劉[illegible]卻對它很刮目，不惜過[illegible]其詞的加以稱讚。著令傳示全班。

（五）「道藝兼修」——這是會計主任曹老師在畢業紀念冊上的題詞。何其「語重心長」！這四個字，四十六年後之今日對之，猶眼花耳熱，手足無措；更無論當時。

（六）以第二十四名考入省立安陽中學。

(24×25)

Plate 2: Characters beyond square lines but excess balanced in anticipation or after characters ("Ershi sui dashi jilüe," p. 1).

The cases in which elaborate writing of one single character makes Zhou Mengdie "loose" one square are very rare.

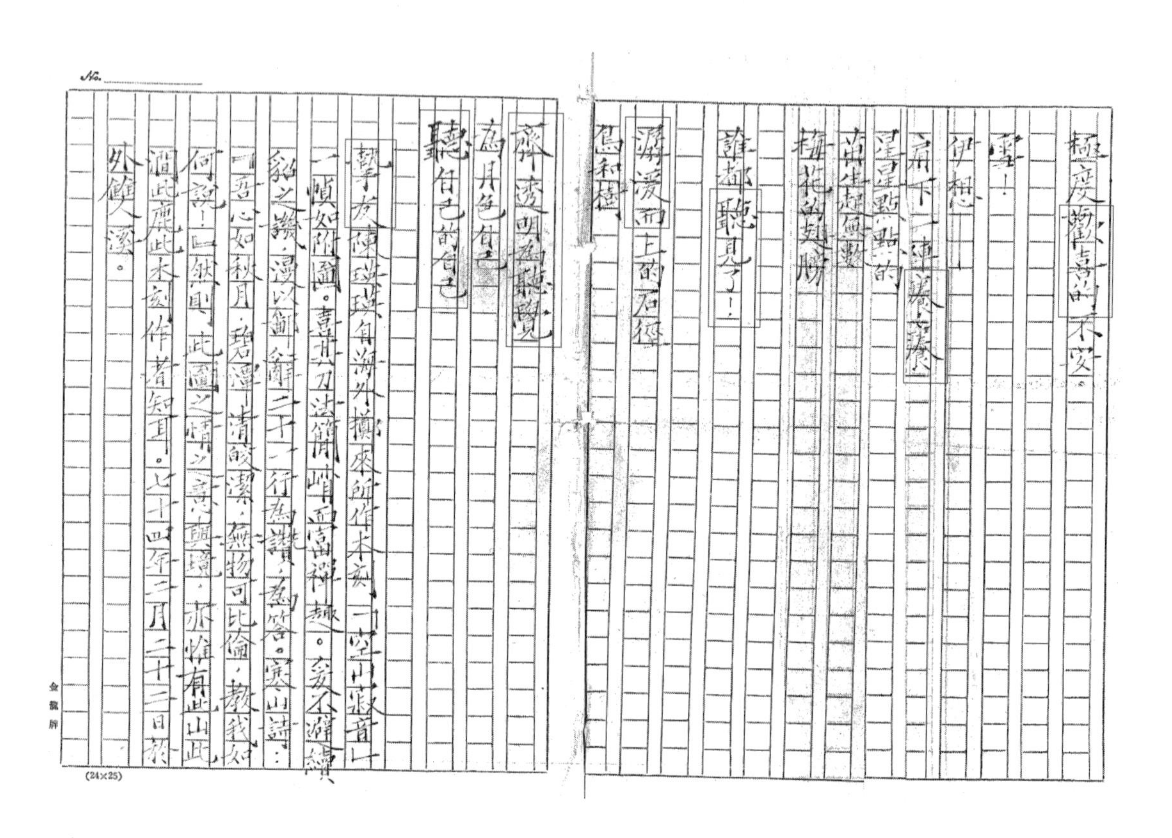

極度歡喜的不安。
雪！
伊想——
甬下一陣簌簌
星星點點的
萬億無數
梅花的魂魄
誰都聽見了！
潺湲而上的石徑
鳥和樹
齊透明在聽覺
為月色自己
聽自己的自己

摯友陳瑛璜自海外攜來所作木刻「空山寂音」一幀如附圖。喜其刀法簡峭而富禪趣。爰不辭續貂之譏，漫以[illegible]二十一行為讚，為答。寒山詩：「吾心如秋月，碧潭清皎潔，無物可比倫，教我如何說！」然則，此圖之情之意與境，亦惟有此山此澗此鹿此木刻作者知耳。七十四年二月二十二日於外雙溪。

Plate 3: Characters expanding vertically (“Ting yue tu fuba,” p. 2).

In some instances, mainly in short texts, i.e. r poety, the writer even tends to neglect the prescribed number of characters totally – which makes sense insofar as even in typesetting, the required space is not affected, whether a verse has 4 or 20 characters.

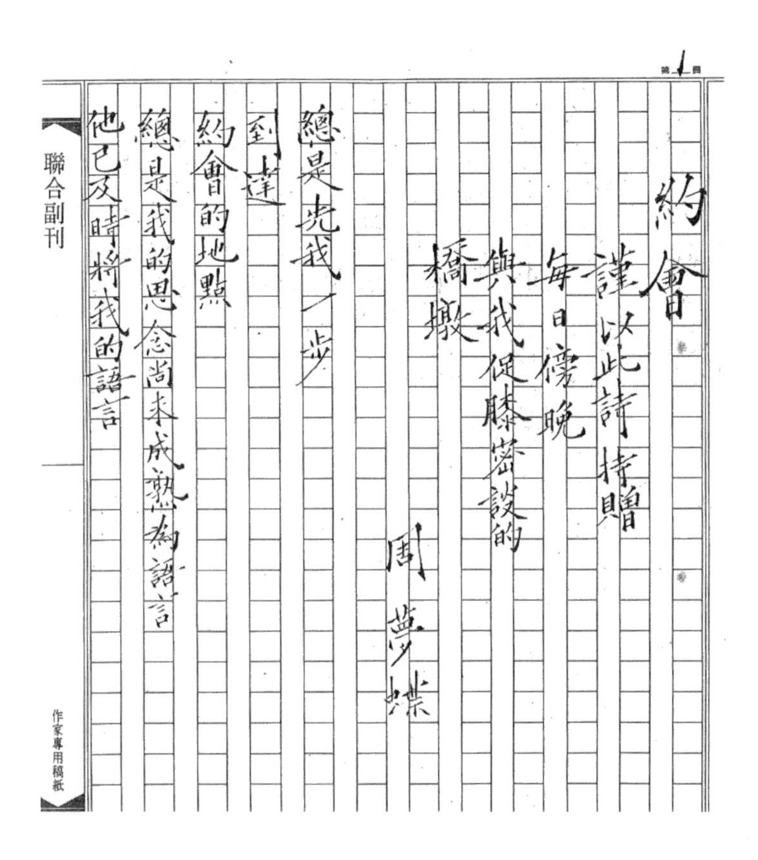

第1頁

約會

謹以此詩持贈

每日傍晚

與我促膝密談的

橋墩

周夢蝶

總是先我一步

到達

約會的地點

總是我的思念尚未成熟為語言

他已及時將我的語言

聯合副刊

作家專用稿紙

Plate 4: Characters expanding vertically and horizontally – conventionalized for titles ("Yuehui," p. 1).

Another distinctive scriptural device, typical for the *Zhao ti*, and also related to the regular size is, are the "diagonally falling to the right with hook" (*nagou* 捺勾) strokes frequently reaching into the blank space left between writing columns.

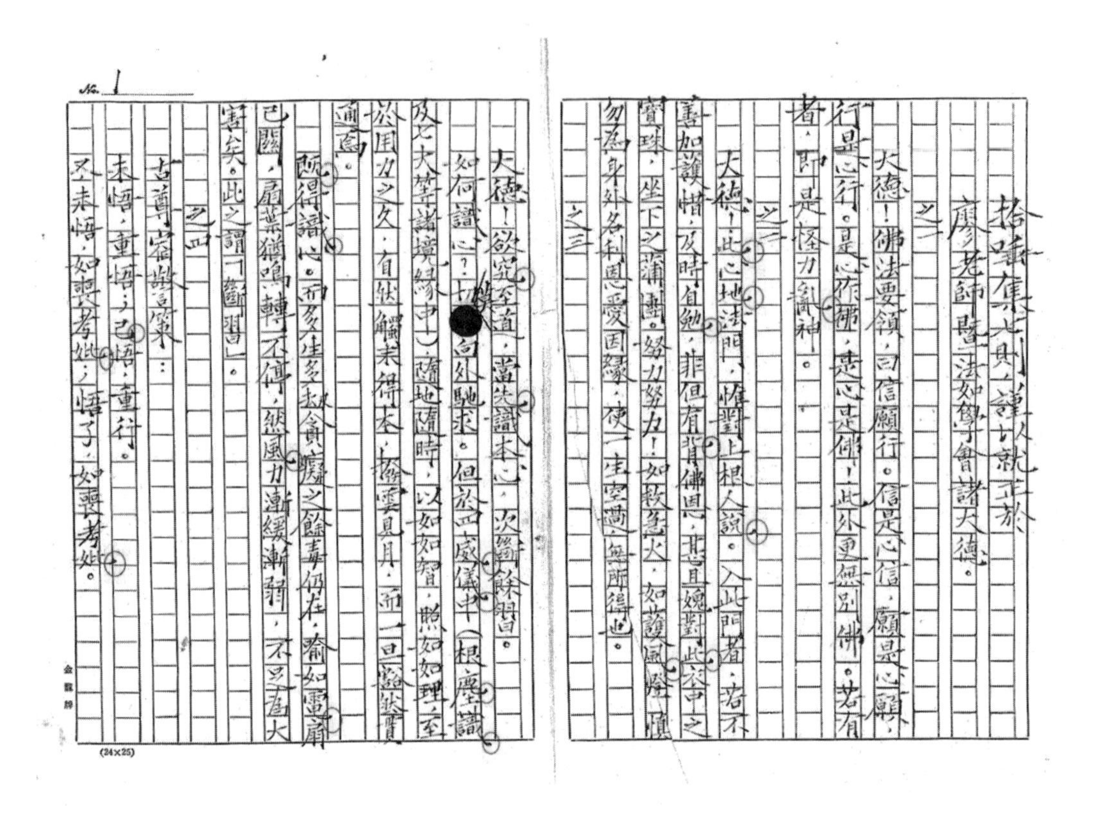

拾唾集七則謹以就正於
廖老師暨法如學會諸大德。

之一
大德！佛法要領，曰信願行。信是心信，願是心願，
行是心行。是心作佛，是心是佛！此外更無別佛。若有
者，即是怪力亂神。

之二
大德！此心地法門，惟對上根人說。入此門者，若不
善加護惜，及時自勉，非但有背佛恩，甚且愧對此叢中之
寶珠，坐下之蒲團。努力努力！如救急火，如護風燈，慎
勿為身外名利恩愛因緣，使一生空過，無所得也。

之三

No. 1

大德！欲究至道，當先識本心，次斷餘習。
如何識心？一切[illegible]向外馳求。但於四威儀中（根塵識
及七大等諸境緣中），隨地隨時，以如如智，照如如理，至
於用力之久，自然觸著得本，撥雲見月，而一旦豁然貫
通焉。
既得識心，而多生多劫貪瞋癡之餘毒仍在，喻如電扇
已關，扇葉猶鳴轉不停，然風力漸緩漸弱，不足為大
害矣。此之謂「斷習」。

之四
古尊宿與策：
未悟，重悟；已悟，重行。
又未悟，如喪考妣；悟了，如喪考妣。

(24×25)

Plate 5a: *Nagou* strokes with emphasis on ruled paper ("Shichui ji qi ze jin yi jiuzheng yu / Liao laoshi ji Faru xuehui zhu dade," p. 1).

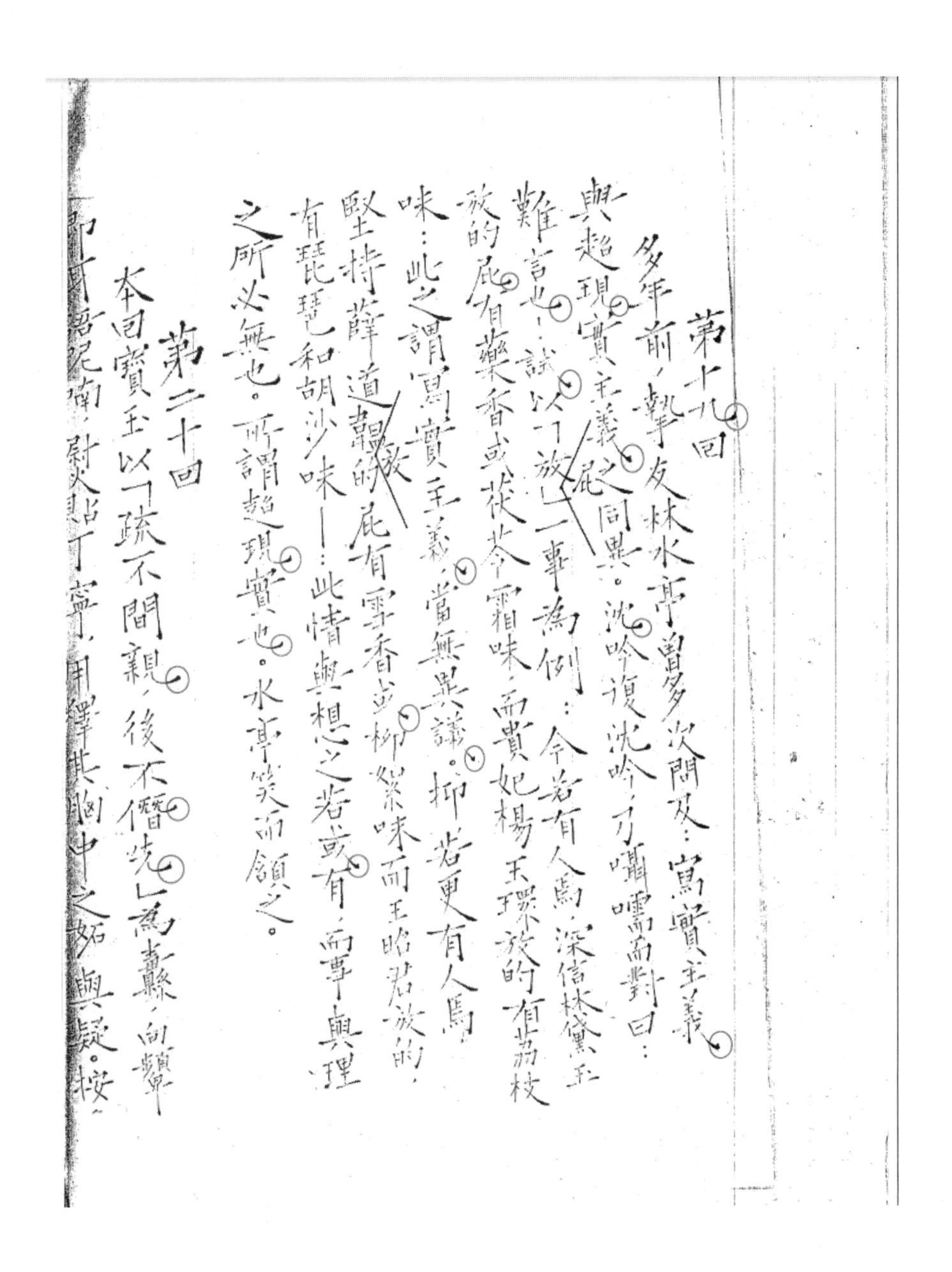
第十九回

多年前，摯友林水亭曾多次問及：寫寶玉義與超現實主義之同異。沉吟復沉吟，乃囁嚅而對曰：難言也。試以「放屁」一事為例：今若有人焉，深信林黛玉放的屁有藥香或茯苓霜味，而貴妃楊玉環放的有荔枝味……此之謂「寫實主義」，當無異議。抑若更有人焉，堅持薛道韞的屁有雪香或柳絮味，而王昭君放的，有琵琶和胡沙味……此情與想之若或有，而事與理之所必無也。所謂超現實也。水亭笑而頷之。

第二十回

本回寶玉以「疏不間親，後不僭先」為[illegible]，向[illegible][illegible]用釋其胸中之妒與疑。按

Plate 5b: "Bu fu rulai bu fuqing: *Nagou* strokes with emphasis on unruled paper" ("Bu fu rulai bu fuqing," fair copy, sheet 12).

Also on unruled paper, the relative size may easily be established, simply by identifying the medium number of characters in columns not opening and not concluding a paragraph. In *Bu fu ru lai bu fu xiang* 不負如來不負卿, to take the longest text to me available in MS as an example, among the 100 first full columns (i.e. excluding indented paragraph heads and cut endings, as well as the brief Preface written in slightly larger character size), more than 56 include 22 characters, 18 columns 21, 16 columns 20, 10 more than 22 or less than 20. Note that Zhou Mengdie writes punctuation in close imitation of typographical size, except the *douhao* 逗號 (which are written close to or on the right hand side of the preceding character), while all other puncutations take up the equivalent to one character.

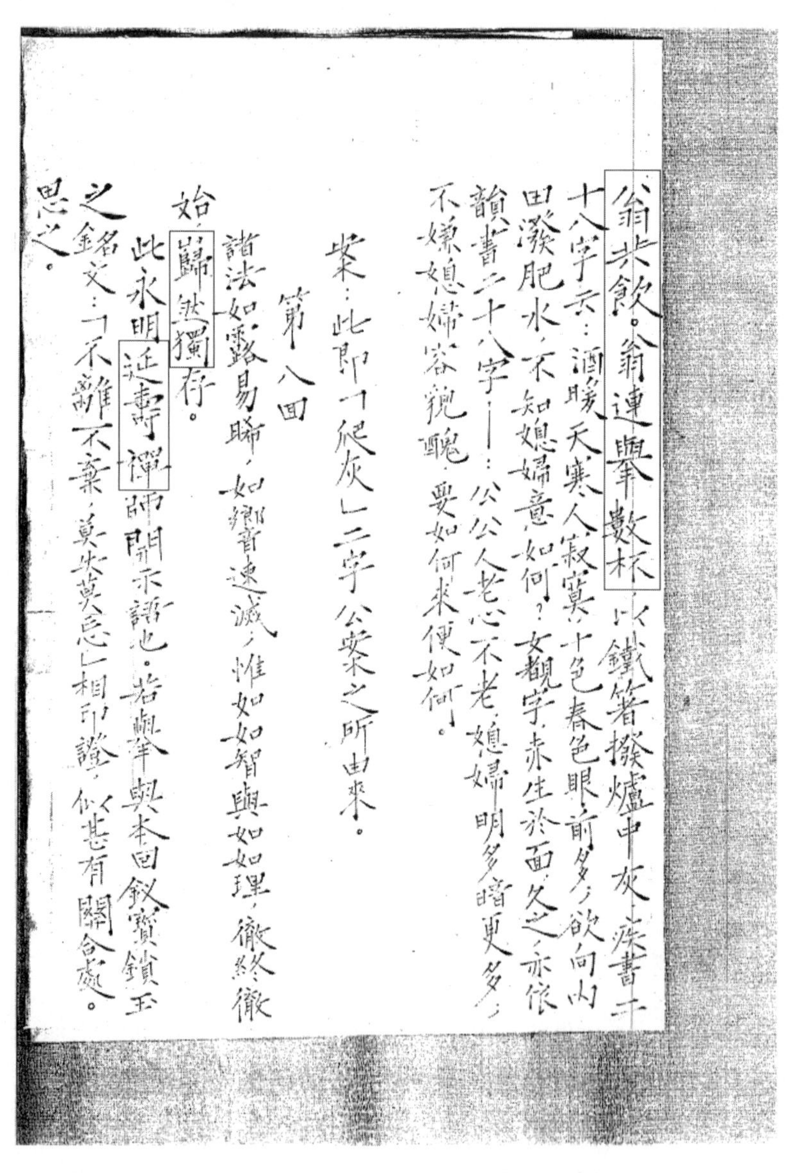

翁共飲。翁連舉數杯，以鐵箸撥爐中灰，疾書十八字云：酒暖天寒人寂寞，十色春色眼前多，欲向以田潑肥水，不知媳婦意如何？女覩字，赤生於面，久之，亦依韻書二十八字——：公公人老心不老，媳婦明多暗更多；不嫌媳婦容貌醜，要如何來便如何。

案：此即「爬灰」二字公案之所由來。

第八回

諸法如露易晞，如響音速滅，惟如如智與如如理，徹終徹始，巋然獨存。

此永明延壽禪師開示語也。若與本回敘寶鎖玉之銘文：「不離不棄，莫失莫忘」相印證，似甚有關合處。思之。

Plate 6: Oversize in complex characters (“Bu fu rulai bu fuqing,” fair copy, sheet 6).

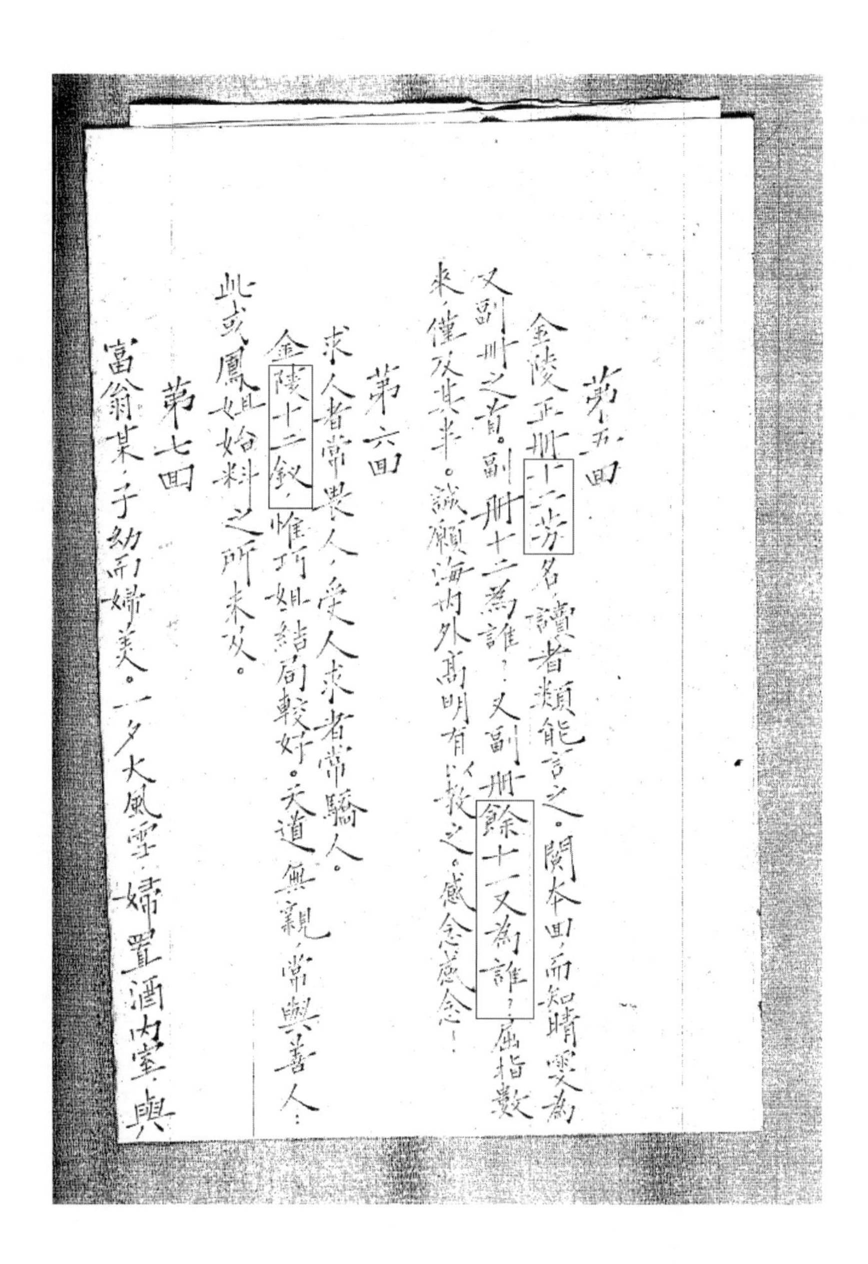

第五回

金陵正冊十二芳名，讀者類能言之。閱本回而知晴雯為又副冊之首。副冊十二為誰？又副冊餘十一又為誰？屈指數來，僅及其半。誠願海内外高明有以教之，感念感念！

第六回

求人者常畏人，受人求者常驕人。

金陵十二釵，惟巧姐結局較好。天道無親，常與善人。此或鳳姐始料之所未及。

第七回

富翁某，子幼而婦美。一夕大風雪，婦置酒内室，與

Plate 7: (Balancing) undersize in numerals (“Bu fu rulai bu fuqing,” sheet 5).

3.2 Interventions: Erasures

As for interventions on the text – one of the motivations to make MS studies emerge – , generally rare in the scrutinized Zhou Mengdie, as mentioned earlier, they display a great uniformity. Erasures are systematically executed by filling the full space within either a circle or a square – which are exactly the two options offered by the *fangkuaizi* 方塊字. Covering a surface completely, for which ink and brush are particularly suitable, has long been a marker of erasure, especially if larger text portions are concerned. The surface quality of the erasure marker by "filled square," particularly in the two only high quality scans available to me, makes me think that they are not written with a brush, but with a ball – or fountain pen – but I do not want to interfere with the topic my esteemed colleague and friend Yi Peng 易鵬 is discussing with great sophistication, namely the two MS sheets of "Fuge" 賦格 where the scratchings, visibly not executed by a brush, develop varied qualities that could be expressed as grey tones (if technical limitations make it necessary) – but above all: are transformed into metalingual, yet even metascriptural sign (to be precise: in a number trapecoids derived from a variation of quadrangulars) that supersede the remaining scripts, to say the least, and may enter into interaction with them.

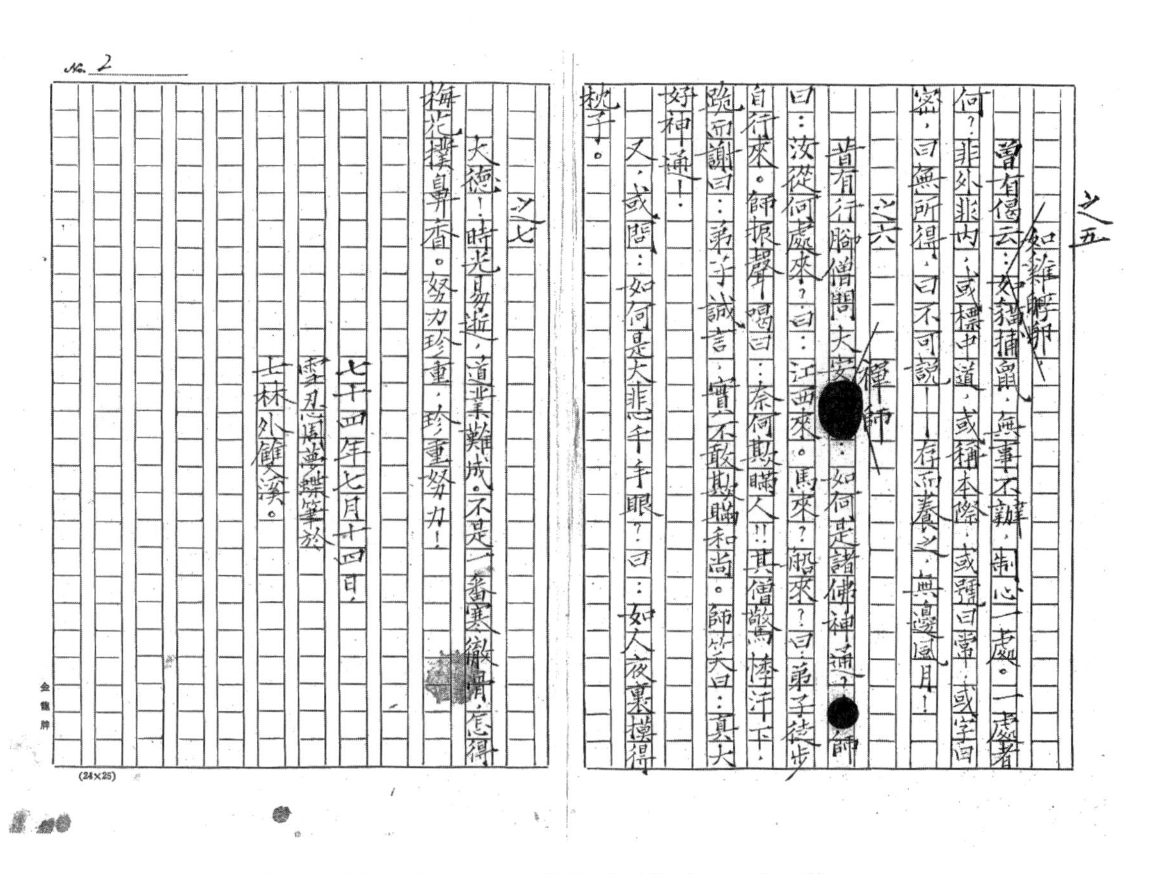

No. 2

之五

曾有偈云：如貓捕鼠，無事不辦，制心一處。一處者何？非外非內，或標中道，或稱本際，或號曰常，或字曰密，曰無所得，曰不可說！存而養之，無邊風月！

之六

昔有行腳僧問大安禪師：如何是諸佛神通？師曰：汝從何處來？曰：江西來。馬來？船來？曰：弟子徒步自行來。師振聲喝曰：奈何欺瞞人!!其僧驚惶汗下，跪而謝曰：弟子誠言，實不敢欺瞞和尚。師笑曰：真大好神通！

又，或問：如何是大悲千手眼？曰：如人夜裏摸得枕子。

之七

大德！時光易逝，道業難成。不是一番寒徹骨，怎得梅花撲鼻香。努力珍重，珍重努力！

七十四年七月十四日，

雲忍周夢蝶筆於

士林外雙溪。

Plate 8: Circle for erasure ("Shichui ji qi ze...," p. 2).

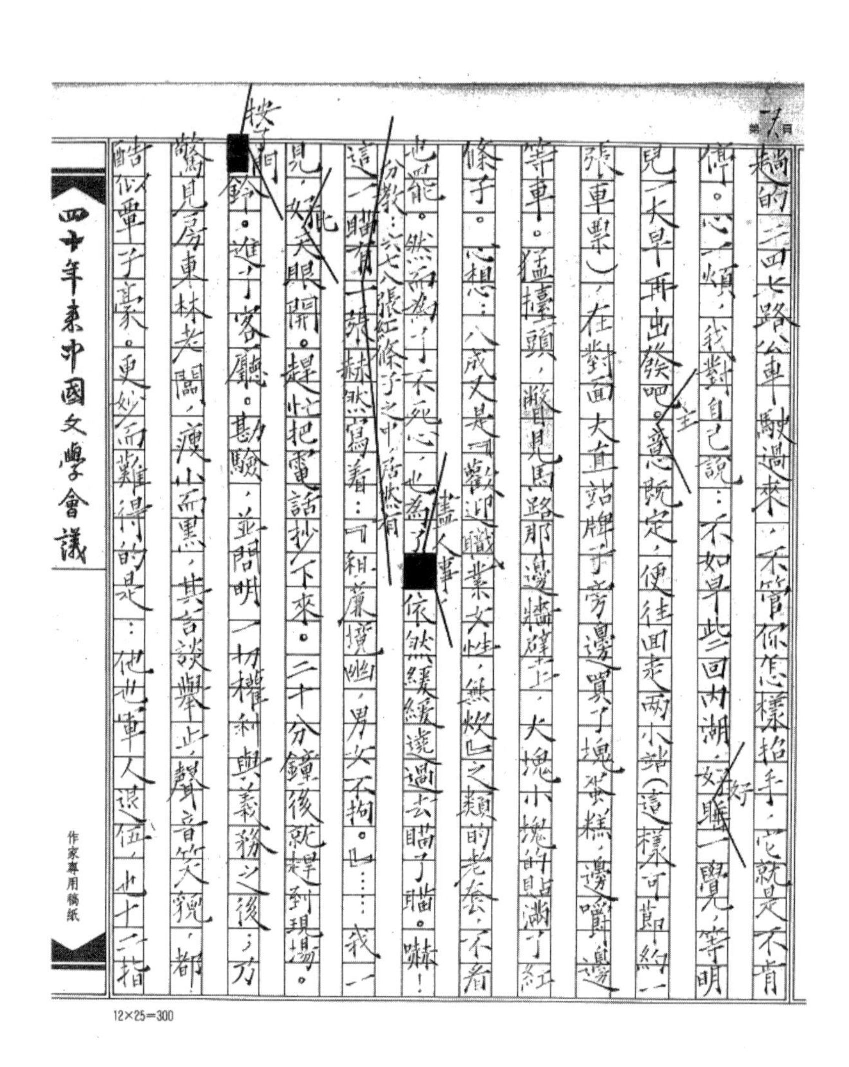

第七頁

趟的二四七路公車駛過來，不管你怎樣招手，它就是不肯
停。心一煩，我對自己說：不如早些回內湖，好睡一覺，等明
兒一大早再出發吧。意既定，便往回走兩小站（這樣可節約一
張車票），在對面大直站牌子旁邊買了塊蛋糕，邊嚼邊
等車。猛擡頭，瞥見馬路那邊牆壁上，大塊小塊的貼滿了紅
條子。心想：八成又是「歡迎職業女性，無炊」之類的老套，不看
也罷。然而為了不死心，也為了盡人事，依然緩緩遶過去瞄了瞄。嚇！
份數：六七八張紅條子之中，居然有
這一瞄，有一張赫然寫著：「組廉境幽，男女不拘。」……我一
見，好天眼開。趕忙把電話抄下來。二十分鐘後就趕到現場。
按了門鈴。進了客廳。勘驗，並問明一切權利與義務之後，方
驚見房東林老闆，瘦小而黑，其言談舉止，聲音笑貌，都
酷似乖子豪。更妙而難得的是：他也軍人退伍，也十二指

四十年來中國文學會議

作家專用稿紙

12×25=300

Plate 9: square for erasure, paper here with *yang* fish tails (“Feng’er lou zhuuijian,” p. 7).

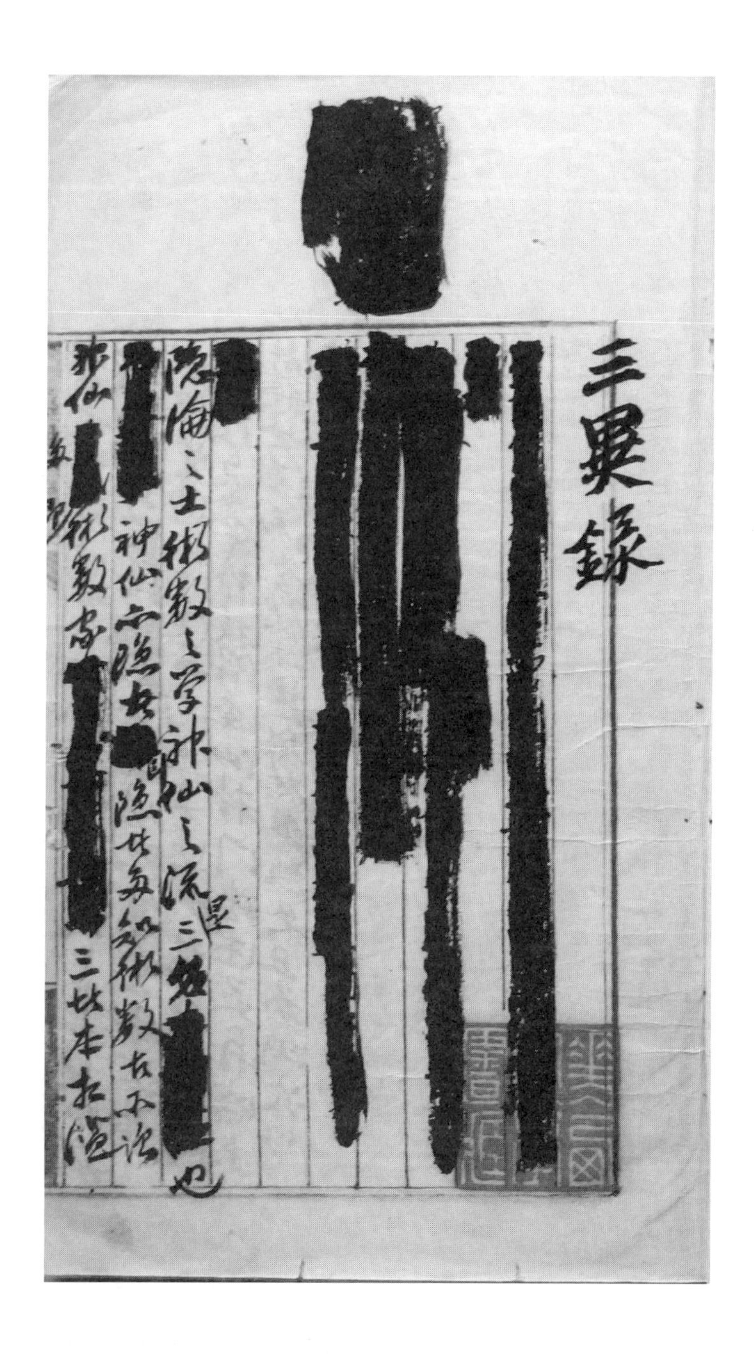
三異錄

隱淪之士術數之學神仙之流

Plate 10: Erasure of longer text portion by blackening (Zhang Zhongding 張忠定, *Shu song* 蜀誦 [Folksongs from Shu], 3 ce, ca 1880, 3: f1v) – *Sichuan daxue tushuguan* 四川大學圖書館, Chengdu.

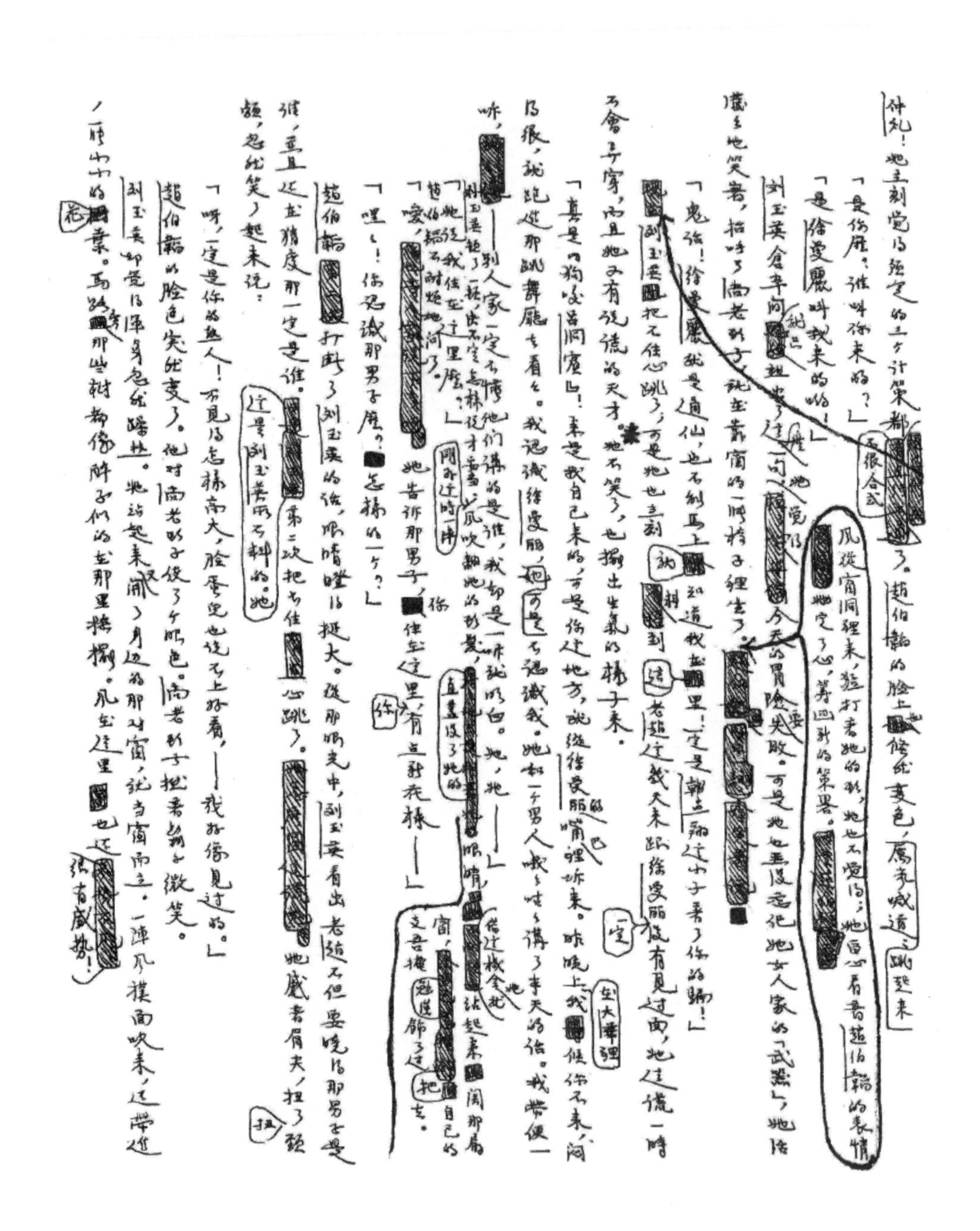

Plate 11: Erasure by scratching (Mao Dun, second draft to *Ziye* 子夜, 1932, sheet 126 left [ch. 11]) – *Guojia tushuguan* 國家圖書館, Beijing.

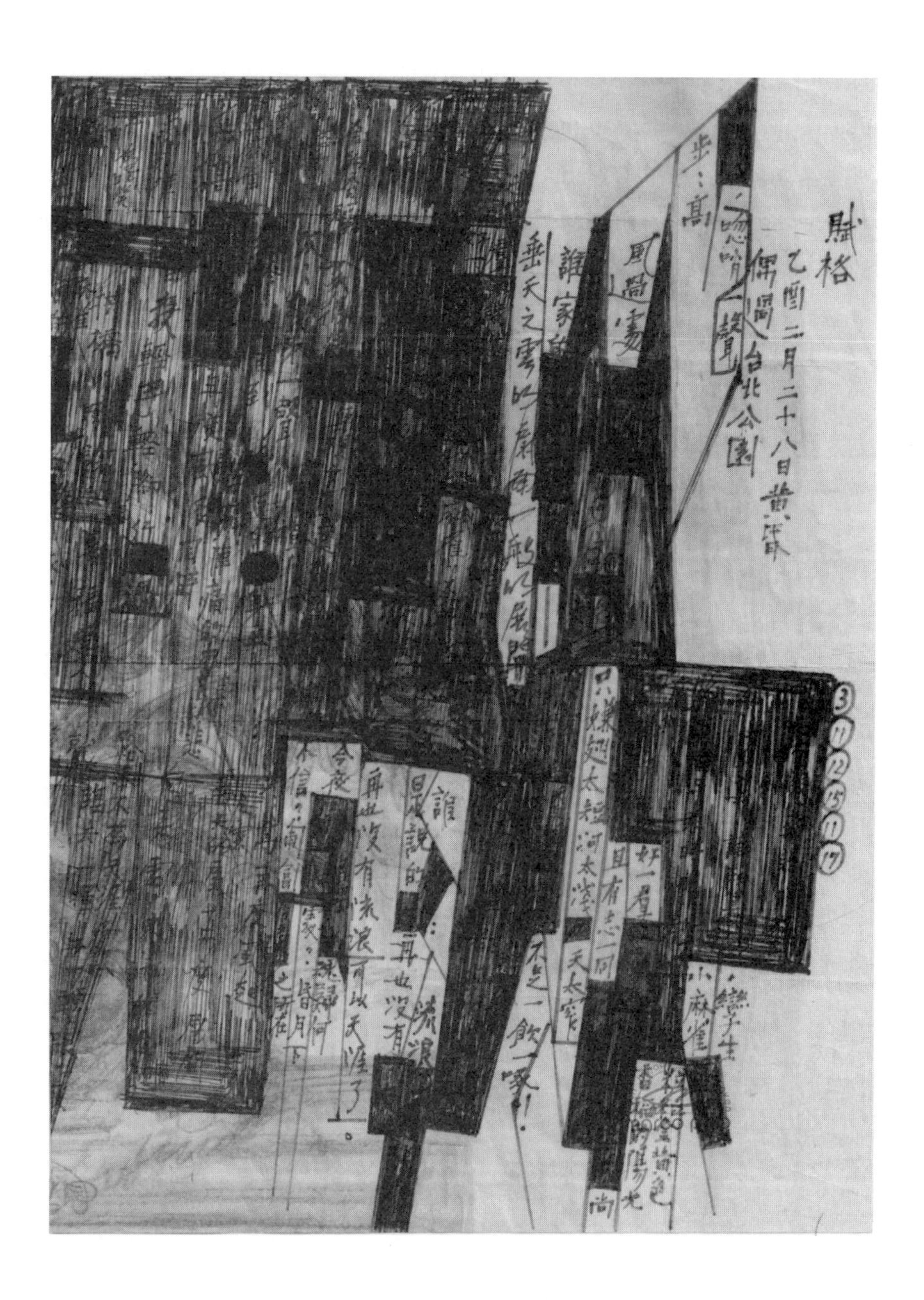

Plate 12: Erasures as cubist images (“Fuge,” f1) – Collection of Zeng Jinfeng 曾進豐.

3.3 Intervetions: Insertions

Insertions into the text, as the ontological counterpart of erasures, are written with a care similar to the one devoted to the single character and to the marker of erasion. Not in all instances, but at least in the reading notes about the *Hongloumeng*, they are ostensibly executed with the help of a ruler (as a longer auxiliary line clearly demonstrated), and can therefore not be written by brush.

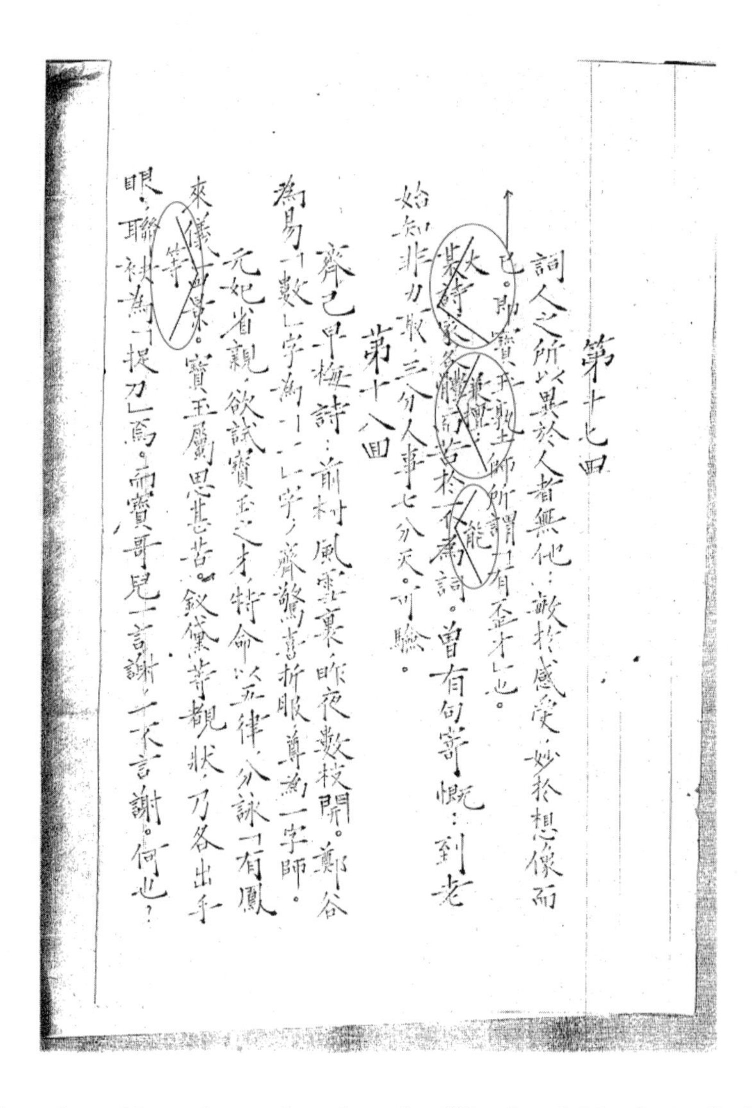

第十七回

詞人之所以異於人者無他：敏於感受，妙於想像而已。即寶玉塾師所謂「有歪才」也。大詩家兼擅名體詩若於不能為詞。曾有句寄慨：到老始知非力取，三分人事七分天。可驗。

第十八回

齊己早梅詩：前村風雪裏，昨夜數枝開。鄭谷為易一數字為一字，齊驚喜折服，尊為一字師。

元妃省親，欲試寶玉之才，特命以五律分詠「有鳳來儀」等四景。寶玉屬思甚苦。釵黛旁觀狀，乃各出手眼，聯袂為「捉刀」焉。而寶哥兒一言謝，一不言謝。何也？

Plate 13: Insertion with markers written by ruler ("Bu fu rulai bu fuqing," clear copy, sheet 11).

The ultimate “intervention,” that is in sum the operations on the text that makes it becoming something distinctly different from what it had been at the inception, i.e. when the first stroke was put down to write the text. In this particular case, where the author in an obviously reminiscent text about “event at age 20,” the earliest literary creation is at play, because the self-quote occuring in this brief memoir are rare, and above all not authentified by providing the original written text. In this respect, the text visibly attached to the basic paper stands out: Moreover, apparently the process of “insertion” already had the opportunity to display its flaws and problems: The tape covering columns 2 to 4 on the right hand is clearly visible, as well as the characters in columns 4 and 5 being written on the basis of a ruling grid not identical with the full sheet, and slightly moved to the left. If both ruling systems, the one of the basis as well as the one of the added text, it is (as I may speculate) not so much due to paper quality than to the fact that the glue in the tape employed by Zhou Mengdie to insert the text portion has meanwhile transpired to the extent that both sheets have become transparent. – This is, at least among the texts accesible to me, the sole instance of a moderately spectacular insertion: In this particular case it may even be due to a reluctance of rewriting the 20-odd characters he had put down in his juvenile days.

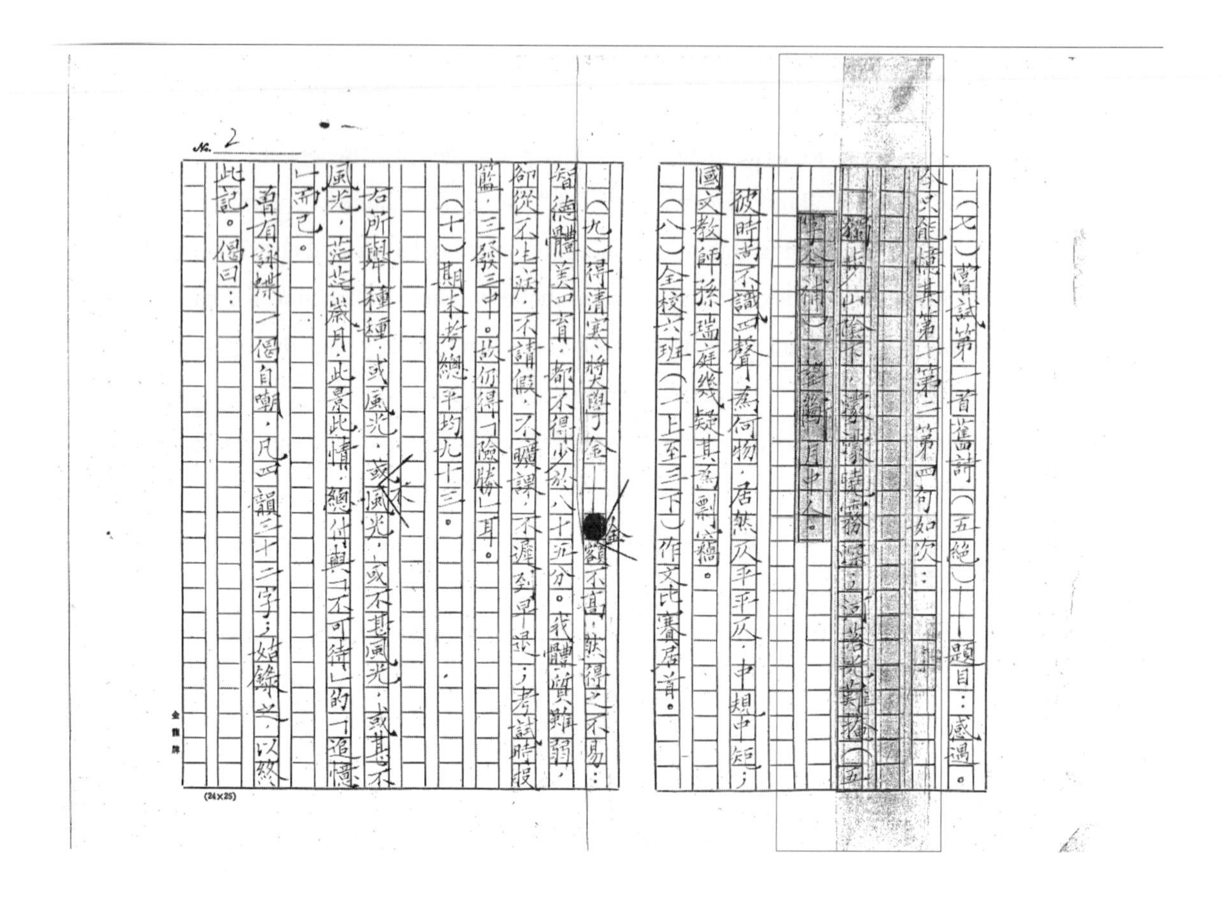
（七）嘗試第一首舊詩（五絕）——題目：感遇。
今只能憶其第一第二第四句如次：
獨步山陰下，濛濛曉霧深；[illegible]（五
字今補）上望斷月中人。
彼時尚不識四聲為何物，居然仄平平仄，中規中矩；
國文教師孫瑞庭先生疑其為剽竊。
（八）全校六班（一上至三下）作文比賽居首。

No. 2
（九）得清寒、獎學金——金額不菲，然得之不易：
智德體美四育，都不得少於八十五分。我體質雖弱，
卻從不生病，不請假，不曠課，不遲到早退；考試時投
籃，三發三中。故仍得「一險勝」耳。
（十）期末考總平均九十三。
右所舉種種，或風光，或不風光，或不甚風光，或甚不
風光，茫茫歲月，此景此情，總付與「不可待」的「追憶
」而已。
曾有詠蝶一偈自嘲，凡四韻三十二字，姑錄之，以終
此記。偈曰：

Plate 14: Insertion physically moved from other medium (“Ershi sui dashi jilüe,” p. 2).

In the meantime, I have seen evidence that in fact most of the MSS employed here are *qinggao* (or *mogao*) strictly speaking, as Du Zhonggao 杜忠誥 in his paper is giving a genuine “draft” (Lunwenji 論文集 p. 227). I have not been able to establish whether it is a *yigao* in the above mentioned sense, i.e. whether it is belonging to the stages of one single poem or of several poems. The term “Shiwen shouji” 詩文手記 (Sketch for Poetry) does not provide further hints.

At least one detail has to be emphasized: The inclination described in detail to transgress square lines might be the outcome of using vertically ruled paper without squares in preceding stages.

4 *A Page from the First Draft to Bu fu rulai bu fuqing*

The five sheets from the draft briefly described above are the most remarkable MS among all items taken under scrutiny. Beyond all material assessments, an additional reason is that it covers almost all procedures identifiable in the wide range of the wide range of other available MSS.

If the three perspectives proposed above (namely General Obersations and Interventions) are taken as a basis, the following may be stated: The script ranges from the carefully executed *Ou ti* style employed in all fair copies to a style close to *caoshu* 草書. A great variety of writing tools are utilized, ranging possibly from pencil over ball-pens in different colours up to the traditional brush – as a whole possibly even intended to mark the different writing stages and make them reconstructable to the writer himself in the process. As for deletions, almost all variations between systematically scratched passages – sometimes developed into a playful arrangement of polygons – , two parallel lines drawn with the help of a ruler and running through whole writing lines, casual deletion lines, and symbolical crossing out diagonically whole paragraphs can be observed. For insertions, the typical emancipation from metatextual markers indicating where certain portions are to be placed to the free variation of geometrical forms is conspicuous, as well as the reference by encircled numerals or by irregular lines sometimes running across almost one whole page.[1]

Particularly complex in all respect is f5. This is why I am daring to propose a genetic representation of the textual elaboration for the text on ch. 120, taking up less just some 10 per cent of the space in the whole page f5r (otherwise numbered "10") – with all reservation due to the fact that autopsy has not been possible. First of all, however, a scheme of the writing tools of the writing process shall be proposed, apparently respresenting "stages" (*jieduan*), as the change of tools seems not casual, but rather deliberate for control of the process. This allows to preliminarily attribute interventions to one particular "stage". However, "layers" are represented by numbers running across stages, because they are recorded under the perspective of space rather than of time; they were applied on the MS at times backwards over several stages, i.e. at each instance when the author noticed a passage on the text already put down. On the other hand, it is likely that he began his record under a contrary assumption, as he

1 See Yi Peng, "Yi huawei wei huatou," *passim*, where the technique is elaborated.

wrote it out in a script otherwise reserved for clear copies. Only from the notes on ch. 117 onwards (i.e. counting backwards) he started to use a more cursive script.

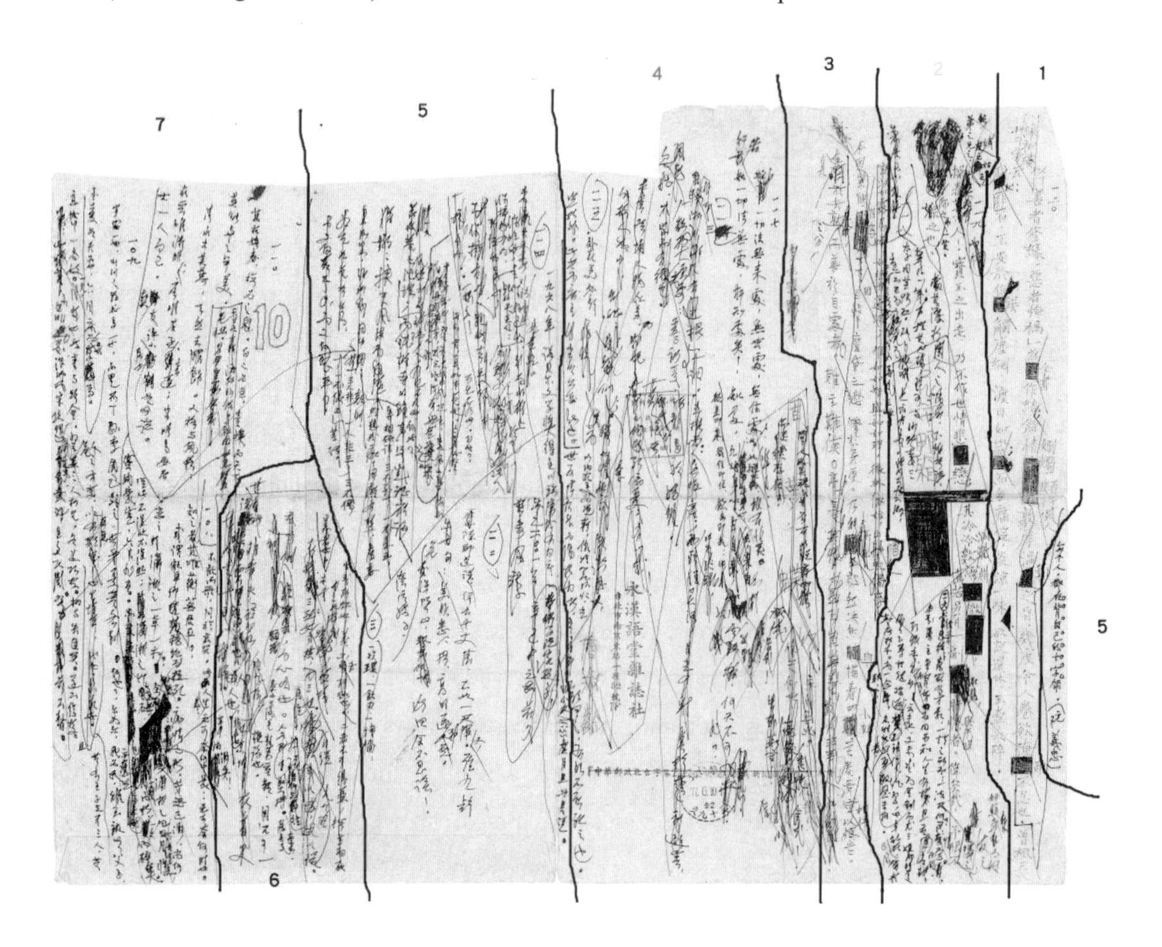

Plate 15: Different writing tools in basic layer, roughly equivalent with stages ("Bu fu," draft, f5v).

On the first (and finally last) page of the draft, not less than seven different writing tools are employed. The manuscript page is here divided into 7 different areas where the basic layer is written namely in (1) (light) black ball pen with lack of writing liquid, (2) normal black ball pen, (3) blue ball pen, (4) fountain pen with blue-black ink, (5) fountain pen possibly refilled with black ink, (6) fountain pen with lilac ink, and (7) with blue-black ink. For most completely filled spaces of erasures, a black ball pen has probably been used. Therefore, it is likely that the text to each chapter has been written out with longer intervals in-between, i.e. in "stages". As interventions, both erasures and insertions, are sometimes executed with the writing tools of the basic layer, but more frequently with such employed in another stage, interventions may be attributed to the respective stage. The spatial border lines inserted are occasionally congruent with the lines drawn by the author, simply because he partly wrote down to the bottom, but partly used the horizontal fold as line of division, so had the need to draw lines of division between the entwined texts; some of the author’s lines, however, point to the place where a particular text portion is to be inserted (e.g. see left part with arrow pointing to place of insertion in text on ch. 114).

Selected interventions may thus be attributed to the stages to which a particular writing tool belongs, as exemplified below. Not surprisingly, the latest interventions are applied with same writing tool as used in the latest stage:

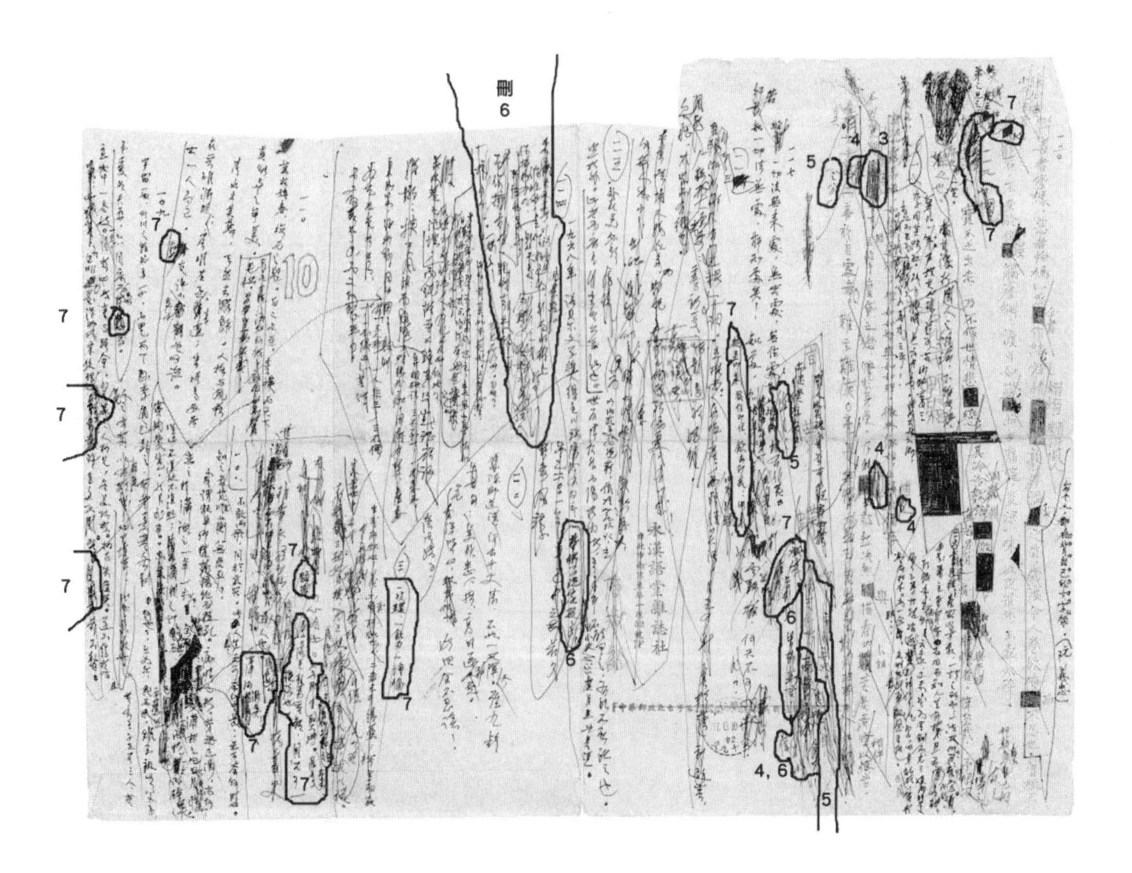

Plate 16: Interventions in preceding stages (selection) with indication of stage of actual execution (*Id.*, cf. plate 15).

As briefly mentioned, the whole MS also stands out not only by its "recycling" of paper already used for other purposes, but this particular page literally overwriting existing text, namely all elements including sender and recicipient as well as poststamp that provide evidence that the letter has really travelled: It has vertically (1) the recipient's address 臺北市郵箱, then (2) his name as 周夢蝶　　收, (3) the sender 永漢語堂雜誌社 with the publishing house's address, both applied with a rubber stamp, as can be also seen from their position anything but parallel, horizontally (from left to right!) and also with a rubber stamp (4) the compulsory censureship registration number with the text 【中華郵政北臺字第2727號執黨登評編新聞紙口雜誌交寄】, (5) the poststamp 臺灣臺北／三十九支 with the date "77.6.10-14", i.e. "June 10th, 1988, 2pm" which might serve as an absolute *terminus post quem* – if there were any need, but in this case indicates that the author must have kept such used paper for almost 15 years – , and finally (6) the "postage paid" stamp with the text 國內郵資已付／臺北郵局／臺北第91支局／許可證／臺北字537號.

In the writing process, these pre-existing inscriptions are ignored. However, in course of interventions, and possibly in the course of the deletion by filling out with black a polygon, the metatextual reference lines have again become detached from the text, but instead made a purely graphical reference to the underlying text, by circumscribing (1) and (2) with hardly discernable trapezoids, while (6) is circumscribed by an irregular pentagon. Though strictly speaking from the perspective of the physical item, these six items should be considered as pertaining to the first layer, they are not taken into consideration in the following. However, their distinct circumscription by the author (that might have occurred when the first irregular polygon for erasure in stage 2 was applied) may allow to attribute the circumscription to the playful further development of metatextual markers – here almost adding a third dimension.

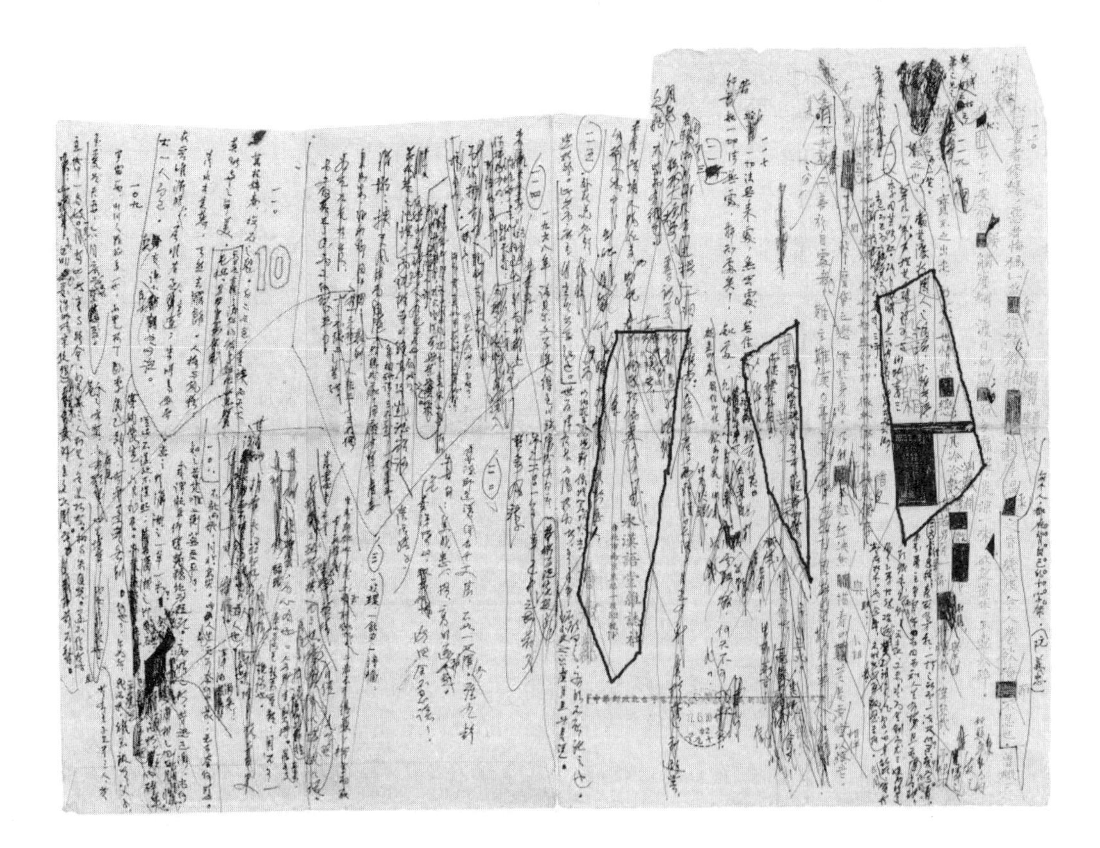

Plate 17: Trapezoids around recipient's address and name and irregular pentagon around postage-paid stamp (*Id.*).

In the following, numerals divided by period from the source denote layers; because just one section is analyzed, additional numbering for stages is omitted. The five layers in this section alone are identified thanks to the various writing tools, as elaborated above. Moreoever, I am using the notation that follows:

M1　"Bu fu rulai bu fuqing," draft (Jun–Nov 2001), f5v.

M2　"Bu fu rulai bu fuqing," fair copy (Dec 2001), f69r.

P1　*Bu fu rulai bu fuqing* (2005), 255.

grey　erasure

〔　〕　insertion

/　line break on MS

// inserted paragraph break on MS

□ unidentified character

ch. 120

M1.1 一二〇／以「善者修緣，惡者悔禍」為□作結餘情□□□敦厚溫□之旨，幾度令人卷欲掩□不忍也。曾綴三／十二字云：我□匪石，不安於位□觸塵網，度日如歲□而今痛定，炎涼一味，欲說還休，玉壺冰碎。

M1.2 一二〇／以「善者修緣，惡者悔禍」為〔全書〕作結〔；〕餘情〔嫋嫋，頗得風人〕敦厚溫□之旨，幾度令人卷欲掩〔而〕不忍也。曾綴三／十二字云：我〔心〕匪石，不安於位〔□〕觸塵網，度日如歲□而今痛定，炎涼一味，欲說還休，玉壺冰碎。

M1.3 一二〇／以「善者修緣，惡者悔禍」為全書作結；餘情嫋嫋，頗得風人，敦厚溫□之旨，幾度令人卷欲掩而不忍也。曾綴三／十二字云：我心匪石，不安於位〔誤〕觸塵網，度日如歲□而今痛定，炎涼一味，欲說還休，玉壺冰碎。

M1.4 一二〇／以「善者修緣，惡者悔禍」為全書作結；餘情嫋嫋，頗得風人，溫〔柔〕敦厚之旨，幾度令人卷欲掩而不忍也。〔／／〕曾綴三／十二字云：我心匪石，不安於位〔誤〕觸塵網，度日如歲□而今痛定，炎涼一味，欲說還休，玉壺冰碎。

[Note: preceding erasure, inversion marker and insertion in blue ball-pen, thus stage 3]

M1.5 一二〇／以「善者修緣，惡者悔禍」為全書作結；餘情嫋嫋，頗得風人，溫柔敦厚〔每個人，都在背自己得十字架。（阮義忠）〕之旨，幾度令人卷欲掩而不忍也。曾綴三／十二字云：我心匪石，不安於位〔誤〕觸塵網，度日如歲□而今痛定，炎涼一味，欲說還休，玉壺冰碎。

[Note: Insertion with blueblack ink in fountain pen, thus stage 5; grotesque type indicates emphasis by empty dots to the right hand side]

M2 弟百二十回／以「善者修緣，惡者悔禍」為全書作結；餘情嫋嫋，頗得風人溫柔敦厚之旨，幾度令人卷欲掩而不忍也。

曾綴三十二字詠神瑛云：我心匪石，不安於位，誤觸塵網，度日如歲；而今痛定，炎涼一味，欲說還休，玉壺冰碎。

[Note: In the quoted phrase from the Honglоumeng, the writing of *wu* 悟 instead of *hui* 悔 (as in M1, P1 and all standard editions of the novel) seems an error from the author's hand, although both terms may appear roughly synonymous in this context.]

P1 弟百二十回／以「善者修緣，惡者悔禍」為全書作結；餘情嫋嫋，頗得風人溫柔敦厚之旨，幾度令人卷欲掩而不忍也。

曾綴三十二字詠神瑛云：我心匪石，不安於位，誤觸塵網，度日如歲；而今痛定，炎涼一味，欲說還休，玉壺冰碎。

5 *"Translation," Transposition, Rewriting and Imitation*

To have at hand the MS of a poem based on a text written by the Polish Nobel laureate in literature, Wisława Szymborska (1923–2012), to me presents a felicitous marriage of my main research interests, that is MSS and (secondary) translation.[2] As to my knowledge Zhou Mengdie does not read Polish, and on basis of information obtained from reliable witnesses, only one book is possible as the source for Zhou Mengdie, i.e. *Poems, New and Collected* (1998), tr. by Stanisław Barańczak and Clare Cavanagh. An earlier bilingual version published in Poland (1997) is not very likely to have reached Taiwan and Zhou Mengdie's hands. This poem "Możliwości," written before 1986, was, according to critics, the most famous piece by the Polish poetess, at least until she was awarded the Nobel Prize.[3]

The connection between MS and translation studies, and even more so with a text carrying the label "imitation" or "according to the model" (*fangni* 仿擬, or simply *fang* 仿) may appear arbitrary. But this is only true at first glance: Above all, the technique of imitation *fang*, or *ni*, reaches back into the oldest history of techniques of poetry composition in China, with the famous early example of Lu Ji 陸機 (3rd c.) writing "in imitation" of the *Gushi shijiu shou* 古詩十九首. It also has a connection to "parody" where the Greek term *parodia* originally denoted new, often grotesquely exaggerated lyrics composed to an existing tune, shining up in the modern term for "parody," *fangsi* 仿似 or *xifang* 戲仿. The technique is not unfamiliar to Zhou Mengdie – and not only in his "imitation" of the handwriting of famous calligraphers – , as is evident from a series of poems prominently placed as the first section "Ni zuo" 擬作 (Imitative Works) in the collection (2009),[4] and all prepared in 2001 (on the basis of translations done from original by Zhang Xianghua 張香華 with the help Jin Xiaolei 金曉蕾 for Selected Yugoslav Poems) of six contemporary writers of Serbian origin, of whom at least two have close connections to China and her literature.

The basic analytical operation linking translation studies to MS studies is the question: Which elements are removed or added when two or more entities are compared, a "model"

---

2 After what has been said above and hints to a certain idiosyncratic standard procedure in Zhou Mengdie's writing process, however, it is unlikely that no draft has preceded that fair copy – which can now rather safely be established as such.

3 I am grateful to my colleague Lidia Kasarełło (Warsaw) for invaluable help in identifying the source, sketching its role in the 1980s, and providing the Polish text.

4 *You yi zhong niao huo ren* 有一種鳥或人, pp. 21–34. Jin Xiaolei is head of the Belgrade Confucius Institute.

and others of which the status is uncertain? This very same question stands also at the beginning of *jiaokan* 校勘 ("comparing different versions of a text and amending it accordingly"), and by extension of MS studies.

This link between "manuscript" and "parody" may also be conceptualized as a media transfer: from the mind to the paper (although we still near to nothing about it, except for the biochemical signals from brain to writing hand), from one manuscript to another, and finally from a *mogao* 末稿 to print, for MSS; and from one tune to another, or from one language to another (with additional possible intermediaries), for the whole range between "translation," "rewriting" and "parody."

This is the approach I shall take in my few considerations about Zhou Mengdie's *fang* and the English translation it is referring, and only exceptionally refer to the Polish poem by Szymborska.

To begin with the title, Zhou Mengdie takes a fairly different attitude towards the "options" presented in both poems when naming it Choices – thus putting emphasis on the outcome rather than on the potential of options, although in the end of the poem, this attitude is suspended in a paradox, characteristic for his poetry:

我選擇不選擇。 My choice is not to choose. (Z 33)

The comparable two paradoxes appearing in Szymborska's poem in the former half and towards the end have another tune – and could rather be expected from Zhou Mengdie, as they touch upon the topics of "writing poetry" and "the limits of what is speakable and the ineffable:"

I prefer the absurdity of writing poems
to the absurdity of not writing poems. (S 15–16)

I prefer many things that I haven't mentioned here
to many things I've also left unsaid. (S 41–42)[5]

5 Numerals used hereafter refer to respective verses in Szymborska (S), *Poems. New and Collected*, pp. 214–215; and in Zhou Mengdie, "Wo xuanze—fang Bolan nü shiren *Wislava Szymborska*", *Zhonghua fukan* July 21st and Aug 10, 2004.

Otherwise, the most prominent features of the two pieces are not just their roughly similar length of 33 (Zhou) and 39 verses, but the constuction by rhetorical *anaphora* (or *repetitio* in Latin), defined as “the repetition of the same word or words at the beginning of successive clauses, sentences, or verses.”[6] The Chinese equivalent in the modern classic of literary rhetorics by Chen Wangdao 陳望道 (1891–1977), *Xiucixue fafan* 修辭學發凡 (1932), is *toufu* 頭復 (“repetition at the head”). This is where the two pieces are also semantically different: Szymborska denotes an “inclination” which is different from a “choice”.

The next structuring feature (marked in green) [7] that links the pieces together is the alteration between simple statements (“favouring A”), frequently expanded by elaboration or examples, and the comparative statement (“favouring A to B”). In Polish, the word “od” takes the function of “to” in the English (S 4, 16, 21, 25, 26, 32, 35), however with the slight variation of the word “niż” (“[lower valued] as”, S 23, 27, 34), resulting in a total of 10 comparative markers – with a distinctively higher density in the latter half (2 vs 8) and a “cloud” in verses 21–35. Here Zhou Mengdie is in a different situation: His equivalent is the disjunctive *er bu* 而不 (“and not”, “but not”, Z [7], 10, 13), that is only 3 times while in all other instances there is variation in the construction (*er zeng wei* 而曾未, 15), or the negation is moved to another syntactical unit. It is made far less prominent (marked in blue) when hidden in semantic oppositions within classical constructions (*xing-zhi* 行止, 31) or even “egg-hen” (*dan-ji* 蛋雞, 17) that are either both both affirmed or both negated (Z 25). The distribution has its emphasis in the former half, yet culminates in the final paradoxical negation (Z 33). Though negation particles are by far more numerous and varied than in Szymborska, they are less emphasized.

Semantically equivalent items are quite rare (marked in yellow), if we leave aside the anaphora: “I prefer exceptions.” (S 11) and “I choose the exception” (Z 27), however with examples provided in Zhou Mengdie: “As moon in the intercalary month; as living and being able to speak; as seeing in a deep forest a cherry [tree] that has survived.”

All further parallels are rather similarities that may be defined by the semantic fields

---

6 Gideon O. Burton, *Silva rhetoricæ* <rhetoric.byu.edu> (last retrieval Mar 17, 2013).

7 編按：本文原稿此處原以色彩標示 265-267 頁的詩句，茲因印刷關係，green 改用 green 標示。以下類推，blue 改用 blue，yellow 改用 yellow，purole 改用 purple 標示。

(also marked in yellow). The colour "green" in Szymborska (S 8) is transposed into "purple" (Z 1) and appearing much more prominently. The physical aspect of writing appears vaguely in Szymborska's "I prefer desk drawers" (30), whereas Zhou Mengdie is fairly explicit with a "broken/rotten ink-stone" (3), while "literature" is referred to both in generic terms in the paradox mentioned above, and in the opposition of "Dickens to Dostoyevsky" (S 4) and of "Grimms' fairytales to the newspapers' front pages." Zhou in turn has chosen an "exception [...]; as humans who are eagerly spitting out their sentimental concerns [*xinxue* 心血] during all their life would just transmit reciting one single verse to posterity: Wind falls and the Wu River is becoming cold...."[8] (Z 27).

Everyday life, as "I prefer to leave early" (S 12) finds a number of other expressions in Szymborska, while in Zhou the imagery is developed into "sleeping early, getting up early, leaving early, and returning early" (Z 4). Nature recurs frequently in both pieces, yet in tendency more concrete in Szymborska ("oaks along the Warta," S 3) than in the recurrent symbolically loaden and often anthropomorphic images of Zhou Mengdie (Z 15). Except for the figurative "hen" already mentioned, no animals appear in Zhou. As social life in general, sentimental experience is dealt with in greatest scepticism, twice by Szymborska (e.g. "I prefer, where love's concerned, nonspecific anniversaries...,"S 17–18) and once by Zhou (marked as "exception"), that "with a beloved during the 36,000 days of one hundred years, only 6,000 days are spent in harmony" (Z 22). In turn, ancestors are displayed very prominently, first in the drastic image derived from the *Xiaojing* 孝經 of "My choice is to break my bones and return them to my father and tear off my flesh and return it to my mother" (Z 24), followed by two verses with verbatim utterances attributed to the I's "deceased mother" and "deceased grandmother" (Z 28–29).

May be established, in sum, that where Szymborska is concrete and exemplary, most of the nature and social imagery in Zhou's "rewriting" or *fangni* is either referring to traditions, also non-literary, or to inner and therefore abstract or psychological experience – no doubt revealing for two very different poetic tempers, though successfully connected in interliterary communication (and through an English translation) of which the meanwhile deceased poetess probably had no knowledge.

---

8 I have not been able to identify any other source for this verse than the title of a scroll by Wang Xinjing 王心境 (1909–1954), in 1926 co-founder of the Lake Society (Hushe 湖社) based in Peking and joined by Zhang Xueliang 張學良, Qi Baishi 齊白石, Mei Lanfang 梅蘭芳, and other artists.

Wisława Szymborska

	“Możliwośc” [abbreviated S]	**“Possibilities”**
	Wolę kino.	I prefer movies.
	Wolę koty.	I prefer cats.
	Wolę dęby nad Wartą.	I prefer the oaks along the Warta.
	Wolę Dickensa od Dostojewskiego.	I prefer Dickens to Dostoyevsky.
5	Wolę siebie lubiącą ludzi	I prefer mayself liking people
	niż siebie kochającą ludzkość.	to myself liking mankind.
	Wolę mieć w pogotowiu igłę z nitką.	I prefer a needle and thread on hand, just in case.
	Wolę kolor zielony.	I prefer the color green.
	Wolę nie twierdzić,	I prefer not to maintain
10	że rozum jest wszystkiemu winien.	that reason is to blame for everything
	Wolę wyjątki.	I prefer exceptions.
	Wolę wychodzić wcześniej.	I prefer to leave early.
	Wolę rozmawiać z lekarzami o czymś innym.	I prefer talking to doctors about something else.
	Wolę stare ilustracje w prążki.	I prefer the old fine-lined illustrations.
15	Wolę śmieszność pisania wierszy	I prefer the absurdity of writing poems
	od śmieszności ich niepisania.	to the absurdity of not writing poems.
	Wolę w miłości rocznice nieokrągłe,	I prefer, where love’s concerned, nonspecific
	anniversaries	
	do obchodzenia na co dzień.	that can be celebrated every day.
	Wolę moralistów,	I prefer moralists
20	którzy nie obiecują mi nic.	who promise me nothing
	Wolę dobroć przebiegłą od łatwowiernej za bardzo.	I prefer cunning kindness to the over-trustful
	kind.	
	Wolę ziemię w cywilu.	I prefer earth in civvies.
	Wolę kraje podbite niż podbijające.	I prefer conquered to conquering countries.
	Wolę mieć zastrzeżenia.	I prefer having some reservations.
25	Wolę piekło chaosu od piekła porządku.	I prefer the hell of chaos to the hell of order.
	Wolę bajki Grimma od pierwszych stron gazet.	I prefer Grimms’ fairy tales to the newspapers’
	front pages.	
	Wolę liście bez kwiatów niż kwiaty bez liści.	I prefer leaves without flowers to flowers
	without leaves.	
	Wolę psy z ogonem nie przyciętym.	I prefer dogs with uncropped tails.
	Wolę oczy jasne, ponieważ mam ciemne.	I prefer light eyes, since mine are dark.
30	Wolę szuflady.	I prefer desk drawers.
	Wolę wiele rzeczy, których tu nie wymieniłam,	I prefer many things that I haven’t mentioned
	here	
	od wielu również tu nie wymienionych.	to many things I’ve also left unsaid.
	Wolę zera luzem	I prefer zeroes on the loose
	niż ustawione w kolejce do cyfry.	to those lined up behind a cipher
35	Wolę czas owadzi od gwiezdnego.	I prefer the time of insects to the time of stars.
	Wolę odpukać.	I prefer to knock on wood.
	Wolę nie pytać jak długo jeszcze i kiedy.	I prefer not to ask how much longer and when.
	Wolę brać pod uwagę nawet tę możliwość,	I prefer keeping in mind even the possibility
	że byt ma swoją rację.	that existence has its own reason for being.

tr. by Stanisław Barańczak and Clare Cavanagh (1997)

〈種種可能〉Wisława Szymborska（1986年）

我偏愛電影。
我偏愛貓。
我偏愛華爾塔河沿岸的橡樹。
我偏愛狄更斯勝過杜斯妥也夫斯基。
5 我偏愛我對人群的喜歡
勝過我對人類的愛。
我偏愛在手邊擺放針線，以備不時之需。
我偏愛綠色。
我偏愛不抱持把一切
10 都歸咎於理性的想法。
我偏愛例外。
我偏愛及早離去。
我偏愛和醫生聊些別的話題。
我偏愛線條細緻的老式插畫。
15 我偏愛寫詩的荒謬
勝過不寫詩的荒謬。
我偏愛，就愛情而言，可以天天慶祝的
不特定紀念日。
我偏愛不向我做任何
20 承諾的道德家。
我偏愛狡猾的仁慈勝過過度可信的那種。
我偏愛穿便服的地球。
我偏愛被征服的國家勝過征服者。
我偏愛有些保留。
25 我偏愛混亂的地獄勝過秩序井然的地獄。
我偏愛格林童話勝過報紙頭版。
我偏愛不開花的葉子勝過不長葉子的花。
我偏愛尾巴沒被截短的狗。
我偏愛淡色的眼睛，因爲我是黑眼珠。
30 我偏愛書桌的抽屜。
我偏愛許多此處未提及的事物
勝過許多我也沒有說到的事物。
我偏愛自由無拘的零
勝過排列在阿拉伯數字後面的零。
35 我偏愛昆蟲的時間勝過星星的時間。
我偏愛敲擊木頭。
我偏愛不去問還要多久或什麼時候。
我偏愛牢記此一可能——
存在的理由不假外求。

（譯者未詳，2010 年）

〈我選擇〉周夢蝶（2008 年）　[abbreviated Z]

我選擇紫色。
我選擇早睡早起早出早歸。
我選擇冷粥，破硯，晴窗；忙人之所閒而閒人之所忙。
我選擇非不得已，一切事，無分巨細，總自己動手。
5　我選擇人一能之己十之，人十能之己百之。
我選擇以水爲師——高處高平，低處低平。
我選擇以草爲性命，如卷施，根拔而心不死。
我選擇高枕：地牛動時，亦欣然與之俱動。
我選擇歲月靜好，獮猴亦知吃果子拜樹頭。
10　我選擇讀其書誦其詩，而不必識其人。
我選擇不妨有佳篇而無佳句。
我選擇好風如水，有不速之客一人來。
我選擇軸心，而不漠視旋轉。
我選擇春江水暖，竹外桃花三兩枝。
15　我選擇漸行漸遠，漸與夕陽山外山外山爲一，而曾未偏離足下一毫末。
我選擇電話亭：多少是非恩怨，雖經於耳，不入於心。
我選擇雞未生蛋，蛋未生雞，第一最初威音王如來未降跡。
我選擇江欲其怒，澗欲其清，路欲其直，人欲其好德如好色。
我選擇無事一念不生，有事一心不亂。
20　我選擇迅雷不及掩耳。
我選擇持箸揮毫捉刀與親友言別時互握而外，都使用左手。
我選擇元宵有雪，中秋無月；情人百年三萬六千日，只六千日好合。
我選擇寂靜。鏗然！如一毫秋蚊之睫之墜落，萬方皆驚。
我選擇割骨還父割肉還母，割一切憂思怨亂還諸天地；而自處於冥漠，無所有不可得。
25　我選擇用巧不如用拙，用強不如用弱。
我選擇殺而不怒。
我選擇例外。如閏月；如生而能言；如深樹中見一顆櫻桃尙在；
　　如人嘔盡一生心血只有一句詩爲後世所傳誦：楓落吳江冷。……
我選擇牢記不如淡墨。（先慈語）
我選擇穩坐釣魚臺，看他風浪起。（先祖母語）
30　我選擇熱脹冷縮，如鐵軌與鐵軌之不離不即。
我選擇行乎其所不得不行，而止乎其所當止。
我選擇最後一人成究竟覺。
我選擇不選擇。

6 Some Conclusions

1) Given the present situation with Zhou Mengdie's MSS, with either *caogao* of which the status in a temporal sequence of mutual dependencies is unclear, or *mogao* ("final manuscripts" or "fair/clear copies") available, meaningful statements about the whole writing process can only be about *Bu fu rulai bu fuqing*. Aesthetic appreciation as "calligraphy" is of course exempt from this judgement.

2) From what is known so far – and may at this point certainly not be established by consultation with the author – , draft stages of a text have experienced elaboration fundamentally different from the *mogao*. An exception may be seen in instances where interventions (such as the imposing deletion by scratching) have become independent from meaning, thus are not metalingual, but also metatextual.

3) Further physical analysis (by infrared photography, or similar forensic tools) of yet available MS witnesses may reveal further and hitherto unknown details about the process of elaboration, *sc.* the 'creative process.' This is particularly true for *Bu fu rulai bu fuqing* (2001) and "Fuge" (2005).

4) Transfer of text from one medium to another is typologically similar to the whole range of procedures between "translation" and "parody", also with regard to all temporal and spatial aspects. As a consequence, established methological tools may be made mutually productive.

5) It is desirable, also under the perspective of preservation and understanding of any literary heritage, that holders (private collectors, in many cases friends of the author who should have the greatest interest in fostering scholarly research about the respective author) of potentially relevant MSS for 1) are granting access or at least providing basic data (such as date, material etc.) to researchers and institutions specializing in the study of MSS. In this respect, the situation with Zhou Mengdie with an important community of devoted readers is relative favourable.

Works Cited

Szymborska, Wisława. "Możliwości." In *Ludzie na moście* [People on the Bridge; 1986]. As "Possibilites," tr. by Stanisław Barańczak and Clare Cavanagh. In *Nic dwa razy. Wybor wierszy/Nothing Twice. Selected Poems*, tr. by Stanisław Barańczak and Clare Cavanagh. Kraków: Wydanictwo Literackie, 1997. Also in *Poems. New and Collected.* New York: Harcourt Brace, 1998. 214–215.

---. For further translations see also <nobelprize.org/nobel_prizes/literature/laureates/1996/szymborska-poems-4-e.html> (last retrieval Mar 17, 2013).

Zeng, Jinfeng. 曾進豐 (ed.). *Zhou Mengdie xiansheng nianbiao ji zuopin, yanjiu ziliao suoyin* 周夢蝶先生年表暨作品、研究資料索引 [A Chronology of Mr Zhou Mengdie with a List of Works and Research Material]. Taipei: Yinke wenxue, 2009.

Zhou, Mengdie. 周夢蝶. "Wo xuanze – fang Bolan nü shiren *Wislawa Szymborska*" 我選擇——仿波蘭女詩人 [My Choice – In Imitation of the Polish Poetess Wisława Szymborska *Zhonghua fukan* 中華副刊 July 21st and Aug 10, 2004. Repr. in *You yi zhong niao huo ren. Zhou Mengdie shiwen ji.* Taipei: Yinke wenxue, 2009. 139–141.

---. Bu fu rulai bu fuqing. *Shitou ji* bai'ershi hui chutan 不負如來不負卿——《石頭記》百二十回初探 [with facsimile of fair copy opposite]. Taipei: Jiuge wenxue shuwu, 2005.

---. *Zhou Mengdie shiwen ji* 周夢蝶詩文集 [Collected Poetry and Writings], 3 vols., ed. by Zeng Jinfeng 曾進豐. Taipei: Yinke wenxue, 2009.

Manusripts

"Feng'er lou suijian / zhi Chen Yuan" 風耳樓墜簡／致陳媛, 3 letters (2 numbered), 8 pp., numbered, dated Apr 21st–Oct 17, 1981, paper 四十年來中國文學會議.

"Ting yue tu. Fuba" 聽月圖——附跋, 2 pp., unnumbered, dated Feb 22nd, 1985, paper 金龍牌 (24x25), with woodcut by Chen Yingying 陳瑛瑛.

"Shichui ji qi ze jin yi jiuzheng yu / Liao laoshi ji Faru xuehui zhu dade" 拾集七則謹以就正於／廖老師暨法如學會諸大德, 2 pp., numbered, dated July 14, 1985, paper 金龍牌.

"Ershi sui dashi jilüe" 二十歲大事記略, 3 pp., numbered, dated May 15, 1987, paper 金龍牌.

"Qi yan si ju da Ling jushi" 七言四句答苓居士 etc., 7 poems, 2 pp., unnumbered, dated July 15, 1986, paper 金龍牌.

"Yuehui" 約會, 4 pp., numbered, dated Tamshui, Aug 1990, paper 聯合副刊.

Draft for "Bu fu rulai bu fuqing. *Shitou ji* bai'ershi hui chutan" 不負如來不負卿——《石頭記》百二十回初探, untitled, 10 sheets, double-sided, early June to early November 2001.

"Bu fu rulai bu fuqing. *Shitou ji* bai'ershi hui chutan" 不負如來不負卿——《石頭記》百二十回初探, fair copy completed Taipei ["Beixian Wufengshan xia" 北縣五峰山下], Dec 7, 2001, 69 sheets, one-sided.

"Ershi'er hang. Fang Bolan nüshiren *Wislawa Szymbor/s/ka*" 二十二行——仿波蘭女詩人, dated 'one day after the Mid-Autumn Festival of "Jiashen" 甲申, Year 93 [of the

Republic]', i.e. 2004, 2 sheets, one-sided, paper 四十年來中國文學會議.
"Fuge" 賦格, dated Apr 6, 2005 [乙酉二月二十八日], 2 sheets, one-sided.

「花心動」：周夢蝶《賦格》手稿初探

易　鵬*

那薔薇，你說，你寧願它
從來不曾開過。
——周夢蝶，〈花心動〉

一、前言

本篇論文試圖從周夢蝶〈賦格〉一詩手稿材料，以「文本生成學」角度（genetic criticism）觀點及作法，來點出或許手稿材料，至少是〈賦格〉手稿，對於作品之詮釋往往有其貢獻。[1]更進一步，由手稿所推敲出詩人創作的模式與其出版的文本，乃至整體詩思均有其若合符節之處。此一發現，對於建立手稿研究、出版文本以及作家整體思想之間關係，或可提供一個初步的例子。

二、〈賦格〉與手稿研究

常見於周夢蝶作品中的出世與入世的掙扎，在〈花心動〉起頭處也有描述，其中並點出在亙常不變與流變無常——如〈第九種風〉所說——「必然與或然」之間的距離。固然易從容於兩者之間，其挑戰就正是，「難就難在如何去探測」[2]。或許難處不只是兩者之間難以蠡測——詩人或許也曾經耽於其中——其中可以也值得流連的主要原因之一正是在詩中得以以慢動作方式娓娓道來，反覆把玩的上述之或然與必然，人世的偶然與

---

* 國立中央大學英美語文系教授。

1 粗略而言，「文本生成學」一詞主要指稱以法國現代手稿與文本研究中心（Institute of Modern Texts and Manuscripts）與所屬學者為主力，始於 1960 年代晚期之批評理論。承繼極盛於六零年代之結構與後結構主義，但其學說欲開展前者所忽視的其他文本向度，如時間，文本之變動與可能性，故生成學將其探討重點轉移至現代文本之手稿材料，並專注於手稿所暗示出書寫、創作過程，所謂的文本生成過程。文本生成學與英美世界的校勘學（textual criticism）有其基本（但並非絕對）差異，而討論重點針對「現代手稿」，而非如十六、七世紀之前現代（pre-modern）手稿。但是，法國學者之現代手稿研究或文本生成學，究竟與校勘之學，中文傳統之版本學目錄之研究，前現代手稿之研究，是否有截然之分別，是歷史與理論待解問題。此篇論文限於篇幅，僅能從實務處理手稿材料角度，以求開發不同理論與學術傳統對話之可能性（英文方面著作，可參考《文本生成學：文本與前文》（*Genetic Criticism: Texts and Avant-textes*）一書）。

2 周夢蝶，《十三朵白菊花》（臺北：洪範書店，2002），頁 22。

「非想與非非想處」的必然，之間的距離：「那薔薇，你說，／你寧願它從來不曾開過」。詩人在詩中運用各種方式，藉由薔薇，藉由對話中的你，演出面對生命與凋萎的必然，如何能夠經由願望（你寧願它），或是經願望的否定（寧願它從來與不曾），暫時成就的時間之凝滯（從來不曾開過），來獲得偶至的定格。薔薇，在詩人的願望與否定之間，似乎彷彿能夠，至少能夠在詩一開始的地方，使得那朵花，離世獨立。這首短詩所觸及的不只是文學本質的問題，必然與或然之間的割捨，事實上也可觀照到現代手稿研究的一個課題：在割捨之間，何者是必然要最後存在於刊印文本，何者會被視爲是偶然與或然。如果在完成的作品之中，應該或得以保留得是必然，是最值得的，那麼那些偶然，「偶而」，是否就從此就注定不見天日，「雖然十分十分難以想像，如果／如果生活裏沒有偶而」(〈偶而〉)[3]。

檢視〈賦格〉手稿（圖一與二），同時將其與出現於《不負如來不負卿》（以下簡稱《不負》）的「手稿」（圖三）比較，兩者之間差異立見。我們應該稱呼前者爲草稿（rough drafts），而後者，或許應名爲清稿（fair copy），生成學希望可以透過辨識草稿中痕跡，謄寫與書寫過程的建構，獲得一個「文本」（或是「前文本」avant-texte），而此「文本」與出版文本與詩的主題有一層應進一步釐清的關係，但這「文本」也記錄著更深層的模式，其影響遍及刊印文本與前文本本身。[4]

比較《不負》清稿與〈賦格〉手稿，或許我們可猜測詩人寫作至少有兩個（或以上）階段，在草稿紙張的創作空間上展開。從現有例子看來，起草寫作階段或許可以在不同於正式有格稿紙的任何材質上進行，如在包裝紙或是信封套裁開後的可書寫處；圖（一）、（二）的手稿是寫在一半圓形線框下端印有綠色"marco polo"小寫英文字，線框圍繞著像

3 周夢蝶，《十三朵白菊花》，頁 129。

4 從文本發生學角度而言，「草稿」與「清稿」分別描述不同書寫、生成階段之產品。因為生成學研究較專注於創造書寫初發階段，所以作家在付梓前之手寫、最後階段之手稿，即是清稿——所謂「清」稿因為其間塗改修正之痕跡幾近於無——並非大部分生成學研究興趣所在。故通常較常見，存於出版社作為排版之用的作者最後版本，不論是否手寫，對於現代手稿學研究來說可能貢獻有限。草稿或粗稿與「前文本」皆是文本生成學研究對象與理論概念：因文本生成學理論出發點之一在於結構主義文本觀念侷限於抽象，不變之文本觀，故研究手稿的目的在於強調在創作過程中，各種複雜可能性如何同時與在時間軸線上展現，同時有些可能性被保留，其他可能則在各種個人與非個人脈絡因素的影響下，隱沒不現但又在某些手稿材料留下待詮釋的痕跡。所以，能夠保留靈光乍現與多種修改塗抹痕跡的手稿材料，如草稿或初稿，方能成就文本生成學之可能性。同時，一旦能區分出各個寫作過程中的階段，如記錄吉光片羽之靈感的隨手書寫，到研究規劃卡片，大綱，較具規模的與不同階段的粗稿與出版前的清稿，也能夠展現生成學研究所強調的時間向度。前文本一詞乃是貝爾曼-羅埃爾（Jean Bellemin-Noël）收於《文本生成學：文本與前文》中之〈精神分析閱讀與「前文」〉（"Psychoanalytic Reading and the Avant-texte"）一文中提出。此概念強調前文本與文本概念的相異。前文本並非完全是現存的一個實體，它常需要將整體手稿整理組織，解讀與詮釋之後，才會逐漸出現的理論產品。從這一個角度而言，作為物質基礎，手稿材料不等於前文本。作為理論建構產品，前文本是在對於手稿材料，經過整理，如篩檢，分類，編年，謄寫，與詮釋等的構思動作後的成品。

麵包形狀或也可能是 M 形狀的商標縮寫。線框上端有其他較小文字，marco polo the oven)。紙張具有底色與圖案。紙張大小約是 14.29 x 19.36 公分。就整體畫面而言，大部份空間是被幾近全遮去底下文字的黑色簽字筆垂直細線所佔據。整體起草的空間，大約可以分成兩個大的區域，或是兩個大的，加上靠近空間左端的較小的，塗抹區域。塗抹痕跡之間與外有清晰可見的文字，文字旁邊有許多，藉助尺規所勾描出的插入線條。在塗抹區域邊緣與依稀可見的遮蓋線條之下，我們還可以看到以圓圈圈起來的相互連接之阿拉伯數字編碼。[5]

三、謄寫與重建

手稿的謄寫、重錄也許一開始就是一個詮釋與實際的挑戰。下面的謄寫文字，受限於文書處理軟體格式，橫向地，由左到右騰寫（相對於原手稿的從右到左，直行文字），如果我們只考慮在塗抹區域之外的文字（也就是圖中以標楷體標示的文字。以長方形框標示的文字代表與出版文本不同處），那麼手稿圖一部份的文字，放橫之後大約是如下：

賦格
乙酉二月二十八日黃昏
偶過臺北公園
❹*，孿生
唿哨一聲
❹小麻雀
❸步：高
❻粒粒金黃色
❻香稻的陽光
❹好一羣
❻尚
❹且有志一同
❶風過處
❺只嫌翅太短河太淺 天太窄
❷誰家的
❻不足一飲一啄
❸垂天之雲以扇面一般的展開
流浪
⓫是誰說的　再也沒有
⓬再也沒有流浪可以天涯了⓭
今夜　魂歸何
處？　⓮昏夜下
⓯不信？匍匐　之所在
（*反白數字“❶”標示該草稿行所對應的出版版本之行數）

表一，手稿圖一的文字

5 此篇論文初稿發表於「觀照與低迴：周夢蝶手稿、創作、宗教與藝術國際學術研討會暨手稿展」，手稿展中展出〈賦格〉，〈兩個紅胸鳥〉，〈蝸牛與武侯椰〉等等詩作手稿以及《不負如來不負卿》散文手稿。此論文撰寫時僅針對〈賦格〉，其他於此會議中展出之十數手稿，尚未能深究。如初步比較上述手稿，〈賦格〉所展現的書寫工具，載具，塗抹，刪改作為模式與程度，與數字編碼，與其他詩稿大致類似，但程度上，〈賦格〉展現更大程度的塗抹，但亦有其他詩手稿幾乎所有文字皆盡刪除，同時，亦有手稿之上標明「第二稿」。〈賦格〉與其他詩稿均與《不負如來不負卿》手稿有顯著差異，後者書寫潦草，改動程度相對較小。

幾點值得提出討論，首先，如果詩人最終定稿文字前後順序反映手稿的創作順序，那麼參照出版的詩作，我們可以猜測詩人的寫作過程是從上到下，從右到左（或是，就我們上面的文字取向而言，由左到右，從上到下）。這也就是說，雖然詩人的紙張是橫向，從上到下，自右至左書寫，但是其起草階段是從紙的上端空間轉移到紙的下端空間。第二點，我們之所以可以假設詩人寫作至少有兩個階段，分別展現在我們正在檢視的手稿與《不負》清稿上，除了上面所提的修改程度之差異外（理應是先從較多重寫修改後到清稿的少數添補），另外一個有意義的現象就是在這個寫作階段，我們可稱之為「初訂稿」（sketch draft）的可見文字部份，已百分九十以上與最後出版版本相符，但依然有一部份細節，是未納入到最後出版文本。在長方框之中的，即未納入字：「唿哨一聲」與「今夜魂歸何處？」。

出版版本所刪除掉的唿哨聲，究竟我們應該如何看待？或許是因為尖銳的呼嘯，並不是適合用來描述麻雀的鳴叫，或是因為需要麻雀的意象，所以呼嘯的聲音就不適合存在。此一尖銳的嘯聲或口哨的聲音，也許不適合整個氛圍。但是，如果單獨來看，它究竟想要透露什麼樣的警醒或驚心的感覺？或是說，這個警醒，會以另種方式轉化展現？為何需要略去此一開場的聲音，而用風的過往（詩第一行：「風過處」）取而代之？或許是因為這個聲音太過吵雜，而風的寂靜與風的微弱聲音反而能夠替詩人的自我審視發音。也就是說，整首詩或將與有聲與無聲，聲音的賦格以及律絕的音律有著密切關連。我們的對這刪節的推測，將反映我們是如何看待手稿與最後文本之間的關係。[6]究竟麻雀的無聲與令人警覺的呼嘯何者是我們之前所曾討論到的必然，何者是或然、偶而？如果我們進一步探索整首詩的內容，並且專注於詩所追求的回到「源流之所從出」的主題，或許不論是何種聲音，無聲與有聲，風聲與呼嘯，均有其重要性。如此說來，在手稿中略去的文字，可能是偶而，但也不盡然是風過水無痕的偶而。換句話說，如果出版文本保留的是必然的主題，那麼在手稿中，或是當我們面對手稿的痕跡時，我們有機會窺視到偶而，而就如同詩人所面對的必然與或然的掙扎，我們閱讀文本時，也可能有時會懷疑、想像如果「生活裏沒有偶而」，會是如何的狀況。

---

6 手稿與文本之間的關係可以不同理論觀點加以理解。註腳 2 所提之前文本，即是從精神分析的角度理解手稿材料與出版文本之間關係。此處所提出必然與偶然課題，一方面與詩作本身有所關連，另一方面，因為手稿所牽涉到刪減與抹除的文字，也帶出常見對於手稿材料的看法：修改，刪減，與抹除的部分與文字，即是作家試圖揚棄的，或可視之為偶發的，相對於留存於出版文本中，必要、必然之部分。但就如詩人所說，生活裏沒有偶而，也會衍生問題。放在（常被視為偶然產物的）手稿與（必然之）文本之間關連的討論，亦應可作為討論基礎。西方文學理論之起點，亞里斯多德之《詩學》（Poetics）（25 章）論及創作的特質，就強調前者擅長於將可能變為必要，而不必僅是遷就於必要性，尤其是不可能的必要性。雖然必要與偶然課題，與亞氏之所謂必要與可能（或合理），不盡相同，但創造與（事實或科學、歷史）必要的問題，須如何釐清，應與〈賦格〉在思想上與歷史脈絡上（請見第四節討論詩行字數是一種記憶與不得不之不可能）有其關連。

在完成作品中略去的第二句是「今夜魂歸何處？」。這段文字的可能意涵，或許可以結合下一階段的抄錄與重建的工作：魂歸何處的可能意涵，也許可以在兩處抹除區域中找到一些蛛絲馬跡。以下的仿宋體文字代表是在刪劃線下部份尚能勉強辨識的文字，我在此稱之爲「綱要」(scenario)(此用語與之前之「初訂稿 sketch draft」皆是採用皮耶－馬克・德比亞齊（Pierre-Marc de Biasi）收錄在《文本生成學：文本與前文》之中專文〈朝向文學之科學研究：手稿分析〉（“Towards a Science of Literature: Manuscript Analysis”）所提出的手稿發生從大綱到刊印文本各個階段的模式：[7]

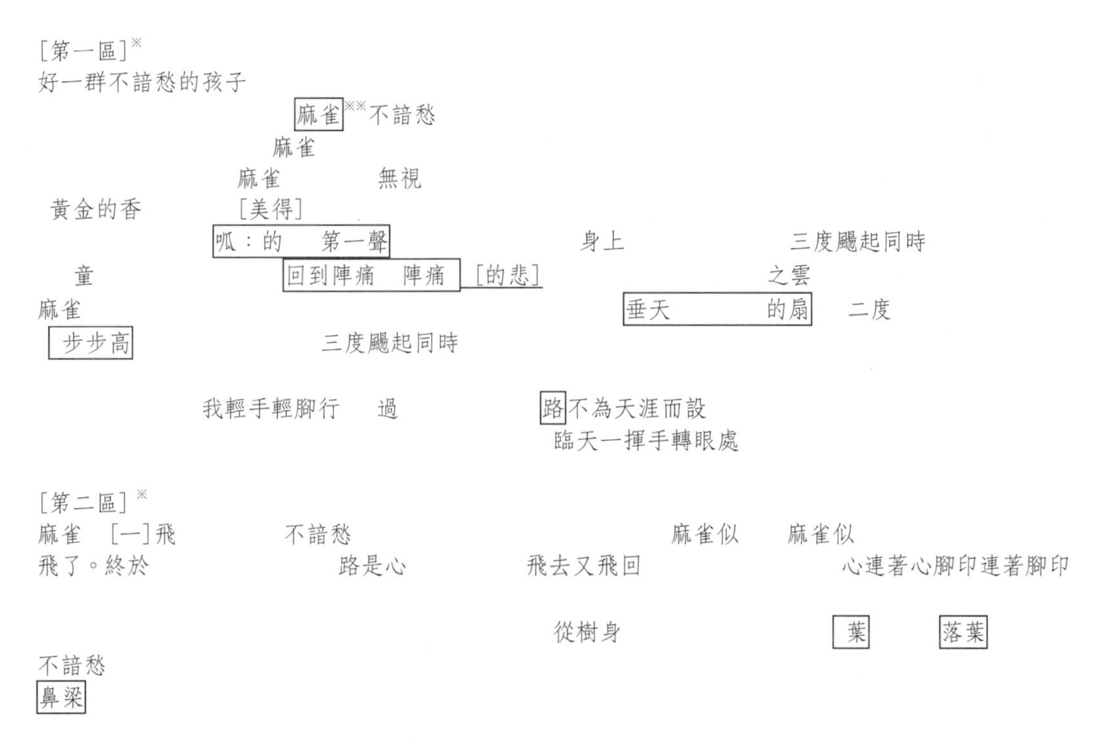

※:所謂「第一區」與「第二區」標示手稿中主要塗抹區域，自右至左。第一區位於手稿中間，而第二區位於手稿左端。
※※：長方框標示綱要區與最後刊印版本重疊的文字

表二，刪劃區文字／綱要

這部份的辨識，相當的吃力，同時也有相當的不確定性。即使有部份文字可識，但

7 De Biasi, Pierre-Marc. “Towards a Science of Literature: Manuscript Analysis.” *Genetic Criticism: Texts and Avant-textes*（《文本生成學：文本與前文》）. Jed Deppman, Daniel Ferrer, and Michael Groden eds.Philadelphia: U of Pennsylvania P, 2004, pp. 36-68.

是絕大部份，因爲重複的刪劃，所以幾近無法辨識。手稿中刪劃區域，有可辨識與無法辨識的部份，或許表示詩人在同一處多次的修改過程。表二，（刪劃區文字/綱要）中的併置，初步整合手稿可見與抹除兩層次的文字，也就是仿宋與標楷的文字，或綱要與初訂稿。這種方式，只是約略重現手稿中的現象，其閱讀與解讀便利性有限。兩度空間的紙張限制住綱要，初訂稿，清稿以及最後成品之間的複雜互動，其主要原因之一在於，不論是從左到有或是右到左，均無法納入，其他寫作過程：從上到下，從中間到邊陲，或者上述各種向度同時發生的書寫活動。我們需要能夠容許 2D 之外，3D 向度的紙本或是非紙本動態的呈現方式。這也說明手稿研究在單純從左到右，從開始到結束單向過程之外，也應該包括違背尋常時序之順序，將結束變成另一個開始，就好像，「那薔薇……它從來不曾開過」。

回到手稿本身，暫不論第一區塊方框標示出手稿與成品之間重疊的文字，其中首先出現的意象是成群的孩子與不斷重現的麻雀的主題旋律，如果將「不諳愁」的形容考慮進去，似乎孩童與麻雀之間有著密切的關連。到了最後的版本，成群的孩子被成群的麻雀所取代，而孿生的特徵或許爲後加的註腳：麻雀的重複性是可講的通，但同樣的特徵，不一定適用於孩童。但反過來看，之所以要強調這個孿生的特點，也可能就是因孩童之爲孩童，是其個別的性格與人性，而麻雀之所以爲麻雀，在於它們缺乏之所以成個體生命的獨特性，而缺乏此一特殊意義，生命也許只是機械式的重複（上述主題在收於《約會》的〈詠雀五帖〉中亦可見進一步發展：「人之所以爲人亦猶／雀之所以爲雀／（總有倦飛的時候）／雖然，雖然子非雀／焉知雀……」[8]。

在綱要（表二）之中，麻雀扮演相當核心的角色。牠不但不諳愁，同時也與飛揚有所關連：在工作區中，「三度颼起同時」出現至少兩次。這向上揚升的意象與另一個在詩中重要的意象，「道途」，似乎遙相對應。輕手輕腳的「我」，以一個逆旅者的角色出現，但他雖然浪跡天涯，但「路不爲天涯而設」。逆旅之人希冀「臨天一揮手」，就好像鳥群的「三度颼起同時」，某種昇華與灑脫。但是，路徑與飛行似乎也不是單向的，它們也可能是迂迴曲折的：「路是心」、「飛去又飛回」。

「愁」，「我」，「颼起」，雀鳥般的孩童（「有一種鳥或人」？）與迂迴在定本中並無實際存在，但是我們在出版版本的〈賦格〉中也看到這樣的句子：「腸一日而九回／由呱呱的第一聲哭到陣痛／易折而不及一寸的葉柄可曾識得／自己的葉脈，源流之所從出？／是誰說的：再也沒有流浪／再也沒有流浪／可以天涯了」[9]。愁是否轉爲識、不諳成爲識不識的提問？孩童與發出第一聲的生命或許均需要問的是，源流從出的問題。而迂迴

---

8 周夢蝶，《約會》（臺北：九歌，2006），頁 82-83。

9 周夢蝶著、曾進豐編，《有一種鳥或人》，《周夢蝶詩文集》（臺北縣：印刻文學，2009），頁 74。

化為一日九回的腸。最後，「我」的角色，不再輕手輕腳，連空谷中足聲的回音都不再允許，而成為一個幕後提問的聲音，詢問不再流浪，不再天涯的可能性。

麻雀退卻到在最後版本的開場處，孩童轉化成初生嬰兒的哭聲或是初生的新葉，我退居幕後，成為提醒質問的聲音。這裡的退位，幕後，從我到提問的聲音，與由有我到無的過程，不但跟之前已大略討論過「唿哨一聲」轉為「風過處」，音樂性的賦格與律絕的音律有關，同時亦與手稿特質有關。簡言之，我的轉身幕後，從有到無的迂迴過程，是否也是暗示手稿的特質：手稿與文本之間也有迂迴有無的關係？我們在詩中讀到的我的聲音與角色，在〈賦格〉中從有到無的變化，同時又以提問聲音的方式轉身出現，也許與手稿的身份有著異曲同工之處。也就是，我們詮釋文本與手稿的關係，一方面處理物質層次，但也是我們處理這首詩必然與或然，有聲與無聲，有我與無我等等逸離物質的主題，難道在處理手稿問題時，不也如此：物質與非物質、精神——手稿自然是物質的材料，但手稿對於作家來說，因為它充滿雜音亂象，也是作家急於脫離的現象界以便飛昇更到具意義的完成作品境界——之間的複雜糾葛。就是說，手稿與文本之間的關係，事實上亦牽涉現代作家文本中主體有無之間的掙扎，究竟如何識，這個識之中，我、主體的聲音有沒有，在那裡，以及源流從出以及如何迴歸的問題。

四、從手稿看書寫方式

在〈賦格〉詩中，麻雀，愁識，魂魄的飛翔，乃至「我輕手輕腳行過」等隱身在塗抹區的文字，一方面不在場，但扮演著一些角色，同時另一方面，也出現在其他詩作的字裡行間，甚至不只是詩人自身的詩作（如〈想飛的樹〉與〈詠雀五帖〉）：〈賦格〉詩中的意象也遙相呼應其他詩人的作品（尤其是透過翻譯，請見下面討論）。這裡彷彿有一個悖論，出現在手稿綱要區域中的文字，或是意象，如果是所謂的綱要，似乎應該是作品的雛形，較為初始的新意，為何它們也在不同時候，曾在他時出現？更有甚者，也重複、呼應其他作品文字：初始的綱要會是一個套語、典故、母題嗎？〈再來人〉的一段文字可提供一些提示：「在禪杖與魔杖所不能及的上方／在香遠益清的塵中／一朵苦笑照亮一泓清曉是你靜默之舞蹈／在倏生倏滅的／足音與輪影中／不離寸步／與希微接踵。……在永遠走著，而永遠走不出自己的／人人的路上——／不見走，也不見路／只有你！只有你的鞋底／是重瞳／且生著雙翼」[10]（底線後加）

〈再來人〉與幾個問題有關：複習在〈賦格〉中的兩難以及超越悖論的可能，這個過程是一個兩難過程，且同時也必須超越到過程與兩難。第二，詩中的「你」能夠行走而不能走，也不見路的原因在於，所有的意象都簡化成似乎是一個超現實的畫面：重瞳

---

10 周夢蝶，《十三朵白菊花》，頁 56。

與雙翼，或者是一種自顧的視覺，自我檢視的眼瞳。[11]第三，這個自我審視與使昨日之我與今日之我能夠割離的，是因爲兩者，重瞳與雙翼，他們是在靜默舞蹈中，在足音與輪影中，才能「不離寸步／與希微接踵」。這個舞蹈，輪影，不但重現於〈擬作，兩題——讀金曉蕾張香華譯南斯拉夫詩選〉，也現身〈賦格〉，最後也會引領著我們到兩位西方的詩人。

〈擬作〉副標標示著，「之二，旋轉十二行，擬 Dusan Kan Kuezevic」。詩人所擬之書較完整的書名是《我沒有時間了：南斯拉夫當代詩選（1950-1990）》。其中所擬仿的對象詩是，克乃車維奇的〈靜物〉，而相關的段落是：「以前，你對朋友信手承諾／而今，你卻扼住他們的咽喉／以牙還牙，因一言而喪命／讓所有的人，以自己爲圓心／旋轉吧，這是個枉然的圓……」[12]。在〈擬作〉中，詩人似乎想要超脫以牙還牙，一報還一報的「舊法」（Old Law）：「旋轉吧／同心圓一般的旋轉吧／讓所有的人／讓所有的人，所有的／讓所有的仇非仇／讓所有的友非友，手牽手／同心圓一般的／旋轉吧／脛骨折了，尙有膝與肘／尙有舌與眉目——／稽首十方無邊生大士／明天又是一天了」。[13]類似〈賦格〉草稿中自我的隱身幕後，在克乃車維奇作品中所控訴的以自我中心爲不動的圓心之旋轉，在周夢蝶的〈擬作〉中被轉化成脫旋去仇恨與自私的不終止的圓形運動。在原詩中比「靜物」更不動的自我中心，成爲轉化的開始與後續的運動。我們也許可以說，舞蹈，旋舞，輪影，相互圍繞，互爲主客，他們可以用來描述詩人的閱讀方式甚至擬仿與寫作模式。在面對自身的文句，意象，與模擬對象時，詩人會重置主題與主客易位，透過這個方式，轉仇恨爲犧牲，轉靜物爲旋舞，轉舊約的以眼還眼爲大士，但最重要地，促使兩者，不斷的旋轉但不離寸步。也就是說，這個旋舞與輪影仰賴類似文句，意象，套語，乃至母題。母題與母題的擬仿之不斷的重複與被重寫，兩者之間何者新何者舊，有時難分難捨。因爲他們會被不斷賦予新意，所以即使是曾經出現的字句，意象，他人的影響，也可以是手稿綱要中，初創的素材，兩兩相看不厭（就如《有一種鳥或人》中的〈無題〉：「誰說偶然與必然，突然與當然／多邊而不相等」。[14]

在此之前，我們處理〈賦格〉手稿中綱要（刪劃區文字）或是初訂稿，已多少隱含

11 相關「自顧自」，自戀的主題與神話意象，亦可見於收在《有一種鳥或人》的〈九行〉：「水仙在清水白石上坐著。／水仙說，我是花／只為自己而開」（周夢蝶 2009：92）；亦可參考《風耳樓逸稿》中所收〈十三月〉）。

12 克乃車維奇（Dusan Kan Knezevic），〈靜物〉，張香華、覩山・弛引編，張香華、金曉蕾譯，《我沒有時間了 ： 南斯拉夫當代詩選（1950-1990）》（臺北市 ： 九歌，1997），頁 259。

13 周夢蝶著、曾進豐編，《有一種鳥或人》，《周夢蝶詩文集》，頁 24。對於新教徒來說，所謂「舊法」（Old Law）指舊約聖經中以眼還眼以牙還牙、一報還一報的律法，相對於新約聖經中，以耶穌基督之慈悲、犧牲以換得人類救贖重生的可能性為基礎的律法。

14 周夢蝶著、曾進豐編，《有一種鳥或人》，《周夢蝶詩文集》，頁 54。

手稿生成的層次。[15]上面段落已大膽的假設手稿頁面中間塗抹區是綱要部份，同時在此工作區域中出現的字句，也就是我們之前已討論過的仿宋字部份，一方面是創作的素材，同時也是詩人醞釀良久的關懷，就像賦格曲式中不斷以不同方式重複的主題。在初訂稿（表一），上面所稱標楷文字的部份，其中包括絕大部份會出現在出版版本的內容：初訂稿與刊印文本之間有著兩句的差異。這個不同，代表在刊印前有額外的清稿階段，就如我們在《不負》的例子所見。如果我們開展上面所提到的假設所有可能性，那麼從大綱開始的寫作方式，意味著遮蔽區，尤其是第一區，是寫作的源起處，而標楷文字部份，就是初訂稿的出現，既然是在綱要之後，那麼整體手稿的推展過程，是從做爲漩渦中心的第一區，向外輻射到初訂稿區域，而下一階段的發展，則於更邊緣的方向推衍。所以，詩人書寫方式，或許就像建造詩的壇城一般，是從紙張提供的創作空間中心開始發展，在此核心中，一些重要的主題與文字，等待展開。在此核心之外，可能也會有其他次級的圓點與邊緣。或許是因爲寫作模式如同圓與弧的關係，大的圓形與小的圓形的配合，所以在〈賦格〉中圓形的運動式如此重要：「誰是旋轉誰是軸？」[16]；這不只是輪舞，當旋轉與軸心的對立不再，那麼這個舞蹈，應該至少是〈擬作〉中的同心圓舞。或者我們可以說，綱要區的素材，可以想像成是一種同心圓的運動。就內容而言，這就代表詩人的意象與文字的創作，是依靠自我重複與來自其他詩人的意象與典故；這兩者之間，有著相互模仿，相互觀照，互爲主客的關係：誰是旋轉誰是軸？[17]

這個互爲主客的特徵，除可用來探討〈賦格〉亦與周夢蝶詩作與中譯西方文學有所關連。里爾克（Rainer Maria Rilke）在時間的主題上，似乎在詩人作品中有著相當的對應，相對地，葉慈（W. B. Yeats）的譯作或可討論對詩人創作的「影響」，或集中在〈賦格〉之上的可能影響。其選擇性的親合（elective affinity），主要建立在上面已論及的舞蹈意象之上。余光中，在《英美現代詩選》（1980 初版），其中選譯葉慈的非常有名的〈航向拜占庭〉（“Sailing to Byzantium”）〈麗達與天鵝〉（“Leda and the Swan”）〈再度降臨〉

15 之所以說推定「綱要（刪劃區域）」與「初訂稿」與生成觀念有關，其原因在於許多文本生成學學者來說，整理種類繁多的手稿材料，小至隨筆記錄的紙片，卡片，到雜記筆記，大綱，試寫篇章初稿，到二稿，清稿等，其中重要任務之一就是將所有可能資料加以分類與排序與編年。因為只有在分類與排序之後，才有可能去推想整體的構思，嘗試與書寫之創作過程。針對我們在論文中檢視的手稿而言，稱刪劃區域為綱要，而將其外部分文字描述為初訂稿，即是一種推定，一種對於詩人創作時序、階段的猜測。

16 周夢蝶著、曾進豐編，《有一種鳥或人》，《周夢蝶詩文集》，頁 74。

17 雖然下段討論試圖連結此一詩句與葉慈的巧合，但中央大學英文系柏艾格（Steven Bradbury）教授向筆者點出，「誰是軸誰是旋轉」語出夏宇〈繼續討論厭煩〉（《腹語術》，頁 24）。《腹語術》首刷出版於 1999 年，〈賦格〉是刊於 2005 年《聯合報》副刊。《腹語術》中另一首〈聽寫〉，是夏宇回贈周夢蝶贈字之作：似乎再再顯現柏艾格教授的判斷是正確的。但另一方面，〈賦格〉是「誰是旋轉誰是軸」，主客似乎易位，所以影響的問題可能轉變成擬仿甚至源流從出的問題（而〈聽寫〉也重複演練著詩人間敬競關係）。

〈"The Second Coming"〉；楊牧更完整的選譯，《葉慈詩選》（1997 初版），其中額外收有〈拜占庭〉（"Byzantium"），〈在學童當中〉（"Among School Children"），以及與余光中相同的〈航向拜占庭〉，〈麗妲與天鵝〉，以及〈二度降臨〉。

在〈在學童當中〉開始的老華老去與年輕學童場景，與詩人在〈血與寂寞〉的歲月和輕狂與〈賦格〉手稿中的不諳愁麻雀，有其類似情境，也帶領我們回到余光中與楊牧均有選譯的〈航向拜占庭〉："That is no country for old men. / In one another's arms, birds in the trees, / – Those dying generations – at their songs..."。[18]鳥的意象在〈航向拜占庭〉佔有樞紐位置，它與與年輕生命的熱情揮霍與死亡主題連結。在另一首"The Sorrow of Love"（〈愛的哀愁〉）之中可看到更明顯："The brawling of a sparrow in the eaves, / The brilliant moon and all the milky sky, / And all the famous harmony of leaves, / Had blotted out man's image and his cry..."。[19]其實，在這首〈愛的哀愁〉較早的版本與手稿中，第一行中象徵喧鬧與不諳愁不識事的麻雀，是以複數形式出現（sparrows 與 a sparrow 的差別）。[20]這個麻雀群，就像周夢蝶詩中的雀鳥，並非只是製造出一場喧鬧的幻象。起頭處「金黃色香稻的陽光」（類似意象可參考〈詠雀五帖〉：「粒粒香稻之虛棄」[21]，就有如"all the famous harmony of leaves"（「那些傳頌的百葉合鳴」），與詩末捉摸不定的「荷香綠波藻荇和游魚」不是那麼的不同。鳥的象徵，單數的鳥與眾生的群鳥，就如同舞蹈的意象，其中區別可能只是些微，只是在一念之間，在「依舊」的「荷香綠波」之後，詩中主角自承是「麻雀老矣」。〈在學童當中〉，〈航向拜占庭〉與〈賦格〉不只是老人與孩童，麻雀，歲月與輕狂主題與意象的類似，更因爲象徵本身的兩兩相似，他們似乎戲擬主客之間的區別，在旋轉之中，就更不易分辯。

另一場的特定象徵與意象的兩兩相似但在剎那間完全不同的就是在葉慈〈二度降臨〉與〈在學童當中〉中的舞蹈。讓我們看看這一舞蹈的「二度降臨」，在前者它應是象徵無盡的輪迴之苦："Turning and turning in the widening gyre / The falcon cannot hear the falconer; / Things fall apart; the center cannot hold; / Mere anarchy is loosed upon the world..."。在另一葉慈首詩，〈西元一千九百十九年〉（"Nineteen Hundred and Nineteen"），也可以看到舞蹈的象徵，也表達自我中心的舞蹈："When Loie Fuller's Chinese dancers enwound / A shining web, a floating ribbon of cloth, / It seemed that a dragon of air / Had fallen among dancers, had whirled them round / Or hurried them off on its own furious path; /

---

18 W. B. Yeats, M. L. Rosenthal ed. *Selected Poems and Four Plays*. London: Macmillan, 1966. p. 217.

19 W. B. Yeats, *Selected Poems and Four Plays*. p.45.

20 Jon Stallworthy, *Between the Lines: Yeats's Poetry in the Making*. Oxford: Clarendon, 1963. p. 47.

21 周夢蝶，《約會》，頁 79。

So the Platonic Year / Whirls out new right and wrong, / Whirls in the old instead; / All men are dancers and their tread / Goes to the barbarous clangour of a gong”。[22]這首詩將眾人與群舞合一，就像「好一群小麻雀，孿生，且有志一同」。更重要的是，這個眾生群舞是聽從「銅鑼野蠻的鏗鏘（the barbarous clangour of a gong）」，此一刺耳的音響，與周夢蝶在刊印詩中並未出現的呼嘯聲響（「唿哨一聲」），有著奇特亦有亦無的關連：有：麻雀發出的聲響是過度尖銳喧嘩（唿哨）。反之，〈賦格〉出版的文本並沒有納入此一段文字。這裡突顯出，出現於周夢蝶文本中來自翻譯作品的心有靈犀，也就是綱要區中源自本身或源自其他的素材、源自過去與現在、不同時空傳統的文句與意象之間有著不尋常的神似。詩行中的 Platonic Year 即葉慈所謂的 Great Memory，這個超越個人的記憶，亦即余光中所描述的記憶「儲藏室，供應個人的夢與想像」，對於手稿與記憶問題亦有值得進一步探索之處。[23]

詩人好像遙望〈西元一千九百十九年〉中國舞者的形象，轉化成另一種表演。〈在學童當中〉的尾聲，我們似乎讀到從論文啟始處提及周夢蝶〈花心動〉中之花朵，舞蹈與靈魂乃至樹葉的主題：“Labour is blossoming or dancing where / The body is not bruised to pleasure soul, / Nor beauty born out of its own despair, / Nor blear-eyed wisdom out of midnight oil. / O chestnut tree, great rooted blossomer, / Are you the leaf, the blossom or the bole? / O body swayed to music, O brightening glance, / How can we know the dancer from the dance?”；[24]這舞蹈，不再受在〈西元一千九百十九年〉中的鑼響所驅迫，是肢體隨著音樂，之後靈光一現。但〈賦格〉中有另一番風情：「誰是旋轉誰是軸？依舊／拱橋。依舊荷香綠波藻荇和游魚。雖然／麻雀老矣，賦格有不同於律絕／而非非想諸天鼻梁之孤直而長且高／也不是一飛而可沖的」[25]。除了說葉慈的詩以旋舞結束，而周夢蝶的尾聲是以旋轉起頭，續之以回憶老去的麻雀，就如老去的麻雀在回憶詩作的前半部，草稿與文本，綱要區域中雛形（：不諳愁與孿生雀群）與重複出現的套語母題典故，有聲（「唿哨一聲」）與無聲。到了詩末進一步用否定方式連接所有面向：賦格與律絕，諸天與試圖一飛沖天的意志，皆用「不是」，或「非非」方式聯繫在一起。非與非非的佛學課題，我

22 W. B. Yeats, *Selected Poems and Four Plays*. p. 234.

23 余光中，編譯，《英美現代詩選》（臺北 ： 水牛，1992），頁 72。至少有幾個原因，手稿研究與記憶之間有關：作為物質材料，手稿材料的保存與研究，是對作家，藝術家，科學家等不同領域各種痕跡的保存，建檔，研究與流通；也就是一種記憶的保存。手稿與出版之定本之間關係模式，根據不同的作家，不同的時代，不同的文化脈絡，可能有相當複雜的形式，兩者之間應絕不只是孿生的關係；因為兩者之間可以是緊張或是友善的關係，所以作為一種記錄、記憶，手稿的紀錄、記憶，相對於定本的公眾面向，可說是一種複雜的記憶。周夢蝶作品中主題與形式上前世今生記憶的問題，只會讓手稿與記憶之間的牽連更值得探討。

24 W. B. Yeats, *The Collected Poems of W. B. Yeats*. p. 244-245.

25 周夢蝶著、曾進豐編，《有一種鳥或人》，《周夢蝶詩文集》，頁 74-75。

們在此無法充分討論，除了說，非的邏輯與〈想飛的樹〉之中的飛翔相關，或者在這首詩的飛翔與非非／飛飛（雙關以及源自聲似之思想上的跳躍聯繫，非與飛）勢必影響我們對於〈賦格〉的閱讀。

手稿還有最後一項特徵，即是圈起來的數字編碼，例如在手稿極右側邊緣的③⑪⑫⑮⑪⑰。此類編碼在初訂稿區較多，綱要區的遮蓋下，也有一些編碼痕跡。此編碼的作用，根據曾進豐教授向詩人的探問，乃是規劃（？或強迫記憶？）每行的字數，也是說，例如對照在刊印文本中的第一詩段（不算標點符號，每行自右至左之字數是 3, 8, 12,13,11,17）每行的字數，與上述編碼相當吻合（兩者詳細對應關係可見下表）。

A：手稿編碼（右下側；中上；中下；左側）	③⑪⑫⑮⑪⑰	⑥⑪⑭⑫	⑪⑥⑤⑩⑧⑬⑦	⑩⑯⑬⑮⑨
B：刊印文本每行字數（從第一詩段到第四段，不含標點）	3, 8, 12, 13, 11, 17（1-6 行）	6,11,14,12（7-10 行）	10,6,5,11,7,13,6（11-17 行）	9,16,12,15,9（18-22 行）
A 與 B 之間字數差異（例如，“3”表示有手稿與刊印文本對應詩行，在字數上有 3 個字之差）	0, 3,0,2,0,0	0,0,0,0	1,0,0,1,1,0,1	1,0,1,0,0

表三，手稿編碼與刊印文本字數對照表

從手稿看書寫方式，尤其是只書寫的生成過程，我們必須設想編碼在書寫過程中所扮演的角色：如果遮蓋區是最初可稱之爲儲藏室的綱要區（表二），其中初步之動念與不斷重現的主題或套語得同時存在，然後，此工作區域向外發展到初訂稿空間（表一）。現在的問題就是，編碼的書寫應該置於何處？一個可能是，這個編碼與綱要區的念頭一起發生：從一開始，詩人就已經約略確定如何規劃詩行長度，甚至文字尚未確定或是新的內容尚待浮現之前。我們可以將此模式描述爲填入：具有特殊意義的字數早已確定，在起草過程中，一面籌劃文字，一面設法將其填入既定的字數框架之內。或者，我們亦可以推測這個精細的策劃是在綱要內容與（第一）初訂稿底定之後的階段。或許在此一初訂稿與清稿之間，有（第二）初訂稿階段，牽涉到精確的音律規劃與進一步寫定的過程。我們也許可以稱之爲推敲。[26]填入與推敲，這兩個代表不同之先後生成階段，而且有著

26 另一可能性就是此一編碼是作為在最終寫定階段（就是清稿階段，雖然因為周夢蝶是習於在同樣紙張上完成許多不同階段，所以清稿不一定非常整齊清潔），或是確定防止從手寫稿謄轉到有格稿紙

非常不同意涵。也許用一個觀點可將之拉近：不論是填入或是推敲，不論此一數字是先天或是後天，重點在於是以字數長度的量去捕捉中國語言傳統的平仄聲調。用「填入」的稱呼其實是將之爲想像填詞的活動，詩人是面對流傳許久的規則與經典，但是，就如詩末所提到，「依舊／拱橋。依舊荷香綠波藻荇和游魚」，這些可以視爲先天的詞牌或是先天的記憶，葉慈口中的「大記憶」，格律的「大記憶」，格律的 Platonic Year。但是先天的記憶終究與後天老耄麻雀的記憶不同調。推敲階段從兩個角度來說是延遲的，一個是他清稿之前，二稿的階段，另外，他是用另種方式補捉聲韻之美。也許從這個意義而言，這裡的編碼是一種試圖以歲月蠡測大記憶與藉否定（不同、非非）以成就不可能不得不的、不得不的不可能的改變。

此一記憶的裂痕與遲來的聲音，加諸在消失的呼嘯聲音之上，使得詩人作品中有關其自身或來自其他作品輪迴的記憶與形式遲來的音樂是進一步需要討論的課題。尚待回答問題不只此一項：手稿研究，不論是英美的「版本學」研究或是法國學者爲主之「生成學研究」，版本之製作是一重要課題：我們應如何整合綱要，初訂稿，刊印文本，乃至不同出版的版本（以《風耳樓逸稿》中的〈十一月〉爲例，我們可以看到分載於《藍星詩刊》與《筆匯》兩個不同版本）？[27]根據我們之前想像過程，我們應該要以何種方式規劃文本空間，以便能夠重現書寫的過程，而同時能允許方便的閱讀以及具有實質意義詮釋的活動，表四的併置方式，便利對照閱讀與詮釋。但是，我們需要知道手稿的材料嗎，或者手稿與刊印文本有所謂主從的關係嗎，手稿的前文本與文本的關係是詮釋的關係嗎？ 實際層面而言，一個有向手稿致敬的文本是否應是在空間上重建現場、草稿的空間，也就是綱要區應位於新的版本的中央，從這個核心向外輻射，第一層是初訂稿，下面一層編碼，最後一個層次刊印版本，以類似同心圓（賦格風的？）方式擴張。或者，以尊重紙本刊印方式，一個階段接著下一階段陸續出現。從這個角度而言，表五以模擬手稿形式方式來進行謄寫，也許會對閱讀與解讀便造成一些阻礙，但是強調手稿的空間性，也容許更多未來編排、呈顯綱要，初訂稿，刊印文本之間關係的解讀與解決之道。此時，科技的進步，平版電腦與 App 的日新月異發展，更可提供另類的發展機會。

五、後記作爲結語

過程時，遺漏任何文字，故先於手寫之最後版本之上記錄下最後階段文字的數目，以防意外改動。

27 以本篇論文為例，所處理的現象侷限於〈賦格〉手稿材料本身。對於許多文本生成學學者來說，手稿研究的最後時間點是清稿完成的片刻。作家本身在不同的出版版本上的改動，屬於版本學的研究範圍，這個階段創作的活動大致退場，外在的考量與影響取而代之。此一二分法，理論上與實際層面均可能有問題，但是是否現代手稿學說結束的片刻才是版本處理的範圍，牽涉到手稿生成研究與版本學等相關學說之間，究竟是否有所差異，抑或有重疊之處。

手稿與手稿研究位在各種因緣際會交接處：過去與文本的亙久現在與未來，紊亂與澄靜，音容與文字。此篇論文如果沒有曾進豐教授慨然提供〈賦格〉手稿，如果沒有得臺文所邀請幸參與手稿文物展覽與臺大圖書館特藏組以及其他許多詩人友人的協助，也無從參觀到與參考到詩人其他手稿情況，如果，如果，如果……手稿本身似乎保有某種機遇與命運的特質，藉由對於記錄在痕跡之中，包括文字，刪改，調動，場面調度等痕跡的研究，我們希望能夠，暫時凝止住已逝的，如驚起彩蝶的印象一般地，作者在各種可能性與如果的片刻，而不只是觀看到綻放如夢似幻的薔薇。

引用書目

克乃車維奇（Dusan Kan Knezevic），〈靜物〉，張香華、覲山・玘引編，張香華、金曉蕾譯，《我沒有時間了：南斯拉夫當代詩選（1950-1990）》（臺北市：九歌，1997）。

余光中，編譯，《英美現代詩選》（臺北：水牛，1992）。

周夢蝶著、曾進豐編，《有一種鳥或人》，《周夢蝶詩文集》（臺北縣：印刻文學，2009）。

———，《十三朵白菊花》（臺北：洪範，2002）。

———，《約會》（臺北：九歌，2006）。

曾進豐編，《周夢蝶先生年表暨作品、研究資料索引》（臺北縣：印刻文學，2009）。

De Biasi, Pierre-Marc. “Towards a Science of Literature: Manuscript Analysis”. *Genetic Criticism: Texts and Avant-textes*（《文本生成學：文本與前文》）. Philadelphia: U of Pennsylvania P, 2004.

Stallworthy, Jon. *Between the Lines: Yeats's Poetry in the Making.* Oxford: Clarendon, 1963.

Yeats, W. B. M. L. Rosenthal ed. *Selected Poems and Four Plays.* London: Macmillan, 1966.

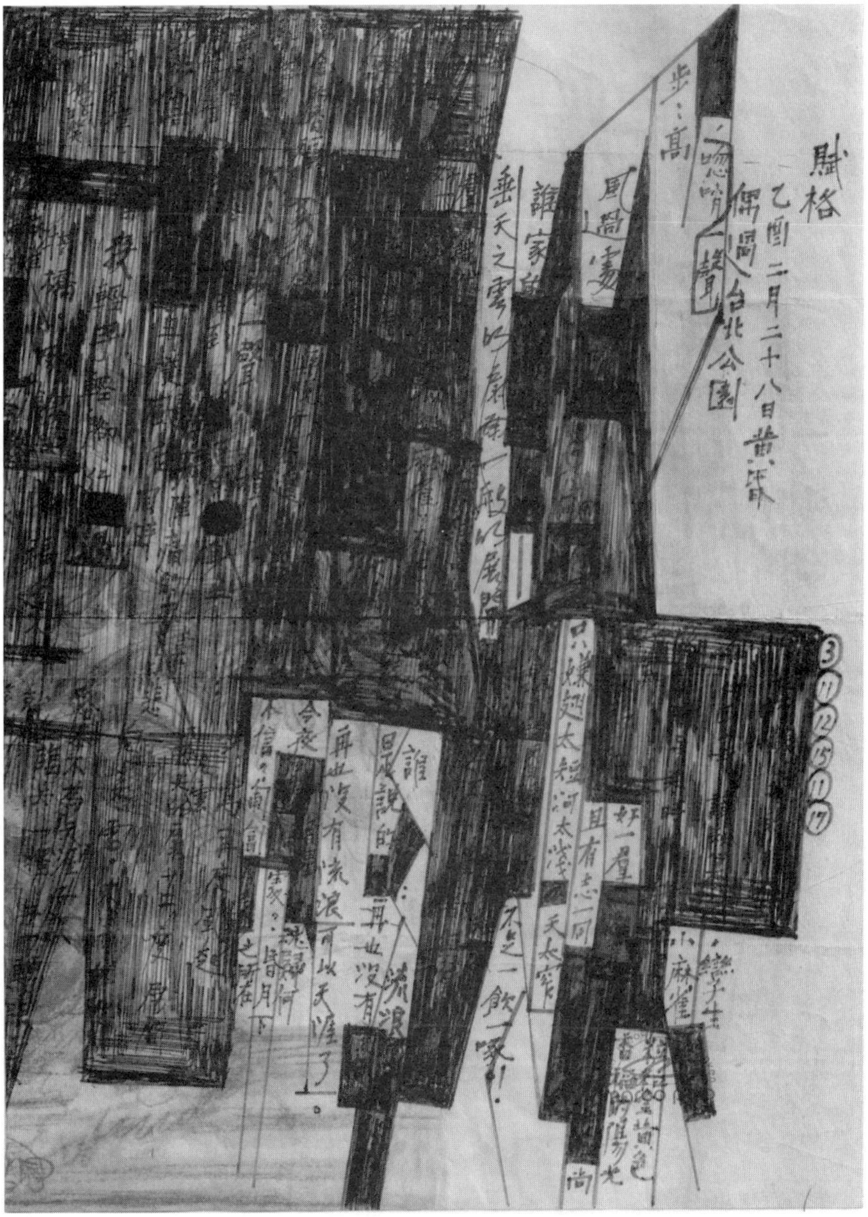

圖一，〈賦格〉手稿，（局部，右半），14.29 x 19.36 公分，曾進豐收藏。

圖二，〈賦格〉手稿，（局部，左半），14.29 x 19.36 公分，曾進豐收藏。

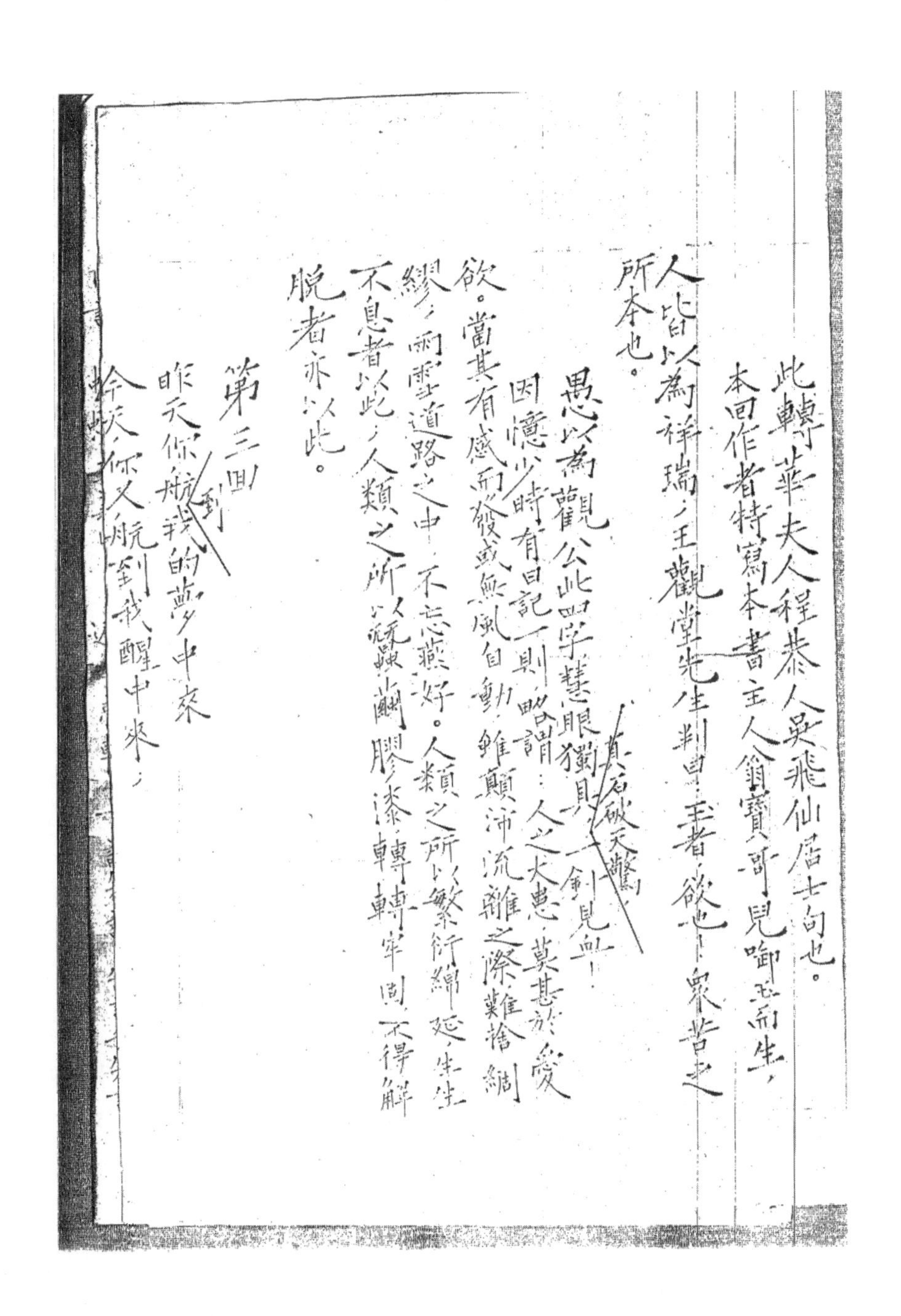
此轉華夫人程恭人吳飛仙居士句也。
本回作者特寫本書主人翁寶哥啣玉而生，人皆以為祥瑞，王觀堂先生判曰：玉者，欲也，眾苦之所本也。
愚以為觀公此四字慧眼獨具，一針見血！真石破天驚！
因憶少時有日記一則，略謂：人之大患，莫甚於愛欲。當其有感而發或無風自動，雖顛沛流離之際，難捨綢繆；綢繆雨雪道路之中，不忘藏好。人類之所以繁衍綿延，生生不息者以此；人類之所以沉緬顛倒、膠漆輾轉，牢固不得解脫者亦以此。
第三回
昨天你航到我的夢中來
今天你又航到我醒中來，

圖三，《不負如來不負卿》，清稿影印本，曾進豐收藏。

綱要	初訂稿	刊印文本
[第一區] 好一群不諳愁的孩子 麻雀不諳愁 麻雀 麻雀　無視 黃金的香　[美得] 呱：的　第一聲　身上　三度颺起同時 童　回到陣痛　陣痛　[的悲]　之雲 麻雀　垂天　的扇　二度 步步高　三度颺起同時 我輕手輕腳行　過　路不為天涯而設 臨天一揮手轉眼處 [第二區] 麻雀　[一]飛　不諳愁　麻雀似　麻雀似 飛了。終於　路是心　飛去又飛回　心連著心腳印連著腳印 從樹身　葉　落葉 不諳愁 鼻梁 * 方框標示綱要區與最後印刷版本重疊的文字	賦格 乙酉二月二十八日黃昏 偶過臺北公園　③⑪⑫⑮⑪⑰ ❹*，攣生 唿哨一聲　❹小麻雀 ❸步：高　❻粒粒金黃色 ❻香稻的陽光 ❹好一羣　❻尚 ❹且有志一同 ❶風過處　❺只嫌翅太短河太淺　天太窄 ❷誰家的　❻不足一飲一啄 ❸垂天之雲以扇面一般的展開　流浪 ⓫是誰說的　再也沒有 ⓬再也沒有流浪可以天涯了⓭ 今夜　魂歸何 處？　⓮昏夜下 ⓯不信？匍匐　之所在 ❽從呱呱的第一聲哭　⓰自有 至陣痛　婆娑的淚眼 ❾易折而不及一寸的葉　可曾識得　與　張　的手臂 ❼腸一日　柄　開 而　回　❿自己的葉脈　⓱在等待。在呼喚　⑪⑥⑤⑩⑧⑬⑦ 九❼　源流　之所從出？　⓲誰是旋轉、誰是軸？　依舊 ⑥⑪⑭⑫ ⓳拱橋。依　舊荷香綠波藻荇和游魚 ⓳雖然 ⓴麻雀 老矣 賦格又不同 於律絕 ㉑而非：想　鼻梁之孤直 ⑩⑯⑬⑮⑨　諸天　㉒也不是一　的　而長且高 飛而可沖 （*反白數字標示該草稿行所對應的出版版本之行數）	賦格——乙酉二月二十八黃昏偶過臺北公園 風過處 誰家的步步高，翛然 垂天之雲的扇面一般的展開—— 好一群小麻雀，攣生，且有志一同 只嫌翅太短河太淺天太窄 粒粒黃金香稻的陽光尚不足一飲一啄！ 腸一日而九回： 由呱呱的第一聲哭到陣痛 易折而不及一寸的葉柄可曾識得 自己的葉脈，源流之所從出？ 是誰說的：再也沒有流浪 再也沒有流浪 可以天涯了。 去時路與來時孰近？昏月下 信否？匍匐之所在 自有婆娑的淚眼與開張的手臂 在等待，在呼喚 誰是旋轉誰是軸？依舊 拱橋。依舊荷香綠波藻荇和游魚。雖然 麻雀老矣，賦格又不同於律絕 而非非想諸天鼻梁之孤直且長且高 也不是一飛而可沖的。

表四，手稿謄寫與刊印文本併置

賦格

乙酉二月二十八日黃昏
偶過臺北公園

諳愁 ③⑪⑫⑮⑪⑰
❹，攣生
❹小麻雀
★ 吻哨一聲
❸步：高
❻粒粒金黃色
❻香稻的陽光
❻尚
❹好一羣
❹且有志一同
❶風過處
❷誰家的
❺只嫌翅太短河太淺 天太窄
❸垂天之雲以扇面一般的展開
❻不足一飲一啄
流浪
⓫是誰說的 再也沒有
好一群不諳愁的孩子
麻雀不諳愁
⓬再也沒有流浪可以天涯了⓭
今夜 魂歸何
麻雀 處？ ⓮昏夜下
麻雀 無視
⓯不信？匍匐
［美得］ 之所在
黃金的香
呱：的 第一聲
身上
三度颺起同時
回到陣痛 陣痛 ［的悲］
之雲
童
垂天
的扇 二度
麻雀
步步高
三度颺起同時
我輕手輕腳行 過
路不為天涯而設
臨天一揮手轉眼處
❽從呱呱的第一聲哭
⓰自有
至陣痛
婆娑的淚眼
❾易折而不及一寸的葉 可曾識得
與 張 的手臂
柄
開
❼腸一日
⓱在等待。在呼喚⑪⑥⑤⑩⑧⑬⑦
❿自己的葉脈
⓲誰是旋轉、誰是軸？ 依舊
源流 之所從出？
⓳拱橋。依 舊荷香綠波藻荇和游魚
而 回
九❼
⑥⑪⑭⑫
不諳愁 路是心
麻雀似
麻雀 ［一］飛
麻雀似
飛去又飛回
心連著心腳印連著腳印
飛了。終於
⓳雖然
從樹身
葉
落葉
不諳愁
亭亭如蓋
⓴麻雀
老矣
賦格
賦格又不同
於律絕
畢竟［鬢］
鼻梁
鼻梁之孤直
㉑而非：想
諸天
而長且高
㉒也不是一
的
飛而可沖
⑩⑯⑬⑮⑨

表五，〈賦格〉手稿謄寫

草稿・手稿・定稿——試探周夢蝶書寫文本

何金蘭*

一、前言

1995 年，筆者赴巴黎第八大學、社會科學高等學院和高等師範學校進修「發生論文學批評」課程。這個於 1979 年才正式命名而形成的學科在當時還是「新」的理論，特別又是以探討文學家、作者及其作品、文本之內心深處祕密的「最初」「發生」源頭爲主要工作，自然很吸引人選修或旁聽。那時以 Raymonde Debray-Genette 老師的上課過程最讓人期待，她常帶法國文學家的手稿影本來給我們「觀察」分析，爲我們作細膩精彩的詮釋解說。

1996 年自巴黎回到臺北後，似乎一直都在進行其他方向的研究，將「發生論文學批評」與「文本發生學」擱置拖延至二十一世紀。

眼看著「書寫面貌」、「創作面貌」與「閱讀面貌」及「接受面貌」每日均以驚人的速度在創新與改變，電子科技更是每秒都有新姿色新尺寸新功能新「內涵」問世，如今還會以「手」寫作的人大概不多，年青一輩更可能從未用「手」「寫」過任何東西；而以電腦作爲書寫工具的人，其修改過程更是無「跡」可尋，往往出現的，我們讀到的總已是確定的最終「定本」。

2009 年驚覺要緊急轉向後，一直至今仍未能進行自己要求的那種嚴謹細膩程度之研究工作。要蒐尋想探討的文學家之「全部」與其「作品」相關的資料是多麼煩瑣、勞累和困難的事情，整理的工作與之後的探究更需要非常特別的精神及勇氣。雖然具有接受「孤單」、「寂寞」和「單打獨鬥」的精神與勇氣，然而路長漫漫，如何能在有「限制」的時間內將工作做到自己所希望的「模樣」，也許所需要的是更多「無限」的沉浸、摸索與探尋。

本文用了許多時間來構思。以周夢蝶其「人」與其「作品」所具有的獨特境界，他的讀者總共有多少，我們無法知道；探討過、評論過周夢蝶作品及書寫的閱讀者、學者、

* 淡江大學中國文學系教授。

研究者、評論者，全部有多少，我們更無從得知：華人、非華人、國內、國外、東方、西方、男性、女性、老年、中年、青年、少年、其職業、其身分……，千萬種感受感覺感想感觸，千百種理論、方法、方式的見解詮釋分析解構重建切入採取：而其中最困難的，還是如何蒐集到周夢蝶的親筆「手稿」來做爲探討對象，以筆者特別內向，一向不敢打擾驚動別人的個性，在拖延了非常久的時間之後，終於在曾進豐教授的幫助和鼓勵下，才於兩個午後前往周夢蝶的「浪漫貴族」寓所，借了一小部分，到斜對面的「7-11」影印後，立刻奉還正本。

以「發生論文學批評」和「文本發生學」作爲本文所採取的理論和方法來說，筆者所蒐集到的周夢蝶「手稿影本」以及進行探討的內涵與結果，都實在少得可憐。希望這次研討會之後，能夠有機會尋取到更多的「手稿影本」，作更多不同角度與更透徹深入的探索。

本文嘗試以周夢蝶的「草稿」、「手稿」與「定稿」作爲切入角度，希望能從其親筆書寫的字跡狀況，探究其「人」與「手跡」之間的各種可能意涵。

二、周夢蝶「草稿」・「手稿」・「定稿」探析

從筆者所蒐集到的周夢蝶少數「手稿」中，經過整理，仔細閱讀，思索可行方法與步驟後，決定以下列方式進行，希望是以「發生論文學批評」理論與方法的思維，建立起來的探索詩人「親筆手稿」，再進而分析其人及其書寫的嘗試，一篇穩健、豐富的論述；當然，也許在日後的檢討中，可能會看到某些未完善的狀況，例如：周夢蝶詩人於創作、修改或思索時在心靈、精神上一些更奧妙、更神秘的轉折變化；或者其實尚有某些未及發現或尚未論及與分析的角度、部分；到時將會再進行修訂、補充，以使論述能更趨向透徹、深入和完美。

A.「草稿」

1. 在《有一種鳥或人》裡，我們讀到兩次題爲〈九行二首〉的詩，第一次是頁 57- 59 的那首有一小序：「——讀鹿苹詩集扉頁有所思」，民國九十五年 1 月 2 日刊登於《聯合報》副刊，「之一」有九行，「之二」也有九行；第二次的另一首出現在頁 91-93，只題〈九行二首〉沒有小序，但「之一」有九行，「之二」有十行，民國九十七年六月十四日亦刊登於《聯合報》副刊。
2. 在我們影印得到的周夢蝶書寫草稿裡，我們看到頁 91-93 的〈九行二首〉各出現在兩頁草稿紙上，未列標題。

（a1）　第一頁：〈九行二首〉之一

在這一頁草稿（影印本）上，我們讀到的應該是〈九行二首〉之一的最初（？）文本：從較潦草及各種不同的畫線刪去不要或想更換的字以及非常多斜線或往左、或往右地增添與刪除的狀況來看，詩人在進行此詩的創作時，是經過多次思考、猶豫、修動，甚至有些詩句在最後的定稿中未曾出現，而且定稿內的第四和第五行，似乎（？）也未在草稿裡出現過。以下即（a1）「草稿」：

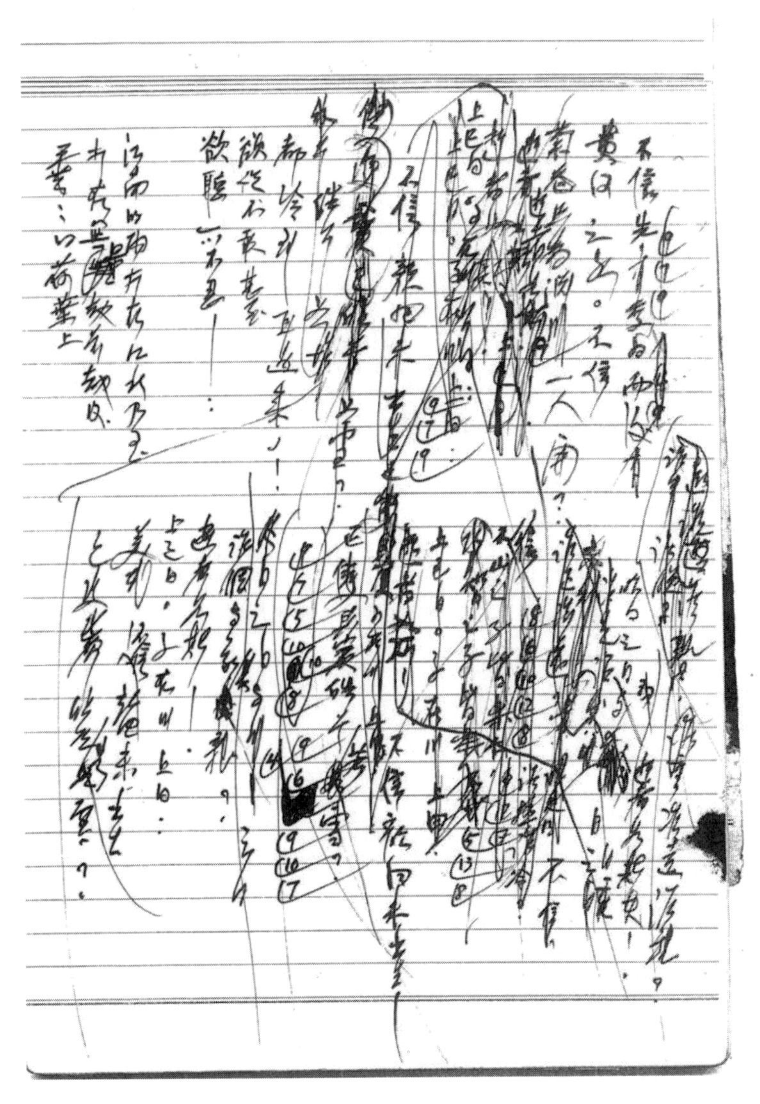

a1 草稿

而在另一頁（a2）的草稿上寫的是：

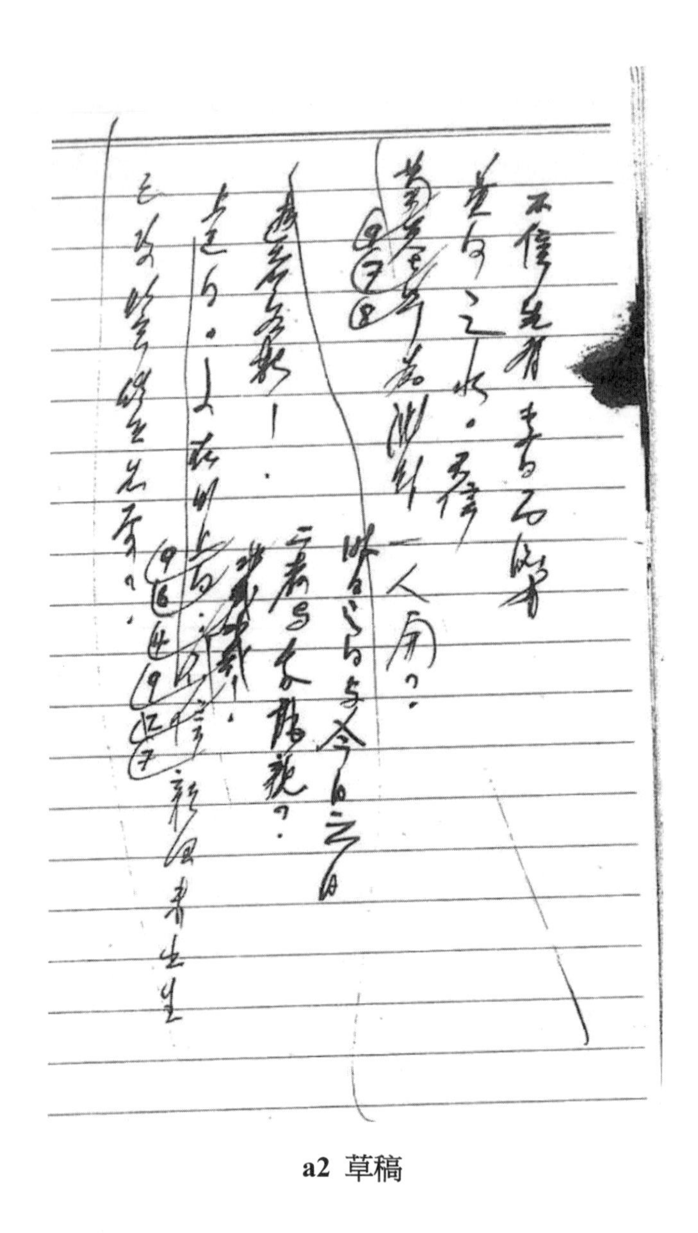

a2 草稿

在（a2）草稿上所寫的〈之一〉，很明顯地與（a1）草稿有極大的差異：

＋（a1）之中，有很多詩句寫了刪畫掉，但又重新再寫了好幾次，而且再寫又再寫，刪掉再刪，其中部分句子到定稿中不再出現，變成「九行」的詩。

＋（a2）保留的有「九行」，但第四第五行與定稿中的詩句完全不同，而且定稿中不見此兩行蹤跡。

＋（a2）的第六、七、八行與定稿中的排列順序也不同。

＋ 從〈之一〉的最初草稿與最終定稿的樣貌比較之下，可以大概理解得到詩人經過多次的琢磨、思考、猶豫、重新再以原來詩句寫出以及刪掉某些字眼的心意變化與掙扎。

（b1）草稿這一首則是〈九行二首〉「之二」的第一頁草稿：

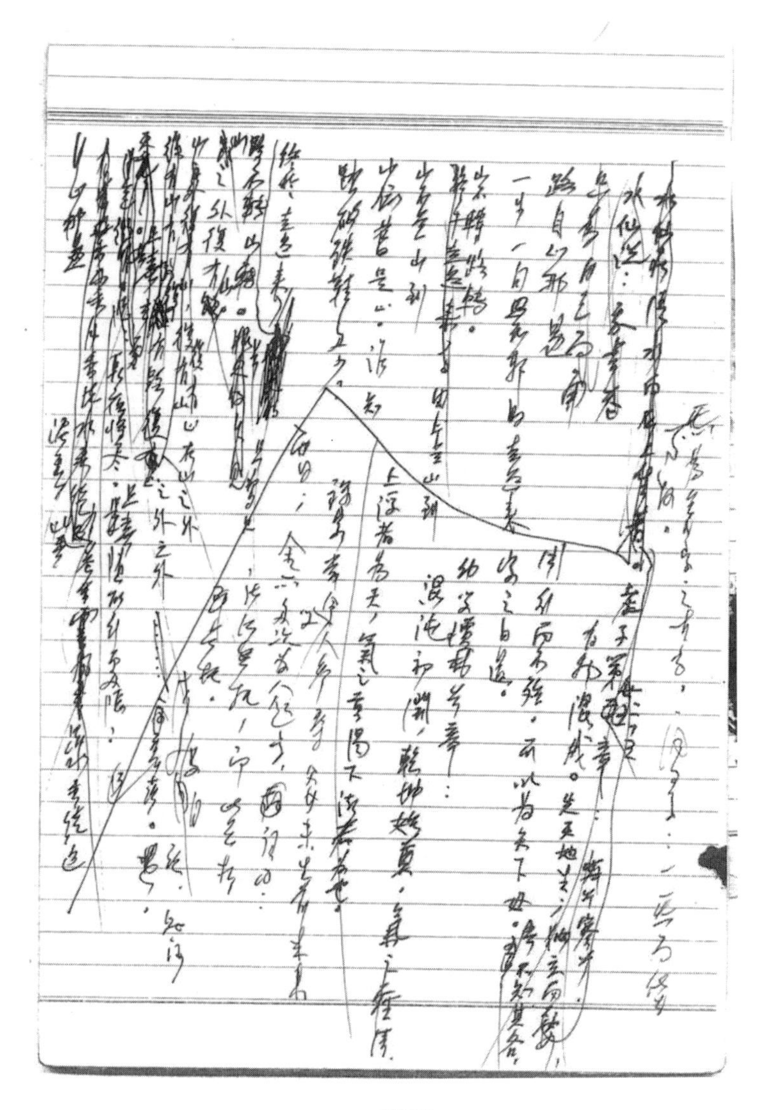

b1 草稿

在此「之二」的詩的第一頁草稿中，我們發現詩人所寫的詩句與他完稿定稿中的詩差異特別多：

+ 只有第一、第二、第三行頭三句與定稿是一模一樣的。

+ 從第四句開始，草稿和定稿的詩就完全不同，而且定稿裡的第四至第九句的詩句或字眼詞彙在草稿中都沒看到，反而第四句中的「思無邪」三個字，卻出現在「之一」

定稿的第四句中。

+ 從草稿與定稿之間的特別差異，我們可以看出詩人在此詩創作過程當中思維轉換之快速與徹底。此詩後來如何變成定稿中之模樣，我們繼續觀察此詩另一頁（b2）草稿上的書寫文本：

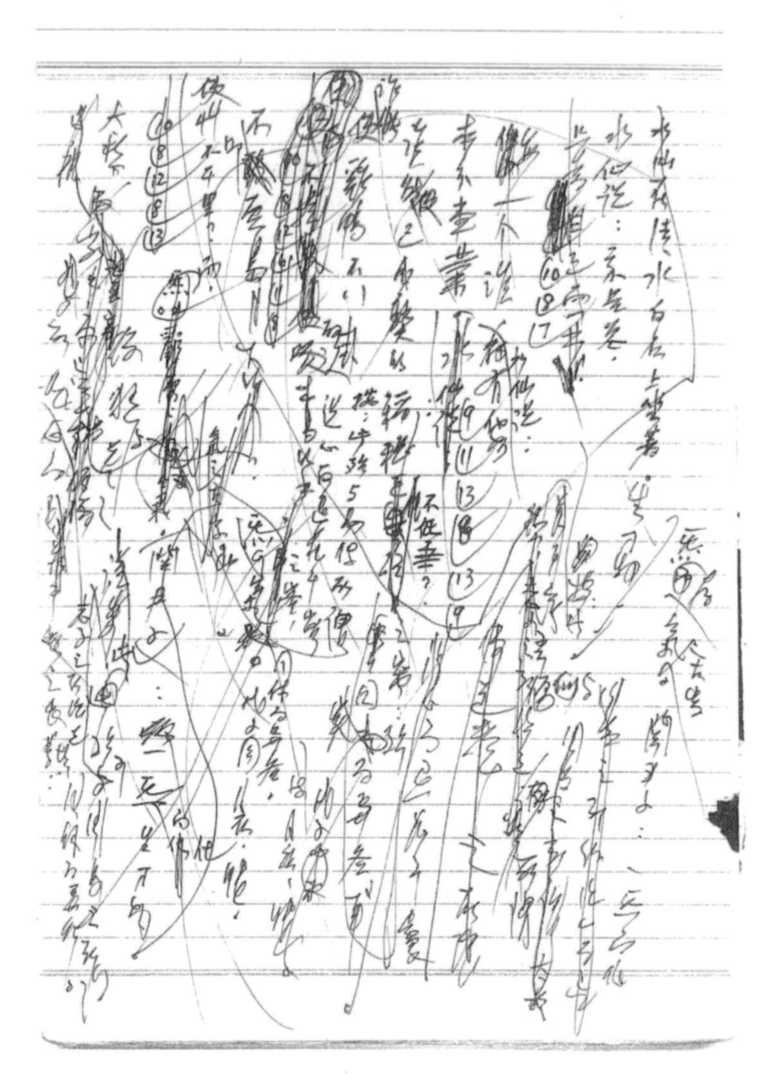

b2 草稿

在這一頁的〈九行二首〉「之二」，我們幾乎可以讀到接近是「定稿」內的詩句與詞彙，雖然有些排列或前後順序有些許不一樣。

詩人在進行創作，修改、增添與刪減的思考進程在這一首詩的草稿中有非常明顯清楚的顯示，而此頁草稿與定稿之間相似的程度也令人驚訝，因為在相似的同時，我們也看到作者「塗改」的痕跡還是如此之「濃」與「重」，不太像已經接近完成的階段或時刻。是否在此草稿與定稿之間還曾經歷過一次、兩次或數次的琢磨修潤整理，由於沒有找到資料，我們不知道；然而，刊登於《聯合報》副刊上的「定稿」與刊於《有一種鳥或人》的「定稿」之間的某些差異，證明了作者無時無刻不在思索著如何讓自己的作品能達到自己心目中最完美的境界，尤其周夢蝶正是一位在現實的日常生活裡與在詩歌國度創作的任何瞬間、都盡力追求最完美的境界「完美主義」詩人。

在進入探討此詩兩份「定稿」的差異之前（於「C. 定稿」部分），我們先觀察詩人在「手稿」部分的修改模式、形式與特色。

B.「手稿」

我們在此將「修改」過的「書寫文本」稱爲「手稿」，雖然有些不得已，但我們認爲總比「修改稿」要好些。因爲事實上，從最初靈感降臨所記的一字、一句、一點、一撇，之後的增加、減少、修動、畫去、更換、一次又一次，直至定稿刊登或出版，甚至定稿之後又再修改，不同版本但同一作品的不同面貌等，都是作者從最原始的「前」「前文本」一直進行到願意將作品問世之間的整個過程，見證作者在創作、書寫以至完成時的的心靈、精神、思維的演進和變化的「手稿」實況。

然而真正的「實況」實際上無法全部從這些「手稿」觀察得出來和理解得透徹，即使作者的所有書寫「手稿」都得到完整地保留、全無錯誤的整理和辨讀，將潦草難認難讀的字無誤地以清楚的面貌重新抄謄、將被許多不同形式或方式塗抹、混亂的原來文字能夠認出或「猜」出，但我們都知道，作者內心深處腦海裡的許多想法、靈感的變化轉折都是那麼樣的細緻幽微奧秘難以測知。

此次，我們嘗試將影印到並經周夢蝶修改得非常「用心」的幾個「手稿」特別面貌，做爲解釋和分析對象。

第一點：

在所附「手稿」的七個修改處，無論書寫的內容爲何，詩人在漏寫的地方，總以尺或先或後將「〈」或「〉」符號劃上去，再加上所需添補的字或符號，有中文、外文、標點符號等；例如：

（**aa**）：

1. 頁 **1** 的「莫」字：

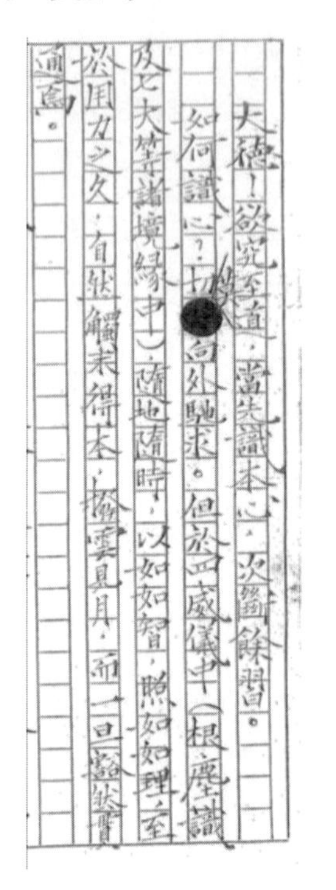
大德！欲究至道，當先識本心，次斷餘習。
如何識心？莫向外馳求。但於四威儀中（根塵識
及七大等諸境緣中）隨地隨時，以如如智，照如如理，至
於用力之久，自然觸著得本，撥雲見月，而一旦豁然貫
通焉。

2. 頁 **2** 的「如雞孵卵」、「禪師」：

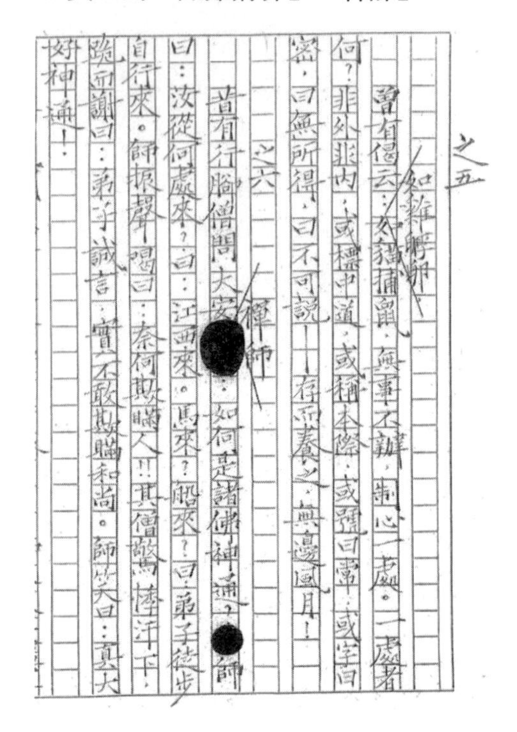
之五
曾有偈云：如雞孵卵，如貓捕鼠，無事不辦，制心一處。一處者
何？非外非內，或稱中道，或稱本際，或强曰常，或字曰
密。曰無所得，曰不可說——存而養之，無邊風月！
之六
昔有行腳僧問大安禪師：如何是諸佛神通？師
曰：汝從何處來？曰：江西來。馬來？船來？曰：弟子徒步
自行來。師振聲喝曰：奈何欺瞞人！！其僧驚悚汗下，
跪而謝曰：弟子誠言，實不敢欺瞞和尚。師笑曰：真大
好神通！

3. 頁 **3** 的「不」、「分誇大」：

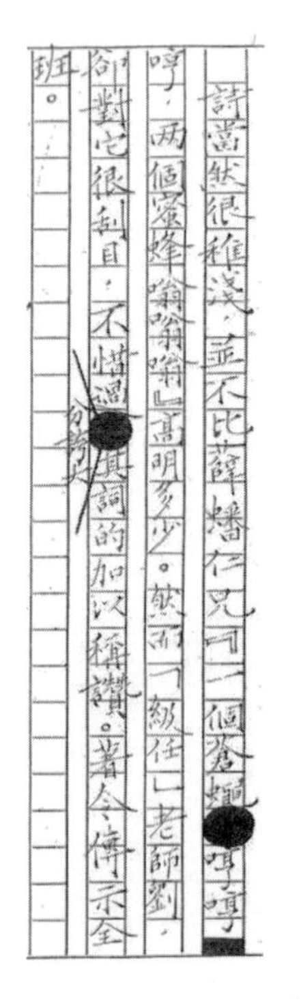
詩當然很稚淺，並不比薛蟠仁兄的「一個蚊子哼哼
哼，兩個蒼蠅嗡嗡嗡」高明多少。然而「級任」老師劉
卻對它很刮目，不惜過分誇大其詞的加以稱讚。着令傳示全
班。

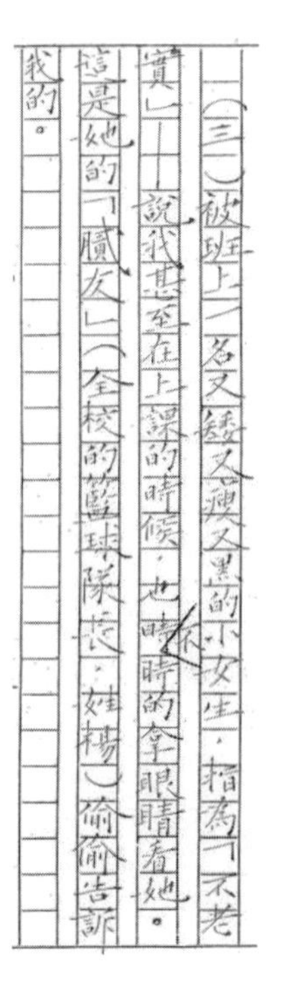
（三）被班上一名又矮又瘦又黑的小女生，稱為「不老
實」——說我甚至在上課的時候，也不時的拿眼睛看她。
這是她的「膩友」（全校的籃球隊長，姓楊）偷偷告訴
我的。

4. 頁 4 的「金」、「不」：

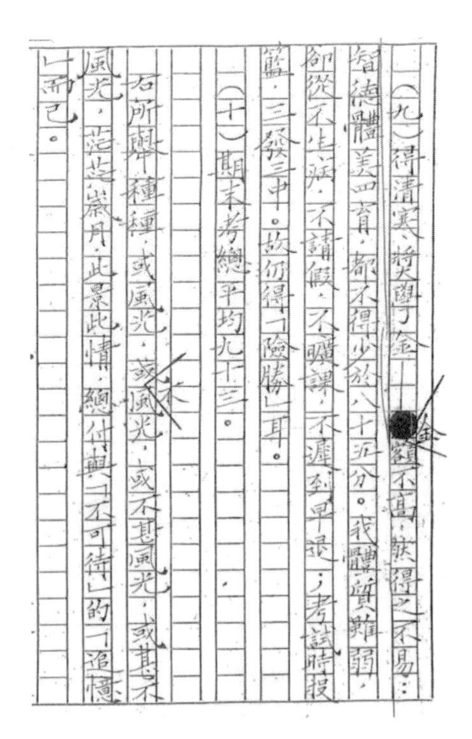

(九)得清寒、特獎學金額不高,然得之不易:
智德體美四育,都不得少於八十五分。我體質雖弱,
卻從不生病,不請假,不曠課,不遲到早退;考試時投
籃,三發三中。故仍得「險勝」耳。
(十)期末考總平均九十三。
右所舉種種,或風光,或風光,或不甚風光,或甚不
風光,茫茫歲月,此景此情,總付與「不可待」的「追憶
」而已。

5. 頁 5 的「，」、「名」、「所困」、「(hysteria)」、「可知」：

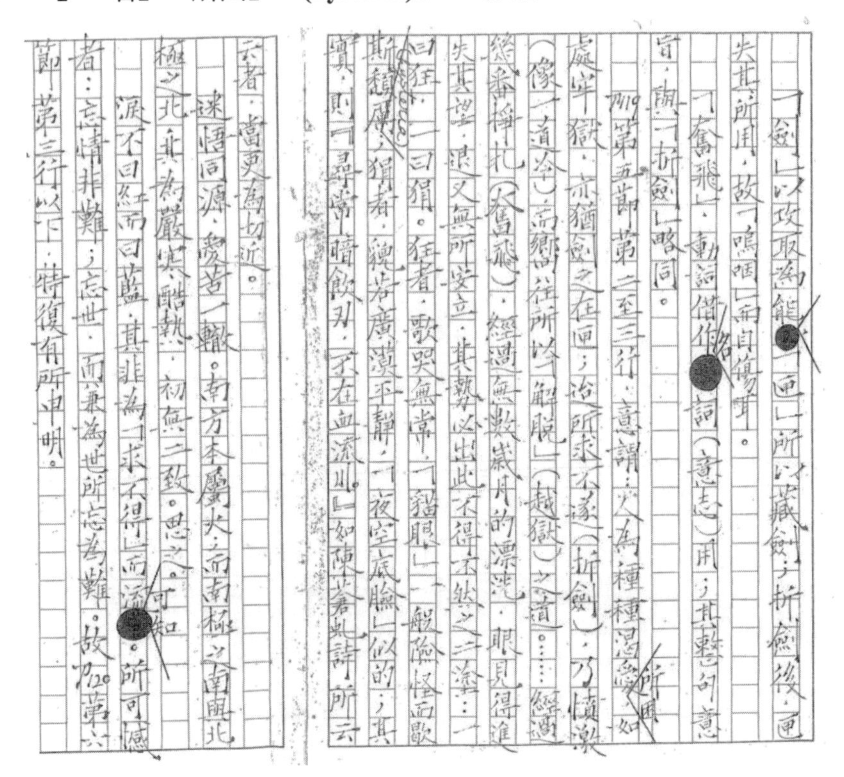

「劍」以攻取為能,「匣」所以藏劍;折劍後,匣
失其所用,故「嗚咽」而自傷耳。
「奮飛」,動詞借作詞(意志)用;其整句意
旨,與「折劍」略同。
第五節第二至三行,意謂:人為種種過錯所困,如
處牢獄,亦猶劍之在匣;治所求不遂(「折劍」),乃憤激
(像一道冷)而嚮往所以解脫(越獄)之道……經過
幾番掙扎(奮飛),經過無數歲月的漂泊,眼見得進
失其望,退又無所安立,其勢必出此不得不然之一途:一
曰狂,一曰狷。狂者,歌哭無常,「貓眼」一般險怪而歇
斯底里(hysteria);狷者,貌若廣漠平靜,「一夜空底臉」似的;其
實,則「尋常磨飲刃,不在血流川」,如陳若曦詩所云
云者,當更為切近。
迷悟同源,愛苦一轍。南方本屬火,而南極之南與北
極之北,其為嚴寒、酷熱,初無二致。思之,可
淚不曰紅而曰藍,其非為「求不得」而流,可知。所可憶
者:忘情非難;忘世,而兼為世所忘為難。故第六
節第三行以下,特復有所申明。

6. 頁 6 的「玄」、「的『眼』」：

No. 6
78 第三節：那曾燃亮過惠特曼、桑德堡底眼睛 的
睛』，是指草色或草光，擴而充之，或亦可目為生命與智
慧之光吧？生命無所不在！所以我說：『每一寸草葉，都
有一尊基督醒着』；生命有代謝而無終盡！所以我問
：『第幾次還魂』？人人都有眼睛，人人都不知道自己有
眼睛；只有詩人，好學深思、敏悟銳感的詩人如惠特曼（
(24×25)

九天者，淮南子：『天有九野，中央及四正四隅』
九野者，據呂氏春秋：中央曰鈞天，東曰蒼天，南曰
炎天，西曰顥天，北曰玄天，東南曰陽天，西南曰朱天，
東北曰變天，西北曰幽天。

7. 頁 7 的「亦有詠草之作」、「：」、「華民」：

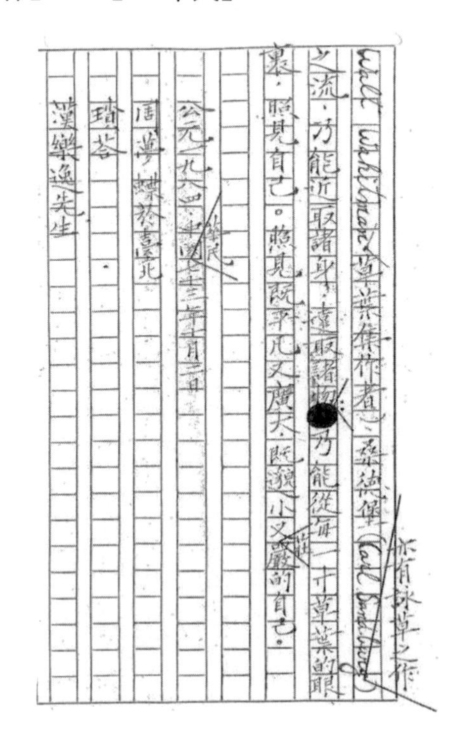
Walt Whitman（草葉集作者）、桑德堡（Carl Sandburg）亦有詠草之作
之流，乃能近取諸身，遠取諸物，乃能從每一寸草葉的眼
裏，照見自己。照見既平凡又廣大，既渺小又莊嚴的自己。

公元一九八四、中華民國七十三年十月二日
周夢蝶於臺北
琦荅
漢樂逸先生

(bb)：

在許多加上「〈」或「〉」符號之處，有時會畫上本來已寫好的字或黑圓形的「●」之上，例如：頁1、頁2、頁3、頁4、頁5、頁6、頁7。

(cc)：

在原來已寫上又覺得不妥、需要修改的地方，詩人常以圓形「●」或長方形「▇」完全塗黑，根本看不見本來所寫的字或符號，例如：頁3。

1. 頁1　一個黑圓形

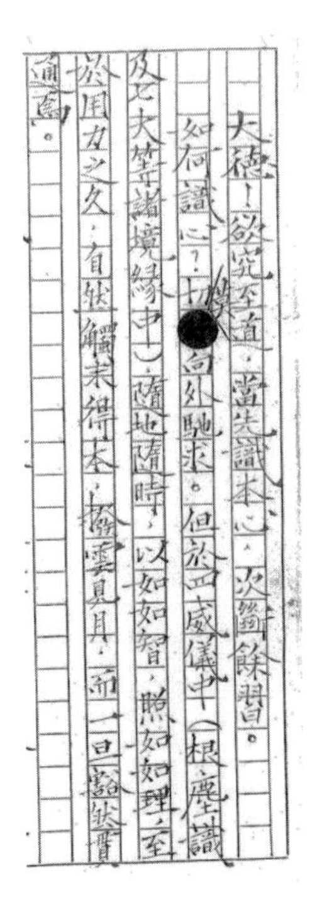

大德！欲究至道，當先識本心，次斷餘習。
如何識心？向外馳求。但於四威儀中（根塵識
及七大等諸境緣中）隨地隨時，以如如智，照如如理。至
於因久之久，有然觸未得本，撥雲見月，而一旦豁然貫
通焉。

2. 頁2　兩個黑圓形

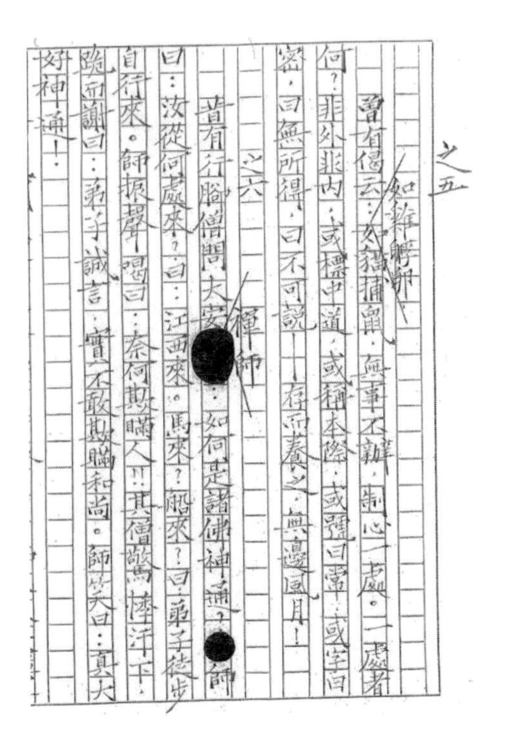

之五
嘗有偈云：如貓捕鼠，無事不辦，制心一處。一處者
何？非外非內，或標中道，或稱本際，或號曰常，或字曰
密，曰無所得，曰不可說，存而養之，無邊風月！
之六
昔有行腳僧問大安禪師：如何是諸佛神通？師
曰：汝從何處來？曰：江西來。馬來？船來？曰：弟子徒步
自行來。師振聲喝曰：奈何欺瞞人！！其僧驚悸汗下，
跪而謝曰：弟子誠言，實不敢欺瞞和尚。師笑曰：真大
好神通！

3. 頁 3　兩個黑圓形、一個黑長方形

詩當然很稚淺，並不比薛蟠仁兄「一個蚊子哼哼哼
哼，兩個蒼蠅嗡嗡嗡」高明多少。然而「級任」老師劉、
卻對它很刮目，不惜過●其詞的加以稱讚。著令、傳示全
班。

4. 頁 4　一個黑圓形

（九）得清寒、特獎學金●不菲，然得之不易：
智德體美四育，都不得少於八十五分。我體質羸弱，
卻從不生病，不請假，不曠課，不遲到早退；考試時投
籃，三發三中。故仍得「險勝」耳。
（十）期末考總平均九十三。

右所舉種種，或風光，或不風光，或不甚風光，或甚不
風光，茫茫歲月，此景此情，總付與「不可待」的「追憶」
而已。

5. 頁 5　三個黑圓形

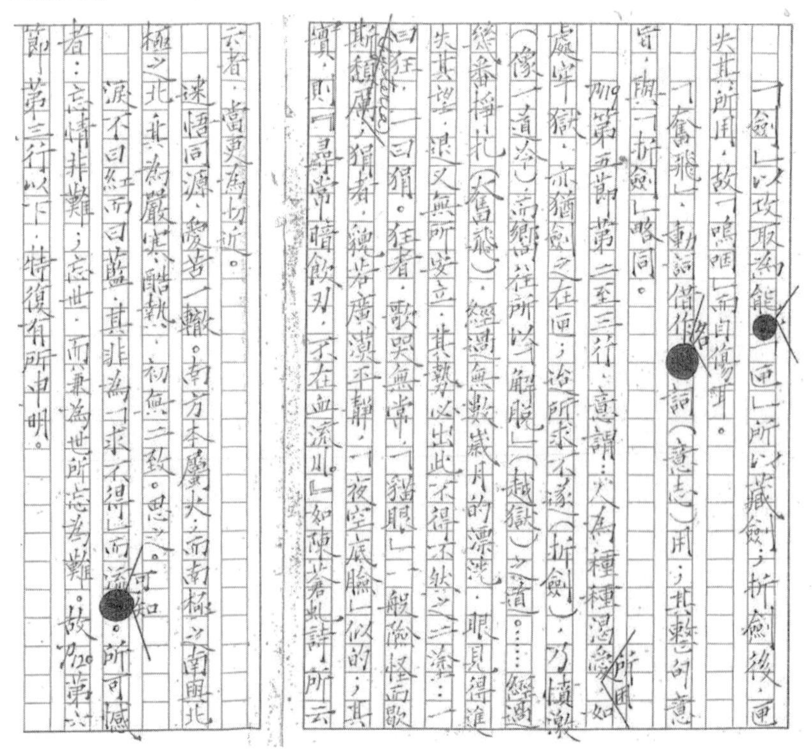

「劍」以攻取為能●「匣」所以藏劍；折劍後，匣
失其所用，故「嗚咽」而自傷耳。
「奮飛」，動詞借作●名詞（意志）用；其轉句意
旨，同「折劍」略同。
第五節第二至三行，意謂：人為種種遭遇所如
處牢獄，而猶劍之在匣；洎所求不遂（折劍），乃憤激
（像一道冷）而嚮往所謂「解脫」（越獄）之道……經過
多番掙扎（奮飛），經過無數歲月的漂泊，眼見得進
失其望，退又無所安立，其勢必出此不得不然之二途：一
曰狂，一曰狷。狂者，歌哭無常，「貓眼」一般怪而歌
斯顛，狷者，漠若廣漠平靜，「一夜空底臉」似的；其
實，則「尋常暗飲刃，不在血流川」。如陳若詩所云
示者，當更為切近。
迷悟同源，愛苦一轍。南方本屬火，而南極之南與北
極之北，其為嚴寒、酷熱，初無二致。思之。
淚不曰紅而曰藍，其非為「求不得」而流●所可憾
者：忘情非難，忘世，而兼為世所忘為難。故第六
節第三行以下，特復有所申明。

6. 頁 6 兩個黑圓形

第三節：那首〈與惠特曼、桑德堡底眼睛〉，是指草色或草光，擴而充之，或亦可自為生命與智慧之光吧？生命無所不在！所以我說：『每一寸草葉，都有一尊基督醒着』；生命有代謝而無終盡！所以我問：『第幾次還魂』？人人都有眼睛，人人都不知道自己有眼睛；只有詩人，好學深思、敏悟銳感的詩人如惠特曼（

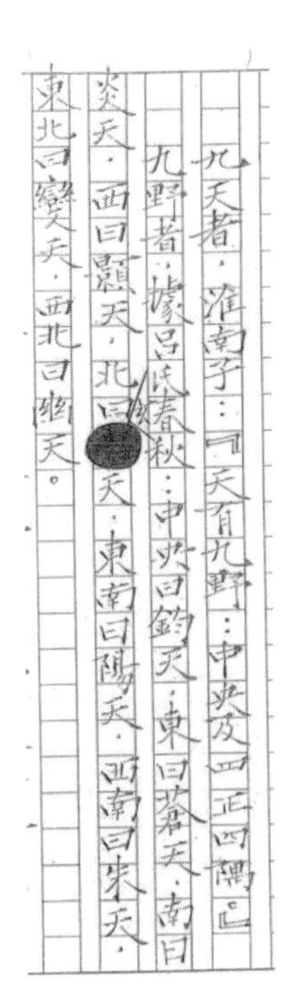

九天者，淮南子：『天有九野，中央及四正四隅』

九野者，據呂氏春秋：中央曰鈞天，東曰蒼天，南曰炎天，西曰顥天，北曰玄天，東南曰陽天，西南曰朱天，東北曰變天，西北曰幽天。

7. 頁 7 一個黑圓形

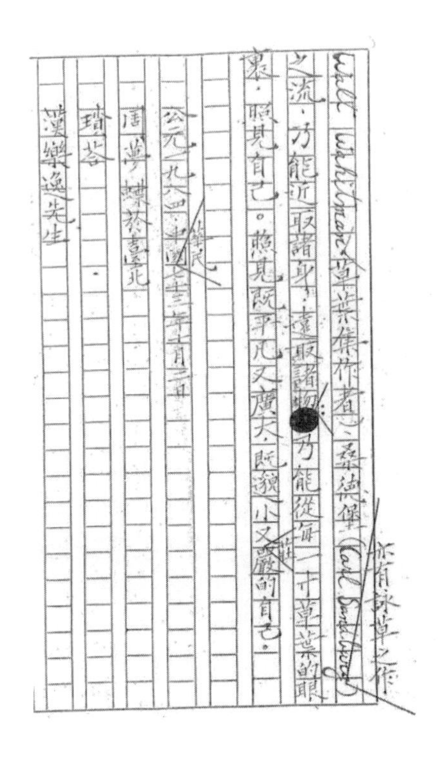

Walt Whitman（草葉集作者）、桑德堡（Carl Sandburg）（亦有詠草之作）之流，乃能近取諸身，遠取諸物，乃能從每一寸草葉的眼裏，照見自己。照見既平凡又廣大，既渺小又莊嚴的自己。

公元一九六四（民國五十三）年十月二日

周夢蝶於臺北

琦答

漢樂逸先生

我們發現詩人應是先將圓外框或長方外框畫好，再以筆或墨將框塗滿。如此又黑又滿又小心翼翼（因爲作者也沒將筆或墨塗到框外去）地完全塗抹是否因爲：

1. 詩人不希望原來的錯字或令他不滿意的字再影響他或干擾他？
2. 詩人謹慎、認真、嚴格、追求完美的個性希望讀者只看到他的美好而沒有任何缺陷或不美的畫面？不欲別人知道他早先的某些「不完美」？
3. 或如他個性裡那樣完全拒絕與捨棄「不合適」的一切？
4. 因受到佛法嚴格戒律的影響，一定要以最「圓」最「正」的外貌與內心呈現自己自我要求的規範？

<u>第二點：</u>

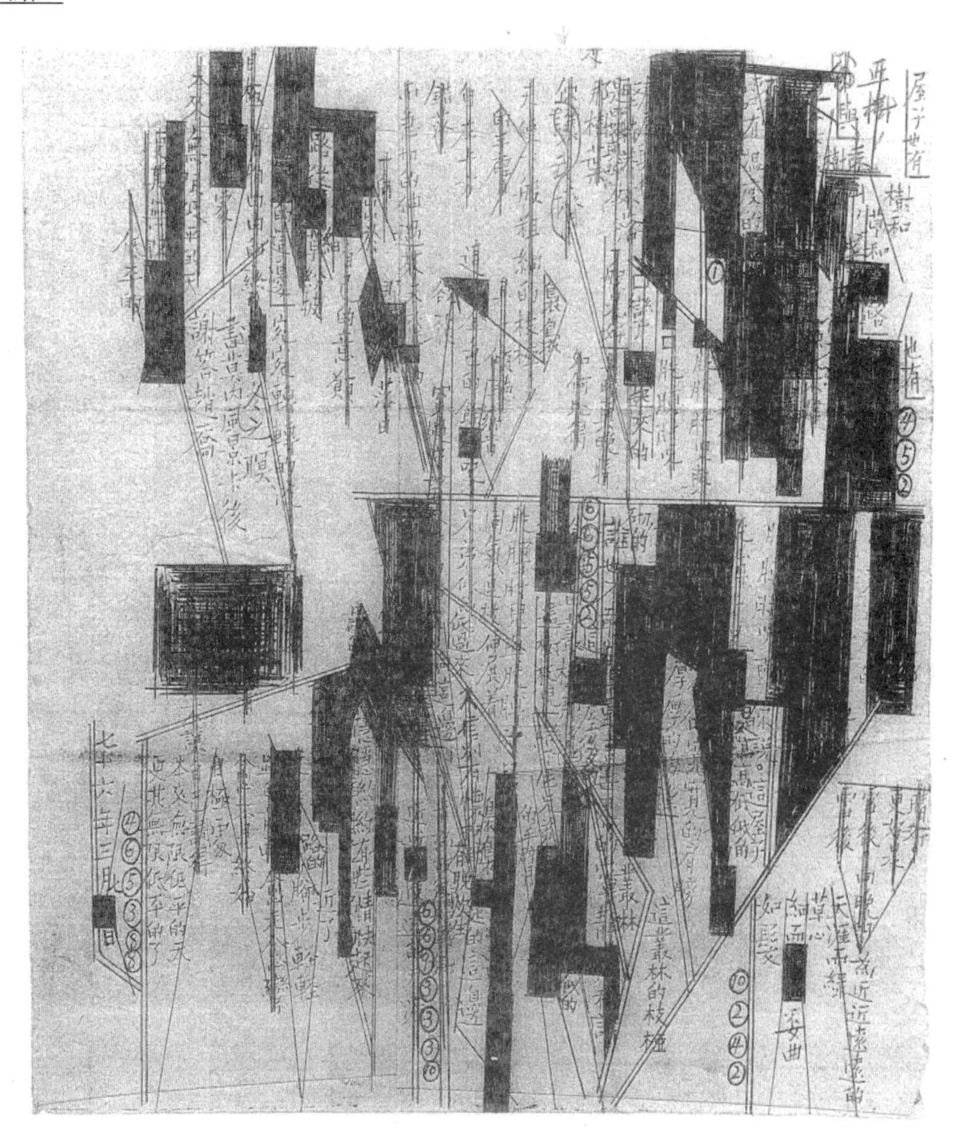

在這一份修正手稿上，我們看到的是更不可思議的畫面。與大部分寫作者通常會以筆或書寫工具隨意勾畫打叉塗抹的模樣相比，周夢蝶的這一頁「手稿」，被塗改的地方，全部都是以尺「無比正直」、「無比工整」地加以「整修」，以最繁複最多采多姿的容貌和形式呈現：正方、長方、三角、菱形、多樣的又長又菱又正又三角或空一正方空一長方空一小窗再配上各類的加減乘除，胖的瘦的圓的扁的大的小的上妝的素面的動態的靜態的，彷彿正以最個人的畫作和最動人的舞姿展現詩人一層又一層正等待探究的心底秘密，其中飛躍起來的，還有許多阿拉伯數字（在前面的草稿中也有）整齊地站立排列著，各式各樣或單或雙的直線、橫線、斜線、三角線、塔型、倒立塔型、一個大型問號旁依偎著一小形反向問號，豐富的內裡與外在都讓讀者與研究者著迷與困惑。

正如上文對其他「手稿」曾提出來的問題一樣，我們對這一頁更少見的修正稿樣貌，不禁也想提出更多問題來尋求答案：

1. 在這一頁修正稿上，最後一行寫著「七十六年三月七日」，讓我們知道詩人書寫日期；整篇所呈現的字是非常工整的，不像需要作如此大幅度修改的「草稿」字潦草難辨讀，因此，在已完整（我們假設）抄寫完畢的一篇詩稿上面，為何要費心勞神以尺一直一橫一斜地將已寫的字全部塗黑、塗滿、塗到被遮蓋的任何字眼筆畫全部不見天日、「窒息死亡」？
2. 詩人其他還讓我們讀得到、認得清的字都清清楚楚的呈現書寫者的謹慎、小心、嚴肅、認真、一絲不苟、很有原則、很堅持、很堅決、很執著、不苟且、不輕易動搖、不容易回頭，個性鮮明、愛恨分明，那麼，他所堅持「抹去」的到底是什麼？
3. 既然不要有回頭的餘地（因為原有的「當初」已全被「埋葬」在上萬上億的長短正斜槓條或其他記號之下，如何甦醒復活？），是否不要讓別人窺探得到作者的曾經軌跡？曾有意念？曾動的希望？
4. 如果是的話，為何有的字跡塗得全黑，什麼都看不見，有的卻是以兩槓、有的以單槓、有的完全不塗來保存或保留可閱讀、能閱讀的字和程度？是否光是這些還「存活」或「半存活」的字眼詞彙詩句詩行就已足夠讓此詩完整地表達作者意欲描繪的心靈全部？
5. 詩人在塗抹時，心思集中在這個動作上，還是陷入無意識狀態？或正「遊蕩」尋找詩作的靈感？刻意塗抹嗎？
6. 在難得地完成一首作品、難得地「整首」「工整」抄膳到紙上之後，為何又要花費如此多的時間來將一大半的篇幅非常「工整」的劃掉？
7. 劃掉時是在創作過程「當中」嗎？若是的話，表示塗抹劃掉時是沒有靈感時嗎？塗抹得如此細密謹慎，到底是因為什麼？
8. 是因為這一份不是「定稿」？也不是「初稿」，更不是「草稿」，不是「雛形」的前文本，是「定稿」的一個大變身大改造？

9. 或是上文曾提到的，佛法戒律影響之下，即使「修訂」也須小心戒慎，盡力盡可能去除自己認爲「不合適」、「不宜」存在的一切，即使是「文字」或「符號」、或「記號」？

10. 以尺標畫漏字、錯字、特地拉出來，是個性謹慎使然之外，是否也含警惕自己之意？然而，在這一頁塗抹面積如此大的詩稿上，若換另外一個人，與其將「時間」用在以尺畫槓塗黑，會不會以此「時間」用到再重新抄寫另外一份「手稿」上面去？因此，「執著」在周夢蝶性格上是否可以從此動作看得出來？其「執著」程度是否比任何人都高？

C.定稿

此次的「定稿」，我們選擇在 A 部分進行詮釋的「草稿」〈九行二首〉作爲解析的對象。

《有一種鳥或人》的頁二和頁三正是〈九行二首〉的定稿，我們看到的是一如其人的周夢蝶「書法」；不過，書中頁 91 至頁 93 印的也是這一首〈九行二首〉，只是，當我們將「草稿」、書內《聯合報》副刊（九十七年六月十四日刊登）的「定稿」與頁 2 至頁 3 的「定稿」比較之下，就發現此詩在「草稿」與副刊上「定稿」固然有進行更動、修改痕跡，但在副刊與書法「定稿」之間也有「重要」的改動：

1. 草稿（請參考前面的 a1，a2，b1 與 b2）
2. 《聯合報》副刊上之「定稿」

九行 二首

之一

不信先有李白而後有
黃河之水。不信
菊花只爲淵明一人開？

風從思無邪那邊

上巳日。子在川上曰：
水哉水哉水哉
逝者如斯。不信顏回未出生
已雙鬢皓兮若雪？

之二

水仙在清水白石上坐著。
水仙說：我是花
只爲自己而開！

每一個誰，水仙說
都有他的本分事業——：

誰能使已成熟的稻穗不低垂？
誰能使海不揚波，鵲不踏枝？
誰能使鵝鴨不八卦
而，啄木鳥求友的手
不打賈島月下的門？

《聯合報》副刊．九十七年六月十四日

3. 《有一種鳥或人》頁 2-頁 3 之「定稿」

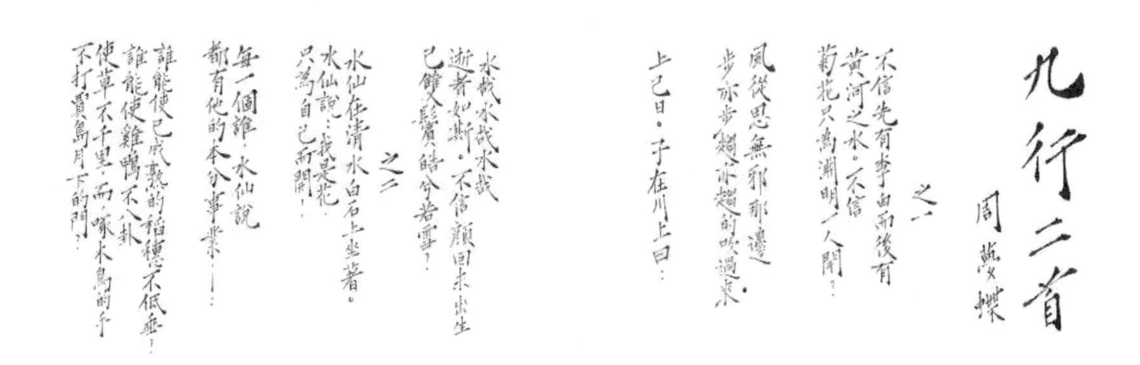
九行二首
周夢蝶
之一
不信先有李白而後有
黃河之水。不信
菊花只為淵明一人開?
風從思無邪那邊
步亦步趨亦趨的吹過來。
上巳日。予在川上曰:
逝者如斯。不信顏回未出生
已饒入鬢皓兮若雪?
水哉水哉水哉
之二
水仙在清水白石上坐著。
水仙說:我是花
只為自己而開!
每一個誰,水仙說
都有他的本分事業……
誰能使已成熟的稻穗不低垂?
誰能使雞鴨不八卦
使草不千里,而,啄木鳥的手
不打賈島月下的門?

（一）「草稿」（b1）中「之二」第 5 行「一步一句（？）思無邪的走過來」在兩份「定稿」中化爲「之一」的第 4、5 行：「風從思無邪那邊／步亦步趨益趨的吹過來」。

（二）　「草稿」（b2）「之二」第 6、7、8、9、10 行在副刊「定稿」中詩句有些改變，排列順序亦有些不同：

	「草稿」	「副刊」
第 7 行	「誰能使雞鴨不八卦」	「誰能使海不揚波，鵲不踏枝？」
第 8 行	「而，啄木鳥的手」	「誰能使鵝鴨不八卦」
第 9 行	「不 叩賈島月下的門？」	「而，啄木鳥求友的手」
第 10 行	「使草不千里？而，」	「不打賈島月下的門？」

在頁 2-頁 3 的「定稿」上則是：

第 7 行	「誰能使雞鴨不八卦」
第 8 行	「使草不千里，而，啄木鳥的手」
第 9 行	「不打賈島月下的門？」

至於第 6 行，則三個版本都是一樣的詩句。

（三）從同一首詩但出現在不同時間、不同場合、不同刊物就有如此大的差異來看，我們不免會提出幾個小問題：

1. 爲何副刊上的「之二」會出現「十行」而非「九行」？以周夢蝶的謹慎、嚴肅、執著個性，不應該有此疏忽才是！
2. 副刊上第 7 行與第 6 行字數相當且具相對意，是作者在修改「草稿」時的靈感意念？

3. 副刊上將「草稿」內的「雞鴨」改爲「鵝鴨」，是作者親手改，抑是排字的人錯將「雞」排成「鵝」？
4. 頁 2-頁 3 的「定稿」再改回「九行」，是因標題「九行二首」的緣故，還是因整首詩以此面貌、節奏出現更具作者意欲表達之完美與境界？
5. 此外，第 4、5 行在「草稿」中的排列樣貌和在副刊與頁 2 至頁 3 中之排列亦有不同，是爲了特別加強「水仙」的獨特？形象？意境？

（四）另外，在「之一」「草稿」（a1 上半）的左邊六行：

都說冷到耳邊來了！
欲說不敢甚至
欲聽亦不忍——：

江南的雨打在江北乃至
打在無量劫前劫後
垂垂的荷葉上

作者在沒有修改的狀況之下，發表於《聯合報》副刊上，日期爲民九十七年六月十二日（頁 121），與〈九行二首〉的九十七年六月十四日才相差一日或兩日。

（五）周夢蝶在「草稿」內或「定稿」中，甚至是在任何的書寫文本裡都非常重視「標點符號」，該用哪一個符號，絕對不會以另外一個符號出現過；不過，「草稿」中註明寫作日期的似乎不多（或是因爲我們剛好影印到），反而在他的「草稿」詩作中常會出現一些數字，例如「之一」（a1 上半）第一右邊有 9 7 9 之外，稍低之處還有 4 7，我們不太確定是否作者想要註明第一行「不信先有李白而後有」是 9 個字，第二行「黃河之水。不信」是 7 個字，第三行「菊花只爲淵明一人開？」是 9 個字，以此類推，或是還有其他用意，也許要請教詩人才清楚。

（六）「之一」（a1 上半和下半）（a2）「草稿」和兩篇「定稿」之間也有一些差異：第 4、5 行在「草稿」中出現的是不同的詩句，但「定稿」兩篇的第 4、5 行一模一樣，沒有修改；反倒是第 6、7、8 三行在「草稿」內字數與排行順序更動多次，証明作者在完成「定稿」之前的許多掙扎與猶豫。

三、緣淺淡淡

在這第三部分裡，筆者想略爲敘述或描寫詩人周夢蝶與筆者之間，從最初筆者還在越南時之閱讀其作品，到後來在臺北的見面、「認識」，多次偶然的遇見，幾次握手，幾句簡單的「話語」，幾件筆者知道或別人敘述的周公曾做過、發生過的幾件事情，來說明與證明周夢蝶的「手稿」與他「詩人」的性格是完全一模一樣的真實、真摯、誠懇、誠實、執著、不易改變、天真、毫無虛假。雖然此「緣」特「淺」，但已足夠在接觸到周夢蝶「手稿」時「清楚」了些些；因此，即使其「手稿」多樣多元，但呈現「周夢蝶」個人的「字」與「人」的「獨特」豐采與樣貌，絕對是罕見的「真」。

（一）臺灣出版的文學刊物於 1965 年出現於南越首都西貢（Saigon）唐人區堤岸（Chợ Lớn）傘陀街的傘陀書局，是六〇年代銷售最多華文文學、文藝書籍之處，讓原本只接觸和閱讀到大陸和香港出版物的華文「文青」，對面貌完全新鮮、內容特別、技巧獨特的臺灣「現代詩」，驚奇和驚喜不已。

那時以《創世紀》、《幼獅文藝》、《文壇》、《文星》、《純文學》與詩集、小說或散文等等「純文學」的刊物讓我們「如飢似渴」，總往書店去看新的書是否已到，搶先購買，對新的文學論述、哲學思潮、寫作技巧、翻譯作品、詩壇史料、詩壇文壇動態……全部吸收、用心學習。1966 年，十二位南越華文「現代詩」創作者將學習後的作品出版，擺脫以前濃厚的「文藝腔」特色，盡力以全新的手法書寫，書名《十二人詩輯》。[1]

在許多位對越華「文青」有深遠影響的臺灣現代詩詩人中，我們對周夢蝶的「詩人」和「詩作」總覺得神祕，很想進入其中理解，卻又覺得不容易進入，也不容易學習，似乎有某種距離讓我們這些學習者難以邁進。

在臺北市明星咖啡屋前騎樓下擺設文學哲思書籍攤位的詩人應該是非常「實在」的「紅塵」「現實」裡的人，但他的作品卻總是帶著獨特的極致「孤絕」。儘管我們這些本來自 1954 年起即已活在日日戰火威脅下、時刻都驚懼「死亡」突然到來的「書寫者」，也難以理解或明白他詩中的豐富意涵，不論是完全或部分。

（二）申請到中華民國政府獎學金，1969 年 9 月 17 日，筆者終於離開當時烽火連天的南越，到臺北國立臺灣大學讀書。

在戰地裡，原本不敢奢望能夠脫離絕望困境，能夠前往更高深的學術環境進修、能夠見到仰慕已久的詩人、文學家、寫作者。但那日午後，筆者決定到臺北市武昌街一段 7 號，去實現最近幾年來一直夢想可以實現的夢想：神奇的詩人、神奇的形象、神奇的心靈、神奇的入世與出世，就出現在真實的臺北市自己真實的眼前；而眼前的詩人，雖

1 《十二人特輯》的十二位作者為：尹玲、古弦、仲秋、李志成、我門、徐卓英、陳恆行、荷野、銀髮、餘弦、影子、藥河。

然彷彿被「困」於書攤上，卻正「趺坐在覆雪的山峰上」，「這裡沒有嬲騷的市聲／只有時間嚼著時間的反芻的微響」[2]，或是：

> 我是沙漠與駱駝底化身
> 我袒臥著，讓寂寞
> 以無極遠無窮高負抱我；讓我底跫音
> 沉默底開黑花於我底胸脯上[3]

喧鬧市中心著名咖啡屋前設置書攤的詩人，竟如苦行僧入定，靜坐無語，極致「孤絕」本已在其詩中稍微領略到，但此刻完全入世與完全出世能在同一瞬間或任何時刻同時展現，如此細致幽微又如此寬闊浩瀚，「如水底月鏡中花，不泥於形跡，在限制中創造自由」[4]，那份真實、自然、無半絲虛假，那種深沉透徹的孤獨、靜默與寂寞，那種安貧樂道、淡泊自持，那種負載全球重擔卻又超越世間悲苦的境界，是那麼樣地令人難以想像。

（三）1970 年之後，曾於某些場合見到周夢蝶，書法展、畫展、詩歌朗誦、某些宴會或其他機緣，他常與陳庭詩一起出現。周夢蝶外表嶙峋瘦弱，但每次與人握手時，被握的手與人都會因其掌握力道而震驚和震撼。淡瑩在她的〈從握掌想起〉如此寫道：

> 那麼嶙峋瘦癟的手
> 握起來竟有一股內勁
> 震得我蘊藏了十六載的
> 牽掛，全部傾吐出來[5]

1976 年至 1986 年之間，筆者因南越淪陷帶來的種種悲痛，堅決拒絕寫作，又於 1979 年至 1985 年間前往巴黎學習新的學識領域，幾乎完全退出創作行列。

回到臺北後，1986 年，某種機緣促使筆者回到創作路上，慢慢又與文壇詩壇新、舊朋友見面，知道周夢蝶就住在淡水，而且固定每周三午後六時長沙街「百福奶品」與年青學子見面論詩，長達十年，直至 2000 年 2 月。

在二十世紀結束之前的這些年裡，某些時刻某些機緣會遇見周夢蝶；印象深刻的，例如：胡安嵐（Alain Leroux）結婚時的聚會，周夢蝶和陳庭詩一起出現，讓在場臺灣的、中、外朋友都高興不已；另一次是《臺灣詩學》季刊舉辦的「挑戰詩人」，由翁文嫻於「當時」的臺北誠品書店敦南館，1994 年 11 月 21 日「挑戰」周夢蝶；此外，向明每年春節

---

2 周夢蝶〈孤獨國〉，《周夢蝶詩文集》（臺北：印刻，2009），頁 53。
3 同上註，頁 56。
4 同上註，頁 11，〈編輯弁言〉。
5 曾進豐編，《娑婆詩人周夢蝶》（臺北：九歌出版社，2005），頁 327。

年初六總會請周夢蝶到家中吃飯，爲周公慶生，我們有幾次也受到邀請。無論何時何地，我們見到的周夢蝶，似乎從未改變過，總是一襲長袍，一頂毛線帽或無，一條圍巾或無，靜默無語的時候居多，真實、真純、真誠、真摯、自然，在男女老少朋友或粉絲群中，永遠如高僧入定，即使是在被「挑戰」的「戰鬥」時刻裡，他也保持身體挺直，有時沉思，有時若有所思，但一定沉著、冷靜、清楚、明白、慢慢地一問一答，絕對不會快過平時一秒，也不會比平時慢一秒，似乎一切在他胸中腦海早已妥貼，無論任何場景、任何時候，我們看到的，是完全周夢蝶的獨特模樣展現出來的他，無人能夠假冒模仿。

（四）2007 年一日午後，筆者在淡江中文系辦公室正低頭在寫一些東西，突然聽到一個聲音說要買兩冊《藍星》詩刊，抬頭一看，非常驚訝地看到眼前說話的人竟是周夢蝶老師。他堅持一定要付錢，我們認爲周老師於 1956 年加入「藍星詩社」，更是《藍星》重要作者詩人之一，絕對不能收。僵持了好一陣子，周老師一定要付，助教只好收下。我們打算叫計程車陪老師到淡水捷運站，他堅持要走路下去，因爲他剛剛才從捷運站走上來。我們請求讓我們陪著走下山吧，他說不要麻煩我們，堅持自己一人即可。

在翁文嫻「挑戰」周夢蝶時，談到《紅樓夢》對他的深遠影響，他曾提到一件往事：

> ……可惜有一本書，現在恐怕買不到……就講我自己一件不可告人的，很不道德的，很丟臉的事……假定你們都是高僧，我向你懺悔！
> 民國卅七年我在武昌黃鶴樓當兵……他們去看電影時，我就去一間書局看書。從卅七年七月到十月間，我看了十幾本書，其中最後一本書還沒看完，隊伍開到臺灣來了。那本書是紅樓夢人物論，專門討論裡面的人物。這作者很奇怪，前面沒有序，後面也沒有後記，名字叫作太愚……
>
> ……我每一次看到一部份就把它摺疊起來，又插進去，後來……唉……
>
> 後來轉武漢經上海、南京，在基隆登陸，正是黃昏的時候。我站在船舷上，心裡有一些感慨，有二個遺憾：一個是——我現在坐船到臺灣，什麼時候再坐船回大陸？第二個就是——紅樓夢人物論這一部精采的書沒有看完，這一生恐怕都沒有機會再看到了。想不到，經過了六、七年，我在高雄，一個星期天裡去逛書畫展，走到一個書攤上，唉！一眼就看到那本紅樓夢人物論。我一看到那裡面只有兩個店員，一男一女；那時只有我一個人，我一看到他們在吃飯、不注意，哇！就把一本書拿下來揣在懷裏就下樓。下了樓，我就一直祈禱。回到了旗山，這本書一口氣看了七遍，我覺得非常對得起這位作者，一點兒也沒有罪惡感！
>
> 紅樓夢裏面，關於賈寶玉這部分……曾經有一位香港的先生，姓張，可惜沒記得他名字，他說得很好：『寶玉是另一種道德。』我們講道德想起孔老夫子，是非禮勿視、非禮勿聽、非禮勿動，那是傳統對道德的看法。這寶玉不一樣。表面上他一天都在脂粉堆裡打滾；實際上，這個人的靈魂非常高潔。所以香港這位

張先生這句話深中我心，說：『賈寶玉是另外一種道德』。」[6]

翁文嫻在隨後即提到周夢蝶「很執著、很專一」，「如果一件事情一開始以後，他怎麼會讓它繼續下去，而且不願意將它停止。這樣的一種專一和執著，好像他很知道自己：有什麼不適合他的，他可以一個個把它捨棄；然後一直捨棄、捨棄，最後剩下一點點非常適合他的東西，之後他就一直守、一直守，守到終於有一天，我們看到一個很奇怪的光芒在他身上。」[7]

（五）2008 年（？）10 月，南京來的陳祖君在明星咖啡屋訪問周夢蝶。訪問結束後，周夢蝶堅持要從「明星」走路到青島西路公保大樓邊的公車站，搭 648 公車回新店「浪漫貴族」。他走路比我們快，瘦削但硬朗的身體直挺地堅決往前走，沒有絲毫猶豫遲疑，完全沒有。到了公保大樓側門，我們三人就在路旁等車。十五分鐘過去了，公車沒來。三十分鐘過去了，公車沒來。四十五分鐘過去了，車仍沒來。一小時過去了，648 仍舊不來。筆者建議數次，不如找計程車，我們陪您回去吧！他都拒絕，一定要等公車。我們也不知道到底等了多久，直到旁邊一位年輕的學生問：你們在等 648 嗎？我們說是。他說：不必等了，不會來的。為什麼？因為今天是國慶，這一區都不會讓公車進來的。筆者不知道在大半天的接受訪問之後，又站了大半天等公車，從天未暗等到天全黑，周夢蝶會否感到疲倦。無可奈何之下，他只好同意筆者打電話叫了一部大愛，讓我們送回家。在車上，他說了三次住所地址，三次都不一樣。筆者還記得向明的電話號碼，撥去問他，才有了正確的地址。我們陪他走入屋內，請他休息，他依然那麼執著、那麼客氣，一定要送我們到門外，互道再見後，我們往電梯走，他才願意將門關上。

（六）在這麼多年時光裡，曾幾次與詩人朋友聚會吃飯。周夢蝶在內的話，總是靜靜地、細細地、優雅地吃飯，很少說話，跟常希望場面熱鬧歡樂的大部分人做法完全不同。後來幾次見到他，他總以筆談進行溝通，而且經常字數特少，簡單明瞭，絕無贅字；與他數十年來給大家看到的形象和印象是一樣的，沒有掩飾、沒有虛假、沒有多餘、沒有庸俗；只有菩提樹下，孤峯頂上，極致孤絕，娑婆世界；長春路國賓的「化城再來人」就是他自己，完完全全的他自己。

四、結語

6 唐蕙韻記錄，翁文嫻、周夢蝶對談，〈誰能於雪中取火——翁文嫻 vs.周夢蝶〉，《臺灣詩學》季刊第 10 期（1995.3），頁 9-11。

7 同上註，頁 11。

「發生論文學批評」理論及方法與其他理論方法最明顯的不同，應該是將研究對象轉向文學作品或文學文本的草稿、親筆手稿、連續出版的不同版本狀況，尤其是文本或作品的最初狀態、創作者自始至終的意念、企圖、書寫、修改、掙扎、猶豫、痛苦的全部過程，及其後之演變與發展，探尋挖掘文學的「原始秘密」，所有與作品有關之資料及文獻[8]

Almuth Grésillon 在 *La mise en oeuvre. Itinéraires génétiques* 第九章將詩人 Jules Supervielle（1884-1960）的一首 « Vivre encore »的「始」「終」作了非常細膩的探究與分析；例如此二頁作者的親筆手稿：[9]

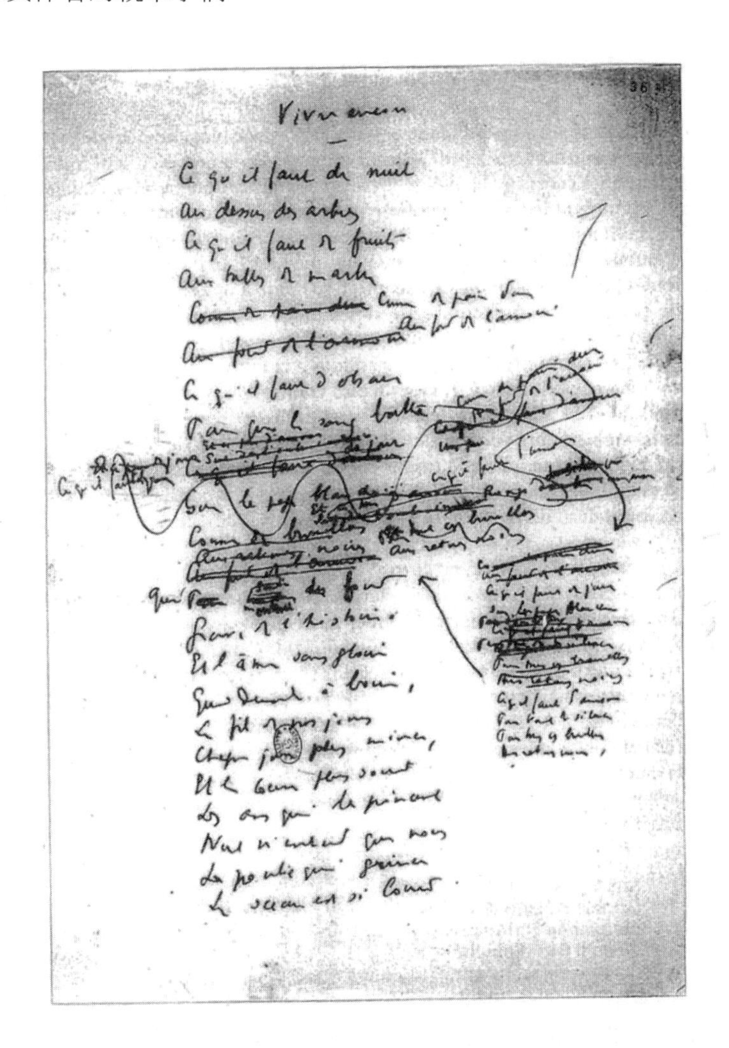

8 何金蘭，《法國文學理論與實踐》（臺北，秀威，2011）。

9 Almuth Grésillon, *La mise en oeuvre. Itinéraires génétique*, Paris, CNRS Editions,2008, pp. 177-205

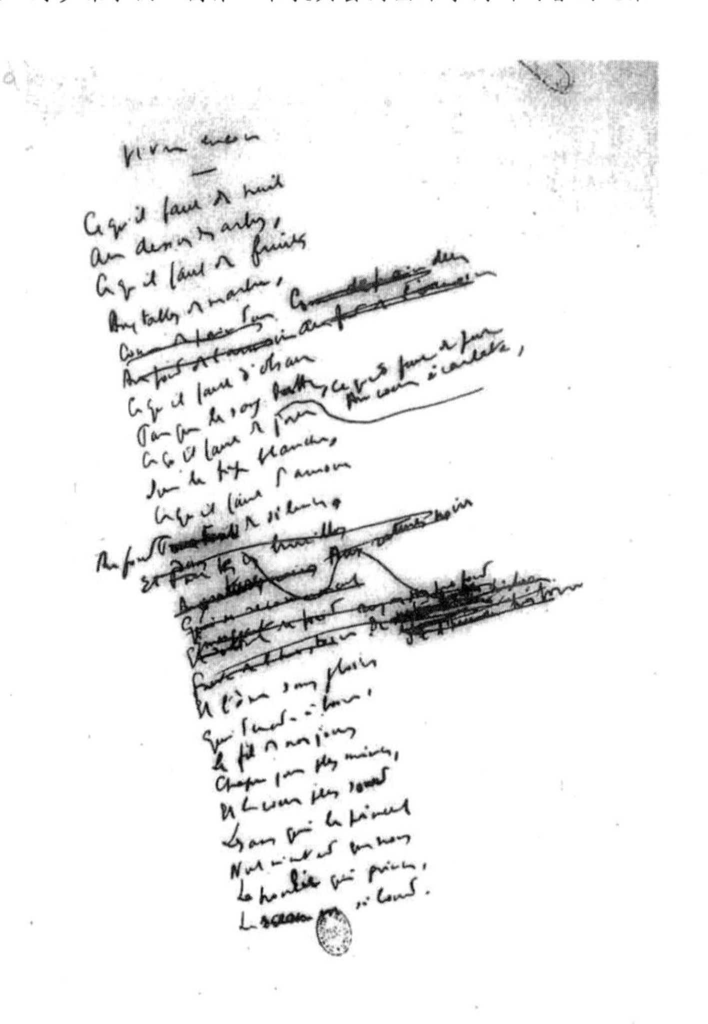

我們最早也希望能對周夢蝶的一首或兩首詩的書寫手稿進行整一系列自草稿、修正稿、至定稿之間的各種大小巨細演變的解析，當然，最理想的就是同一作品，從最初的「前文本」直到最終的定稿及其中間眾多草稿、修改稿和其他相關資料等等都能夠影印得到，進而探究詩人創作歷程的整個意念心靈思維翻動轉折過程及其最細微的秘密。

然而蒐集詩人手稿畢竟困難多多，本文只能就影印到的文本嘗試進行解讀分析。我們亦曾試著重寫周夢蝶的 a1、a2、b1、b2 手稿，但因很難將全部的字再寫一遍（因爲有的字不易辨讀），希望未來能有機會再「重建」那四頁草稿的全部面貌並深入分析其中詩作。

本文第三部分試著以筆者遇見周夢蝶的幾次機緣，閱讀過與周夢蝶有關的書籍資料，詩友文友的敘述，文壇詩壇藝壇的活動，有關周夢蝶的傳奇故事，「化城再來人」裏的周夢蝶，〈我選擇〉裡的「我」，主要是想藉此證明，在第二部分以手上非常有限的周夢蝶手稿文本資料探索的結果，正是真實真正的詩人自己：他本來天生的個性再加上數十年來整個動盪不安大時代裡，他生命中不同階段的不同遭遇所塑造成的獨特詩人，也同時塑造了他手跡的獨特韻味和特色，他每一個所寫出來的字及修改時呈現的意涵，都讓觀看或觀察他手稿的人感受到周夢蝶的心和靈魂，他「於雪中取火且鑄火爲雪」特有的氣質與境界。

引用書目

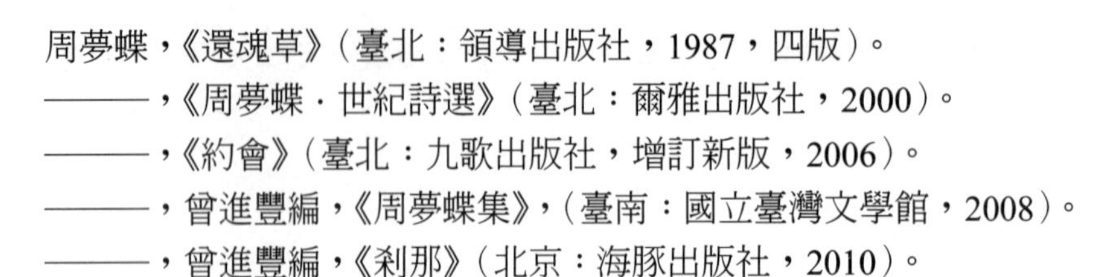

周夢蝶，《還魂草》（臺北：領導出版社，1987，四版）。
———，《周夢蝶．世紀詩選》（臺北：爾雅出版社，2000）。
———，《約會》（臺北：九歌出版社，增訂新版，2006）。
———，曾進豐編，《周夢蝶集》，（臺南：國立臺灣文學館，2008）。
———，曾進豐編，《剎那》（北京：海豚出版社，2010）。
曾進豐編，《周夢蝶詩文集》（臺北縣，印刻文學生活雜誌出版有限公司，2009，初版）。
曾進豐編，《娑娑詩人周夢蝶》（臺北：九歌出版社，2005）。
羅任玲，《臺灣現代詩自然美學——以楊牧、鄭愁予、周夢蝶為中心》（臺北：爾雅出版社，2005）。
胡月花，《周夢蝶及其詩作研究》（臺北：淡江大學中文所碩士論文，2003）。
黎活仁、蕭蕭、羅文玲主編，《雪中取火且鑄火為雪——周夢蝶新詩論評集》（臺北：萬卷樓，2010）。
唐蕙韻記錄，翁文嫻、周夢蝶對談，〈誰能於雪中取火——翁文嫻 vs.周夢蝶〉，《臺灣詩學》季刊第 10 期（1995.3），頁 8-17。
封德屏總策劃，曾進豐編選，《周夢蝶》（臺南：國立臺灣文學館出版，2012），臺灣現當代作家研究資料彙編 18。
何金蘭，《法國文學理論與實踐》（臺北：威秀資訊科技公司，2011）。
Gresillon, Almuth. *La mise en oeuvre. Itinéraires génétiques*. Paris, CNRS Editions, 2008。
De Biasi, Pierre-Marc 編制, *Gustave Flaubert - Carnets de travail*, Editions Balland, 1988。

國際視野

胡安嵐　Alain Leroux／Writing and experience.

漢樂逸　Lloyd Haft／"Branchings of My Hands": Translation as a Key to Parallel Meanings in Zhou Mengdie's Poetry

顧　彬　Wolfgang Kubin／Poetry as Religion: Its Crisis and its Rescue. Towards Zhou Mengdie

胡安嵐 Alain Leroux

中國文化大學法國語言文學系副教授，法國東方語文學院文學博士 Docteur de l'Institut national des langues et civilisations orientales, Paris, 1992，同時也是熱愛文學及藝術的詩人，曾任新聞局編譯，專長：語言學、法國文學、中國文學。

漢樂逸 Lloyd Haft

Lloyd Haft (1946-)was born in Sheboygan, Wisconsin USA. In 1968 he graduated from Harvard College and went to Leiden University, The Netherlands, for graduate study in Chinese (M. A. 1973, Ph. D. 1981). From 1973 to 2004 he taught Chinese language and literature, mostly poetry, at Leiden. His sinological publications include Pien Chih-lin: A Study in Modern Chinese Poetry (1983; published in Chinese translation as 發現卞之琳: 一位西方學者的探索之旅 in 2010) and Zhou Mengdie's Poetry of Consciousness [周夢蝶與意識詩] (2006). He has translated extensively into English from the Dutch of Gerrit Kouwenaar and the Chinese of various poets including Lo Fu 洛夫, Yang Lingye 羊令野, Bian Zhilin 卞之琳 and Zhou Mengdie 周夢蝶. Since the 1980s he has also been active as a poet writing in Dutch and English. He was awarded the Jan Campert Prize for his 1993 bilingual volume Atlantis and the Ida Gerhardt Prize for his 2003 Dutch free-verse readings of the Psalms [漢氏聖詠] (republished by Uitgeverij Vesuvius in September, 2011). His most recent book of poems (in Dutch) is Deze poelen, deze geest [池塘神堂]（2008）. Since his early retirement in 2004, Lloyd Haft has been spending much of his time in Taiwan with his wife Katie Su 蘇桂枝. In addition to his writing and research， his interests include Song-dynasty philosophy and taiji quan 太極拳.

顧　彬 Wolfgang Kubin

1945 年生於德國下薩克森州策勒市，德國著名詩人、漢學家、翻譯家、作家。現爲波昂大學漢學系退休教授，北京外國語大學特聘教授。1966 年，顧彬進入明斯特大學學習神學，1968 轉入維也納大學改學中文及日本學，1969 年至 1973 年在波昂大學專攻漢學，兼修哲學、日爾曼語言文學及日本學，並於 1973 年獲波昂大學漢學博士學位，其博士論文爲《論杜牧的抒情詩》。1974 年至 1975 年在當時的北京語言學院（今北京語言文化大學）進修漢語。1977 年至 1985 年間任柏林自由大學東亞學系講師，教授中國二十世紀文學及藝術。1981 年在柏林自由大學獲得漢學教授資格，其教授資格論文題目爲《空山——中國文人的自然觀》。1985 年起任教於波昂大學東方語言學院中文系，其間升爲該學院主任教授；1995 年任波昂大學漢學系主任教授 1989 年起主編介紹亞洲文化的雜誌 《東方向》及介紹中國人文科學的雜誌《袖珍漢學》，著有《中國詩歌史》、《二十世紀中國文學史》、《魯迅選集》六卷本等。2011 年獲北京外國語大學聘任講座教授。他是德國最著名的漢學家之一，以中國古典文學、中國現當代文學和中國思想史爲主要研究領域。

Writing and experience.

Alain Leroux 胡安嵐*

Writing and experience. Or, to put it probably better, poetry as experience. Poetry as experience, as exemplified in Chou Meng-tieh's work.

In saying this, we may be supposing that there is something called poetry. Which I doubt. I don't believe that there is such thing as poetry which could encompass all the works written (or eventually written) under that name, and of which we could have some kind of unitary definition, or whose essence we could name. There are only poems, an infinite multiplicity of particular poems, that may have only a "family resemblance," as it is common to say after Wittgenstein. But since it is quite difficult to do without the term *poetry*, I will use here this word as meaning *poetic activity,* be it writing or reading.

I

I have first to address a preliminary question, a question that cannot but determine the whole of the argumentation I am supposed to develop here.

The question might be: what kind of interest can a foreigner, which means here somebody grown up in a culture completely alien to Chinese culture, have in reading Chou Meng-tieh? I am not sure that this an excellent question, because it will, probably, only induce a very broad and general answer, like, for instance, the one exemplified in the famous Terentian sentence : *Homo sum, humani nihil a me alienum puto*. ("I am a man, and I believe that nothing human is alien to me"). This is a beautiful sentence, indeed, and we can certainly consider it as a ground, as a sufficient foundation, for the legitimacy of any anthropological inquiry, which would encompass, as part of human activities, poetry.

Or, what does this foreigner read, in the sense of "what does he perceive?" in Chou Meng-tieh's poetry, might appear to be a better question.

This question encompasses a question that any tranlator is confronted with when

* 中國文化大學法國語言文學系副教授。

translating a literary work: Where,in which tradition, does the literature that he is translating belongs ? The literature of the original language, or the literature he is translating into?

Attitudes have changed. Before, it was understood that a literary work had to be translated as if it had been originally written in the so-called target-language. That is what we may call the Dryden fantasy. Make the translation appear as if it had been conceived from the beginning in the "borrowed" new language. We don't think so anymore. We believe now that a work has to keep some of its strangeness, or foreignness.

I tried to address this question before: What can somebody who has not been raised and educated in a given linguistic and cultural environment really grasp of a poem written in another language. And one may say that probably what he cannot grasp is precisely equivalent to the part of a poem which is lost in a translation. But it would be wrong to generalize. I know people who don't seem to have a perfect command of French language but have an amazing intuition of what happens in French poetry. This is of course a matter where personal sensibility is essential, and this is why good translations are usually made by poets, not by the best linguists.

Today, I would try to address this type of questions from a different angle.

It was very fashionable in Paris, a few decades ago, to ask somebody: « D'où tu parles? » That is "Where do you speak from ?" I guess it first came out of the Lacanian circles, and was meant to remind somebody that he has to question the presuppositions, conscious or unconscious, of his stand. On the other hand, "Where do you speak from?", recalls to us, of course, the question asked by Han Feizi to Zhuangzi looking at the fishes.

Although I cannot exactly tell from where I speak in a Lacanian or Taoist sense, I suspect that what is expected from me here is to speak from a foreign, occidental, European, French, point of view, and, therefore, I cannot but ask myself what this point of view may mean.

Although the notion of "horizon of expectation," put forth by the theory of reception, as a whole, is more useful in describing literature as a product of cultural consumation than in dealing with the specificity of a creative work, it still may be helpful, at least to some extent, in formulating the question. For what a reader can read and understand is determined by a general frame of values, codes, forms and contents of the literature he is accustomed to. He can partly displace this frame, or somehow go beyond it, but he cannot do without it. He has at least to start from it. If a work seems to him absolutely foreign, or completely new to him, he won't have any interest in it, because he won't know how to deal with it. Even if you say that poetry is not about knowledge, but experience, and, therefore, is about the "unknown," the unknown is, of course, necessarily related to, and evaluated from, what is already known.

So the question could be: what is the frame within which the reading of Chou Meng-tieh could make sense for me? How can his work relate to some questioning in a Western mind at this juncture of history.

It would be impossible, of course, to characterize or describe this juncture in its totality. It would be much too vast and too complex. Moreover, since we are inside it, we can only have partial insights on it.

But does that mean that we should not try and specify the frame out of which our understanding stems?

So, I won't propose a reading here, that is an explanation or an interpretation of Chou Meng-tieh's work, at least not directly.

First, I will rather try and question the conditions of possibility of such a reading.

In other words, what I would wish to try and do here is to question how a Westerner can relate to Chou Meng-tieh's work, or (another facet of the same question), how Chou Meng-tieh's poems can be related to the historical and cultural background as well as present state of Western literature. Or, what are the conditions or the theoretical framework for a Westerner for his reading of Chou Meng-tieh. What may determine his reading, as well as the form of his understanding.

II

I have just mentioned the words "explanation" and "interpretation." And here lies the first conflict. For these two words, the two notions as well as the practice they refer to, involve two completely different theories of reading and of literature. (What I understand by theory is not a definite framework for dogmatic knowledge, rather inquiry and critique)

An explanation, and this has been for a long time the traditional, classical way of reading, tries to go back to and reconstruct the intention of the author. According to this line of thinking, the meaning of a work is what the author wanted to say. Like in everyday life, the work is a message addressed by the author to the reader, but, unlike everyday life, one of the two (generally the author) is not on the spot. So it might be necessary to clarify what he wanted to express. Hence the importance, particularly, of biographic investigation and the need for philology. "Expression" is the main concept here, since there is a continuum between the author and what he has written, as well as there will be a new continuum between the work and the reader it reaches, and, ultimately, between the author and the reader. The language, is considered, in principle and roughly, transparent.

On the other hand, interpretation starts from the text, and the text only. Actually, two steps, or, better said, two degrees, can be distinguished in this kind of attitude and way of thinking. The first is usually traced back to Marcel Proust, in his confrontation with Sainte-Beuve, one of the main avocates of the "critique biographique." It is the distinction between the author and the person who eventually writes, as Proust stated in this well-known sentence : "Un livre est le produit d'un autre moi que celui que nous manifestons dans nos habitudes, dans la société, dans nos vices." (A book is the product of another "I" than the one we show in our habits, in society, in our vices.) And since the person and the author are different entities, or instances, resorting to biography for an understanding of the work becomes useless. The writer is no more than the first reader of his work. The language of the work displays the opacity of many layers of historical, psychological, sociological, unconscious determinations, and a multiplicity of possible meanings, that the author could not master, nor could he even be aware of. So the field becomes wide open to those from the social and human sciences.

Russian formalists, American New Critics, French structuralists, but also Mallarmé, Valéry, T.S. Eliot, for instance, can be said, in a way or another, to be part of this constellation, whose further step, or more extreme degree, would be, has been, an ideology of the "death of the author," and even the "death of the subject." There might have been here an objective collusion between Heideggerian anti-modernism and Barthes late structuralism. We may add the Nietzchean death of God (since we have killed him, haven't we), which means, as its consequence, the dissolution of the notion of person or "I," "ego," as Pierre Klossowski showed beautifully in "Nietzsche et le cercle vicieux." We cannot either forget the Hegelian double murder, first of the thing, and then of the sign (as signifier), that operates in and by language, and which is, for instance, so pervasive in Blanchot's fascinating writing of his blank and inexhaustible mythology of absence and neutral.

I cannot elaborate more here. I just would like to stress that this question of explanation and interpretation cannot be considered a mere literary question. Or, to say better, as a literay question, it involves much more than it seems, and the stakes may be quite far-reaching and high. It involves the so-called onto-theological tradition as a whole, which means no less than the Occidental metaphysics, maybe not in its actual development, nor in its historical totality, but, more decisively, in its potential cause, and its virtual principle.

Either you speak of Truth, or you speak of sense.

If you speak of truth, you have to find it, or to decipher it, or to unveil it, and so on. In any case, truth, or the object of truth, does preexist to the seeker, and to the seeking, resting in an atemporal exteriority, unity, universality. The subject exists as much as he shares this universality. That was the case when God would confer part of His reality to the soul.

But if you speak of sense, then, you are in a world whose representation will be immanence and multiplicity : there is no unique and exclusive reason for beings to be what they are, in a world of immanence : beings have their reason of being not in a transcendent explanation, nor in a past origin, but in themselves, and in their "presence to the present", which is the cornerstone of modernity.

The frontiers, or limits, between these two poles of explanation and interpretation, or truth and sense, are, in reality, often blurred, or transgressed. It is very funny, for instance, to see Lacoue-Labarthe, the main disciple of Derrida, declaring that the most illuminating commentary of a poem by Paul Celan was by Peter Szondi, who was with Celan at the moment he wrote it, recalling the actual and even anecdotical circonstances of its creation.

This is not a reason for becoming eclectic. There is no value in a literary work without some kind of systematicity and coherence.

More importantly, we have come back from the death of the subject. We need subject, because we need responsibility, ethics, politics. But the question still persists about what kind of subjectivity is again possible. This involves the question of modernity, and so-called post-modernity. But which modernity are we talking of. There are many modernities. The one that will last, at the end of the day, is probably Baudelairian modernity : the presence to the present.

I would say that, compared to phenomenology, the denial of the subject made it possible for us to better understand what could be the subjectivity, in its absence of substantiality, in the Eastern world. For instance, it is quite obvious, that François Jullien could not have written his books, conceived his project, outside the atmosphere of that time, and without some decisive concepts coined by Michel Foucault (like episteme, the notion of author as a function, among others).

At least since the end of XIXth century, the poetic language, notably in its syntax, by an ever-growing use of paratax, seem to have gone closer to a Chinese syntax. The distinction made by Mallarmé between *nommer* and *suggérer,* (naming and suggesting), may not have been anything new for Chinese literati, but for Western tradition it was. It was not exactly new in respect to the practice of poetry (from the beginning every poet knew, at least intuitively, that poetry is not about naming, but about suggesting), but it was new as far as the representation of poetry is involved, that is in the reflection upon or about what poetry is. Here lies the shift, because new representation can induce new practice, and the parting away from the frame of *mimesis* was now becoming possible.

Interestingly enough, on the other hand, what happened in China, in the years before, and even more in the aftermath of May 4th Movement, was a construction of a subjectivity who seems to be more leaning towards, or at least, to be more influenced by Western subjectivity. Still, we have to be very prudent here, and refrain from trying to define too quickly what kind of subjectivity is involved here. Nevertheless, it shows as a characteristic feature an I, an "ego" opposed to nature. There is a line by Shen Yinmo[1] (1917) which is quite emblematic of the shift in sensibility, and subjectivity (we have to believe that poets know too well what is happening or will be happening in these domain (Victor Hugo would say that the poets "cannot but be afraid of becoming prophets")

我和株頂高的樹並排立著／卻　沒有靠著

where the emphasis on the « I » (unknown in classical Chinese poetry), and moreover, the use of the disjunctive conjunction 卻 mark an absolute separation between « I » and trees. Ego is becoming autonomous, and, by the same token, independant from Nature. This shift in subjectivity, both as transformation of sensibility and as emergence of a new way of "being a subject" is certainly characteristic of modernity.

There was definitely a crisis of consciousness, and a crisis of subjectivity. Was there also a crisis in language, like the West experienced with the "crises of referent", that is, the collapse of the pact between words and things, between signs and reality – casting a doubt on language itself, and the very possibility of "naming" – ?

In other words, did the lack of confidence in the literay forms inherited from the Chinese tradition extend to a lack of confidence or breach of trust towards language itself? Generally

---

1 Quoted by Michelle Yeh 奚密, *Essays on Modern Chinese Poetry* 現代詩文錄, Taipei: Unitas Publishing Co. 聯合文學, 1998., p. 27.

speaking, probably not. And this fact may have something to do with the iconographic nature of Chinese writing, and the fundamental tenets of its metaphysics, leaning more towards immanence than transcendence.

> There is a poem by Zhou Gong which I find also very significant in this respect.
> It is called "solitude" and collected in "Guduguo", and ends like this :
>
> 醒然一笑
> 把一根斷枯的柳枝
> 在沒一絲破綻的水面上
> 著意點畫著人字
> 一個兩個三個……
> *寂寞*

There is definitely a very distinct Chinese atmosphere in this poem. It is easy to point out how the structure and the main images, are quite traditional. The main topic, solitude, is also common, through the presence of human life.

It is possible to read this poem as a farewell to its tradition, as a departure from this tradition within this tradition.

But before going further in our reading of Zhou Mengdie, I would like to make two more remarks.

The opposition between explanation and interpretation doesn't give justice, or sufficient credit, to a poem. A poem is not an object. Not only an object. It is not only a message which has been uttered, something which has been enunciated once. It is also the everlasting possibility of a new enunciation. It is an almost infinite occasion of making sense anew, of producing effect at each reading. As such, we may say that it is a subject, that it is to itself its own origin.

Finally, the opposition misses the most important point about poetry. Poetry is not about knowledge, it is about life. I cannot here do better than borrow the wording of the Russian poetess Marina Tsevaïeva : "I am not a specialist of poetry, I am a specialist of life." What would be the need for poetry if could not conciliate life and poetry, find a kind of homogeneity between living and saying, language and life. For the use of language, as says Benveniste, is not for communication, it is for living.

III

We should be ready now to approach our main topic : poetry and experience, and, further, poetry as experience. In doing so, we wont forget our question, and during our reading, we will continue to try and explicit, as Occidental, the conditions of this reading. Again, my aim is not comparative, it is not either to point any influence of European literature on Chou's work, for that would be another topic. My aim is to figure out how an Occidental reader, who cannot and need not to pretend to be like a Chinese reader, can refer to the text of Chou Meng-tieh.

I will just mention the possibility of the first stage, which states that poetry has its incitation, its occasion, in life. That is, in life as it has been lived,experienced, by the poet. And this is where the biographic explanation is supposed to provide the keys for the opening of the meaning of the poem.

Certainly the poem contains traces of what happened to the poet.

This is quite reductive. It reduces the poem to a documentary about the poet. The necessity of the poem is outside itself, its truth is outside itself. And a particular man even if he is, or, more exactly, even if I am, as Baudelaire put it, his fellow man, his brother.

Why should the reader care about that? Why should he delegate or surrogate his emotions sensibility and intelligence about life to someone else, be it the greatest artist or poet of the time? We don't buy this romanticism anymore.

So we should turn to what I mentioned before as "interpretation." Which presupposes that not exactly the meaning of the poem, (as the structuralists thought) , but the possibility for the poem to be meaningful is immanent to this very poem. There the reader can reappropriate the poem for himself, make it his own. Why, because the poem contains its own source. It integrates its own necessity and historicity. It is a telling and a tale, a subject as well as an object.

That means that the continuity between the author and his creation is, somehow, broken.

Fernando Pessoa the Portuguese poet, from the beginning of XXth century, famous, among other features, for the multiplication of his poetic authorship, his heteronyms, said (I can only quote from memory) that he never wrote under the influence of some particular emotion or so called "poetic state." He had to wait, sometimes for days, in order to elaborate this experience, or inspiration into a text. It had to cut it from its particular and contingent occasion and recreate it in words that could become universally meaningful.

Chou Meng-tieh belongs to that kind of poets. Take for instance the fact that he writes very slowly. What he has lived, is transformed by something like his "inner self" (this is not at all a concept, just a very approximative way of speaking). But this is that way that his writing can get its kind of coherence and form of systematicity. What I mean here by systematicity is that a poem is not isolated, but necessarily related to the whole work of a poet. Probvably like Marina Tsvetaïeva, he could say : "Je n'aime pas la vie comme telle, pour moi, elle ne commence a signifier, c'est-à-dire à prendre un sens et un poids – que transformée, c'est-à-dire dans l'art. (I dont like life as such. For me, it begins to have a meaning, i. e. signification and weight, only when it is transformed, that is to say, in art." (in *Letters to A. Teskova*).

"Poetically he dwells" says the title of this symposium, using part of Hölderlin's famous verse. If this quotation means that Chou Meng-tieh did find his true country, his real home in poetry, we may agree. And this is something, by the way, that the most part of his generation experienced. Lo Fu has stated quite clearly that "poetry has been for us a way to overcome the cruelty of destiny."

But it is not sure that Chou Meng-tieh dwells anyway. He rather keeps going on the path. Or, maybe he is dwelling in the guise of some monks, who, without moving, can go very far.

We have talked until now about the most common situation, that is, of writing built upon memory, conscious memory, how elaborated it might be afterwards.

But writing, especially writing poetry may have, apparently, no specific object. This may have something to do with involuntary memory. Proust has build his whole work on this involuntary memory. As says Walter Benjamin, "in Proustian language, only what has not been consciously and deliberately experienced by the subject can become an element of involuntary memory." Writing, here, as an intransitive activity (not in order to "say something") may become a way of uncovering what lies in the unconscious. And we may as well postulate here, that this, at least formally, if not substantially, is somehow homologous to psychoanalysis, as a confrontation both with memory and the Other, language being precisely the medium in confronting otherness (and, may be, the eventual external reader providing the function for the possibility of transference).

At any rate, a good part of Chou's poetry is a going through such a memory. Even through layers and layers of a memory that can go beyond individual existence, as here :

負載著那麼多那麼多的鞋子
船啊 負載著那麼多那麼多
相向和相背的

三角形的夢
……

人在船上船在水上水在無盡上
無盡在無盡在我剎那生滅的悲喜上
擺渡船上

Here also lies the main the main source of Chou's sense of the tragic, which has been quite pregnant, and for a long time, in Chou Meng-tieh's poetry. Among many possible quotations, there is this one :

讓我用血與沈默證實
愛與罪底價值；以及
把射出的箭射回
怎樣一種痛切
絕響

It may well be the case that some verses by Chou Meng-tieh shed some light to the somewhat enigmatic sentences by Anaximander , Greek thinker before Socrates (it might also be the other way around) :

"Anaximander of Miletos, son of Praxiades, a fellow-citizen and associate of Thales, said that the material cause and first element of things was the Infinite, he being the first to introduce this name for the material cause. He says it is neither water nor any other of the so-called elements, but a substance different from them, which is infinite, from which arise all the heavens and the worlds within them. And into that from which things take their rise they pass away once more," as is ordained; for they make reparation and satisfaction to one another for their injustice according to the appointed time, "as he says in these somewhat poetical terms."

When René Char, the French poet, said that a poem is "desire maintained as desire," he stated very accurately that a poem, in its refusal to give way to any external object, by maintaining its own inner tension, goes back to its source, that is source of desire, which is also source of language, source of poetry, and, ultimately, source of life.

We could find plenty of examples in Chou Meng-tieh's work to illustrate this point. And the use of oxymorons and contradictions in terms, is, obviously, something to be related to that. It can be characterized both as an attempt to say the unsayable, to put into words that which goes beyond words, and as a way to maintain the tension within language (since there is no object outside it) and to go towards the source, the very origin of its language.

There, the origin and the beyond can be said identical, when and where transcendence and immanence are not perceived like contradictory anymore.

What could be common to all mystics, at least the ones who write, would be less a striving to say the unsayable, than a desire to reach the point where lies the very possibility of all saying. At this point, it doesn't matter anymore that this possibility resembles silence.

For there might something more particular to Chou Meng-tieh, which may give another twist to the relation between writing and experience, since this kind of experience doesn't come from the events of life, from the outside world, but stems out of an "inner gaze".

第十一次自風雪中甦醒
不再南北東西了背著夜色
沉沉地我把眼睛迴過來
朝裏看！

你是我的一面鏡子

This has to do with meditation and Buddhism, all this "chanistic stuff", which Chou Gong has been much celebrated for, and which seems to be some sort of his trademark. Indeed, it gives foundation for a good part of Chou's writing, maybe the most specific.

I think here of Georges Bataille. Georges Bataille, at the end of WWII, decided to undertake an experience of meditation, like the monks,notably the mystics, could have had during their life of prayer. But, for Bataille, putting aside the hypothesis of God's existence, it had to be from the beginning outside any religious frame, and without any theological doctrine. The diary of this experience, and other documents related to it, has been published under the title of "L'expérience intérieure" (Inner experience).

Therefore, the question for Bataille was: what could be the legitimacy, what proof for its validity could be in that experience? His best friend, Maurice Blanchot, gave a decisive answer: "L'expérience est l'autorité." The experience has its authority. There is no need nor possibility for an external, transcendant, confirmation of the validity of experience. It lies in itself, in its immanence.

The second principle Bataille built his experience upon was a principle of confrontation (principe de contestation). That means a constantly critical attitude towards any kind of vision that could manifest itself during the course of the experience, or a refusal of any complacency towards what could appear like a revelation. Ultimately, Bataille characterized his enterprise as an endeavor to reach the "point aveugle," that is, the "blind spot" which lies at the source of any vision, where nothing can be seen, but from where every vision can start from.

It is in that perspective that I like to read a poem by Chou Meng-tieh – who is, whithout any doubt, very familiar with both the Diamond and Vimalakirti Sûtras – called "The lamp in the dense forest". Indeed, at least, as far as I know, there are not many poems that evoques this invisible center of the inner vision, that is not about what can be seen, but about the very possibility of seing.

假如我有一雙夜眼
鑲崁在時間無窮的背面

世界在我的眼前走過
我在我的眼前走過
我看得見他們
他們卻看不見我

他們看不見我
我也看不見我
隔著一層橫膈膜似的黑水晶
黑水晶似的一層橫膈膜

仁者啊！我不知道你會不會覺得浪漫
恐怖悲哀而寂寞
假如假如你也有一雙夜眼
至幸或至不幸的被隔離在
無窮的過去和無窮的未來
的背面。看！
世界在你的面前坐著
你在你的面前坐著
你與你與世界天天面對面
他們卻從來看你不見

密林中的一盞燈

We don't have to distinguish here between fiction and reality, between phantasm and experience, and, indeed, we have no more objective criterion to make that kind of distinction, for "true reality" is not another reality that would be beyond the reality we know. Rather, it is this kind of nothingness, invisible in itself, that enables us to see reality "as it is." And we certainly may read this poem as if the subject of the poem, the one who says "I" were sitting right in the middle of the void, this void being all the more void since it is not void either.

We could end here. But as well as the tragic was not the last word, the void is not either – be it chronologically or ontologically. Instead, going through the void is just a stage, a passage. It permits, not the dissolution of the ego, but of the belief in the ontological reality of this "ego," after what the world can be seen anew.

恰似在驢背上追逐驢子
你日夜追逐著自己底影子，
直到眉上的虹采於一瞬間
寸寸斷落成灰你纔驚見
有一顆頂珠藏在你髮裏
……
沒有驚怖也沒有顛倒
一番花謝又是一番花開
享六十年後你自孤峰頂上坐起
看峰之下之上之前之左右
簇擁著一片燈海——每盞燈裏有你

孤峰頂上

引用書目

Yeh, Michelle 奚密, *Essays on Modern Chinese Poetry* 現代詩文錄, Taipei: Unitas Publishing Co. 聯合文學, 1998.

"Branchings of My Hands": Translation as a Key to Parallel Meanings in Zhou Mengdie's Poetry

Lloyd Haft 漢樂逸*

This paper is about Zhou Mengdie's (hereinafter ZMD's) poetry as seen through the eyes of a translator. ZMD's poetry is exceptionally difficult to read and understand, and that fact makes it exceptionally difficult to translate. On the other hand, I hope to show that exactly because the translator is forced to scrutinize each poem word-by-word with an intensity probably exceeding that of most native readers, the translator may be rewarded with glimpses of possible meaning that add resonance to the already rich experience of reading Zhou Mengdie.

Translatability or untranslatability is not just a practical area of technical discussion, but involves the most basic questions of interpretation, semantics, and what we can only call "thought." For example, in ZMD's poetry the ubiquitous "reversal" or "palindrome" motif occurs at various interweaving levels of implication, which need not exclude each other and may be simultaneously valid. An occurrence of this motif may be a rhetorical-stylistic device of composition *and also* an allusive feature evoking Buddhist thought *and also* a classic psychological pathway described by Freud.[1]

1. Levels of implication: "Ambiences"

In the following discussion I will be referring to three of these levels. I will call them Ambiences, which I will call the Public, Scriptural, and Realization Ambiences.[2] By "Public Ambience," I mean the world of factual, historical, and ordinary social reality. By "Scriptural

* 荷蘭萊頓大學中文系退休教授。

1 See Haft 2006, especially Chapters 1 and 2.

2 In Chinese, my terms for these Ambiences would be 公認語際 (Public), 經義語際 (Scriptural) , and 自覺語際 (Realization) .

Ambience," I mean the discourse of traditional philosophies or religions whether Christian or Daoist or Buddhist. By "Realization Ambience," I mean the subjective-individual position, the speaking "I" as bearer of experiences which may be represented differently or not at all in the other two Ambiences.

What the Scriptural and Realization Ambiences have in common is that their valuation of things may be completely at variance with what the Public Ambience has to say. What the Scriptural and Public Ambiences have in common is that they seem to have pre-existed the present Realization and to take no account of it: to use a Lacanian term for a moment, they tend always to "inscribe" the individual within the inexorable fixities of their own logic. What the Public and Realization Ambiences have in common is that they can both focus sharply on the present moment.

An Ambience is not the same thing as a "register" of language. It is certainly not the case that the Public Ambience, just because it is public, is always the most plodding and unimaginative. On the contrary, it is exceedingly rich in possibilities, owing to the vast history and complexity of the language as attested in preserved literature, dictionaries and other sources which are in principle open to anybody to consult.

In ZMD's poetry, because of the constant presence of what I am calling alternative Ambiences of diction and thought, it is often difficult to know when and whether the overtones of words – what they might mean in an alternative context – actually override, take over from, the more immediately evident meaning. A word may be a part of everyday street talk yet also an abstruse term used in Buddhist texts. Must the latter be privileged over the former? If the Buddhist term is used, does it always bring the full freight of its philosophy with it?[3]

The poet (and hopefully, following him the reader) is constantly moving to and fro, here and there among the different Ambiences. When switching from the perspective of one Ambience to that of another, one and the same word may be taken in a different or even seemingly opposed sense. For example, in the Public Ambience, "cold" is normally an unpleasant state to be avoided if possible. But in ZMD's Scriptural Ambience, "cold" seems associated with a non-sensual, Himalaya-like height of contemplative detachment and liberating enlightenment. Similarly, white, the color of "cold" snow, may convey the least warm and gentle season, hiding away the pleasures and vitality of spring and summer – or it

3 Zeng 曾, p. 143 discusses how ZMD may be using a Buddhist term "hetorically."

may be the color of the highest wisdom, in which individual colors – the *se* 色 which in Chinese can be "desires" or sensory "forms" as such – no longer are present to trouble and obscure.

In ZMD's "In the Tomb" 在墓穴裏 (鳥, 86),[4] we read that poetry itself "can take the cold" and that it is a "synconium-bearing plant" – which is also true of the fig or of the so-called sacred fig of Buddhism, the *udumbara*. In Chinese, the fig is the *wuhuaguo* 無花果 , literally the "flowerless fruit" – which sounds like a plant which bypasses the flowering stage. As I read ZMD's remark, then, poetry is a special kind of fecundity, going around or beyond the plane of ordinary sexual emotion: a "synconium-bearing plant" whose ecology is what Wallace Stevens called "heavenly labials in a world of gutturals,"[5] which blossoms exceedingly seldom, but brings enlightenment when it does.

In other words, in the Realization Ambience of this particular poet, poetry plays the role which metaphysical insight or wisdom plays in the Scriptural Ambience. This role, this concept as a vital element, is something which in the Public Ambience does not exist. But as we will see, it is poetry, as the voice of the Realization Ambience, which succeeds in finding or creating unity or unities among all three Ambiences, such that all three can survive.

2. Lines that end, or don't

In ZMD's poetry, because of his non-conventional use (or non-use) of punctuation and his consciously anti-linear phrasing, it is often not clear what the "form" is. Determining where a given expression begins and ends, which parts of the rest of the text it links up with, often depends on which Ambience the reader places it in.

A very troublesome issue in this regard (to this translator's mind a lamentable fact of existence!) is that very many modern Chinese poets use little punctuation or none at all. It is tempting to write this off as merely a would-be modern mannerism that is actually a reversion to classical Chinese practice. ZMD does use some punctuation, but it is at least as liable to occur within the lines as at the end of them. This means that the sense of closure which we normally associate with "the end of a sentence" can only be established by reading on, trying to link the present line with what follows, and judging whether and where the sentences end. It might be possible to try to maintain this situation in a translation, but given the inherent great

4 For abbreviations of sources in citations, see the List of Works Consulted/Cited.
5 From Stevens' poem "The Plot against the Giant."

differences between English and Chinese word order, and the difference in sheer length between phrases which may be equivalent in meaning, it would not be easy to do this. I personally do not think it is realistic to try to imitate even the typography of Chinese – in which there is no such thing as a difference between capital and lower-case letters, so that in ZMD's case often neither the beginning nor the end of a sentence is "marked" – in an English translation.

In a poem by ZMD we cannot assume, without first reading ahead, that the line boundary marks the end of a grammatical sentence – i.e., where a Western reader or translator would at least mentally fill in a "period." Sometimes it does; sometimes it does not. And sometimes it can be taken both ways, yielding two different meanings. The two meanings may run in parallel at different levels, one being a "heavier" or more "esoteric" amplification of the other. Or they may seemingly contrast.

ZMD himself has thought about this: at the end of the second poem of "Two Nine-Liners" 九行二首 (鳥, 57-59), we read:

> 話說到天亮也說不完
> 我偏愛句號。更愛淒迷搖曳，
> 蝌蚪也似的逗點
>
> talk through till dawn and you'll never get done talking,
> I'm partial to periods. But even more
> to commas swaying forlorn, tadpole-like.[6]

Even this brief fragment has various implications. The "tadpole" allusion can refer to the physical typography of the poem on the page. There was an ancient Chinese script form called "tadpole script" (蝌蚪書), which took its name from its form, most brush strokes having the "head" larger than the "tail." In many styles of Western typography, the same description would apply to a comma. But philosophically, the reluctance to give primacy to the "period," that is to the supposedly final-and-complete pronouncement, also fits in with Zhou's view of the poem as a "palindrome," a text that can be read in more than one direction or sense. Something "tadpole-like" is still unfinished, still implies possibilities for growth and change.

Let us now consider an example of fruitful ambivalence as to whether the end of a line is the end of a sentence.

6 All quoted translations from ZMD's poetry are my own.

即事　　水田驚艷 (約，91)

只此小小
小小小小的一點白
遂滿目煙波搖曳的綠
不復為綠所有了

綠不復為綠所有：
在水田的新雨後
若可及若不可及的高處
款款而飛
一隻小蝴蝶
髣髴從無來處來
最初和最後的
皓兮若雪
……

ON THE SCENE
– a shock of glamor[7] in the paddies

Just this tiny
tiny tiny dot of white
and the green swaying in misty waves far as the eye can see
is the green's no longer.

The green is no longer the green's
after a fresh rain over the paddies:
at a height now within, now beyond reach
leisurely flying
one little butterfly
coming it seems from what comes from nowhere,
the fair lunar snowgleam
of the firstmost, the lastmost.
...

Reading just to the end of the third line, we might initially feel we had arrived at the end of a sentence, meaning more or less:

Just this tiny
tiny tiny dot of white
and then it's green swaying in misty waves far as the eye can see.

This could be taken as the description of an esthetic-psychological process: the arrival of the

7 I deliberately use "glamor" here to accord with the terminology of Western occultism.

very least touch of a contrasting element (“white”) accentuates, brings out all the more, the overwhelming “green” of the living environment.

But if we look on to the next line, we find

不復為綠所有了

(it) is no longer the green’s

And looking across the strophe boundary to the next following line, we see a repetition, this time on the same line, of the words *lü bu fu wei lü suo you* 綠不復為綠所有, which had been divided across lines three and four. This placement makes it seem more compelling to read the syntax as

Just this tiny
tiny tiny dot of white
and the green swaying in misty waves far as the eye can see
is the green’s no longer.

The subsequent lines on the butterfly, with their “lunar” and “snow” associations, imply that the daylit and summer-like, seemingly uncomplicated and non-philosophical “green” has now been taken up in a more mental and meditative, less season-bound context. The “white” element, like the “snow” which is a recurrent image in Zhou’s poetry, suggests a more rarified “pure” state which transcends individual colors or emotional states.

These alternative readings can both be supported by the locally prevalent grammar and the presence or absence of punctuation. Do they really conflict? Do we need to choose one or the other?

It is not easy to establish limits as to how “legitimate” it is to tease out and apply alternative readings. My own position on this is extremely flexible. I am always afraid that a sophisticated yet valid reading might be excluded by applying a too lowbrow standard of which associations are “plausible.”

But another factor is that language itself *is* associative, always multiplex, always ready to connect some of itself with more of itself. Nobody owns a language. Language belongs to the Public Ambience. It is not within the province of the individual poet to dictate the limits of what words mean or what they shall evoke in the reader. The poem “means” anything it can sensibly be read to mean.

But what is “sensible”? The Public Ambience supplies the words, but not the full scope of their possible senses. For the latter, recourse must be had to other Ambiences.

3. Reading word by word

In ZMD's poem "Gentle Snow" 細雪 (白, 107), we read that "all poems are palindromes" – in other words, they can be read from back to front, read as reversals of themselves.[8] The normal flow of time, of grammar, or of logic, can never be presumed to hold. In his book of personal reflections on the classical novel *Dream of the Red Chamber* (Honglou meng), he says not only that he read this 120-chapter book in reverse order (!), but that poetry "originates in nonsense" (負, 13, 109).

If we take seriously this idea that the normal beginning-to-end sequence, hence also normal grammar, is not an absolute guide to the text, one thing we as readers can do is to focus with unusual intensity on isolated phrases, even on the individual words. And as translators who are non-native speakers of Chinese, we are in a special position to do this: we are forced to scrutinize the individual words to a special degree of exhaustiveness, undoubtedly looking up many of them in dictionaries, discussing them with native speakers who would not normally reflect on them and in general, learning much about the associations these words might have in other contexts. It is true that the presence of non-explicit overtones often makes it more rather than less difficult to translate the poem, and speaking broadly, Chinese poetry-reading strategies do not like us to come out at the end with a lasting ambiguity or irresolution. But these "overtones" make the reader's experience of the poem, be it ever such hard going, even richer. In that sense, the foreign translator, forced to read the text in an almost "philological" sense, is privileged vis-a-vis the native reader, who is liable to skim lightly over apparently clear passages without letting the deeper implications of the words sink in and grow.

ZMD himself does focus philologically on individual words, at times explicitly in his poems. A good example occurs in "Someday the Flower's Bound to Blossom" 花，總得開一次 (約, 137):

……
甚麼是我？

8 Interesting here is that the exact formulation, 所有的詩皆回文, could be read by the diehard pun-seeker as "all poetry reverses wen (i.e. ordinary 'civilization')," i.e., poetry contravenes the Public Ambience.
For an extensive discussion of the "reversal" motif in Zhou's poetry, including his frequent use of chiasmus and other symmetry structures, see Haft 2006, pp. 17-42.

撲朔而迷離：
一禾
一戈。雖然
禾非我
戈亦非我

...
What's "I"?
hard to distinguish, a little of both:
a stem
and an edged weapon, though
stem's not I,
neither is weapon I.

Here, ZMD is playing with etymology. In the original, he seems first of all to be talking about how to analyze the written character *wo* 我 meaning...ah, yes, meaning what? Most obviously *wo* means "I." But in specialized contexts, including Buddhist and other philosophical texts, its meaning can be the "ego," the "I" as a function. Trying first to make it read "I," the translator might read it as I have just done. But in Wut Tai-shing's 屈大成 exposition on Buddhist features in ZMD's poetry, we find this very passage quoted (Qu 屈 292) as an example of *fei wo* 非我, being a technical term equivalent to *wu wo* 無我 , meaning "having no ego" or "having no definite self." In other words, as in German or Dutch but unlike English, the same word in Chinese can mean either the ordinary first-person pronoun or the technical term for "ego," and the translator has to choose. "Having no definite self," I think, fits well with the rather abstract sound of *shenme shi wo* 甚麼是我 which sounds, at least to me, more like "what is an ego" than "what am I." Yet...the last two lines sound more like "the stem's not me" than "the stem is egoless," more like "the weapon's not me" than "the weapon has no ego."

Now for a closer look at the intervening "etymology." I put this in quotes because although it is structured like the ordinary etymological dissection of a character: "the left half is A and the right half is B" – in this case ZMD does not follow the actual traditional etymology. The latter would say that the right half of *wo* is indeed an "edged weapon," of whatever kind exactly,[9] but the left half is a human hand.

Why does ZMD instead make the left element a "stem" or "stalk," as of growing grain? Given ZMD's obvious awareness of every overtone of every word, it is probably legitimate to

9 Existing sources give various descriptions and pictures. In any case, my own translation in Haft, 2006, p. 62, was more poetic than correct.

think here of the existing metaphoric usages of the "stem" and the "weapon" in Chinese. They can mean respectively "harmony" (reading 禾 as 和) and "warfare."

How to get all this into a single translation? I think the only way would be to quietly add an appositional line, amplifying the "stem" and the "weapon" as "harmony" and "strife." Then, perhaps using the indefinite article "a" in front of "I" to make it sound like a technical term and not a pronoun, the result might be:

What's an "I"?
hard to distinguish, a little of both:
a stem and an edged weapon,
a harmony and a strife, though
stem has no I,
nor has weapon I.

The next line in the original reads:

不同姓不同命而同夢

The names are different, and the fates. The dream's the same.

Here "the names are different," when read aloud, sounds also like "the genders are different" – and this fits in, as dictionary explanations of *pushuo mili* 撲朔而迷離, the expression I have translated as "a little of both," often refer to an animal such that it is not easy at a quick look to distinguish the male from the female.

But with this, we are already broaching the subject of puns in ZMD's poetry. We will return to it soon.

4. Imaginary words that mean the most

Sometimes the individual word on which the translation hangs is not even a word on the page, but a word "seen" quasi-visually in the scene being described. In "Cold That Can Take the Cold" 不怕冷的冷 (白, 120), we find another example of a syllable by whose translation a whole philosophy does or does not remain in view.

……
猛抬頭！一行白鷺正悠悠
自對山，如拭猶溼的萬綠叢中
一字兒沖飛
……

you suddenly look up! and there's a line of egrets unhurried,
facing their mountain, up from the wind-wiped rain-fresh thickets
soaring in a row –
...

Idiomatically, we could consider making it a "group" of egrets soaring in a row. But in view of the close proximity of the 行 which can mean a "line" of writing and 字 which normally means a single "character" of writing, it seems more satisfactory to say

you suddenly look up! one line of egrets, unhurried,
facing their mountain, up from the wind-wiped rain-fresh thickets
soaring as a One –

In Chinese poetry, it is not uncommon to see "lines" of writing in the flight patterns of birds in the sky.[10] Sometimes a single "character" is seen, typically either "one" or "human." In this poem, the suggestion explicitly is the written character for "one." In a poem alluding to the Daoist writer Zhuangzi, we are bound to associate this with a concept of "oneness," the "Unity of all Things" which is the subject of one of his most famous chapters. The "egrets," part of a visually existing scene at the level of the Public Ambience, are bringing not only a visual shape but a message: that no matter how far one has wandered, according to the Scriptural Ambience there is a One, a unifying cosmic or mental state in which it all holds together.

Another example that hinges on this "1" or *yi*, once again involving a bird scene, is from "In Praise of Sparrows: Five Cantos" 詠雀五帖 (約, 78-80):

側著臉
凝視
每天一大早擠公車的朝陽

盪鞦韆似的
一隻小麻雀
蹲在雞冠花上
……
悄悄在娘肚裡練就
此一身輕功

10 See Crump, pp. 193-195. For an example by another 20th-century Taiwan poet, see Yang Lingye's 羊令野 brief sequence "Autumn Meditations" (Qiuxing 秋興).

……
原來至深至善至美的樂音繫於眼前此一
此一無譜的電絲之上——
……

Slantwise
staring
at the sun crowding the bus each morning

one little sparrow
squatting on a twig of cock's comb
like on a swing...
...
In the secret silence of a mother's belly
you learned this art, this life of weightlessness
...
It turns out the music
of what's Deepest, Best and Most Beautiful
hangs on this One before my eyes:
this [one] power line, string there's no score for –
...

In the second-to-last line of the original quoted above, because of the rhythmic or "thought" pause implied by the line break, 此一 ("this One") could initially be read as: (1) the visual shape of the power line, taken as a horizontal stroke of Chinese writing, i.e., the character "one," (2) "this one" in the sense of "this particular item, this one that is now under consideration," (3) the One in a philosophical sense, such as it presents itself to "me" in a concrete perception., or (4) "this," grammatically suspended by the end of the line, to be repeated at the beginning of the next line.

In Chinese culture and letters, one of the classic sources relating a calligraphic "one" to the philosophic One is the *Hua yulu 畫語錄* (Sayings on painting) by the Qing-dynasty painter Shitao 石濤 (also known as Daoji 道濟, 1641-ca. 1710).[11] It is not an easy or unambiguous text, and has been interpreted in various ways,[12] but all readers agree that a key notion in it is *yihua* 一畫. One of the prevalent interpretations of that idea, relevant here, is "the horizontal line, the character *yi* 一 ."

In the chapter on *yihua* in Qiao et al. 2007, there is a convenient survey of what

11 In English, see Chou and Edwards.

12 For a collation and discussion of various views in Chinese, see Qiao Nianzu 喬念祖 (ed.), *"石濤畫語錄"與現代繪畫藝術研究*, Beijing: Renmin yishu chubanshe, 2007. As this book was written by Qiao Nianzu in collaboration with Zhang Zhihua 張志華 and Shao Jingjing 邵菁菁, I will refer to it as Qiao et al. 2007.

well-known Chinese writers have written on the "one" in this concept. A common interpretation is indeed "one line" or "one stroke of the brush;" others include what I would summarize in English as "oneself doing the painting" or "painting this one time, this unique time." Yet another is the Chinese philosophical One as opposed the Many or to All Things.[13]

As Edwards points out, the crucial "single stroke" is

> not an invention of Shitao. It...rests on early belief...as it became deeply embedded in the fabric of Chinese civilization, specially with the creation of the so-called Eight Trigrams (*bagua*), forms whose origin goes back to methods of divination and which consist of various combinations of a single line – one unbroken and one broken. These configurations created in symbolic language the form of heaven and earth. They opened the way for an understanding of the totality of creation.[14]

Citing a possible Buddhist association, Edwards quotes a recorded snippet of conversation between a certain Master Xiu and Shitao's own teacher in Buddhism, Lü-An (d. 1676):

> Xiu: "Take the word one (a single horizontal stroke) and add no more strokes to it. What do you have?"
> Lü-An: "The design is complete."

Edwards summarizes: "Form comes from the formless...Its beginnings rest with the simplest – and yet most shattering of beginnings: the first mark, the single stroke, from whose 'complete' implications everything else – infinite variety – follows."[15]

In the second chapter of *Hua yulu*, Shitao says: "The One Stroke is the origin of all visibles, root of all images" 一畫者，眾有之本，萬象之根.

That Shitao saw philosophical weight in his concept seems clear from the closing remark, whether or not written with tongue in cheek, of his introductory chapter on the One Stroke: it is a literal quote from Confucius, *wu dao yi yi guan zhi* 吾道一以貫之, which Legge (169) translates "my doctrine is that of an all-pervading unity."[16]

In the context of the poem by ZMD which we have been examining, it is also pertinent that in a traditional etymology of the character *dan* 旦 meaning "dawn," the single horizontal line is said to represent the horizon above which the sun rises: the dawning of a new day.

Another subtle implication in this poem is that in the original, *zhi shen* 深 *zhi shan zhi mei* 至深至善至美 sounds almost like *zhi zhen* 真 *zhi shan zhi mei*, the familiar philosophical

13 Qiao et al. 2007, pp. 19, 22-23, 31-32.
14 Edwards 120; transcription adjusted to pinyin.
15 Edwards 121, transcription adjusted.
16 Analects (Lunyu 論語), Chapter 4 (里仁), section 15.

trio of whatever is most True, Good, and Beautiful – but in this case, Truth has been replaced by Depth, perhaps suggesting the relative or not-yet-evident nature of truth.

For the philosophical One in another of ZMD's contexts, we now turn to the beginning passage of "Good Snow! Not a Flake Falls Elsewhere 好雪！片片不落別處" (白, 26). The poem begins with a quote ostensibly from the Hua Yen Sutra:[17]

> 一切從此法界流，一切流入此法界
>
> All floweth forth from this Dharmadhatu;
> all floweth into this Dharmadhatu.

Soothill (271) defines "Dharmadhatu" (*fajie* 法界) as "the unifying underlying spiritual reality regarded as the ground or cause of all things, the absolute from which all proceeds."

The first lines of the poem are

> 冷到這兒就冷到絕頂了
> 冷到這兒。一切之終之始
> 一切之一的這兒
>
> When the cold gets to here, it's at its highest –
> cold up to here. The here that's the end, the beginning of All,
> the One that is All.
> ...

In the original, the third line reads *yiqie zhi yi de zher*. Here *yi qie zhi yi* 一切之一 could mean something like "one of All" or even "one of the Alls." But it could also mean "the One that is associated with everything" or "the One that is All." If we take it in this sense, then "here," being the One, is actually where "everything" starts from, for as Laozi tells us:

> the One gives rise to the Two,
> the Two to the Three,
> the Three gives rise to All Things...[18]

But...whether or not the everyday speaker knows it, the expression *yiqie* 一切, which in the vernacular means "all, everything," occurs in some classical texts in a very different meaning: "temporarily, as expedient, for the time being." And this sense is attested in such venerable sources as *Zhanguo ce* 戰國策 , *Huainanzi* 淮南子, and *Hanshu* 漢書 . It would

17 "Ostensibly" because I have not been able to verify that it does actually occur in that sutra.
18 From Chapter 42.

make sense, too, if we read *qie* in *yiqie* very literally to mean a "slice" or "cut" of something.

If we try endorsing these meanings "for the time being," we get something like

> When the cold gets to here, it's at its highest –
> cold up to here. The here that's the end, the beginning of All,
> this moment's cross-section of the One.

In other words, the "here" and the present moment, in all their transitory uniqueness, are not different from the most absolute overall Origin that can be imagined.

But again: if in the second line we construe 一切之終之始 differently, we could take it as "the beginning of the end of All" – implying individual temporality and mortality. This would give us

> When the cold gets to here, it's at its highest –
> cold up to here. The here that's the beginning of the end of All,
> one time-bound slice of the All.

5. Puns, obvious and arcane

Now let us get back to a specific category of single-word emphasis: puns. In ZMD's poetry, even the straight-sounding title of a poem may be a pun. Consider the early poem titled "Nine Lines" 九行 (國, 102; translation in *Frontier Taiwan*, 98) [19]:

> 你底影子是弓
> 你以自己拉響自己
> 拉得很滿，很滿。
>
> 每天有太陽從東方搖落
> 一顆顆金紅的秋之完成
> 於你風乾了的手中。
>
> 為什麼不生出千手千眼來？
> 既然你有很多很多秋天
> 很多很多等待搖落的自己。
>
> Your shadow is a bow.
> And with yourself you draw yourself
> full: so full it hums.

19 from *Frontier Taiwan*, edited by Michelle Yeh and N. G. D. Malmqvist. Copyright © 2001 Columbia University Press. Reprinted with permission of the publisher.

Every day, out of the east, a sun’s shaken down:
ball after ball of copper-red autumn, completed
in your wind-dried hands.

Why don’t you grow a thousand hands, a thousand eyes?
you have so many autumns:
so many selves, waiting to be shaken down.

The title looks straightforward: “Nine Lines,” introducing a poem that is nine lines long. But in ancient Chinese, the *jiu hang* or “nine lines” could be a general term for “the various human occupations” (cf. “what line of work are you in?”). Present-day Chinese readers may not think of this old usage, but I think having it in the background definitely adds to the appreciation of this poem, which describes the human condition as an “occupation” of self-construction that can take various courses. It is not clear whether the proverbial “educated native speaker” would immediately make this association. But in the style of reading I am advocating here, that does not matter. In the linguistic annals of the Public Ambience, the association is well attested, and on a present-day Realization reading it makes good sense.

As an example of a reading which I myself find of “borderline” validity, but according to my own theory must be considered, we now turn again to *Cold That Can Take the Cold* 不怕冷的冷 (白, 118). This actually consists of two poems which the same title. The first begins with one of the grammatical surprises typical of ZMD’s poetry:

即使從來不曾在夢裏魚過
鳥過蝴蝶過
住久了在這兒
依然會惚兮恍兮
不期然而然的
莊周起來
……

Even if you’ve never, in a dream, been a fish,
been a bird, been a butterfly –
if you live here long enough,
confused and all, still and all,
without expecting it and all
you’ll start to be a Zhuangzi…

This sounds plain enough in English. But the translator has made it so! In the original, even the first line is a rocky road. First of all, “been a fish” is *yu guo* 魚過 where the syllable *yu* “fish,” though it is initially perceived by native speakers as a noun, must be read or construed as a verb because of the verbal complement *guo* immediately following.[20] In other words, one would like to translate the first line as something like "Even if you've never, in a dream, fished..." But in English, "never...fished" would mean "never angled, never gone fishing." If we consider ancient Chinese texts, in which the character 魚 for "fish" could be an alternate character for 漁 "to go fishing, catch fish," this might at first seem plausible in our context. However, no analogous meaning implying "to catch" is available for the words for "bird" and "butterfly," which in the text we are examining are so clearly in parallel with "fish."

But this is not all. In very old classical Chinese texts including bronze inscriptions, the character *yu* 魚 meaning "fish" could also be used for *wu* 吾 meaning "I." And one of those texts is attributed to Liezi 列子, who like Zhuangzi is one of the foremost Daoist thinkers.[21] Taking this line of analysis seriously, we might mentally rewrite the first lines as:

> Even if you've never, in a dream, been a self,
> been a bird, been a butterfly...

And this would make sense, because if there is any passage from Zhuangzi that all Chinese readers are guaranteed to know, it is the famous "butterfly dream" – which is about the unworkability of the ego concept:

> Once Zhuang Zhou dreamt he was a butterfly, a butterfly flitting and fluttering around, happy with himself and doing as he pleased. He didn't know he was Zhuang Zhou. Suddenly he woke up and there he was, solid and unmistakable Zhuang Zhou. But he didn't know if he was Zhuang Zhou who had dreamt he was a butterfly, or a butterfly dreaming he was Zhuang Zhou.[22]

But if all this is stretching a point, we can take refuge in the "never been a fish" construction. The latter certainly seems indicated here in the light of the following clincher involving Zhuangzi, who on the one hand was obsessed with whether or not he was really a butterfly, and on the other was once asked how he could understand "what fish enjoy" without himself being a fish (Watson 110).

For another example which is, though abstruse, not even so far-fetched, let us now

---

20 For other examples of words in ZMD's poetry being dislodged from their usual "part of speech," see Zeng 曾, pp. 177-179.

21 Thanks to Dr. Jan De Meyer, translator of Liezi into Dutch, for discussion on this.

22 Translation by Burton Watson in Watson, p. 45; transcription modernized. For a thoroughgoing literary reading of Zhuangzi, see Hoffmann.

examine "Contemplating the Waterfall" 觀瀑圖 (白, 126). Looking at the first stanza, a straightforward translation might read:

> 人未到巖下聲已先來耳邊
> 怎樣一軸激越而豁人心目的寓言啊
> 冷過，顛沛且粉碎過的有福了
> 路是走不完的
> 一如那泡沫，那老者想：
> 生滅，滅生，生滅
> 逝者如斯，不舍晝夜

> Before the man arrived below the cliffs
> its sound already reached his ears –
> this scroll! this parable eager to open the eyes, the mind:
> blessed are the chilled, the fallen, the pulverized.
> The road shall have no end
> just like the froth (the old man thinks):
> born and gone, gone and born, born and gone…
> so it is with all that passeth, day nor night ceasing.

But the *yiru* 一如 with which the fifth line begins, though it ordinarily means "just like," is also a Buddhist technical term meaning something like "the Absolute" or "Ultimate Truth." Leaning heavily on this meaning, we might rewrite the passage as

> The road shall have no end.
> The froth of the Absolute Truth, the old man thinks,
> is born and gone, gone and born…

Yet...again in this fifth line (of the original), we note what seem to be grammatically parallel occurrences of *na* 那 : *na paomo* and *na laozhe* with a comma between them, suggesting that these two terms might be in apposition. Then we would get:

> The road shall have no end.
> The old man, that bubble of froth on the Absolute, thinks:

In the Scriptural Ambience, it is a commonplace that ordinary human experience is transient "froth."

6. What is what it says saying?

For another pun built into the Chinese language itself, we can consider the first four lines of "Moon River" 月河 (白, 4):

傍著靜靜的恆河走
靜靜的恆河之月傍著我走——
我是恆河的影子
靜靜的恆河之月是我的影子。

Walking alongside the quiet, quiet Ganges
the quiet, quiet moon on the Ganges walks alongside me –
I am the Ganges' shadow;
the quiet, quiet moon on the Ganges is my shadow.

The problem here is that *heng*, the first syllable of *Henghe* which is the standard Chinese name for the River Ganges, means "permanent, enduring, eternal." Should we exchange the translation "Ganges," in itself so appropriate in view of its association with the Indian birthplace of Buddhism, for the equally appropriate word "eternal" or "endless"? Perhaps we could try

I am a reflection on the eternal river;
the quiet, quiet moon on the eternal river is my reflection
…

The translator's decision here amounts to: what do you want to prioritize in the translation: the specific time-and-place-bound "East Asian" flavor of the Ganges (that is, reading it in terms of the Public Ambience), or the more general Realization implications of "eternal" and "flow"? What does the pun have to say about the world of experience beyond this poem? Is the translation to be a modest contribution to academic sinology or a modest poem in itself?

A similar cultural-vs.-extracultural decision arises in "Someday the Flower's Bound to Blossom" 花，總得開一次 (約, 140-142):

若路與走與未到同義，
若我不忍讀的過去
是由一行行仄韻和拗體吟成；
當知:我生之前
已有之後，更有之後
橫亙與之後之後——
蹉跌，毋寧是不可免的！
然則，我將如何端正

端正我的視線；如何
以眼為路路為眼
而將後後與前前照徹？
……
世界坐在如來的掌上
如來，勞碌命的如來
淚血滴滴往肚裡流的如來
卻坐在我的掌上
……冬已遠，春已回，蟄始驚：
一句「太初有道」在腹中
正等着推敲

...
If road and walk and failure to arrive
are synonyms; if my past's
unreadable, chanted in harsh rhymes
line on grating line –
know that before I was born
there were already Afters and Thereafters
straight through till Thereafter and After.
No getting around the stumblings.
But how shall I right,
right my line of sight, how make
eyes the road, the road eyes,
see clear from after after to before before?
if there's no getting around the stumblings.
...
The world rests in the palm of the Tathagatha,
but the Tathagatha, the arduous-fated Thusly-Come,
the Comer whose belly's dripping full of blood and tears
rests in my palm.

Winter's away; spring's back; waking from hibernation
with in my belly the words 'In the beginning was the Word'
ready to be pondered.

This last passage puts the translator into a true cross-cultural predicament. The words in the original that form a very widely known Chinese translation of 'In the beginning was the Word' in John 1:1, literally mean "In the beginning was the Dao" – or as some would say, "In the beginning was the Way." Strange or even offensive as it might seem to non-ecumenical Christian readers, the word Dao 道 has been used for the Word (or the *Logos*) by Protestant translators since the 1830s, when it was first used in print in the New Testament translation by Walter H. Medhurst and Karl F. A. Gützlaff. The Roman Catholic Church originally did not accept this term, but starting with the ecclesiastically approved New Testament version by John C. H. Wu 吳經熊 (1949 and later editions), some Catholic translators have used it as well.[23]

In any case, since ZMD puts this phrase in quotes, it no doubt is to be taken as this very well-known quote from the Bible. Yet...in the context of this particular poem, following upon the important passage about the "road" and the "walk," it would also seem appropriate to make a Formalist move and construe it as:

> since the beginning, the Way has existed...

thereby shifting the focus from the Scriptural to the Realization Ambience. This would be all the more justified in that in the immediately following line, it is in "my" belly, the womb-like belly of the speaking subject who walks the Road, that "the beginning" is waiting to be considered. The concluding truth will rest with "me": in "my" palm. In the end it is all a matter of point of view: in the very act of quoting the words traditionally stipulated by the Scriptural Ambience to mean "Word," the poet assimilates them to the "Road" of his personal Realization.

7. Who shall say?

For another example of the all-importance of point of view as implying agency, we now turn to "If You Look at Winter a Certain Way" 用某種眼神看冬天. In this poem, the stunning last stanza depends for its interpretation on how we read an ambiguous phrase:

> 所有的落葉都將回到樹上，而
> 所有的樹都是且永遠是
> 我的手的分枝：信否？[24]
> 冬天的腳印雖淺
> 而跫音不絕。如果
> 如果你用某種眼神看冬天
>
> ...
> All the leaves that ever fell
> will get back on the trees again;

23 For more detailed background on this, see Haft, 2008.

24 This text is from the version in 世, p. 132-133. Interestingly, in 約, p. 54-55, published two years later, 所有的樹都是且永遠是／我的手的分枝 is changed to 所有的樹都是你的我的／手的分枝 "all the trees are branchings/of our hands."

all the trees are and will always be
branchings of my hand – do you believe it?
Though winter footsteps are shallow
their sound will have no end. If,
if you look at winter a certain way.

In the third-from-last line, the "winter footsteps" are *dongtian de jiaoyin*. This could mean either "winter's footsteps" or "one's footsteps in winter." The immediately preceding statement that the trees are "branchings of my hand" seems to assert a large claim to the competence and role of the "I" vis-a-vis the earth: insignificant as "I" might seem, the trees I have seen will last forever, and they embody my body. Carrying on in this spirit, it seems logical to take *dongtian de jiaoyin* to mean "my footsteps in winter." Not winter's agency but "my" own is the point.

At the beginning of the poem

用某種眼神看冬天
冬天，冬天的陽光
猶如一簇簇惡作劇的金線蟲
在白雪的身上打洞

不呼痛，也從不說不的雪！

If you look at winter a certain way
winter, winter's rays of sun
like crowds of beetles in a mood for pranks
punch holes in the snow's body,

the snow that won't cry ow! and never says no
…

Here, "winter's rays of sun" (literally just "winter sunlight") seem to have agency and activity enough. The sun, as bringer of concrete sensory experience, gets footholds in the inhospitable abstract-truth realm of the snow. But the point is that even this supposed agency or initiative on the part of the external world – such that the snow "never says no" to it – ultimately depends on my own agency in the sense that it only happens if I "look at winter a certain way."

But to pronounce the truth of his experience, the speaking subject needs understanding. "You" must know which "certain way" to look. In ZMD's book on the *Dream of the Red Chamber*, we read in several places how important it is to "know" or "understand" 知 a person, and the understanding is contrasted favorably with "loving" 愛. The "two great needs of humankind" are "to love and be loved" and "to understand and be understood (負, 241) ." But "it is easy to love a person, difficult to understand them. I don't much believe in claiming to love a person whom you have not been able to understand (負, 147)." And again, alluding to the common saying *wei yue ji zhe rong* 為悅己者容 ("if a girl dolls herself up, it's with an eye to her admirer"), ZMD says (負, 117): "She'll doll herself up for the one who admires her, but she'll die for the one who understands her."

ZMD brings out the importance but also the difficulty of understanding in his poem "Thorn Blossoms" (白, 80-81), whose title 荊棘花 is not so much a pun as a private allusion. In his book on the *Dream of the Red Chamber* (負, 87), he uses the phrase *jingkou jishe* 荊口棘舌 ("prickly on the mouth and tongue") for poetry that is difficult to read. The first few lines of "Thorn Blossoms" make use of a difficult compound, *yi guang* 異光, whose meaning is clinched, albeit with alternative possibilities, only at the poem's end:

本來該開在耶穌的頭上的
卻開在這裡

每開必雙
愁慘而閃著異光
是赴死前那人
眼中的血吧?

血有傳染性的——
紅過，只要有誰曾經
耿耿，向人或背人的
紅過；這淚光
孤懸於天上的
終將潺湲，散發為天下
無盡止的仰望

直到有一天這望眼
已彼此含攝；直到
天上的與天下的
已彼此成為彼此：
不即不離，生於水者明於水

They were supposed to blossom on Jesus' head
but they blossomed here.

Wherever they blossom they're in twos:

desolately flashing that Radiance of the Other.
Is it the blood in the eyes
of a willing martyr?

Blood is contagious:
where it's reddened, wherever someone's
warmed and reddened for, against another,
this radiance of tears
that hovered lonely in the sky
will finally come gushing, shed
for all the endless longing under Heaven

till someday the longing eyes
be caught up in each other; till
Heaven's and what's under Heaven's
keeping their distance
mutually end up mutual:
and what was water-born
be water-minded.

In the fourth line, the expression I have translated "Radiance of the Other" is *yi guang* 異光. Readers' immediate reaction to this term would be to take it as "strange" or "unusual radiance." Traditionally, in the Scriptural Ambience this could have been the halo or extraordinary radiance of a spiritual leader. Nowadays in the Public Ambience, *yiguang* can refer to an eery or unexplained aura or light said to have been perceived somewhere under water or in the sky. In short, there are various two-syllable compounds in which *yi* has this simple adjectival sense of "different."

In this poem, however, I hear it as not just "other" but "of the Other": the poem's last line is about something being seen by or in the light of a related something or someone else. The very last three words in the original, *ming yu shui* 明於水, could mean "gleam distinctly upon the water" or "be discernible in the water," but also "understand the water" or even "be well versed in the water."[25]

They could also very well be read to mean that "what was water-born" (or "born of water")

25 The collocation 明乎水, where it is normal to read 乎 as equivalent to 於, occurs in this latter meaning in both Mencius (IV.I.xii.1) and The Doctrine of the Mean (19:6). Andrew Plaks, in his translation of the latter, chooses "be well versed in." See Ta Hsüeh and Chung Yung (The Highest Order of Cultivation and On the Practice of the Mean), Translated with an Introduction and Notes by Andrew Plaks, London etc.: Penguin Books, 2003, p. 37.
"Understanding" is also the sense of 明於 in Zhuangzi , at the beginning of Chapter 13.

is cognized by
is seen in
is seen through
is discerned by virtue of
gets light on
sheds light on
dawns on
shines upon
is clear on
gets clear on
shines even brighter than
is wiser than
is more aware than

...the water.

The expression *ming yu shui* 明於水 occurs in one of the above-mentioned senses in a widely read Buddhist treatise, the *Zongjing lu* 宗鏡錄 (Records of the Mirror of the Schools) by Yongming Yanshou 永明延壽, dating from the tenth century.[26] And ZMD is familiar with Yongming Yanshou, in any event quotes him in his book on the *Dream of the Red Chamber* (負, 29). The term I have translated as "caught up in," *hanshe* 含攝, is certainly not a common or ordinary term in either spoken or written Chinese, but again, it occurs in the *Zongjing lu*.[27]

So, when the lyrical subject "understands the water" or "comes to understanding vis-a-vis water," presumably he or she will at last be able to speak out the truth, not according to Public platitude or Scriptural preachment, but by the light of actual experience. This will be a truth that supersedes by comprising, overtrumps by being cognizant of, previous forms of truth.

8. The only thing...

This ultimate primacy of the Realization voice, superseding the Scriptural and daring to compete with the supposed authority of the Public ("human"), comes out well in the poem "Wild Geese II" 雁之二 (約, 131). Once again the poem turns on the "writing" of birds in the sky: this time wild geese, whose spread wings visually suggest an overturned Chinese character for "man" or "human." (Note well: it is an "overturned" or "reversed" human: again an example of ZMD's beloved "reversal" or "palindrome" motif.)

---

26 See Zongjing lu, section 99.
27 Zongjing lu, section 6.

人人人人人人

隻或雙，成行或不成行
在江心，在天末
秋風起時：
秋風有多瘦多長
你的背影就有多瘦多長

是你在空中寫字，抑
字在空中寫你？

人人人人人人
何日是了？除非
(秋在高處高高處自沉吟)
除非水流有西向時；
水流幾時西向？
欸！除非你寫得人人人人盡時。

Human human human

Singly or in pairs, forming lines or not
at the heart of the river, the end of the sky
when the autumn wind arises:
however lean and long the autumn wind is
that's how lean and long your shadow is.

Are you writing words in the air, or
are words in the air writing you?

Human human human –
When endeth the same? only if
(moans the autumn wind in the highest heights of height)
only if the river's flow reverses, goes back West:
and when will the river's flow go West?
Ay! only if you can write the human human to the full.

So, the ultimate truth would be, could be, may be the one written by the poet. The all-determining and all-unifying meaningful "stroke of the writing brush" which he has seen in the flight pattern of geese in the sky, in a power line that a sparrow might sit on at the dawn of a new day, is waiting to be written by himself. As we read in a passage of "In Praise of Sparrows: Five Cantos" 詠雀五帖 (約, 83-84):

……

唯一的
也許可稱之為缺憾的
欸，莫非就是這嫋嫋

誄辭似的
唯美而詩意的最後一筆？

…
the only thing
that might be called still lacking –
could it be this wafting,
elegy-like
esthetical-poetical
last stroke of the writing brush?

Works Cited

Works in Chinese:

Qiao, Nianzu. 喬念祖 (ed.). "石濤畫語錄"與現代繪畫藝術研究. Beijing: Renmin yishu chubanshe 人民藝術出版社, 2007. Authors are Qiao Nianzu, Zhang Zhihua 張志華 and Shao Jingjing 邵菁菁.

Wut, Tai-shing. 屈大成. "周夢蝶詩與佛教," in Li Huoren 黎活仁, Xiao Xiao 蕭蕭 and Luo Wenling 羅文玲 (eds.). *Xuezhong qu huo qie zhu huo wei xue* 雪中取火且鑄火為雪. Taipei: Wanjuan lou 萬卷樓, 2010, 251-312.

Zeng, Jinfeng. 曾進豐. "Zhou Mengdie shi yanjiu" 周夢蝶詩研究. M.A. Thesis, National Taiwan Normal University, Guowen yanjiu suo 國文研究所, 1996.

Zhou, Mengdie. 周夢蝶. *Bu fu Rulai bu fu Qing* 不負如來不負卿 [負]. Taipei: Jiuge 九歌, 2005.

---. *Gudu guo* 孤獨國 [國]. Reprinted in Zhou Mengdie. *Gudu guo/Huanhun cao/Fenger Lou yigao* 孤獨國/還魂草/風耳樓逸稿, edited by Zeng Jinfeng 曾進豐. Taipei: INK, 2009.

---. *Shiji shixuan* 世紀詩選 (之 1) [世]. Taipei: Erya 爾雅, 2000.

---. *Shisanduo bai juhua* 十三朵白菊花. [白]. Taipei: Hongfan 洪範, 2002.

---. *You yizhong niao huo ren* 有一種鳥或人 [鳥], edited by Zeng Jinfeng 曾進豐. Taipei: INK, 2009.

---. *Yuehui* 約會 [約]. Taipei: Jiuge 九歌, 2002.

Zongjing lu 宗鏡錄. Consulted on website of the Electronic Buddhadharma Society (EBS) 美國佛教會電腦資訊庫功德會(資功會), February 20, 2013.

Works in Western languages

Chou, Ju-hsi. *The Hua-yü-lu and Tao-chi's Theory of Painting*, Occasional Paper No. 8, Tempe, Arizona: Center for Asian Studies, Arizona State University, 1977.

Crump, J. I. *Songs from Xanadu: Studies in Mongol-Dynasty Song-Poetry (San-ch'ü)*. Ann Arbor: Center for Chinese Studies, University of Michigan, 1983.

Edwards, Richard. *The World Around the Chinese Artist: Aspects of Realism in Chinese Painting*, Ann Arbor: Center for Chinese Studies, University of Michigan, 1989/2000, pp. 105-154.

Haft, Lloyd [2006]. *Zhou Mengdie's Poetry of Consciousness*. Wiesbaden: Harrassowitz Verlag.

---. [2008]. "Perspectives on John C. H. Wu's Translation of the New Testament," in Chloe Starr (ed.). *Reading Christian Scriptures in China*. London and New York: T & T Clark, 2008, pp. 189-206.

Hoffmann, Hans Peter. *Die Welt als Wendung – Zu einer Literarischen Lektüre des* Wahren Buches vom südlichen Blütenland (Zhuangzi). Wiesbaden: Harrassowitz Verlag, 2001.

Legge, James (trans.). *Confucian Analects*, in *The Chinese Classics* vols. I & II, 'reprinted from the last editions of the Oxford University Press.' No publ. no date.

Soothill, William Edward and Lewis Hodous. *A Dictionary of Chinese Buddhist Terms*. Revised by Shih Sheng-kang, Lii Wu-jong and Tseng Lai-ting. Kaohsiung: Foguang 佛光, 1962.

Watson, Burton (trans.). *Chuang tzu: Basic Writings*. New York: Columbia University Press, 1966.

Yeh, Michelle and N. G. D. Malmqvist (Eds.). *Frontier Taiwan: An Anthology of Modern Chinese Poetry*. New York: Columbia University Press, 2001.

Poetry as Religion: Its Crisis and its Rescue. Towards Zhou Mengdie

Wolfgang Kubin 顧　彬*

Religion does not really play the role in Chinese Studies that it actually ought to play.[1] One of the reasons is the difficulty to define what religion might mean in China, especially after 1949 on the mainland where no party member is allowed to have a religious belief. As nearly all academics there are in the Communist Party of China, one seldom hears someone talking about religion as the basis of Chinese culture at Chinese universities. Though often criticised as too far away from Chinese scholarship, most of European or American sinologists share the common assumption with their (Communist) Chinese colleagues that China is more or less a country that can be understood without taking a god or gods into consideration. It is very hard therefore to convince them of the opposite. It is, however, a fact that the origin of poetry in China takes its start from the ancestor temple.

I

The Book of Odes (Shijing) presents a whole range of examples that can be called religious in nature. The songs were first sung as a kind of worship for the soul of the deceased ruler. Something similar is true for *The Songs of the South* (Chuci). Objects of these songs are in most cases goddesses of various kinds who are expected to stage down from the sky in order to meet a male shaman. If we do not consider the minority of poets like Du Fu (712-770) whose poetry had not much to do with any religion we could follow the trace of the numinous till 1911. It is only with the establishment of the Republic of China (1912-1949) that spiritual

* 德國波昂大學漢學系退休教授，現為北京外國語大學特聘教授。
I have to thank Chantelle Tiong (Zhang Yiping) in Kuala Lumpur who was so kind to provide me with three collections of Zhou Mengdie's poetry. Without her help I could not have written this paper.

1 I have written about this issue several times; see for instance my article, "Religion and History. Towards the Problem of Faith in Chinese Tradition. A Pamphlet," in: Orientierungen 2/2007, S. 17–27.

devotion seems to loose its heavy impact upon Chinese writers. Is it really so? But what about *The Goddesses* (Nüshen, 1921) of Guo Moruo (1892-1978)? They offer of course the secularized version of religious hope, a hope that finally ends up in socialism, communism, Maoism, but without loosing its religious, even if secularized overtones.

Be it as it were, in Europe the birth of poetry has to be traced back to religion as well. Poetry and cult were not to be separated. The poets sang not out of themselves, but inspired by a muse or a god. This did not change before the 18th century when the poets found out that they can sing themselves the praise of god. It was still the time where poetry was meant for all. Its basis was collective memory, a memory of and for all. Nowadays one is confronted with the fact that modern as well as contemporary poetry does not have many readers at all, one could even go so far as to say, it does not have readers except for the poet and his or her fan community.[2] The reason is quite simple, with the loss of religion poets turned from collective memory to private recollection. Private recollection means a language of one's own, not of everyone. The poet does not sing of something anymore that everyone shares. He or she has him or her and their experiences as the basis of any kind of writing.

We saw something similar happening on the mainland after 1949 and 1979. In 1949 poets, more or less communists, decided to return from modern poetry to poetry of devotion. For them Mao Zedong (1893-1976) was a kind of Saint or God and the Party was some kind of church. Mercy or grace (enci 恩賜) from above was the most important verbal expression, both on the sides of the ruling class and her supporters, the poets. This changed of course long before 1979, but did not become obvious after 1979. What made the so called obscure poets (Menglong Shipai 朦朧詩派) so successful was their elevated tone, a tone of collective memory, of collective hope that came close to a new kind of secular religion. All ended up in the disaster of 1989. Since then poets (of the next generation) turned to their own world which they call the world of pure language. By that they lost nearly all their possible readers on the mainland. If they can still offer a home to their poems, their home might be not in China anymore, but perhaps in German speaking countries where their collections of poetry are meanwhile sold quite well and even sold out very quickly.[3]

---

2 For this problem see Günther Bonheim, *Versuch zu zeigen, dass Adorno mit seiner Behauptung, nach Auschwitz lasse sich kein Gedicht mehr schreiben, recht hatte*, Würzburg: Königshausen & Neumann, 2002.

3 Cf. Wolfgang Kubin, "Deutschland als neue Heimat chinesischer Gegenwartsdichter," in: minima sinica 1/2010, pp. 113-116.

This surprising fact is possibly due to the aftermath of the elevated tone that sometimes still can be found in contemporary Chinese poetry, a tone that has kept its fascination for the German audience. Yang Lian (b. 1955) is a very good example in this respect. This very dark and rather untranslatable poet is the most successful contemporary Chinese representative of his kind in Germany. His readings are crowded; his books will never become non-sellers.

II

Can something said like this for poetry from Taiwan, too? Now we have to face a lot of problems and the answer is not easy at all. Poets of Taiwan usually do not show up abroad. Zhou Mengdie (1921-2014) is called an eremitic poet just as the essayist Mu Xin (1924-2011). The former contrary to the latter does have translations into German[4], but he has no readers in the sense that Bei Dao (b. 1949), Liang Bingjun (Leung Ping-kwan, 1949-2013) or Zhai Yongming (b. 1955) have. Compared to these eminent poets he is even among specialists rather unknown. This is unfortunately true despite of the fact that a study of his poetry was published in Germany.[5]

How come that Zhou Mengdie is not as well-known as his colleagues from the mainland or from Hong Kong? There are too many things involved here in order to come to a clear and any understandable answer. Poets from Taiwan usually do not apply for (the highest) grants in Germany (or Europe) which would enable them to write abroad for one year and introduce themselves to an even greater public than on Taiwan. They are quite different from poets of the mainland who are coming and going to and from countries like Germany all the time and frequent the best publishing houses by now. True, Yu Guangzhong (b. 1928) and Yang Mu (b. 1940) had their collections of poetry published in German, but nearly no one except for me paid attention and wrote reviews. Zheng Chouyu (b. 1933), Luo Zhicheng (b. 1955) and Xia Yu (b. 1956) were in Berlin for the International Literature Festival through my help years ago (2005), but did they leave the impact they should have left? In my eyes they did, but in the eyes of others as well?

---

4 Tianchi Martin-Liao and Ricarda Daberkow (Eds.), *Phönixbaum. Moderne taiwanesische Lyrik*. Bochum: projekt 2000 (= arcus chinatexte 19), pp. 36-45.

5 Lloyd Haft, *Zhou Mengdie's Poetry of Consciousness*. Wiesbaden: Harrassowitz 2006. For my very critical review see Orientierungen 2/2011, pp. 147-148, for a very friendly review see Christopher Lupke in: Modern Chinese Literature October 2007.

We have to face now another serious problem: The real reason why Taiwan literature has no "market," neither in Germany nor in Europe is that writers who are labelled to be Taiwanese usually do not present themselves in old Europe. They prefer America, but America is not a place for translators and not a Mecca of translation. It is a country only too much interested in her and spreading her kind of cultural bias world wide. If you do not speak her language and if you do not share her values, you do not really count. So please let me ask, do Yu Guangzhong or Yang Mu have collections of their poetry translated in US just as in Germany? In book form of course! If not, what does this mean?

III

To sum up, despite of its heavy criticism[6] it is the elevated tone that still seems to make good poetry. In this respect it does not take wonder that Czeslaw Miłosz (1911-2004) once declared poetry to be more effective than theology.[7] This kind of modern poetry is called *Kunstreligion* in German, i.e. a kind of art that substitutes, even surpasses religion. It combines the poet, the priest and the soldier in one person.[8] In a formal way this is also true of Zhou Mengdie who was first a Buddhist monk on the mainland, then a soldier who came to Taiwan in 1949, finally a poet and then a book seller on the streets of Taipei, where he used to live.[9]

Poetry as the expression of the elevated has a religious touch of course. This phenomenon, however, is for many intellectuals a taboo,[10] despite the fact that one can meanwhile speak of the return of religion in literature and of the Bible as the most important book for certain German writers.[11] But even profane poetry has to deal with religious topics in a secularized way, if it wants to be successful and reach some readers. That means it has to restore memory, if not for all, at least for a certain group, it cannot stay totally private. It needs future. What do I mean? According to Martin Heidegger (1889-1976) upon whom some

---

6 Martin Seel, "Einiges zum Lob der Lakonie," in: Neue Rundschau, 4/1997, pp. 17-23.

7 Henning Ziebritzki, "Experimente mit dem Echolot. Zum Verhältnis von moderner Lyrik und Religion," in: Das Gedicht 9/2001-2002, p. 90.

8 Dirk von Petersdorff, "200 Jahre deutsche Kunstreligion. Ein Gang zu den Wurzeln der Moderne; und Gegenmoderne; und zurück," in: Neue Rundschau, 4/1994, pp. 67-87.

9 For his life see the very informative article in: Taiwan Panorama 35, 8/2010, pp. 117-124.

10 See Ziebritzki (note 7), pp. 90-91.

11 See the *German magazine Literaturen*, 11/2002, pp. 12-34.

Chinese poets like Yang Lian rely poetry has to be written for the future and has to be of prophetical character in this respect. Its tone cannot be but elevated as it has to dig out truth.[12]

Can something like this be true for Zhou Mengdie, too? This question will lead us into a lot of problems. First there is the issue of definition. What is religion? Nowadays theologians defining its essence are not as strict as they used to be when they from the point of high religion once played down other religions than Judaism, Christianity and Islam. Today one can speak of religion as a form of communication with superhuman powers, as a means to ward off evil, to master crises, to bring about salvation.[13] Or one can speak of being grasped by the Divine, of reconciliation with God, of an encounter with sacred reality. Religion might be seen as fear of God or as an absolute feeling of dependency.[14] What might be of even greater help for us here can be a dictum of Friedrich Schleiermacher (1768-1834) in 1799: "True religion is the sense and the taste for the infinite."[15] According to this last definition one might conclude that any poetry that deals with the infinite and does not feel satisfied with the finite is of religious character.

In order to avoid the problem of the complicated definition what religion is and what not, some scholars have in recent one hundred years sometimes preferred to speak of the sacred instead of religion.[16] The sacred as embodiment of the infinite is that which concerns us deeply (Paul Tillich) and what makes society and its unity possible.

It is in this sense that we can characterize the poetry of Zhou Mengdie as religious or as a matter of the sacred. The reason for its success among his connoisseurs is in my eyes to be found here. I dare to say that what caused contemporary poetry in and outside of the Chinese speaking world to retreat to the edge of society, of market and of the literary scene is very probable its loss of metaphysics, of cult and the elevated tone.

Zhou Mengdie was a Buddhist in his "youth," except for Buddhism he was also inspired by Taoism which even in its philosophic tradition can be called religious as it has a mystic background. His personal name stands for Zhuang Zi's (ca. 365-290) parable of dream (meng) and butterfly (die).

---

12 Boris Groys, "Über den Ursprung des Kunstwerks. Wesen ist, was sein wird: Martin Heideggers Beschwörung wesentlicher Kunst," in: Neue Rundschau, 4/1997, pp. 107-120.

13 Martin Riesebrodt, *Cultus und Heilsversprechen. Eine Theorie der Religionen.* Munich: Beck 2007.

14 Joachim Burkhardt, *Die größere Wirklichkeit. Ein Beitrag zum religiösen Bewusstsein, Muenster: Daedalus 2nd edition*, 2001, pp. 14-15.

15 Translated from Friedrich Schleiermacher, *Über die Religion. Reden an die Gebildeten unter ihren Verächtern. 4th edition*, Berlin: Reimer, 1831, p. 46.

16 For its history cf. Carsten Colpe, *Über das Heilige*, Frankfurt a. M.: Hain, 1990.

IV

Let us turn now to a first example of Zhou Mengdie's poetry which is full of allusions to Buddhism and Christianity. Though not obviously religious I want to talk about one of my favourite poems of him. It is called "On the Ferry" (Bai duchuan shang 擺渡船上) and was published in 1965.[17] Here is the translation of Lloyd Haft (b. 1946):

Boat – carrying the many, many shoes,
carrying the many, many
three-cornered dreams
facing each other and facing away.

Rolling, rolling – in the deeps,
Flowing, flowing – in the unseen:
Man on the boat, boat on the water,
water on Endlessness,
Endlessness is, Endlessness is upon
my pleasures and pains,
born in a moment
and gone in a moment.

Is it the water that's going,
carrying the boat and me? Or am I going,
carrying boat and water?

Dusk fascinates.
Einstein's smile is a mystery, comfortless.

負戴著那麼多的鞋子
船啊，負戴著那麼多那麼多
相向和背向的
三角形的夢。

擺盪著——深深地
流動著——隱隱地
人在船上，船在水上，水在無盡上
無盡在，無盡在我殺那生滅的悲喜上。

是水負戴著船和我走行？

17 Michelle Yeh and N.G.D. Malmqvist (Eds.), *Frontier Taiwan. An Anthology of Modern Chinese Poetry*, New York: Columbia UP, 2001, pp. 98-99. *Zhou Mengdie shiwen ji*. Xinbei: INK 2009, pp. 110-111.

抑是我走行，負戴著船和水？

瞑色撩人
愛因斯坦的笑很玄，很蒼涼。

Fudaizhe name duo de xiezi
chuan a, fudaizhe name duo name duo
xiangxiang he beixiang de
sanjiaoxing de meng.

Baidangzhe – shenshende
Liudongzhe – yinyinde
ren zai chuan shang, chuan zai shui shang, shui zai wujin shang
wujin zai, wujin zai wo chana shengmie de beixi shang.

Shi shui fudaizhe chuan he wo zouxing?
Yi shi wo zouxing, fudaizhe chuan he shui?

Mingse liao ren
Aiyinsitan de xiao hen xuan, hen cangliang.

For our undertaking two words except for the often used Buddhist binomial *chana* 殺那 ("moment") are most important: "endlessness" (wujin) and "mystery" (xuan 玄). "Mystery" is a term that plays an eminent role in the Taoist philosophy. It represents the depth and secret of our existence. And "endlessness" can be understood in the above religious sense of the "infinite." The two adverbs "shenshende" (deep) and "yinyinde" (unseen) can also be interpreted in a philosophical or metaphysical way. Our existence is more than the concrete things of our life, the shoes, the ferries, the water; it is more than our mind and soul which are shaped by our joy and pain, by our dreams. We are on the road. That is why we need shoes and boats, we need something that is bigger than us and holds us as a ferry or the sea. But at the same time it is man who according to Confucian and Taoist understanding helps the cosmos to complete itself. In this sense man is also able to carry the universe.

This poem shows some similarities to one of the most famous poems of modernity. I speak of "Romance sonambulo" of the Spanish poet Federico Garcia Lorca (1898-1936). It was translated by Dai Wangshu (1905-1950) into Chinese around 1935.[18] Here are the first four lines:

---

18 Dai Wangshu, *Dai Wangshu shi quan bian*, Ed. by Liang Ren, Hangzhou: Zhejiang Literature and Art Publishing House, 1989, pp. 395-398.

Verde que te quiero verde.	綠阿，我多麼愛你這綠色。	Lü a, wo duome ai ni zhe lüse.
Verde viento. Verdes ramas.	綠的風，綠的樹枝。	Lü de feng, lü de shuzhi.
El barco sobre la mar	船在海上，	Chuan zai hai shang,
y el caballo en la montaña.	馬在山上。	Ma zai shan shang.

It is well known that Bei Dao under the spell of Dai Wangshu's translations from the Spanish began his career as a poet. Something similar can be said of Gu Cheng (1956-1993). So why should Zhou Mengdie not also have read those renderings? Just as in the case of Garcia Lorca his poem deals with the relationship of human beings and things. Here it is solved through the help of the paradox which is so typical for Zen-Buddhism: What absorbs me, the ferry, the sea, is also absorbed by me. There is no real difference between the speaker and the world. Both form a unity. This is of course not always true, as we are told by a poem called "Empty Whiteness" (Kongbai 空白, 1965) in the translation of Angela Jung Palandri (1928-2008):[19]

I still feel you're sitting here
Like an echo,
A maimed and blind empty whiteness.

On Olive Street my days are wrinkled backwash –
Always the city din drowning our whispers,
Always gawking eyes shooting over like hawks,
Shooting at your empty whiteness.
Sparks flying, your broken arm clanking,
Fearful night, light dust, and solitude, a mass of gold.

If your thoughts of each other coincide,
Then in the deep tear-shadow of your blind eyes
Will appear a face of a monk sitting in meditation.

Tomorrow is far away from today.
Wait till the night turns into a well. Darkly
I tell my sorrows
To the wind,
To the so near
Yet so far
Cold empty whiteness.

依然覺得你在這兒坐著

19 Angela C.Y. Palandri spatium (Ed. and tr. by), with Robert J. Bertholf, *Modern Verse from Taiwan*, Berkeley et al.: University of California Press, 1972, p. 63. *Zhou Mengdie shiwen ji*, pp. 182-183.

迴音似的
一尊斷臂而又盲目的空白

在橄欖街。我底日子
是苦皺著朝回流的——
總是語言被遮斷的市聲
總是一些怪眼兀鷹般射過來
射向你底空白
火花紛飛——你底斷臂鏘然
點恓惶的夜與微塵與孤獨為一片金色

倘你也繫念我亦如我念你時
在你盲目底淚影深處
應有人面如僧趺坐凝默

而明日離今日遠甚
當等待一夜化而為井。暗暗地
我祇有把我底苦煩
說與風聽
說與離我這樣近
卻又是這樣遠的
冷冷的空白聽

Yiran juede ni zai zher zuozhe
huiyin side
yi zun duanbi er mangmu de kongbai

Zai Ganlan Jie. Wo de rizi
shi kuzhouzhe chao huiliu de –
Zongshi yi xie guai yan wu ying ban sheguolai
She xiang ni di kongbai
Huohua fen fei – ni di duanbi qiangran

Tang ni ye xinian wo yi ru wu nian ni shi
zai ni mangmu di lei ying shenchu
ying you renmian ru seng fuzuo ningmo

Er mingri li jinri yuan shen
Dang dengdai yiye huawei jing. Anande
Wo zhi you ba wo di kufan

Shuo yu feng ting
shuo yu li wo zheyang jin
que you shi zheyang yuan de
lengleng de kongbai ting

The English translation of the title and the keyword in the poem *Kongbai* as "empty whiteness" might surprise, as according to Chinese-English dictionaries of today this binomial means something like "blank space, gab, margin." It is a word that writers on the mainland liked to make use of, when they wanted to characterize their situation after Cultural Revolution (1966-1976). It had a negative connotation. Should it for a monk also bear a feeling of vainness? Probably not, but does this poem draw a positive picture? The last verse speaks of the coldness of "empty whiteness." Actually "emptiness" (kong 空) means an inner state of mind in Taoism and in Buddhism. This character stands for the ability to see through the outer world in order to recognize ultimate truth.

Who is speaking here and to whom? "You" (ni) in the poetry of Zhou Mengdie is often a kind of self address of the poet. Is the lyrical voice talking to itself, to the "white emptiness" or to another person? The romantic would ask for the interpretation of a love poem, the faithful would rather prefer a Buddhist view and the modern reader would want a touch of existentialism. This poem seems to serve all sides, just as a modern and good poem should do. So we might hear a male voice speaking to us about a woman who left, but seems to be still present, a woman who is the embodiment of "empty whiteness." She has a broken arm and blind eyes. In her thoughts a Buddhist monk will appear if she can be reached by the thoughts of the speaker. As a city is mentioned, a city with all its noises and hectic life, with all its goods and night life, the profane and the sacred come again together in these lines. A monk in meditation as mentioned here should not know or feel what time is any more. But the lyrical voice is still aware of the difference between "tomorrow" and "today." This helps to explain its "sorrows" (kufan). It is time that poets are suffering from since *The Books of Odes*. If the monk Zhou Mengdie would have become a true monk, this monk would have overcome the notion of time. Our monk did not do so. This is for the advantage of any readership. Monks without consciousness for time are monks without poems. They cannot leave us with any verses to read.

Any good poetry has many stories to tell. Its metaphors should be open for many different view points. This is also true for the poem "You are My Mirror" (Ni shi wo di yi mian jingzi 你是我底一面鏡子, 1965). The mirror is of course a symbol for the mind in

Zen-Buddhism. Here is the translation of Julia C. Lin who in her introduction is very critical of the poet whom she permanently accuses of many stylistic flaws.[20]

> You are the mirror.
> I step softly in your mind.
> Not a footfall, not a trace
> As if from this horizon to the other
> A solitary cloud makes its late appearance.
> Who has drawn the sky? Brightly round, blue and cool.
> As your mind. Yes,
>
> There must be something hiding
> Behind your back. That mystery,
> Even with my myriad eyes
> And with myriad eyes discovering my myriad hands
> Still cannot be fathomed.
>
> Always feeling someone on high
> Is coldly observing me, watching my days and nights,
> My rights and wrongs, my comings and goings.
>
> Escape, too, is not allowed.
> Koran is in your hands,
> Sword in your hands…
>
> Why not cast a handful of light
> To net all the shadows?
>
> Friday, whose Friday are you?
> Who is your Friday?
> Wakened from the eleventh snowstorm
> Never again to South, North, East or West. Against
> The deepening night, I turn my eyes
> Inward and explore.
>
> 你是我底一面鏡子
> 我在你底心裏輕輕走著
> 沒有跫音，也無蹤跡；
> 髣髴由天這邊到天那邊
> 一朵孤雲晚出
>
> 誰畫的天？圓亮而藍且冷

20 Julia C. Lin (1928-2013), *Essays on Contemporary Chinese Poetry*, Athens, Ohio, London: Ohio UP, 1985, pp. 96-109. For the poem see pp. 102-103. *Zhou Mengdie shiwen ji*, pp. 189-191.

像你底心。是的
一定有些兒甚麼躲著
你在背後。那神秘
即使我以千手點起千眼
再由眼探出千手
依然不能觸及。

總覺有誰在高處
冷冷查照我。照撤我底日夜
我底正反，我底去來。
而且，逃遁是不容許的
可蘭經在你手裏
劍，在你手裏……

為甚麼不撒一把光
把所有的影子網住？
火曜日，你是誰底火曜日？
誰是你的火曜日？
第十一次自風雪中甦醒
不再南北東西了。背著夜色
沉沉地，我把眼睛迴迴來
朝裏看！

Ni shi wo di yi mian jingzi
Wo zai ni di xin li qingqing zouzhe
Meiyou qiongyin, ye meiyou zongji;
Fangfu you tian zhebian dao tian nabian
yi duo guyun wan chu.

Shui hua de tian? Yuan liang er lan qie leng
xiang ni di xin. Shi de.
Yiding you xier shenme duo zhe
zai ni beihou. Na shenmi
jishi wo yi qian shou dianqi qian yan
zai you qian yan tanchu qian shou
yiran bu neng chuji.

Zong jue you shui zai gaochu
lengleng chazhao wo. Zhaoche wo di riye
Wo di zheng fan, wo di qu lai.

Erqie, taodun bu shi rongxu de
Kelan Jing zai ni shou li…
Jian, zai ni shou li…

Weishenme bu san yi ba guang
ba suoyou jingzi wangzhu?
Huoyaori, ni shi shui di huozaori?
Shui shi ni de huoyaori?
Di-shiyi ci zi fengxue zhong suxing
bu zai nanbei dongxi le. Beizhe yese
shenshende, wo ba yanjing huiguolai
chao li kan!

If I understand this poem right, it deals with three different religions, with Buddhism, Christianity and Islam. And yet it seems to present some kind of love poetry. It starts with the idea of a mirror as someone else's mind, a mind which can be entered, but without leaving a trace except for a single cloud appearing late. Why late? I think the cloud is the embodiment of the speaker whom it took a long time to explore the said mind, but probably without success. So he has to turn into a Buddha with many eyes and many hands in order to discover the secret of that mind. But the undertaking seems to be without any success either.

How do we interpret the next stage of the poem? It turns to "someone on high" (shui zai gaochu 誰在高處). Is it the Jewish, is it the Christian God? Very likely it is the God of the Bible. But how come the Koran is now being involved in the next stage of some kind of theatre play? And how come the person addressed is holding a sword? Is the speaker a prophet who knows what will happen 9/11 and after? Strange enough the poem turns from Koran and sword to the idea of Friday (huoyaori), probably Good Friday. What do they have in common? Only two wonderful lines! "Why not cast a handful of light / To net all the shadows?" (Weishenme bu san yi ba guang / ba suoyou jingzi wangzhu? 為甚麼不撒一把光／把所有的影子網住？) And if it would be possible to chase away all shadows (of the past?), what will happen after? We do not know, but we can assume that the lyrical I is going to turn inward for introspection and Buddhist meditation.

Though Zhou Mengdie's poetry is religious, it is open for any religion and as it is reflecting about various religions, it is philosophical. Though metaphysical it is "engaged in the fiery world of human affairs[,]"[21] it is the combination of transcendence, human existence

21 Dominic Cheung (Ed., tr.), *The Isle Full of Noises: Modern Chinese Poetry from Taiwan,* New York: Columbia UP, 1987, p. 94.

and meditation that makes the poetry of Zhou Mengdie so attractive. Its seemingly impersonal tone does not mean that the speaker has no "heart". Behind the experience of *satori* that the reader can find in many lines is still to be found a human mind which has knowledge of the diversity of life. This is the reason why other religions as Christianity seem to be equal with Buddhism and Taoism. It is the religious dimension which lets the poet step back to the beginnings of poetry and gives it an eternal and cosmopolitan touch.

Work Cited

Palandri, Angela C.Y. (Ed. and tr. by), with Robert J. Bertholf, *Modern Verse from Taiwan,* Berkeley et al.: University of California Press, 1972.

Groys, Boris. “Über den Ursprung des Kunstwerks. Wesen ist, was sein wird: Martin Heideggers Beschwörung wesentlicher Kunst,” in: Neue Rundschau 108 no. 4 (1997), pp. 107-120.

Colpe, Carsten. *Über das Heilige*, Frankfurt a. M.: Hain, 1990.

Dai, Wangsui. *Dai Wangshu shi quan bian,* Ed. by Liang Ren, Zhejiang: Zhejiang Literature and Art Publishing House.

Petersdorff, Dirk von. “200 Jahre deutsche Kunstreligion. Ein Gang zu den Wurzeln der Moderne; und Gegenmoderne; und zurück,” in: Neue Rundschau, 4/1994, pp. 67-87.

Cheung, Dominic (Ed., tr.). *The Isle Full of Noises: Modern Chinese Poetry from Taiwan,* New York: Columbia UP, 1987.

Bonheim, Günther. *Versuch zu zeigen, da Adorno mit seiner Behauptung, nach Auschwitz lasse sich kein Gedicht mehr schreiben, recht hatte*, Würzburg: Königshausen & Neumann, 2002.

Ziebritzki, Henning. “Experimente mit dem Echolot. Zum Verhältnis von moderner Lyrik und Religion,” in: Das Gedicht 9/2001-2002.

Burkhardt, Joachim. *Die grö ere Wirklichkeit. Ein Beitrag zum religiösen Bewusstsein,* Muenster: Daedalus 2nd edition, 2001, pp. 14-15.

Lin, Julia C. (1928-2013), *Essays on Contemporary Chinese Poetry*, Athens, Ohio, London: Ohio UP, 1985.

Haft, Lloyd. *Zhou Mengdie's Poetry of Consciousness*. Wiesbaden: Harrassowitz 2006.

Riesebrodt, Martin. *Cultus und Heilsversprechen. Eine Theorie der Religionen.* Munich: Beck, 2007.

Martin Seel, “Einiges zum Lob der Lakonie,” in: Neue Rundschau, 4/1997, pp. 17-23.

Yeh, Michelle and N.G.D. Malmqvist (Eds.), *Frontier Taiwan. An Anthology of Modern Chinese Poetry*, New York: Columbia UP, 2001.

Martin-Liao, Tianchi and Ricarda Daberkow (Eds.), *Phönixbaum. Moderne taiwanesische Lyrik*. Bochum: projekt 2000 (= arcus chinatexte 19).

Schleiermacher, Friedrich (Translated from), *Über die Religion. Reden an die Gebildeten unter ihren Verächtern. 4th edition*, Berlin: Reimer, 1831.

Kubin, Wolfgang. “Religion and History. Towards the Problem of Faith in Chinese Tradition. A Pamphlet,” in: Orientierungen 2/2007, S. 17–27.

Kubin, Wolfgang. “Deutschland als neue Heimat chinesischer Gegenwartsdichter,” in: minima sinica 1/2010, pp. 113-116.

Zhou, Mengdie. (Ed. by Jinfeng Zeng), *Zhou Mengdie shiwen ji.* Xinbei: INK, 2009.

電影：「化城再來人」圓桌論壇

時　　間：2013 年 3 月 24（日）
地　　點：臺灣大學文學院演講廳
主 持 人：易鵬教授
與 談 人：陳耀成導演、陳傳興教授、林文淇教授
記錄、整理：王喆

本次研討會的第七場會議是由易鵬教授（中央大學英美語文學系教授）主持的電影「化城再來人」的圓桌論壇。易鵬教授首先介紹了與談人陳傳興、陳耀成和林文淇三位專家學者的背景，并對圓桌論壇能夠激蕩出精彩火花表示了期待。

陳耀成導演（香港電影人）首先發言，他自言受周夢蝶先生影響極大。陳耀成導演首先回憶了結緣周夢蝶得益於留學臺大的中學老師的介紹，中學時即認真研讀《還魂草》，後來不斷接觸周先生更多的詩歌。

80 年代初，他應雲門舞集創始人林懷民先生的邀請來臺觀賞舞劇《紅樓夢》，輾轉通過林懷民將自己研讀周公詩歌文的感想交給周先生，遂於周公結下情誼。受雲門舞集代表作《薪傳》的啓發，陳耀成導演提及保存和傳播周公詩歌「遺產」的重要性。由此，陳耀成導演認爲電影「化城再來人」作爲記錄聲音影像的藝術媒介，是「薪傳」周公文學影響力的重要方式。

接著，他從專業電影人的身份剖析了這部電影的藝術價值。他認爲，這部文學傳記電影的拍攝代表了臺灣電影文化與本土文化的高度，在新媒體五花八門、人們對電影的熱情日漸衰落的時代，臺灣電影人製作出如此高水準的藝術電影是臺灣電影與臺灣文學的驕傲；其次，影片中多次運用長鏡頭，風格濃烈，契合周公詩歌的內在韻律與節奏。他直言在藝術電影沒落的年代，臺灣此類電影的發展具有「在時間中雕塑」的藝術魅力。

此外，陳耀成導演還就電影內容提出了自己的觀點。他認爲這部電影是「悲情城市」的變奏，延續了對臺灣命運的思考，周公身上濃縮了 1949 年渡海來臺的一代人的命運悲劇。電影與周公的文學創作共同探討了人生的悲劇問題，周公學養深厚，涵蓋古今中外，陳耀成導演既把周公的悲劇意識連接到西方哲學的源頭，與尼采、叔本華等人的悲劇意念接續，又採取王國維對《紅樓夢》的解釋來理解周公的創作。陳耀成導演還根據電影中對陳玲玲夫婦採訪的細節，創造性地提出周公用創作救贖原罪（evil）的觀點。最後，陳耀成導演以林懷民「不能跳舞就不能生存」的宣言援引到周公的創作觀，認爲是文學選擇了周公，并一再強調周公的宇宙觀、價值觀對自己個人生命歷程的開示。

接著由陳傳興導演（本片導演，現任國立清華大學副教授）發言。他對陳耀成導演的觀點表達了敬意，但對陳耀成導演認爲「化城再來人」是「悲情城市」變奏的看法表達了異議，認爲這是兩部矛盾對立的電影。他根據自己親自執導本片與接觸周夢蝶先生的經驗，強調了周公的創作受到舊體詩影響極大，尤其是南北宋時期詩人陳與義對周公影響頗深，這也是周詩的一大特色。同是移民文本，但周公詩歌中對自我的放棄與割捨是他區別于同時代創作的重要特點。

對於陳耀成導演觀察到影片中大量長鏡頭的運用，陳傳興導演坦誠自己很怕落入長鏡頭的迷思，相反是在對抗刻意的長鏡頭。電影中的長鏡頭其實是周夢蝶先生日常生活時間性的自然展現。陳傳興認爲，周公自身的時間性本質是對都會生活與現代性的抗拒。陳傳興導演還披露了電影中採訪陳玲玲夫婦片段的用意，其實是想通過一位女性詩友的私密成長史來反觀人生困境的殘酷，更映襯周公在其間謀求信仰、飛蛾撲火般的堅持與淬煉。最後，陳傳興導演坦言自己拍攝這部作品的目的不是建構神聖，而是把解釋權交給觀眾。

論壇最後由林文淇教授（中央大學英美語文學系副教授兼文學院副院長）發言。林教授首先向島嶼寫作系列文學電影的製作團隊表達了敬意，認爲這部影片具有開創性意義與價值。他站在專業影評人的立場分析了這部電影的開創性成就。首先，這類紀實性電影讓讀者得以透過影像認識作家，尤其是周夢蝶的形象震撼人心，影片中水、詩歌與佛經的意象參差重疊，文學與宗教互相激蕩，讓觀眾直視內心世界；其次，影像創造出文字範疇之外的新格局，在真實與美感之間的取捨是拍攝本片的一大難點，而本片的導演在紀錄片的框架下自如掌鏡，通過鏡頭節奏的變化呈現了周夢蝶美學，堪稱典範。這既是臺灣文學史的精彩篇章，也開啟了文學與影像互動的美好經驗，對臺灣電影有重要的啟示與意義。

由於時間的關係，易鵬教授宣佈了此次圓桌論壇的結束，期待聽眾與引言人之間激蕩出更多的精彩討論。

後記／洪淑苓

2013 年 3 月 23、24 日，「觀照與低迴：周夢蝶手稿、創作、宗教與藝術國際學術研討會」在臺灣大學文學院演講廳隆重舉行。這是由臺灣大學臺灣文學研究所主辦，高雄師範大學國文系、中央大學英文系協辦，而由我擔任會議總召集人，曾進豐教授與易鵬教授負責總籌畫的工作。我們邀請了余光中教授擔任主題演講，十八位學者發表論文，以及三位學者參與圓桌論壇的引言。周夢蝶先生也親自蒞臨會場。此外，同時舉辦了「周夢蝶手稿暨文物展」。

有關周夢蝶先生的研究，除了單篇論文、專書以及學位論文等，先前也有幾次相關的學術研討會，已經累積了不少的成果，可見各界對周夢蝶的關注與重視。而這次研討會的發想，係來自於曾進豐和易鵬教授。記得是 2011 年 10 月，兩位教授與我初步討論，認爲周夢蝶的手稿有獨到之處，近期出版的周夢蝶詩集與文集，也值得再深入研究；加上 2011 年 4 月以周夢蝶爲主角的文學電影《化城再來人》上映後，引起熱烈的回響；凡此，都可以讓我們重新思考周夢蝶研究的新面向，於是我們三人便開始展開會議的籌備工作。因我當時已接任臺大臺文所所長之職，在行政工作上比較方便推動，也經過所務會議提案通過，所以由我擔任總召集人，負責規劃與執行會議工作；而曾、易二位教授則負責提供議題構想、計劃書初稿、展覽資料與規劃等。經過多次籌備會議，終於邀定學者，通過國科會、文化部、外交部與教育部的審核與補助，加上臺大文學院的邁頂計畫經費補助，目宿媒體公司的協助，終於可以在 2013 年 3 月 23、24 日如期舉行。

記得那兩天的會議非常熱鬧，詩人、學者、研究生以及周公（夢蝶）的讀者、粉絲，全部聚集在臺大文學院，一邊聽學者發表論文，一邊也湧進文學院 20 教室參觀「周夢蝶手稿暨文物展」。當周公到來時，更是轟動會場，大家都想找個好位置，一睹周公風采，拍下珍貴的照片。等到周公的好友余光中教授也來了，兩位詩人並坐在會場，如兩顆明星般相互輝映，吸引眾人的目光。而連續兩天的研討會，來自國內外的學者根據不同主題，對周公的詩文作品、手稿藝術提出研究心得，圓桌論壇也以文學電影《化城再來人》爲主題進行探討；每一場次的發表與討論，都是非常精采豐富，爲周夢蝶及其詩文的研究，呈現嶄新的學術研究成果。

這次研討會以及本論文集的編印，要特別感謝曾進豐教授與易鵬教授的大力協助，感謝他們最初的構想，以及多方奔走協調，才能促成這次會議。他們的努力與貢獻，遠遠超過我。而會議從籌備到完成，感謝臺大臺文所的行政人員怡燕、詠萱、婉華、欣庭以及研究生勝博等（詳見附錄「工作人員名單」），都給予莫大的幫助。尤其是怡燕，從籌備會的助理工作到論文集編印，出力甚多；勝博擔任論文集助編，整理文稿，相當辛苦；在此一併表示謝意。特別記上一筆的是，3 月 23 日那天，周公由看護人員推著輪椅進會場，但文學院演講廳是階梯式的設計，周公無法坐著輪椅由入口到講臺，正當眾人商量如何扶持周公時，本所碩士班王喆同學立刻蹲下身來，說：「我可以背他。」於是在王喆背著周公，兩旁有人護持的情形下，我們把周公迎接到講臺上，讓他接受大家的敬意，讓大家把他老人家的容顏、神情看得更清楚。當時，掌聲如雷，那一幕，令人難忘。

很遺憾的是，2014 年 5 月 1 日，周夢蝶先生與世長辭，來不及看到本書的出版。回想我個人和周公結緣，始於年少時的好奇，曾經到明星咖啡屋去「朝聖」，見過周公幾次。而後也多次收到周公的贈書，他總是用端正的毛筆字寫著信封，又在扉頁題箋，彷彿長者殷切的叮嚀。我想這個經驗很多人都有，而且有更多人與周公的來往更為密切，我只是因緣際會的，可以為他舉辦一次國際學術研討會。周公以九十四高齡辭世，許多詩人朋友仍感到萬分不捨。然而細索周公詩中對於生死的了悟，我們好像不應太過悲傷，而應該學他的豁達，冷眼熱心，繼續用詩來勾勒這個世界的面貌。周公詩風獨特，在臺灣現代詩史上具有非凡的意義，我很榮幸和曾進豐、易鵬教授以及諸位學者共同完成這本學術論文集。

最後，感謝科技部（原國科會）、文化部、教育部、臺大文學院的指導與經費補助；並感謝學生書局協助出版本書。

洪淑苓　謹記
2014 年 7 月 29 日於臺大臺文所
時將卸任所長之職

周夢蝶年表

1921 —— 二月十日（陰曆十二月三十日）生。

1937 —— 奉母命，與苗女結成秦晉之好。婚後生下二男一女。

1940 —— 十九歲後才入小學插班，一年後畢業。隨即考入安陽中學。

1944 —— 就讀河南開封師範學校，後因戰亂輟學。

1947 —— 於宛西鄉村師範復學。次年加入青年軍，隨國軍撤退到臺灣。

1955 —— 退伍。之後，當過書店店員。

1959 —— 開始在武昌街明星咖啡屋門口擺書攤。出版處女詩集《孤獨國》。

1962 —— 開始禮佛習禪。一九六五年出版詩集《還魂草》。

1966 —— 與南懷瑾學佛。

1978 —— 臺大高信生譯《還魂草》，題為 *The Grass of Returning Souls*，於加州出版。

1980 —— 因胃病開刀，結束二十一年的書攤生涯。

1981 —— 遷隱內湖，與翻譯家徐進夫居士夫婦共住。之後，又遷至外雙溪、永和、新店、淡水等地。

1990 —— 獲頒《中央日報》文學成就特別獎。

1991 —— 孤獨國由明星咖啡屋轉至長沙街百福奶品。

1993 —— 由淡水外竿遷至紅毛城附近一小樓，面積不足三坪。

1995 —— 每日盤坐讀書或習寫書法，但因體弱只能執筆小楷。

1996 ——	第一次回大陸探親。
1997 ——	獲第一屆國家文化藝術基金會文藝獎「文學獎」獎章。
1998 ——	遷居新店。
1999 ——	《孤獨國》獲《聯合報》票選為「臺灣文學經典」。
2000 ——	「百福之約」劃下句點。出版《周夢蝶世紀詩選》。
2001 ——	於《中華副刊》連載〈夢蝶談紅樓：不負如來不負卿〉。
2002 ——	出版《十三朵白菊花》及《約會》。
2005 ——	出版《不負如來不負卿《石頭記》百二十回初探》。
2009 ——	出版《周夢蝶詩文集》共三卷及一別冊。 香港中文大學、武漢大學、徐州師範大學及臺灣明道大學聯合舉辦「周夢蝶與華文文學國際學術研討會」。
2010 ——	開始拍攝紀錄片《化城再來人》，次年五月完成。
2013 ——	臺灣大學、中央大學、高雄師範大學聯合舉辦「觀照與低迴：周夢蝶手稿、創作、宗教與藝術國際學術研討會」、「周夢蝶手稿暨創作文物展」。
2014 ——	五月一日因病去世。

曾進豐製表

研 討 會 議 程 表（第一天）

102年03月23日（星期六） 地點：臺大文學院演講廳

※發表人25分鐘，主持人5分鐘，綜合討論20分鐘，每場總計100分鐘。

時　間	議　程		
08:30 - 09:40	報　到		
09:40 - 10:00	研討會、手稿暨創作文物展開幕式		
	貴賓致詞		
第　一　場			
文學：語言形式、詩史			
時　間	主持人	發表人	論文題目
10:00 - 11:40	洪淑苓	奚　密	當代臺灣詩人眼中的周夢蝶
		翁文嫻	古典體質的現代性氣魄——再論周夢蝶詩
		張雙英	周夢蝶詩風析論——以其人生歷程爲基
11:40 - 13:00	午　餐		
第　二　場			
文學：情感、時空			
時　間	主持人	發表人	論文題目
13:00 - 14:40	柯慶明	游俊豪	隱士、空間、交界：周夢蝶的二元語法與世界形構
		陳義芝	周夢蝶詩風格生成論
		洪淑苓	周夢蝶詩中的世態人情
14:40 - 14:50	茶　敘		
第　三　場			
文學：宗教義理、生死			
時　間	主持人	發表人	論文題目
14:50 - 16:30	潘麗珠	楊惠南	徘徊於此岸與彼岸的詩人——周夢蝶月份詩略探
		蕭水順	道家美學：周夢蝶《有一種鳥或人》透露的訊息
		曾進豐	直視擁抱與從容超越——論周夢蝶詩的死亡觀照
16:30 - 16:50	周夢蝶手稿暨創作文物展導覽		
	貴賓致詞		
16:50 - 17:30	專題演講：余光中 主持人　：洪淑苓		
17:30 - 18:00	晚　餐		
18:00 - 20:30	**電影欣賞：《化城再來人》**		

研 討 會 議 程 表（第二天）

102 年 03 月 24 日（星期日）地點：臺大文學院演講廳

※發表人 25 分鐘，主持人 5 分鐘，綜合討論 20 分鐘，每場總計 100 分鐘。

時　間	議程		
第四場			
跨領域：藝術			
時　間	主持人	發表人	論文題目
08:50 - 10:30	何寄澎	盛　鎧	周夢蝶與 1950、60 年代臺灣現代主義文藝的東方美學論
		楊雅惠	詩僧美學的現代轉折：周夢蝶的詩書藝術
		杜忠誥	枯、峭、冷、逸——周夢蝶書法風格初探
10:30 - 10:40	休息		
第五場			
跨領域：手稿			
時　間	主持人	發表人	論文題目
10:40 - 12:20	許綺玲	馮　鐵	「以話尾為話頭」——周夢蝶手稿初考
		易　鵬	「花心動」：周夢蝶《賦格》手稿初探
		何金蘭	草稿・手稿・定稿——試探周夢蝶書寫文本之可能意涵
12:20 - 13:40	午餐		
第六場			
國際視野			
時　間	主持人	發表人	論文題目
13:40 - 15:20	馮　鐵	胡安嵐	寫作與體驗
		漢樂逸	"Branchings of My Hands": Translation as a Key to Parallel Meanings in Zhou Mengdie's Poetry 從翻譯探討周夢蝶詩的多重意義
		顧　彬	Poetry as Religion: Its Crisis and its Rescue. Towards Zhou Mengdie
15:20 - 15:50	茶敘		
15:50 - 17:00	**電影：「化城再來人」圓桌論壇**		
	易　鵬	與談人：陳傳興、林文淇、陳耀成	
17:00 - 17:20	研討會暨手稿展閉幕式		

與會學者名單

專題演講人

余光中／國立中山大學外文系榮譽退休教授

主持人

何寄澎／國立臺灣大學中國文學系教授、中華民國考試院考試委員
易　鵬／國立中央大學英美語文系教授
柯慶明／國立臺灣大學臺灣文學研究所兼任教授
洪淑苓／國立臺灣大學臺灣文學研究所教授兼所長
許綺玲／國立中央大學法文系副教授
馮　鐵／斯洛伐克布拉迪斯拉伐考門斯基大學東亞研究室、
　　　　以色列耶路撒冷希伯萊文大學杜魯門學院教授
潘麗珠／國立臺灣師範大學國文系教授

發表人

美國

奚　密／美國加州大學戴維斯分校東亞語言文化系教授

德國

顧　彬 Wolfgang Kubin／德國波昂大學漢學系退休教授

荷蘭

漢樂逸 Lloyd Haft／荷蘭萊頓大學中文系退休教授

斯洛伐克

馮　鐵 Raoul David Findeisen／斯洛伐克布拉迪斯拉伐考門斯基大學東亞研究室、
　　　　以色列耶路撒冷希伯萊文大學杜魯門學院教授

新加坡

游俊豪／新加坡南洋理工大學中文系助理教授

臺灣

何金蘭／淡江大學中國文學系教授
杜忠誥／國立臺灣師範大學國文暨美術研究所兼任副教授、明道大學開悟講座教授
易　鵬／國立中央大學英美語文系教授
洪淑苓／國立臺灣大學臺灣文學研究所教授兼所長
胡安嵐 Alain Leroux／中國文化大學法國語言文學系副教授
翁文嫻／國立成功大學中國文學系副教授
張雙英／淡江大學中國文學系教授
盛　鎧／國立聯合大學臺灣語文與傳播學系副教授
陳義芝／國立臺灣師範大學國文系副教授
曾進豐／國立高雄師範大學國文系副教授
楊惠南／國立臺灣大學哲學系退休教授
楊雅惠／國立中山大學中國文學系教授兼人文研究中心研究員
蕭水順／明道大學中文系教授

圓桌會議與談人

林文淇／國立中央大學英美語文學系副教授兼文學院副院長
陳傳興／導演、國立清華大學外國語文學系副教授
陳耀成／香港電影導演

工作人員名單

總召集人：洪淑苓（臺灣大學臺灣文學研究所所長）

副召集人：曾進豐（高雄師範大學國文系教授）

易　鵬（中央大學英美文學系）

議 事 組：趙詠萱、楊勝博、鍾秩維、翟　翱、溫席昕

文 宣 組：陳怡燕、李欣庭

服 務 組：黃婉華、石廷宇、盛浩偉、廖胤任、廖紹凱、吳嘉浤、林祈佑、林安琪、林哲仰、王　喆、李偉菁

接 待 組：李欣庭、彭思耘、鄭慈瑤、劉亦修

庶 務 組：陳怡燕、黃婉華

國家圖書館出版品預行編目資料

觀照與低迴：周夢蝶手稿、創作、宗教與藝術
國際學術研討會論文集

洪淑苓主編. – 初版. – 臺北市：臺灣學生，2014.12

面；公分

ISBN 978-957-15-1613-4 (平裝)

1. 周夢蝶 2. 文學評論 3. 藝術評論 4. 文集

848.6 103010029

觀照與低迴：周夢蝶手稿、創作、宗教與藝術
國際學術研討會論文集

主　　編：洪淑苓
編輯委員：曾進豐、易鵬
責任編輯：陳怡燕、楊勝博
出 版 者：臺灣學生書局有限公司
發 行 人：楊雲龍
發 行 所：臺灣學生書局有限公司
臺北市和平東路一段七十五巷十一號
郵政劃撥帳號：00024668
電話：(02)23928185
傳眞：(02)23928105
E-mail：student.book@msa.hinet.net
http://www.studentbook.com.tw

登記證字號：行政院新聞局局版北市業字第玖捌壹號
出版日期：二〇一四年十二月初版

定價：新臺幣八〇〇元

84822
ISBN 978-957-15-1613-4 (平裝)